U0565693

侯钰鑫 著

好大一棵树

河南文艺出版社
· 郑州 ·

谨以本书献给共和国那些平凡而又崇高的当代英雄

——作者

主要人物表

（故事发生在 20 世纪 50 年代至本世纪初）

林大树	人称大树爷,志愿军战斗英雄、艄公。
李秀娟	志愿军护士、林大树妻子。
金娜·索梅尔	美军护士、农场主、古水坡希望小学捐助者。
司提芬	金娜孙女,大学生,《诗经》研究者。
林家福	林家长子,农民,牺牲在水库工地。
林家旺	林家二子,村支书,深圳"中原农民劳务中介咨询服务公司"总经理。
林家信	林家三子,校长、模范教师。
林家豪	林家四子,战斗英雄,开发公司老总。
林家勇	林家五子,战斗英雄,转业干部,旅游开发策划人。
林志恒	林家长孙,大学生,创业者,维和英雄,牺牲在海地。
林志新	林家外孙,艺名黑妖,乡村歌手。
林爱心	林家女儿,黑妖母亲,库尔勒农场工人,在抢险中牺牲。
尧里瓦斯	林爱心丈夫,边防战士,与敌特交战中牺牲。
沙依古尔	林爱心公公,库尔勒农场工人,在抢险中牺牲。
李荣花	林爱心婆婆,库尔勒农场工人,在抢险中牺牲。
杨若兰	林家孙女,职员,创业者。
杨慧	林家媳妇,深圳"中原农民劳务中介咨询服务公司"副总。
陈静	林家孙媳,大学生。
杨凤利	古水坡村民,打工者,风雨中拦车救人牺牲。
梁素梅	古水坡村民,家勇恋人。
谷翠琴	林家三媳妇,教师。
陈文斌	平原县县长。
张发劲	古水坡村主任。
老五、猴子、白狼、蜘蛛侠	均为"大漠飞狐"音乐组合成员。

目　录

第一章　海外来客

天色刚刚放明,寂静的老河口弥漫在白色的雾霭里,拥抱着一湾微波荡漾的水面,越发显得宽阔而深远。

那雾不浓,薄如轻纱,把大地景物迷迷离离罩了起来。周边的河岸、陡崖、树木、路径,变得朦胧而虚幻。

"呼——哗!呼——哗!"昼夜不息的大河波涛,一浪接一浪撞击在崖岸上,迸溅着水花,吼出肆意的喧嚣。河在喘息。

晨曦驱散雾霭,码头景物渐渐清晰起来。

码头很是简陋。挨着河岸砌了几层石坝,打了几根木桩,搭了两块木板,支撑着,架在水面上。

一艘木质斑驳的渡船,泊在紧靠堤岸的河面上。黑乎乎,乌油油,像卧伏的一只老龟。

渡船老了。船帮虽说是柏木打造的,可年复一年的风浪把坚实的木头咬噬得坑坑洼洼;日复一日的日晒雨淋让船体深深浸入岁月印痕。

撑船的艄公大树爷蹲在船头上,宛如半截老树桩子。

他一身土布衣衫,灰不溜秋的,腰间扎根宽宽的腰带,结结实实缠了几圈,使得微驼的脊梁明显挺拔起来。

他那张脸如同一块陡峭的山岩,暴突的额头,深陷的眼窝,高耸的鼻梁,鼓翘的下巴,处处如石头般棱角分明。额头、脸颊上的褶皱如刀劈斧剁,沟壑纵横,被风霜剥蚀了皮肉的本色,尽染岁月的风尘,如山崖岩石般。尤其颊上那两片红,似熔岩烧灼一般,红出一抹灿烂。

他须发皆白,满头银发如落雪的山头。

他默默吸着旱烟袋,憋着气吸上一口,让烟丝发出吱吱的响,冒出明明灭灭的光,任那股烟气转遍九曲回肠;再美美地吧嗒吧嗒嘴唇,吐出一股浓浓烟雾,在面前萦绕着渐渐淡去。

他眯缝着眼睛看着前方宽阔的水面,晨光映着波光投到他脸上,辉映出一片平静和安详。

他在品味烟草的芳香,也在享受晨光的静谧吧?一年三百六十五天,他风雨无阻地坚守在渡口上,撑着这艘老船,摆渡着过河的乡民。

他每天伴着三星起身,伴着明月回家,厮守着老河口,厮守着老渡船。

他忠于职守,操劳大半生从无怨言。

当他美美过足了烟瘾时,河岸上响起噼里啪啦的脚步声。转眼间,一群孩娃背着书包,提着干粮,沿着石板路叽叽喳喳小鸟一般跑过来,挤到码头上,脆生生喊成一片:

"大树爷!您早啊!"

"大树爷!俺都来了,数过了,一个也不少!"

大树爷把烟荷包缠在铜头烟袋杆上,插到腰带里,赶快站起来。他把栈桥上的孩娃一个个搀扶到渡船上,嘴里不停地吆喝着:

"不要挤,也不用抢,排好队,一个挨着一个来!咳,俺的乖娃们,脚步踩稳,小心滑倒啊!"

大树爷小心谨慎忙碌着,把一个个学生娃稳稳实实地安排在船舱里坐好,而后亮开嗓门吼喊了一声:"开——船——喽——!"

紧接着,他双手撑起长篙猛然插到水里,腰身一弯,双腿一弓,全身发力,船头驯服地调整方向,荡起浪花朝河对岸驶去。

学生娃们从短暂的静寂中欢呼呐喊起来,为大树爷喝彩叫好。

大树爷一篙接一篙撑着渡船,船头冲开波光粼粼的水面,好似剪开一匹巨大的黄缎子。

金光摇曳的河面上飘起孩娃们嘹亮稚气的歌声,如同一群鸟雀鸣叫着飞掠在水面上。

船到对岸。那里有个类似的码头。一块铺了水泥面的场地,有一截水泥墩、水泥板架设的栈桥,还有一片遮风挡雨的水泥棚子。百米之外便是通往县城的柏油路,路边还设有公交车站点。

大树爷把长篙插在水里,把船停稳,在水泥桩上系好缆绳,自己站到船舷上,这才把孩娃们一个个扶上岸。他嘴里殷殷叮咛着:"乖娃们哪,到学校好好读书,守纪律不许捣乱!放学了按时回来,俺还在这里等候着,接你们回家。娃们记住了吗?"

孩娃们叽里呱啦应答着,转眼便鸟雀离巢般跑远了。

大树爷满面挂笑,用慈祥的目光望着孩娃们的影子直到消失,才轻松地舒了口气,靠着水泥桩子坐下来。掏出旱烟袋,舒舒坦坦吸了两袋烟,又匆忙撑起渡船往回赶。

离对岸还有百丈远,他就看见码头上聚集着一群村里的乡亲,多是老汉和妇女。有提篮背筐的,有扛着山货土产的,有搂抱着吃奶婴儿的……大树爷清楚,这时分正是村里人进城赶集,卖土产或是看病买药的时刻,早去晚归,来回正好一天光景。村里人天天掐着日头过生活。

等船过河的乡亲们说说笑笑,看见渡船来了,大伙都乐呵呵地和大树爷挥手打招呼。

大树爷笑着搭腔:"哟,今儿咋都凑一堆了?刚进腊月就赶集呀?打工的人还没回来哩,你们急着过年哪?"

村民们一边上船一边热闹地说笑着,七嘴八舌唠起来,把肚子里的话尽情抖搂了一河湾。

"大树爷,俺是趁着天气好,到城里去转转,顺便把攒下的草药卖了,想添两头猪娃!"

"大树爷,咱今年采下恁多柿子,柿饼、柿干晒了恁多,房坡上都摊满了!没人来收,卖不出去,咱不能眼睁睁看着它烂掉吧?俺想到集贸市场寻寻买家,贵贱总得换个钱!"

"大树爷,过年虽说有点早,俺得去城里瞅瞅,如今世道变得快,眼界跟不上就落到人后啦!家里不添两件时髦家当,等外面闯荡的人回家过年,不笑咱老帽儿吗?"

大树爷轻轻点着篙把船头掉正了,朗声道:"坐好喽!开船喽!"他弯腰弓身,撑篙、发力,专注地掌控着渡船,神情一丝不苟。

渡船稳稳当当在河面上滑行。没有风,河水没有喧闹。大树爷的身影在轻轻的波纹上影影绰绰,古朴而又沧桑。

村民们的唠嗑并没停息,一浪高过一浪。

"大树爷,您老长年累月守在渡船上,把大伙送过去又接过来,撑来渡去几十年,自己都渡成老爷爷啦!家旺他们也在深圳奔忙操劳,为的都是咱古水坡。您老就不用操心赶集了。大家伙捎带着就帮您把年货办了。等到他们打工的回来了,您只管舒舒坦坦松口气,跟大伙红红火火聚一场吧!"

大树爷熟练地撑篙弄水,哈哈大笑:"谢了谢了,我老喽,也不想撑船哪!恁从大河上下瞅过来,俺这撑渡船的怕都成老古董啦!要是河上架座桥,村里建个学校,俺就该退休喽!可眼下咱村不是缺钱嘛,家旺是村支书,带领大伙致富发财是他的责任。他在深圳那边一大摊事,能不能回来过年,没个准儿。只要大家伙腰包鼓了,高兴了,他回不回来,俺心里照样舒坦哪!"

话没说够,船到对岸。村民们收拾起各自的物件,乐呵呵上岸,乐呵呵离去。

大树爷吁了口气,在船头坐下来,从腰间拔出旱烟袋,打火吸烟,美滋滋吐出一缕烟雾。

这时,岸上走来一个英俊的年轻人,背着个老式的军用帆布挎包,手里提着个网兜,装了一兜书。他热乎乎喊了声"爷爷",跑过来大步跨上渡船。

大树爷眯起眼看了看他,惊喜地站起来说:"志恒,你放假了?"

旋即,老人挪挪脚,腾出地方,用手指指船舱:"快放下东西,坐坐,喘口气!"

志恒放下网兜,抱住老人的胳膊,依偎在老人怀里,仰面看着老人的脸:"爷,学校放寒假了,俺得回来瞧瞧您,陪您住两天!"

大树爷抬起胳膊,结实粗糙的大手贴在那张青春勃发、长出绒毛的脸颊上,轻轻搓了两下,用亲昵的口吻说:"爷整天守在渡船上,送往接来的,闲不住也闷不了,咋用上你陪?还是多陪陪你妈,甭让她恓惶……"

志恒恭敬地对老人汇报他的设想:"爷呀,我本想留在城里,利用假期打工挣点学费,后来放弃了。俺妈腿有残疾,每到冬天会犯病,让您老人家操心劳神,还要拖累乡亲们。我想把俺妈接到城里,租间房子住下,找个老中医好好治治,听说针灸特别有效。接下来,她做饭我打工,相互有个照应。爷,我正想跟您商量哩!"

大树爷感叹地说:"志恒呀,你真是个懂事的孩子。不过,这腊月天寒地冻的,甭让你妈出去受罪了。你就在家待着,孝敬她几天,帮着做点家务扯扯闲话。下年学费爷替你拿!"

志恒听了很感动,却摇摇头说:"爷爷,您替我操心劳神够多了。我长大了,您得让我自力更生。打工挣钱交学费,是勤工俭学,外国学生都这样,不丢人!"

大树爷心头一阵火辣辣的热,眼角都发潮了。想着,娃长大了,真长大了,说话都带有血性和骨气!

林志恒是他孙子,长门长孙。

老大林家福四十岁那年被派到水库工地当民工、当炮手。有回开山炸石头,山头上一溜长蛇装了八十多眼连环炮,轰隆隆的开山炮齐声响起,把半个山头都掀了起来。偏偏有两眼炮没有响,成了哑炮。哑炮附近还藏有躲炮的民工,非常危险。林家福是炮手,排除哑炮是他的责任。当他冒险扑上去想拔出炮捻时,哑炮却响了,他被炸得尸骨难寻……老大媳妇生娃没人照应,得了风寒症,长年累月骨头疼,久治不愈残了两条腿,半瘫半跛的路都走不成。说志恒是娘拉扯大的不假,如果少了大树爷帮衬,志恒娘儿俩兴许熬不到这光景。

大树爷养有五男二女,儿孙成群。老人像只老母鸡,整天扑扇着翅膀咕咕叫,两只爪子不停地在土里刨食,招呼着一大群鸡仔,呼这个,招那个,一刻不歇心。即便在鸡窝里,也要伸开翅膀,把一群仔鸡遮护得严严实实。

大树爷对志恒尤其偏爱。老人甘愿当根木桩扎到土里,任娃青藤般顺着木桩攀爬,看高处的风景,在云彩眼里开花。看得出来,志恒是个有骨气的娃。

大树爷的渡船往对岸迎送过一茬又一茬的学生娃,读了小学读中学,而后到县城考高中。如今读大学的,数数孙子辈中,只有一个林志恒了。

志恒小小年纪离家上中学,既要住校,又要照料自己,吃饭穿衣都得自己料理。每个月回家背一回粮食,到学校搭伙,交不起菜金,就要多交些粮食。嫩胳膊嫩腿的娃,成吗?

娘犯难了,劝道:"娃,咱这穷乡僻壤的,娘能看着你长成壮壮实实的庄稼汉,心满意足了。娘不稀罕你去吃苦受累,再点灯熬油替俺挣个啥状元!娘帮不上你,更不想让你拖累您爷,老人家为咱心都操碎了……"

志恒安慰娘:"娘,俺都十五了,能够照管自己了。您瞧咱屋檐下的燕子,该学飞的时候,老燕子就不回来喂食了,逼着小燕子自己飞出去觅食哩!就是为了早点长成条汉子,照顾您和爷爷,俺才要走这一步的。"

中!娃有种!

大树爷支持孙子的决定,志恒独自在县城读完中学,并且顺利考上新原医学院。老人当然没少支援,往学校送粮、送钱,担心孙子受苦;十天半月进城一趟,瞧瞧志恒唠唠闲话,消解孙子思念亲人的愁绪,一心用功……

志恒是大树爷的骄傲,他在志恒身上注入很多的偏爱和期望。尽管他希望儿孙们个个优秀,可是更期待少小失怙的林志恒成就大器,那才是他精神上最大的满足和欣慰。

然而,志恒刚才的话让他心头热了一阵又凉了下来,甚至微微发酸。在深深吸了两口旱烟后,他说:"志恒,俺没说打工挣学费丢人,俺让你心疼你妈。你在城里上学,她一年能守你几天呀?娃,你爸走得早,你妈把你拉扯大老不容易,苦哇!打工的事咱慢慢商量,腊月这些天就在家待着吧,暖暖你妈的心,啊?"

林志恒双眼潮了，有水花在闪。他把一头浓发拱在爷爷腮帮上，轻轻摩挲着，双手揽着老人在船板上坐下来，心里暖洋洋的。

爷爷眯缝着老眼看着孙子，心里也是暖洋洋的……

河对岸站有一个人影，频频朝这边招手，隐隐传来吆喝声。

志恒跳起身："爷，村里人在喊，有事吧？"

大树爷仔细瞅着："哦，村主任，你发动叔！兴许有事，咱回吧！"

志恒揽着爷爷站起身，老人迈步伸手就去拿他的长篙，却被志恒抢先一步夺在手里。他挽起袖管，用青春勃发的语气说："爷，您坐好！今天让俺撑回船！"

不待大树爷点头应允，志恒把腰一弓，长篙早已插到水底，接着双脚叉开猛然发力，渡船缓缓掉头转向，织布梭子般划开水面朝前驶去。渡船走得平平稳稳。志恒撑篙的姿势、派头和大树爷一模一样，只是竹篙点水的频率快了许多。

大树爷坐在后舱船板上，轻轻赞叹着，山岩般枯皱的脸上浮着满意的笑……

"叔，出事了，出大事了！县里打来电话找您！说是找您有急事哩！"

渡船未靠岸，村主任张发动就站在岸沿上，又是招手又是吆喝。细看一眼，他额头上有荧荧光点在闪跳，竟是急出了一头汗。

大树爷吐出一串烟雾，远远瞅着他，不急不慢地说："发动，看你那德行！咋啦？火烧屁股了，还是麦秸垛失火了？县里打电话找俺？俺一个平头老百姓，县里谁认识俺这棵葱？"

村主任一副十万火急的情状，没等渡船靠稳便从栈板上跳到船舱里，手里抖索着半张纸，上面写有两行字，一本正经地传达着上级指示：

"叔，您得重视这件事，俺郑重传达。电话是陈县长指示王秘书打来的。具体内容，说是有个美国朋友坐飞机来到县里，万里迢迢就是为了来找您……"

大树爷瞅着他，带搭不理地说："哦，美国人坐飞机来看我？发动，人家拿你开心，你也拿我当猴耍？"

村主任当过兵，粗短的身段挺得笔直，脸上的皱纹都绷平展了，神情严肃庄重："叔！这可是公事。王秘书说是外事活动，马虎不得！俺就算个芝麻粒，大小也是个村主任。县长的指示咱可不敢当儿戏！"

大树爷嘿嘿冷笑着，用烟袋杆戳了他胸口一下，漫不经心地说："发动，你是我看着长大的，今年三十八了吧？啥时候见俺出过古水坡？离开这方水土，谁认得俺，俺又认得谁？俺在美国有朋友，你信吗？"

村主任脸蛋微微发烧，顷刻便转动起精明的小眼珠子说："王秘书他不敢乱说呀！叔，要不我陪您去见陈县长，问问到底咋回事？"

大树爷走上码头,找块石头蹲下来,悠然抽起旱烟。

"见官三分灾,俺不去!陈县长不帮咱村建桥,俺俩说话不投缘,不愿见他。"

志恒知道爷爷性子硬,办事较真。他走到身边轻声提醒:"爷,万一县里找您真有啥事哩?还是打个电话问问吧。"

村主任从船上跳出来,连声说"对对对",不等大树爷回应,他抬脚就匆匆朝村路上跑。

这时分,河对岸传来一阵响亮刺耳的汽车喇叭声。岸边停着一辆白亮亮的小轿车,又蹦出来个戴眼镜的瘦高个年轻人,吼起嗓门朝这边喊话:"喂——!大树爷——!林大树同志,请您把渡船撑过来,陈县长派我接您来了!"

村主任听见动静,又掉头跑回来。大步小步跳上船去,快手快脚从水里拔出长篙,瞅着对岸催促道:"叔,叔!您快上船,俺送您过河!"

林志恒揽着胳膊扶老人站起来,替他拽拽皱巴巴的衣襟,说:"爷,要不……换身衣裳?"

大树爷晃晃手,无奈地摇摇头,苦笑着叹息:"娃,你回家吧!俺又不是去串亲哩,老眉皱巴脸的,充啥大尾巴狼……"

大树爷过了河,上了车,心里还是犹犹豫豫、疑疑惑惑的,嘴里一个劲嘟嘟囔囔,百般的不情愿走这一趟。若不是村主任死劲缠磨,王秘书巧言相劝,大树爷是不肯坐到车上的。

老人一路上情绪不爽,板结的面孔放不下来。他问王秘书到底为啥让他跑这一趟,王秘书还是那句话——有位美国朋友要见您。老人气得胡子打战,说:"你王秘书会不会说句真话,甭再日哄俺?"王秘书讪笑着回应:"县长让咋说我咋说,真的假的您亲眼见到不就啥都有啦?"

大树爷一路纠缠着,解不开心头的疙瘩。他推不开上锁的车门,无可奈何随着小轿车被"押"进了县政府的招待所。

王秘书揽扶大树爷下了车,在前头引领着走过一段石子路,过了一个圆拱门,走进一排廊道里。

廊道长长的,两边是一套套客房,简朴却很整洁。门头上写着房号,排列得井然有序。

大树爷默默跟着王秘书低头朝前走,神情志忑起来,惴惴不安地问:"王秘书,你到底要把俺领到哪儿呀?"

王秘书压低嗓门:"大树爷,其实……我也不太清楚,就知道招待所的大套房……"

大树爷顿时停下来脚步，身子就要转过去。

这时，旁边房门推开，陈县长满脸挂笑探了探头，然后兴冲冲地迎了上来。

"哎呀呀，大树爷，您老可来了！快进去看看，有个美国老外寻您来了！哈哈，没想到您老人家还有外国朋友哩！"

陈县长挽住大树爷胳膊，就往房门里拉。

大树爷脚步戛然站定，甩甩手，说啥也不肯往前挪步，话说得有几分愠怒："陈县长，如今不兴栽赃陷害，也不兴冒名顶替。到底咋回事？俺可不想沾里通外国的嫌疑咧！"

陈县长扯住大树爷的胳膊不放手，嘴里嬉笑着："不会错，不会错，我问清楚了！人家找的就是您，您一见就知道了！"

房门大开着，笑语喧哗浪头一般泼出来，其中果然夹杂有叽里呱啦的"鸟语"。

大树爷被陈县长拉扯着，推推搡搡来到门前。他刚刚迈进去一只脚，房间里骤然安静下来，正在谈笑的人屏声敛息，一双双眼睛亮闪闪地投向他。其中有个金发碧眼的洋女人挤在人堆里格外醒目，又格外冲动地站起来，一双透亮的蓝眼珠闪出刀子般的光，直勾勾地盯着他。

大树爷有点发蒙，一脚门外一脚门里地怔在了那里，转瞬又惶惑地往后退去。

洋女人疾步上前，毫无顾忌地盯着他看，瞅着他眉头一道伤疤，刺耳尖叫起来："Yes！Yes！Yes！This is lin！（对！对！对！是林！）你、是……林！林！"

大树爷听不懂她的话，使劲晃着两只大手，拼命摇着山岩般的脑袋，冰冷地拒绝道：

"你、你、你、你认错人了……"

年轻的翻译走过来，用清晰的口齿告诉大树爷："她认出你了。你就是她要找的林先生！"

大树爷不得不眯起眼来看了洋女人一眼。

洋女人是个老妇人，金色的头发稍微泛白，一卷一卷的；眼珠子蓝幽幽的，像泡在透明的湖水里，又宛如山坡上的野葡萄；那张脸保养得好，白生生的泛出滋润的光泽，脸颊红红的，冒出激动的细汗，额头眼角的皱纹都被绷展许多；嘴唇涂得血红，肆无忌惮地翕动着诉说着，露出整齐雪白的牙齿；她身板笔挺，行动灵活，说话的声音中气很足，是那种修养和素质都很高的女人。乍一看，大树爷既看不出她的年龄，又猜不准她的来意，更认不出她的身份，哪里认识她呀？

洋女人却步步紧逼，她猛地伸手抓住大树爷的胳膊，紧抓不放，嘴里依旧尖声大叫："No，No，No！（不，不，不！）你是林，你是林，你是林！"

对于洋女人的撕拽，大树爷有点难以招架了。他极力地撑着，心头升起一股烦恼，究竟惹了哪路神灵，让自己摊上这种邪事？

洋女人不依不饶，热切而又执拗，她突然从身上摸出一个物件，在大树爷面前晃动："这个，是你的！你的！"

大树爷还没看清在她手中晃动的是啥物件，洋女人便用中国话磕磕巴巴念起来："林、大树，平原县，古、水坡，19、岁，38军，3团，2营，3连，2排。"

她把文字念完，才把那物件郑重地递给大树爷。

大树爷接在手中，是一块香烟盒大小的布头，细看一眼，那是中国人民志愿军的番号。布头早已发黄发黑，沾满硝烟和血迹郁结的斑痕。

大树爷眯起眼睛瞅了好久，嘴巴兀地颤抖起来，双手哆嗦，枯皱干涩的眼角悄然湿润了。他用嘶哑的声音从厚重的嘴巴里挤出一句话："我的。是我的……番号！几十年了，怎么会在你手里？这……到底是咋回事？"

突然，大树爷揉揉湿漉漉的眼角，昂起头逼视着面前的洋女人，火辣辣地逼问："你是谁？你到底是谁？我的番号咋会在你手里？"

洋女人兴奋起来，她无法流畅表达心中意思，一把将翻译扯过来，迫不及待地诉说着："请告诉他，我是金娜！他不认识我了，六十年前在朝鲜战场上，他救过我的生命！"

她又是比画又是说，突然双腿一弯跪在地上，朝大树爷一仰一俯磕了三个响头。虽说学来的姿势不太标准，但态度绝对虔诚。

大树爷顿时慌得手忙脚乱，不知所措了。他跺着脚摆着手，急慌慌说："洋妹子，甭这样，咱不兴这！你，你快起来，赶紧起来……"

洋女人虔诚而执着，坚持把这学来的、庄严的中国仪式做到极致。

大树爷伸过手去拉洋女人，手没碰到又火烧一般缩回来。他眼前一片迷茫，恍恍惚惚出现一片冰雪覆盖的山头，震耳欲聋的炮弹，子弹横飞的光束，滚滚升腾的弥漫硝烟，到处堆积着的尸体……他在奔跑，不停地奔跑。他肩上背着个奄奄一息的伤员，血淌着，浸透了他的后背，脚下哗啦成一道血染的溪流，一直流淌到阵地坑道前。他把垂死的伤员背到坑道里，她是个女人……

蓦地，晃动在大树爷眼眶里的泪水流下来，顺着满脸枯皱的沟壑汩汩横流。他已经无法控制早已尘封的记忆，如同长空霹雳，撕开天宇，伴着闪电飞出一只精灵，裹挟着他的肉体回到六十多年前的烽火雪原上。他又触摸到那段忘却的铁血岁月，拼凑起血肉横飞的记忆碎片，复原了生命中曾经的一幅画面……

他终于沉重地弯下腰，伸出双手把洋女人搀扶起来，饱含歉意地念念叨叨：

"咳,几十年了,几十年了。哦,你就是那个美国护士啊?唉,忘了,早忘了……"

洋女人猛然扑到他怀里,张开双臂紧紧拥抱着他,深情而又热切地呼喊着:"林,我找到你了,终于找到你了!不能忘记,是你,背我,跑……跑下山头,躲进……中国坑道,是你,救了我!不忘,永远,不能忘……"

洋女人伏在大树爷怀里,泪水流成一条河。

大树爷被凶猛的河水冲垮了,泡塌了。

他不由得和洋女人一块跌坐在沙发里,没有话,只会默默流泪。周身神经失控了,几十年从未外泄一滴泪珠的硬汉,好似被人打透泉眼,泪水一股股蹿出来,灌满了沟壑,蓄满了河川,洪波荡漾,奔腾澎湃,淹没了当年那个年轻的志愿军战士,也淹没了那个受伤的美军护士……

此情此景,让房间里的陪同人员感叹不已。

陈县长对屋里的陪同人员挥挥手,大家识趣地悄然离去,轻轻掩上房门……

大树爷的思绪飞扬起来,飞到遥远的战场——

1952年冬季,战火纷飞的朝鲜战场。

那是一场残酷的阵地争夺战。志愿军刚刚冲上去,联合国军又凶猛地扑过来,一排炮火响过,就会倒下一片肉体。山头阵地上尸积如山,血流成河。

年轻的志愿军班长林大树,率领战士们向山头阵地发动强攻,在机枪密集的火力掩护下,战士们终于冲上了山头。脚步还没站稳,就被敌人的炮火压得抬不起头来。

突然,机枪哑了。林大树一眼望去,机枪手马小宝被流弹击中了,鲜血染红了半个身体。

林大树猛兽一般扑过来,端起机枪继续打,朝着滚滚而来的敌群扫射出愤怒的子弹。

战地卫生员李秀娟从硝烟里冒出来,冲上去替机枪手包扎伤口。马小宝被子弹击中头部大血管,血流如注。李秀娟用光了急救包里的绷带,也难以把马小宝的血窟窿堵住。她又急又慌,禁不住尖声哭叫起来:"小宝,坚持!坚持呀!绷带!绷带……"

耳边只有呼啸的炮火,没有人回应她。她无计可施地扑到小宝身上,双手拼命去捂那个喷涌不止的血窟窿!

突然,有个戴十字标志的卫生员蹿跳过来,她推开李秀娟,一句话也不说,拿出大卷绷带急速、熟练地替小宝包扎起来。她动作格外专业,速度飞快,还敷上厚厚的药棉,转眼间处理完毕。几乎就在同时,一颗炮弹呼啸而至,天崩地裂般在旁边爆炸了,硝烟滚滚,震耳欲聋,炸起的泥土浪涛一般压头盖顶,把周边的一切掩盖得无影无踪……

林大树奋力从土堆里拱出来,额头被弹片咬了一口,鲜血流了一脸,他揉揉眼睛发现身边多了个土堆,便拼命地扒呀扒呀,终于从土堆里扒出李秀娟。她身体下面压着两个人,一个是美军护士,一个是僵尸一般的马小宝,半个身子都缠满绷带,绷带的另一头攥在那个美军护士手里……

他脑际飞速还原着刚才发生的场面:李秀娟守着重伤的马小宝在呼救,美军护士闯过来,伸手施救。无论她是有意还是无意,无论她是真诚还是误会,马小宝身上的血窟窿是她包扎的。炮弹响后,她还在缠绷带,千钧一发之际,李秀娟扑到她身上,想替她遮挡炮弹!

林大树心头滚过一串闷雷,来不及细想。他伸手去拽李秀娟,听见她轻轻哼了一声,他狂喜地大叫起来:"秀娟呀,你没死,赶紧站起来,跟着伤员撤退! 敌人又要进攻了!"

李秀娟扑棱着满头土坷垃,挣扎着站起身,吃力地挥着胳膊喊来一副担架,指着马小宝:"重伤号! 他……失血过多,赶紧送战地医院……抢救!"

就在战友们搬动机枪手时,秀娟发现那个美军护士负伤了,下半身被染红了,伤得很严重,连喊几声没回应。她焦灼地盯着林大树,口气粗鲁而骇人:"林大树,救她! 咱得救她! 扔下她,你就不是个爷们儿!"

林大树招呼担架把机枪手抬走,就明白了面临的难题:李秀娟要救这个受伤的美军护士,他不反对,但不可能。这里是战场,不可能让担架运送敌军的伤员! 她是为了抢救我军战士受伤的,这理由又说不清楚,此时此刻又说不清楚。

怎么办? 林大树睁开冒火的眼睛把身边的战友扫视一遭,用同样粗鲁骇人的话语吼道:"你们都不瞎,这娘们儿是救咱的人受伤的! 谁敢不救她就不是个爷们儿!"

身边又落下炮弹,炸起一股股烟柱。

林大树来不及犹豫,他弯下腰,弓起身子,把血水淋漓的美军护士扛在肩上,背起来就跑。深一脚浅一脚,一口气跑回坑道里,安放在自己的铺位上,又匆匆赶回阵地上。

他这一去一回几乎是在瞬间完成的。战士黄大牙趴在掩体里,嘴里吐着烟雾说:"班长飞毛腿呀! 俺一袋烟还没吸完哩,你可回来了。"

林大树没有吱声。自从来到朝鲜,他只记住一句话,"杀敌立功,保家卫国。"刚才发生的事情转瞬即逝,他立即进入战斗状态,庄重地命令大家:"集中精力,攒足力气,听着冲锋号,使劲往前冲!咱是尖刀班,不能丢人!"

战友们顿时振作起来,握紧了手中武器,随时准备发起冲锋……

战斗结束,林大树和战友们回到坑道里来。

李秀娟守在美军护士身边,神情有点沮丧。

林大树不用问便知道面前的困境:美军护士伤势严重,血流不止,李秀娟无计可施。他虽说能把她背下火线,却无力为她治疗,让她平安脱离险境。坑道仅能提供短暂的安全,待下去绝非稳妥之计。原本是要救她,救活了尚可解释。万一死在坑道里,那可就跳到黄河里洗不清了!

林大树弯下腰,凑到李秀娟身边,急火燎毛地问:"她咋样?咱救得了她吗?"

李秀娟沉重地吸了下鼻子,用手背抹了抹脸,心急如焚地哽咽着:"……她伤得很重,弹片穿破肚皮,肠子都快流出来了,再不赶紧抢救她就完了!林大树,你快想办法,咱一定要把她救活……"

林大树看那美军护士死人一般躺在地上,没有一丝声息。他更是急得喉咙眼冒烟,急火直撞天灵盖,他火辣辣地问:"秀娟,俺也不想让她死!咋救她,你说!上西天瑶池盗仙草,俺也不怕难!"

李秀娟忽然站起身来,用恐怖的目光盯着他,说出寒风砭骨的话:"林大树,你听着,从你把她背回坑道来,你就违犯部队条令了!现在她躺在你二排一班的坑道里,横竖只有一条路,把人救活!我下决心了,冒死去求医生,给她做手术。你要敢泄露一个字,那就不是个爷们儿,是孬种!"

林大树虎着脸听她说完,毫不犹豫地挺起胸脯,大声吼道:"全班战友听着,还是那句话,这个美国佬,不,这个美军护士,是在阵地上救小宝负伤的,你们都不瞎,都看得清清楚楚!咱不能恩将仇报,一定要把她救活!有天大的责任我去扛,上刑场挨枪子也是我一人承当!相信弟兄们能守住这个秘密,都是爷们儿,不当孬种!"

战友们不等他的话落音,就集体发声,慷慨激昂的声浪震得坑道顶上唰唰掉土:"患难与共,肝胆相照!中国爷们儿,敢作敢当!"

林大树瞪大眼珠,从一张张结着伤疤、凝练出意志和血性的面孔望过去,火辣辣地说了一句:"好兄弟,够爷们儿!"

李秀娟脚步踉跄地闯进坑道,她总算请来了战地医院的外科医生。一个四十多岁的清瘦军人,背着药箱,捧着器械,匆匆跟在后边。

李秀娟腿上有伤,她不动声色咬牙坚持着,把医生引到伤员身边,轻轻撕开美军护士的军装,指着缠满绷带的半截身子,简约地介绍了伤情。

医生深深吸了口冷气,小声急促地说:"她不仅伤了皮肉,还可能伤到内脏,必须抓紧处理!引发感染后果就严重了!"说着匆忙摊开器械,警惕地朝周围的战士看了看,脸上有一丝不安和怯惧。李秀娟忽地站起来,朝战士们喊道:"兄弟们,全体都有,向后——转!向前一步走!"

战士们依照口令做了,顿时腾出炕席大一片空间,四周安静得鸦雀无声。医生紧张的神经缓解了许多。

林大树脸色漆黑如铁,口气严肃地说:"战友们,大家都要配合点。这个美军护士不是俘虏,不能送往战俘营。医生是李秀娟偷偷找来的,就在坑道里做手术,咱们是偷偷摸摸办正事!咱也想光明正大,可是眼下不可能,咱先把她救活再说,要对住自己良心。就是把天捅个窟窿,俺也认了!"

战士们齐声说:"班长说得对!人家够爷们儿,咱不能当孬种!"

战士们滚烫的誓言在坑道里震荡,医生深受感染,疑虑顿消,手脚麻利起来,剪开绷带检查伤口,夹起棉球清洗、消毒、探察、取弹片、缝合、上药、包扎……一系列动作熟练利索、轻松到位,不到一个小时,手术干净利索地结束了。

医生摘下沾满血迹的手套,用手背擦擦额头汗珠,轻轻舒了口气,看着守在旁边当助手的李秀娟感慨地说:"小李呀,这是我在朝鲜战场上最特殊的一次手术。连起码的消毒都没有,竟然做了敞开式的创伤缝合术,自己都感到是个奇迹!还有,我从半胁迫半帮忙的状态变成完全自觉自愿地参与这次冒险行动,是从战士们身上受到教育,受到震动。这场战争是反人类的,充满杀戮和血腥。但是,我们的战士深明大义,是非分明,敢于冒险救助敌阵中的正义者,如果传到杜鲁门的耳朵里,如果他有人性,也会感动得发抖的!"

医生是个受过教育的知识分子,咬文嚼字说出一串文绉绉的话。李秀娟呆呆地瞅瞅林大树,二人木然晃着头,他们没听懂。

医生背起药箱,收拾好器械,交代:"小李,该留的药品都在这儿,三天换次药,交给你了,我不能再参与。就一点,千万别让伤口感染。另外,她失血过多,没条件补给,慢慢养吧。留下几瓶葡萄糖,你替她打上点滴。"

交代完毕,医生抬脚往坑道外面走,突然转过身,目光落在相送的林大树身上,抬手在他肩头拍了一下,欣赏地说:"你是班长吧?领教了,够爷们儿!"

转身走到坑道口,他又回头补了一句:"班长哪,够胆大的,准备着挨罚吧!别怕,必要时拉上我,让我也当回爷们儿!"

日出日落,三天三夜……

风雪交加,冰天雪地……

沉沉昏迷了三个昼夜的美军护士,终于醒过来了。坑道里冰冻凝结的气氛缓和下来,偶尔响起轻轻的欢声笑语。

那几天,遇到一场暴风雪,山谷被填平了,道路被封死了,抬眼望去,茫茫雪国。

风雪弥漫,敌机没有飞来骚扰。

风狂雪骤,敌人没有狂轰滥炸。

然而,林大树和他的战友们一刻也不曾安宁。十几个青皮小伙子守着一个昏迷不醒的重伤员,还是个女的,又是个美军护士,她的伤情让人揪心;窝藏敌军人员,甚至给予救治和护理,究竟担负何种罪名,让人感到压力重重,忐忑不安。尽管,班长林大树拍着胸脯保证承担一切后果,战友们依旧个个提心吊胆。

坑道口戒备森严,战士们轮流值班站岗,时刻提防突发事件。既然敢把伤员背到坑道里,就要保证她的安全。在她神志清醒之前,绝不能发生任何意外,无论是敌人还是自己人,如果冒犯这个伤员,他们都敢于挺身而出,舍命保护。

坑道里守护严密,战士们轮流值班,守护在伤员身边。给她翻身、测体温、用热毛巾擦拭额头和脊背,发现异常,及时报告。

李秀娟每天按时赶来"查房",按时换药、打消炎针、挂点滴,还要按时给伤员喂开水、喂流食,无微不至,周到认真。她能做的,亲自动手,看不上小伙子们毛手毛脚。例如擦洗伤口,更换纱布,包扎绷带;还有伤员的大小便,以及下半身的清洗。

战士们精心守护着伤员,如同守护一尊佛。

林大树既要关注伤员的守护,还要关注以后的事情,首要的是把伤员救活,尽快能够自理。接着才是如何体面地把伤员交出去,让她得到合理和妥善的安排,还有,他和战友们的举动也能得到认同和理解。

但是,林大树渐渐明白了这件事情的严重性,并不是他想象的那样轻松和简单。这样一桩关乎两国交兵、隐匿窝藏敌方伤兵的大事,并不是他一个小班长能够扛得起的!

当时战火纷飞,死神相逼,铁血男儿,意气用事,人性所至,良心难泯,脑袋一热,干就干啦!

此刻静下来细想,他未免莽撞了些,粗心了些,头脑简单了些。战争就是要死人的,阵地上尸积如山,为啥偏偏对一个美军护士要动恻隐之心呢?自己给自己出了个天大难题,果真应了"请神容易送神难"的说法,好像怀里搂了个刺猬,搂着难,丢掉更难!

三天三夜,熬得艰难。

美军护士苏醒过来，开口喊着要水喝，要食物吃，哆嗦着苍白的嘴唇朝战士们说"thanks"（谢谢）时，班长林大树启开毛茸茸的嘴巴，孩子般笑了。

就在林大树稍稍感到心头一块石头落地时，他被连长喊去了，一见面就被骂了个狗头喷血！

"林大树，你好大胆子！竟敢把个美军护士从战场上背回来，藏到坑道里，你吃了熊心豹子胆了？窝藏敌军人员该当何罪，懂不懂呀？几十万中华儿女抛家舍命，抗美援朝，打的就是美国鬼子！你小子昏头了，还是转向了？把敌人背到自家坑道当神敬，我都替你心寒、害臊、脸红！你他妈就是个叛徒！内奸！反动派！"

连长骂了半晌，林大树低头沉默不搭腔。

连长吼起来："娘的，老子让你把肠子都气青了，你小子一言不发！肚子里到底憋了个啥样的臭屁，放出来呀！咋啦？怕了？想当缩头王八了？"

林大树满头冒冷汗，听到连长质问，赶忙双脚并拢，敬了个军礼："报告连长，林大树静听连长训示，连长不骂完，心中不解气，就没心听我解释，所以不敢打岔。"

连长白眼看他，愤愤然："我听到的反映不是事实吗？没有搜查是给你面子。你还要解释？花言巧语能掩盖你的罪行吗？"

林大树不紧不慢地说："连长，我必须解释。你听到的可能是表面现象，我解释的是内在原因。一点不假，俺救了个美军女护士，首先她不是战斗人员，其次她是个伤员，重伤员；再次也是最重要的，她是在火线上救助咱们的战士受了伤，咱们应该救她……"

连长把手朝他面前狠狠一劈："打住！咱们，你这个咱们啥意思呀？你林大树是反动派，还想把我三连战士都咱们进去呀？"

林大树挺起腰板，话语朗朗："连长，我说错了。事是我林大树干的，是对是错我一人承担！决不连累连长，也决不连累任何人！"

连长竖起大拇指，在林大树面前晃着，话语却似山野寒风，剜心刺骨："英雄！你小子敢作敢当，到现在还逞英雄！你就没认识到事情的严重性，我就是想帮你兜揽都找不到理由哇！好，就如你所说，她，那个美军护士在火线上救助咱们的伤员，她受了伤，你想救她，你也报告一声呀！你把她背回坑道窝藏起来，不报告不吱声，你想隐瞒多久？又能隐瞒多久？你都胆大妄为到这份上了，还在猖狂，真想让美国鬼子朝你磕头作揖喊救命恩人哪？"

林大树看连长火气大，不敢强辩，只好插着话缝做解释："连长，我哪敢在你面前逞英雄呀？论岁数您是大叔，论资历您是建设新中国的功臣！我一个种地把式，哪敢在关老爷面前耍大刀哩？俺救那个美军护士就认一个死理，她敢救马小宝，俺就敢救她！没报告连长，是害怕，一怕受处分，二怕把她当俘虏，送往战俘营……"

连长前半段听着受用，没吱声。听到后两句，火气又来了，巴掌一劈，打断话头："咋啦？她不是俘虏她是啥？是白求恩还是观音菩萨？你小子啥出身？地主富农吧？阶级立场哪儿去了？咋就越说越像反动派了？告诉你小子，赶紧把人交出来，立即送往战俘营，否则军法处置！"

连长的话像一枚枚炸弹，好一阵狂轰滥炸。

林大树既无招架之功也无还手之力。他只会硬着头皮，一句话犟到底："反正就这！人家救了咱的战士，咱也该给人家治伤。扔下她不管，不是爷们儿！咱不能把人家当俘虏，那不公平。就是毙了俺，也不服这口气！"

连长气蒙了，拍着大腿嗷嗷叫："林大树你个龟儿子！战场上只有敌我，只有你死我活，只有仇恨和子弹，没有同情和怜悯！你敢认敌为友，就是反动派！如果不立即交人，老子今天就毙了你！"

林大树硬是认死理，一头撞到南墙上，宁死不回头。他反复只有一句话，和连长杠上了："她是个护士，只会救人不会杀人。她救了咱的战士，我也该救她。谁把她当俘虏，俺死也不服气！"

消息不胫而走，风一般在部队传开了。

那个做手术的医生佩服林大树的胆识，又担心他的强硬会把事情搞僵。连长坚持原则，僵下去谁都下不了台，反倒不好收场。

他点拨李秀娟去劝说林大树，应该承认没有向上级请示汇报的错误，接受应有的处分，应当交出美军护士，请上级按政策处理后续事情。

他主动找到团长，介绍了帮助林大树抢救美军伤员的缘由和经过。他也诚恳作了检讨，承担了自己应该承担的责任，并且谈了自己的意见：不能简单粗暴地处理这件事情。

李秀娟找到连部，先当着连长数落林大树："怪不得你叫林大树，就是个斧头砍不开的榆木疙瘩！你把美军护士背到坑道里，抢救了三天三夜不报告，你目无领导，目无纪律！当然，你救人事出有因，人家救了咱的战士，人家受了伤咱不救不人物，不救不爷们儿！可是你把隐情跟连长说清楚呀！志愿军不就是抗美援朝来了，咱打的就是美国鬼子，你把美国鬼子窝藏起来，猛一听可不吓死人了！连长骂你两句你要横，要我早就一枪毙了你啦！"

李秀娟是连里优秀卫生员，火线上救伤员，一不怕苦，二不怕死，身上挂彩不叫疼，咬咬牙照样冲上前。连长欣赏她这股虎劲儿，此刻又听她绵里藏针一番话，虽然听出其中的含沙射影，倒也帮他铺了个台阶。于是板着面孔说："秀娟，这件事你来处理吧！立即把那个美军护士从坑道里弄出来,送往俘虏营!"

　　林大树知道李秀娟当的是和事佬,说啥他都不吱声。没承想连长咬住把美军护士送战俘营不松口,又要张嘴反驳,却被李秀娟拧住胳膊拦住。

　　李秀娟吸溜着凉气用可怜巴巴的语气乞求着说:"连长呀,我向你汇报真实情况吧,那个护士伤得很重,弹片钻到肚里,肠子都断了!咱当时不能见死不救啊!现在咱救了她,做罢手术刚刚醒来,匆忙搬运,万一弄出个三长两短,那影响……连长你想想,以前的事你不知道,军法处置由林大树顶着。这光景了连长何苦去蹚这浑水哩?人在坑道里躺着,她跑不了。连长你闭上眼睛当好人,过些天该送的送,该毙的毙,全凭连长说了算!"

　　李秀娟顿了顿,又俯在连长耳边小声说:"连长,那护士很年轻,你见了也不忍心……求你了连长!"

　　这时分,电话员报告:"连长,团长请你接电话。"连长接过话筒,听完团长的命令又大声复述一遍:"是,团长!我连紧急集合,派出尖刀班,奇袭125高地敌人师指挥部,傍晚六点出发,午夜零点准时发起进攻!我向团长保证,三连坚决完成任务!"

　　连长还没放稳电话,林大树就冲上前去,向连长敬礼,高声请战:"报告连长,一班长林大树请求参加战斗,尖刀班的任务就交给我吧!大雪封山,夜黑风高,正是袭击敌人的大好时机,我保证掏了敌人的老窝!"

　　连长的脸颊冰冷如铁,话说得刻薄:"大雪封山,难辨方向。夜黑风高,行军艰难。就凭你口出狂言,骄傲轻敌,你只配留守坑道!"

　　林大树强势争辩:"我三连一班原本就是加强班配置,多次担任突击队、尖刀班角色,屡次胜利完成战斗任务。一年不到,全班立集体三等功两次,本人立二等功一次,这就是实力。另外,125高地这个匪巢,五天前我班曾经执行过一次侦察任务,敌人占据的地形极为有利,指挥部设在险峻山头上,居高临下,山势险要。山下布有炮兵阵地,对我军构成极大威胁。只有消灭这只拦路虎,我军才能迅速向前推进!所以,我们一班担任尖刀班,是目前最佳选择!"

　　连长的面色和缓下来,语气也有了温度:"说具体点,如果你当这把刀,怎样才能干净利索插到敌人胸口上?"

　　林大树站到桌子前边,捞过茶缸,用指头蘸蘸水在桌面上划拉出圈圈点点来:"连长,敌人对前方阵地防守严密,对后方稍显松懈,因为后方是悬崖峭壁,基本上没有敌情。如果我们出其不意,把尖刀从敌人后心捅进去……"

　　连长伸出手,把林大树蘸水的手摁在桌面上,眼睛火辣辣地盯在他脸上:"我懂了,你个龟儿子! 就这样干!"连长看看手表说,"从现在算起,还有八个小时,做好战斗准备,抓紧吃饭睡觉。通知司务长,给你们打打牙祭!"

林大树满脸兴奋,身子站得笔挺,给连长敬了个军礼。

连长脸上掠过一丝难得的春风,挥挥手骂了一句:"好了,准备去吧! 记住,你个龟儿子,回来新账老账一起算!"

林大树没有学过军事,参加志愿军前也没有从军的历史,也不曾参与过战争打过仗。但是,他简直就是个军事天才,从侦察地形、排兵布阵到组织火力等等,竟然能根据情况拿出一整套具体作战方案,而且每战必胜,极少失误。所以屡立战功,从连长到团长,都很喜欢他,遇到难啃的骨头常常把他顶上去。不过,林大树仅仅是个小班长,参加的不过是些具体战斗,他还没有机会介入某场战役的部署或策划。因此,他属于一个会打仗的战斗员。

那天的奇袭就是看准了天机,算透了敌人麻痹轻狂,出其不意,出奇制胜,以小股部队直捣美军指挥所,使敌军全盘瘫痪,然后分段切割,各个击破,直至彻底聚歼!

林大树揣摩着上级的作战部署,深知尖刀班责任重大。他们的进展和成败,决定着整个战役的成败,他们的行动,起着牵一发而动全身的关键作用。

林大树没有对连长说大话,他对这场战斗胸有成竹。上级谋划已久,准备充分,蓄势待发,静候时机。他接到任务之后,回去对全班战士作了战斗动员,对那片曾经侦察过的地形又仔细琢磨和研究一遍,战友们摩拳擦掌,跃跃欲试。林大树带头多吃了两碗猪肉白菜炖粉条,吞下四个大馒头,强迫自己蒙头睡了俩钟头,为夜里的战斗积攒力量。

夜幕闭合了,天光依旧如昼……

皑皑雪原,银光闪闪,彤云阴沉低垂……

落雪无声,白絮纷飞,无休无止……

林大树率领他的尖刀班按时整装出发,迎着凛冽的风雪化入夜色之中。

或许,暴风雪给了美军喘息的机会,前沿阵地一片静谧。只有探照灯的光柱划破夜空,在山谷里摇过来又晃过去。

战士们狸猫一般悄无声息地越过敌人两道铁丝网,绕过岗哨,摸到曾经来过的后山悬崖。

那是一道陡崖,悬崖百丈。除了坚硬的山岩,便是积雪和冰挂,黑黝黝的闪着暗光,铁壁铜墙般横亘在风雪中。

唰——唰——唰！只听一声声钝响,飞出去一条条绳索,带着锋利的挠钩牢牢抓住山岩石缝。几乎在眨眼之间,林大树和他的战友便像壁虎般攀着岩石爬上了悬崖,只留下一阵噜噜的声响,还有积雪和冰块的滑落声。

大约敌人过分傲慢自信,压根儿没有想到有一群一年前还在种地的中国农民小伙,转眼成为神勇的志愿军战士,竟然在风雪交加的暗夜,越过钢铁组成的营垒,从背后插来一刀,天兵天将一般闯进指挥所。

山头上阴沉沉的,一片丛林,搭着一片军用帐篷。除去收发电报的嘀嘀声,静如坟场。

敌军岗哨早被战士们摸掉了,没有来得及抵抗。架设的机枪对准前方,却没人守卫,看来敌人对这场奇袭毫无防备。林大树提着冲锋枪,率先闯进敌军指挥部。

帐篷里灯光明亮,有几个发报员、接线员跟一位参谋坐在那里,叽里咕噜小声聊天。看见有人进来,漫不经心地招呼道:"Have a nice weekend!"(周末愉快)

林大树听不懂这句话,猛不丁愣住了。

美军参谋警惕地站起来,右手去拔腰间的枪。

林大树蹿过来,冰冷的枪口对准参谋的胸膛,吼道:"老实点！缴枪不杀!"

这句中国话,他们听懂了。美军参谋把枪乖乖扔到地上,举起双手。几个发报员、接线员也举起双手,交了枪,惊愕地看着面前浑身结满霜雪的中国士兵。

林大树把帐篷里扫视一遭,讥讽地说:"这模样哪像个指挥部呀？稀稀拉拉,吊儿郎当,就你们几个黄毛老鼠瞎扑腾,害死阵地上多少屈死鬼呀!"

他把枪口顶在美军参谋的腰眼上,大声喝问:"说！你们的大官……最高指挥官在哪里？"

美军参谋连猜带蒙,能够明白他的意思,指指帐篷里边,并且迈开脚步,示意要为他带路。

林大树跟着美军参谋朝前走了几步,他撩开一道棉布帘,里面还有间棚子,热气扑面,灯光耀眼。一个美军上校半倚在行军靠椅里,手中拿着葡萄酒瓶子,怡然自得地品酒小憩。听到脚步声才抬起头看了一眼,又打着趔趄仓皇跳起来,面对黑洞洞的枪口,满脸涨红地叽咕着:Who are you？How did you come in？(你们是什么人？怎么进来的？)

林大树听不懂他的"鸟语",用冲锋枪顶着他大声喝问:"谁是最大的指挥官,让他滚出来!"

上校听不懂他说什么,无奈地耸耸肩。

有战士跑来报告:"班长,他们的大官进城过周末去了！搜遍了,他就是最大的!"

林大树看着上校一脸狼狈站在面前,蓝眼珠子闪动着困惑不解的幽光。他脑际不由想起躺在坑道里呻吟的护士,心头便蹿起怒火,恨不得抡起拳头,打他个嘴鼻蹿血。

他咬了咬牙,咽口唾沫,朝上校轻蔑地哼了哼鼻子,用冲锋枪点着他的脑门开骂:"你他妈真不够爷们儿!你们敢发动战争,跑到俺家门口弄是非,抢地盘,有种的咱就兵对兵、将对将,大干一场,拼个你死我活!没想到你躲在这里享清闲,反倒逼着女人上阵流血拼命,俺都替你窝囊!害臊!"

美军上校哪知道他在喊什么,竟然没来由地竖起大拇指!

林大树没有再理他,反身走出去,站到山崖上,朝着天空发了三颗红色信号弹!

转瞬,山前响起山摇地动的爆炸声,火光冲天,浓烟滚滚,燃红了天宇,染红了雪原,漫天飞舞的暴风雪都被映成红色的花瓣……

林大树明白,那是连长率领部队四面合围,把美军的这支劲旅包了饺子……

战斗结束了,闪电一般,让人不可思议。

战果辉煌,堪称经典,几乎轰动了世界!

全连荣立集体一等功,林大树和他的尖刀班荣立集体特等功。

有位记者采访了林大树,请他谈谈战斗体会,林大树说:"以前打仗,心里不想事,就知道端着枪往前冲!这一次战斗,从头到尾心里有个疙瘩解不开,听过说书的都知道,两国交兵,不斩来使。他是送信的,不是打仗的,不能杀也不能抓他当俘虏。有个美军护士在火线上救了咱的战士,她受伤了,俺该不该救她?她是救人的,是天使呀!俺心里就憋着一股劲,抓到美军大官问问他,你们凭啥来朝鲜杀人放火?你们凭啥自己享受,让女人上阵去流血?如果不是你们混蛋,跑到俺家门口搬弄是非,咋会死恁多人哩?美军大官都到城里欢度周末了,没逮住,逮住个值班上校又听不懂俺说啥,更回答不了俺想问的。连长说打完仗跟俺新账老账一起算,俺也不能稀里糊涂打仗!打仗不是为了立功,不是为了杀人,俺想说服自己,更想说服连长,俺救的那个美军护士咋说也不能送战俘营!"

林大树的英雄事迹登上志愿军《战地报》,头版头条,位置很显眼,还配有他的照片,神采奕奕的。他说的那段话,记者一字不落写了出来,顿时引起一场轩然大波!

连长看到那篇文字,气得眼珠瞪成牛铃铛,把报纸摔在地上,跺着脚骂娘:"妈呀,你个龟儿子!老子是军人,部队是打仗的,不是避难所,不是救济院!立了战功尾巴就翘到天上去了? 竟敢在报纸上朝老子放黑枪! 为了防止出个反动派,老子就让你卷铺盖,滚回老家种地去!"

李秀娟听到消息,急忙忙找到坑道来,给林大树报信:"哎,这下好了! 管不住嘴巴信口开河! 你把连长得罪完了,美军护士保不住,你志愿军也当不成了!"

李秀娟和林大树心灵相通,支持他的想法和做法,不仅和全班战友一起无微不至地照料着那个美军护士,还紧密关注着连长那边的决定和行动——如何安排和处置美军护士,成了他们面临的重大难题。

林大树从坑道口上一跃而起,没有和秀娟说一句话,迈开大步就匆匆走去。

李秀娟怕他再和连长吵架,把事情越搞越僵,便跑步赶上他,一步不落跟在后边。

坑坑洼洼的山冈,深一脚浅一脚的雪路。

两个年轻的志愿军走得浑身冒汗,热气从头发梢冒出来,在军帽檐上结成冰凌。又从棉布军装的领口冒出来,把林大树的眉毛胡子染白了,变成老头子;把李秀娟的眉毛和辫子结上了霜花,变成白发老太婆。

初时,两个人谁也不说话,各人在心里生各人的闷气。

后来,李秀娟被雪坑崴了一下脚,跌倒在雪地上。林大树反身拉起她,两人相视一眼,忍不住哈哈笑成一团,双双跌倒在雪窝里……

中午时分,他们赶到团部所在的小树林里。

哨兵带着路,把他们引到团长驻地。

林大树站在门前喊了声:"报告!"

小木屋挑起布帘,团长走出来,一眼发现林大树,赶忙伸手把他拉进屋里去。

"好小子! 真是说曹操,曹操就到。我看了报道,知道你们救了个美军女护士。又了解点情况,知道你和连长在顶牛,冲突很严重! 看样子你是告状来了,我猜得对不对呀?"

团长的房子不大,里边围着火炉坐了一圈人。团长站着,笑眯眯地和他谈话,模样很慈祥。

林大树竹筒倒豆子,简单明了说清楚具体经过,而后表态:"团长,俺就两条想不通,一是俺不是反动派,二是那个美军护士不是俘虏,不能送战俘营。只要说清了,把俺打回老家种地也不后悔!"

团长拍拍他肩头的冰碴,眯起眼笑:"嘿,你这个林大树还有国际主义眼光哩! 你救了美军护士,是对的,没有错。她是在救护志愿军伤员时受了伤,你把她背回我方驻地,又给予救治,当然不是俘虏了! 我们正在讨论,应该按照国际友人对待,把她送回中国去养伤,只要她开口说明这件事情,就等于在杜鲁门脸上打耳光哟!"

林大树没有完全听懂团长的意思,他只明白了"是对的"三个字,心中疙瘩全解开了。他给团长敬了个军礼说:"报告团长,我想通了!"

他转身就走,却被团长扯住胳膊,喊着通信员:"小张来一下! 林大树是战斗英雄,带他到伙房去,填饱肚子再放行!"

当天下午,连长被通知去了团部。

团长面前摊着那张《战地报》,和颜悦色地跟连长谈话:"老吴,听说你把报纸撕了,我再送你一张。仔细读读这篇文字,好好琢磨一下,咱们应该如何带兵,又该如何打仗? 别看你从南到北,仗打了几千里,还不如战士的觉悟高哩!"

连长脸色阴沉着,没一丝活气,情绪很抵触:"我清楚,龟儿子把状告到团部来了!"

团长把报纸上的文字念了一段,感叹地说:"老吴,你是经过战争洗礼的老战士了,千万不能落后呀! 林大树是个翻身不久的农民,他不仅学习打仗,还在学习思考问题。他不是糊涂蛋,他是新中国的主人!"

连长气呼呼地说:"团长,现在他是志愿军战士,不是老百姓,你不能怂恿他目无领导!"

团长依旧平心静气:"我认真把林大树的行为想了好久,又和大家交换了意见,逐步有了明确的认识。林大树的行为属于中国老百姓朴素的平民意识,就是常说的'有恩报恩,有仇报仇'。但是,发生在你死我活刀光剑影的战场上,一个普通志愿军战士能够冲破简单的'敌我概念',大义凛然地挺身而出,爱憎分明地抢救敌营中的正义者,这叫什么精神? 往小处说是以德报怨的江湖义气,往大处说就是爱憎分明的国际主义精神!"

团长顿了顿,加重语气说:"林大树干了一件很光彩的事情,很能体现志愿军的觉悟和气度,却受到你的批评打击,特别不能接受你要把美军护士送往战俘营的说法。他想找个道理说服你,没有找到。你进一步打击他,他想了又想,打仗不是为了立功,不是为了杀人,宁愿被退回老家当农民也要找到一个真理。为了说服你,我帮他找到了,用战争对抗战争是必需的手段,用正义和人性对付侵略和暴行,可能更具瓦解灵魂和意志的作用。"

连长不再争辩,默默听着,额角青筋在跳。

团长站起身来,郑重地说:"老吴,这句话你好好想想,也请你把这句话转达给林大树。团部准备在部队针对这件事情展开学习和讨论,表彰林大树同志见义勇为的国际主义精神,请你带头发表意见。另外,对于那个美军护士以及林大树本人,请你收回个人意见,团部自有安排。"

那是个阳光灿烂的日子。

团部派来救护车,专程来接那个美军护士。将她和其他伤员一起,送到中国内地的正规医院继续治疗。

李秀娟急急忙忙赶到一班坑道来,给那个护士最后做了一次伤口的清理、上药和包扎。

林大树蹲下身子,让李秀娟帮忙,把伤员挪到他结实如门板的肩膀上。他要亲自把美军护士背出坑道,送到救护车上。他说:"我把她背进来,再把她背出去,做事有头有尾!"

李秀娟带来担架,但拗不过他,只好照办。

战友们在坑道口列队欢送,毕竟相处了六七个昼夜,有种依依惜别的情愫。

美军护士轻轻挥手,和战士们告别,双眼竟然湿漉漉的,流出热泪来。她用生涩的汉语说出一句告别的话:"再见……好人,你们都是好人,我忘不了……你们,上帝保佑你们!再见……"

走出几步,她俯在林大树肩膀上,热切地说:"我叫金娜。班长,请告诉……你叫什么?我会记住你……"

林大树能听懂她的意思,他不说话,只管走路。从坑道到停车处不过百十米,远远近近站满送行的战士。他要走稳,不能分心,把这个伤员妥妥帖帖送到救护车上,善始善终了结这桩事情,才叫圆满。

金娜似乎明白这是最后的时刻,当她的请求没有得到回应时,痛苦得难以喘息。万般无奈时,她感觉搭在林大树肩头的手指蓦然碰触到他胸前的番号,伴随脚步颠簸,番号忽上忽下在指尖触动。她突然狂喜,来不及半点犹豫,便悄悄用力,把番号抠了下来,紧紧攥在手心里……

这件事干得神不知鬼不觉。

林大树把安娜送上救护车,挥手和安娜告别,看着她热辣辣的泪水,自己也感到双眼发潮,心口跳得怦怦响。

他赶紧挤出人群,悄然揉揉眼角。

救护车开走了,顺着简易的临时便道颠簸着走远了,渐渐地模糊了影踪,绝尘而去……

第二章　铁血梦魇

关于一班长林大树救了个美军女护士的故事，一班的战士守口如瓶，三连没有人知道。直到三天之后传到连长耳朵里，连长追问林大树，结果他们不欢而散，除了连部少数人知晓，没有外传。随着奇袭战斗打响，胜利后的狂欢，这件事似乎被忽视了。然而，伴随全团学习讨论，这件事不再是秘而不宣的丑事，反而成为一桩奇闻而广为传颂，成了战士们津津乐道的英雄事迹。

是呀，这种事百年不遇。但是，真碰上了并非谁都能做、谁都敢做的，需要勇气和担当。

这种事很难说清，是非难辨，真摊上了，弄不好惹上一身骚。这种事最好别碰上。

那天救护车开到三连驻地接走美军护士，许多战士听到消息，远远近近站在雪坡上看稀罕、凑热闹。连长接到电话通知，少不了出来客套一番，送送行。

连长的心情是复杂的。本来，连长可以处理好这件事，他认为小事一桩，只要林大树把人交出来，再赔个不是，事就了啦！他并不想小题大做。没想到林大树较了真，不仅拒不交人，还跟他顶牛吵嘴！哼，龟儿子认为敢冲敢打立过功，尾巴翘到天上去了，不把他看眼里！

其实，他没理解林大树的本意就是这件事没有错，人家救咱咱就该救人家，让他交人等于变相认错。把美军护士送战俘营，等于往他脸上吐唾沫，往他头上浇屎尿！

于是，二人矛盾升级。

连长认为林大树敌我不分，丧失军人原则。

林大树坚持恩怨分明,绝不冤屈好人。

一个是长官,管不住你刺儿头,就让你退伍,打回老家去种地!

一个是士兵,一根筋别到底,死活得争口气,辩明一个理儿,俺是个爷们儿!

全团战士开展学习讨论,林大树成为学习的楷模,随风刮来的都是赞叹声。

连长无形间被推到聚光灯下,如同被扒了衣服,让战士们看到了他的自私、狭隘,窥视到他的无知、浅薄,甚至嫉贤妒能,打击报复……

迫于舆论压力,连长承认了自己缺乏学习,觉悟跟不上形势,对待高尚的国际主义精神缺乏起码认识。至于有些过激言语,只是一时气话,把美军伤员送战俘营,他做不到;把林大树打回老家种地,他也做不到。林大树是战斗英雄,是三连的骄傲,伤害林大树就是伤害自己。他不至于那么低能……

送走了美军护士,连长松了口气,如同拆了个雷管,平息了一场事端,希望不再冒出烟火来。这件事的确让他丢了面子。

此刻,林大树站在雪坡上,眼睛还在望着远处,魂儿还没有收回来。

连长瞥了他一眼,尴尬地笑着:"大树,回吧!走了走了。你弄出这档事,操心劳神也累得够呛,人送走了,睡个安稳觉吧!"

林大树瞅着连长,有点难为情,傻笑着说:"连长,俺惹你生气了,对不起……"

连长哈哈一笑,朝他挥挥手,一拳头捶到他胸脯上:"咋敢生你的气呀!战斗英雄……"

连长的话突然止住了,笑声突然断了,脸色突然变了,双眼直勾勾盯着他的军装,突然发现了什么:"林大树,你,你咋把番号弄掉了?你龟儿子又出洋相!看看,你自己看!"

林大树好像听到一声炸雷,脑门一垂,眼睛一瞅,顿时头大如斗。寒风嗖地顺着脊梁掠过全身,结成一尊冰疙瘩。额头冷汗汩汩冒出来,旺泉般顺着面颊往下流。

是呀,番号哪里去了?每时每刻都缀在胸脯上,番号咋就没啦?那可是军人的标志呀!棉军装在那个方位留下烟盒大小的印痕,比别的地方新,耀眼,一目了然!

林大树惶悚而又茫然地看着连长,舌头僵硬嘴巴苦涩,讷讷地说不出一个字。

连长眼睛投过来一束寒光,恨不能在林大树脸上剜个坑,轻蔑地说:"连番号都丢了,你还像个兵吗?为了一个美国妮子,你魂都丢了!再把枪丢了,还配当志愿军吗?"

下面的话没有说出来,连长是给林大树留了情面,也给自己留了尊严。

连长刮风一般走了。

林大树木橛子一样杵在雪地里发呆，像丢了魂，变成庙里的泥胎。

番号咋能丢了呢？那是军人的身份和标志，缀在最显眼的地方，时刻闪耀着战士的尊严。

林大树见过处理逃兵的情景，首先是被揪掉番号，表明你不是战士不是兵了，没有战士的资格了！那一刻是何等卑贱不堪啊……

林大树有过攻陷敌人要塞、拔掉敌军战旗的体验，战旗高高插在山头上，是三军统帅的标志，铁甲军旅的灵魂。拔掉战旗如同雄狮击败了野牛，把顽强的对手踩在脚下，他享受过那一刻的骄傲和自豪……

此刻，他突然感到自己惶惶如丧家之犬，上天无路，入地无门了。你还是个兵吗？什么兵啊？几团几连几班？连个番号都没有，红嘴白牙冒充吗？你还像个兵吗？你把脸面都丢了，等于自己把自己开除了，你怨谁呢？

林大树扑进坑道里，翻草掀铺找，旮旯缝里找，恨不得掘地三尺！没有找到。他让战友们帮他找，帮他想，脑仁都要炸了，也想不出可能导致番号丢失的充分理由。

还是班副泥鳅机灵，说那天奇袭敌军指挥部，夜黑风高，悬崖结冰又陡又滑，极有可能在攀登山崖那一刻，番号被石棱或是树枝挂掉了。这是铁定的理由，无可辩驳！

"战斗过去几天了，你自己都没发现吗？"

——林大树模拟着连长，质问。

"我没发现。大家也没发现。又是学习又是总结，忙得陀螺转，粗心大意了。"

——泥鳅转动黑豆大的眼珠，辩白。

"骗鬼去吧！番号就是军人的脸面，一眼就能看到的东西。你龟儿子没有脸，这几天咋熬过来的？表彰会往你胸前挂奖章时还有的！"

——林大树学着连长开骂了。

"反正丢了，绝不是故意的。求求连长补一个，以后珍惜爱护，决不再出这种丢脸事！"

——泥鳅做着鬼脸，说着乞求话。

"你把番号丢了，就是自己把自己开除了。你还配当志愿军吗？赶紧卷铺盖滚蛋，给老子回家种地去！"

——林大树学着连长的腔调说出咽下的半句话。

战友们顿时哑然一片。笑不出来，说不下去。

谁身上也没有发生过这种事，谁也不清楚丢失番号究竟犯了多大罪过，将会受到何等惩罚。

战友们的判断大致相同,救护金娜的事情让林大树光彩夺目,却让连长脸面丢尽威风扫地,他一定会报复,只是没有机会。现在不正是对付林大树的好时候吗?看来林班长解甲归田的命运注定了。

这一点,林大树更是清楚而透彻。打回老家当农民,他毫不畏惧,乐于接受,铁打的营盘流水的兵,不可能在部队干一辈子的。他只是觉得委屈、懊恼和窝囊,甚至感到屈辱,为啥要在这种琐事上出错,授人以柄呢?不应该,太大意了,太粗心了!大风大浪都能闯过来,反倒在这小泥沟里翻船,实在是一份不该领受的羞辱!果真让撵回老家去了,还真是一件不光彩的事,扛着锄把种地也抬不起头来!

怪就怪在时间一天天过去了,连长没有和林大树计较,丢失番号的事像被风刮跑了。

林大树反倒感到憋屈,整天穿着没有番号的棉军装站岗放哨、行军操练,如同光着屁股在人前晃荡,感到脸上发烧;尤其是和熟人见面或是开会场合,他都不敢抬头看人,好像自己有啥短处,怕别人识破了他无地自容。

丢失番号的林大树背上一副无形的枷锁,不敢挺起胸膛走路,自觉比人矮一头;也不敢昂起脑门看人,好像被烙了火印,成了罪囚。

不久,发生了一场惨烈的战斗。

三团承担伏击敌军先头部队的任务。

部队埋伏在山坡上,扼守一条狭长的山谷。

为了把敌人引进"口袋"里来,团长命令三连去当诱饵,把鱼群引过来。

连长把部队摆在光秃秃的小山头上,如同和尚头上趴着苍蝇,一巴掌就能拍死!

战士们一看这架势,谁心里都明白,这一仗就是送死去了。

林大树心里更清楚,他血红着眼珠对战士们说:"弟兄们,团长把三连当尖刀使,咱们班就是三连的刀尖子!咱们参加志愿军就是打仗来了,上战场就不能怕死,谁怕死就不是爷们儿!咱也不能硬拿脑壳去迎子弹,打死一个够本儿,打死两个赚一个,多打死几个才算解恨!今儿肯定是场恶仗,咱连的角色就是敢死队!弟兄们机灵点,争取保住小命,为咱一班多留点火种!"

敌人黑压压乌云一般滚动过来,传来一阵轰隆隆的响动,闷雷一般,那是一支机械化部队。几十辆坦克组成钢铁前锋,坡岗沟壑阻挡不了,枪炮子弹穿它不透,狂傲如入无人之境,烟尘滚滚,浩浩荡荡,眼望去卷起一派惊涛骇浪。

连长匆匆赶到一班阵地,目光生冷地望着林大树:"一班长,你给老子听着!团长拿咱们连当诱饵钓大鱼哪!三连就这点家当,不能让美国佬一口吞了,我得对住全连弟兄!我决定,鱼饵我来当,迎着炮火,宁愿挨打。我把警卫班给你一起指挥,炸掉敌人坦克,缠住敌人,能缠多久缠多久。然后撤到那片小树林里,隐蔽起来!明白了吗?"

林大树有几分愕然:"连长,敌人坦克几十辆,那是钢铁,不是豆腐!"

连长眼睛冒火,吼起来:"你龟儿子猪脑壳!能炸几辆是几辆!只要我把美国佬引走了,你们就撤,隐蔽起来保住本钱,你就算完成任务了!"

林大树明白了,连长把活命的机会给了他,任务就是尽量给三连保存点有生力量。

顿时,林大树感到心头一热,立刻果断地说:"连长,你不能这样!全连战士都是生死与共的弟兄,我决不贪生怕死,决不当逃兵!"

连长眼里火焰喷出来,射到林大树脸上:"你龟儿子想得美,老子死了也要拖你垫背哩!老子怕美国佬看透把戏,脱钩而去,让你去当勾魂鬼的!"

林大树听了心头稍稍释然,他不好抗拒连长的命令,但是明白连长的意图,不就是既要消灭敌人,又要保存力量嘛!于是回答说:"报告连长,林大树保证完成任务!"

敌人的铁甲军阵转眼到了近前。那里有三条岔路口,隐约能看出敌人分兵进击的意图。

连长厉声喊出命令:"出发!"

林大树猛然挥手,几十条汉子扛起枪支、炸药包,猎豹一般从小山包上冲了出去。

几乎同时,他们身后枪声大作。连长率领战士们向敌人开火,把全连弟兄公然暴露在敌人面前,这是慨然领死的象征!

眨眼间,小山包成为敌人的攻击目标。几十辆坦克朝这里蜂拥而来,屎壳郎般挤挤扛扛,喷出猛烈的火舌,编织成强大的火力网,顷刻就能将小山包夷为平地。

林大树此刻更加明白连长的意图,三连那点兵力在敌人面前,不过是砧板上一条鱼,岂能满足一只饿虎的胃口?那么,自己果然带领弟兄们躲进小树林去吗?连长让他炸几辆坦克,就能把敌人引走了吗?唉,真是猪脑壳!

他果断地命令:"弟兄们,连长和全连战士被敌人缠住了,咱们得把敌人引过来,好让连长他们脱身!准备炸药包、手榴弹,炸坦克!"

林大树经过几次阵仗,琢磨出一套炸坦克的战术。只见他把七八枚手榴弹捆绑在一起,搂在怀里冲入坦克阵中,好像钻入大象群里。坦克打不住他,他却在坦克群里钻来钻去,寻机跳上坦克,把炸弹填到坦克的肚子里,或是瞅准坦克的动向,把炸弹投到履带下面,都能把王八壳子炸个四脚朝天或是变成一堆烂铁!

利用这个手段,他屡建奇功。

就靠这个手段,他带出一班爆破高手。

连长既会用兵又会激将,给了林大树一片用武之地。

林大树不负众望,率领战士们钻到坦克群里捉迷藏。

敌人的坦克连续被炸瘫七八辆之后,突然清醒过来,他们放低炮筒,架起机枪,对潜伏在身边的爆破手发动攻击。同时,逐渐赶来的步兵,也对爆破手们发动进攻。一个又一个战友倒在敌人密集的炮火下,留下一摊摊血泊⋯⋯

这时,小山坡上的部队适时组织起火力,重创了敌人的步兵,打乱了敌人的部署,吸引敌人冒冒失失朝小山坡攻击上去。

敌人咬钩了,林大树却没有撤退的意思。他率领战友们沿着设下口袋阵的方位,边撤边打。

敌人有点发晕,盯着诱饵,紧追不放。那些坦克竟然架起炮筒,狂轰滥炸扑了上去⋯⋯

等到林大树从昏迷中醒来时,天色已近黄昏,四周一片哑静。到处堆积着尸体,血水汇聚成一摊摊血泊,冒着黑色气泡,散发出浓浓的腥味。

他是从沉重的尸体堆里拱出来的。周身没有力气,嘴里填满泥土,嗓子眼都是苦的,喘不过气,也喊不出声音来。

死了! 全都死光了!

他的记忆残存着昏迷前的情景:他率领一班和警卫班剩余的战士,按照"诱敌入瓮"的战斗要领,边打边撤,朝着那个无形的"口袋"步步靠近。

但是,人腿跑不过机械,他们被坦克切割成几段,又被追击的士兵团团围困。旁边就是那片小树林,他和战士们完全可以冲进林间隐匿起来,继续和敌人捉迷藏。

林大树没有那样做,而是流尽最后一滴血,坚决把"勾魂鬼"做到底!

甘愿暴露的目标是注定要被消灭的。

这支公然袭扰的小股部队,在对手看来是愚蠢的挑衅,虽然十分悍勇,最终不堪一击。

美军有炮兵配合,很快摧毁了那座小山包。硝烟散尽,那个冒出地标三十米的山包被夷为平地,山头被炮弹开了膛,露出白森森的石头茬……

林大树和战友们遇到的是相似的命运。

敌人的炮弹成串轰来,在他们面前爆炸,巨铲似的掀开地皮,掘出大坑,撕出沟壑,扬起石屑、土块和人体,漫天飞扬,如同空中落下雹子!

林大树被炮弹炸飞之后,和尸体一起被掩埋了。直到有了知觉,他才知道自己没有死掉。

他终于听到微弱的呻吟,摸索着找了一阵,发现尸体中间有只手在轻轻抖动。他费了好大力气才拖出半截人体,声音是他发出的,林大树呼喊了半晌,才认出是泥鳅。

泥鳅伤得不轻。浑身血糊淋漓的,眼皮都睁不开,翕动着干裂的嘴皮,吃力吐出一个字,"水……"

到哪儿弄水去?凡是有生命的地方都需要水。

这一带生命都绝迹了,哪里还有水?

泥鳅需要水,有水他就能活命,否则就得死!

林大树的喉咙眼干得冒火,他也需要水。

他不能看着泥鳅死去,哪怕有一掬甘露,就能诱发生命的嫩芽,而后渐渐复活。

万般无计时分,他从脚旁捞起一个钢盔,解开裤带,努出好大力气才挤出一捧尿来。凑到嘴边,轻轻含了一口,然后贴伏在泥鳅嘴边,一滴滴渗进他唇缝里,自己却一滴也不舍得咽下……

泥鳅活过来了。

天色已经落黑,周围灰蒙蒙的,寒风把残雪搅拌起来,飞到身上,让人一阵阵战栗。

林大树吃力地站起身,发现能走,便拼命把泥鳅拽起来,一人捡起一杆枪背起,相互搀扶着朝小树林蹒跚走去。既然没死,就得活下去。天性让他们把希望寄托于树木,能否找到食物,能否找到温暖和栖息之处。

蓦然,他们发现了火光,听到轻轻人语,随风飘来一股淡淡的焦煳味!

林大树拽着泥鳅警惕地向前摸索前进。林木深处果然藏着一群鬼子,他们挤围成一团,当中架着一堆火,有些狼狈,好像是一群残兵败卒。他们都有枪,当官的是个中尉。他手中拿根树枝,挑着一只野兔或是地老鼠在火苗上烧烤,炙出一股焦煳味……

林大树周身神经刹那间紧张起来。他认真数过,总共二十七个美军官兵,一半是伤兵,伤情轻重不同。是临时小憩,等待救援?还是迷失方向,在此过夜?无论哪种情况,都不能放过他们!为了牺牲的弟兄们,一定要坚决彻底地消灭敌人!

敌众我寡!

认真细算,林大树和泥鳅加起来,只能算作一个人。泥鳅伤得很重,双腿行走困难。林大树也有伤,没有伤到主要部位,能够打枪、走动。

没有商量,没有交流,眼神一碰就明白意图。他们二人分头行动,一左一右包抄过去。

"举起手来!缴枪不杀!"

渐渐摸近人堆时,林大树端起冲锋枪扣动了扳机,左手还举起一颗手榴弹,亮开嗓门大吼一声!

这群美国鬼子刚从惨烈的口袋阵中溃逃出来,东躲西藏聚到小树林里,是一群惊魂未定的散兵游勇。他们做梦也未曾想到,一支被武装到牙齿的联军雄师,转眼之间被寒风瑟瑟中穿着单衣单裤光脚丫子的中国军队打得落花流水,屁滚尿流……

他们更不曾想到,刚刚逃出虎口,转眼又碰到凶险!听到那句熟悉的中国话,还没有看清对手,那群散兵便学着中尉的模样,咔嚓把枪扔到地上,乖乖举起双手!

林大树没有想到,这群鬼子竟然如此熊包!

鬼子投降了,如何处置他们呢?

对缴械投降的敌人,就不能大开杀戒。这是交战双方遵守的协定,也是志愿军的纪律。

尽管不了解当时的情况,林大树对口袋阵充满必胜的信念。那么,必须押着二十七个俘虏往前走,押回部队驻地去。

夜黑风高,路途漫长。几十里路程平常不在话下,但在今天却有点艰难。林大树身上有多处创伤,虽能咬牙忍受,但强行支撑疲惫不堪的身体去行军,恐怕有点勉强。更让他担忧的是要押着二十七个人高马大的美军俘虏一起前行,如何保证路途顺利,如何确保自身安全,林大树不得不认真思索、考虑一番。

泥鳅给他使个眼色,小声嘀咕了一句,他提起的心稍稍落地。毕竟是心灵相通的战友,感觉到班长犯难,自己双腿负伤,走路都很困难,千斤重担只能由班长一人承担,一个人对付二十七个彪形大汉,稍有差池后果不堪设想。

按照泥鳅的点拨,林大树一边比画一边吆喝,命令俘虏把腰间皮带解下来,一律提着裤子走路。俘虏们在机关枪和手榴弹的胁迫下,无可奈何地执行命令。旋即,林大树撅了几根树枝,手脚麻利地绑了个担架,把美军中尉的军大衣铺上去,让泥鳅坐上,挑出两个体魄健壮的抬起来,跟着队伍走。

泥鳅有了"坐骑",便有了威风。他端着冲锋枪吼了一声:"班长,此地不可久留。我在前边开路,你断后,赶紧出发!"

夜幕降临了。天宇如同扣下一口大铁锅,不露一丝星光。山沟里本来没有路,又被炸弹崩得东一个坑西一道坎,崎岖难行。

林大树押着俘虏,一脚高一脚低地行进着,每走一步都很艰难。俘虏们一手提着裤子,一手摸着山石,霎时退化成了伏地行走的三足兽!

林大树对这群貌似驯服的俘虏,竟然没有丝毫的同情和恻隐之心,只有鄙夷的嘲弄和咬牙的仇恨!就是为了消灭他们,转眼间牺牲了那么多战友,一班没了,警卫班没了,三连也没了!几百条鲜活的生命倒下,他们的灵魂永远飘荡在异国他乡的荒野里……

他无法想象连长和小山包上的情景,或许不忍目睹,在坦克和大炮的轰击下,肯定是一幅血肉横飞的惨烈景象!死了,都死了!充当诱饵的三连死光了!

想到这里,林大树不由得怒从心起,恨不得扣动机关枪,扫上一梭子,把面前的俘虏统统干掉,也好平息心头阵阵绞痛!

他知道,枪杀俘虏是犯纪律的,不能蛮干。

他清楚,把这些俘虏押回去,可能会有更大的价值,再苦再难,也要按军法办事。

不知道走了多久,也不知还要走多久。

俘虏们叽里咕噜地小声喧闹起来,那个中尉竟然提着裤子朝他嚷嚷,虽然听不懂,却能明白俘虏的意思:累了,走不动了,要求休息。提着裤子走路是在虐待他们,他们要控诉!要上告!

林大树也走不动了,饥肠辘辘,前心贴后背。双腿发软,走路都能打盹,倒下来就能呼呼大睡。

"咋着,让鬼子歇歇脚?要当心哗变!"

泥鳅从担架上传来话,老家土话,鬼子听不懂。

"中啊!不能多歇,俺都软塌了……"

林大树和泥鳅一说一搭,他便让俘虏停下来,靠着避风的山坳坐下来,喘气小憩。他却不敢有丝毫懈怠,在高处坐下,机枪毫不松手。

突然,泥鳅惊叫一声:"班长,鬼子想溜!"

接着就听见担架滑落声,脚步奔跑声。

林大树倏地蹿跳起来,站在原地,朝晃动的黑影子"砰砰"开了两枪,黑影倒地,没了声息。

还没等他喘过气来,那个美军中尉在黑暗中咕噜了一句他听不懂的话,就见俘虏们骚动起来,默默做着某种动作,忙碌而紧张。

林大树脑门一紧,危险感迅速袭遍全身,这些可恶的俘虏准备反击了!泥鳅被摔下山坡,二十五个对付一个,一个鬼子一只手也能把他按倒,一人一只脚也能把他踩扁!隐隐发现中尉撕了衣服,正在分发布条,那是可怕的征兆!

千钧一发,来不得半点犹豫!

先下手为强,绝不能给他们反戈一击的机会!

林大树端着冲锋枪"砰"地朝天放了一枪,大吼一声:"卧倒!统统卧倒!"只有两秒钟的沉寂,骚动继续。美军中尉起劲地撕扯着军服,不住地嚷嚷……

林大树忍无可忍,使劲扣动了扳机,朝着俘虏群射出一梭子愤怒的子弹!

面前那片山坳沉寂下来了。那群骚动的身影安静下来,永远不能在这片土地上横行嚣张了……

林大树心头一阵畅快和轻松,似乎还没有过瘾,又朝天空放了三枪,才踉踉跄跄在原地跌坐下来,打着呼噜睡过去了……

大树爷的回忆持续了很长时间。

往事如梦境般缥缈而遥远,梦幻般深沉而朦胧。许多关键的细节忘却了,许多熟悉的人想不起来,往事便难以连接得缜密而完整。

他想起一点,又想起一点;记起一个人,又连带另一个人;好似一串珠子断了线,撒落得满地乱滚,他要重新捡拾归拢,一个个穿起来,才能还原珠串的本来面目。

六十年前的往事,如同老屋的墙皮,不是被风雨剥蚀了,就是被岁月尘封了,常常留不下多少完整的东西。即便有些许碎片留存,也是非常稀罕和珍贵了。

每个人的心灵深处都有一个最为隐秘的角落,在那里储存着不愿示人的隐私和秘密。这个角落连他本人也极少触碰,那些隐秘必定是生命中最敏感、最脆弱的东西,或藏着雷火,或埋着隐痛,或蓄着泪水,或蕴藏着一段难言的故事……

大树爷在火线营救美军护士的故事,当属一生中最为精彩的段子。因为此事和连长结下梁子,至今没有解开,他引为终生遗憾。

因为开枪打死了二十七个美军俘虏,他受到开除军籍的处分,退伍返乡当了农民。这桩事被认为是他的一次重大失误,原本是立功受奖的壮举,却成了葬送前程的大错。

但是,他不服气,为了连长和全连弟兄,他不后悔。直到如今,他依然认为值得!

或许,这就是大树爷埋藏在心灵角落里的隐秘,其中有些隐情难以释怀,又让他深感委屈,所以终生不肯示人,岁月久了连他自己也忘到脑后了。

此刻,那枚发黄、陈旧、染着血迹的志愿军番号,如同银针扎进穴位,经络顷刻通畅,七窍顿开,五脏六腑同时运作,使他精神振作,循着当年脚印,在硝烟弥漫的战场上走了一遭。当年情景重新映现,往昔战友故人一一复活,那一段段朦胧往事渐渐清晰起来……

大树爷仿佛从一场沉沉酣梦中醒来,尴尬地挪挪身子,轻轻搬开金娜放到自己脸前的胳膊,有点难为情地说:"洋妹子,咱们坐下说,坐下慢慢说……"

平心而论,林大树当年从火线上背回坑道的伤员——那时的金娜是一个血糊淋漓的躯体。来去匆匆,压根没有看清她的模样。后来她躺在坑道地铺上,他和战友们除了分班照看她,就是为她的去处担忧发愁,哪里注意过她的长相。即便送她去上救护车,挥手告别那一刻,他也只看到一张热泪纵横的面孔,其余的特征均无印象。几十年过去,物是人非。如今四目相对,除却往事之外,他和这个洋女人是陌生的,从无往来和交集。对方说的又是外语,和她有甚好说的呢?

金娜显得激动异常,迫切想知道对方的一切,双手抱住大树爷一只手不舍得松开,依旧闪烁着喷火似的蓝眼珠,打听着:"李,李……护士李!她……在哪里?"

她连说带比画,连问好几遍。大树爷听不明白,便朝着门外喊了一嗓子:"人都哪儿去啦?谁懂外语来听听呀!"

陈县长和翻译推门进来,打趣说:"你们老朋友叙叙旧嘛!人家老外专门补习过中文,你听一半猜一半,琢磨一下就明白意思了!"

翻译说:"大树爷,她问的是李秀娟。当年是志愿军护士,现在她在哪儿?"

大树爷沉默不语,一连吸了几口烟,才低沉地说:"李秀娟是俺老伴,八年前就走了,骨头都化成灰了……"

金娜听了,眼圈都红了,泪花在眼窝里晃动:"哦……林,对不起!原来是这样。我想去古水坡,看看李、秀、娟,看看你的生活。我想,能为你,做点什么。"

翻译把话原封不动翻译给他听。

大树爷摇摇头摆摆手,一口咬定:"不中不中!她都啥年岁了,还弄得花枝招展的……俺村里人灰头土脸的,甭把俺这老脸臊死喽……"

金娜竟然能听出他的意思,反击他:"那里有你,还有李!我是去看你们!去串亲戚,去过年!"

陈县长推了一把大树爷,拍起巴掌来:"欢迎欢迎!应该去看看,古水坡是个山清水秀的好地方啊！大树爷,有朋自远方来,不亦乐乎嘛!"

大树爷摊摊手,有些为难:"陈县长,你甭让俺丢人。俺那里穷乡僻壤,又不通车,没有接待外国友人的条件哪!"

金娜精神集中,注意听他说的话,又能及时接上话茬:"你们不怕苦,我也不怕。在美国,我……也生活在乡村,怎么,不欢迎吗?"

大树爷感觉脸颊发烧,难堪得接不上话,没有爽快答应却又没法拒绝。

陈县长哈哈大笑起来:"大树爷,从现在起你们的事就不用我操心了。金娜女士,祝你旅行愉快!"

话音未落,金娜便大大方方挽起大树爷的胳膊,兴高采烈地说:"一班长,我们……出发吧!"

第三章　战争情缘

渡口上,村主任和志恒等候在那里。

看见小轿车开过来,村主任殷勤地迎上去,帮着拉开车门,把大树爷搀下车来,嘴里还在絮叨:"叔,王秘书打来电话,说您要陪客人回村,俺和志恒早早就候下了,咱上船吧?"

大树爷甩开他的手,指指车门:"你不用扶我。你和志恒去搀你……金……金客人上船吧,甭让她摔着喽!"

王秘书帮着拉开车门,金娜已经伸出一只脚,踩到了松软的沙土地上。

村主任挤上前,猛然看见金发碧眼的外国佬,不由得愣在那里,手脚无措,嘴巴也哑了。

志恒赶紧迎过去,用英语问候,伸出手去,落落大方地把金娜搀下车来。

金娜望着志恒青春的脸庞,兴奋地炫耀起来:"林! 我找到帮手了,能听懂你骂人了!"

大树爷怔了怔,会过意来,拍着志恒的肩膀还击:"这是我孙子! 他听我的,不会胳膊肘往外拐!"

金娜扯扯志恒,问:"他在说什么?"

志恒笑着说:"爷爷说,您是我们尊贵的客人!"

大树爷挥挥手和王秘书告别,然后大步走上船头,从村主任手中夺过长篙说:"还是让我来吧!"他把长篙猛然往水里一扎,腰一弯,双腿一弓,渡船便缓缓移动,荡起水花缓缓前行。

大树爷挺立船头,乘风破浪,撑篙击水,顿时精神焕发。他白发银须,红光满面,好似破阵的将军,怡然自得,威风八面。

金娜坐在船舱里,望着碧波万顷的河面,兴奋不已。望着撑船的大树爷身手矫健的神态,不由愕然惊叹起来:"林,这就是……你的工作?"

志恒替他说道:"一年四季,风雨无阻。爷爷每天都要撑船迎送上学的孩子和进城赶集的乡亲。几十年了,没有叫过苦喊过累!"

金娜眼里迸出心疼的泪花,大声喊着:"一班长,你,不觉得累吗?"

大树爷弯腰朝她笑笑,坦然地说:"俺是庄稼人哪,干起活来就精神百倍,越干越有劲!要往炕头一躺啊,这身老骨头就要零散了。俺闲不住也不能闲,古水坡三十八个孩子要上学,俺还得坚持干下去哪!"

金娜好一阵才弄明白他的意思,随口建议说:"林,那、就应该、建一座桥,你,就可以休息了!"

这句话戳到大树爷的心口上。他脸色顿时阴沉下来,心想,还用你说?俺又不是傻子!要有力量俺早修了!这洋婆子多嘴多舌的有点烦人……便把头昂起来往远处看,没有理她。

幸亏林志恒守在旁边,解释道:"您说得对,在村里建个学校,在河上架座桥。爷爷揣着这两个梦想,吃不香睡不宁啊!"

"哦,梦想!"金娜由兴奋变得冷静,望着浩渺的大河波涛,若有所思地喃喃自语:"从梦想到现实,还有漫长的距离……"

船到对岸,大家离船走上石板路。

大树爷在前边带路,领着金娜走过一片林子,爬上一道坡。那坡缓缓的,背风朝阳,后面靠着村落,前边朝着大河,远远望见闪着波光的水面。坡地由一道道梯田组成,垒了石头地堰,培了黄土,植了松柏。

远远看去,地堰组成的梯田叠成宝塔。最上面的那道地堰高些,也显得宽敞和平坦。那中间巍然立有一座坟冢,三尺高的黄土,用石头砌出一丈多高的墓碑,长满茂密的荒草。坟冢被柏树枝浓浓遮盖起来,蓊蓊郁郁,凝重而静谧。

大树爷停下脚步,蹲下身子,用手拨拉几下坟前落叶,柔声细气对着坟冢念叨着:"秀娟哪,你睁开眼瞅瞅,今儿谁来看你了?你还记得吗,当年咱们在朝鲜战场上,救下的那个美军护士?就是阵地上救机枪手马小宝的那个,想起来了吧?人家没忘咱们,漂洋过海看你来了!对了,就是那个金娜!你听着,她想跟你说说话哩……"

这一刻,大树爷现出少有的温柔,面对坟冢如同面对衰弱的老妻,慢言细语,柔情似水地解释一回、叮咛一番,这才缓缓站起来,看着金娜说:"洋妹子,你们聊吧,慢慢说。她耳背,是个病秧子,身子骨弱啊……"

金娜已经发现了松柏掩映的墓碑,青灰色的石面上镌刻着庄严的字迹——

爱妻李秀娟之墓　　愚夫林大树敬立

金娜从脖颈上摘掉纱巾,轻轻拂去墓碑上面的落尘,擦拭浮出的苔痕,禁不住热泪横流。

她深深鞠了躬,哽咽着说:"李、秀娟,我亲爱的姐姐,你还记得、我吧?我是金娜!是你和班长、帮我、从死神手里夺回生命,让我重新回到、上帝的怀抱。六十多年了,你们、都在我心里……我永远怀念你,愿你的灵魂安息……"

午后的冬日阳光浓浓泼洒在背风的山坡上,让人感到难得的暖意。

坡上荒草茂密,被山风刮干了,偃伏在地上,宛若软软的地毯。

金娜似乎眷恋这片坟茔,对这里的一切都感到新奇和神秘。她竟然跌坐在松软的荒草上,对大树爷恳求着:"林,我的印象里,你和秀娟姐姐,是亲密的战友,她很勇敢,也很泼辣。你是班长,打仗勇猛,也很凶……你们、怎么成为夫妻的?林,讲讲你们的故事,我想听!"

大树爷听着志恒在一旁翻译,面色阴郁,沉默不言。他圪蹴在坟冢前,吧嗒吧嗒抽着旱烟,轻轻晃着头,喟叹着推托道:"唉,你都瞅见了。秀娟走了,俺也土埋脖子了。那些陈芝麻烂豆,说它作甚?"

金娜赖在草坡上,苦苦央求。又挪过来抱住他的胳膊,满脸真诚地说:"林,从朝鲜分别的几十年,我从医学院的大学生,变成老态龙钟的老太婆,每天都在做梦。从地球那边,寻觅着地球这边,只是在做梦,真想不到还能找到你!今天,我梦想成真了,恨不得高兴地跳起来!可是,我心中的英雄,是个英勇威武的年轻战士。我找到的,是位满头白发的圣诞老人!啊……太神奇了!我想知道你们的故事,无论苦难……还是喜悦。我也会告诉你、我的一切,才能把生命融合在一起。"

面对金娜的执着和追问,大树爷不忍推托。

面对秀娟的坟冢,他有了倾诉的欲望。

他伸出胳膊,粗糙的手指在脑门上嚓嚓挠了几下,苍老的思绪又缓缓飞到久远的时光……

那是黄河滩上最隆重的乡村庙会。

起会的地方在黄河大堤上,地名叫老龙岗。

那年月,黄河"三年一决口,五年一漫滩,十年河东又河西"。大堤年年加固,年年不在老地方。所以说,老龙岗只是个大概位置。

每逢农历三月三、四月八、九月九这类黄道吉日,那段黄河大堤上便要起庙会。附近的各路商贩提前两三天就在大堤上占好位置,或扎起棚子,或圈起围栏,或挂起幌子,或盘起锅灶,最起码也要撒上白石灰,留个记号。

庙会,就是围着神庙做生意,聚起人场凑热闹。老龙岗曾经有座规模很大的河神庙,据说乾隆爷还来上过香,题诗勒石,举行过祭奠河神大礼。因为河水肆虐,河神庙早已不见踪迹,连庙台也灰飞烟灭了。

老百姓起会的地方,大概就是那一块。

通常会期三天,搭个戏台,请个戏班子唱上三天三夜,制造氛围,招徕大众。

附近村庄的老幼妇孺,趁机到庙会上见见面、聚聚首,或是串串亲戚,走动一番,完成底层小民百姓的社交活动。庙会就是借场子办事的场合,也是借台子唱戏的舞台。

热热闹闹的商业活动自然是庙会的外在表象。参会的商户多不多,摊贩的货物全不全,赶会的人气旺不旺,是衡量庙会盛况的标准。

那年的老龙岗庙会盛况空前。

人多、货全、热情高。刚刚当上新中国主人的种田人急于往自家的田地里泼洒心血和汗水,建设自家的家园,打造自己的小日子。趁着大好春光,那些当家汉子、家庭主妇纷纷去赶大会,买农具的,置犁耙的,添牲口的,逮猪娃的……结着伴儿凑着堆儿,挤来大堤上"赶会"。

人流如潮,喧嚣鼎沸,河堤上下,盛况空前。

各类摊贩,占地设点,堆满货物,嘶声叫卖。

卖钢针的小贩,脖颈上顶个幌子,唱着曲在人丛里游走,使出绝活勾引那些大姑娘小媳妇,追着撵着看他变戏法。但见他左手举块木板,右手捏一撮亮晶晶的钢针,猛然一抖,钢针"唰唰唰"飞出去,竟然在木板上直直站立一排,那功夫好神奇!等到聚住人了,他便扯开喉咙开唱:

　　　　小二姐急兴兴盼着打三更儿,
　　　　悄悄把后门留了道缝儿,
　　　　翘起耳朵听动静儿。
　　　　心口眼儿一个劲打扑腾儿!
　　　　哥哥你脚步放轻点儿,
　　　　俺爹睡觉他睁只眼儿……
　　　　门缝里伸进来一只手,

拉起来赶紧屋里走。

　　忍不住勾俺脖子亲一口，

　　…………

　　他唱的是酸歌浪词，逗引得女人们叽叽嘎嘎笑得前仰后合。

　　李秀娟和几个小伙伴在人群中挤来挤去，一边看着热闹一边说说笑笑，或是抖开干粮兜，分吃干粮枣花馍。那情状，如同飞出笼的小鸟那般亢奋。

　　人群里有个卖瓦盆的，面前堆放着一摞摞瓦盆，大的小的都有，成套成套码在那里。卖盆的冒着满头油汗，嘶声吆喝着招徕生意——

　　大盆小盆的溜溜圆，

　　深盆浅盆也不扁。

　　大盆盛米又盛面，

　　扣上盖子缝儿严，

　　蚂蚁再小也难钻！

　　小盆盛水能洗脸，

　　夜里尿尿也轻便。

　　买二送一把便宜占……

　　人潮如水，挤过来拥过去，站不稳就要摔跟头。一个人摔倒，就会随着摔倒一大拨。

　　李秀娟和伙伴们拉着手，在人群里穿梭。突然被人撞了一下，脚没站稳，打个趔趄，身子倒在卖盆的摊位上。伙伴拉她不住，两人一齐摔倒。只听"嘭嘭嚓嚓"一阵响，一摞瓦盆撞翻了，呼啦啦坍塌在地，烂成一堆碎瓦片。

　　卖盆的顿时哑了腔，收起吆喝，瞪起血红的眼珠子，满头油汗地跳着脚，横身拦住姑娘们。他伸手拽住李秀娟的衣襟，吼着嗓门嘶叫："你这妮子好野性呀，眼珠长到屁股上了！咱无冤无仇的，你砸俺生意算哪桩？今儿你不能走，打盆说盆，砸碗说碗，咱当着众人当面数，砸俺几个你赔几个！你赔钱走人咱两清，不赔钱俺可不拉倒！扣住你让家里人来领！"

　　李秀娟和伙伴们被吓哭了。乡村姑娘没见过世面，闯了恁大祸，惹出天大麻烦，还得掏钱赔偿，她们哪里拿得出呀！万一事情闹大了，传到村里去，闹得鸡飞狗跳，那可丢死人了！

　　李秀娟哭丧着脸对卖盆的求告着："大叔，俺也是被人撞翻的，哪能故意砸您盆呀？烂了恁多盆，俺实在赔不起……俺是来赶会的，身上没带钱，俺就带了干粮，都赔你中不中……"

她说着,把手中的干粮兜递到卖盆的面前。

卖盆的面孔发紫变成了猪肝,推开干粮袋,拍着屁股跳着脚,喷着满嘴唾沫星子骂:"呸!你那几个黑窝头值几个钱?俺不是三岁小孩好日哄哩!黄毛丫头想赖账,没恁容易!要是不赔钱,俺今儿就扣住你当媳妇儿!"

秀娟见卖盆的急红眼想耍泼,真的吓怕了。她们不敢跑也跑不掉,几个闺女挤在角落里,无计可施地哀哀哭泣着。

林大树刚刚买了猪崽,肩上横根扁担,把箩筐斜挑着在人堆里闲逛。猪崽在筐里叽哇乱叫,他心里美滋滋的。

他走到卖盆的摊位前,看到几个乡村闺女闯了祸,又被卖盆的拦在那里骂骂咧咧地纠缠不休,引起一群看客的议论和哭落。他停下脚步听了一阵,便挤上前去要打抱不平。他说:"卖盆的,你有话好好说,甭夹枪带棒的把小闺女们吓住了!打盆说盆嘛,你烂了多少盆,值几个钱,朝我说吧!"

卖盆的斜眼瞅瞅他,反唇相讥:"说话轻巧,吃根灯草。俺指望卖盆养家糊口,砸了饭碗你能不急呀?管闲事哩走开,说正事哩你站着听!"

林大树往前一步说:"有账算账,听着哩!"

卖盆的扳着指头:"这位大兄弟你瞅着,她一共砸烂俺三十六个盆,大盆一个八分钱,小盆一个六分钱,还碰烂七八个。这账好算,共计两元五角六分!"

林大树一字一板说:"俺是过路的,说句公道话。按理讲,她们是被人撞了,摔倒了砸住你的盆,实属无意。你是卖盆的,没守好摊,也有责任。中间劈开,损失各摊一半。你说中,俺赔钱!俺也是刚逮了猪娃,还剩一元二角钱。不中,俺走了,闺女们俺也带走,你回头上门理论去!"

卖盆的嘟囔着犯犹豫,汗水满脸横流……

周围看热闹的起哄:"中啦!甭再争了,伤了和气不值当!这位兄弟也是仗义疏财,扔钱消灾。过了这个村,只怕没这店了!"

卖盆的有苦难言,半晌才点头同意,连声说她们走了狗屎运!

林大树掏出钱扔给卖盆的,转头对李秀娟说:"事情了啦,你们还不赶紧走哇!"

几个闺女怯怯地缩起身子,好似办了亏心事,不敢大胆迈脚步。

林大树在后边护着,保镖一般把这群闯了祸的乡下闺女送过那一截是非路段。

李秀娟惊魂方定,对这个身材魁梧、热心助人的青年充满了感激。走到分手的岔路口时,她有点难为情地问:"大哥,你是哪村的?俺得去找你还钱哩!"

林大树挪挪肩上的扁担,哈哈一笑:"妹子,甭问了。山不转水转,咱们都是这一带的乡亲,说不准哪天又见面了!说还俺钱,多外气呀!"

李秀娟却固执地说："不中！你帮俺救了急，解了围，俺不能白占你便宜。俺说啥也得找你还钱！"

林大树笑着说："俺不说假话，你找不到我。我明天就报名参军，去朝鲜了！"

李秀娟执拗地说："那也得还！俺追到朝鲜去还你钱！"

就这样，两个农村青年相识了，非常单纯地相识了。并且做出单纯而又热烈的决定，相约在第二天太阳爬上东山的时候，在黄河大堤上会合，一起进城去，报名参加志愿军。

第二天，太阳爬上东山头，两个年轻人如约在黄河大堤上见面了。

他们一起走进县城兵役局，排着长长的队伍，报名参加志愿军，抗美援朝，保家卫国。

在报名现场，就有体检的医生。

农村青年体格强壮，中午排队吃饭时，他们见面了。两个人同时说出一句话："我身体全合格！"

第三天，他们就换上了军装，背上了军背包，胸前戴上大红花，坐到了出发的军车上。

满街的彩旗、标语、欢腾的人群，把小小县城装点成沸腾的海洋……

震耳的锣鼓，火红的秧歌队，组成祖国母亲温暖慈祥的怀抱，为英雄的儿女送行。那支威武嘹亮的军歌高入云霄："雄赳赳气昂昂跨过鸭绿江。保和平卫祖国就是保家乡！中华好儿女齐心团结紧，抗美援朝打败美帝野心狼！"

车轮滚滚，送兵的车辆在腰鼓队簇拥下滚滚行进。

口号声声，年轻的新兵林大树和李秀娟挤在战友们中间，向欢送的人群挥手致意……

就这样，坐了几天的火车，林大树和李秀娟到了朝鲜前线，林大树被分到战斗部队，成为一名志愿军战士。李秀娟被分到卫生队，成为一名卫生员。两人都在同一个团，所以常常见面。

新兵到了驻地，纷纷往家里写信报平安。林大树是个孤儿，跟着哥哥嫂嫂过生活，自然得写封家信说几句思念的话。可他识字不多，碰到拦路虎，便想起请教李秀娟，就跑到卫生队求她帮忙，帮他写家书。

李秀娟接过他写的信，帮着改了几个错别字和几句不通顺的话，便夸奖林大树做人做事讲情分，是个爷们儿。

林大树问李秀娟给家里写没写信，她猛然把头偏一边，用头发遮住脸，悄悄抹了把泪，敷衍说写过了。林大树疑惑着再三催问，李秀娟才告诉他，她家好大一家子,上有爷爷奶奶和爹娘,下有两个哥哥一个兄弟,弟兄都是赤条条的光棍汉。大哥二哥早已成年,却没有娶进一门亲。爷爷做主把她许给五里沟一个木匠,木匠有个妹妹,答应嫁进她家当大嫂。——一句话说清,爷爷拿李秀娟和木匠做了一笔交易:换亲!李秀娟给木匠当媳妇,木匠妹妹给李家大哥当老婆,一个换一个,一家毁亲,两家相互爽约。

李秀娟压根儿不同意这门亲事,碍于爷爷奶奶年事已高,父母兄弟都是老实巴交的庄稼汉,虽不愿拿自己的女儿身,去给一个素不相识的人做交易,却又不肯一口拒绝让全家人伤心。恰好林大树提供了报名参军的信息,为李秀娟离家出走,提供了绝妙的机会。

直到此刻,林大树才知道李秀娟从那天在黄河堤上约会,而后二人一起进城报名参军,现在来到朝鲜战场,她都是背着家里人,自作主张,离家出走的!

大树爷浓浓吐了一口烟雾,轻轻揉了一阵眼窝,喃喃地说:“李秀娟从一个乡村大闺女,跟着我到朝鲜,成为一名志愿军卫生员;冒着枪林弹雨抬担架抢救伤员,从战场上捡回一条命;到后来又和我一起退伍回家当农民,俺俩就成了两口子,过成了一家人。她为俺老林家生了五男二女一群娃,吃了老多苦,受了老多罪,背了老多委屈啊!眼瞅着娃们长大了,苦尽甜来该享福了,八年前一场大病没救过来,她撇下一大家人,硬着心肠走了,到另一个世界……”

大树爷说到伤心处,声音哽咽了。他不愿让泪水流出来,便不再说话,沉默地抽着烟袋。

金娜听得认真、入神,这些年她自修过中文,能读中文书籍,能听懂中文会话,只是用中文表达稍稍困难。此刻有志恒守在一旁翻译,她对中国乡村这些陈年旧事听得真真切切。

她对大树爷叙述的往事心驰神往,被大树爷和李秀娟的爱情故事感动。

她望着李秀娟的墓碑,嗟叹良久,抬起湿漉漉的眼睛说:“林,李秀娟是个好人,好战士、好妻子、好母亲。你,不要悲伤,你放心,在天国,上帝、会照顾她的。”

大树爷叹息地说:“唉,她要是活着,看到你该有多高兴呀!”

金娜盯着他突然问:“林,秀娟、走了那么久,你为什么、不再找一个女人?”

大树爷茫然,转而大笑:“俺都土埋脖子了,还找什么女人。”

金娜认真地看着他:“你受了、那么多苦,更应该懂得、享受生活!”

大树爷正视着金娜:“对你说,俺不愁吃不愁喝的,够享受了!”

金娜似乎不解,眼睛闪出异样的光,愕然问:“林,李秀娟、之外,你心里、没想过别的女人?”

大树爷猛然站起身,径自朝前走了几步,愤愤然自言自语:哼,这美国老婆子咋恁骚情咧!老了老了搽脂抹粉的充嫩,说起话还恁酸……看来俺可不能多留她,几十年前的那点情分,早让大风刮跑了!她要在村里待久了,不定惹出啥风流事来哩……

金娜没想到大树爷突然变脸,却能意识到他的心理变化,完全不理会地快步走上去,讥讽他:"林,我想起、中国圣人说过,你是老、封、建!对,是榆木、疙瘩!"

大树爷好生诧异地停住脚步:"哟,这你也会说呀!"接着冷冷一笑,"洋妹子你记住,我是林大树,是个中国人!你那套花花肠子,在俺这里使不上!"

金娜莫名其妙地耸耸肩:"林、大、树!我穿着衣服,你哪里、看到花花肠子了?"

村主任一直忠诚老实地守在路边上,一步没敢离开。

看见他们走过来,村主任赶忙迎上去请示:"叔,咱村没客房,咋安排客人等您吩咐哩!娃们快放学了,还是我撑船去接吧?你们……老朋友了,好生叙叙话……"

村主任不敢正视大树爷,更不敢端详洋女人。总觉得有些尴尬和唐突,不便从中献殷勤,便想打个擦边球,趁机溜掉。

大树爷却摆摆手说:"接娃是俺的事,不用你替。接待客人是公事,村主任得出面。忘了介绍你是村主任了,甭争理。赶紧把客人领到志恒家,先喘口气再吃饭,不用我交代了!"

他说完,也不打招呼,蹽开大步朝渡口走去。

金娜倍感困惑,甚至有几分落寞,低声问志恒:"他,你爷爷,为什么突然、生硬起来?"

志恒也有点莫名其妙,只能笑着解释:"爷爷是村里长辈,一手托百家。就像一棵大树,为老老少少遮风挡雨,谁家的事他都管。他心里揣着全村人的饥寒冷暖,就是没有他自己!"

金娜对这番话似懂非懂,点点头又摇摇头,自言自语:"他……心里没有自己?"

走进古水坡,如同走进一个石头世界。

村落依山而建,高低错落,鳞次栉比,盖着一幢幢石头楼石头屋。天长日久,石屋染上岁月风霜,呈现出古朴、厚重的沧桑美。

一条弯弯曲曲的石板路,用大大小小的石块铺就,坡度适宜地缓缓盘上山坡,把家家户户的石头院子连接起来,平坦而光滑。

村头有棵枝丫遒劲、树冠繁茂的老槐树。树干粗壮,树心长空了,裂开口子,却依旧有旺盛的生命力。

那条石板路在老槐树下围成一个"环岛",而后蜿蜒而去,辐射全村。老槐树是古水坡的中心,也是古水坡的神经中枢。

大树爷住的石头院就在老槐树旁边。左边的场院是村委会,石头屋里架有一部电话,是村里和外界联系的唯一通道。

后边那座石头院就是志恒家。

村主任张罗着,颠着双腿跑到前边去报信。

志恒帮金娜提着行李箱,不紧不慢往前走。

金娜边走边问,一双眼睛不够使,看见什么都稀罕,竟然说这地方我来过! 小时候住在外婆家,村子建在山坡上,和这里一模一样!

走进志恒家的石头门楼,挨着石板路,迎面五间石头屋,屋门敞开着。倚门站着个花白头发的妇人,满脸挂笑,羞涩地打着招呼。

志恒两边介绍着,往屋里让:"妈,这位是从美国来的客人,来瞧俺爷的! 请进,这就是我家,我妈!"

金娜赶忙上前握手,礼貌地打招呼,眼睛一刻不闲地四处张望。

院子里三间厢房两间灶屋,整洁而宽敞。晚风摇曳着几株夹竹桃,悄悄摩挲着肥肥的叶片。一群鸡悠闲地在栏里打盹,偶尔有公鸡咕咕的示爱声。小院静谧而安逸。

正房中间是待客的场所,摆着桌椅板凳、茶壶茶碗。靠墙放着一台黑白电视机,蒙着一块花织布,显出主人的珍惜和节俭。

正间特地架了火盆,烧着木炭,升腾起浓浓暖意。石头屋冬暖夏凉,火盆是村主任张罗的。

志恒妈腿脚不好,木木站着,一口一个"坐吧,请坐吧! 坐下说话"。

志恒一边沏茶一边介绍:"我妈有腿疾,行动不便,请您多担待! 俺家人少,我在外读书,家里没收拾,有点简陋。"

金娜环视一遭,满意地说:"你们家很有特点,石板地,石板屋,石板墙,石头窗,石板床,院子里还有石板桌子、石头凳子,天哪,太神奇了!"

志恒说:"您和爷爷是朋友,我妈该喊您大娘或婶婶,我就喊您奶奶吧!"

金娜兴奋地说:"好呀! 在美国我孙女喊我奶奶,在中国也有人喊我奶奶,太美妙了!"

晚饭是中国式的堆山积玉,非常热闹。

村主任喊来几个手脚麻利、心眼活络的大嫂来帮忙下厨。他挨家挨户去转悠,把村民家里的稀罕物尽可能收罗过来。无非是些山货、山果、土特产，也包括那些殷实户，放着舍不得受用的广东红肠、德州扒鸡、四川腊肉……统统拿过来。他明说：大树爷招待六十多年前失散的美国朋友，不是私事，是外事活动。大家有力出力，有心尽心。东西不白用，回头村委会加倍补偿！

面对热气腾腾的农家宴会，金娜满口的惊叹，满脸的兴奋，满腔的感动。她手中不太灵便地拿着筷子嚷嚷："一班长，你这中国大餐，太丰盛了！怎么吃？怎么下手？你教我，别让我……出丑！"

大树爷满脸笑容，宽厚地说："俺这叫乡村土饭！听我说啊，这叫蘑菇炖鸡，这叫地皮炒鸡蛋，这叫白菜炖粉条，这叫萝卜炖豆腐……反正都是地里种的，自家养的，泥土味！比不上中午县城招待所，大鱼大肉的。"

金娜贪婪地用手在桌上划拉一圈："中午？我没吃、几口，早饿了！这里的菜，我都要、尝尝！"

她谢绝别人夹菜，笨拙地向每个菜盘菜碗里伸出筷子，尝尝这个说句"香"，品品那个说句"真香"，吃到最后，她把一盘"地皮炒鸡蛋"扫荡得干干净净，还喝了一碗红薯块玉米糁子粥。

村主任和几个做饭的女人陪在旁边，眼瞅着客人的喜好，时而兴奋和激动，时而惋惜和失望。村主任便劝："金大婶，好吃啥您多吃点！这盘，还有这盘，都是中国名吃，比如四川腊肉，俺这里做不出这种味道……"

金娜礼貌地摆摆手："谢谢村主任！真的、吃饱了。"她指着那只光盘，"这个、叫什么？味道、太美了！我吃光了！"

大树爷仰面大笑："洋妹子，是俺土呀还是你土哇？那叫地皮炒鸡蛋，再土不过了！"

金娜问："地皮？什么、叫地皮？"

"哎哟哟！那有啥稀罕的？到了下雨季节，山坡草地上就黑压压长出一层，捡回来晒干备在那里。吃的时候温水泡开，洗干净就能下锅。"

志恒妈呵呵笑着说，只怨自己没有把客待好。她让志恒去抓了一把干地皮过来："不就是这东西嘛，草根树叶生出来的，没啥稀罕！"

金娜拿在手中，端详着："哦，野蘑菇！我在田里见过，不知道能吃。"

大树爷笑着说："那叫地曲莲，土名草蘑菇。咱不当东西。老外说香，往后顿顿让她吃！"

志恒插话说："爷，地皮菜可是稀罕物，学名叫地耳菜。营养丰富，不仅可以食用，还能入药哩！目前限于野生，没见有人工栽培，是一种亟待开发的稀有资源。"

金娜找到了知音,异常兴奋:"怎么样?我的感觉灵敏,发现了珍稀植物!"

村主任站在人圈外面喟叹:"有学问的人就是厉害,草蘑菇也能说成灵芝草!"

大树爷听见了,说:"发动,你好好听着,如今学问就是钱。城里人吃的都是大棚菜,羡慕咱乡下人吃的绿色食品哩!咱就动动心思,瞅瞅有啥发展门路。"

村主任点头答应着,心里却想,老叔啊,村里的事够您操心了,还嫌不累呀……一边他又忙着端来装满红枣、核桃、柿饼和花生的筐笭,乐呵呵地呓喝起来:"金大婶您消消食儿,尝尝俺的土特产。都是树上结的,土里长的,纯正的古水坡山货!您品品,能不能运到美国超市换美元?"

乡村的欢迎晚饭就像马拉松,边吃边说,说一阵再吃,吃一阵再接着说,没头没尾地延续着。

若不是村主任提醒,大树爷一早还得到渡口撑船送娃们上学,大家都还在围着洋大婶问长问短、说东道西,话头扯成纺线,一根线抽不到头呢!

金娜坚持住厢房。三间厢房空着,恰好有铺大炕。村主任又扛来羊毛毡子铺上,说防潮保暖。志恒妈让抱来两床崭新的被褥,铺起来暄腾腾暖和和的。

金娜很满意,再三劝说,大家才散去。

天色已过夜半,她却毫无睡意,从见到大树爷到现在的时光,总有点梦幻的感觉。这是一段确凿的现实,她却总感到有些虚幻和不真实。几十年来,她无数次沉入过这种梦境,有过许多次相似的见面和聚会。然而,当她醒来,美妙的梦境便碎了,甚至消失得无影无踪,连一丝半缕也捉不住。

那么今天呢?她知道不是梦,又怕是梦,如果真又是梦,那就让梦长久些,一直梦下去。

就这么激动着兴奋着踌躇着疑虑着,她轻轻拉开房门,在院子里的石板路上踱步。发现有石梯可以爬上屋顶,她轻声举步,拾级而上。

山村屋顶竟然是个宽敞的平台,可以望见村路,可以望见村景,还可以眺望远处的大河。

夜阑星稀,残月如钩。

远处的景物朦胧迷离,山乡静悄悄的睡得陶醉而香甜。她的思绪却随着梦幻飞向遥远、遥远的地方——

找到了!我找到他了!

感谢上帝,让我实现了梦想,我见到了当年把我从火线上背回坑道的林大树!

他不再是一个传说,一个虚幻的想象,现在我就站在他家的平台上!

我现在是亢奋的又是惶惑的,甚至还有点紧张。当我拼命追逐那个梦幻时,是那样执着和任性。可是,现在梦幻变成现实,却感到和梦幻中的人有诸多隔膜。面对当年的英雄林大树时,除却那段坑道里的短暂记忆,我无法走进他的精神世界,也无法理解他的言谈举止。他是一个陌生的中国人。

林大树是我牵挂半生的英雄,也是我崇拜的偶像。我真诚不渝的寻找,无时无刻的思念,百折不悔的祈祷,不会因为这陌生而尴尬的相见就草草收场了吧?也不会因为这生涩而艰难的重逢而匆忙结束了吧?

如果是这样,我感到痛心和悲伤。

林大树是我的灵魂支柱,寻找林大树是我的人生目标。

我和他在朝鲜战场上相遇,是上帝的安排。

他成为我的灵魂偶像,是上帝冥冥的点拨。

其实,林大树并不了解我和我的生活。我们是在战场上相识的。我和他原本是敌人,或者分属两个阵营。但是,出于善良的本性和正直的人格,我做了顺理成章的事情,他也冒着风险救了我的生命,并由此给了我一生做人的尊严。因为我不是战俘,没有受到人格上的侮辱;由于中国方面的优待,回到美国我还受到礼遇和尊重。我感谢上帝的仁慈,更感激这个中国军人的伟大和宽容。他并不想得到什么,所以不愿留下姓名。如果当初没有抠下他的番号,或许这辈子再也无缘和他相见。因为我,因为把我背回坑道,他显然受到惩罚,受到责难,使他的人生遭遇了不幸,灾难性的不幸!然而,直到今天他依旧守口如瓶。或许我毁了他的生活,毁了他的荣誉,直到今天他并不怨我,依旧那么宽容和厚道。虽说他不信奉上帝,我仍然要替他祈祷,保佑这个平凡而伟大的英雄!

我并不是那场战争的狂热支持者。当时,我是医学院的在读学生,对书本之外的东西漠不关心。

我生长在加州一块平原上,那里有广阔的田园,平静的河流,浓烈慷慨的阳光。父亲是个农场主,勤劳能干,能开动各种机械耕地播种、喷水施肥、收割庄稼。他又是技师,机械坏了能自己修理。我过了几年平静的乡村生活,就到城里和弟弟妹妹一起读书上学。我学的是医护,想帮人们减少病痛,使人们健康地生活。

战争来了,父亲必须服兵役,当兵上前线。但父亲得了肺病,不停地咳嗽吐血。

我是长女,有责任向征兵官说明情况并出具证明。他们相信我的话,却不肯放弃父亲这个名额,一定要从我的家族中找出人来凑数。

我出于对父亲的袒护,挺身而出。只要不再找家庭的麻烦,我愿意到前线服务。因为我的学业符合战争需要,我顺利成为一名战地救护员,跟随联合国军到朝鲜战场。

战争是可怕的,也是残酷的。

我到了前线,虽然不是去杀人,却整天和死亡、血腥打交道。我不知道为谁打仗,也不知道为什么打仗。

那些制造战争的人并不知道死亡的惨烈,他们都是冷血动物。杀戮是他们走向成功的阶梯,也是他们满足欲望的游戏。

这个道理是林大树教给我的。他不是用语言,而是用行动。他一边率领战友们用生命去攻击敌人,却又用爱心和良知去救助我这个战场上的敌人。他用鲜血和委屈挽救我的生命,顶着压力和凶险纠正上级的偏见和谬误,帮我争取了生存和尊严。我明白了一个最基本的真理,在别人的土地上发动战争,是一种罪恶!

从中国回到美国,我没有参与社会工作。一边帮助父亲料理农场,一边办起一个诊所,免费给农场工人以及乡村的穷人们治病,帮助他们减少苦痛,借以驱散战争笼罩在心头的阴影,抚平炮火在我心灵留下的创伤。

我常常心神不宁,魂不守舍。眼前宽广的田园和地垄,阳光下游走在草滩上的牛群和羊群,我都视而不见。人守在庄园里,心灵却已脱离了躯壳,疯狂地嘶声喊叫着,仿佛冒着硝烟奔跑在炮火纷飞的战场上。到处堆满尸体,遍地都是血迹……我无路可走,站在死人堆里疾呼:"别打了——! 别打了——!"直到精疲力竭,摔倒在地板上……

我被送进医院,是那种管理严苛、在某些范围限制行动自由的精神病医院。住了很久,住了好几年。孤独地守在一间病室里,百无聊赖。

我没有感觉自己不正常,治疗与不治疗没有太多区别。反而对镇静药颇感兴趣,服了药可以忘记烦恼、忘记过去,好使自己平静。

忽然有一天,弟弟来接我出院。他告诉我爸爸死了,农场不能荒废,需要我回去经营。

我反问,我不是病人吗? 哪里懂得管理。

他说,父亲遗嘱里写着,农场留给我。他们都住在城里,无暇顾及。农场工人欢迎我,我只要守着就行。

弟弟的孙女司提芬非常乖巧可爱。她说:"大姑奶奶,我放假的时候去陪你,农场很好玩的!"

司提芬从五岁来到我身边。我视她为生命依托,把她当作心肝宝贝,我和她如影相随。

她从懂事起,就知道了我的过去。知道我到过朝鲜,洞察了我的心灵深处埋藏着难以排解的负疚,埋藏着对一个中国军人深深的感激,以及挥之不去的思念……

司提芬渐渐懂得人生,理解情感了。她成了我调解情绪的开心果,给了我数不尽的愉悦和快乐。

我常常在手中攥着那块发黄的布头在阳台上徘徊,望着天边的浮云发呆,茫然失神。不知道自己为什么会这样,又无法控制自己。

我还会不时展开那块布头,细细凝视上面的字迹,一个字一个字地读:中,国,人,民,志,愿,军。读过正面再读背面:林,大,树,平,原,县,古,水,坡……

读完,我便会把布头卷起,紧紧攥在手心里,贴在胸口上……

如果没人干预,我会从早到晚重复这个动作,翻来覆去,不厌其烦。

请不要误会也不要曲解我的执着和虔诚。医生曾经误诊我是为情所惑,因情发痴,导致心智失常,精神错乱。——我知道这是无稽之谈,是对疾病认知的浅薄,也是对我情感的亵渎,甚至是对我人格的侮辱!

不错,我心中甚至灵魂中都高耸着对一个男人的情结。他不似上帝那么虚幻,也不似普通情人那么低俗。那是个高尚纯洁的男人,勇敢无畏的军人,足以让人顶礼膜拜仰望一生的英雄!

我的这个心结被理解人生的司提芬接受了,并且深深同情我了。她不仅受我的感染接受了林大树,并且努力学习中文,选修中国文化,对那些东方圣贤的研究、崇拜与对上帝的虔诚比毫不逊色。——司提芬和我成了知己。不仅仅有血缘上的联系,重要的是灵魂上的相通。

司提芬常常在我发呆的时候悄悄出现,她挽住我的胳膊安慰我:亲爱的奶奶,您又在思念那个遥远国度的英雄了!我仔细观察,认真研究,得出的结论完全符合您的表现。一个人沉迷于某种现象某个事物得不出合理解释时,会有种种不同于常人的表现状态,或狂躁,或变态,或失常,或失控。所以人类常把那些先知无礼地视为异端,如耶稣被钉上十字架,如教皇烧死了布鲁诺;又如艺术家常被人视为癫狂,奥地利诗人特拉克尔被野蛮送进疯人院,莫泊桑用裁纸刀割断喉咙,杰克·伦敦自己注射大量吗啡殒命,凡·高躺在麦田里开枪自杀……如果他们找到一条化解积郁的通道,不仅可以到达彼岸,还可以冲破自己营造的壁垒!

司提芬如一道磷火,照亮我眼前的迷雾,又如教堂的晨钟,把我从暗夜里喊醒。

她还点拨我:奶奶,这些年来您都在做一只蚕,把周身的血肉和精力都化成美妙的丝,毫不吝惜地抽出去,编织一个精致的蚕茧,最后把自己也牢牢封死在里面!现在您要做的就是咬破蚕茧,按中国人的话说叫破茧成蝶。只有这样,您才能变作美丽的彩蝶,获得新生!

司提芬携带一股春风,荡尽裹在我周围的雾障,我眼前豁然开朗地看到万里阳光。

司提芬掬来一捧清泉,滋润了我干涸板结的心田,使我心头一片释然。

"奶奶不是思念林大树吗?那么就立即开始行动!"——司提芬向我吹起冲锋号!

我变得勤奋起来,不再一个人郁郁寡欢。

我写信,写了一封又一封,抄写得一笔一画。我用英文写出来,司提芬帮我翻译成中文,然后我再重新誊写一遍。我对这项工作乐此不疲。

我去寄信,身体力行,不让人代替,也不让邮差代劳。亲自跑到三公里外的小镇上,亲自把信件交到邮政小姐手上。每封信都挂号,因为我怕丢失了。

寄出一封信,就是送出去一份情思,我感到无比轻松和畅快,我感到心和那片土地拉近了。

一天天过去,一年年过去,信不知寄出去多少封,却从未收到一封回信。但我不灰心不泄气,继续写,继续寄。

司提芬告诉我,美国和那个东方大国的关系还处于冰冻时期,即便你的信能够寄到,也绝不可能收到回信。但是,无论冬天多么漫长,春天总归会来的。——我坚守这个信念。

我相信司提芬的预言,对不见回信毫无怨言。如果林大树能读到我的信,我就心满意足了。当然,我期盼回音,如同在上帝面前祈祷,冥冥中期望得到回应。

我的行为有点像希腊神话中的西西弗斯,在接受诸神的惩罚,明知那块石头永远推不到山顶,却偏要周而复始地重复着一个无效无果的动作,从事一件永无止境、可能前功尽弃的事情。

每当我心情烦躁的时候,司提芬便像鸟儿般落在我身边,用胳膊挽住我的脖颈,娇声打趣:亲爱的奶奶,您又在想念那个遥远国度的神秘英雄了!

我对司提芬没有丝毫隐瞒,揽住她的腰,吻她的额头,忧伤地耸耸肩:是啊,小宝贝!我写了那么多信,全都石沉大海,一点泡沫都没看见,能不着急吗?

司提芬便用灵巧的小嘴给我讲了一段美丽感人的故事——精卫填海。她说,精卫是一只鸟,它衔石填海是永远难以实现的。它所象征的百折不回的意志和毅力,却是永远值得每个人去学习的。奶奶就是我心中的精卫,不过我相信奶奶能填平心中的大海!

我没有想到,西方和东方不仅心灵相通、人性相通,就连千古神话都那么巧合与相似。论起来我更喜欢精卫,追随它我要填平太平洋,那片大陆上有我朝思暮想的英雄……

后来,司提芬建议:亲爱的奶奶,您为什么不发个电报过去呢?或者直接拨个电话,难道那里的人没有一个字的答复吗?

我黯然地摇头,这些手段我都试过了,电报只能发到平原县邮局。接到两次回复——"无法送达",再发过去就杳无音信。电话根本无法拨出去,更不知道如何才能把电话打到那个偏僻的古水坡。

司提芬只好无奈地安慰说,那就只有等待,总有一天,奶奶可以亲自到中国,或许能够了却您的心愿!

是啊,如果能够那样而不去做,上帝不会宽恕我,我也不能宽恕自己。但是那个神秘的国度久久对我不肯打开通行之门。我只能望洋兴叹,天天重复做着精卫填海的美梦……

终于,我的梦想成真了,那片土地对世界敞开了大门,张开了胸怀。前往中国寻找林大树的梦想,逐步由计划变成了行动。

司提芬的祝福总是那么及时而迅速。她是个机灵鬼,能从我情绪上的细微变化观察出非常重大的事情要发生。那天,她从学校赶回来,看着我的眼睛说:啊呀,奶奶准备动身了!我愿意和您同行,一起体验万里寻亲的滋味!

我难以控制心里的兴奋和激动,告诉她:可爱的天使,你猜对了!我今天收到一封来自中国的信件,是平原县人民政府外事办公室的公函。告诉我林大树仍旧生活在古水坡,他还健康地活着!信中还说,他们欢迎我去做客。感谢上帝庇佑,终于盼到这一天了!

司提芬睁大一双可爱的湖水般的眼睛,跳了起来:奶奶,我一定要和您同行,拜访那位神奇的英雄,触摸他奇特的灵魂!

我对她的要求无法推托,更喜欢有她这样的旅伴,不仅增添说不尽的快乐,而且还能帮助排解诸多语言障碍。然而,弟弟事先来过电话,说司提芬正在考试,切莫怂恿她的任性,如需她同行,可否推迟行期。

我断然回答 NO(不)!为了这次寻访,我等待了几十年,我等待了大半生!现在,终于等到机会,等到了希望。不能再等,一天也不能等!

我只好委婉地劝说她,免得使可爱的孙女伤心:司提芬,我的天使,我想给自己一个惊喜,也给林一个惊喜。所以,我决定自己先走一趟,然后等你放假的时候,我们一起分享我寻找和你等待中的喜悦与幸福。你说好吗?

司提芬一点都不怀疑我的安排和诚意,并且深情地拥抱我,祝福我。

飞机在万里云空中浮游,我的眼前却是一片炮火硝烟。飞机的轰鸣掩盖不住战场上炸耳的枪炮声;机舱里旅客或悠闲或平静,或闭目养神,或专心阅读,或低声耳语或陶醉乐曲……千姿百态的旅客面影一片模糊。高大剽悍的志愿军战士林大树裹着浑身烟尘,背着浑身血迹的美军伤兵在枪林弹雨中狂奔的影像,在眼前挥之不去,明朗清晰!任凭机舱里灯光幻化,舱外日出日落、云起云飞,漫长的航程,我竟然无一丝倦意。心中有着一个美好的目标,眼睛一眨不眨地盯着那个所在。期待着一点点向目标靠近,又担心倏忽间那个神圣的目标会突然消失……

此刻,金娜真真切切找到林大树了。

在无法控制的兴奋和喜悦过后,她的心头却笼罩着一层浓重的忧虑和不安。从见到林大树到现在的七八个小时里,她发现了一个人天翻地覆的变化。首先是林大树的外观,再难从他身上找到当年那个勇如猛虎般的志愿军战士的影子。站在面前的大树爷老态龙钟,尽管那副鹤发童颜的外表下面仍有一副强壮的体魄。但是,如果他们之间没有那段故事,她绝不敢认定这个地道的乡村老汉,是她心中崇拜了半辈子的英雄!更为准确地说,如果她手里没有那块发黄的布头,是确定对方身份的铁证,这位桀骜不驯的中国老农,绝对不会承认当年那段陈年旧事,更不会把她这个陌生的外国老太婆请到山村里来,而是拒之门外,矢口否认!

她能够大约猜度出其中的隐情,却又实难理出具体事由,这个中国老汉太深奥了,她理解不了。这个国度太神秘了,更让她困惑多多。

林大树当了大半辈子艄公,撑了几十年渡船。当过战斗英雄的一班长守在山村当农民,和当年的英雄卫生员结为夫妻,在山村里种地务农,结婚生子,最后病死山村……这些都是她亲眼看到的,都是事实。这些使金娜深深感到一种莫名的隐痛和怜惜——这些年,他生活得很辛苦,很艰难,很不易,甚至直到现在也没有完全得到解脱。

他不是还在撑船吗?那么吃苦、那么认真,又那么忠于职守。他孙子林志恒说,他心里没有他自己!那么他快乐吗?

她今天傍晚看到孩子们回村的景象——

大树爷在几十个学生娃娃叽叽嘎嘎地笑着、唱着的簇拥下,走在石板铺就的村路上,洒下一路的喧闹和一路的幸福。

中国老汉真的像位圣诞老人,守护着一群娃娃来到村头老槐树下。他说:"孩子们,腊月里天短夜长,回家吃罢饭,做完作业赶紧睡觉。咱们是走读生,每天路上要耽搁许多工夫,一定得抓紧把时间赶回来,把功课补上去。甭让人家笑话咱乡里人,考试不及格,脑袋瓜子笨!"

他是在训导,在要求,也是在鼓励。

学生娃们理解中国老汉的心思,发出一片响亮的呼应:"大树爷放心,我们一定努力,决不落后!"

当她看到这一幕时,不由得心潮澎湃,感慨万千,眼眶微微有些发潮。——这或许就是林大树的工作目标,或许就是他坚守岗位的期冀所在吧! 否则,他又为了什么呢?

看得出来,这里并不富裕,村里的成年人都到外面富庶、开放的地方打工去了,村里留下的多是上学的孩子和老弱病残的村民。林大树的角色有点像部队的收容队,承担着战场上伤员病号的收容、救治和保护工作,甚至比这些还要复杂。

或许就如他的名字,像村头屹立的那棵大树。撑起巨大的树荫,为那些弱势的村民遮风挡雨,甚至抵御着霹雳雷电的袭击,默默护佑着山里一个个羸弱的灵魂。

林大树守着渡船生活几十年了,没有报酬,没有收入,那是一种自觉自愿的付出。和当年在战场上救她一样,不求任何回报,没有一丝一毫的贪图。从今天接触到的官方人士口中知悉,他们根本没有林大树曾经是战斗英雄的印象,包括点滴文字记载。他就是古水坡渡口一个老艄公,一个性格倔强、凡事较劲的乡村老农。在她这个外国人心中供奉了几十年的偶像,何等高大而神圣,而在这片乡土上,林大树却平凡得像一棵草,人们都仿佛忽视了他的存在。……这些,暗暗在她心中荡起波澜,浮出浓烈的怨愤和酸楚。

夜风渐起,挟来高天寒意,显示严冬威力。

她不由裹紧了外套,继续在屋顶上徘徊。上帝啊,请点示我,该为他们做点什么? 倏忽间,大树爷的话在她耳边响起:在村里建个学校,在河上架座桥,做梦都在想啊! 等到那一天,我就该退休喽……

金娜在一刹那间拿定主意,站在屋顶上几乎对着夜空喊出声来:"对! 就帮他们建所学校,我来投资!"

第四章　固执的"老酋长"

第二天早晨,天刚麻麻亮,大树爷就起床了。冬日的清晨,天色总是雾蒙蒙的,山村景物梦境般虚幻。

大树爷推开了门板,踱开大步朝渡口方向走去。他那双钉了轮胎后掌的老布鞋,在石板路上砸碰出一串山响,沉重地在山野里回荡。

古水坡每天起床最早的人就是他。

他要提前赶到渡口上,检查一番那里的状况,渡船是否漏水,栈道是否安全,水面上起没起风,河水有没有浪。看到一切万无一失,他便蹲在船头上,操起旱烟袋过足烟瘾,等着学生娃们到齐了,便把渡船按时按点撑到对岸。他能做到分秒不差。

他刚刚走出几步远,便发现身后有人跟上来。迈着碎步,走得很谨慎,好似不小心便会摔倒。他便停下脚步,等人走过来时,却吃了一惊,问道:"洋妹子,你……咋起恁早哩?"

金娜抬眼瞅着他,一副睡意惺忪的神态,堆出满脸笑色:"……你、起得、更早!"

"唉,俺是怕耽误娃们上学。是不是屋里冷,你睡不着啊?"大树爷认真看了金娜一眼,话语有点自责,"唉,都怨俺大意了。你是住惯暖气屋的,乡村没条件,让你受冻了……"

金娜的确彻夜未眠,翻来覆去想心事。她赶紧解释:"不,不是冷,是热……铺的那块毛毡……特别热,睡不着,想心事,想了一晚上……"

大树爷不由一愣:"睡不着,想了一夜心事,有啥不如意,说给俺听听!"

金娜把脚步站稳,兴冲冲说:"一晚上、想的、都是你! 我想帮你,办件大事……"

大树爷一看见洋婆子眼珠子放光,心里就发怵。见她此刻又双目生辉地盯着自己,浑身上下不自在。旋即挥挥手:"那样吧,俺急着去渡口撑船,送娃上学不能耽误。你哩,赶紧回去睡个回笼觉。好好歇歇,回头把肚子里的话一口气倒出来,俺听你说上三天三夜!"

他转身想走,却被金娜拽住衣袖拦下来,固执地说:"林,我现在就说,必须说!我说的,是和上学、有关系的事!你必须听、听我说!"

大树爷听出几分事由,情绪沉静下来,脚步也站定了,认真问:"中,啥事?说吧,我听!听!"

金娜平息了一下喘息,正眼注视着大树爷,清清楚楚说出一句话:"林,我想捐一笔钱,帮助村里、建一所学校,你们说的、那种、希望小学。"

大树爷听明白了,清清楚楚听懂了面前这个洋女人的心意。但他没有听进心里去,更没有揣摸对方的真诚和动机,轻轻摇摇脑袋淡淡地回绝了。

他说:"俺村建学校,为啥要让你掏钱?俺们三百口人一人出十元,就能凑满一箩筐!多谢你有这份心,你的钱好好留着养老吧!"

金娜没想到林大树竟然这样固执,漠视她的诚意,便抢上一步拦住他的去路,坦率直白地大声说:"林!你不要保守!你们国家、改革、开放,吸引外国、资本,搞特区建设。我也有资格、参加,我自己、有农场,可以、跟你合作。我有、慈善基金会,专门资助穷人的……"

大树爷最讨厌别人在他面前炫富,金娜的话恰恰触碰到他最敏感的神经,他感到自尊受到伤害,于是冷冷地瞥了金娜一眼,骄横地说:

"洋妹子,俺不穷,马上就富裕起来了。你要是万里迢迢跑来可怜我,那就太小瞧俺了!"

他说完,夺路而去。

金娜被孤零零丢在石板路上,不明就里,无所适从。一汪掺和着委屈、失落的泪水在眼眶里晃动,轻轻一碰就会滚落出来……

不大一阵,赶去渡口搭船的学生娃们鸟雀般从村子里飞出来,聚集在石板路上。熙熙攘攘从金娜身边走过,甚至还用英语和她打着招呼:"Good morning(早上好)!"

对于孩子们的问候,她有点猝不及防,慌忙间回应道:"Good morning, my baby(孩子们,早上好)!"

一问一答间,顿时拉近了她和孩子们的距离。转眼间,一张张稚嫩天真的脸蛋凑到她的面前,一个个活泼烂漫的身影簇拥在她的周围。如同一只老羊孤独地守在羊栏里,突然有群羔羊生龙活虎般闯进羊栏,把老羊裹挟起来。那股新鲜的朝气,鲜活旺盛的生命力顷刻感染了老羊,使之顿时青春勃发地随同羊群一起亢奋嘶鸣起来……

那一刻,她感到无法言喻的陶醉和幸福。

那一刻,她深刻理解了林大树埋在心底的情愫和寄托。同时,更加坚定了自己心中的计划,无论那个固执的中国老汉如何反对,她都要努力征服他……

她就这样被孩子们簇拥着,一路说笑着、问答着,时而汉语,时而英文,可谓谈笑风生,不知不觉来到渡口码头上。

大树爷站在码头上,看见金娜陪着学生娃们过来,微微有点惊讶,干笑着没有说话。

金娜却挑战似的对孩子们发问:"可爱的孩子们,你们每天早起出发,很晚回家,因为要去、远方上学。如果,我们村、建起自己的学校,大家高兴、不高兴啊?"

学生娃们一阵哑然,旋即一片欢呼:"太好了! 太好了! 咱村建起学校,我们就不用过河跑路了!"

几乎转眼工夫,孩子们便又羊群似的扑到大树爷跟前,哄闹着发问:"大树爷,咱们村真的要建学校了? 啥时候建呀? 啥时候开工呀?"

面对一双双焦渴的眼睛、一声声期盼的问询,大树爷一时语塞,现出满脸僵硬的尴尬。他用无奈的目光朝金娜扫了一眼,赌气说:"噢,咱们村……是该建所学校了! 不过,刚才这话是那位洋奶奶说的。啥时候建,得问她!"

金娜早已胸有成竹,毫不退让地大声说:"孩子们,请你们放心,只要、大树爷、支持,我们一定能建成、一座最美丽、最先进、最现代的学校!"

孩子们又是一阵欢呼雀跃,然后在大树爷的招呼下,一个个上船坐好。

大树爷点着长篙,调整船头,渡船缓缓向中间划去。

金娜站在码头上,频频向渡船挥手,告别:Byebye(再见)!

越来越远的渡船上,传来孩子们一片热烈回应:Byebye(再见)!

金娜捐款为古水坡兴建希望小学的事情,在村里掀起不小的波澜。

金娜的建议在大树爷那里碰了钉子,她却没有灰心,更没有泄气。从孩子们渴望的眼睛和期盼的神情中,她对办成这件事充满了信心。

林志恒是在码头上找到她,并请她回家吃早饭的。在路上,她向志恒谈了自己的想法,以及在大树爷那里碰到的阻力,有种说不出的困惑和疑虑。

志恒坦诚地问她:"金奶奶,请您坦率回答我一个问题,您捐款办学的目的是什么? 是对爷爷当年的回报,还是对古水坡村民的同情和施舍呢?"

金娜的脸上堆满真诚,眼睛里流露着被误解的委屈。她叹喟着冲动地说:"如果你们这样理解,等于是对我的误解和偏见,更是对你爷爷崇高人格的亵渎和大不敬! 我萌生这个想法,是把自己当作了古水坡的一分子,觉得自己有责任也有能力做成这件事情。让孩子们就近上学,不再走读,应该是古水坡亟待解决的一件大事。能够为它增砖添瓦,是我的荣幸。除此之外的任何猜测和误判,都使我深感悲哀和伤怀!"

志恒安慰她:"金奶奶,如果您这样想,这件事一定会成功的。爷爷的性格刚强,一辈子没有屈服过,再苦再难的事,从没见他求过人。他善良热情乐于助人,但他从不接受别人的同情、施舍和怜悯。时间长了,您就会了解,他是个值得尊敬的老人!"

金娜听罢长长舒了口气,贴近志恒的耳边说:"当然,我有私心,村里有了学校,你爷爷就可以不再划船了。他老了,我担心,他很累! 志恒,你能帮助我,做好他的工作吗?"

志恒明白了这位美国老奶奶的真诚和善良,心头生出一股暖意。尽管他不完全洞悉两位老人曾经有过的交际和隐情,无论如何也是几十年过去了,这位年迈的老奶奶仍旧千里万里寻了来,对昔日的情分表达谢意;或者对几十年前炮火连天中的生死情缘时刻铭记,即便到了垂垂暮年也要不辞辛劳地但求一见,唯此方能聊慰平生。她能够做到这一点,就足以让人感动,让人尊敬了。

林志恒当然更了解他爷爷,老人一辈子直如松硬如铁,说出一句话,落地砸个坑。办过多少好事,难以计数,从不挂在心上。对于他曾经参加过志愿军,当过战斗英雄的壮举,他自己掩饰得风雨不透,村里人家里人压根儿没听说过。如果不是这位美国老太太找了来,这段历史,依旧牢牢锁在爷爷的心灵深处,成为永久尘封的人生之谜。

从见面到现在,志恒和金娜相识也有半天一夜晚了。她和爷爷在朝鲜战场究竟发生了怎样惊天动地的故事,或者经受了如何艰难困苦的遭遇,或者遭受了某种严酷惨烈的考验,等等,志恒都难以了解事情的全貌。

他看出金娜有倾诉的冲动和欲望,而且可以体会到她对爷爷的仰慕和敬重。他们曾经发生的故事成为她生命的支撑,以至使她完成了这次大海寻针般异国他乡的万里寻亲。

但是,她几次想表达谢意、直抒胸臆时,都被林大树挥挥手掌打断了:"洋妹子,那都是些陈芝麻烂豆子，提它作甚！几十年过去了，见一面不易，再见面就得换个世界了！多说点高兴事，说点新鲜事！"

爷爷在村里一言九鼎，他不让说的事，必是有忌讳。所以，志恒也不便多言。他猜想，这件事必定是爷爷生命中的一件大事。他自己闭口不谈，对大家守口如瓶几十年，其中必定有难以言说的隐情，或者有个难以解开的心结。至于金娜说爷爷从战场上把她背下火线，救了她的性命，这种事在爷爷看来实属平淡，哈哈一笑便过去了。或许这种事老人根本没有放在心上。——所以，金娜在这个节骨眼上提出捐款办学的话题，必然会引起爷爷的反感和拒绝！

志恒权衡了事情的利弊，又思考了如何才能把事情做得周全。他对金娜充满信心地说："金奶奶，您放心，我一定帮您把事情办好，让您完成心愿！"

金娜听了，高兴地拉起志恒的胳膊，孩子般笑起来："太好了！谢谢你！家里有红薯块玉米粥吗？我要喝一大碗！"

林志恒没有找到村主任张发动。

他觉得金娜要为村里捐款建学校是件好事，不仅是一个外国人的个人义举，也是村里应该加以重视的一件大事。爷爷的态度固然重要，村委会更应该作出决议，给予欢迎和回应。一旦形成决议，就要组成一个办事班子，实实在在把事情落实下来，否则等于空谈。既伤害捐款人的热情，也会影响村民们的情绪。

古水坡的村支书是二叔林家旺，他长年带领村里的劳动力在深圳打工。二叔带走了村里几乎所有的强壮男人和女人。家家户户如今都有了活钱，家家户户的生活都有了起色。那些劳力多的人家，年底把钱寄回家，这两年存款十万元以上的就有十几家。因此，古水坡出去打工的越来越多，村子差不多走空了。

林家旺成了打工人的头，在深圳成立了"中原农民劳务中介咨询服务公司"，专门为南下打工的农民兄弟服务：技术培训、上岗培训、岗位介绍、工程洽谈、劳资纠纷……只要是农民工需要解决的问题，他们公司都能帮助解决。凡是农民工遇到的困难和纠纷，他们也尽力提供帮助。

据说林家旺在农民工中的威望很高，具有相当的知名度。他和当地政府相处得很好，结合得很好。当地政府或是机构遇到问题，找到他便能得到迅速协调解决，所以人们称他"何难书记"。如果农民们遇到什么困难，没有工作了，他先安排住下，再安排岗位；如果遇到纠纷了，他先了解再出面，从来不推托；无论本村的，还是外乡的，排忧解难，一视同仁。因此，他们公司被称为"农民工之家"。

林家旺在深圳天天忙得像个风葫芦，一年难得回来一趟。所以，村里的事情他根本顾不上过问。

大树爷名义上无任何职务，其实是"大拿"。古水坡的大事小事公事私事，没有他不操心的。哪件事不经他拍板，也是绝对办不成的。

可是，张发动毕竟是村主任。古水坡是个行政村，张发动是一村之长，中国最基层的行政长官。真正办起公事来，还得村主任说了算。

村主任表面看上去唯唯诺诺、黏黏糊糊的，说话不干脆，办事不利索。其实，那都是假象，那是在大树爷面前故意装出来的。他是个绝顶聪明、心眼灵透的人。他当过三年兵，当了半年炊事兵，后半年就当上炊事班长，第二年就到连队成了副排长，眼看要提干当排长了，那位器重他的老连长转业了。其中的内情，他曾向大树爷透露过，连长是个老病号，胃口不好，就好吃他做的饭。作为炊事兵，他就坚持每天每顿变着花样给连长做可口的饭菜，并且坚持送到连部去。所以连长对他偏爱有加，赞不绝口。可是后来的新连长不吃这一套，张发动也没有亲手烹调的机会。所以，他这个只会送饭讨好，不懂军事技能的副排长就如期转业，重新回到了古水坡……

大树爷没有指责张发动。选举他当村主任时，老人淡淡说了几句话："当兵是要上阵流血舍命的，你不是当兵的料，混上去也会掉下来。还是村里适合你呀，只要不怕吃亏，让家家户户都吃上饭，就是好村主任！"

村里人外出打工去了，留在村里的算罢上学的孩娃，就是老头老婆们。除了保障安全，防治疾病，应对突发事件，村里并没多少要紧的工作要做。张发动腿脚勤，每天都要村前村后走两圈，这家问问那家瞅瞅。如果大家没有什么情况禀报，没有什么要求提出，那些上岁数的病号平安无事，他这个村主任就算平安大吉了。

接下来就是钻到村委会的石头院里，守着电话机，听乡里县里的电话，汇报一些数字，上报一些情况，支应官差。当然也有外出人员打来电话，有让他转达家事的，有让他传呼家人说话的。他便跑到屋顶上，举着喇叭筒，对着村子使劲吆喝，把人喊到电话跟前来。——村主任干的就是这类琐事。如果村里真的碰上什么大事，他这村主任还的确处理不了，也解决不了，他就得去找大树爷，原封不动摊给他。容易的事，大树爷拿主意，他去跑跑腿动动嘴；不好办的，他说完就了啦，全凭大树爷出头露面，他远远站着当看客。

今天，村主任得到洋大姊准备捐款办学的消息实属意外，接着便引起他的高度重视。

他大早上一骨碌起身，抹把脸就急匆匆往志恒家跑。村里来了外宾，一定得照顾周到，这是他村主任的职责，万万不可疏忽大意。

他见志恒妈倚门站在那里，脸上露出焦虑的神情，便问："大嫂起恁早，客人还睡哩吧？"

志恒妈指指远处的石板路，叹了口气："唉，俺爹那脾气，一辈子死硬到底。刚才把人家洋大婶也冲撞了！俺听了几句，也是干着急！"

村主任赶紧问："到底为啥事？人家是远客，天大的火气也得忍耐两天哪！俺叔又碰住哪根筋了？"

志恒妈提着小心说："人家洋大婶可怜咱村的学生娃，坐船过河的去上学，又吃苦又受累。人家为咱发了一宿愁，想好了捐钱替咱村建所学校。天不明把我喊起来，让陪她去找俺爹，我就把她领到石板路口。谁知道洋大婶刚把捐钱办学的事说出口，俺爹劈头盖脸就火了！说那话呀，老难听……"

"咋啦？俺叔准是挺起肚子充弥勒佛，把到手的烧饼又退回去了呗！俺叔呀，啥都好。就是一辈子硬性，不服软！"

村主任小声嘟囔着，有些惋惜地愤然。问："大嫂，客人哪儿去了？俺得劝两句，甭让气着了！那不合礼数。"

志恒妈摇摇头："俺早把饭做好了，不见人影。志恒找去了，也不见回来……"

村主任劝道："大嫂甭急，俺去找。咱们古水坡进村容易出村难，客人走不远！"

村主任边说话，边匆匆朝渡口方向走去。

林志恒找到村主任时，他正在码头上和大树爷激烈地争论着。一向唯唯诺诺的村主任张发动，此刻表现得异常坚决和激烈。

大树爷蹲在岸头一块石头上，吧嗒着旱烟袋，神态一如既往地冷漠。他一口接一口地吸着旱烟，而后一股接一股吐出浓浓的烟雾，说出的话足足能把村主任呛死！

他说："张发动，你当过兵，没打过仗总跑过操站过岗吧？没想到你这村主任当得恁窝囊！咱村早就制定过规则，一是建所学校，二是造座大桥。十年前俺就拿出三万元钱，成立了个基金，为这两件大事筹款。去年底家旺组织外出打工人员又筹了十万元，今年兴许筹更多，咱就能把学校建起来。你这个张发动呀，咋就不懂得自己挣的钱用来底气足腰杆壮哩？向别人讨来的饭再香也是乞丐！你尿泡尿照照，你说那话脸红不红？臊不臊？"

村主任张发动不屈不挠，凑在面前，扳着指头据理力争："叔，咱爷俩今儿论理不论辈分，俺心里咋想就咋说，您老担待点。儿不嫌母丑，狗不嫌家贫。俺生在古水坡，从来没想离开过，只想把它建设好。咱村前有大河后有大山，交通不便条件艰苦，俺不嫌弃它。俺承认能力差，当这个村主任不称职，对群众服务不好，对集体没有贡献。学校建不起来,对不起下一代,耽误了娃们就是耽误咱村的千秋大业,就是拖国家的后腿!再拖下去就是犯罪!我没有修大桥的志向和能力,您老人家和县长吵过架、论过理,县里都没有帮咱架桥的经济力量,我更不敢吹大话。我的理想就是在我当村主任期间把咱村的学校建起来,让古水坡的娃们坐在自己的教室里听课长学问。俺这个村主任窝囊也好,能耐也罢,总算没白干一场!"

张发动满面绯红,越说越激动,额头都渗出一层亮晶晶的汗珠子,一口气说出一大段从未吐露过的心里话。

大树爷静静听着,似有感触地问:"完了?"

"没完!"张发动稍稍喘了口气,"我接着说。叔,您老骨头硬了一辈子,万事不求人,一口豪气争到底,您是好汉俺佩服!可是,时代在前进,万物有变化。国家搞改革开放,在深圳开了个窗口,干啥哩?咱们不是穷嘛,招商引资,借船出海,用别人的钱办自己的事!或者咱搭台请别人唱戏,呼啦啦,高楼大厦起来了!轰隆隆,现代化转眼来到面前了!您老没去过深圳,咱村恁多人在深圳参加建设,年底把一沓沓票子扛回来,您总看见了吧?"

"说完了?"大树爷眯缝着眼又问。

"没完!还有哩!"村主任张发动继续慷慨激昂,"叔,我佩服您自力更生建设家园的精神和志气。我认真算过一笔账,咱村如果建一所小学,往少处说也得投入二百五十万,如果把初中班也加上,有三百万投资也就差不多了。但是,按照您那个基金累计的方法,没有社会支援,全靠村民捐献,再有十年的积累,学校也建不起来。到那会儿,我也老了,村主任也交班了,只能遗恨终生了!"

"完了吧?"大树爷又一次催问。

"没完!还有……"村主任终于说出最重要也是最关键的一段话,"为了对得起后代,对得起古水坡,我以村主任的身份建议,以开放的眼光看问题,以灵活的手段办事情,以改革的胸怀办教育!如果有人……因为只是听说,不敢肯定。如果有人愿意捐款,帮助咱们建学校,古水坡的态度应该是热烈欢迎,大力支持,热情接受,深深感谢……"

"完了吧?"大树爷有点按捺不住了。

"完了。我的想法基本上说完了。"村主任张发动咂咂嘴巴,紧张地看着大树爷。

大树爷却没有反驳他的意思,只是讥讽地冷冷一笑:"好家伙,真像个村主任!说了一大篇,到底还是闻到腥味,找俺钓鱼了!"

张发动突然之间塌了架,刚才的雄辩姿态一扫而空,端起的架势不复存在。顷刻又恢复了往日的勾肩缩背,说话的语气也变得油滑而平庸。

他堆上满脸媚笑,凑到大树爷面前,套着近乎:"叔,您老犯啥晕哩? 如果洋大婶真是愿意捐钱帮咱建学校,那是送到面前的洋钱,不要白不要! 咱村缺钱,您老人家肋条上没穿金元宝,您老何苦打肿脸充胖子哩?"

大树爷吧嗒着旱烟袋,反问:"哦,那你把俺当成什么人了? 叫俺趁火打劫呀?"

"叔,您老咋能这样说话哩?"村主任一边察言观色,一边怂恿,"捐款助学这种事全凭自觉自愿,咱一没动员,二没强迫,人家是心甘情愿做好事做善事。按说,咱总得有点热情表示才对,总不能让人家热脸碰个冷屁股,凉了心哪!"

大树爷吐出一口浓浓烟雾,哼了下鼻子,"嗯,那你把人家洋大婶当成啥样人了?"

村主任猛然意识到说了粗话,赶忙纠正:"错了错了,平常糙话说惯了,打嘴!俺打嘴!"

他用巴掌拍了两下腮帮子,声高气壮地说:"洋大婶捐款帮咱建学校,她就是雷锋,活雷锋! 不,她是白求恩! 国际主义战士白求恩! 咱不仅要感谢她,还得登报表扬她!"

大树爷猛然站起身,看着村主任的眼睛说:"发动,听了你刚才那番话,俺今儿对你另眼相看了。不管你能力有多大,你能把古水坡揣到心里,把老少爷们儿放在心口上,你就是个好村主任,俺就服你!"

村主任张发动顿时感到受宠若惊,站在那里手足无措,两只手掌叠合一处嚓嚓搓出一串响,面孔红得好像涂了胭脂,结结巴巴地说:"叔,村里的事,大主意都是由您拿。我的任务只是学学嘴、跑跑腿。今儿多说了几句,也是一时心急,担心丢失机会……"

大树爷锁紧眉头,沉思着说:"发动呀,俺不是保守,也不是打肿脸充胖子,更不是狗咬吕洞宾,不识好歹人。俺是心里犯嘀咕,摸不准定盘星哪! 你想想,一个外国人,大老远跑到咱乡村里来,炕头都没暖热哩,就把咱家底看透了。看出咱穷,张开嘴就朝咱捐钱。咱们哩,伸开手就接,咱脸皮就恁厚呀? 还有点自尊心没有啦? 人家平白无故给咱捐钱,咱就理直气壮收下来,凭啥呀? 就是丢开脸面不说,这中间有个疙瘩俺总是解不开,所以,咱不能正大光明接受这份情意。"

村主任知道大树爷爱面子,不愿在老外面前认穷露怯,更不愿低头弓腰接受老外的捐款。自己把话说出去了,现在又下不了这道坡。于是便又讨好说:"叔,其实您想多了。依我猜,洋大婶大老远跑来找您,就是报恩来了! 您想想,您从枪林弹雨中救她一命,救命之恩重于山大于天! 她给您钱财,您肯定不要。她就捐钱帮村里建学助教，这就叫一箭双雕，两全其美。叔呀，您老甭犯犹豫了，干脆来个顺水推舟！中不中呀？"

没想到他话没说完，大树爷脸色突然变得难看起来，额头上青筋鼓暴，深深的眼窝里盛满怒火，闪出灼人的烈焰，低沉地吼道："这话也是你敢说的？战场上炮火连天你死我活，那是两国交兵，关乎国家兴亡民族大义，岂有个人情分儿女情长？几十年前的事了，是是非非早已灰飞烟灭。俺老头子早就忘得干干净净了，你倒替我掂出来当本钱，去给人家搞交换，厚着脸皮领受别人报恩，理直气壮接受捐款！俺林大树从来没有这想头，也办不出这种事，丢不起这种人！你们想借俺这张老脸去收钱，那是妄想！"

大树爷把话说绝了，也把路封死了。

事情重新陷入僵局，村主任张发动又急出满头冷汗，待在一旁进退两难。

林志恒提着一个陶瓷饭罐，匆匆来到渡口上。

他掀开扣在上面的饭碗，把热腾腾的红薯块玉米粥倒到碗里，双手捧到大树爷面前，催促："爷，趁热吃！干了一大早活，准当饿了吧？"

大树爷看见志恒，脸上顿时晴了天。接过饭碗，用嘴巴贴着碗沿哧溜喝了一圈，乐呵呵说："好香！你妈熬的玉米糁子特别香甜。小火慢熬，用到心了也下到功夫了。"

志恒笑着："还有烙馍老咸菜，您就多吃点。"

大树爷只顾喝粥："多喝碗粥，馍就不吃了。"

他问："你那洋奶奶，还在生气吧？"

"她呀，跟您一样，捧着粥不喘气喝了一大碗。连声夸着说太香甜了，歇一阵还要喝半碗！"

志恒连说带比画，把大树爷逗乐了："洋婆子也爱喝稀粥，真是没想到！她是洋饭吃腻了，跑到咱乡村吃稀罕来了吧？"

志恒顺着他的兴趣，拣他爱听的说："洋奶奶是有心人，吃了地皮炒鸡蛋，建议咱搞大棚养殖，形成规模化经营，把农产品转化成商品，把自然经济变成商品经济，村民的生活就能富裕起来！"

大树爷惊叹道："她啥时候说的？这个洋婆子还懂恁多门道哇！"

志恒告诉他："爷爷，您抽空跟洋奶奶聊聊，她不是一般的老太太。您就知道她当过护士，却不知道人家是个农场主，经营着上千亩土地，从种地到管理，样样精通！"

大树爷高傲的脑门低垂下来，嚼了一口红薯，略显尴尬地说："志恒，俺是拿她当贵客待哩,没说啥冒犯的话吧?俺要是鲁班门前耍斧头,可要惹出大笑话了!"

志恒有意沉默一阵,才嘟着嘴说:"爷呀,您有时候,咋说哩?叫作缺乏表达情绪的方法。本来可以拐个弯的,您就会直来直去,把人伤害了,您自己反而没感觉。"

大树爷认真听着,突然敲着碗沿说:"嘿,你娃有话甭拐弯,俺听不懂!听你意思,俺是把洋婆子得罪了?"

"可不是!人家热腾腾给您提建议,爷爷兜头一盆凉水,把心都给人家浇凉了!"

志恒偏偏不明说,逼着大树爷自己说出来。

"唉,俺知道话说猛了,她接受不了。"大树爷果然招认了,"不过你想想,见面没两天,就朝俺送钱,俺个大老爷们儿脸皮再厚,也不能像个见钱眼开的老财迷吧?再说了,她是个老外,用她的钱犯不犯忌,俺心里没底呀!志恒,你在外面见识广,这事到底靠不靠谱?"

志恒说:"现如今从上到下都在抓教育,培养人才是重中之重。全国各地依靠民间力量和社会资助办起的希望小学数不胜数。洋奶奶愿意捐资帮咱办学,绝不是一时冲动,而是经过深思熟虑的。这是求之不得的好事情,也是古水坡造福后代的千秋大业。村里应该高度重视,积极回应洋奶奶的诚意和义举,认真迅速地办好这件大事!"

大树爷呼噜噜把一碗粥喝下肚去,抹了把嘴巴解嘲地说:"嘿,这么说,是俺提着裤腰带过河,小心过度了!既然是桩好事,那就赶紧落实,争口气把咱自己的学校建起来!"

村主任站在旁边没有插话机会,这时满脸愁云退尽了,嘴巴裂开了:"妥了!有了老叔这句话,俺就是把腿肚子跑到前边,也不嫌累不叫苦!"

他说着要回家吃饭,又被大树爷喊住了。

老头子一脸严肃:"俺再交代两句话。一是,老外捐款建学校,跟俺一点牵连没有。款是捐给村里的,是公事,钱要管好用好,不能出分毫差错,要有账可查。二是,村里建学校是公事,要组个班子,分工协作,落实到人。洋大姊得参与监督,有人家建议说话的份儿!"

"对对对!您老的指示合情合理。完了吧?"

村主任唯唯诺诺点头称是,准备拔腿离去。

"没完!还有……"大树爷沉吟着,没有松口。

"叔接着说,俺听着哩!"村主任把脚又站稳了。

"等俺接罢学生娃,还得一起议议。"

大树爷踱着步,思虑着:"还得打电话跟家旺通通气,听听他有啥想法……"

"对对对!家旺是村支书,俺亲自向他汇报!"

村主任说得很认真,也很郑重。

大树爷瞄了他一眼,不轻不重说:"发动,你记住,村主任不是个官儿。在乡亲们面前,只能夹起尾巴做人。村主任又是个官儿,村里大事小事都要放在心上,不能光会喊喇叭,还要办实事。"

村主任端端正正站直了,啪一声行了个军礼:"报告首长,转业干部张发动保证坚持真理,全心全意为人民服务!"

大树爷听出他话里有话,点着鼻子笑骂:"你呀,真是个铁算盘,谁的钱都敢要哇!"

那天傍晚,落日在水天交接的地方浓浓点上嫣红的胭脂,夕阳的余晖便把大半个天空染出绚丽的华彩,倒映在河面上,好一派波光潋滟的风光。

金娜站在码头上,沐浴在晚霞里,金色的霞光洒在身上,把她涂抹成一株多彩的花树。

她遥望着满载学生娃的渡船在水面上划行,由远及近,渐渐来到面前。

她注视着那个白发苍苍的艄公傲然挺立在船头,那劳作的身躯由剪影渐渐变得清晰。

她亲眼看见大树爷扎稳长篙泊稳了渡船,接着一边叮咛一边小心翼翼地把孩子们扶上栈桥,走上码头。她忍不住激动地喊了一声:How hard you work(你工作真辛苦)!

大树爷不懂她说了什么,只是憨憨地朝她笑笑。

学生娃们大叫着:"爷爷,金奶奶向您问好哩!"

大树爷笑着说:"娃娃们替爷爷带个好吧!"

学生娃们呼啦一下子拥上去:"奶奶好!奶奶好!"七嘴八舌喊成一片,鸟雀炸窝般把金娜围成一团。

金娜搂搂这个抱抱那个,纵有十张嘴也回答不过来,她只有"OK,OK"说个不停,心里盛满了幸福,毫不掩饰地流露在丰满的面颊上。

大树爷走过来,蓦然有几分尴尬几分难为情,那张高傲的面孔泛出几分羞涩几分愧意。他的目光也有些闪躲,不敢正视金娜的眼睛。

金娜并不在意他的躲闪,依旧落落大方地对学生娃们说:"孩子们,爷爷划了一天船,很辛苦,很累,咱们搀扶爷爷回家吧!"

她说着,主动伸出手,搀住大树爷一只胳膊。

大树爷感到不自然,却又甩不掉,只好跟着往前走。多亏身边簇拥着一群欢乐的孩子,才没显得过分别扭。

金娜格外轻松、兴奋,难以抑制内心的得意,说:"林、志恒告诉我,你接受了、我的建议,同意建学校了! 老木头疙瘩被、劈开了,太让我、高兴了! 如果,我一定、参加开会,还有好多、建议告诉你,你、这个固执的老酋长!"

大树爷能听出来,这个见多识广的洋女人在和他开玩笑,他不知如何应付,只能自知理亏地嘿嘿笑着,坦诚地说:"洋妹子,俺是个乡下人,没见过大世面,说话办事一根筋,让你见笑了。你的心意,我代表村委会领受了,也代表全体村民向你表示敬意! 俺正式给你表个态,古水坡建学校这件事,就算决定了。洋妹子你得当监工,我呢,负责组织人力和具体施工,就算充个顾问的名头吧! 咱们说干就干,趁着天暖和不上冻,年前就能把基础打出来!"

金娜听懂一半猜懂一半,兴奋得脸都红通通的,尖声喊起来:"好! 好! 我同意,我完全同意、老酋长的决定!"

旋即,她又对着学生娃们大声宣布:"亲爱的孩子们,我要告诉你们、一件重大的决定,今天早上、我说过,村里准备建起自己的学校,现在我郑重、告诉你们,刚才你们大树爷做、出决定,咱们村的学校马上、就要开工了!"

"噢! 噢! 咱村学校要开工了!"

"噢——! 大树爷太伟大了!"

学生们一下子欢呼起来,七手八脚伸出胳膊挤上去,差点要把大树爷抬起来。炸耳的欢呼在晚霞辉映的山野里回荡,把村里人惊动了,纷纷站在房坡上朝这里张望……

大树爷经不住学生娃们折腾,虎起脸来大声吆喝:"放手,快放手! 俺这身老骨头快让你们揉碎喽! 要谢你们谢洋奶奶,是洋奶奶帮你们建学校哩……"

金娜赶忙挤到人圈外面,抖着肩膀看笑话,得意地拍着手掌:"老酋长,固执的老酋长! 这次你蛮横、不了啦!"

第五章　越洋电话

冬日的朝阳像个慵懒而又娇弱的少妇。天光亮了很久,才缓缓启开沉重的眼帘,探出苍白的面孔,把惨淡的目光吝啬地投射到大地上。

大树爷早早起了身,按时跑到渡口上,把学生娃们送过河去,而后匆匆跑回村里来。

金娜由村主任和志恒陪着,已经在石板路口上等候着了。他们约好了,今天要在村子周边最合适的地方选定建校的地址。

昨晚的村委会开得短平快,会议地点在村委会的三间石头屋里。村主任早早用口大铁锅当火盆,烧红了满满的玉米棒芯子,石屋里暖烘烘的。参加者有大树爷、村主任张发动、金娜,还有妇女代表梁素梅、木匠林墨斗(他是村委会委员),林志恒列席当记录兼任翻译。

大树爷自然是会议主持人,他话不多,简短明了:"这位洋大婶金奶奶捐款,帮咱村建学校的事议论一天了,不再重复。刚才发动也打电话给家旺做了汇报,他高度赞扬,积极支持,要求咱们加快速度,早建成早开学。他交代说,代表全村乡亲,感谢金大婶。另外,村里出份文书,说明来由,学校建成后刻碑记载,让金大婶的功德流芳千古!"

志恒把这番话认真做了翻译。

村主任站起身恭恭敬敬朝金娜鞠躬致谢。

大树爷带头鼓掌:"这是咱古水坡的大喜事,呱唧呱唧吧!"

金娜连连晃手,一张脸像从染缸里捞出的红布:"不,不! 不用谢,不用谢我!究竟需要多少钱,我还没拿出来呢,先别谢……"

村主任赶紧说："金大婶，俺都鞠罢躬道过谢了，有话就该实话实说了。俺咨询过教育局，建所中等规模的小学校，基础建设投资一般在二百万左右，如果加上初中班，再配备桌椅板凳、教学用具，大约三百万勉强打住。村支书电话里说了，请您量力而行，能出多少出多少，不足部分由村里想法解决。"

金娜听懂了村主任的全部意思，语气坚定地说："我已经决定了，并且向志恒请教了中国的教育法，建一所符合九年制义务教育的学校。意识要超前，一点不凑合。校舍现代化，设备现代化，教具现代化。三天内，我会拨来一百万美金，如果不够，我负责到底。"

短暂的沉寂，村主任怯怯地推了志恒一下，悄声问："一百万美金是多少……"

志恒大声说："按目前的汇率，一百万美金相当于七百多万人民币吧。"

村主任长长唏嘘了一声，起劲拍起巴掌说："够了！够了！太多了，太多了……"

大树爷猛地站起身，把旱烟袋往腰间一插，说道："中啦，讨论到此结束。明儿一早选定校址，说干就干，咱们也来个短平快！"

志恒清楚爷爷的意思，担心村主任舌头长废话多，不定会惹出啥笑话，赶紧刹车散会。

金娜却目睹了大树爷办事果断、考虑周密，以及一言九鼎和雷厉风行的作风。更使她感到欣慰的是，她不仅在这片向往了半个世纪的土地上找到了心目中的偶像，而且能够在这里献上一份心意，留下一点印痕，借此将自己的气息，以及大半生累积的情愫统统泼洒出来，倾注到与林大树共同从事的事业中去。一旦筹建的学校在这片山村的土地上耸立起来，那么金娜·索梅尔就和这块土地牢牢地融合在一起了。那样，她飘荡了大半生的灵魂才算找到了归宿，折腾了她几十年的积郁方能得以化解，那个牢牢将她的灵与肉封死了几十年的茧也会破裂，飞出一只美丽的彩蝶来，在这片东方神奇的土地上自由地翩翩飞舞……

古水坡方圆不过几里，村后的山峦不通路，可供选择的地段就在村庄周边。

古水坡的地形就像一把老式罗圈椅，中间一座高坡，如同椅子靠背，坐北朝南向阳坡，山村就坐落在坡岗上，背风朝阳；东西两翼坡岗舒缓，土头厚，植被丰富，种有庄稼和果林。

大树爷带领大家村前村后转了一遭，最后停留在东山坡上。日头恰好从云层中钻来，山坡被晒得暖洋洋的，附近石缝里一丛迎春花开得正浓，金灿灿的花团锦簇，散发出阵阵香气。

金娜禁不住说道："这里地势平坦，山路弯弯，高处有山泉叮咚，四周有果园环绕,好美的地方！中国的古老书院讲究幽境洞天,孔夫子曾经在杏林课徒,我们的学校近听高山流水,远闻大河奔腾,更胜古人一筹!"

大树爷猜不透她的心思,便问志恒:"她的话咋变得文绉绉的,啥意思？相中没相中呀?"

志恒解释说:"爷爷,以后您甭说金奶奶的笑话了,她都能听懂！她这番话高雅不俗,对咱们老祖宗都深有研究哩！她夸这片地方有山有水视野开阔,是建学校的好地方!"

大树爷猛吸口旱烟,得意地笑了起来:"志恒,你翻译给她听,咱古水坡本来就是块风水宝地。你瞅瞅这地势,看上去就是把太师椅,中间是椅子靠背,两边是扶手;也有人说得更玄乎,说是把龙椅,能出一位皇帝两个丞相,起码也得出来八个状元十六个进士！俺早就知道了,不敢说透,这叫天机不可泄露!"

志恒笑起来,对金娜说:"金奶奶,爷爷的话您听懂了吗？他竟然相信风水先生的胡话,真可笑！照这说法,古水坡早成圣地了!"

金娜却认真地说:"NO,NO！我相信,这里是块宝地,虽然不再有皇帝和贵族,这里有英雄,还会走出一个又一个科学家、艺术家、将军和元帅！还有各种各样了不起的人!"

大树爷这回完全听懂了她的话,哈哈大笑起来:"洋妹子,这一次咱们俩总算想到一块去了！建学校的地址咱就定在这里了!"

金娜兴奋得双目放光,美滋滋地说:"老酋长,我和你意见完全相同！中国话怎么说？我们合穿一条裤子……还是尿到一个壶里——我们就在这里建学校了!"

大树爷绷着嘴,不好意思笑出声。

村主任憋不住,咧开大嘴笑得鼻涕一把泪一把。

金娜诧异地耸耸肩:"我……难道说错什么了吗?"

志恒笑着解释:"金奶奶,那是男人之间比喻看法相同,关系密切,有戏谑的意思。女人之间也有类似的表达,比如你俩穿到一个针眼里了,或者你们真是拱进一个被窝的人,都含有善意的玩笑!"

金娜摇摇头,有点不好意思地做了个鬼脸:"哎哟哟,中国语言太丰富了,不小心就吃亏上当,自讨没趣了!"

当天吃罢午饭,那片选定的山坡上就插上了一面红旗!

大树爷带着村主任张发动、木匠林墨斗上了东山坡。用皮尺丈量了四边方位和尺寸,确定出盖房建楼的大致范围,包括校园大约需要的面积,并且撒上白色的石灰线,画出了明显的标记。

大树爷亲自做完这一系列的如同开天辟地的动作,拍拍双手沾满的石灰末,用铁板钉钉的口吻说:"妥了! 这就是咱的规划。大盘子定下了,里边的物件咋配,楼房咋盖,咱就听您洋大婶的摆布了! 人家见过世面,准当鼓捣个洋式样出来,赛过咱的石头屋。"

林墨斗笑笑说:"拙匠人,巧主家。匠人再巧也巧不过主家,主家的想法总比匠人高一筹!"

村主任满脸堆笑地讨好说:"当年刘伯温修建北京城,也只画了一张八臂哪吒图,宫殿咋修,城门楼咋建,还不都是工匠的事? 咱村虽比不上北京城,可是建座新学校也算得上惊天动地的大事了。老叔撒上一圈石灰印,不亚于刘伯温画八臂哪吒图,将来也要流芳百世哩!"

大树爷瞅他一眼,说:"发动就会拍马屁! 不过,后半句拍对了。办学育人,造福后代,是咱古水坡千年不遇的大事,只能办好,不能办砸! 你是村主任,要扎扎实实把工程抓起来。"

村主任立刻收住笑,一本正经地说:"叔,按照您的指示,我先平整山石坑洼,立马联系一辆推土机,三五天完成任务。紧接着开挖地基,联系材料,趁着冬闲人手好找,原材料价格松动,把该备的材料提前谈下来。还有……"

大树爷挥挥胳膊打断他的话:"年前还有二十多天,能把平整场地、开挖地基这两件基础活干好就不简单了。发动,我再叮嘱一句,钱虽说是人家捐的,咱也要一分钱掰成两半花,处处都要节省。买材料更得货比三家,选那些物美价廉的,特殊用途的多请教洋大婶,千万不能不懂装懂。"

林墨斗插话说:"俺瞅着洋大婶不简单,盛了一肚子墨水,说话办事样样都内行!"

村主任一脸诚恳地说:"那咱就跟着内行学呗! 为咱村子孙后代造福哩,还怕身上掉几斤肉?"

金娜自从来到古水坡,就为一件事魂不守舍,心乱如麻。小山村不通网络,她带来的电脑没法用,她的手机打不通。她有一肚子的话要和司提芬说,她有些急事要通知美国有关部门帮她办理。首先要办的,就是通知基金会把需要的款项立即拨到她的银行卡上。

古水坡只有一部可以和县境内通话的普通电话,连长途都拨不通,只有通过县城邮电局转接,想打国际长途就更加困难。

金娜如坐针毡,她只好求助林志恒,语气又恳切又坚决:"你必须帮我解决这个困难。不能用网络,不能听电话,我就成了哑巴和聋子!还有,我如同困在石头屋里的猴子,什么事也办不了!什么消息也传不出去!志恒,我已经承担了古水坡的责任和义务,需要立即投入工作,展开行动,不能守在温暖的石头屋里品尝山村美味,然后听人聊天,任凭山村里的人欣赏我这个洋老太婆,头发是黄的,眼珠是蓝的,那不是动物园里的猴子又是什么?"

林志恒对她的心情十分理解。

古水坡交通不便,一条河把山村与外界分割开来,因为是个自然村,人口不多。留在村里的老人妇孺基本上不打电话,更不用手机。学生们在河对岸乡镇学校走读,回家也用不上电脑。所以山村不通网络,不仅打不了手机,而且看不了电视,村民家里的电视机几乎等于摆设(很少有人愿意自己掏钱架设天线)。

这件事,大树爷让村主任找过有关部门,县里推给乡里,乡里又踢回县里。后来知道了其中缘由:古水坡用户太少,架基站和铺设光缆费用过高。因为这笔开支,县乡两级部门间相互扯皮,所以只有点头答应的,没有落实行动的。为这事,大树爷在电话里对乡长发了几次脾气,事情从未得到解决。

可是此时此刻,金娜必须要用网络,必须要打电话!

志恒不想因为这些再让爷爷烦心上火,同时他也知道这件事不是立马可以解决的。于是他想出主意,对金娜说:"金奶奶,我撑船陪您过河,然后再陪您一起进县城。咱们先解燃眉之急,好吗?"

金娜愁眉顿开,笑出满脸红润来,竖起大拇指夸奖:"林志恒,你真棒!在别人那里,远水不解近渴,你懂得借船过河!你和你爷爷一样精明,又比他民主!"

金娜按照志恒的安排,过了河坐上进城的公交车,接着走进平原县电信局的营业厅。由志恒负责交涉,帮金娜的手机办理了开通手续;然后又把村里的那部电话重新升级,开通了国内国际的通话业务;他把能够办的事宜都办得妥妥当当,暂时解决了金娜与外界的通信问题。

林志恒知道金娜急于和美国的亲友通话,那种渴望交流的情绪溢于言表。他便求助营业员找了安静的房间,为她提供通话的方便。

金娜的手机拨通了对方的电话,她要求志恒陪在身边,说她想说的话对志恒没有秘密。而且有问题随时向他请教,志恒不便推托,只好在旁边陪着。

金娜的通话是用英语讲的,她首先是交代她的工作人员,往她指定的地点汇款,用途是捐助建设一座山村学校。具体地址是:中国河南省平原县古水坡村委会。——这些文字她请志恒帮忙用钢笔工工整整写下来,然后拍了图片发给对方。

这项工作她做得非常认真,和对方反复核对了三次,确认无误才算结束。

接下来的电话是打给孙女的,她几乎控制不住情绪,大河涨水般一泻千里,恨不得把她所经历的一切统统倾吐出来。

她对着手机,声音尖厉而又洪亮,甚至还有些微微颤抖:

"Hello(喂)!亲爱的司提芬,我多么想听到你的声音啊!可爱的小宝贝,在这可怕的二十几个小时里,我几乎都要急疯了!你知道我现在是在什么地方给你讲话吗?你猜不到的,告诉你吧,平原县!对,就是我崇拜的偶像一班长林大树的家乡!当然,我当然找到他了!已经在他的家里吃过丰盛的山村宴席,躺在温暖的山村暖炕上度过了美好的夜晚!我已经陶醉了,甚至现在还朦朦胧胧如在梦中……不要抱怨,我的小宝贝!我早就想给你打电话了,让你第一时间与我分享重逢时的喜悦和幸福。但是,非常遗憾,那个神秘的小山村竟然不通网络!你知道,我多么想在那个神圣的时刻爬到山村最高的山坡上对你呼唤吗?你能想象那一刻我是多么癫狂吗?你能想象为了打这个电话,我要坐船过河还要坐上巴士来到他们的县城吗?为了这个电话,你能想象我还需要请人帮忙才能做到吗?小宝贝,我现在告诉你,这位帮我的热心人就是林大树的孙子,和你一样可爱的大哥哥,他叫林志恒,他就守在我身边!可爱的司提芬,我想请他和你讲几句话,可能在最近的日子里,林志恒会成为我的翻译和秘书,你们将会成为亲密的朋友。他是位优秀的大学生,身上流淌着他爷爷的英雄基因,我暂时把时间让给他吧!"

金娜把手机递过来,志恒非常礼貌地听着对方传来的激动而又悦耳的声音,礼貌地说道:"你好!可爱的司提芬小姐,我们虽然还没有见面,金奶奶已经向我介绍了你的许多情况,我们已经是相距万里却又心灵相通的朋友了。请你放心,奶奶在我们身边,像在你身边一样快乐和幸福。虽然我们山村开通网络有些困难,请相信很快能得到解决,一切都会好起来的。我代表爷爷和全体村民邀请你,在你方便的时候,欢迎你到我们山村和家里做客!"

司提芬的声音在遥远的大洋彼岸兴奋而又快乐地欢叫着,她用流利的汉语大喊大叫,传出的音量足以让金娜和志恒同时听到:"志恒哥哥!听到你的声音我都跳起来了!你那么亲切地称呼金娜·索梅尔奶奶,我太高兴了,我可以理直气壮喊你哥哥了!我只对亲爱的哥哥说一句话,奶奶为了寻找他仰慕的中国志愿军英雄林大树,已经耗去了大半生。林大树在奶奶心中如上帝般神圣,却比上帝还要真实;奶奶对林大树的精神追随坚韧而又执着,奶奶到中国如朝圣般虔诚。所以,我拜托哥哥,协助奶奶实现她的夙愿,了却她追求一生的中国情愫。亲爱的哥哥,拜托了!咱们中国再见!"

手机又被急迫的金娜接了过去,音调依然是兴奋而又微微颤抖着:"亲爱的司提芬,我感受到你此时此刻和我一样,被这片土地的诚恳和热情打动了!好的,太好了,我的天使,我等待你能早点和我相会。是的,我太幸运了,咱们曾经有许许多多应对困难的方案,可是一个也没有用上,开放的中国没有想象中的落后和闭塞。我在这个省城下飞机时,遇到那么多的外企老板、外国游客,还有留学生,这里的人早就不把老外当猴子看了!"

金娜对着手机咯咯笑了一阵,又接着说下去:"啊,我的宝贝,我的谈话跑题了。是的,我有点语无伦次了。总之,我这次旅行太顺利了,几乎没有大费周折,县里的外事机构就和林大树联系上了,县长还亲自派人把他接到宾馆和我见面。可想而知,我和他谁也不认识谁。我变成老祖母了,他当然就成了圣诞老人了!真的难以想象,如果我手中没有那个珍贵的证物,林大树绝对不会承认认识我的,也不会承认在烽火战场上那场短暂情缘的!尽管我们相认了,可以猜想其中必定隐藏有某种难以启齿的事情,我们在朝鲜发生的这段故事,显然被他隐瞒了。县里的人不知道他曾经是战斗英雄,村里人甚至不知道他当过兵,立过战功!差点忘了,还有那个女护士李秀娟,他们不仅是同乡,后来还是夫妻,她为林大树生了一大群孩子。遗憾的是我没能见到她,她在几年前去了天国……"

金娜的音调低沉下来,匆匆取出纸巾擦拭着眼角和鼻子,又接着说下去:"哦,我有很重的挫败感和失落感。林大树现在是个撑船的老船夫,没有一点功臣的模样,就像乡村老头子一样平凡无奇。但是,在他的小山村里,他依旧像匹烈马难以驾驭,依旧像头骆驼,雄伟而又伟岸。他在村里一言九鼎,就像一个德高望重的老酋长!你放心,他不会生气的,我就喜欢喊他老酋长!他对我很友好,表面上他像块冰冷的石头,心里却有团火,偶尔冒出来能把人灼伤!小精灵,我还没有触摸到他的脉搏,还不了解因为我的缘故在他身上发生了多少痛苦的故事。我不能那么急迫地打探几十年前发生的一切,担心那样会引发他的回忆和悲伤。他已经努力地深埋了那些不愉快的历史,或者如他抽旱烟那样随着烟雾化为灰烬……你知道我把那段历史看得很重,当作生命的支柱,灵魂的依托。既然我已经找到了心中的英雄,就如同走进圣殿,站到了圣像身边,为灵魂找到了皈依。——更何况,我的英雄不仅鲜活地存在着,而且生命力蓬勃旺盛,如同圣诞老人那样驾着驯鹿和雪橇把吉祥、祝福送到山村里家家户户的门前。我的小宝贝,此时此刻我能来到他的面前,或许是圣母玛丽亚的恩典吧!亲爱的司提芬,去教堂的时候替我祈祷吧!"

金娜说到这里突然哽咽起来,手捧电话沉默了一瞬,听到电话里传来司提芬的呼喊声,她才吸吸鼻子平复着情绪,重又诉说起来:"亲爱的司提芬,请原谅,我太激动了，所以控制不住自己……你放心，志恒就在身边，他和你一样通情达理，不会讥笑我失态的。和你一样，他也喊我奶奶，很会体贴我。我们正在共同帮助小山村做一件重要的工作，我为山村捐建了一座学校，你肯定会支持我这个决定的。因为这是林大树的一桩心愿，我要帮他完成，助他一臂之力。当然，他开始是不肯接受的，他倔强的性格如同希腊神话中的英雄西西弗斯。后来在林志恒的劝说下，他终于同意了，并且选好了校址，立即付诸行动了！

"亲爱的司提芬，你明白这意味着什么吗？猜对了！我的小精灵，只有共同的行动才能产生共同的动力，只有共同的目标才能产生共鸣。这是你提醒我的，现在我这样做了。我的心正在和这块土地渐渐贴近，我的行动正在向老酋长的目标慢慢靠拢。总有一天，我会和他一起驾着驯鹿雪橇去叩响祝福之门的！亲爱的司提芬，暂时打住吧，尽管我还有许多话没有说完，志恒提醒我，赶不上巴士，我们今天就回不去山村了……哈哈哈，你感到很有趣，那就抓紧到中国来吧，这里有很多神奇的故事等着你发掘呢……"

这个电话打了很长时间，金娜恨不得把来到中国的所有经历和感受全部摊开，和远在美国的孙女一起分享。那种兴奋和激动的模样，时而像得到糖果的孩子那么天真，时而像赛马场上中了大奖的票友那么狂热。

林志恒以极大的耐心听她讲话，间或听出了这位美国老太太寻找林大树的缘由，知道了爷爷曾经当过志愿军，抗美援朝到过朝鲜，是个战斗英雄，并且和金娜有过一段令她终生难忘的生死纠葛……年轻的大学生心头滚过一阵复杂而又苦涩的热潮，对爷爷的敬重骤然升华，熟悉的爷爷竟然变得神秘而又陌生起来。军人和船夫，曾经的英雄和今天的普通百姓……六十年的岁月漫长而又陌生，六十年的变迁潜伏着多少难言的灾难和痛苦，想来都深埋在爷爷那具魁梧苍老的躯体里，埋藏在爷爷宽厚博大的胸腔里，封锁在爷爷枯索厚实的嘴唇里，甚至如同雪水融入山岩，早已化为爷爷的血脉和结实的肉体了。

志恒想，这位美国来的老太太看来是位财大气粗的农场主。她和爷爷有过一段纠葛却并不真正了解爷爷。她来中国寻找的并不是阿里巴巴埋藏宝贝的山洞，而是如同后人探访伯利恒，寻觅耶稣的出生地那样，怀有一种莫名的虔诚，似乎还有一种神话般的憧憬。于是，他对这位老太太多了几分有别于礼仪方面的尊重和热情。老太太不是为了好奇来到古水坡的，她是为了寻找一份失落的真情。

志恒和金娜搭上公交车匆匆赶到渡口，正是夕阳西下时分，河面上泛着淡淡波光，对岸的景物渐渐抹上一层暗色。

大树爷威严地站在渡口上，抽着旱烟袋，吐出来的烟雾在他身上缠绕着，如同山间紫岚飘浮,遮住那张满是怒气的面孔,时隐时现。

林志恒这才意识到自己的失误,再晚一刻就耽误放学的孩子过河了。他赶忙跑上去,想给大树爷解释。刚喊了"爷爷",话还没有说出口,金娜就急匆匆跑上去,迫不及待地尖声快语说起来:"林!我和孙女联系上了,今天真是太、高兴了!我说了很多话,心里的郁闷全被、大风刮跑了!林,我、应该感谢志恒,今天全靠志恒帮忙,他太能干了!"

大树爷从腰间解下个水葫芦递过去,一句话也没说,脸色依旧很难看。

金娜掀开葫芦盖,咕咚咕咚地把葫芦里的温开水一口气喝个干净,抹抹嘴巴说:"太棒了,老酋长!我真的渴急了,如果有玉米粥,我保证、能喝、两大碗!"

大树爷猛地对志恒吼了一句:"城里没有卖水的?你看看,把人渴成这样。"

志恒怯生生说:"爷爷,进城光顾办事了,根本……顾不上,也没想到……"

大树爷冷森森地说:"你没想到的多了!你带着个外宾又是过河又是进城的,为啥连个招呼也不打?万一出个纰漏,你担得起吗?"

林志恒头都不敢抬起来,嗫嚅着说不出话。

金娜这才注意到大树爷神情不对,打抱不平地说:"老酋长,你错怪志恒,你太粗暴太独裁了!我、不是外宾,我是古水坡、的老太婆!志恒是我孙子,陪着奶奶进城、打电话,有什么错?一点不错!我很安全,没有问题,一丝不挂……不,是没少一根头发、回来了!你不该生气,更不该发火。你应该问我们干、什么去了,事情的结果、如何。"

大树爷终于苦笑地咂了咂嘴,叹了口气:"唉,你这个洋婆子呀,竟敢在我的地盘上瞎指挥!你没想想,整整一后响找不见你们俩的影子,村里翻了天!村主任又把电话打到县里去了,恐怕也在找你哩!"

金娜咯咯笑起来:"你这叫、敲锣打喷嚏,小题、大作!"

大树爷被她逗笑了:"嘿,这话你也会说?你快成精了!"转而郑重起来,"我声明一句,从现在起,只要你离开古水坡,必须向我报告!"

金娜恶作剧地反唇相讥:"报告老酋长,我保证遵守纪律,服从领导。你是领导,要注意态度,不可以随便、发脾气。错怪了别人,需要作、检讨哟!"

大树爷被金娜逗得哭笑不得,正无法下台时,放学的孩子们唱着笑着成群结队跑过来,围着他们一会儿爷爷一会儿奶奶地叫个不停。大树爷脸上的阴云一扫而空,顿时晴了天,乐呵呵地伸出手,拍拍这个的肩,摸摸那个的小脑袋;然后逐个点名,数清楚一个不少时,让他们排好队,一个跟一个走过栈桥,稳稳当当走到船舱里。他依旧吆喝一声:"娃们坐好喽!咱们回家喽——!"接着便是那一连串的动作,撑篙点水,调整船头,弯腰弓腿,猛然用力,渡船离岸……

林志恒走过去,从大树爷手中接过长篙,热腾腾说了一句:"爷爷,我来撑船吧!你跟俺金奶奶说说话,她有好消息告诉你!"

大树爷爽快地松开手,深深的眼窝里喷发出充满爱意和温情的目光,低声交代:"天色晚了,甭撑太快,多靠深水区走。船上一船娃,都是咱村的宝贝疙瘩,丁点儿差错不能出!"

志恒点头应和着:"爷,俺学撑船是您老人家手把手教的,今儿您再点拨点拨俺嘛!"

大树爷的手在孙子后脑勺上轻轻拍了一下,爱抚地说:"刚才训了你两句,甭在意。俺村前村后找不见人,急得喉咙眼都起火了!还是那句话,人家是外宾……"

志恒愧疚地说:"爷,俺知道了,再急也得给您打个招呼。往后,我一定注意!"

大树爷满意地嗯了一声,蹲在船头上,自言自语:"今儿这事,其实怪俺哪!志恒你给俺说道说道,啥叫网络?到底……是个啥物件?"

志恒一边撑船一边讲解:"爷呀,网络是个名词,有多种含义,说多了很深奥,您听不懂也不需要懂。打个比方吧,它就像一个很大很大的蜘蛛网,看不见摸不着。通过它可以接收信息,传播信息,通过它能把点呀、线呀、平面的、立体的各种各样的信息联系到一起,然后实现资源共享。比如通过它可以看电视,可以听广播,可以打电话,可以干很多很多事情。社会越进步,网络和咱的生产生活关系越紧密。网络不仅是时代进步的标志,还是咱们提高科学技术和文明水平,必须具备的工具和手段哩!"

大树爷听懂了,压低嗓门说:"照你这么说,咱村不通网络,不光是看不了电视,打不了电话,还影响娃们长知识开眼界咧!那娃们的学习成绩不就要比人家低一头了?"

志恒点头说:"爷呀,这件事您得交代村主任尽快落实下来。其实很简单,就是地下埋根光缆,地上架个转播台。我知道好像有个文件,中央要求村村通电视通广播,只要电视通了,网络也就随之通了。这件事一定要抓紧,不然咱的学校建好了,网络跟不上,学生用不上电脑,教学也没法实现电子化,影响可就大了!"

大树爷沉吟着,吐出一口浓浓的烟雾,决然地说:"志恒哪,你爷今天才知道自己落后了!不听不知道,一听吓一跳,原先俺以为咱村架不来线不就是看不上电视呗,看不上就不看,这一听可不是小事!哪想到通不上网就跟不上现代化了,这还了得!这事俺亲自出马,打官司也得把网给咱通过来!"

第六章　县长进村

第二天,陈县长到古水坡来了。

他说是专程前来看望金娜的,一是应该来,平原县来了位美国客人,住在古水坡村里,看看住不住得习惯,缺不缺什么生活用品,有没有需要他帮助解决的问题。二呢,听村主任张发动在电话里汇报,说金娜要为古水坡捐赠一百万美金,帮助村里建一所学校。这件事不仅是古水坡的大事,对平原县来说,也是一件具有轰动效应的大事件。作为一县之长,他必须亲自跑一趟,登门致谢。三呢,秘书告诉他,村主任张发动曾打来电话,说那位美国客人突然失踪了,村里村外,遍寻不见。有迹象表明,这位外宾可能到县城办什么要紧事去了。村主任求助,能否帮忙寻找一下。

陈县长得知外宾失踪的同时,又得到外宾已经平安回到村里的消息,一惊一乍全在会议中间,难以分身问询详情。因此,他今天坐船渡河,上坡进村,可谓一举多得,意义非凡,乃至影响重大了。

跟随陈县长同来的,除了秘书,陪同的有县委宣传部部长、县教育局局长、广播电视局局长以及电视台、电台的记者和县报记者。浩浩荡荡的随员们簇拥着陈县长,摄像机的镜头追随着县长,推拉摇移,照相机咔嚓嚓响个不停,恨不能把县长的一举一动都记录下来。

陈县长倒也谦虚,并且精明过人,满面笑容地对身前身后的随从们说:"哎呀,你们拍我干什么嘛,县长逛山景,没有意义嘛!硬贴个标签某领导下乡检查工作,也是沽名钓誉嘛!我今天干什么来了?看望捐献巨资支持我县教育事业的美国友人,当面致谢并表示慰问,这才是主题。美国友人金娜才是你们采访报道的主角!

记住,新闻报道一定要掌握分寸和尺度!"

陈县长说的是官场语言,普通人听了觉得县长既坚持原则又实事求是;行内人听了自然懂得其中的弦外之音,更加明白了应该在什么场合、什么部位多下功夫了。

村主任张发动昨天傍晚就接到王秘书电话通知,得知陈县长要来古水坡的消息,自然得和大树爷认真商量一下接待事宜。

大树爷吃罢晚饭,盘腿坐在炕头上,就着装着烟丝的小筥箩,正在紧一袋慢一袋地吸着旱烟,轻轻吐出一股股烟雾。

林墨斗坐在炕边上,二人议论着在东坡上破石填沟的具体事,扯到一个难以解决的关键问题。木匠说:"既然放罢白线了,就得抓紧清理场地,该平的石圪岭炸了,该填的沟壑填平,咱把戏台搭好,唱戏才能打开场面。咱是建学校哩,不是搭鸡窝,万不能凑合。"

大树爷点头,连称说的话在理。古水坡建学校千百代头一回,称得上千秋大业,造福子孙后代哩,一砖一瓦都不能马虎!但他忽然皱起眉头,喷出一口烟雾说:"木匠,听发动的意思,如今工匠不好找,都到外地盖楼去了。原想租挖掘机开挖地基,马力小的,撬不动石头;马力大的,车体自重好几吨,靠咱的渡船运不过来。你路子宽,想想有啥办法化解这个难题。"

木匠蹙起眉头,吸溜一下鼻子:"还不都因为村前这条河?咱干啥都抻不开拳脚!渡船太小,运辆四轮小拖还凑合,运挖掘机门儿都没有!"

他嚓嚓挠了一阵后脑勺,手掌拍到大腿上说:"有了!河务局清理河道用的挖掘机不是用摆渡船运嘛,找人家商量商量,连船带挖掘机一块租,难题不就化解了?"

大树爷顿时眉头舒展,解开一个愁疙瘩。

村主任恰好走进来,胖乎乎的脸蛋在灯光下闪着光彩,额头上一排汗珠亮光光地抖动着,眼睛眯成一条缝,流泻出喜悦和兴奋。他靠着炕沿先替大树爷装好一袋烟丝,恭恭敬敬递过去,又刺啦一声划上火,才赔着几分小心,慢言细语说:"叔,明儿咱村又有喜事了!"

大树爷瞥了他一眼,漫不经心地问:"喜从何来?没听说谁家娶媳妇儿嫁闺女呀!"

张发动晃着胖乎乎的和尚头,眨眨眼睛,卖了个关子:"比那事大,叔您再往大处想!"

大树爷悠悠吐出一口烟雾:"你叔是个平头百姓,脚步从村头走到码头,眼光从河这边看到河那边。离开巴掌大的古水坡,天大的事咱都沾不上边,想它作甚?"

张发动摸透了大树爷的心性,熟知他脸上的风晴雨露。知道不是开玩笑逗闷子的时候,赶紧抖开包袱:"刚才王秘书来电话,说明儿上午陈县长要来咱村检查工作,主要是来看望金大婶。叔,您得出面接待,换谁也撑不起场面哪!"

大树爷抻开巴掌在脸前一晃,断然说:"打住!张发动你把事分清,古水坡你是村主任,接待县长汇报工作是你的职责。老汉我既不是官员也不是衙役,压根就没有伺候县长的资格。你少往俺身上打主意!"

村主任额头汗珠扑嗒嗒滴下来,急巴巴说:"叔呀,俺虽说是村主任,古水坡老少爷们谁不知道俺吃几个馍喝几碗汤? 离开您扶持,俺路都走不好! 叔把俺当拐棍,还能喘口气。叔把俺当檩条,只怕上不了墙。明儿县长来咱村,老叔不露面,就不怕俺把事办砸了,丢您的脸?"

"你这个村主任可是村民大会选的,当干部一直往后缩,啥会儿才能挺起腰杆哩?"

大树爷瞅着张发动的窝囊相,又生气又着急。他放缓语气说:"县长来村里看看,也是正常工作,你有啥好紧张的? 我跟墨斗正在商议挖掘机的事,得找河务局协商,两件事都挤在明儿办,你挑吧。"

村主任的嘴巴闭紧了,眼珠直溜溜盯着大树爷,半晌吐不出一个字。

林墨斗拽拽他衣襟,提醒他:"老叔问你话哩,咋不吭声哩?"

村主任额头滚下一串冷汗珠子,两只手在裤腿上摩擦着,吞吞吐吐说:"河务局归黄委会管,人家门楼三丈高,谁都不认识,找谁说哩……"

大树爷把旱烟袋重重在炕头磕了几下,趿拉上鞋站到地上,看都不再看村主任一眼,对木匠说:"墨斗,咱谁也甭靠,就靠咱自己。人家老外捐了钱,咱如果盖不起座楼屋让娃们上学读书,可就把脸丢到美国去了!"

林墨斗识趣地走到门外,又揪了一把站在那里发怔的村主任,把他扯到院子里。

大树爷哗啦一声把屋门闩上了……

第二天,村主任张发动赶到大树爷的石头院时,早已人去屋空。他愕然望望周围,天刚麻麻亮,老槐树遒劲浓密的枝丫还隐约在朦胧雾气里。他脑门上打个激灵,拔腿就往渡口跑。

没跑出多远,就听见身后一串脚步声。学生娃们三五成群走出山村,背着沉甸甸的书包,提着自备的午饭,或干粮兜或保温罐,噼里啪啦的脚步声好似一群冲出栅栏的羊,亢奋而又急切地奔向那片水草丰美的芳草地。

村主任赶到码头上,只见渡船泊在河岸边。林志恒守在船头上,手里扶着长篙,额头汗津津的,好像刚从对岸撑过来。

村主任脚没站稳,就急火燎毛问:"志恒,大树爷过河去了?"

林志恒说:"刚走。他跟墨斗叔进城去了。好像去找河务局借挖掘机了。"

村主任脑门一炸,好似迎面挨了一枪!村主任呀村主任,你又晚了一步!明知道有工作,村主任不敢往前冲,逼着白发老人上阵,你为啥总是不能争口气干好工作,让大树爷省心哩?

村主任心头充满自责,问:"你爷没啥交代?"

林志恒笑笑:"俺爷说发动叔是家门口的将军,出了村就不敢说话。他知道陈县长今天要来咱村看看,你得做接待工作哩!"

村主任听了心头一阵热,情绪稍稍稳定下来。

大树爷有时看上去一脸冰霜,心中却是烈火一盆。越是他亲近的人,越是难以得到好脸色,恨铁不成钢,恨你不成器。一旦他对你视而不见,或是皮笑肉不笑对你时,那就完了。他心里早就没你这个人了……

村主任赶紧走到栈桥上,学着大树爷的模样,细心周到地搀扶着学生娃们上到船上坐稳,又急忙忙地去和志恒使劲抢夺撑船的长篙。

林志恒哪里肯让,说:"发动叔你忙里忙外的,回头还要接待县长。我长年在外读书,假期里就让我多干点事,帮点忙吧!"

村主任不好再争,便说:"也好,今天大树爷考验俺,故意撂下村里的一摊事让俺打理。志恒你懂洋文会说洋话,陈县长看望金大婶,你一定帮忙照应着,甭让你发动叔丢了脸!"

学生娃们个个都是鬼精灵,发现村主任一路紧张地和大学生谈论正事,便不敢如往日般肆意地欢笑,变成了窃窃私语和交头接耳。好在水路不长,下了渡船他们便鸟雀般欢叫着跑远了,根本不把大人们的忧烦放在心上,自由、欢乐是他们的天性。

陈县长和一干政府官员、媒体记者,自然是坐车来到古水渡口,下车上船,一路顺风。他们对村主任的迎接感到满意,对乘船过河感到赏心悦目,甚至觉得别有一番情致,并未对一水之隔给村民带来的不便有任何愧歉的表达,或者一丝一毫喟叹。

他们走到村头老槐树下,陈县长站住脚步,喘了好大一阵,才缓过气问:"林大树……你们大树爷哩?我来到他家门前了,咋不见面哩?"

村主任赶忙趋前解释："陈县长见谅！只因村里建学校急于赶工，大树爷日夜操劳，大事小事，事必躬亲。他夜黑听说县长今儿要来山村视察，特地起个大早，三更便过河去了。估计稍等片刻便能赶回来，误不了和陈县长见面！"

陈县长哈哈一笑："村主任你误会了！我们几个专程赶来古水坡是来看望他老人家，也是来看望那位美国客人的。大树爷年事已高，依旧为村民奔走操劳，他的精神和干劲都是我们学习的榜样哪！"

村主任被这番话说得无所适从，双手又在裤腿上嚓嚓搓起来，尴尬地干笑着，不知如何回话。

林志恒适时插上话说："发动叔，俺爷不在，就请县长和各位领导到我家小坐。洋奶奶就住在俺家里，正好和诸位见面叙谈。"

陈县长反应敏捷："对，对，对！那就先看望外宾，先看望外宾！应该的，应该的！"

林志恒家的石头院清爽而又安静，只有几只麻雀在房顶上飞鸣，再无惊扰之音。

志恒妈坐在一把椅子上，靠着洒满阳光的石头墙，哧哧抽着麻线，在纳鞋底子。

她身后的房间里，早已收拾得宽敞利索，挨着窗户支起一张乡村常见的四方桌，桌上摊放着一沓白纸，几支铅笔，还有圆规、三角板之类的文具。从擦得光洁晶亮的窗玻璃望去，可以看见满头金发的老太太，戴着老花镜伏在桌子上专心画图的身影。

自打为古水坡捐建一所学校的想法宣布之后，另一个想法在金娜的脑子里油然而生，她要亲手为这所学校设计草图。把自己生活了大半生的家乡景致搬一些过来，和古水坡的石头建筑融为一体，成为她内心情感的象征，将其立体化呈现出来，那将是一个多么美好而又永恒的纪念啊！

自从金娜·索梅尔的脚步踏上古水坡的土地，老太太就对这个充满古老朴拙气息的石头村落产生了浓厚的兴趣，并深深爱上了这个山村。

她的故乡在美国西部的加利福尼亚，靠着太平洋，也是个多山的地区，有好多个国家公园，经济比较发达，是片富饶的土地。可是金娜不喜欢住在城市，偏偏选择了乡村。父亲给她留下的遗产就是一大片农场，那里有广袤的农田，起伏的山峦，蜿蜒的小河，还有长满野花的田间小路，通往山谷里的曲曲折折的石板路。那里的林木掩映着一座城堡式的庄园，耸着高高的塔楼，尖顶塔楼上悬挂有巨大的自鸣钟，呼唤着庄园里的工人起床或是休息，娱乐或是祷告。城堡里有宽敞的起居室，明亮的图书馆，庄严的礼拜堂。有花园，有球场，有游泳池，还有举办小型比赛的跳台,以及供他们家庭使用的跑马场……

城堡就是一座小城镇,生活所需要的建筑和物资,可谓应有尽有。金娜·索梅尔就生活在城堡里,她是那里的主人。可是,上帝主宰不了她的灵魂,虽然她的肉体寄存在城堡里,她的魂魄却放飞在远在东方黄河之滨的小山村里。

自从走进古水坡,金娜感到一切是那么熟悉和自然,如同回到外婆家,连梦都格外甜蜜。这里的石头村子和她的城堡有许多相似之处,甚至更加古朴,更加返璞归真,没有任何现代奢华和矫揉造作。虽说并非刀耕火种,但山民的生存仍保存着诸多与自然息息相关的习惯。睡的石炕,坐的石凳,舂米用的石臼,磨面的石磨、石碾,这些金娜都熟悉,但这里的人说得更邪乎——他们每个人一生,足足要吃下肚里一个大石磙!

所以,她要搞一个中西合璧的建筑物,高屋顶,大开间,主体建筑既要高大醒目,又要宏伟壮丽。顶层要有座教堂和宫阙完美结合的钟楼,当学校的钟声响起时,能传到很远的地方。在田里劳作的农民,或在路上行走的游客,或在河上航行的船只,或在大道上驰骋的车辆,都能听到古水坡学校传出的钟声,那是从山村里传出的文明号角。

金娜把她的设计理念讲述给林志恒,得到了肯定和认同。

志恒说:"金奶奶,您这个理念太好了,中西合璧,取长补短,优势互补,别出心裁。而且就地取材,以石材为主建设一座古朴庄严的现代学校,不仅思维新颖,而且和大自然融为一体,符合中国天人合一的古老哲学思想。在你们西方,每个村庄都有教堂,人们去那里聚会、交流、洗涤灵魂;对上帝的崇拜可以理解为对自然的敬畏,对灵魂的救赎。我们古水坡建所学校,首先是为了扫除愚昧,传播文明,普及科学和文化,把农民的后代培养成有用之才,甚至是国家栋梁。我是学生,深有体会,每当听到学校的钟声,就像战士听到冲锋号,周身血液都会亢奋起来!我想,将来的古水坡学校,说不定会成为这方土地的文化中心!"

金娜的创意构思得到年轻人的肯定和赞许,热情更高,劲头更足了。她通宵未眠,从志恒那里讨来纸张和铅笔,横涂竖抹,把脑子里想的东西一一勾画出来,竟然画出一打草图。天亮时分,才抱着图纸和衣靠在炕头上,酣然沉入美妙的梦境里……

傍午时分,老太太猛然醒来,用手拍打着脑门,连声懊恼地责备自己:哎呀,哎呀!我贪睡了,误事了……误事了……接着翻身下炕,卷起图纸匆匆忙忙就往外跑。

志恒妈拉住老太太,好说歹说,紧劝慢劝,她才在洗脸盆里涮涮毛巾,擦了把脸,接过志恒妈递到面前的玉米粥,稀里哗啦喝了几口,就踮起换了便鞋的双脚,急急忙忙跑走了。

大树爷刚刚在东山坡上撒了石灰线,定出了建校的大致位置和范围,坐在一块石头上抽着旱烟,端详着眼前景物,猜想着即将拔地而起的建筑会是一副什么模样。

"林!林!我找了你一圈,你……竟然躲在这里……"金娜踩着山路深一脚浅一脚地跑过来,当她看见山坡上醒目的白线时,满脸的焦急转眼变成满脸的欣喜。

"哦,林!你也在画……画图?你……画在山上,我画在纸上!你看看……"

老太太弯下腰,把带来的草图一张张抻开,铺在一块大石头上,用石子小心地压住四周,而后指点着,一张一张认真介绍着内容、用途和创意。这个是教室,那个是报告厅,这里是图书馆,那里是实验室,这张是体操馆,那张是篮球场……她不厌其烦,尽量用大树爷能听懂的言辞,逐一讲解着每一幅草图的创意,以及材料的颜色,建筑的尺寸,将来可能达到的效果,生怕她的良苦用心被固执的老酋长曲解,或者否定。

老太太没有想到,老酋长不仅听懂了她的创意,而且一语道破了她的心机。

大树爷眯着眼盯着那些草图,逐一看个仔细,而后把目光停在金娜那张因为激动而格外潮红的面孔上,不动声色地说:"你这个洋婆子,是想把你家的庄园搬到古水坡,为你自己树碑立传吧?好在你建的是学校,不是养老院,否则,俺这片山坡一分一厘也不让你用!"

老太太听懂了大树爷的弦外之音,反唇相讥:"老酋长,你太吝啬!如果你去我的地盘上盖房子,不用画白线,任你盖!"

大树爷笑了,说:"你这洋婆子鬼得很!怪不得志恒提醒俺,你好话赖话都能听懂,果然不假!"

大树爷拿起一张草图,端详着说:"洋妹子,你费心思了。为了俺古水坡,熬夜劳神的,俺得谢你呀!不过,俺也提点建议,学校是教书的,教室是主体,你这图……五开间小了点,要七开间,宽敞点,窗户大点,光线亮点,别让娃们都戴上眼镜成了近视眼!操场也要大,能踢球的那号,让美国那些球星……不,踢的高手是阿根廷,让他们来咱这里打比赛!"

金娜拍着巴掌笑起来,尖声大叫:"林,你原来不是……老树疙瘩,你……很超前!"

大树爷又被她逗笑了,风趣地说:"我这老树疙瘩不是随意能砍开的,那要看咱论啥事!"

金娜故意把自己雪白的面颊贴近大树爷的脸,模仿大树爷的口吻,俏皮地说:"老酋长,俺和您白黑分明,没啥事!只有一件共同事,建学校!"

此刻,金娜伏在桌上,专心致志加工修改她的图纸。猛然听到志恒妈在院子里的喊声:"金大婶,县里有贵客来家看望您了!"

旋即,门上的棉布帘子挑开了,陈县长打头走进屋来,高声朗语地说:"志恒呀,你妈方才说错了,应该是贵客住在你们家,县长赶到这里来拜望,尽的是地主之谊!"

陈县长说着,紧走两步来到金娜面前,热情地伸出双手,招呼道:"金娜女士,县城一聚,小别三日。您找到了朋友,见到了故交,想必是交谈甚欢,心情愉快。这山村生活还过得习惯吧?"

金娜赶忙放下手中铅笔,站起身来,和陈县长紧紧握手,兴奋而又喜悦地说:"谢谢你,谢谢陈县长!你的安排太好了,我来到古水坡,看到许多,听到许多,收获太大了!"

"错了,错了!本末倒置了!"陈县长朗声笑着,连连摇头,"金娜女士,应该说'感谢'二字的是我,是我们!我们这些人今天就是专程向您表示感谢来了!"

陈县长把他的随行人员一一介绍后,郑重其事地对金娜鞠了一躬,说:"尊敬的金娜女士,您不远万里来到中国北方一个小县城,本来是寻亲访友的,您却捐献巨资,支持我县的教育事业,援建希望小学。我代表平原县人民政府和全县人民向您表示衷心的感谢、真诚的敬意!并且在希望小学落成的时候,请您主持剪彩仪式,我们将正式向您颁发纪念证书!"

陈县长在说这番话的时候,神情庄重,仪态严肃,符合标准的官方礼仪。随行的几位官员也在那一刻站位准确,表情适度,并在最恰当的时刻,报以热烈的掌声。几位记者行动敏捷,配合得十分到位,该拍的拍了,该录的录了,完全达到县长事先暗示的要求和目的。

金娜机械地站在那里,脸上挂着纯真的笑容,不住地握手,被人簇拥着,听县长严肃的答谢词,听随员们热情的问候。她用发自内心的情感流露,配合着别人。

老太太看不出丝毫破绽,一个劲劝大家在高低不同、大小不一的粗木凳子上坐下来,把自己的身份转换成石头屋的主人。

"请坐,别客气!这里是农家,只能这样。将来学校会有、很宽很亮的会客室,我要认真招待你们这些父母官!"

陈县长站到桌子旁边,翻看着一张张的草图,惊叹连声:"哎呀,金女士,没想到您还是建筑专家！把学校的草图都画出来了。哦，这是哥特式的大厅，外观雄伟，空间宽阔，采光也好！这是……这是中式的石头院，拱券顶，拱券门，拱券窗，土洋结合，中西合璧。这些创意既经济实用，又具备时代色彩，值得我们学习借鉴，不要把房子都盖成火柴盒、豆腐块嘛！咱们的学校建筑，更应该丰富多彩！"

随员们发出一片附和声，以及夸张的赞叹声。

教育局局长提议说："金女士的图纸，能否让咱们复印一份，让建希望小学的乡镇参考借鉴嘛！合适不合适，我仅仅是建议！"

金娜听懂了他的意思，礼貌地婉拒说："不合适，一定不合适。这些草图是个人想法，还没完成。另外，古水坡的学校选址在山坡上，中国话叫因地盖楼，别人不可以照搬。"

她的话夹杂着英文，就请志恒代为解释。

志恒说："金奶奶的意思，是说这些创意和草图是专门为古水坡建校用的，叫因地制宜。用到别处可能不适用，所以不宜照搬。"

教育局局长和陈县长咬咬耳朵，尴尬地退回去。

陈县长清清嗓门，思索片刻，用适度的语调说："金娜女士，我听他们村主任汇报了，您非常慷慨，开口就捐资一百万美金。我想和您交换一下意见，我们县教育落后，经济困难的乡镇还有几个，能不能把您这笔资金分开使用，多办几所希望小学，对推动我们县的教育，可能会起到更大的作用，受惠面也更宽。当然，我仅仅是提出个想法，站在县长的角度来看问题的，不一定正确，更不是强迫，仅供参考！"

他说完，也有几分尴尬，干笑着转过脸去。

金娜没有完全听懂这番有点绕口又饱含心机的官方言辞。但是她大致明白了县长的用意，对古水坡建学校有不同意见。她的脸色变得难看而灰暗，情绪有点紧张和困惑。为了证实自己的理解，她看着林志恒用英文问："陈县长究竟什么意思？你一定要完整、准确告诉我！"

村主任办事能力差，心里窟窿眼不少，听懂陈县长想"刀切西瓜，分食众人"的意思，脑门都炸了！他那张胖乎乎的圆脸顿时失去笑容也失去光泽，光溜溜的和尚头又冒出一层冷汗。他不想让金娜此刻明白县长的意图，万一她点头同意或者摇头反对，都会惹出县村之间的矛盾冲突，不仅好事砸了锅，还会因此得罪了县太爷！

他想到事态的严重性，轻轻拽了林志恒一把，暗示他别把话说透。

林志恒对陈县长的地方官僚作风非常不满，对他企图诱迫捐助人改变资助对象表现出的狭隘武断深感厌恶，对他不尊重捐助人的善意，将善款误认为公共利益，并用越俎代庖的方式试图进行分割的做法深感鄙夷！

林志恒清楚，金娜为古水坡捐资建学校，不仅仅是对山村孩娃求学上进艰难现状的同情和怜惜，也是她心中藏着一份对大树爷崇高情愫的追索和探求。她对大树爷有种相似于信徒般的顶礼膜拜，以求得灵魂的救赎和安抚。她的行为绝不是简单的报恩，而是殚精竭虑穷其毕生之力的精神寻找，期冀实现灵魂的归宿。

林志恒在洞悉了金娜和大树爷相识的历史渊源、情感纠葛之后，受到深深的震动和感召。他从两位老人身上看到人性的光辉竟然如此耀眼，如此强大，不仅可以穿越历史，穿越国界，甚至可以化腐朽为神奇，把你死我活的战场转化成救死扶伤的兵站，甚至救赎灵魂的殿堂——没想到爷爷用岁月尘封了如此纯洁美妙的往事。他依然纯朴而又坦荡地生活在古水坡，伴随着岁月渐渐变老。他沉默得如同大山，从不炫耀山峰的伟岸，也不掩饰乱石的丑陋。有洞穴供飞禽走兽遮风蔽寒，有林木茅草任人们伐薪煮炊；即便遇到战火兵燹、霹雳雷电，大山亦泰然处之，不惊不乍。

林志恒对大树爷的认识深入一层，对爷爷的尊敬也由血缘亲情升华到精神道德层面的追随，感触到爷爷的厚重和伟大，依稀有种高山仰止的神圣和向往。

此刻，如果按照陈县长的说法和做法，便是对金娜和爷爷之间崇高情感的践踏和亵渎，更是对这种美好事物的粗暴干涉和随意裁决。金娜不会同意，爷爷更不会同意，一旦发生争执，事情不仅会搞僵，甚至没法照常开展工作。不但会让金娜伤心、遗憾，让山里娃们失望、哭泣，传扬开去还会让村里人，不，让中国人感到有失人格，有失国格！

面对金娜的追问，林志恒心中充满矛盾和彷徨。老太太一半清楚一半困惑，没有彻底明白陈县长的意图和用心。他不能一语道破，那样会激化矛盾，老太太会伤心，陈县长也丢失脸面，没法下台。

林志恒沉思一阵后，满脸笑容地说："金奶奶，您为古水坡捐建一所学校，陈县长很感动也很感叹。我们县教育落后的地方还有比古水坡更差的。如果多有几个金奶奶这样的有德之人，多办几所希望小学，就可以改变现状了！"

陈县长和他的随员们长长舒了口气，对林志恒投去满意的一瞥。这段翻译虽然背离了陈县长的本意，却替陈县长解除了尴尬局面。官员们都不是傻子，陈县长的那番话不仅唐突，而且欠妥。教育局局长急功近利的诱导，差点让一县之长在外宾面前丢失体面。

金娜从茫然困惑中解脱，满面春风笑起来："哦，我明白了。陈县长不要着急，不必妒忌，齐心协力帮助古水坡把学校建起来，好好宣传，扩大影响。我把美国的朋友请来参观，有钱出钱，有力出力，众人抱柴，能燃大火！"

林志恒从旁相助："金奶奶，那句中国古语是众人拾柴火焰高！"

老太太急忙自我纠正："对,众人拾柴火焰高!我又说错了,志恒是老师,教会我好多中国话哩!"

陈县长抓住机会,借机发挥："金娜女士,您别谦虚,我也不吹捧,您的中国话倍儿棒!您追求高层次,说话用成语,用典故,一般中国人都做不到啊!您在古水坡待上半年,回到美国足可以去当汉语教授了!"

老太太咯咯大笑："No no no!你已经吹捧我了!不敢当,不敢当,吹得高,摔得重!"

大家一起哄笑起来,气氛恢复了开始时的和谐和友好。

陈县长见好就收,说:"咱们把谢意向金娜女士表白了,我把县里的诚意也说明了。人家忙着赶工,咱们不能呐喊助威,也不能待在这里添乱。是不是该到山坡上转转,瞅瞅他们选的校址,开开眼界呀!"

村主任缩在人堆里,半晌没说一句话,此刻站在门台上,大声招呼道:"欢迎领导光临指导!我前边带路,各位跟着,抬脚就到……"

村主任的招呼声戛然中断,僵直地停在门台上。一脚门里,一脚门外,眼睛直勾勾盯着迎面走进来的大树爷,愕然问了句:"叔,您……赶回来了?"

陈县长看见大树爷风尘仆仆赶回来,急忙迎上去,伸出手把大树爷的胳膊抱在怀里,亲热地说:"大树爷,我们钻到你家里来了,你反倒进城忙活去了。刚说请大家到山坡上转转,等不上你,下次再见吧。您老真会算时间,一分一秒不虚度!"

大树爷拉着县长的手,笑声里夹杂着戏谑:"俺老百姓见一回县长老不容易哪,恐怕县政府的大门都进不去。今儿县长微服私访,亲自驾临古水坡,登门入户,察看民情,难怪今儿万里晴空,日头高照,实在是大吉大利的好日子!县长大驾光临,又有诸位大员陪同,这机会千载难逢。各位不要忙着看景,不如现场办公,帮俺山村解决点实际困难,俺立马让村民准备家常饭菜,犒劳各位,不知县长能否应允?"

陈县长抽回手掌,在大树爷肩头轻轻拍了拍,贴到他耳边压低声音说:"大树爷,在您老面前我是晚辈,在他们面前我是领导。您有啥困难解决不了的,只管提出来,能解决的绝不拖延。求您老批评我注意场合,给我留点面子!"

大树爷把绷紧的面孔放松了些,口气依旧夹枪带棒:"陈县长,你是官俺是民,俺跟你没私怨更没私仇。俺看你不顺眼,也是为的公事。明说吧,俺这辈子心头压着两座山,一是河上修座桥,二是村里建个学校。俺不能眼瞅着古水坡一辈接一辈靠渡船过河,走不上大路;更不能让古水坡子孙后代过河上学,辈辈走读,成不了材,琢不成器,一代代困在山村里!俺林大树敢说句硬气语,穷死饿死不求人。就为修桥、办学这两件事,俺闯到会场上求过你三回!头一回你支吾,第二回你推诿,

第三回躲不过了,你直说了。在古水渡上架桥,投资太大,县里没有财力,向上级申报被否定,投资过大,收效甚微,不能因为一个山村浪费财力。办学的事照样行不通,古水坡生员太少,交通闭塞,不具备单独办学条件!你听听,这就是陈县长你当年说的话,那是刀子呀!断了俺的念想。那是石头呀,把古水坡孩娃压在五行山下!俺回来大病一场,半年下不了炕。陈县长,咱俩就是为这结下仇,结下怨了!俺没说假话吧?"

大树爷启开心头压抑了多年的闸门,满腔的郁闷和怨愤如泄洪之水倾泻而出。一口气说完,好似轻松了许多,又把旱烟袋叼在嘴巴上,嚓一声点上火,畅快地吧嗒起来。

陈县长感觉脸上火辣辣的,双手使劲在脸上搓了搓,在眼眶上揉了揉,自我解嘲地笑了笑:"大树爷呀,咱俩每次见面我都得挨您一顿骂,所以每次见您我都是心惊肉跳的。您老心里有怨气,对我这个县长怀有公愤。我呢,工作没干好,欠债太多,愧对古水坡的乡亲,该骂!骂得好!我虚心接受。"

陈县长站在石头院里,面对大树爷说话的神情诚恳而坦率,如同考试不及格的学生面对长辈的那种愧疚和忐忑,委实让人为之动容。

随同的几位官员站在那里沉默不语,偶尔发出轻轻叹喟,发出与领导分担责任的呼应。

大树爷过了几口烟瘾,把烟袋插回腰间,拉住陈县长的胳膊,豁达地说:"俺这个人哪,心里藏不住话,憋不住事。只要你当县长,不把河上的桥架起来,俺见你一回就骂你一回,不怕你脸皮不发烧!"

陈县长却拉下脸,悲观地说:"大树爷,您老骂也好打也罢,我这个县长本不想当着外宾说泄气话。我口袋里没钱,腰杆不壮,您就是罚我站在河里当桥桩,我也不敢说大话吹大气啊!"

几位随员渐渐围拢过来,帮着陈县长解围、圆场。教育局局长老齐拉着大树爷插科打诨:"大树爷呀,听见您骂陈县长,我老齐脸上也发烧。古水坡的孩娃至今还在过河走读,我这个局长心里也难受。可是一家不知一家,和尚不知道家,手里没钱,说话嘴软哪!大树爷您老是福星高照,得贵人帮忙。听到美国友人捐助古水坡建学校的消息,大家很为您老高兴,我这心口上也卸下一块大石头啊!这就叫有福不在忙,无福跑断肠。谁想到您还会唱成这台大戏咧,轰动全县哪!"

大树爷反应迅速,晃晃巴掌说:"齐局长,你甭耍滑头,也甭耍心眼!俺哪,不喜欢有人锦上添花,就待见有人雪里送炭。你一口一个福星,一口一个贵人,那是送上门的情分,跟你们教育局没半毛钱关系。我想听你说的话,就是俺把庙修成了,你不请和尚进来,谁来念经,谁来管庙咧?齐局长不支持,俺不能盖座学校当样子看吧?"

齐局长被冷不丁将了一军,脸色顿时阴郁下来,嘴巴也打磕了,但他毕竟是官场老手,转瞬便随口答应道:"解决,一定解决!我回去就研究。你们学校还没动工,我这里保证不误事!"

大树爷紧紧握住齐局长的手,抖了三抖,说:"齐局长,今儿是农历腊月初六,俺记住你的话了。回头让村主任写到黑板上,到时候找你要人,甭跟俺赖账哪!"

齐局长说:"岂敢岂敢!我若食言,您大树爷还不把教育局闹个底朝天哪。"

大树爷用他特有的方式和一群官员在石头院里谈话。他站着,大家都站着,他不进屋,大家都在院子里陪着,不让座也不让茶。只有村主任拿着香烟盒,一支一支礼让着。好在冬日的阳光毫不吝啬地洒满院子,暖洋洋得很怡人。

金娜靠着门帮站着,不插话也插不上话,只是静静地听。她没见过这种场面,对大树爷和官员们唇枪舌剑的斗嘴,感到很有趣,甚至有些好笑、好玩。

老头子站在那些官员面前,毫无卑琐和怯懦,更无讨好和逢迎,而是不卑不亢,坦然面对,随心所欲,率性而为。他想说话时,大河流水,一泻千里;他想骂人时,刻薄刺耳,直来直去。他时而冷峻,让人不寒而栗;时而冷嘲热讽,让人哭笑不得。谈事论人,他豁达大度,宽厚如慈祥长者;他又心细如发,不给耍滑偷巧者留半点情面,训人不论官位,严酷如对自家儿女。他谈笑风生时,众人围着他起哄;他与人针锋相对时,众人赔笑相守,绝不与他强词夺理……

金娜委实弄不明白,是大树爷仗着年高辈长,才敢在那些官员面前直言不讳,无所顾忌,官员们才对他礼遇有加,在他面前给予父辈般的尊重,还是因为大树爷德高望重,唯有铮铮傲骨,毫无半点私欲和苟且,使那些官员自惭形秽,不得不表现出发自内心的畏惧,或者景仰,还有不敢轻易冒犯的礼遇?

金娜感到中国的官员很复杂,他们的语言很深奥,明明说的是那个意思,偏偏又是别的意思;看他笑着向你问好,心里却是在打你的主意。所以,大树爷才用这种特殊的方式和他们相处,和他们对话,以及谈事论事,解决问题。老太太在几经思索和研究之后,她转身进屋拿个东西出来,突然走到陈县长面前。

"陈县长,我有困难、想请你解决,不知道方便不方便?"

老太太的发问让陈县长有点猝不及防,他不能拒绝,又不知所求何事,满口应承道:"当然,当然,理所当然!请问金娜女士,您有什么困难,请告诉我,我一定解决!"

"我的困难很大,很急!告诉你一定能解决,不过,很麻烦。"

金娜盯着陈县长的面孔,故意绕着弯子,观察着他的情绪变化。

"您别有顾虑,只要在我职权范围内的事情,再难办也是一路绿灯!"

陈县长喜怒不形于色,话语干脆利索。

金娜猛地拿出手机,捧到陈县长面前,笑嘻嘻地说:"陈县长,我手机坏了,怎么都没有信号。不能和家里联系,快急死了!"

陈县长看着老太太,顿时尴尬不已,哭笑不得。他接过手机看了一眼,又递还过去,面色极不自然地说:"您这……不是手机的问题,是信号的问题,网络问题……"

他抬手招呼广播电视局局长,厉声问道:"老申,你别在那儿溜边扯淡!古水坡的网络到底咋回事?昨天晚上我就要求你们立即开通,你落实得怎么样了?"

这位申局长从进村到此刻,一直勾肩缩背躲在人堆里,不曾大声说话,专和一位女记者交头接耳嘀嘀咕咕。昨天晚上,陈县长打电话找他,说的就是古水坡的网络问题。他找了多条理由想搪塞过去,甚至找借口把责任推给乡镇,遭到陈县长一顿批评,甚至是怒气冲天的臭骂!

他当然不敢反驳,更不敢强词夺理,默默听完县长的批评,终于弄清楚县长发火生气的原因所在——因为一个前来寻找故交的美国客人,为了打一个电话而跑来县城,村里误认为客人失踪,十万火急向县长求助,查找客人下落!此事听来荒唐,追究下来责任重大!事情发生在古水坡,至今不通网络,不通广播亦不通电视,村民早已怨声载道。如果因为外宾失踪引发上级的追究,那将是非常严重的渎职行为,甚至是触犯法令的犯罪!中央有关部门一再发文要求全国各地"村村通广播,村村通电视",平原县竟然当成耳旁风,并由此造成恶劣影响!陈县长在电话中质问:"老申,这个责任谁承担?我现在正式通知你,三天之内古水坡仍然不通网络,你这个局长就别干了!"

此刻,听到陈县长喊他,尽管胆战心惊,却极力保持平静,用谦恭的语气汇报:"陈县长,我今天到古水坡,就是为落实网络问题而来的。这里网络不通的问题由来已久,群众反映强烈,领导多次批评督促,原因很多,不便细说。陈县长得知金娜女士进城打电话差点失踪的事件,对我和所属职能部门连夜约谈,又批评又指导,限令我们克服一切困难,三天内让古水坡通上网络、打通电话、看上电视。现在我对给金娜女士造成的不便表示道歉!并当着诸位表态,如果三天内完不成任务,我自动辞职!决不会占着茅坑不拉屎!"

申局长这番话真假参半,既为自己作了辩解,表明了态度,也美化了陈县长雷厉风行、有错必纠的工作作风。

陈县长把冷峻的目光收回去,对金娜歉意而又不太自然地笑道:"对不起,我这个县长工作有疏漏,给您造成不便,向您道歉了! 多亏您的批评,让我们及时纠正错误,我还得感谢您呢!"

说完,他便抬脚走出了石头院。

申局长紧走几步撵上,赔着小心问:"陈县长,我……又说错话了?"

陈县长自顾走路,反问道:"话说得不错。你三天完不成,让我真撤了你呀?"

申局长追上去,凑到陈县长身边说:"不就是河底那根电缆耽误事了嘛,拖欠装修队十三万工程款,乡里不愿拿,局里超支拿不出,拖下了。我回去贷款也得把窟窿顶上,不能让县长开国际玩笑!"

"哼! 临时抱佛脚,下雨天才忙着补房顶!"

陈县长低沉地骂了一声,朝山坡上走去。

申局长朝后边的随员们挥挥手,一群人急急忙忙朝陈县长追赶上去……

村主任站在石板路上左顾右盼,瞅着大树爷不知道应该跟过去,还是停下来。

大树爷给他招手:"发动,你愣怔啥哩? 人家县长察看校址去了,陪陪去呀!"

村主任没像往常那般殷勤,反倒不满地嘟囔着:"俺看他也是做做样子,不怀好意……"

"咋说话哩? 人家是县长,不就是做做样子说句好听话嘛! 你还指望他掏腰包帮咱盖学校呀?"

大树爷靠着老槐树蹲下,掏出烟袋又叼在嘴上:"反正你是村主任。俺跑累了,喘口气。"

"他……他还想伸手掏咱的腰包哩! 俺不想伺候他!"村主任气哼哼的,想把窝了半晌的闷火发出来,却被林志恒使个眼色拦住了。

大树爷精明地瞅了村主任一眼,问:"发动,你有心事瞒着俺吧? 说来听听……"

林志恒赶忙推了村主任一把:"发动叔,陈县长来咱村检查工作,你是村主任,应该陪同的。赶紧去说说情况吧,咱得把礼数做周到! 走,我陪你去。"

村主任还在犹豫,就被志恒拽着胳膊拉走了。

大树爷抬头看着金娜从门里匆匆走出来,脚上换了便鞋,边走边系着花头巾,便问:"洋妹子,你想去陪县长视察呀?"

"怎么,你不去? 不礼貌!"

金娜停下脚步,拉他一把:"走,一块去。我有点不放心!"

"有啥不放心的?"大树爷站起身,没有挪步,联想着村主任的意外表现,猜测可能发生了什么情况。"洋妹子,陈县长今儿是专门来看望你感谢你的,打电话的难题也解决了,你还有啥不放心呀? 能不能给俺透个底?"

金娜没有听懂陈县长的准确意思,对林志恒的翻译也不满意,觉得有什么东西瞒着她,怕她生气不愿明说。她一直想把事情的真相搞清楚,但一直找不到合适的时间节点和陈县长正面交谈,所以半个上午都有点忐忑不安。

她担心县长的权力和专横,把捐助古水坡学校的钱一分为二、一分为三,或者更多,那样不仅是对她意愿的曲解和伤害,更是对她情感的戕害、灵魂的践踏! ——这些话她不便直说,更不宜当着众人公开去说。她很为难。

她担心大树爷的固执、偏激,这个被她作为偶像敬仰了几十年的老兵,并不完全理解她为古水坡捐资建学的真实用心,到现在也不完全同意接受她的"同情"和"施舍"。"老酋长"认为她这个富有的"地主婆"万里寻亲,目的就是有意报偿当年朝鲜战场的救命之恩。恰巧让她发现古水坡孩娃渡河走读、求学艰难的窘境,于是挥金如土一把,将对他个人的报答,改为对山村后代的救助。否则,生性骄傲、饿死不受嗟来之食的林大树决不会接受这个"外国富婆"的同情或者垂怜!

此刻,金娜没有确定陈县长的真实意图,唯恐拦腰一棒夭折了她即将实现的半生梦想。又怕一句话说破并不存在的臆断,大树爷反倒会讥笑她小肚鸡肠,一挥巴掌说"你这钱俺不稀罕,谁愿要让谁拿去"! ——那样的话局面将无法挽回。因此她吞吞吐吐,左右为难。

就在金娜迟疑犹豫的当口,村主任满头大汗地跑回来了,大老远就吆喝着:"叔——叔——! 陈县长他们顺坡朝渡口走了,说是还要去别处转转,要赶时间……叔——咱留不留……吃饭?"

大树爷等村主任跑来面前,才用旱烟袋点点他脑门说:"发动,你有事瞒我,你们都瞒我! 陈县长这回是黄鼠狼给鸡拜年,没安好心。他哪还有脸吃饭哩? 咱给他顾脸,让他走吧。志恒跟着不愁过河。"

"叔,陈县长……没想到他嘴甜心黑! 您猜得对。他,他想让金大婶把捐款分摊给别的村,想不到……当县长的眼珠也盯着钱!"

村主任结结巴巴说不成囫囵话,大树爷却听明白了,一字一句交代说:"发动,你记住,古水坡建学校,是你金大婶自愿捐献的。咱提供地方,承担全部工程建设,是经村委会研究决定又经村支部同意的。这种铁板钉钉的事,谁也没有权力推翻! 另外,我琢磨了,你金大婶的钱由咱自己管着,去银行开个专用户头,再选个会计,凡有支出需经你们三个人共同签字,否则任何人休想动用一分一厘!"

村主任圆胖脸上绽出笑容，他抹了把和尚头上冒出的汗珠，咧开嘴巴笑了："叔啊，今儿您不在，俺心里直发毛，陈县长要是把建学校的钱给分了，俺可咋向老少爷们儿交代哩？有您这句话，俺心放肚里了！"

"出息！你还不如洋大婶哩，人家敢朝县长要网络！"大树爷朝金娜努努嘴，"洋妹子，想不到你也是智勇双全哪！"

金娜终于把事情的真相弄明白了，暗自在心中责备自己的慌乱和浮躁，差点惹出麻烦来。她佩服大树爷处乱不惊的大将风度、精明准确的判断能力、稳妥周密的工作作风，好像这片土地上的风吹草动都躲不过他的眼睛。

老太太歉意地摇摇头，检讨般地说："林，我不像你夸的那样，我缺少智慧、判断。我更不勇敢，有点……惊慌失措，还怕……现在好了，一点担心也没有了！"

"你呀，也学鬼了！"大树爷瞅着她哑然一笑。

"鬼？！都是向你学的！"金娜反唇相讥。

大树爷哈哈笑出声来，有泪花在脸前飞溅。

"老酋长，我又说错什么了？"

老太太盯着他，猛然也笑成了一团……

第七章　大树爷的粉丝

古水坡的建校工程热火朝天干起来了！

东山坡上扯起一幅大标语——"自力更生，建校育人！"红底白字，格外醒目。

一辆重型挖掘机在山坡上狮吼般轰隆隆欢叫了三天三夜，坡岗削平了，沟洼填平了，楼房屋舍的地基也开挖好了、夯实在了。

从四邻乡村请来的石匠师傅们挥着铁锤钢钻，叮叮当当在工地上忙成一片。他们就地取材，从坡岗上开采石料，砌石灌浆，垒起地基。师傅们都是熟悉的乡亲，技术娴熟，热情卖力。他们说跟大树爷是自家爷们儿，古水坡的事就是自家的事！所以工程进度很快，转眼间石头浆砌的地基就结结实实冒出了地面。

金娜完全换了一副模样。她戴着安全帽，金黄的头发捆成束，塞在里面。脖子上系条白毛巾，不是为了防御风寒，而是随时扯出来擦拭满面横流的汗水。她穿一套紧身的粗布工装，精干利索；换了一双绿帆布解放鞋，爬坡过坎步履愈发敏捷，不拖沓不发喘。她一天到晚奔走在喧嚣的工地上，这里走走那边看看，讲述她的要求，督查工程的质量。师傅们喜欢听她说话，她也风趣地用半土半洋的腔调和大家逗乐，工地上时不时扬起一片欢快的笑声。

老太太的脸被山风吹皱了，变红了，精神头却越来越足了；饭量大了，肉片、豆腐、海带炖粉条熬出的大烩菜，能吃一大碗，外加两个大馒头。吃饱了还要吆喝一声："大烩菜，惹人馋。中国面包好香甜，不加糖，纯天然！"

志恒妈又心疼又高兴地夸赞她："洋婶子呀，你这阵子越来越年轻了，哪像七十岁的老太太，倒像四十多岁的小媳妇哪！"

金娜眨眨蓝眼睛，搂住志恒妈的肩胛亲切而又逗趣地说："真的吗？我太骄傲了！可是……我还是老处女,能帮忙找个对象吗?"

说完,在咯咯的一阵笑声中,她又跑走了。

工地上,堆满了石料、砖块、木料、钢材,还有帆布篷下成垛的水泥……那阵势,很像一片战壕密布、枪炮横陈、兵力游动的前沿阵地。

村主任张发动兼管材料验收、保管、调拨,所涉项目庞杂,种类繁多。他戴顶草帽,披着棉袄,在材料堆里埋头忙碌。他手里捧着算盘和账本,耳朵上夹根铅笔,点一笔记一笔,发一批也记一批,那神情很是认真……

从东山坡忙碌的工地,延伸到河边渡口的石板路上,走动着川流不息的人流和车流,大多是原始的毛驴车,还有小型的四轮拖拉机,装载着砖块、木料、水泥,粗犷的吆喝声、悠扬的驴铃铛声和嘟嘟嘟的四轮拖拉机的轰鸣交织起来,组成热闹喧腾的交响曲……

小小的古水渡不过是渡船载人的小码头,猛然间变成繁忙而又喧哗的水上世界。对岸停着卡车、自动装卸车,把建筑材料一批批运来,码在岸边空地上。河面上泊着一艘驳船,被机动船拖拉着,载运着建筑材料,运行在古水渡东西两岸的水面上。机动船马力大,驳船的平台上满载着货物,如一座山在水面上移动,那景致壮观极了。

大树爷乘坐驳船,在河水两岸指挥着雇来的装卸队装卸材料。东岸地势宽阔,大路通畅,可供大型车辆往来驰骋。满载一车木料,重达数吨的装卸车,司机只需启动开关,车斗便自动升起,粗大的圆木转眼滚落在沙土地上,轻松如二郎神搬山!

等到装卸工往驳船上搬运时,那情景大不相同,先在地面铺上滚木,几个人或十几个人喊着号子,合力推动圆木朝前滚动,推一段移动一次滚木,一段接一段把沉重的圆木滚到驳船上;等驳船运到西岸泊稳了,再铺设滚木,一段接一段把圆木卸下驳船,推到岸边。

接下来的劳作更为繁重,先要在圆木上拴上绳索或是铁制的卡套,然后穿上木杠,由六至八个剽悍的壮汉,合力把木杠放到肩膀上,才能将圆木抬起。喊着激昂的号子,走着整齐划一的步伐,缓缓向前,一步一步走上石板路。不一刻,他们便走得汗流浃背,走得气喘吁吁……

大树爷在东岸指挥装船,又在西岸指挥卸船。他在现代化的操作和原始状态的劳作中间变换娴熟,指挥若定。不管是毛驴车或是小四轮,都在这项繁重而复杂的工序里运转得井然有序,有条不紊……

林志恒负责东岸的材料验收。白天他守在东岸码头,等待大型车辆把所需物品运到,逐一查验质量是否合格,数目有无差错;因为装船卸船甚为费工费时,东岸积存的建筑材料便攒聚了东一摊西一垛的。夜里还需要看守,他便在砖垛的空隙间铺了茅草,卷起被筒裹腿,披上老羊皮袄防寒,已经在那里坚守了几个通宵了。

林志恒在山村孩子里是最争气的,从小学坚持走读,在乡里上完初中,又以优异的成绩考上县里的重点中学。接着又考上黄河以北那所有名的中原医学院,成为古水坡撞开大学校门的第一人,为小山村争了光、壮了脸。只要提起林志恒,大树爷的嘴角就会翘起来,说不出的骄傲和荣光。

这次古水坡建学校,林志恒用心又用力,不仅帮着爷爷当参谋、提建议,还默默承担起一份责任和义务。他深知爷爷是个心气高、性子硬,一辈子不肯向命运服输的人。在志恒的记忆里,爷爷就像一头老牛,弓着脊梁弯着腰,在田里耗尽了血汗,用在石板地上种出的庄稼养活了他的一大群儿女。爷爷又像一匹烈性骏马,拉着一辆吱嘎乱响的破车,满载着他的儿女,还有山村的村民们朝着充满希望的彼岸颠簸。如今牛老了,马也老了,拉不动犁也拖不动车了,但他不服气,也不歇心,希望远没有实现,路还没走到尽头。他为儿孙们还在奔走,他这个小山村的家长还在挣扎,所以"老骥伏枥",依旧壮心不已……

爷爷嘴里从不表白,心中深埋着一个梦想,——不能让潮流把古水坡撇到尾巴梢上!

老人想撑着他的儿孙和整个家族追上现代化的脚步,然而他深深感到自己能耐有限。跟他那个梦想紧密相关的两桩大事,竟然一件也办不成,岂不是让老汉死不瞑目吗?

此刻,只要能助爷爷一臂之力,实在是作为孙子的一大幸运。年轻懂事的大学生白天坚持守在河岸上验货、收货;夜里坚持守在货场上,守护牵系山村命运前程的财物。尽管严冬的寒风呼啸着掠过河面,带着尖厉的吼叫在岸头沙丘上打旋,他也不怕苦不畏寒,蜷缩在砖摞夹峙的草堆里,警惕着寒风中的意外动静……

河面上船影浮动,渡船冒着寒风来到东岸。

村主任泊好船,掂起马灯,搀扶大树爷踏上栈桥,朝货场走来。

志恒听见动静,早已裹着皮袄迎了上来。

"爷,都大半夜了,您咋不歇着? 天老冷哪……"

大树爷拉他一把,找个避风处蹲下,把掂来的饭罐递到志恒怀里。大学生立即感到热腾腾的暖意,闻到香喷喷的味道,心口上腾地滚起一股热浪……

"羊汤! 爷,俺不饿。您老人家……夜半风寒的,俺喝不下……"

"喝了吧,天寒地冻,暖暖身子! 你那洋奶奶惦着你,怕你冻着了累着了。她花钱买了一只羊,在素梅家炖的,逼着俺送过来……"

大树爷抽了口旱烟,火星明灭间,志恒看见爷爷眼眶里涌动着潮湿的光波。

"洋奶奶真是个有心人。爷,她帮咱建学校掏的是心窝子,咱也得掏心窝子对她。"

志恒嘴里冒出这句话,是他真情的流泻。

"这……俺懂。她就像当年的白求恩,高尚的人,脱离低级趣味的人。咱就敬重她呗!"

大树爷沉默一阵,找出这句文绉绉的话,表达了浓浓的真诚。然后催着志恒喝羊汤:"洋奶奶担心你吃不好歇不好。你趁热喝了,俺回去好交差,明儿还得干活哩!"

志恒说:"爷,咱们村没有路,搬运建筑材料实在艰难,人工和时间都耗费在装船卸船上了。您上年纪了,当紧的是您得保重身子骨呀!一天到晚在河两边吆喝,看把您累的!"

"前人栽树,后人乘凉。咱干这事就是造福子孙后代哩,吃点苦受点累怕啥?咱村不通路,因为咱村没有老愚公,才让子孙后代受苦受穷!"

林志恒思摸一阵,才悟通了大树爷的话,他说:"爷爷,您老就是活愚公,率领咱古水坡老老少少子子孙孙干下去,一定能摘掉咱村贫穷落后的破帽子!"

大树爷的面孔在旱烟锅明明灭灭的火光中透出欣慰的笑意:"志恒呀,爷爷老了,只能说说,动动嘴做个样子喽。让古水坡改变个模样,还得靠你们后生娃哩!"

志恒说:"爷爷,您的话我记住了。一个人如果连家乡面貌都改变不了,还谈什么建设国家报效人民哪!"

"说得好!这话对头。咱们老百姓都能把自己的家园料理好,全中国不都变样了?"

大树爷挥挥旱烟袋,面前亮起一道火红的光弧:"志恒呀,学生就要放寒假了,你回头把他们组织起来,到工地搬搬砖头,运点沙子,送送茶水,干点轻活。不图他们那点力气,图的就是让他们从小懂得啥叫创业,啥叫贡献,弄懂樱桃好吃树难栽的道理!"

"您放心,这件事很有意义。爷爷您常说人穷志不短,咱不能让娃们心里长了草!"

村主任提着马灯在货场上转悠了一圈,缩着脖子走回来:"哎,您爷孙俩光顾说话哩,羊汤早凉了!"

志恒搂着饭罐咂咂嘴:"发动叔,俺都喝光了,羊汤熬得真香!"

村主任说:"叔,这都大半夜了,俺瞅瞅货场上平安无事,让志恒回去暖和暖和吧。"

志恒把饭罐递给他,裹紧了羊皮袄:"发动叔,您赶紧陪爷爷回去吧!咱们几个是有分工的,我得坚守岗位,站好最后一班岗!"

渡口两岸的搬运工作繁忙而又紧张地进行了三天和两个夜晚。

"吃罢腊八饭,就把年来盼。"乡村的人们把一年一度的年节看得很重,过了腊月初八,干活的守不住心了,在外打工的魂不守舍了。心里就剩下一件事:有钱没钱,回家过年。

装卸工们主动要求加班加点,连明达夜,赶紧把活干完,操办年货,往家颠了!

大树爷自然答应,赶紧让人拉电线、安灯泡。驳船上架有两盏探照灯,霎时把河两岸照射得如同白昼。渡口上机器声轰鸣,号子声震天,通宵达旦,灯火辉煌,把那片沉寂千百年的偏僻山野搅动得天翻地覆……

学校放假的当天后晌,村里的孩娃就在志恒的带领下,排着整整齐齐的队列,冲锋陷阵般朝工地上斗志昂扬地走来。可是刚刚靠近工地,看到原来茅草横生、怪石嶙峋的山坡被夷为平地,一方方的基石冒出地面,好几处已经垒起半人高的红墙,孩子们顿时惊呆了!如同看到水草的羊群,任谁也阻挡不住,他们挤挤扛扛,不仅乱了队形,还亢奋地嘶喊起来——

"盖学校喽!盖学校喽!咱们村盖起新学校喽!咱们要来新学校读书喽——"

随着一阵嘶喊和狂热的蹦跳之后,没有人下令也没有人指挥,孩子们便勇猛地投入了战斗。他们挤到砖摞前边,自动站成一字长蛇,用稚嫩的小手搬起砖块,你递给我,我再传给他,砖块经过几十双小手的传递,终于到了垒墙师傅的面前。

虽说是一项简单易行的劳动,依然需要付出汗水和耐力,更需要一种协作精神,并不像在校园里玩丢手绢游戏那么轻松。有的孩娃年纪太小,刚递过三块砖便累出满头大汗,甚至擦破了粉嫩的手掌,冒出殷红的血珠。但是,孩子们干得非常卖力,渐渐加快了传递速度;他们又小心翼翼,生怕砖块掉落地上,摔碎了或是残缺了。一块砖五毛钱,娃们懂得了珍惜;年幼的娃手烂了,年龄大的立即顶上去,照样传递;小孩娃吐口唾沫揉揉伤口,又站到原来的位置上,娃们渐渐懂得了团队合作和责任……

金娜依然奔走在工地的每一处工段。她听到孩子们的嘶喊和欢叫,又看到娃们井然有序的劳动场面,颇受感动,疾步匆匆走过来,心疼地摸着一张张汗水淋漓的脸蛋,按捺不住心头的兴奋:"啊哟,可爱的小天使们,你们太棒了!我应该把学校建好,请你们坐在明亮的教室里上课,怎么能让你们辛苦劳累呢?看看,都流汗了,快快停下来休息!累坏你们上帝会处罚我的!"

孩娃们仰起一张张淌着汗水的面孔,七嘴八舌地争抢着表白:"洋奶奶,我们不怕累!大树爷说了,想吃桃子就要先栽树。尝过栽树的汗水,才能知道桃子的香甜!"

金娜惊讶地瞪大眼睛:"大树爷,老木头!他会说这种话?他……难道是哲学家?"

孩娃们天真烂漫又争抢着喳喳:"大树爷是俺全村的当家人,鼓励我们好好读书,争口气跳过龙门,做个有用人,建设新山村。我们都听大树爷的话!"

金娜耸耸肩,嘴绷不住笑了:"哦,你们的大树爷好可爱!他的话,我也听!"

这时,金娜身上的手机蓦地传出一串动听的音乐,她顿时惊诧不已,手忙脚乱地从衣袋里摸出手机,放在耳边接听,当对方传来清晰的话语时,老太太禁不住惊呼起来:"哦,哦,我的上帝!通了,真的通了!听到了,听得清清楚楚,我可爱的天使司提芬,你的声音多么动听哪,就像夜莺向我报告喜讯。啊,你放假了,要来中国和我会合了,太好了,太好了,你小声点,你那里天还没亮呢……什么?什么?你已经到了中国?啊——?已经到了平原县城,这太让我惊喜了!可爱的司提芬,我们已经近在咫尺了,我希望立刻见到你,我应该去迎接你!为什么不需要?哦,你想体会寻觅的滋味?那当然美好,不过很辛苦,很让人焦虑……哦,哦,你已经找到公交车站了?你真的了不起!好吧,祝你幸运!不过,我一定要到渡口去迎接你……"

老太太用英文叽里咕噜讲了半天,那喜悦的神态和眼前的孩娃们相差无几,有种手舞足蹈的兴奋和狂热。有几个大孩子听出个大概意思,鼓足勇气问她:"洋奶奶,您有客人要从远方来吗?"

老太太喜不自禁:"Yes(是的),Yes,Yes!我的孙女从美国来了!她和你们一样可爱!"

她顾不上换去沾满尘土和水泥的工装,也顾不上放下记录进度、检查质量的记事本,匆匆忙忙向石板路跑去,然后顺路折转,直奔古水渡码头。

对岸还有些物料,村主任领着几个村民在收拾、清理,大树爷撑着渡船运回西岸。

他抬眼望见金娜匆匆跑过来,担心工地发生什么意外,便紧撑几篙让渡船靠岸,大声问道:"啥事啊,洋妹子?你慢点——!"

老太太听见喊声,脚步更加急促而又匆忙,在距码头还有百步之遥时,她骤然停下，弯腰喘了一阵，才尖声喊叫起来：

"林——！我来告诉你一个喜讯，我孙女司提芬，已经来到中国，并且，已经到了县城公交车站！我，请你大树爷一起去迎接——！"

大树爷已经迎到面前，听她一说，赶紧把旱烟袋一缠，别到腰带上："孙女驾到，大喜临门！俺这个爷爷当然要去迎接了！"

他伸手搀住老太太，朝渡船走去……

县城公交车站，场院里停着一排排的公交大巴，整齐有序地等候在既定的位置上。

车站里人群熙熙攘攘，有下车的，脚步匆匆忙忙；有候车的，排着队松松散散站着；有高门大嗓打手机的，也有交头接耳谈笑风生的。

头戴棒球帽，身穿旅行装，足蹬运动鞋，背着旅行挎包，手中拉个旅行箱的年轻姑娘不紧不慢随着人群走进车站广场上。

她身材苗条、颀长，个头高挑，比一般女子要高出一头，在一米七五以上，显得健美而挺拔；她皮肤白皙，面颊丰润，高挺的鼻梁，深陷的眼窝，镶嵌着一双湖水般明净的蓝眼睛；头发卷曲而蓬松，压在棒球帽里，在脑后扎成一束马尾，下边露出一截玉柱般的脖颈，显得简约、随意、干练。她双腿修长，脚步轻盈而富有弹性，边走边和身边的人交谈着，说着流利的中国话，笑起来脆生生的悦耳动听，红红的嘴唇翕合着，如一颗带着露珠的草莓。她的形象具有西方人的雕塑美，浓烈地散发出饱满又让人向往的青春气息。

她谈吐文雅，举止适度，一颦一笑随和自然。她对这里似乎很熟悉，并不刻意打探，只和人们随意交谈便知晓了应该走的方向和路线，看着站牌上标明的文字，便确定了公交车等候的位置。

那里站有位服务员，她拖着拉杆箱走过去，礼貌地说："小姐，我去古水坡，在这里候车吗？"

服务员抬头一看是个外国人，格外热情起来，认真详细给她讲解，这路车终点站在哪儿，途经多少站点，她应该在哪个站点下车，然后如何走，如何过河……服务员讲着本地普通话，一点不标准，反倒让人越听越糊涂。

这时，旁边站着的缠着围巾、穿着鸭绒袄、神态很文静的年轻女子主动走过去说："小姐，我就是古水坡的。你可以和我同行，我给你当向导，保证不会走错。"

她往上推了推帽檐儿，礼貌地伸出手来："太好了，谢谢你！认识一下吧，我叫司提芬，从美国来，到古水坡看望我奶奶。同时，拜访一位仰慕已久的大英雄！"

本地姑娘有点愕然:"我叫杨若兰,地地道道的古水坡人,那里是我家! 请问你奶奶是谁? 你拜访的那位英雄又是谁?"

司提芬抑制不住心中的兴奋和激动,有点卖弄地说:"我奶奶是美国人,她叫金娜·索梅尔,比我先行一步,已经住在古水坡了。她已经找到那位大英雄了,名叫林大树! 俗称大树爷!"

"哎呀! 太巧了,你们找的就是我爷爷呀!"

杨若兰惊喜地喊起来,司提芬反倒惊愕不已了:"啊——! 你们中国人常说无巧不成书,倒让我碰上了。我太幸运了,咱们应该是一家人了!"

两个女孩子重新握手,亲热地拥抱在一起,那种不期而遇的喜悦和幸福,让周围的乘客、行人艳羡不已,惊叹不已……

大树爷陪着金娜,早早把渡船撑过来,等候在河东岸的码头上。

渡船静静泊在水面上,拴了缆绳,纹丝不动地靠在栈桥边上,长长的竹篙插在河水里。

大树爷蹲在船头,眯着眼瞅着不远处的公路,旱烟袋握在手里,一袋接一袋抽着烟。浓浓的烟雾从鼻孔里喷出来,罩住他的脸,顷刻被风吹淡了,化作一缕绵绵的云丝,和渐渐升起来的雾障融合,浮沉在波光粼粼的河面上。

金娜早就沉不住气了,在船舱里坐立不安,不时跳下船来,满脸焦虑地跑到公路边上,看看站牌,又抬起双眼焦急地朝远方张望。眼前的公路,通往县城和更远的地方。公路上甚是忙碌,各种车辆川流不息,偏偏没有她期盼的公交大巴在站牌前停靠。她等得急迫难耐时,又一溜小跑来到船边上,朝大树爷发出反复多次的诘问:"老酋长,你……就会抽烟! 我问你,司提芬不会走错路吧? 县城的公交大巴会在渡口停靠? 司提芬……不会坐错车吧?"

大树爷蹲在那里稳如磐石,看她那副急迫的神情有点孩子气般的可笑,总是胸有成竹地说着几乎相同的话:"当初你一个老太婆能找到县城还能找到县长,俺相信你的孙女不光能找到古水渡,还会站到你的面前。信不信? 俺敢跟你打赌!"

"赌什么?"金娜两眼发光,盯着大树爷看,"你懂得咒语吗? 你……会算命?"

"那你别管,俺能掐会算!"大树爷故意卖着关子,"谁输了喝一碗柿子醋!"

"什么? 什么? 柿子醋……太酸了,喝不了,你欺负人! 换别的,换别的!"

老太太摇头晃手嚷嚷着。

大树爷反问:"那你说,输了咋办?"

"输了,我吻你。你输了,吻我!"

老太太直截了当,无一丝犹豫。

大树爷晃着旱烟袋："咳,你这个洋婆子,咋就好这一口呀! 俺不来,口臭!"

金娜凑到他面前,故意把嘴唇贴近他的鼻尖："那你就好好闻闻,我香不香,你们中国人哪,假正经! 君子动口不动手。骑驴走着瞧,我就要改造你这个老木头!"

大树爷哈哈大笑,"俺哪,修炼了快八十年了。你没有二郎神的斧头,就甭想劈开华山!"

老太太故意笑得风姿绰约,用蓝眼珠抛了个媚眼,说:"我不知道谁是二郎神,我相信一句古诗,只要功夫深,铁杵磨成针……"

"来了! 来了! 甭磨针了!"

二人斗着嘴,时间过得快。大树爷瞅着前方,突然发现了情况。

前边公路站牌前,停下一辆公交大巴,从车门处走下两个人影,步履匆匆朝渡口走来,越走越近,越来越清晰。

金娜注目望去,禁不住大声喊叫起来:"司提芬——亲爱的! 我都等不及了,你走快点好吗……"边喊着,边脚步踉跄地跑过去了。

从码头到车站不过百米之遥。

两个女孩子喜鹊般惊叫着,飞跑过来,转眼间来到面前。

司提芬脚步还没站稳,就被金娜搂在怀里,祖孙二人紧紧拥抱在一起,忘情地亲吻着……

大树爷大步走来,又呆呆站住了。

杨若兰跑上去,搂住大树爷的胳膊,亲热地说:"爷爷,我们是在公交车站相遇的,正好一路。真是太巧了!"

大树爷用手扳住若兰的肩胛,慈祥地说:"闺女,这叫缘分。好哇,这洋妞运气好啊! 去,催催她们,有话家里唠,河上风寒哪!"

金娜还和孙女缠在一起,唠叨个没完。

"我的小天使,不是在做梦吧? 你是上帝派来的,从天上突然降临,让我惊喜不已……"

司提芬也是喋喋不休:"亲爱的奶奶,我希望眼前一切都是梦境,太美妙了! 几天前我还在阳台上收拾行装,转眼间我就来到这个神奇的国度。我此刻见到了奶奶,也许立刻还会见到老子、孔子,还有李白,可以听到他们讲学和吟诗!"

"司提芬,别做梦了,你快从梦境里醒过来吧! 你想拜访的那位大英雄,就站在身边注视着你哪!"金娜提醒着孙女,用眼神示意着站在那里的大树爷。

司提芬如梦方醒般松开老太太的拥抱,转身移步,扶正了头上的棒球帽,脚步站成立正姿势,弯下优美的腰肢,朝大树爷深深鞠躬:"尊敬的林大树爷爷,我心中仰慕的英雄，终于荣幸地见到您了！和我的猜想一样，您比圣诞老人结实多了，魁梧多了！我有个请求，请允许我拥抱您吧。"

大树爷已经习惯了这种礼节，慷慨地展开双臂，坦开宽阔的胸怀："孩子，你从远方来，既是我的客人，又是我的亲人，爷爷欢迎你！并且代表俺那个小山村，热烈欢迎你的到来！"

司提芬毫无顾忌地扑上去，紧紧依偎在大树爷的怀里，贴在他耳边热切地说："我以后就喊您爷爷！因为我奶奶爱上您了，不过暂时还是个秘密。奶奶在电话里告诉我，她的烈火还不够猛烈，难以熔化您这块顽石……"

大树爷顿时耳烧面热，赶紧打岔："你说啥？洋妮子，我听不懂……河上风大，咱们赶紧回吧！有话家里唠。"

司提芬松开手臂，打趣说："爷爷，您果然老辣，名不虚传！"

大树爷走上栈桥，搀扶着老太太上船坐稳，又来帮着司提芬拿行李，没承想若兰和司提芬拉着手，提着行李轻轻松松上了船。他便从桩子上解开缆绳，熟练地抄起长篙，挺立船头，习惯性地吆喝一声：

"大家坐好，开——船——喽——！"

他双腿一弓，腰杆一弯，撑篙点水，渡船缓缓调整方向，离开码头朝前驶去。长篙激起水花，溅在船舷上，又洒落到河面上。

司提芬被大树爷撑船的姿态惊呆了，她欣赏地观察着老人的一举一动，毫不掩饰地炫耀着她心中的感受和冲动："索梅尔奶奶，爷爷实在太了不起了！您的追求太让人羡慕了，他真是个大英雄！不仅过去是，现在仍然是。索梅尔您发现了吗？我好像看见了战火纷飞的阵地上，那个冲破硝烟的英雄就站在面前……我还发现，现在仿佛还是梦境，正在去往水泊梁山，那里聚集着一群英雄好汉。我向着那片圣地一点一点靠近……"

司提芬叽里咕噜说个不停，大树爷一个字也听不懂，他悄声问若兰，"这洋婆子和她这孙女咋就一个味儿，瞅咱山沟样样稀罕。她说了一路洋话，是夸咱哩，还是骂咱哩？"

杨若兰笑弯了腰："爷呀，人家把你当偶像，埋在心里几十年，现在千里万里追星来了！"

司提芬的到来，注定又给小山村带来一个欢乐的不眠之夜。

林志恒家的石头屋一片喧闹，一阵接一阵的欢声笑语差点要把坚实的石板屋顶震坍了……

司提芬在美国著名的斯坦福大学读的是人文和艺术学科,对中国的历史古籍很感兴趣,知道的不少,想知道的问题更多。今天她刚到古水坡,如同踏上月球探秘的航天员,对面前的一切都感到新鲜和神奇。尽管具有一定的汉语基础,但交谈起来难免会遇到磕磕绊绊的沟沟坎坎,比如山村土话、市井谚语,或者中国人特有的生活习俗等等,就要请教杨若兰和林志恒,刨根问底儿弄个水落石出。

杨若兰在省城郑州一家外贸公司工作,因为要处理日益增多的外文资料,被单位派到外语学院脱产攻读了两年商务英语,所以在很多方面能和司提芬沟通或者解释遇到的磕绊。这样她就被司提芬紧紧拉在身边,不时交流、探讨,兼作解惑的"中文助理"。

金娜则把林志恒拉在身边,公开宣称:"志恒是我的秘书,他肚里装着个宝葫芦,什么问题都问不倒!"

四个会说洋话又会说中国话的挤在一起,就像合唱一台大戏那样,古今中外,家长里短,吃喝拉撒,犄角旮旯,说一阵笑一阵,有时叽里咕噜争论起来,有时又是比画又是抬脚动手打闹嬉戏。可把那些听稀罕凑热闹挤在人缝里的学生娃逗乐了,他们跟着笑,学着说,肠子都快笑断了……

大树爷自然是不能离场的角色,他是庄家是主角,又是幕后导演和节目主持。他得尽心尽力地搞好这场晚会,唱好这台戏,并且不断添柴架火,让高潮一个接一个地往前推进。他得拿出全部的真诚和热情,才能对得住这一老一少的美国人。他从内心深处愈来愈感觉出来,这对来自美国的祖孙对他表现出的是热腾腾的真情,还有亲人般的依恋,没有丝毫的虚伪和作秀。她们把他当亲人,把古水坡当成了家,他必须让她们体味到滚烫烫的温暖,实打实的真诚,如同不掺丁点水分的陈年老酒,让人沉迷陶醉。

他尽管难以分身,但依然注意到挤在人堆里的杨若兰,虽然处在与远客相聚的欢乐中,但眉宇间隐藏着淡淡愁绪,眼神里隐含有浓浓心事。大树爷想到,这闺女大老远从省城跑回来,准当遇到什么难处过不去,或是碰到什么难题解不开,想跟俺唠唠心里的苦闷,让俺帮着化解郁积的心结吧!

杨若兰是大树爷从小看大的闺女,知道她的好恶,了解她的心性,甚至洞悉她的口味偏好,乃至行为举止方面的优点和缺陷。深知她诚实善良而又心高气盛,性情柔弱而又多愁善感;兰妮子从小就聪明透顶,读书能过目不忘,在那茬孩娃中是个优秀学生。大概因为复杂的家庭背景,她又胆小怯懦,就像她的名字那样,遇到一点风波动静,就赶紧跑来找大树爷,躲在他宽厚的怀抱里战栗半晌,才能慢慢缓过神儿来。——应该说,兰妮子从三岁起,就拱在李秀娟的被窝里,一直长到十来岁,读小学二年级了,才离开奶奶的热被窝。

兰妮子有娘,疼不了她。兰妮子有爹,没本事疼她。她跟着大树爷长大成人,考上中专到省城参加工作了,依旧十天半月跑回家来,拱到大树爷怀里,趴在爷爷膝盖上,一言不发地依偎半天。大树爷也不说话,也不问话,用他粗糙的鼓暴着青筋的手掌轻轻拍打着兰妮子单薄的肩膀,好似活佛摸顶一般,兰妮子体内犹如注入了法力,渐渐活泛起来,依然贴在大树爷膝前,一袋接一袋帮他往烟锅里装满烟丝,刺啦一声划着火柴。她那张嘴也会不停气地倾诉,说城里发生的新鲜事,逗爷爷高兴;讲工作上取得的成绩,让爷爷开心;接下来说得最多最长的就是她和黑妖之间发生的分歧、争执、猜忌和日趋冷淡的情感……

大树爷不打岔也不插话,就盘腿坐在炕头,靠着被摞默默地吸着旱烟袋,静静地耐着性子听。直到兰妮子小河淌水般把河湾里积存的水淌干流尽了,他才启开山岩般厚重的嘴唇,意味深长地缓缓说出一番话:

"妮子啊,爷爷这辈子没谈过恋爱,不懂得你们年轻人交朋友找相好的那些道道,什么约会呀、蹦迪呀、卡拉 OK 呀,你说的那些新名词,俺一样听不懂。不管变换多少新花样,俺就认准一个理儿,男人和女人想走到一堆儿过日子,就得心碰心、手拉手,刀搁在脖子上不回头!别人的活法俺不知道,俺和你奶奶一没经媒人,二没托中间人,没下聘礼也没出彩礼,凭的就是两个人能把心碰到一块,命跟命拴一起变成一个人。我走到哪儿她跟到哪儿,她说到哪儿俺从到哪儿。俺俩当时啥都不懂,两颗心碰一块就敢上战场,敢往枪林弹雨里钻,这叫啥? 生死相随。俺俩心碰到一块,就敢手拉手过成一家人,两条命拴一块变成一个人,真个是天当被地当炕,月奶奶在天上照着亮,俺和你奶奶荒山坡上拜花堂,搭个草庵当新房。这叫啥?患难与共! 俺跟你奶奶也吵架斗嘴闹别扭,怄了气三天五日不照脸、不说话,俺还摔过碗砸过盆咧! 男人和女人一口锅里搅稀稠,哪有勺子不碰锅沿的,那又咋啦? 两颗心贴一块了,早就变成一个人了,任谁掰不开,刀斧砍不开,打断骨头连着筋,血肉一体难分离。……妮子,俺疼你,俺是你爷。俺疼黑妖,他是俺亲外孙。你们俩都是俺看着长大的,都是好妮子好娃,都是俺的宝贝疙瘩,你们想走到一起呀,俺教不了你们啥花样,只有一句话,你们俩得心碰心,两个人变成一个人……"

大树爷终于找个缝隙朝杨若兰使个眼色。他前脚出门,若兰便悄然离开人堆儿,脚跟脚走到院子里,紧紧搂住大树爷的胳膊,依偎在老人的怀里,沉默着。

"兰妮子,见到黑妖了吗?"

大树爷抬起一只胳膊,把手掌轻轻摁在杨若兰的发际,热切地问了一句。

"嗯……见到了。他不愿回来，说忙……"

杨若兰低声回答，神情显得沮丧而失望。

大树爷加重了语气："你没说是俺让他回家一趟吗？"

"说了，他不听。"杨若兰的话音颤抖着，几乎哽咽起来，"爷，我看他……吃了秤砣铁了心，八匹骡子也拉不回来了……"

大树爷轻轻叹口气："兰妮子，今儿不知会闹腾到啥时分，咱爷儿俩换个时间细说，你说中不中？"

杨若兰点点头，懂事地说："爷，俺就是想您了，来家待两天。我看这位洋奶奶和这个洋妹妹都是您老人家实实在在的粉丝，咱可不能慢待人家！"

大树爷拍拍若兰的肩胛，笑了笑："又是新名词，粉丝？俺还是老粉条哩！让他们热闹吧，赶明儿一准起不来。你呀，亮亮手艺，替爷烙张葱花饼，俺这嘴又馋了！"

若兰响亮清脆地应了一声："中！老中！爷，俺记住了，明儿一早准当香喷喷地捧到您面前！"

大树爷回到自己的石头屋，盘腿坐到炕头上，慢悠悠装上一袋烟，轻轻抽了一口，把烟气咽进肚里，顺着九曲回肠转上一圈，再回到口腔里，从鼻孔里嘴角上如丝如缕地吐出来，才感到解乏，才能把提了一天的心劲放下来，让自己踏踏实实安稳下来。

他此刻并没有睡意，眼睛眯缝着专注地瞅着悬挂在炕头的一个玻璃相框，里面镶嵌着两张女人的相片。一个是他的老伴李秀娟，一个是他的闺女林爱心。——他们是大树爷生命中两个重要的女人哪！秀娟是与他患难与共、生死相随、无怨无悔、相濡以沫、不离不弃、白头偕老的妻子，只可惜没能与他同生共死，八年前一场陡病，突然撒手而去，只把他孤零零撒在人世，守在这座他们共同打拼、一把汗一把泪兴建起来的石头院里。每天夜里，他拖着疲惫的身子回到这里，总要瞅着老伴的照片端详一阵，有了烦心事，碰到高兴事，都要跟老伴唠叨几句。不说不舒坦，不说睡不着。

秀娟年轻时很俊，黑油油的头发梳着两条大辫子，一条垂在脑后，从肩头挂下来，没过后腰，在圆圆的屁股蛋上一甩一甩的，很让男人眼馋。另一条挂在胸前，在高挺的胸前晃悠，辫梢上扎个蝴蝶结，走起路胸脯一颤一颤的，就像春风摇曳着花骨朵，看一眼让人心跳怦怦，咕咚咚咽唾沫。可惜那些年条件差，竟然没有留下一张青春靓丽的相片！眼前这张相片是秀娟六十岁过寿时照的，老是老了点，依然没脱美人坯子，眉眼还是恁秀气，脸蛋还是恁丰润，嘴角上的笑意仍旧恁魅人……

大树爷想到这里，心猛然一跳，在心里骂自己一句："老没出息！"赶忙刹住天马行空般的遐思。

林爱心是大树爷的宝贝小女儿,按他的话叫老疙瘩。爱心是他和李秀娟人到中年生下的老生闺女,老两口视若珍宝。虽说不是王公贵族家的金枝玉叶,却是贫苦农家的心头肉,捧在手里怕摔了,含在嘴里怕化了。那年月,正是"十年动乱",人间遭难的时代,老两口辛劳半生累断筋骨刚刚养大五个儿子,还没喘过一口顺气,小女儿迎着灾难来到人世,老两口虽说大喜过望,又难免心生悲凉……无论何等辛苦,爱心终于在大树爷的怀抱里、李秀娟的肩膀上,在时代动荡的环境中长大了,长成了,结婚生子了——那年,林爱心不到二十岁……

眼前这张相片就是爱心二十岁那年留给大树爷的微笑,也是她留给这个世界永恒的纪念。

爱心是在这座石头屋里降生的,是在这座石头院里长大的。十八岁那年,她从这座石头院里走出去,远嫁新疆库尔勒。两年没回过老家,没见过爹娘,寄回来这张相片,说她生活得很好,去年生下个儿子,很健康。说她很想老家,很想爹娘,只是一时走不开……

和秀娟年轻时一样俊秀、一样讨人喜欢的林爱心面对年迈的大树爷无声地笑着,笑得灿烂,笑得甜美,笑得开心,笑得幸福。在她青春勃发的脸蛋上,大树爷依旧看出几分稚气和单纯,曾经叹惜道:唉,太快了,太快了!刚刚还是个围着俺身前身后转的小人呀,转眼就长成大闺女,成了人家的媳妇,又成了孩子妈妈了!闺女,爹还没有疼够你呀……你长得太快了,你嫁人太早了。可是,爹不能拦你,那是你的生活,那是你的蓝天,鸟儿该出窝的时候,爹娘只有祝福,只能祝福呀……

可是,第三年,当大树爷匆匆赶到库尔勒时,再也听不到女儿的笑声了。他看到他家的老疙瘩躺在殡仪馆的百花丛中,身上盖着雪白的被单,苍白的面颊上一副平静模样。他发现了被擦拭干净的血迹和隐约可见的伤痕,顿时心如刀绞,悲恸欲绝……

他没有哭泣,没有让女儿看见他伤心落泪的形象。因为那里的人们都在传颂着林爱心一家人的英雄故事——女儿果然是一只鹰,飞上了她的蓝天,赢得了世人的赞誉和敬仰。

三年前,大树爷从石头院送走的女儿是朝气蓬勃的大活人;三年后,大树爷从库尔勒接回来的是女儿冰冷的骨灰盒,里面盛着女儿不灭的灵魂。他背上背回来的是女儿留下的骨肉,也是留给他的外孙子,名字叫黑妖。

李秀娟把女儿的骨灰盒供在炕头墙龛里,朝夕相处,日夜厮守。直到八年前,她走了,大树爷才把女儿葬在她娘身边,让她和母亲做伴。

大树爷把外孙背回来,老两口如同当年抚养女儿那般经心劳神。条件好了,外孙得到的养护远比女儿小时候要优厚得多。为此,在大树爷心中,始终藏有一个难解的心结,总觉得亏欠女儿的太多,加上女儿走得匆忙,竟连补偿的机会都没留下,更让老人感到难以化解的愧疚和抱憾——因为女儿在库尔勒那个被广为传颂的英雄传奇在他看来却太过惨烈,太过悲凄,太过伤感。所以,他回来之后绝口不提,即便对李秀娟,他也是借口敷衍,说是一场事故而已。白发人送黑发人,堪称人生一大悲剧,这杯苦酒,他宁肯独自吞下,也不肯让随他苦累一生的老伴心口再受刀割之痛……

但是,女儿那般悲壮、惨烈地死去,即便没有看到现场,他所听到的叙述也足以让他毛骨悚然……既然女儿敢于把自己化成冰冻的石头,让肉体成为永恒,作为父亲应该为女儿感到骄傲。女儿那么做出于本能,出于责任,作为父亲更不可表现出丝毫的炫耀,最好的选择就是像女儿那样,永久地保持沉默。

所以,大树爷每天面对女儿微笑的面容时,他只是沉默地凝视,用心语悄然与女儿对话。他知道,女儿明白他的心语,更懂他的作为。

然而,今天若兰的情绪,眉梢眼角流露出的忧伤,让大树爷深感忧虑,甚至焦躁不安。黑妖是女儿留在世间的骨血,更是女儿留给他的一份嘱托、一份责任。不仅要把这个孩子养大成人,还要把他培养成他父母那样的人。外孙的名字叫黑妖,究竟是什么含义,没听到任何解释。他父亲名叫尧里瓦斯,维吾尔族人说是老虎,这小子还真是头猛虎,货真价实的解放军英雄。他母亲林爱心——正在微笑着,两只明媚的大眼睛流露出殷殷期盼的光芒,用哑然的心语在说:"爹,黑妖最近咋样啊?他是男孩子,千万不要惯坏他。人不经点磨难是不懂人生的。我来不及管教他了。您老人家始终是我人生的楷模,您就多给他讲点过去的故事吧,对他会有教益的……"

蓦然之间,大树爷神情慌乱起来,不慎碰翻了装烟丝的小笤筐,烟丝撒了一炕。他一边俯下身子去收拾,一点点用指头把烟丝捏起来,一边望着炕头的爱心,慌乱地回答:那些事都是陈芝麻烂豆子,俺想想就痛心。俺都埋在心底了,如今翻腾出来,还有用吗?……

他心里这么说着,眼睛没有从爱心那股切期冀的笑脸上挪开。突然之间,大树爷眼窝一阵发潮,心头滚起一阵热浪,那热浪汇聚成滔滔洪波,冲决了牢固的闸门,那段与林爱心相关、从不肯示人的酸涩往事,洪水一般奔流而来,在石头屋里漫灌横流,连同他一起淹没了……

第八章　库尔勒亲家

黑妖是大树爷的外孙,黑妖的妈妈是大树爷的小女儿。生小女儿时,李秀娟已经四十三岁了,大树爷已是五十出头的汉子了。他抱着刚刚出生的老生闺女,跑到老槐树下大声吆喝:"老天爷瞅着俺是个穷汉,接二连三送俺五个男娃,帮着俺顶门户挖穷根哩! 到老了又让枯藤上开花,结出个拉秧瓜。这就叫闺女好,闺女是贴心的小棉袄呀!"

得了个老生闺女,老两口视作宝贝疙瘩,从小到大就像眼珠子般护着她,起个名字叫爱心,不就是心尖上的宝贝嘛!

但是,爱心生不逢时,正在她需要长身体长知识的年岁,却遭遇"十年动乱"。按大树爷的话说,老天爷打个瞌睡,让一撮妖精钻了空子,下到凡间祸国殃民,整天不是搞武斗,就是大批判,连偏僻的古水坡也难逃此劫。土地撂了荒,庄稼绝了收成,村里人还得坐船过河去城里参加大游行。

古水坡闹饥荒了,好多人家断顿了。

李秀娟生下爱心却没有奶水喂养,小婴娃瘦得皮包骨,吼着干哑的嗓门从天明哭到天黑,又从天黑哭到天明。

林大树自己勒紧裤腰带,也填不饱婴娃的小肚皮,便动员几个年长的儿子从牙缝里抠,从指头缝里攒,好容易凑了十八元人民币。他跑到二百里开外的太行山深山沟里,偷偷买回来一只刚下过羊羔的母羊,悄悄养在石头院的灶屋里,每天挤半碗羊奶,这才保住了爱心的小命。

没承想,这件事也守不住秘密,被县革委会的头头知道了,派了十几个戴着红袖箍的人,扛着长矛红缨枪隔河喊话,让古水坡人交出"走资派还在走"的反动分子林大树!

林大树听到这个消息,开始时气炸了。他牵着那只奶羊怒冲冲站在码头上,高声质问对岸的红袖箍们:

"俺就是林大树,现任古水坡生产队长,其实就是个种地的。俺弄不懂你们这个派那个派,也不管这主义那主义,就知道吃饱穿暖是老主意! 如今俺村里断粮了,再不想法就要饿死人了! 就因为俺闺女生下来没奶吃,买只奶羊救娃的命哩,你们就把俺当成反革命,这顶帽子俺戴不起,这种大话也吓不死人! 想让俺跟你们胡扯淡,俺可没那闲工夫!"

那群红袖箍守在河东岸吆喝了一整天,喊不动船也吆喝不动人。古水坡像座古堡,巍然屹立在古水河畔,岿然不动。

第二天,河东岸开来两辆大卡车,满载着挥矛执戈的红袖箍,飘扬着红旗,架着高音喇叭,可谓声势浩大,威风凛凛,革命的烈火熊熊燃烧,足以把小小的古水坡化为灰烬!

红袖箍们气势汹汹地闹腾了一天,河这边连个人影都不见。只有风吹河水起波澜,有几片落叶漂在水面上……

第三天中午,古水河上开来一艘机动船,满当当挤站着黑压压的红袖箍,扛着长矛红缨枪,伴随着轰隆隆的马达轰鸣,杀气腾腾开往对岸的小码头。

古水坡早已人去屋空,除了有几个老弱病残的村民坐在老槐树下闲聊,村子里一片哑静,竟连鸡鸣狗吠都难闻一声。

带队的头目气得七窍生烟,喝问那些坐在老槐树下闲聊的村民:村里人都到哪里去了?

那些村民对这群闯进村来的陌生人带理不理的,有人指指墙头贴着的告示,默然不语。

红袖箍们挤过去,齐刷刷抬头看墙上的文字,有人竟然一字一句念了出来——

城里打砸抢,
都称革命党。
工厂不冒烟,
地里不打粮,
饿死人命谁担当?
开会不能当饭吃,
批斗不能当干粮。
俺领大伙走四方,

保全人命再回乡。

任凭秋后算旧账，

一人做事一人扛！

——古水坡生产队队长林大树留言

　　五个月过后,林大树和村里人陆陆续续回来了。他带领村里八九十个男女壮劳力,沿着陇海铁路向西行进,途经陕、甘、宁直到新疆。正是西北诸省麦收时节,古水坡人都是割麦种秋的行家里手,当麦客个个顶打。那地方高寒,山下麦子黄了,山腰上还是青的,他们就收了山下的,再收山上的;收罢陕西的,再收甘南的。季节有先后,成熟隔几天。那一带属三省交界,地广人稀,闹祸乱的劲头也不像中原那般火爆。加上他们是外乡来的麦客,当地的邪火燃不到他们头上。林大树带着村民们转战大西北,如同游击队一般,时聚时散,时而分散收割小块坡岗,时而集中收割大块垄田。当地人对待麦客管吃管住,种罢秋走人时再付工钱,或是以粮作价。林大树既负责联系当地村落或生产队,接洽活计,又负责安排村民们的住宿和吃饭事宜。古水坡人很少出远门,他把大伙带出千里之外干活谋生,度过灾荒,还得把大家平平安安带回去,一点差错都不能出,一个人头都不能少。

　　李秀娟背上背着小爱心,跟着乡亲们一起闯西北,当麦客,用汗水挣饭吃,靠劳动度饥荒。对她而言心中还有一个更大的心愿,平平安安把她和林大树最稀罕的宝贝疙瘩养大成人,万不能像大闺女那样惨遭厄运。

　　林大树这一手很奏效,古水坡人度过了灾荒,吃饱了肚子,还扛回来收获的粮食(以工钱折合成麦子),还有麦种。村民们欢欣鼓舞,非常拥护这种"远征",尤其是村里的年轻人,因为当麦客先后从天水、武威带回三个西北大闺女！之后,在古水坡的年轻光棍中产生了巨大的诱惑力和影响力。于是,年复一年的"西征"便成为古水坡人的生存自救之道。

　　西北的气候,比中原要晚一个季节。农历小满前后,古水坡的田垄上麦浪滚滚,一片金黄,村里的男女老少便攒足了力气,磨刀霍霍了。"蚕老一时,麦熟一晌。"只要碰上三五个好天气,麦子熟透的香风就把小山村人熏醉了。于是,提镰忙一阵,挥汗如雨紧忙活七天八日,人均不到三分土地的古水坡便收拾得场光地净了。接着,留下老弱病残管套种的秋苗,百十个青壮劳力又随着林大树西征了……

　　他们买不起车票,就步行赶八十里土路到新乡,分别扒上西去的货车,无论先到后到,都在西安车站集中。待人头聚齐了,分成两班,男女强弱搭配停当,和上年合作过的村落接上头,正好是当地麦田次第黄梢的收获季节。"头遭生,二遭熟,三遭过后喊朋友。"熟门熟路老主顾,林大树率领的麦客们,和当地农户打得火热。有的攀成了亲戚,有人撺掇着牵线说媒,还有当地大闺女夜里拱进古水坡小伙的被窝,小伙无奈留下来当上门女婿……

后来,林大树发现了一个让乡亲们把汗水直接转换成货币的营生。他这支麦客队夏季帮人收麦子,收获的大多是等价置换的粮食,还得沉甸甸千里迢迢背回去。当他们把触角伸到新疆那片广阔大地时,看到无边无际的棉田,枝叶招展,花果累累。他们受到兵团农场的盛情邀请,待到秋收时节,请林大树组织劳力来新疆采摘棉花,每人采摘的棉花按斤数计价,多劳多得,日清月结,不拖不欠,现金兑现。另外,农场负担采棉人的往返车票,并提供免费住宿,保证床位,他们只需自带被褥;提供职工食堂,餐费自理,和兵团职工一视同仁;若不愿吃职工食堂,兵团提供场地、炊具,采棉人自己做饭,自行管理……

采摘棉花,女人比男人心灵手巧,更为得心应手。李秀娟无疑成了采棉远征军的带头人。

头一年,她带领本村的小媳妇、大闺女,又从外乡联络了一批妇女,共计一百多号人,干了俩月回来,个个晒成了非洲人,被风刮得皮糙肉厚。但是每个人解开裤腰带,哪一个都缠着满腰窝的钞票。少则三五千,多则六七千,有一家娘儿仨同去的,加一起足足有一万八千元!

这消息比当时的大喇叭更快更响亮,这种实实在在的收获,比红袖箍的口号声更具诱惑力。他们既专不了政,又治不了罪。随着许多乡村群众的踊跃加入、组队参与,平原县形成一支汹涌澎湃、势不可当的采棉大军。兵团农场甚至为他们提前备好迎接的专列,在林大树的带领下,浩浩荡荡朝大西北开去。

从此之后的十几年间,秋季采棉由自发的生产自救行动,转化为由地方政府有组织的季节性农民创收务工活动,有条不紊地保留下来。林大树和他的乡亲们把汗水洒在哈密——库尔勒——阿克苏……广袤的戈壁滩上,也从家乡以外的土地上收获了应有的收获,拥有了应有的拥有。

他和李秀娟在不停地奔走中和乡亲们一起度过了那段灾难的岁月。他们的宝贝疙瘩林爱心就在这种颠沛流离的岁月里长大成人。

李秀娟带领的采棉人,每年都在库尔勒一个兵团的农场扎点,在他们住宿和吃饭的地方,认识了营房管理员沙依古尔一家。老沙是当地维吾尔族人,性格豪爽,热情好客,为采棉人提供了很多方便。他的妻子李荣花是内地支边的兵团职工,是棉花基地的仓库管理员,和李秀娟一见如故,情同姐妹。李荣花有个儿子,比爱心大一岁,名叫尧里瓦斯,由老沙的母亲看管着。李荣花看见李秀娟整天背着小爱心钻在棉田里摘棉花,顶着日头,冒着风沙,大人劳累辛苦,孩子也跟着受罪。她就建议李秀娟把爱心放在她家里,和她儿子尧里瓦斯一起玩耍,由老沙奶奶顺便经管着。这样,李秀娟就解放了,只需要半晌休息时赶过去给爱心喂奶,其余时间便能轻松上阵,采棉的速度和每天的成果大大加快和提高。本来就是个干活不让人、样样都上手的女强人,一旦挣脱了孩娃的羁绊,她周身散发的能量以及影响力,极大地带动了全体采棉人的劳动热情。那一年的采棉季既缩短了工期又提升了工效,赶在一场突然而至的暴风雪之前完成了抢收任务。农场领导很满意,额外给了李秀娟一份奖励——一床缎子被面和一床军用毛毯,还有一张大奖状。

李秀娟把用汗水得来的光荣转赠给李荣花,说:"没有你们一家的支持,就没有今天的精彩。以往只能干出别人一半的成绩,挣的工钱也是采棉人中最少的。今年不仅得了第一名,还得到奖励。沙奶奶还把小爱心照应得白白胖胖壮壮实实的。俺能得到这些,不都是有了您这缘分嘛!"

小爱心更是拱到沙奶奶的怀里,又是亲又是笑的,对她吆喝着:"你摘棉花去吧,不用管我了,饿了奶奶让我和哥哥一起喝牛奶!"

尧里瓦斯拿着苹果塞到她怀里,拉她坐下来,粗声粗气用汉语说:"阿姨,营房里太挤了,你搬过来,和爱心一起住在我家吧!爱心学会唱歌了,奶奶教的,我们一起唱给你听!"

说着,他就把爱心从奶奶怀里拉过来,手拉手叽里咕噜唱起来。还抬起小脚在地毯上走起舞步转着圈,活脱脱两个小矮人!

李秀娟笑得前仰后合,脸颊淌下两行热泪:"哎呀,我家小爱心转眼变成维吾尔洋冈子啦!"

沙奶奶笑眯眯地说:"秀娟啊,你和荣花是中原一对好姐妹。我们家的巴郎子和你家的洋冈子也是一对亲兄妹呀!"

于是,大人们乐呵呵笑成一团。老沙一脚迈进来说:"我看咱们两家就结个干亲吧,选个好日子,把大树哥请来,搞个结亲仪式!"

就在第二年采棉季收工时节,老沙专门把从阿克苏赶来的林大树以及古水坡的采棉人全部留下,喝了一场大酒,举办了一场隆重的聚会,唱歌跳舞,架起火堆烤全羊,闹腾个通宵达旦!就在那天夜里众目睽睽下,老沙和李荣花正式认下小爱心成为自己的干闺女。新疆的老沙家和中原的老林家结为干亲戚。

等到分别的时候,老沙两口带着尧里瓦斯送林大树和古水坡人上火车返程,小爱心和尧里瓦斯,手拉手闹着不肯分开。任凭林大树、李秀娟软硬兼施,磨破嘴皮子,也不能把两个娃娃分开,领不走小爱心。

实在没办法,老沙说:"大树哥,既然孩子不愿走,就留下她在库尔勒过年吧。等到正月我们去中原探亲,给大哥大嫂拜年!"

从此后你来我往,两家人走成了感情深厚的亲戚,甚至连血脉都融在了一起……

日月如梭,时光荏苒。转眼之间林爱心长成亭亭玉立的大姑娘了。十八岁那年秋天,她到古水渡口去等人,等到一个黑塔般健壮彪悍的小伙子。他一张脸如烧红的黑炭,挂着风尘仆仆的汗水,油光闪亮。三丈开外就扑过来,伸开双臂就把爱心搂在怀里,厚嘴巴也变成一张弓,只会憨憨地笑。说话时露出一口洁白的牙齿,如喀拉喀什河滩上的羊脂玉。声音暗哑而粗犷,好似大漠戈壁上飘来诱人的驼铃。——小伙子就是从新疆库尔勒赶来的童年伙伴尧里瓦斯。

那时候,古水河上还没有专职的船工,只有一条渡船,谁过河谁撑船,就那么河东河西撑过来又撑过去,中间的等待全靠运气。如果两岸都有人过河,那就顺利了。

林大树那时已经被大家称为大树爷了,他知道今儿有稀客,自然忙活着赶来撑船送宝贝闺女过河。他望见岸上那个黑黝黝的年轻汉子了,故意掉转头去,抽着旱烟袋,耐心等待着年轻人先说一阵悄悄话。

"爱心,我报名参军了……"黑塔汉子开了口。

"俺知道了!你信上说过……"爱心赶紧打岔,略带羞涩地催促着,"咱俩的事,你……啥打算?"

"我……想带你走!"小伙子早已按捺不住,附在爱心耳边重重地说,"奶奶让我来求林大伯,入伍前让咱俩把喜事办了!"

不知是小伙子过于直白,让山村姑娘猝不及防;还是小伙子腮帮上毛茸茸的胡子搔住姑娘的脸,爱心顿时浑身像着了火,脸颊一下子烧红了,滚烫滚烫,连她自己都遮掩不住。她赶忙接过小伙子的手提袋,弯腰朝码头跑去,一边跑一边惊呼着:"爹,爹!你瞅瞅呀,看是谁来了?"

大树爷早已抬脚上岸,蹽开大步迎了上来,朗声朗语:"谁来了,还用猜哪?俺那库尔勒的小儿子尧里瓦斯来了!哈哈,好儿子,俺说得对吧?"

大树爷张开双臂,和昂然走来的高大汉子紧紧拥抱在一起,两只手掌拍打着他山岩一般的脊梁,兴奋地说:"咳,瞧瞧这身板,铁打一般!两年不见,真长成条彪形大汉了,这要走在人堆里,俺哪敢相认哪!"

尧里瓦斯把黑黝黝的脑袋勾在大树爷的脊背上,又撒娇又羞涩地说:"伯伯,儿子真的要改口了,我爸我妈我奶奶,让我来求您老人家,把爱心嫁给我。她给我做媳妇,我给您当女婿!"

大树爷用胳膊扳直尧里瓦斯的身板,直愣愣盯着小伙子的眼睛,郑重地说:"儿子,俺早就盼着这一天了!你知道,爱心是俺的心头肉,俺不会轻易答应谁。可是,嫁到你们老沙家俺放心,嫁给你尧里瓦斯俺更放心。可就是……你选这日子,有点急促了……"

略一迟疑,他旋即问道:"儿子,告诉伯伯,你们部队要求新兵集中归队是哪天?"

尧里瓦斯恭恭敬敬回答:"新兵在十天后集中。如果伯伯同意,我和爱心明天就上路返程,回到库尔勒……"

"老爸不同意!"不等小伙子说完,大树爷就猛然打断,"你们即便现在出发,回到库尔勒也在五天之后。路上颠簸,倒车换车,俺还不知道多累人吗?哪还有精力和时间举办婚礼呀?"

小伙子脑门上刹那间冒出一层冷汗,噗噜噜往下掉。那张火炭般的脸孔上现出惊慌失措的神情,茫然而又忐忑地望着大树爷,又求助似的望着林爱心,嘴巴嗫动着不知该说什么。

爱心站在两步开外的地方,垂头听着大树爷说话,掩饰不住内心的激动与兴奋,不住地抚弄着垂到胸前的大辫子,极力想借蓬松的刘海遮住被幸福烧红的脸颊。她沉默不语,她对从小在手心里捧大她的老父亲充满信任和依赖,知道他绝不会说一句让她伤心的话,更不会做出违背她心愿的决定。当她沉湎于幸福和甜蜜之中时,大树爷突然说出"老爸不同意",着实把她吓了一跳。是老人家有意拖延,还是借机发挥,对自己的婚事有了反悔之意?

当她看到尧里瓦斯慌乱不安的神情、期艾无助的眼神时,她心里也隐隐焦虑起来,转过头盯着大树爷硬铮铮发问:"爹,您啥意思呀?前一句点头,后一句摇头,让尧里瓦斯白跑一趟哪?"

大树爷这才瞅着一对着急上火的年轻人,哈哈大笑起来,而后认认真真地说:"闺女呀,你可是隔门缝看人,把你爹看扁喽!你是谁呀?我林大树的宝贝疙瘩,能随随便便嫁人吗?尧里瓦斯是谁呀?维吾尔的一头猛虎,即将走上疆场保家卫国的解放军战士!千里迢迢来迎娶他的新娘,能这样草草率率让他返程吗?我林大树是谁呀?古水坡堂堂一条汉子,知道啥叫情义,懂得啥叫知恩图报,更懂得国事家事谁大谁小、谁轻谁重。娃们呀,俺索性敞响亮明吧,你们容俺准备一天,明天正午,俺林大树邀请古水坡全体村民参加,为你们办一场热热闹闹的乡村婚礼!"

第二年阴历八月十五前几天,老沙打长途电话给林大树报喜:"爱心生了个胖儿子,护士说八斤三两。老哥哥,你当姥爷了!"

大树爷高兴得不知该说啥,冒出两个文明字:"同喜同喜!大兄弟,祝贺你当爷爷了!"

老沙在电话那头说母子平安,一切顺利。

大树爷在电话这头说平安就好,平安就好啊。

老沙说:"咱弟兄俩约个日子聚聚,好好喝一场!"

大树爷说:"中、中、中!咱哥俩儿喝个人仰马翻!"

老哥俩在一阵畅意欢快的笑声中,恋恋不舍地挂了电话。

在后来的两年中,因为李秀娟身体出了毛病,守在家里熬中药,住在医院挂吊瓶,病病歪歪好好坏坏拖了好长时间,大树爷脱不开身,又不能带着病人串亲戚,喝酒的日子没敢约。

老沙那头也不幸,老母亲年龄大了,不慎摔了一跤,断了左腿股骨头,行动艰难。原本由老奶奶帮忙照看重孙子,如今变成老沙和荣花既要照管老人,又要帮忙照看孙子了。

老哥儿俩这喝一场喜得孙子的喜酒,因为距离遥远,最终没能实现。

第三年正月,还没过十五,库尔勒农场发来一封加急电报,电文内容很含糊,语气又很迫切——林大树同志,沙依古尔同志一家突遇急难,请您速来库尔勒处理问题。

大树爷捧着寥寥数语的电文,做出种种凶险的猜测和判断,他百思不得其解,老沙身体健康,壮如老牛。荣花善良热情,处事谨慎。爱心也是仓库管理员,上班地点和家里近在咫尺。老奶奶病倒在床,需要照管。小外孙未满三岁,无病无灾。莫非……莫非……他想到一个排除一个,无论其中任何一个人出了问题,都不会用"一家突遭急难"这句话,那么……那么……究竟会是什么样的"急难"才会向他这个远在几千里之外的亲人发出急电,让他去处理问题呢?

大树爷心头掠过一阵寒风,有种不祥的预感如同巨石般压在心头。他否定了自己的一切猜测,也扔掉了所有缠身杂事,甚至拒绝了李秀娟要和他同去的殷切要求,他相信农场是兵团下属单位,不会信口开河,也不便明说隐情。他却做出最坏的估计,担心秀娟经受不了过分的刺激,决定只身前往,立刻动身。

经过几天几夜火车上的颠簸和心理上的熬煎,大树爷终于来到往昔熟悉的库尔勒,赶到车站接他的不是老沙,也不是荣花,更不是他的宝贝疙瘩林爱心,而是几位农场的领导,有两位还是打过交道的老相识,一个姓韦,跟着王震将军进疆的老军人,资格老,原在总部工作,现任库尔勒农场副场长。

他们用吉普车把大树爷接到农场招待所,烟、酒、茶、水果摆满桌子,但房间里气氛很凝重,几位农场领导热情的话语却遮盖不住满脸的严肃和隐痛。特别是老韦,本来就是一张蜡黄脸,此刻迎着大漠戈壁的朔风,好像能刮下霜来。

大树爷疑惑地打量着周围的情状,迎来的目光都是躲躲闪闪或者回避的。他实在是忍不住,率先打破沉默,直截了当地说:"到底发生了啥事儿,直说吧!俺肩膀宽腰杆壮,就是天塌了也能扛一块。你们发电报催俺来,不就是处理问题来了嘛!"

大树爷说出这番话,屋里突然响起一片悲切的咽泣,几个人眼窝泪花闪闪,眼泪顺着脸颊簌簌流了下来……

大树爷倒吸了一口凉气,不便再问,他装上旱烟袋默默抽着,预感到一场巨大的灾难注定发生了,心头好似压着一座大山,喘不过气来,吸到嘴里的烟气再难咽下去……

一阵难熬的静默过后,老韦终于哽咽着告诉大树爷,老沙一家突遇灾难的大致过程——

今年上冻前,农场突击整修了引水灌田的人工渠。有些渠段年长失修,渠坝加固培的是新土,未经夯实加固,新修的堤坝难免松散易垮,后续工作只有开春解冻之后才能正常进行。春节放假,农场留下少数值班人员,其他人都回家过年或回老家探亲了,喧闹的农场大地顷刻冷清下来。老沙是农场场部管理员,营房、仓库、机耕队车场都在他的责任范围。他家住在营房里,全家都在场部上班,老人孩子住一起,所以,每逢节假日,老沙一家三名职工从未轻松过,放假和不放假一个样儿,场里有事他们照常处理。所以,老沙两口年年被评上先进。

正月初七戈壁滩上突然刮起少见的黑风暴,飞沙走石,冰雹夹着暴风雪,狂一阵弱一阵,整整刮了三天三夜,可谓天昏地暗,日月无光。更让人想不到的是,狂风暴雪阻断了引水渠的下游河道,引发河水暴涨,沿着新修的渠道汹涌而去。因为不到春灌时节,引水渠并未和大田连通,时间一长便造成渠道漫水,侵蚀尚未加固的渠坝,造成河水决堤。

最严重的决堤发生在正月初九的深夜,洪水冲开一丈多宽的口子,猛兽一般向农场仓库奔涌而去。老沙听到声音异常,提着手电巡视情况。当他看到远处已是一片汪洋,汹涌的洪水继续朝着仓库漫灌的时候,他朝着黑暗的夜空发出嘶哑的呼叫:"决堤了……漫水了……仓库被淹了……快来人呀……"

狂风呼号着,把他的嘶吼撕裂成碎片,没有得到任何回应……

洪水继续咆哮,仓库被洪水围困着,危在旦夕,仓库里存有几十万斤粮食,有一半是明年要播撒在万顷大田的种子!

老沙扑向机耕队的队部,撞开栅栏,推翻一只油桶,推到那片汪洋附近。他拧开油桶口,让油泼洒在地上,然后点燃,顷刻间火借风势在水泊汪洋边上燃起一道耀眼的火炬。

老沙看清了决堤的位置,他跑进机耕队,发动了一辆铲土机,轰隆隆朝决口处开去。铲土机载着沙石倾注到决口上,因水流太急,刚刚铲来的沙石又被洪水冲去了,老沙锲而不舍,继续铲来石块、沙土,继续倾倒在决口处……

最先被火光惊动而来的是李荣花,她看着汪洋般的水泊,又看见丈夫的举动,立即意识到应该做什么。她以最快的速度跑到留守人员的住室,喊起他们增援丈夫,接着迅速果断地砸断螺丝,摘下门板,扛起来就朝决口处奔去。

留守人员大梦初醒,惊愕之余,纷纷效仿。

门外婆婆的惊叫声惊动了哄孩子睡觉的林爱心,几乎没有丝毫犹豫,她扑了上去,和婆婆抬起门板,迎风踏水地朝决口处奔去。

风狂,水急,波涛汹涌。

老沙铲来的石块沙土转眼不见踪迹,荣花和爱心抬来的门板刚堵在决口处,就被洪水冲得人仰马翻,门板也被水冲得无影无踪……

当几名职工扛着门板赶来时,李荣花接过一扇门板,桩子一般挺立在激流里,用冻得发抖的声音呼叫:"老沙,倒石块啊,冲着我倒!"

爱心被洪水冲倒了,冰水刺骨,她艰难地挣扎起来,蹒跚到婆婆跟前,像婆婆那般用身体顶住门板对抗着激流的冲击,把自己当作一根桩子,挺立在浪花澎湃的洪流中,用同样颤抖嘶哑的声音发出夺命般的嘶喊:"爸爸……冲着……我们……倒呀! ……冲着……我们倒……"

老沙开着铲土机疯狂地冲向激流,机车吼叫着,如发狂的猛兽,他听到了喊声,也看到了挺立在洪流中的亲人,终于咬着牙,瞪着发红的眼睛,让铲车的吊斗伸向激流的上空和亲人的头顶,让石块沙土瀑布般倾泻下来……

那几个职工飞奔着扛来十几块门板,按照李荣花和爱心的样子,挺立在激流中,用肉体和门板一起扎成一道栅栏,那栅栏是单薄的,在呼啸的洪水面前不堪一击,人体被冲得东倒西歪,不时有人倒下,洪流便撕开口子,呼啸而去,刚刚围上的石块泥土又被荡涤一空。

又有人开来一辆铲车,在那段决口的堤坝前展开一场意志、肉体与激流、严寒的生死搏击。垮了再堵,堵了又垮,反反复复,没人退缩。

大漠戈壁的数九寒冬远比中原严酷,再加上暴风雪肆意横行,已经是滴水成冰的酷寒了。

荣花和林爱心在刺骨剜心般的激流中浸泡太久,下半身早已麻木,上半身已经冻成冰棍,肉体早已失去知觉,全凭意志顽强支撑在那里岿然不动。两个女人胳膊挽在一起,肉体紧紧相依,迸溅的水花顿时结成冰坨,结一层又一层,厚厚的坚冰已经把她们和砂石牢牢冻成一体……婆媳二人依然用微微转动的眼神相互鼓励着,坚持、坚持、再坚持,如果她们倒下,刚刚被她们用肉体聚集的泥沙石块便会骤然崩溃,洪流依然会撕开口子,野马奔腾般呼啸而下……

老沙开着铲车,猛兽般在洪流中奔突、搏击。他明白,如果早一分钟堵住决口,就能早一分钟把荣花和爱心解救出来,是她们用肉体当作打入水中的桩子,倾入洪水的沙石才得以稳固。但是,他们在冰水里多泡一分钟就会增加一分钟的危险!并且,他已经残酷地用倾泻的砂石将她们掩埋在了一起,他听不到她们的呼叫,她们也听不到他的呼叫声了。老沙万分焦急,不时涌出的泪水早已将眼睑冻结,只能用眼缝观察周围的境况,他依稀看到两具女人的肉体在浪花冲刷的冻土堆里半隐半现,两个女人低垂着脑门,曲着脖颈,冻结的头发掩盖了她们的面孔,形状如同玉石雕刻的塑像……

老沙惊惧了,瞬间变得疯狂起来,他开动铲车牢牢顶在决口处,如耸起一道铁打的闸门,任凭汹涌的浪涛击打着、撞击着,稳如泰山。

他向自己的亲人扑去,迎着劈头盖脸的激流,摇撼着荣花的胳膊,嘶喊着她们的名字,直喊到声嘶力竭!

荣花终于艰难地睁开沉重的眼睑,用涣散的目光看着他,微弱地说出几个字:"……朝……我……埋……土……"

老沙悲怆地嘶喊起来:"荣花!你不能死!爱心……爱心……你们不能死!我要把你们救活。"

老沙拼命撕拽着荣花的一只胳膊,但他拖不动,荣花和爱心两只胳膊挽在一起,她们的肉体又和沙石冰块结成了一坨冰块,他拖拽不动也撕拉不开。

突然,洪水从铲车和人墙的结合部撕开了口子,咆哮的洪水卷起巨大的浪头,刚刚围住的土坝被猛兽般一口吞掉,洪水如开闸的激流狂奔而去,老沙惊愕的刹那,发现有块门板被冲倒,顶扛门板的两个年轻职工被激流打翻,淹没在洪水里不见了踪影。他顾不上再去撕拽荣花,也停止了夺命般的嘶喊,而是扑向那段决口处，捞起门板，拼尽全力把门板扛住，挺立在激流中，用尽最后的力气朝铲车上的兄弟嘶喊："快呀！赶快……朝我倒土！朝我倒呀……"

铲车吼叫着，石块沙土劈头盖脸倾泻下来，一铲又一铲，决口终于堵上了。老沙没了声息，也不见了踪影……

大树爷庄严肃穆地站在殡仪馆的大厅里。他看见老沙、李荣花、林爱心安静地躺卧在花丛里，平静而安详，好似在狂风肆虐的冰河狂涛中搏斗了一宿，耗尽了精力，而今躺在洁白如雪的软床上美美地沉入了酣睡……

和他们躺在一处的，还有两位农场职工。

大树爷心如刀绞，禁不住就会吐出血来。他尽力控制住情绪，不让内心的悲怆和痛苦表露在脸上。他轻轻踮起脚，迈着沉重无声的步子站在沙依古尔面前，重重垂下雪白的脑门深深鞠了一躬，用低沉的声音附在老沙耳边说："大兄弟，俺把喜酒带来了，等你睡醒了，咱哥俩儿好好喝一场……"

他又把脸转向旁边的李荣花，和颜悦色地说："大妹子，俺来晚了，向你赔不是，你嫂子身体不利索，抽时间她再来瞧你。礼数没做到，你可甭怪罪呀，咱两家是亲家……"

大树爷走到爱心面前，双腿一哆嗦蹲下来了。他伸出粗糙的巴掌轻轻撩起闺女额前散落的发丝，细细端详了一阵，两颗泪珠悄然从眼缝里滚落下来……他的声音哽咽了："闺女，爹来看你了，早该来了，听说你给俺生了个胖外孙，俺跟你娘高兴得两天两夜没合眼，俺想搭火车一个人来看外孙，可你娘……她病了，怕你瞅见难受……闺女，从小俺就把你当成心肝宝贝……想想，值了，俺没白疼你，你替咱古水坡争脸了。爹想把你带回咱老家，俺跟你娘得好好守着你了，啊？闺女，想家了吧……"

大树爷站起来，环顾一圈身边的亲人，放开嗓门最后说了一句话："俺那黑小子说得好呀，他说老林家没孬种，老沙家出英雄！这句话说得真，俺得记一辈子！"

兵团总部追认沙依古尔、李荣花、林爱心及另外两位参与抢险的职工为革命烈士，并为他们举行了隆重的葬礼。

大树爷执意带走林爱心的骨灰盒，说明要把女儿带回老家的意思，农场领导同意了，但是提出以后由大树爷向尧里瓦斯做出解释。

关于老沙的母亲，大树爷原本也要带回古水坡赡养的，山里人手多，照顾一个老人并没有多大困难。经过农场领导共同讨论，认为老奶奶年龄大了，又是维吾尔族人，到北方生活习惯、语言交流多有不便，还是把老人就地安置，由农场派专人照顾为妥。老奶奶也说要守在原地,守着儿子和媳妇,等着她的孙子回来,老人才能心里踏实。老奶奶对大树爷说,重孙子黑妖如今快满三岁了,从未离开过她,现在要跟姥爷走了,她很放心。只有一个要求,等黑妖懂事了,告诉他库尔勒有个家,让他常回来看看……

大树爷带着爱心母子俩回到古水坡,李秀娟搂着骨灰盒哭得死去活来,差点断了气。又搂住小外孙长一声短一声地号,高一阵低一阵哭诉,哭不完的悲痛,说不尽的凄凉,一个母亲对于亲生骨肉痛断肝肠而又难以言表的绵绵幽怨、哀哀悲怜……

爱心的骨灰盒,李秀娟不让下葬,就供在炕头墙龛里。每天她都要盯着女儿的相片,默默念叨一阵,嘀嘀咕咕说一阵话,才能心底释然下地干活。夜里睡觉前,先把宝贝外孙哄睡,掖好被子,然后盘坐在炕头和女儿说话:"妮子,你儿子今儿又吃得舒坦,张家媳妇刚满月,俩奶子胀鼓鼓的,汁水白花花顺着肚皮流哇,俩娃使劲儿吃也吃不完,头生媳妇奶水旺哪,算孙子有福,村里的媳妇们都待见,抢着争着喂娃哩……你瞅瞅,娃长得白白胖胖的,咋就叫黑妖咧?叫就叫吧,名字叫得邪乎,阎王小鬼都不敢惹!你瞅瞅,睡得多香,那眉眼多像你哩……妮子,娘今儿困了,躺下了,有事招呼娘一声啊……"

李秀娟唠叨累了,歪在外孙旁边疲惫地睡着了。大树爷蹲在门台上听着女人的唠叨,默然吸着旱烟袋,等着她说够了,便磕磕旱烟锅,站起身,撩起被子帮老伴盖上。他自己便靠着另一侧躺下,一只胳膊撑起脑袋,眼神投注到黑妖胖嘟嘟的脸蛋上,惬意地笑了……

黑妖真正成为孤儿,是在他四岁半的那年冬天。

从库尔勒农场转来一封信函,沉甸甸一个牛皮纸信封,很压手。村主任帮着拆开信封,刚看了两眼,双手一抖,一张厚厚的信笺落到地上,村主任那张脸霎时吓白了……

此前,尧里瓦斯来过信件也来过电话,汇报他的工作也询问黑妖的情况。他参军四年多了,提干当上排长了,离不开岗位一步。他所在的哨所位于喀喇昆仑山脉中段,海拔五千多米,是我国西部边疆重要哨所之一,号称"北疆第一哨"。那里四季飞雪,终年冰封,高寒缺氧,低压,强紫外线,自然环境极其恶劣,生活条件非常艰苦,是片寸草不生、藏羚羊都待不住的地方。他和战友们扎下根,站稳了脚,出色地完成了边防执勤、巡逻、军事训练等边防军事任务……

尧里瓦斯问候大树爷,惦记小黑妖,每次都说稍有机会,便会飞到古水坡探望老爸和他的宝贝儿子。

但是,这封信并非一般信纸,而是印有"新疆军区政治部"的公文函件。大树爷心中有了不祥的预感,接过来凑到眼前,如同子弹击中脑门,差点晕倒。毕竟是久经考验的老兵,转瞬他便镇静下来,上面文字赫然写着:

　　尊敬的林爱心同志及其亲友,向您沉痛报告一个不幸的消息,尧里瓦斯同志在伊川岭哨所与敌特武装战斗中,英勇顽强地歼灭了敌人,不幸光荣牺牲……

　　大树爷看到这里,再也禁不住怆然泪下,喉咙哽咽了。他顺着墙壁出溜下来,圪蹴在地上,抱头哑默良久,兀地站起来,把信函封好,郑重交给村主任,叮嘱道:"发动,这事就到此打住,天知地知,你知我知,黑妖他爹是个英雄,誓死守卫在边境线上,咱爷儿俩统一口径,啊——"

　　尧里瓦斯为国捐躯的真相就这样被掩盖下来。大树爷把丧失亲人的伤痛独自忍受,不让别人分担……

第九章 豆蔻年华

　　杨若兰下了火车,随着潮水般的人流下地道、过大厅、坐电梯,蒙头蒙脑来到北京西站北广场。她参加工作后虽出差不多,北京还是来过几趟的,但那都是因公出差,不是有人接站,就是有同伴相随,所以不用自己记路。此刻如果不随大流走,她绝对走不出迷宫般的西站。

　　西站北广场人头攒动,人挨人,人挤人,稍不留意就会被行色匆匆的人狠狠撞一下,还会招来一句莫名其妙的恶言恶语——"怎么走路的?"杨若兰便特别小心地挤在人流里,不敢逆潮流一步。

　　她好容易摸到公交站,看到站台上排着长长的队伍,便随着后边排,缓缓往前移动。可是她对自己要去的方向并不明晰,不知道该坐哪路车。她对北京不熟悉,便从身上摸出黑妖寄给她的信封,向排队的乘客打听:"同志请问,我去三塔寺附近,该乘哪路车,您能告诉我吗?"

　　前前后后排队的乘客,大都拖着箱扛着包的,多是外地人,对她说的这个地址,不是摇头就是无语。也有热心人点拨:"你说的这地方生僻,不如去问问前边的乘务员。"

　　杨若兰道了谢,挤到前边公交车旁,隔着车窗打听要去的地方如何坐车,乘务员蛮热情,认真听了两遍,皱着眉头想了半天,脑袋摆成了拨浪鼓:"什么什么三塔寺附近,还有别的标志吗? 我知道北京有白塔寺、三里屯、三里河,还真没听说过三塔寺。姑娘呀,你难倒我了,对不起! 你还是去那边问问交警吧。"

　　杨若兰又从人群里挤出来,脚跟还没站稳,就被一群拉客的出租车司机围住了。她面前挤着一圈热腾腾的脑袋,睁着火辣辣的眼睛,发出热情而又急迫的喊叫声:"去哪儿?去哪儿?坐我的车,只要有地址,北京城没有找不到的地儿。""跟我走吧!哥们儿老北京了,再难找的胡同,闭着眼都能摸到!""甭打听了,没人对你说实话,花俩钱省得白磨牙……"

杨若兰耳边一阵嘈杂声,面前一片唾沫星。她不知该听谁的好,好像面临被绑架的危险,胳膊和挎包同时被几只手紧紧拽住了。她心头陡起一阵恐慌,猛然尖叫了一声:"我不想坐出租,请你们闪开!"

那群拉客的几乎同时被她的尖叫吓愣了,纷纷松开手,讪讪冷笑着散开。有人揶揄地吼道:"本想碰个蒙逮,嘿,谁想是个石猴子,没门儿!"

杨若兰撞开人群,仓皇逃脱,退缩到马路沿上,靠着一根电线杆停下来,喘吁着,平息刚才那场突如其来的惊吓。她听人说过,北京站附近蛰伏着一帮一伙的"黑出租",不打表,乱要价,专宰人生地不熟的外地人。她并不怕多花几元钱,而是担心这些宰客者行为不端,拉着她在北京乱转圈,然后找个借口把她扔在半道上不管了,那才是让人哭笑不得哩!

她理了一下思绪,可能是黑妖告诉她的这个地址有问题,不然的话,公交车乘务员都那么费解和犯难,应该说他们对北京的大小街道是了如指掌的。于是心头暗暗发急,难道是黑妖故意所为,蓄意刁难,即便到了北京也让你找不到他!北京这么大,如果当真没有三塔寺,她这一趟就是白跑了,即便有能耐跑到广播电台去吆喝,黑妖也不会从人海当中蹦出来!

她默默沮丧了一阵,又否定了这种猜测,这封信是黑妖一个月前写给她的,告诉她这个住地刚刚找到。位于大学林立、文化艺术氛围浓厚、高科技人才密集的中关村地段,又处于高楼大厦、繁华闹市之间,虽说是地下室,但面积不小,空间宽敞,任凭锣鼓喧天,通宵吆喝,也不会影响别人,招惹扰民的诉讼。而且租金便宜,交通方便,地上通公交,地下通地铁……这番叙述洋溢着浓浓的得意和欣喜、满足和自信。她相信黑妖是真诚的,决不会说谎骗她,更不会编一套假话作弄她。此前,她也收到黑妖的信,告诉说他和几个合作伙伴找不到合适的场地,一直在圆明园附近游荡,可谓居无定所。最大的障碍就是他们从事的工作必须发出声响,因为动静太大,许多房主都不愿甚至不敢接纳他们,以免招来骚扰四邻之怨。——这番话也很真诚,向她倾诉创业的艰辛和不易。对应起来,她更加相信自己的判断,这个地址不会有假。

于是,杨若兰迈起坚实的脚步,向马路中间一位交通民警走去。

交警听了她的诉求,也是敲着脑门思索半天,嘴里念叨着:"三塔寺,三塔寺……同志,能不能说得详细点?比如周围有什么大的建筑,或者有什么明显的标志、有名的单位等等供我参照，我……可以帮你判断。"

杨若兰又从身上摸出那个信封，递到交警面前，甚至抽出里面的信纸："警察同志，上面大概写有那地方周边的环境，我一点不熟悉，您自己看吧。"

交警接过信封，对信文有点犹豫："这……不合适吧？"

"没什么秘密，不怕您看！"杨若兰爽快地说。

交警看看信封摇摇头，看着信文读出声来："……嘿，这不有了，大学林立……高科技人才密集的中关村地段……这地方应该在白石桥和国家图书馆一带。不过这个三塔寺……"

杨若兰紧密观察交警的表情变化，心头堵着的一块寒冰如同遇到春风，正在悄悄消融。

交警突然伸开胳膊拦住一辆出租车，咔地敬了个礼，礼貌地问司机："师傅，请问白石桥和国图那块有地名叫三塔寺吗？"

司机摇下玻璃探出头来，想了想说："不对吧？首都体育场旁边沿河有条五塔寺路，哪来的三塔寺呀？您可能记错了！"

交警仔细看了看信封，交还杨若兰："同志，看错了，咱们都看错了，上面写的就是五塔寺附近！"

杨若兰看罢，赶忙道歉："警察同志，怪我，都怪我大意，把五看成三，误导您了……"

交警笑笑："没什么，其实咱们都没错，是写信人太马虎，五字写得太像三了！"

出租车司机摇摇头："你们别高兴，那个'五塔寺附近'，也有问题！五塔寺早就没有了，去哪儿找它附近哪？这地址写得太可笑！"

交警伏下身子和司机交谈："看来你对那块很熟悉，五塔寺没有了，还有遗址吧？写信人会不会就住在五塔寺遗址附近呢？当地人习惯了，就那么说，他就那么写了。师傅，我也是猜测，您说有没有道理？"

司机笑起来："兴许是这个理儿！五塔寺没了，现在是石刻艺术馆，那块都是民居，五塔寺路对岸就是动物园！"

杨若兰听着他们议论，如坠云里雾中。她突然问出租司机："请问师傅，那地方好找吗？"

司机皱皱眉头："五塔寺路好找，坐公交坐地铁都能到，很方便。就是这个'附近'不好说，不到地方我也说不清。"

交警建议："我说这位女同志，你不如就坐师傅的车，他送你去五塔寺，再帮你指指路。"

杨若兰连声道谢,拉开车门上了出租车。

司机启动了车关上车窗,对杨若兰殷勤地说:"姑娘,你遇到好人了!交警拦车吓我一头冷汗,想着又要开罚单哪!没想到问一个地址,下那么大功夫,多亏碰上我,不然且得问哪!"

杨若兰赶紧说:"多谢师傅,是我运气好,碰到的都是好人。恰好问到您,咱俩有缘哪!"

出租车司机一路和杨若兰拉着话,很快来到岔道口上,师傅按计价表收了钱,死活要找零,多一分都不收。他拉开车门和杨若兰一起下了车,指着周边环境说:"姑娘,你看看,这条路就叫五塔寺路,往前走到动物园;往东走到首体到国图,就是中关村南路;坐公交坐地铁都可以。你要找的五塔寺从这个路口往北去,这条路很窄也很长,两边全是居民区。我的车开不过去,你就耐心地找吧,一家一家地问,听你说找的人是搞音乐的,家伙什一响瞒不住人,应该说是好找的!怎么样,没啥问的,咱们再见吧?我该走了,此处不能久停车!"

杨若兰和司机挥手告别,然后迈步朝那条人声嘈杂的街道走去。街道并不太窄,夹在两边的高楼大厦之间,时而弯曲,时宽时窄,沿着两边的围墙顺势形成一条通道,并非正规的街道或者道路。沿街两行一家挨一家的店铺,有的伸出一块,有的缩进去一截,还有的横空扯起篷布、悬挂广告,尽是私搭乱建的违章建筑。不知是因为偏居深巷无人监管,还是部门利益默许暗准、放任失控,无论如何也难以让人置信,堂堂京城竟有如此脏乱差集于一体的背街陋巷!

街道两旁不仅店铺林立,而且五行八作,样样俱全:理发店每隔百十步就有一家,有玻璃门敞亮的美发厅,晃动着头上戴满烫发卷的女人身影;也有简陋的剃头铺,一些白发老人惬意地仰躺在靠背椅上,闭目养神,任师傅挥着剃刀,在涂了白花花肥皂泡的面颊上沙啦啦刮着胡子。有敞开门户的按摩室,迎门一张简易木床,铺着白单子,上面躺着光脊梁的人,旁边站个仅穿大裤衩的按摩师,两只胳膊吭哧吭哧用力,汗珠扑嗒嗒往下掉。旁边就是卖鸡肉的,当街一条横竿,挂着毛褪光的白条鸡,下面就是卖鸡人,守着一筐活鸡,手提一把快刀嘶声吆喝:"卖鸡喽,地道的散养草鸡,骨酥肉嫩,现杀现卖,假一赔三喽!"对面是卖油条的,油锅就支在当街,炉膛里炭火熊熊,油锅里冒着滚滚油烟,翻着漩涡,一个半老女人手操两根长筷子,在油锅里翻动着,不一刻夹起金黄色的油条,放在竹筐里。旁边有家卖豆腐汤的,支起两张矮桌子,低板凳,食客满座,呼噜噜喝着汤,刚出锅的油条顷刻就光。两家配合默契,生意很红火,炸油条的女人累得不时抬起胳膊擦着额头上的汗水……

杨若兰一家一家走过去,时不时停下脚朝路人打听,街道上人来人往,熙熙攘攘,有提篮买菜的,有赶集卖货的,行色匆匆,很少有闲人逛街。她发现这个马路市场虽说毗邻高楼宅院,偶有侧门相通,真正的大门并不在这条街上。她问遍了菜摊、肉店、修鞋店,还有一拉溜卖肉串的摊点,都没打听出有关黑妖的蛛丝马迹。

她又重新陷入失望,没有门牌,也没有楼号,没有社区名称,即使黑妖就住在附近,也如同大海捞针。这条马路市场很长,中间还穿插有几条更为窄小的街道,可能属于拆建地段,现代楼宇和传统小院相间杂处,如果一家家挨门打听,只怕十天半月也打听不完。正如出租司机所说,这一带就是五塔寺,这个"附近"大了去了,你慢慢找去吧!——她心头不由一阵沮丧……

在杨若兰的记忆里,小时候,黑妖就是个天不怕地不怕的调皮鬼,常常闹出些恶作剧来,让人哭笑不得。

他发现姥姥不在家,就让兰妮子爬到墙头上帮他望风,他撅起屁股趴到鸡窝前边,手里拿根棍子,捅得窝里的公鸡母鸡扑棱着翅膀乱飞乱跳,咯咯乱叫。他发现鸡窝里滚着一个鸡蛋,便用棍子拨拉着,想把鸡蛋掏出来。一只公鸡从他头上冲出来,咯咯惊叫着飞上墙头,又扑棱开翅膀蹿到枣树枝上,依旧惊魂未定。

他感到一阵强烈的兴奋,看着树上的公鸡大喊大叫:"兰妮子,你看呀,鸡会上树了!"

兰妮子吓唬他:"你把鸡放跑了,小心奶奶回来吵你!俺不给你看人了!"

黑妖说:"好,好,不逗鸡了。等我把鸡蛋掏出来,咱们煮了吃!"

他又趴到鸡窝门口,专心致志地拨拉那只鸡蛋,终于掏出来了。他捧在手心里无比兴奋地惊呼起来:"兰妮子,兰妮子!我弄到鸡蛋了,我弄到鸡蛋了,赶紧放到锅里煮……"

兰妮子没有回应,呆呆站在墙头石梯上。

李秀娟扛着一筐野菜,从外面走进石头院。

黑妖一时吓呆了,转眼又活泛起来,双手捧着鸡蛋递到秀娟面前,嚷嚷起来:"姥姥,鸡蛋!我掏了个鸡蛋,煮煮吧,兰妮子饿了!"

秀娟接过鸡蛋,攥在手心里,眼眶都湿润了。她瞅着黑妖说:"娃,姥姥知道你想吃鸡蛋,俺也心疼你们呀,可这鸡蛋……咱吃不得!"

黑妖愕然不解:"姥姥,我费了好大工夫才拨拉出来,咋不能吃呀?我……想吃嘛……"

秀娟把他揽在怀里,替他抹掉脸上的灰土,解释:"娃呀,咱家养鸡,下了蛋不是让吃哩,一个鸡蛋能换四两盐,能换二两油,金贵着哩!咱们山里人哪,谁家都舍不得吃,咱得攒下鸡蛋当钱使哩!"

黑妖呆呆看着秀娟,又呆呆看看她手里那个鸡蛋,满脸的不解和茫然。

兰妮子跑过来拉他的手,被他轻轻甩开了。

吃早饭了。兰妮子端了一碗野菜粥,递给黑妖,他不接,兰妮子就放在石头台上。兰妮子又递给他一个杂面窝窝,他勉强接到手里,咬了一口,艰涩地咀嚼着,皱着眉头咽下肚去。

大树爷端起粥碗,冲着黑妖瞅了一眼:"咋了?黑妖,窝头不好吃,咽不下?"

黑妖低着头,捧起碗来,搪塞着:"不,不,我没说不好吃……咬到一粒沙子……"

大树爷把一碗菜粥喝完,然后把一个菜团子掰成两半,一半塞给黑妖,一半塞给兰妮子,和善地说:"乖娃,每年春天哪,都有青黄不接的时候,家家户户缸里快见底了,地里的麦子还不熟。大家伙都得咬牙忍着点,扎紧腰带过日子!咱家还能吃上菜窝,别人家有的断顿了,咱得帮着点,咱古水坡不能让饿死人。娃们说对不对呀?"

兰妮子点点头:"我瞅见爷爷奶奶把粮食借给人家了。爷爷菜窝窝都不舍得吃,分给俺……"

黑妖鼓着大眼睛,茫然地看着大树爷,突然,他站起来跑出石头院,跑到老槐树下,从被土堆虚掩的老树窟窿里扒出七八个饭碗,扣成一摞搬回来,在大树爷面前扑通跪下,眼泪哗哗地说:"姥爷,我错了……"

大树爷接过那摞沾满饭巴的粗瓷碗,把黑妖搀起来,揽在怀里,声音哽咽了:"妖娃,你没错,你没错……姥爷没让你吃饱肚子,怨姥爷没能耐呀!"

一滴寒泪从大树爷眼角滚下来,洒落在黑妖的脸蛋上。他仰头看见老人眼窝里汪着泪水,赶忙挣起身,捧起石头台上那碗野菜粥,呼呼噜噜喝下肚去,而后双手捧着饭碗,从碗底到碗沿,伸出舌头舔了个净光……

兰妮子跑到悄然走来的秀娟面前,低声说:"奶奶,黑妖偷偷倒饭、藏碗,我可没看见……"

秀娟赶忙摸着她的小脸安抚着:"妮子,黑妖是个男娃,三天不打,上房揭瓦!兰妮子是个乖娃,不会惹大人生气。"接着又大声补了一句,"黑妖也是个乖娃,把碗都藏起来,跟姥姥藏猫猫哩!往后当心点,甭让老鼠拖走喽!"

兰妮子和黑妖同时笑起来:"姥姥诓人,老鼠才拖不动饭碗哩!"

大树爷站起身来,拉起黑妖的小手说:"姥爷今天不下地了,姥爷带你们到后山坡抓獾,娃们敢不敢去呀?"

黑妖小嘴一噘："姥爷敢去，我就敢去！姥爷呀，獾是啥东西呀？"

大树爷用手比画着："獾比老鼠大，毛茸茸的，头上有三道白，圆鼓鼓的一身肥肉。跟老鼠一样，会打洞，机灵得很，听到动静就钻到地洞里不出来。姥爷带你们去掏，逮回来做给你们吃，獾肉可香了！"

看着大树爷把两个没娘的娃娃引逗得欢天喜地，秀娟脸上浮出一层苦涩的会心的笑意，眼睛发潮地背过脸去，撩起围裙擦了一把……

大树爷真是个逮獾的好手。他背着一把镢头一把钢锨，带着俩娃不紧不慢地爬坡上坎，很快就在一片草坡上看准了地形，找到了獾洞。洞口不是一个，而是三个，他搬来石头一一封死了。他说，这是獾的家门，从洞口进也从洞口逃，把洞口封住，獾就无路可跑了。接着，他在洞口四周用钢锨探测，发现土头酥松容易塌陷的地方，便挥起镢头挖掘，果然发现了深埋于地下的洞穴。他撂下工具，拢起一堆干草，摸出火柴点着了，把柴草填到洞里烧，不一刻，便听到洞里传出叽叽咕咕的惨叫声……

大树爷一屁股坐在洞口上，乐呵呵地说："乖娃们，睁大眼瞅着，等会儿獾就呛出来了！"

……那天，大树爷挖到一窝獾，两只灰毛老獾，三只粉红色的幼仔。他把两只灰毛老獾塞到麻袋里，把三只幼仔又放回洞里，还把挖开的土坑掩埋起来。老人说："獾仔太嫩，甭伤它了，让它慢慢长大吧，咱有老獾就够了！"

回到石头院，天色早已过午。爷爷奶奶一齐动手，剥皮开膛，洗刷烹炒，不一刻满院飘香。秀娟用獾肉炖了一锅萝卜，烙了几张杂面饼，给俩娃一人盛了一大碗，放到石头桌上。

看着娃们趴在那里一手搂着碗，一手往嘴里扒着油乎乎的獾肉萝卜疙瘩，大嚼大咽，吃相那般香甜，满头满脸都冒出热汗，两位老人饱经沧桑的脸上露出欣慰的微笑……

——杨若兰清清楚楚记住这一幕，几乎刻在她记忆的扉页上。那是童年的苦涩和幸福，那是刻骨铭心的人间情爱，有海洋般深沉的父母骨肉的血亲之爱，有单纯的兄妹之情，和苦难的岁月融合在一起，共同镌刻在她的灵魂深处。忘记了这些岂不意味着对往昔的背叛吗？她不敢忘记，相信黑妖也不会忘记！

她清清楚楚记得，那年黑妖六岁，她五岁。

第二年，她和黑妖同时被大树爷送到河东岸龙湾公社去上学，俩人分到一个班里。早上一同坐船过河,中午分吃一个兜里的干粮,傍晚手拉手一起到渡口等船过河,一起回到石头院。一口锅里吃饭,一盏油灯下做作业。然后分别钻进爷爷奶奶的被窝里,甜甜入梦……天天如此,年年如此,从小学一年级读到六年级,又在龙湾读完了初中。可谓耳鬓厮磨,两小无猜;他们哥妹相称,不分彼此啊!

其间老师问过:你叫杨若兰,他叫林志新,不是一个姓,咋是一家人哩?

杨若兰也踌躇过,在心里嘀咕过,但她脑海里残存有一个模糊的画面,如阴影般在眼前晃动。她是个冰雪聪明的女娃,从没有向疼爱她如心肝般的爷爷奶奶提出过疑问。听到老师问询,她不假思索地回答:"名字不就是个符号吗,有随父姓的,有随母姓的,我妈妈姓杨,叫我杨若兰。老师,请问不可以吗?"

上到初中二年级,兰妮子和黑妖隐隐约约有了男女之间相互依恋的朦胧意识。

那年放暑假,两个身体健壮、发育良好的山村少年,既有高挑的个头,又有浑身力气,能帮助爷爷做农活,又能帮助奶奶操持家务了。

收割罢庄稼的麦茬地里,套种的玉米苗长起尺把高了,摇曳着肥厚的绿叶,期待着主人松土、浇水、施肥,沐浴着充足的阳光,抽枝拔节,苗壮生长。

黑妖挽起裤腿,光着脚丫踩在田垄上,上身只穿件背心,抢起爪钩,用力掘起半尺深的黄土,连同麦茬翻起来,深深踩在脚下。

他学着姥爷的动作,领会着姥爷教给他的要领,一点一点地模仿,一步一步效仿;既要把硬土翻松,又不能伤了庄稼苗,达到松土保墒的目的,使庄稼根系有生长空间。渐渐地他琢磨通了道理,又熟习了手中的农具,越干越顺手,速度也加快了,喘息显得均匀了,虽然依旧汗流浃背,却不显得那么狼狈了。

姥爷和他一样举着爪钩翻地,赤肩裸背,胳膊上青筋鼓暴,脊背上骨骼隆起,被日头炙烤成褐色的皮肤紧紧贴附在上面,岩石般粗糙和坚实。经年的风吹日晒,霜打雨淋,早已榨干了老人的精血……老人不喘不呼,气色平静地挥着农具,远远把黑妖甩在后边,偶尔停下手回头朝他笑道:"好小子,干得不错! 干不动就歇。有你这份心意,姥爷满足了!"

黑妖便抹抹汗水,鼻尖都有发酸的感动,从心底冒出话来:"姥爷,等我上完学,就回来学种地,决不让姥爷再干活,就坐在树荫下喝茶!"

姥爷却重重摇头,一本正经地说:"乖娃,这话姥爷不爱听! 常言说,庄稼活不用学,人家咋着咱咋着。姥爷就想让你上学,上完中学上大学,能上只管上,你能上到云彩眼上,姥爷才能坐到树荫下喝茶哩!"

日头挂到头顶时分,兰妮子站在村西头打谷场上朝坡地上吆喝:"爷——! 黑——妖——! 晌午了——! 奶奶让俺唤你们吃饭哩,赶紧收工吧!"

大树爷停下活计,披上布衫,掂起旱烟袋,招呼道:"娃,收工啦,回家吃饭去喽!"

黑妖从田垄里拔出脚,在地头掂上鞋,跟随姥爷走在山地田埂上。田埂石缝里流着一股细细山泉,沿着山路聚了清幽幽一泓碧潭。他轻轻站在水边上,洗去脚上腿上的泥土,撩起清凉的甘泉,泼在头上脸上胳膊上,顿觉一阵爽快,浑身疲累减轻许多。

他发现大树爷已走出好远,喊道:"爷呀,您咋不洗把脸哩,多解乏呀!"

大树爷脚步不停地应道:"乖娃,庄稼人没恁多穷讲究。土里生,土里长,土是咱的命咧!"

黑妖从水里走出来,甩甩脚穿上鞋,朝弯弯的山路上追去。猛不丁兰妮子从树丛里冒出来,绷着脸模仿大树爷的声调训他:"娃,庄稼人哪来恁多穷讲究!庄稼是土里生的,桃树是土里长的,就你这小人伢也是土里拱出来的!离了土,谁都不能活,土可金贵着咧……"

她拿腔作调的,自己也憋不住,咯咯笑起来。

黑妖笑着:"你这妮子……学得真像,要是不见人,还吓我一跳!你藏这里干啥哩……"

兰妮子手里拿着条蓝道道毛巾,递过来:"知道你干活出了大汗,肯定会到水坑里洗脸洗脚的,给你送毛巾来了。咋啦,不稀罕?"

不知为啥,黑妖懂得自己是个男人了,在兰妮子面前不能像小时候恁随便,有些事得保持点距离。可是,越有这种想法,就越感到兰妮子亲近,每当两人独处时,心里便止不住打扑腾。于是,他便略显羞涩地支吾着:"刚才洗过了,风都吹干了!"没有去接毛巾。

兰妮子看透他心里暗藏的小九九,偏举起毛巾凑上来,在他脸上嚓嚓擦了两把,讥讽说:"假正经!想用俺的时候嘴上抹了蜜,烦俺的时候甩俺八丈远!林志新,你记住,这辈子你都是俺哥,想抠都抠不掉!"

兰妮子说完,白了他一眼,径自朝前走去。

黑妖反倒慌了,紧赶几步,猛地拽住兰妮子的手,把一个东西塞到她手心里,一个字也没说。

兰妮子好似被火燎了,惊叫一声,看也没看就把那东西扔到路边草丛里,红着脸一溜烟朝前跑去,撵上前边的大树爷。

大树爷以为出了啥事,惊觉地看着神情慌乱的兰妮子,问:"妮子,咋啦?跑恁慌……"

兰妮子弯着腰搪塞："石子硌脚了……不打紧……"

大树爷故意逗她："走山路当心点。妮子，女娃的脚值钱，走不成路了，男人就挑剔，连个婆家都找不上哩！"

兰妮子难为情地脸蛋红了："爷爷，你也取笑人……俺嫁不出去，正好守着爷爷奶奶过一辈子！"

大树爷呵呵笑着："爷爷逗你哩！兰妮子花容月貌，古水坡的金凤凰，只怕翅膀硬了爷爷就守不住喽……"

兰妮子支支吾吾答应着，故意放慢了脚步，磕磕鞋壳慢慢穿，有意磨蹭着时间，心里慌得像长了草。

黑妖突然站住，犹豫着瞅瞅那片草丛，没好意思返身去找，只是快步撵上兰妮子，小声说了一句："那是块洋东西，三叔给我的……"

兰妮子心里直打扑腾，不由直起腰来，终于返回身，跑了几步从草丛里捡回那块花花绿绿的东西，急慌慌塞到衣裳口袋里。她追上大树爷，搀住爷爷胳膊往回走，反倒把黑妖甩到后边。

晌午头日头高照，老枣树映出花花点点一大片荫凉。秀娟端来一盆蒸面，在石头桌上一碗碗盛好，递给收工回来的汉子。

她说："今儿吃蒸面，趁热！大葱、蒜瓣，谁吃谁拿！锅里还有面汤哩……"

大树爷端起大碗，蹲在屋檐下，扒了两口说："好香！往后呀你就让他们自己盛，娃们都大了，谁吃谁盛，任由自便，咋痛快咋来！"

秀娟答应着："中，中啊！今儿娃跟你下地干活出大力了，饿了吧？多吃点！"说着端起一碗面递给走上来的黑妖。

黑妖转过身时，正好和兰妮子脸碰脸打个照面，两个人脸唰地红了。黑妖便端起碗径自走出了石头门，随口说："门外有风……"

兰妮子走进自己的小西屋，轻轻关上门，心惊肉跳地从身上摸出那块东西，偷偷看了几眼。上面写的都是洋文，没看懂是啥东西，便紧紧攥在手心里，心怦怦跳。黑妖说是三叔给的。三叔在外地读师范，就要毕业分配了，匆匆回家一趟就匆匆走了。他送黑妖这东西是吃的还是用的？凑到鼻子上闻闻香喷喷的，便以为是女孩专用的，于是在心口上捂了一会儿，陶醉了一阵，让心口平静下来，才又小心翼翼放回衣服口袋里，靠着石头墙，幸福地甜甜地笑了……

院子里，奶奶在喊："妮子，吃饭哩，咋又回屋里磨蹭了……"她慌忙应着："奶奶，我……磕住脚了，抹点药……"旋即赶紧走出来。

奶奶瞅着她的脚一脸惊慌："咋磕住脚了？要紧不？让奶奶瞧瞧！"

她赶忙支吾着："没事,没事,不用您操心。"旋即端起饭碗,抓了几瓣蒜,追着黑妖的影子走到石头门外。

黑妖转脸看见兰妮子走来,脸上一副急火燎毛的样子,问:"你……真的磕住脚了?"

兰妮子故意放大嗓门:"你一个人待这儿吃饭,我给你送蒜来了!"

黑妖见她所答非所问,猛然变了声调,压低嗓门:"……那东西叫巧克力,德国货,吃了特别长劲儿,三叔舍不得吃给我的。多贵重的东西让你扔了,我得找回来……"

兰妮子明白了,却故意气他:"我还以为啥稀罕物哩!是你挣的?还是你买的?是别人送你的,多贵重的我也不承情!"

黑妖愣了一下,泄气地叹道:"也是……"转瞬,他又变得口气坚硬起来,发狠地说了一句:"你等着,等我将来挣了钱,替你买一箩筐回来!"

兰妮子没答话,用眼角甜蜜地瞅了他一眼,甩了甩头发,跑回门里去了……

秀娟瞅着俩娃的反常现象,朝大树爷使了个眼色,想说什么。大树爷摇摇头,没话找话说:"娃他奶奶,枣树梢上喜鹊窝又多了一个吧?你瞅瞅!"

黑妖三下五除二扒光碗里的面,扔下碗又匆匆跑出石头院,朝那条上山的小路跑去,一边走一边在路边草丛里寻觅着,满脸焦虑。

他想起三舅林家信临走时,把一块花纸包得很精致的东西送给他:"对不起,我只有这一块,还是同学送的,做个纪念吧。"

他激动地攥在手心里问:"这东西是小肥皂还是小点心呀?三叔,应该送给兰妮子。"

三舅意味深长地瞅他一眼:"我已经声明了,只有一块。送不送兰妮子,那是你的事了!"

"这到底是什么?很贵重吗?"他舍不得打开。

"那叫巧克力,香香的,甜甜的,还有牛奶的味道。"三舅解释着,眯着眼睛笑,"只有一块,让你为难了!"

黑妖旋即反驳:"不就是块糖嘛,有啥稀罕的!"

三舅纠正道:"不是糖果,就是巧克力!朋友从比利时带回来的,全班同学每人只分到一块,你说稀罕不稀罕?"

黑妖狠狠咽了口唾沫,说:"新乡有卖的吗?郑州肯定有,回头我买一箩筐!"

三舅伸手拍拍他脑门儿说:"娃,西方人把巧克力当礼物,没有用箩筐的。有句话叫千里送鹅毛,礼轻情意重!"

后晌帮姥爷翻地,黑妖闷闷不乐。

大树爷瞅着他探问着:"娃和兰妮子怄气了吧?记住,你是哥哥,有疙瘩就主动解开。有错没错,男娃给女娃低头,没人笑话。"

黑妖不承认也不否认,就是埋头干活,不说话。

吃罢晚饭,姥姥在灶屋里刷锅洗碗,姥爷盘腿在炕头上吸烟。黑妖抽身溜出来,悄悄来到兰妮子住的小西屋,轻轻拍了拍门板。

兰妮子拉开门,黑妖犹豫了一下走进屋。这间熟悉的石头屋突然变得陌生了,他不知该站着还是该坐下,有点手足无措和莫名的紧张。

兰妮子垂着头,双手抚弄着头发,不自然地问:"咋啦?看你神不守舍的,是丢了魂儿啦还是丢了鞋印啦?要不就是俺惹你了,不想搭理俺了?"

黑妖慌忙表白:"不,不,今儿我话说冲了,不该那样说……不对……我很想见你,想解释……"

兰妮子故意扭转身子:"天天在一堆儿,啥话不能说?非要钻到我屋里来咋哩……"

"想跟你一个人在一起,说说话……"黑妖赤脖涨脸,额头渗出虚汗,"真不该放假……"

兰妮子转过身来,瞅着他:"想说啥咧?这会儿说吧,我听着呢。"

黑妖一时间不知如何表白了,红着脸说:"我就是……就是想对你说……说……"

兰妮子看他突然变得那般狼狈,窃窃笑着:"猜着了,还在心疼那块宝贝!想对我说,等你将来挣钱了,给俺买一箩筐巧克力对吧?"

黑妖咧开嘴傻笑起来:"对,对!俺是真心诚意的,说假话是小狗。"

兰妮子点点头,反问:"俺相信你。可是……你为啥突然想说对我好哩?"

黑妖满脸严肃和认真:"俺稀罕你,想疼你!你是个好妮子,好妹妹,我想护你一辈子,疼你一辈子!"他猛地拉住兰妮子的手揞在自己心口上,"信不信?把心掏出来让你瞧瞧!"

一刹那间,兰妮子周身颤抖起来,被男人拉着手连同身子一起滑落,好似被人抽了筋剔了骨,在炕沿上软瘫下来……

黑妖也在那一刻吓坏了。这双手他拉了十来年,手拉手上学,手拉手回家,从未有过此刻这种异样的感觉,今天究竟咋的啦?他慌忙伸开双臂把兰妮子揽起来:"兰妮子,你咋啦?我没说啥呀!都怨我……"

兰妮子的身子缩成一团,蜷缩在黑妖胸脯上,说不出话来。黑妖紧紧搂抱着她,如同搂抱一只中风的羔羊,轻轻地抚慰着:"兰妮子,你是吓着了还是犯病了?你甭吓我,我害怕!你心里有话,只管说吧……啊……"

兰妮子渐渐舒缓过来,抽出双手,箍住了黑妖的腰,娇弱无力地问:"你……怕啥?……"

黑妖额头汗珠淌下来,语无伦次:"我怕……怕……怕你不理我!只要你好好的,甭吓我,我就这样搂你一辈子,天打雷轰也不怕!"

兰妮子气色变好了,声音也硬实起来:"志新哥,我好好的,没吓着,不害怕。你搂着我吧,我让你搂,搂紧点……"

黑妖长长舒了口气:"兰妮子,那你刚才哆嗦啥呢?吓死我了……"

兰妮子娇羞地把脸藏在黑妖的臂弯里:"我,我让你……让你的汗腥味儿熏醉了……"

黑妖猛然把嘴凑到兰妮子的脸颊上,几分单纯几分真挚地说:"那让我好好熏熏你……"

兰妮子猛然抬起脑门儿,在黑妖毛茸茸的嘴唇上咂巴了一口。如同中了枪击,黑妖双手一松,仰面倒在地上。兰妮子随即跌倒在他的怀里,整个人牢牢压在男人身上……

兰妮子痴迷而又陶醉地贴在黑妖脸前问:"你咋啦?你被我吓着了……"

这时刻,黑妖把脑门儿贪婪地拱在兰妮子的胸窝里,如梦如痴:"……我……让你熏醉了……"

杨若兰如同失去方向的盲人,在挤挤扛扛的人流中徘徊,在星罗棋布的店铺前踯躅,依凭那个不确切的地址,寻找着那个不守本分的男人的下落。正当她感到精疲力竭、心烦意乱却是一无所获的时候,发现了一家挤缩在店铺中间的小小门脸,赫然挂着醒目的招牌:芳友房屋中介公司。

她不抱希望地走了进去,转眼出门来却是满面春风了。中介公司的老板是个中年女子,风风火火追了出来,边追边吆喝:"闺女,还是我带你去找吧!那宅院虽说也在这条街上,可那外面有店铺,门又开得偏。你人生地不熟的,摸到还得小半天!"

对方热情,却之不恭。杨若兰被对方带领着,折回一截盘陀路,从两家店铺夹峙的一条风道间缩身走进去,步入一个大杂院。又是夹墙林立,接出来的房屋组成曲里拐弯的通道,狭窄而阴暗,一直通到一栋大楼的后墙根,才现出一孔阴森森的楼道,通往更为阴暗的地下室。

"到了!你找的乐队就住下面。"中介老板指着楼道说,"闺女,你自己去吧,我就不下去了。"

杨若兰倒吸了一口凉气,有几分沮丧地叹息:"妈呀,这里还真是隐蔽……"

中介老板炫耀着:"闺女呀,多亏这帮小伙碰到我了,前世修来的缘分。这栋楼的地下室,前些年当过仓库,后来废弃了。我亲自帮忙说合,人家才肯出租的,大单位不差钱。这帮小伙是出来闯江山的,叮叮咣咣的正合适。我这人喜欢成人之美,有朝一日他们出人头地了,我也算积了德呗!"

杨若兰鼓足勇气提起精神走进了阴森黑暗的楼道口。虽说是大白天,因为楼道深陷地下,又没有灯光,显得格外深邃而恐怖。她顺着台阶,小心谨慎地探索放稳脚步的位置,一级一级地让身体朝黑暗中下沉。渐渐地下边传来乐器的碰击和人声话语,接着隐约发现了光线,一片昏暗的灯火照耀下,映现出一个广阔而又简陋的空间。墙角散乱堆放着铺盖、锅碗、水杯、电磁炉……灯光集中的地方是一片喧嚣的场地,响着吉他,拉着提琴,吹奏着萨克斯,敲击着电子琴,打击着架子鼓,混合成震耳的狂嚣——好像正在排练一支新曲子。

四五个年轻人簇拥一处,一边弹乐器,一边做出种种夸张的肢体动作,配合着正在演唱的那位歌手,专注而又投入。那位歌手剃了半边光头,留了半边头发,梳了半头辫子,怀里抱着吉他,用尽周身力气发出撕心裂肺的吼叫。他演唱的是一支RAP(说唱),时而把唱词炒豆般念成一串;时而余音绕梁,把一个高音撞上楼板,差点撞个窟窿。他表演得声情并茂,动情而又忘我,一曲终了,全场寂然,他还沉醉在消逝的乐曲里……

杨若兰在黑暗中一路摸索,顺着光线,循着乐声,看到眼前的一切,也听到眼前的一切。此刻,她轻轻推开一道门板,迎那片光线径自走了过去。

有位眼尖的乐手发现了她,对着那位歌者喊道:"大漠飞狐,收工吧,你女朋友找你来了!"

歌者极不情愿地拍打着手中的麦克风,嘴里骂骂咧咧吼起来:"喊,喊!捣什么乱呀你!这首歌准备上《星光大道》,到现在还没练到最佳效果,很多地方不顺畅。就靠这想夺周冠军?做梦!"

乐手们瞅着他挤眉弄眼做怪样,歌者还在拍掌击胸发邪火,丝毫没有发现身边的异常。直到杨若兰直冲冲站到他面前时,他才茫然失措地愕然惊诧:"你……怎么……怎么……突然而至……"

杨若兰满肚子委屈和怨愤,本想发作一番,但是看到这群年轻人处境的艰难、创业的苦涩时,心头怨愤已消去一半。当她面对黑妖那副奇异的造型以及浑身焦躁的状态,更有了某种难言的刺痛和悲悯,满腔的委屈和怨愤顷刻灰飞烟灭。听到质问反倒感到几分愧疚和亏欠,在短暂的茫然过后,她脸上反而堆起一层浅笑来,所答非所问地搪塞道:"天哪,你们这个神秘的巢穴,实在难找啊……"

"你不还是找到了吗?"黑妖漫不经心地瞅着杨若兰,一副大大咧咧的神态:"这里阴暗潮湿,不见天日,杂乱不堪,一片狼藉,让你不堪入目,难以忍受了吧?你就不该到这种地方来!"

面对飞来的嘲讽,杨若兰感到隐隐寒意。她不仅体味到黑妖的固执,而且看来黑妖对她的到来似乎早有应对准备。这些尽管都在意料之中,但是,黑妖对她那种毫无感觉的漠然,拒之千里的冷淡,却让她有几分意想不到的灰心和诧异。然而,当她的眼角触及那一群伙伴鹰隼般注视的目光,心头种种猜忌全都化为乌有。她立刻想到要给黑妖留够面子,于是朝着大家莞尔一笑,行了一圈注目礼,落落大方地说:"你们辛苦了!我来北京出差,顺便看看志新哥,看看大家。眼见到你们在紧张工作,实在不愿影响你们。我来的时候,爷爷让我带了话,说的是家事,需要和志新哥单独交谈。所以我替他向大家请个假,占点时间,谢谢大家了!"

接着,她依然满脸堆笑地对黑妖说:"我在外面等你!"说完,转身朝黑漆漆的楼道径自走去。

杨若兰终于在喧闹的街道上等到了匆匆忙忙跑出来的黑妖。他头上戴了顶长舌棒球帽,遮住那副招人惹眼的奇异扮相,身上套了件皱巴巴的牛仔服,浑身上下一副忙乱焦灼的状态。

他瞅着杨若兰就说:"咳,你这么不声不响找上门,来的还真不是时候!刚找个地方扎上点,一个像样的节目也没拿出来。太阳地儿亮疤瘌,丑模样都让你看见了……你准备待几天?先声明,我可没工夫陪你呀!"

杨若兰不想把气氛搞僵,强忍着委屈避免发生言语冲撞。然而,黑妖试图对她采取回避和敷衍的态度,她却有点难以忍受。于是不轻不重地反击说:"你那里是好是赖,我不过待了几分钟,没有受到欢迎,也没受到挽留,连个座位都没有礼让,孤零零摸进去,灰溜溜走出来,什么印象也没有,任何观点也不曾发表。北京是全国人民的,我想来便来,想走就走,如果你我素不相识也毫不相关,就不劳你这个大忙人枉费心机了!"

黑妖听出了杨若兰的不满和怨愤,疲惫的脸上飞过一阵红,赶紧解释说:"兰妮子,你甭含沙射影指责我,我知道慢待你了。连我的伙伴们都在批评我,骂我冷酷无情、不谙风情、索然无味、顽固不化等等,他们是在起哄!你知道吗?他们碰见个漂亮女孩就走不动,甜言蜜语,信口开河,飞媚眼,打俏皮,原本是痞子,个个都是勾引女孩的专业户！你知道我是怎么把他们凑到一起，利用其长，约束其短，组建成这个班子干事业的吗？当然，你对这些不感兴趣，这条路是我自己选的，纵有天大的难处，也得吞下肚里，永不言败！我郑重向你表示歉意，对刚才的冷落和慢待真诚地说一声对不起！"

杨若兰脸上浮起一阵宽慰之情。她那明亮的眸子灵动地一闪，狠狠地在黑妖脸上剜了一眼，而后垂着眼帘埋怨说："你就知道当着众人冷落我，让我羞得地缝难钻。你哪里知道你写的地址，让我在这条街道上转了多少蒙蒙圈，走了多少冤枉路呀！如果还是找不到你，我今天就在这里露宿街头了！"

黑妖并未意识到自己的粗心大意，坦然一笑说："你能找到我，说明你有自信有真诚。只要有恒心，铁杵磨成针嘛！如果你果真露宿街头，倒是印证了流传千古的孟姜女哭长城的故事不是传说，而是真实的人物传奇了！"

杨若兰脸颊陡然起了火，便扯了黑妖一把，半撒娇半实在地说："好啦好啦，我说一句你有十句百句等着，我争不过你！坐了一夜火车，转了半天胡同，我现在累得腿肚子抽筋，饿得前心贴后心。你这个闯京城的北漂儿，咋说也得请俺吃顿饭吧？"

黑妖抬头瞅瞅当空的太阳，慷慨地大声问道："兰妮子想吃啥？请你吃饭还是没问题的！"

杨若兰顺势把手搭在黑妖的臂弯里，用了情侣的口吻说："吃啥都中，我随你。反正这条街上啥样的馆子都有！"

黑妖却皱起眉心摇摇头："不中，这条街上的馆子不能进。首先一条，水管爆断一个多月了，没人修。生活用水是从别处拉来的，囤起来用几天，菜能洗干净吗？锅碗盘子能舍得冲洗吗？"

他拉起杨若兰挤过热闹熙攘的人群，走过僻静的街道，在大慧寺附近找了一家不起眼的火锅店，熟门熟路地走了进去，径直在小馆子深处一张靠窗的桌子旁坐了下来。

黑妖要了鸳鸯锅底，锃亮的古铜火锅哧哧冒着热气，从里向外滚翻出一串串白色水泡。两个人对面而坐，身影在浓浓水雾笼罩下，周围和他们之间的气氛顿时温暖了许多，柔和了许多，甚至神圣了许多。

黑妖点了两盘羔羊肉片，一盘澳洲牛肉片，还点了茼蒿、生菜、鲜藕、豆腐、蕨粉、木耳等时令鲜蔬和家常搭配，摆满桌子，又塞满了旁边的小菜架。他操起筷子把肉片夹到翻滚的汤锅里，转眼间便夹出来，放到杨若兰面前的盘子里，催促："快吃，快吃，肉吃七成熟，时间久了就老了，趁鲜吃！你不是饿了吗？先吃肉再吃菜，先填饱了再品味道！喂,又熟了!"

黑妖一边吆喝,一边手头不停地忙活,直到两盘羔羊肉亮了盘底。他几乎没尝几口,全都夹到杨若兰的盘子里了。杨若兰初时感到被人呵护的幸福和惬意,自顾大嚼大咽,渐渐她感到被人格外照顾的生分和孤独。于是,她盯着黑妖问道:"志新哥,你为啥自己不吃呀？我都吃撑了,你还在填鸭。我来北京找你,就是吃火锅来了吗？你想草草打发我,就能了事啦？"

说着,她站起来,端起一盘牛肉片,几筷子放进沸水里,转瞬间夹起来,热腾腾放到黑妖面前的菜盘里,用果决的语调说:"你快吃吧,照你的话说,先吃肉再吃菜,填饱肚子再品味。我吃饱了,该我给你夹肉了!"

看着面前的盘子堆满肉片,黑妖明白了自己的唐突、冒失,甚至想草草了事的敷衍。他夹起肉片,在佐料里蘸了,张开嘴贪婪地吞下去,顷刻间便把盘中肉片一扫而光,而后放下筷子拍拍肚皮说:"嗬,我也吃撑了! 兰妮子,我请你吃饭,毕竟是尽地主之谊,你何必跟我斗气哩!"

杨若兰一副认真的神情说:"我是从老家赶来看你的! 看见你生活的环境,浑身疲惫的神态,满脸黄瘦的模样,心里就疼,鼻子发酸,忍不住想哭……我说饿了,想吃东西,那是借口,是想亲眼看着你在我面前吃顿饭。我不能陪着你闯天下,和你一起忍饥挨饿吃苦受累,既然来了,我就得陪你吃顿饭。听你说说,诉诉苦,这或许才叫心心相印,患难与共。可是你一直在敷衍,在躲避,在搪塞。黑妖,咱俩是啥关系？从小长大的兄妹,手拉手的同学,心贴心的亲人,就要相伴一生的夫妻,你能这样待我吗？"

杨若兰气色平静,不温不火,说出的话情真意切,合情合理,没有流泪抹眼的痛切,也没有挖心刺骨的指责;却是文火煮豆腐,使浑身狂傲的黑妖缓缓垂下头来,静静坐在那里默默听着她说的每一句话每一个字,没有发出半个字的反驳。

小饭馆里方才热闹了一阵,待饭点儿过了,食客也散尽了。唯有他们面前的火锅还在咕嘟咕嘟沸腾,依旧生发出浓浓的水雾。

杨若兰往火锅里下着杂面条,煮了一阵,又放了青菜、葱花和佐料,捞了满满一碗递到黑妖面前,深情地说:"多好的汤,熬了一个多钟头了。高汤煮面条营养很丰富,吃了吧,好好补补身子!"

黑妖没有推辞,默默接过,三口两口便吞食干净,又接过若兰递来的一碗漂着葱花的高汤,用舌尖吸嘬了一口,热腾腾的眼角不由得悄然湿润了。他担心自己落下软弱的眼泪,顾不上高汤的烧灼,埋下头猛地喝下肚去。然后扭身看了若兰一眼,问:"吃好了吗？ 过点儿了,不便久待,结账走人吧?"

杨若兰专注地看着他,目不转睛地说:"黑妖,你再喝碗汤吧,我猜你从来没有按时按点吃过饭。饥一顿饱一顿的,这样下去会把身体拖垮的!"

她说着,又用碗盛了高汤,放了佐料和葱花递过来:"你慢慢喝,想吃接着吃,没有关系。账结过了,人家说这里可以闲坐的。"

杨若兰和风细雨的谈吐,细心周到的照顾,还有那赤灼如火的目光,如同一副沉重的枷锁,压迫得黑妖喘不过气,抬不起头来。他明白若兰的来意,洞悉她所有行动的目的,他更清晰自己的处境。往前走,艰难而坎坷,目前还不曾看到希望的曙光。只有那个不肯泯灭的追求,幽灵般在前方摇曳着挠人的鬼火,让他灵魂难以安宁,然而他却有种烈士饮血、壮士断腕的信念支撑着,虽九死一生亦欲罢不能。因此,他害怕若退后一步,便会跌入杨若兰为他构建的温柔乡里,落到含情脉脉的芳草地里,前功尽弃,一事无成。在角逐激烈的北漂艺人圈中,留下一份羞耻的谈资,供人传为笑料……

他懂得兰妮子深深爱着他,却又担心他受罪,不愿让他去盲目地冒险,任性地闯荡,为他设计了一条平安保险的生活之路,帮他找到一份安逸舒适的工作,安安稳稳走下去,顺顺当当地实现自己的抱负和追求。为办成这样的事,兰妮子付出了何等努力,甚至付出了多么高昂的代价和牺牲,他自然心知肚明,感动不已。在常人或许求之不得,但他却难以动心,不肯俯就。然而,兰妮子这份情谊必须领受,不能让她的爱心受到半点伤害,那是一份炙热滚烫的爱意,那是一种冰清玉洁的衷情,那是一份朴素真诚的表达,受之有愧,却之不恭哪!另外,兰妮子的安排得到大树爷的支持和赞同。黑妖的任性选择,自然就成为违背家族意愿的叛逆行为。大树爷一连让兰妮子写来三封书信,用极其严厉的语句让他终止这种荒唐的行为,悬崖勒马,改邪归正。即便回乡种地务农,也不能在京城四处游荡,干那种街头卖唱、路边行乞的勾当!

黑妖没有回信,也没有顺从老人的意愿打道回府。他一边向兰妮子好言解释,一边寻找发展机遇,急于干出点成绩来,平息亲人们的怨愤,为自己的选择找到名正言顺的理由,以及饱含力度的佐证。

显然,兰妮子和大树爷坚持的立场是完全一致的。黑妖既不敢公开对抗,又不愿收兵回营,只能小心谨慎地安抚兰妮子,再由她去应付大树爷,也为自己争取一些开创基业的时间。

可是,兰妮子突然而至,火辣辣站到面前时,让他大吃一惊,如同被通缉的要犯,突然被追逃者迎面堵住,逮了个正着。他顿时狼狈不堪,差点愕然失语,倘若不是兰妮子以退为进,帮他补台,他就要丢失脸面和尊严了。

直到此刻,他们二人都在回避那个敏感的话题。他们心里都明白,谁都不想挑起争论,引发分歧,破坏眼前的温馨和平和,都想让这种相逢的温馨延长一刻,甚至持续下去……

终于,黑妖忍耐不住,眼睛火辣辣地在杨若兰脸上游离了一阵,最后坚定地望着她,声音艰涩地说:"兰妮子,我既然选了这条路,就要走下去,哪怕真的撞到南墙上,也要检阅一下自己的能力和斗志。我不指望你支持我,只求你不要阻挠我。我没有足够的勇气面对你,不就是还没干出啥名堂来吗?我不想让你看到我爬坡的艰难和丑陋,净给你说点报喜不报忧的话,就怕你泄我的气。其实,这条路很难。据说全国各地来北京闯天下、撞大运的歌手,有人统计过,大约有一二十万人。当然,北京很大,有钱人多,站在马路牙上要饭的乞丐,都能买起楼房,变成暴发户;有人抱着吉他在地铁口唱歌,一天都能挣万儿八千;更别说跑歌厅、跑庆典、凑堆儿走穴,挣钱的门路多了去了!可我不想那么干。我想组建一支乐队,做出像当年小虎队、黑豹乐队、零点乐队、动力火车那样的成绩,让我们的音乐响彻大江南北,让我们的歌声,成为一代人的记忆。我将心满意足,不负此生……"

黑妖振振有词地诉说着,严肃认真地向他最为亲近的女人倾诉出窝在心里的追求和抱负,真诚而又实在,没有丝毫的矫情和隐瞒。说到动情处眼眶里似乎有泪光在闪烁,然而转瞬即逝,不肯露出丁点软弱和卑怯,只可以袒露他的固执和顽强。当然,他也吐露了自己的顾虑和隐忧,恳切地说:"兰妮子,你可能想不到,我是多么希望得到你的支持和鼓励呀!当然,我不梦想夫唱妇随,只要不是泄气的、拖后腿的,我都能扛得住。我最担心的就是爷爷年纪大了,怕惹他老人家生气。我更怕你把爷爷搬出来压我一头,逼我就范,那……我真的不敢面对了!"

他说完了,目光直视着杨若兰,显出几分哀求和期待,而后重重垂下脑门儿,沉默下来。

杨若兰面颊上掠过一阵苦笑,说:"人各有志,不可勉强。我没有那么浅薄,也不会那么做。我来北京找你,是他老人家让我来的,他原话是让我把你拖回去!我知道你喜欢音乐,没考上大学不要紧,照样可以实现理想嘛!我帮你找到的工作,很适合你干,在省城文化馆当音乐干事。那里有演出的舞台,有排练场地,平时搞些群众文化演出活动,剩下有大把的时间让你搞创作,还有大量的公共资源供你使用。你可以充分施展你的艺术才华!我今天重复这件事,是为了把情况讲清楚。现在这个岗位还留着,干不干,你决定,我绝不勉强。"

黑妖低着头,歉意地笑了笑,略显尴尬地说:"你的心意我都懂,我自己都感到惭愧。这几年我都尝试过,学电脑没耐心,做生意没心眼,搞工程设计又坐不住。

就剩下音乐能让我热血沸腾了,不让我吼不让我唱,我就会憋死!"

他停顿了一下,直截了当地说:"兰妮子,你甭再替我操心了,就当我是扶不起来的阿斗吧!既然迈出这一步,我就不打算回去了。我如果是头不安分的野兽,你就不该把我关在笼子里,而是把我放归山林,让我任意放纵天性,肆意咆哮,或许能成为山林之王。否则只能困守在笼子里,豢养得膘肥体壮,成为人们观赏的宠物。兰妮子,你愿意让我那样苦熬一辈子吗?"

杨若兰轻轻一声叹息:"我没有约束你的意思,只是有点担心。你就这样四处流浪,凑班子搞演唱,哪年哪月才能干出名堂来呀?爷爷想象得更悲哀,说人家孔夫子当过吹鼓手,帮人办过丧事,终究还是改邪归正,教书课徒才走上正路,后来才成为圣人的。如今阳光大道万千条,为啥偏要去当街头卖唱的叫花子哩?"

黑妖听不下去了,站起来轻轻拉了若兰一把,朝小店门外走去。钻进一条偏僻的胡同,黑妖靠着墙站定,极力压制着满腔冲动,委婉地说:"兰妮子,求你劝劝爷爷,不要这样曲解我的追求,更不要为我生气伤了身体,你能做到,并且应该做得到。现在什么年代了,搞音乐还那么下贱吗?阿炳是拉二胡沿街卖唱的,巴赫、贝多芬都给贵夫人唱过堂会,施特劳斯在街头拉过琴卖过艺,就连肖邦这个音乐奇才也曾经背着琴匣,浪迹欧洲。咋啦?他们都是世界公认的音乐大师!我和小伙伴们正在努力创作最时髦最美妙的作品,举办演唱会,出碟子,出歌集,到全国各地巡演。总有一天,这个世界也会承认我们!兰妮子,请你相信我!"

若兰埋着头,面孔深藏在长发里,不让黑妖看见她在悄然落泪,默默地朝前走去。

黑妖沉浸在艺术的畅想里,尽情抒发着飞扬的思绪:"艺术家需要磨炼,不经历大起大落、大悲大喜、大灾大难,就难得大彻大悟、大建大树!艺术更需要自由和任性,如同野马野狼,放飞天性,自由狂奔,让精灵的翅膀腾飞!关在笼子里的八哥只会说别人教的话,永远不会唱自己的歌。爷爷是我崇拜的偶像,但是观念陈旧了。他不懂艺术,只会用缰绳套住我,如果完全听他的,这世界就会埋没一个天才!"

若兰有点愤然,猛然停住脚步,问了一句:"志新哥,你能不能说点别的?"

黑妖微微一怔,贴在若兰身边,热切地说:"兰妮子,你如果理解我,就应该支持我,和我同甘共苦、并肩战斗,或者默默替我助威喝彩,替我忧伤落泪。你分明是和别人一起拉后腿、帮倒忙,我们怎么能找到共同语言呢?"

若兰心头猛然升起一股寒气,她昂起头来,正视着黑妖,郑重其事地问道:"志新哥,我还能等到你挣了钱,为我买一箩筐巧克力那一天吗?"

黑妖愣怔了一阵,竟然没有回答上来。

若兰看着他，长长叹了一口气，凄凉地说："这么重要的话你都忘了，难怪……会是这种结果……"

说完，她转过身快步离开，转眼走出好远的距离。

黑妖终于想起来了，紧跑几步追上去，拽住若兰的胳膊，干笑着解释："兰妮子，不就是一句笑话嘛，都是小时候的事了，童言无忌嘛！一时想不起来，你何必当真，又何必怄气哩？"

若兰戛然止步，回头望去，目光如刀子一般投到黑妖脸上，一字一顿说道："哦，志新哥，你把那句话当成笑话了呀？我却把它当作誓言。八年了，一直供在心口上，铭记在灵魂里。那是我生命的依仗，爱情的托付，毕生的幸福。我用全部心血去浇灌它，用全部心灵去呵护它，期盼它长成参天大树，搭建起一座温馨的厦屋，为我们遮风挡雨，庇佑终生。今天我终于明白了，那只是你一句笑话！我杨若兰痴迷八年，没想到竟是一场春梦。原来是我自作多情呢！我和你怎么能找到共同语言呢？"

若兰眼窝里泪光闪烁，她隐忍着坚持着，没让泪珠滚下来，心里刀绞一样疼。

黑妖却慌了手脚，又是摇头又是晃手："兰妮子，你想多了，我不是那意思，不是那……嗨，我该咋说你才能听进去，反正、反正你误解我了！"

若兰不想跟他斗嘴，转身径自朝前走去。

黑妖又疾步追上来，扯住她的衣襟，用哀求的语气说："兰妮子，你别为难我。同是天涯沦落人，吵架咱也得找个旅馆住下来慢慢吵！追着胡同吵让人瞅见，还以为我欺负女孩子哩……"

若兰站住了，轻轻甩开黑妖的手，整整衣襟，淡然地说："好了，爷爷的话我带到了，你的心思我也听明白了，我今天就回去了，没有和你争论的必要了。请你多多保重身体，祝你事业早日成功！"

若兰浅浅一笑，挥挥手昂然走去。突然她又停下脚步，从挎包里摸出个纸盒子，反身递到黑妖面前："差点忘了。你信里说手机坏了，来的时候顺便买了一部，有事打电话，别舍不得用，话费我来交！"

黑妖接过手机，在手中摩挲着，嚅动着嘴唇，说不出话来。

杨若兰转身走去，越走越快，越走越远，渐渐消失在长长的胡同尽头……

黑妖木然站在原地，默默伫立了很久很久，他的眼睛里充满哀伤和幽怨，默默目送着兰妮子的身影越来越小，越来越模糊……

北京的胡同好长啊……

第十章　顶天立地河南人

空中纷纷扬扬飘起漫天雪花，转眼间，古水坡坡岗、树梢、房顶、村路被装点得银装素裹，展现出一派北国风光。

大树爷披着老羊皮袄，深一脚浅一脚在工地上查看着。只见一片开阔的地面上，校舍的基石已经冒出地面，有些墙头已经垒起一人高低，工程显现出大致模样。有几个民工还在风雪中忙碌，好像在搭建脚手架。

他对相跟在身后的村主任说："发动呀，下雪了，天寒地冻的，让工程队收工吧，等开了春再接着干！"

村主任说："俺不是对您说了，昨个儿洋大娘就把假放了，工资也结清了，大伙高高兴兴走了。叔您放心吧，那几个人是留下清场的，齐活就散。今儿都腊月二十了，咱支书有没有准信儿，哪天回家过年呀？"

大树爷一愣神，问："你问谁？哪个支书呀？"

村主任尴尬地笑笑说："咱村支书林家旺……咳，在叔面前……俺该，俺不该这种喊法。"

"知道不该就对了！县长才是个芝麻官儿，村支书连个芝麻皮儿都算不上。喊声旺哥比啥都亲，记住俺最烦马屁精！"

大树爷训了村主任几句，望着雪花飞舞的河对岸，充满期盼地说："家旺在深圳开着劳务公司，不光为咱县农民工找工作，咱中原的乡亲他都管。听说他身上牵连成千上万人的活路哩！你想想，年终岁尾验工、结账、遣返、总结，还有来年的计划和安排，样样宗宗，百事缠身，能走利索吗？只怕他身不由己呀！"

村主任连连点头："就是，就是，搞企业不比种庄稼。千头万绪，日理万机，忙……没头没尾忙!"

雪花越飘越紧了,眼前一片迷茫。

村主任搀着大树爷往回走,一步一趔趄。

大树爷甩开他的胳膊,说:"你走好自己的路吧,俺不用你搀!"说着大步朝前走去,转眼就把村主任甩在老远的后边。

林志恒家的石头院,一片笑语喧哗。叽叽喳喳的话语夹杂在高一阵低一阵的笑声里,从石头屋的窗洞里飘出来,搅和在蝴蝶般翩翩起舞的雪花里,在石头院里盘旋,洋溢出腊月里浓浓的年味和喜庆。

屋子里,一群女人团团围坐在临窗大炕上,手里拿着红纸和剪刀,挤在那里剪窗花。

嗓门嚷嚷得最响的是那位洋奶奶,求着喊着要拜志恒妈妈当师傅,要她传授技艺,发誓要学会这门手艺,亲手剪出一朵窗花,贴在窗户上,体味一下中国人的年味道。

司提芬更是挤在前面,瞪着双灯盏般明亮的大眼睛,盯着志恒妈那双手一眨都不眨,嘴里不时发出惊叹:"好美妙呀,我的上帝,中国的普通农妇也懂艺术,能和毕加索比美。"

志恒妈手中那把剪刀在左手拿着的红纸上左右旋转,轻松而又灵活,时而直剪,时而弯曲,时而用刀尖剪出圆弧。只见纸屑飞落,仅闻窸窣之声,不大工夫,她把折在一起的红纸抖开,展放在桌面上,竟然是一幅喜鹊登枝图!红梅数朵,枝条相连,两只喜鹊,相对鸣唱,造型朴拙,栩栩如生,引发围观的女人们一片惊叹。

司提芬尖声叫道:"上帝呀! 亲爱的索梅尔奶奶,我好像见到仙人了,太神奇了! 一把剪刀就能剪出美妙的图画,太不可思议了!"

金娜挥着剪刀也在那里吆喝:"是啊! 是啊! 司提芬,我把眼睛都看呆了,也没看出门道,是神奇! 比魔术还要神奇! 我一定要学,剪出一幅画来!"

志恒妈满脸憨厚朴实的笑容,面对着祖孙二人疯狂的纠缠,有点不好意思起来,讷讷地说:"这……这就是点手头功夫,没啥巧气儿,剪多了就会了。都是小时候学的,如今不时兴了,没人学了……"

司提芬愕然地问道:"为什么呀? 亲爱的师傅,如此神奇的艺术,您一定不要放弃!"

林志恒赶紧上前帮妈妈解围。他说:"我来解答吧。中国有许多民间艺术,从文化史的角度去说,在世界上或许是独领风骚的。比如剪纸、皮影,还有花灯中的走马灯,称得上电影艺术的老祖宗。它们历史悠久,都来自民间,是普通老百姓随手制作的,这些民间艺术失去了应用和审美作用,渐渐淡出了人们的视线。我妈因为会剪窗花、替鞋样、描绣花鞋、描门帘这些手艺,从十几岁起忙了半辈子。逢年过节求她帮忙的人,你来我往不断头,忙得她吃不好饭,睡不好觉。这些年消停了,没人贴窗花了,妈也不用忙了。你们没见过,感到稀罕、神奇。一旦见得多了,也就感觉平淡无奇,再平常不过了!"

司提芬连连摇头,反驳道:"No,No,越是民间的就越具有代表性,西方人评论中国的民间艺术,是乡间艺人的独门绝技。我现在明白了,他们是普通人,却是天才艺术家,无师自通,因为中国的文化太深厚了,几千年积蕴,就像这片黄土地,长棵野草都能开花结果!"

林志恒慨然赞叹:"嗬,精辟!难怪你是研究东方文化的,比我这个土生土长的中国人理解得还要深刻!"

司提芬笑笑摆摆手说:"No,我看到的仅是表面,并不深入。就像中国俗话所说,当局者迷,旁观者清。我是在关公面前耍大刀!"

金娜大声插话说:"师傅面前玩剪刀! 司提芬快来看呀,我学会剪鸳鸯戏水了!"

她正在志恒妈指导下,叠好红纸,摆弄着剪刀,龇牙咧嘴地用尽浑身力气,屏声敛息地做着动作,鼻尖上都冒出细汗,终于完成了。她扔下剪刀,小心翼翼抖开剪出的花纸,用指尖轻轻铺在炕桌上。旋即兴奋地蹦跳起来,拍着巴掌哇哇大叫:"成功了,成功了,我剪的鸳鸯下水了!"

大伙伸头去看,果然是两只鸳鸯,嘴巴对着嘴巴游浮在水波上,中间一朵莲花,分别伸出一模一样的两片莲叶。画面对称,情景交融,妙趣横生,让人顿生爱意。

素梅啧啧连声:"洋大娘的手艺不瓢,说学会就学会了! 这对鸳鸯送俺吧?"

金娜却伸开胳膊牢牢护住:"No,No,No! 这是我的处女作,我要留作纪念的!你想要,找师傅,自己剪!"

司提芬凑趣说:"亲爱的奶奶,这幅作品一定保存好,将来拿到纽约大都会去拍卖,说不定比凡·高的《向日葵》价格高!"

金娜反唇相讥:"司提芬说得好! 比起凡·高的《向日葵》,我的《鸳鸯戏水》,更自然、更生动,无论多少钱,我都不卖!"

老太太用身体护住炕桌,一副不让人靠近的神态,孩子般天真可爱,惹得屋里人开怀大笑。

志恒妈抹着笑出的眼泪说:"哎呀,不就是剪刀尖上的玩意儿吗? 看她洋奶奶稀罕得宝贝一般,好让俺纳闷儿! 你们真喜欢,俺给你剪一堆,让你们好生稀罕一回!"

她说着,裁纸、叠纸,拿起剪刀一心一意地忙碌起来。不一刻便剪出一幅,抖开来是两条活蹦乱跳的大鲤鱼,叫作《年年有余》!

大家欣赏着,赞叹着。她那里不声不响,自顾忙碌,转眼间又剪出一幅,那是幅圆形图案,周边彩云缭绕,正中一盏灯笼,一男一女,手牵手肩并肩,抬头仰望。——这叫《夫妻观灯》!

众人围过去看着,惊呼不已,拍手叫好。

司提芬挤进人堆看了个仔细,认真地对志恒妈说:"您真是位艺术家,我对您刮目相看,表示敬意!我突然产生了一个创意,采访您的经历,搜集您所有的艺术作品,做出我的评判分析。我想出版一本书,把你介绍给全世界,一定会引起轰动的!"

志恒妈连连晃手,头摇得像拨浪鼓,讷讷反对:"不中,不中!洋妮子你可甭张扬,俺这手艺活不算啥,说出去让人笑话,可不中!"

金娜正在兴头上,不想让她干扰学技艺,就劝道:"亲爱的司提芬,我的小公主,你的采访现在不合时宜,会影响我们学习的,请你另择时间好吗?"

司提芬想趁热打铁,不愿让开,辩解着说:"亲爱的索梅尔,创意是需要灵感的,灵感有时候稍纵即逝。这个题目或许是我此行的重大收获,我不想中断灵感……"

金娜却一把拉住志恒妈不放:"金彩凤,咱们名字里都有个金字,听我的,咱们接着剪。你刚才那幅《夫妻观灯》,请再剪一幅……"

司提芬有点生气地退出来,神情黯然地说:"索梅尔奶奶,您有点老糊涂了。我想探讨中国民间艺术的精神内涵,您……太贪玩儿了!"

她挑开厚厚的棉帘子想出去,不想大树爷挑帘子走进来,一看这架势,赶紧乐呵呵招呼志恒说:"志恒呀,你洋妹子是个中国通,她想听啥问啥,你们多沟通沟通,交流学问嘛!"志恒过来笑着说:"爷爷放心,洋奶奶剪窗花上瘾了,跟妹妹争师傅哩!"

大树爷抬眼瞅了一遭,拉了司提芬一把说:"妮子,你想剪窗花呀?找把剪刀来,来,俺给你剪一个!"

金娜眼尖耳朵灵,扭脸朝这边吼了一嗓子:"林,你个老木头也会剪窗花?回头教教我,你不能厚、此、薄、彼!"

大树爷装作听不懂,故意问她:"洋婆子,你说的是洋词还是土词?啥意思呀?把俺听蒙了!"

志恒笑着:"爷爷,奶奶逗你乐呢,怕你偏一个向一个,厚一个薄一个!"

大树爷咕哝着:"没想到洋婆子心眼恁多,都是自家人,有啥好争风吃醋的?"

司提芬好似听出玄虚来了,压低声音问:"爷爷,你好像在和奶奶打哑谜,你说争风吃醋,那是谁和谁呀?"

大树爷一时语塞,尴尬地干笑起来:"哦,醋是酸的,吃饭时加一点,开胃口,开胃口哪!山西人好吃醋,拿醋当酒喝……"

司提芬扑闪着大眼睛,得意地说:"爷爷,您果然是个智慧的老头,佩服!我发现了一个秘密,要告诉奶奶,她的眼力没有错!"

金娜猛然出现在面前,同样压低嗓门问:"你们交头接耳,在谈什么秘密呢?说出来吧!"

司提芬吓了一跳,转动着蓝眼珠说:"我和爷爷在讨论,什么叫厚、此、薄、彼……"

大树爷随声附和:"对,对!手心手背都是肉,就这意思!"

金娜困惑地看看这个,又看看那个,比画着说:"手心……手背,谁的肉啊?"

司提芬附在金娜耳边,用英语小声说:"亲爱的索梅尔,您的烈火起作用了,正在慢慢融化那块坚硬的顽石!奶奶,加油!"

金娜幸福地笑起来:"啊,真的吗?我的上帝!看来还要把火烧得更大一些……"

大树爷把志恒喊到院子里,说:"给你二叔拨个电话吧,问他几时回家过年。"

志恒从身上拿出手机,说:"爷,我拨通,你和二叔说。"

顷刻,拨通的电话在那头响起。那里是深圳,中原农民劳务中介咨询服务公司的办公地。

杨慧拿起手机,招呼着林家旺:"家旺,大树爷的电话,志恒拨来的!"

林家旺被一群民工围堵着,正在说事。他从人堆里挤出来,接过手机应答起来:"哦,志恒呀,告诉你爷爷,换个年轻人撑船吧!他岁数大了,该歇歇了,老撑着我不放心。我这边还有很多民工没有拿到工资,空手回家没法过年,我正在协调解决。哪天回去现在说不准,告诉你爷爷,让老人家甭着急!"

电话这头,开着免提。志恒在说:"爷爷想二叔了!你一年没回家了,爷爷担心,怕你累坏了,盼着您……"

大树爷一把要过手机,大声说:"老二,你的话俺都听见了!你甭惦记俺,俺能吃能睡的,啥事没有!俺想说,咱家来了俩洋亲戚,又捐钱,又费心,帮咱村建学校。你是村支书,俺想让你回来见见,也该见见……"

电话那头,林家旺听着有点愕然:"爹,咱家咋会有洋亲戚呀?没听你说过呀!发动打电话说有个老外找到咱村报恩,您救过她的命!"

电话这头,大树爷不想解释,干脆地说:"这事一两句说不清,你回来一看就明白了!"

电话那头,林家旺说:"爹呀,您是咱古水坡的主心骨!您老人家说话办事,都在准星上,准当错不了。我抓紧时间回家就是了!"

大树爷关了电话,嘟囔了一句:"忙,忙,忙得快不认家门了!"然后轻声问志恒,"准备饭了吗?光凑热闹咧,饭都不吃了?"

志恒说:"爷,兰妮子在忙活。你放心吧,不会耽误一点儿事儿!"

深圳那边,林家旺收起手机,对杨慧说:"俺爹说家里来了洋亲戚,还捐钱帮村里办学校,究竟咋回事呀?"

杨慧说:"前几天若兰在电话里说一老一少,奶奶和孙女,美国人。说是大树爷在抗美援朝战场上救过她的命,又是崇拜大树爷的老粉丝,人家主动登门报恩来了!"

"老外,老外!"林家旺挠着满头浓发,烦躁地说,"都是老外惹出的麻烦,这一堆烂事处理不好,恐怕就回不了家,过不成年!"

杨慧拍了下家旺的肩膀,叮嘱了一句:"这件事很难缠!亏了你没跟老人家明说,省得他替咱操心劳神。电子元件厂那个外国老板很刁蛮,死硬死硬的不好对付!"

林家旺甩甩头发,一副无所畏惧的气派说:"现在不是1840年,这里是中华人民共和国!我就不信邪,中国人还要受洋鬼子欺负?走,到现场去看看。"

面包车距离那片厂区还有一段距离,一段路因为塞车停了下来,远远看去,工厂大门外的广场上聚集着愤怒的工人,大多是女工,头顶烈日在那里静坐示威。尽管汗流浃背,依然顽强地坚持着,没有喧哗和吵闹,只有愤怒的人群和喷发着怒火的眼睛,还有高高举在头顶的巨大横幅,上写着醒目的大字:

中国人,永远不会下跪!

示威抗议的现场秩序井然。有两辆警车停在附近,亮着警灯,默默守卫着那里的安全。

现场周围有不少围观者,也有车辆停下来打听事由。自然也吸引来不少记者,穿行在人群中采访拍照。因为抗议活动组织严密,工作到位,尽管围观者越来越多,但现场秩序一片井然。

广场一侧,竖有一面高大的电视广告显示屏,正在滚动播出一段电视片,展示着记者对引发这场事端缘由的采访纪实——

画面上出现了记者的影像。他站在紧闭的工厂门前,用标准的普通话清晰明了地陈述着:

引发这次电子元件开发公司工人集体静坐抗议的事件,发生在今天深夜两点,到早晨六点四十分。

电子元件开发公司的生产厂区,位于南山高新科技园区,是一家外资企业。按照公司规定,夜间上班的工人在凌晨两点有十分钟工休时间,这是写在规章制度上,双方认定的文字。但是今天深夜两点,当工人们享用符合规定的十分钟休息时间,刚刚趴在工作台上,想迷糊几分钟时,公司老板突然出现在车间里,对趴在工作台上休息的工人大声吼叫,辱骂工人是贪睡的懒猪!当工人们拿出规章制度和她理论时,这位外企女老板变本加厉地说,我现在决定全部开除你们,并罚一个月薪水!除非你们排起队集体下跪,乞求我的宽恕!

这位女老板的话激怒了中国工人,大家愤怒地望着这个外国女人,发出质问:我们没有做错,你凭什么让我们下跪?

外企老板甩手而去,并且下令紧锁工厂大门,不许任何人出入。工人们继续工作,到今天早晨六点三十分下班时,那个女老板让保安守住厂门,对每个工人进行搜身,并且要求工人一律脱下工装,只留内衣和内裤。

外企老板的这个举动,彻底激怒了工人们,无论男工还是女工,拒绝脱衣搜身,抗议她侮辱工人的行为。外企老板拒绝和工人谈判,进一步施行野蛮规定:紧闭厂门,任何人不得出入,不供应食物和饮水。如果工人想停止对立,必须排队下跪,请求她的宽恕!

应该下班的工人出不去,应该接班的工人进不来。

厂方和工人形成强烈对峙。

外企老板扬言:造成停工停产的责任在工人一方;停产期间的所有损失,由工人承担,即扣除工资来抵消损失。

记者展示了一系列厂内厂外有可能拍到的一些画面,证实目前厂区的停产状态,以及工人们静坐抗议的场面……

记者最后客观冷静地说:以上画面和事发缘由是记者从现场拍摄和采访到的。工人们以静坐的方式抗议厂方的行为,并要求他们依法解决问题。但是,遭到厂方拒绝。我们将紧密关注事态的进展,随时向社会传达后续报道……

电视画面在电子屏幕上滚动播出,播音员的声音在广阔的天宇间荡漾、回旋,事件很快传遍了大街小巷,传遍了一个个沸腾的工地和厂区,传播得家喻户晓、人人皆知。同时,引起社会各界的热议和关注,成为群情激奋的一大新闻……

林家旺开着面包车,在市政府门前停下来。他和杨慧走下车,相视一眼匆匆走上台阶,穿过回廊,敲门走进市长办公室。

市长办公室挤满了人,围着办公桌看一张图纸,讨论得热火朝天。市长从人缝里看到了林家旺,撇下那群讨论者,大步走过来,和他紧紧握了手,推开旁边一个房门,把家旺和杨慧让进去,在硬木椅上坐下。他脸上显出些焦虑和不安,开门见山地说:"林总,情况我都知道了。现在想听听你们的意见,有了共同的认识和看法,才能找到正确有效的解决方法!"

林家旺的回答直截了当:"我和工人代表们讨论了事件的起因,统一了看法。这场事端是由外企直接挑起的,她公然违反了公司法和工厂的规章制度,侵犯了工人的合法权利;公然挑衅中国法律,侮辱中国工人的尊严,对工人采取了非法限制;在工人提出抗议后,不思悔改,甚至变本加厉地采取行动,限制工人的自由和权利。直到工人采取静坐示威要求其谈判解决问题,他们仍然以对抗的态度对付工人的合法要求!所以我们认为应该支持工人的合法权利,以政府的名义对其进行公开督查,要求他们遵纪守法,立即停止违法行为,公开向工人赔礼道歉,对中国工人的经济损失、精神损失做出赔偿!"

市长听了,沉默了一阵说:"在认识上,我们基本上是一致的,这是一桩挑衅中国公民合法权益的严重事件,一定要严肃认真处理!林总,你们有具体做法和要求吗?"

林家旺有条不紊地说:"韦市长,我们搞改革开放,搞经济建设,一举一动都要按照法律办事,建设公正平等的法治社会。我们招商引资,对待外企提供有优惠政策,却没有赋予他们任何违法乱纪的特权呀!我是劳务中介公司的负责人,电子元件厂那里的大部分工人都和我们签有委托合同,我有责任对工人的合法权益提供保障。第一,厂方必须向工人们赔礼道歉,对其违纪违章违法行为承担责任;第二,外企必须立即收回违法决定,大开厂门,恢复生产,欢迎工人回到岗位上,履行合法劳动的权利;第三,因为外企的违纪违法行为,给工人造成身心的伤害,以及名誉、尊严的损失,必须给予经济补偿及精神补偿。"

市长站起来,诚恳地说:"林总啊,作为市长,我对发生这种事件深表内疚和遗憾!首先,我向工友同志们深表歉意,对外资企业疏于督查,淡于法规上的管理,我有责任。听到你提出的处理意见,我完全同意,并且全力支持!此事绝非一般劳资纠纷,关系到人民的权益,国家的尊严,决不能敷衍了事,草率处之!"

说到这里，他略作停顿，用征询的神态看着林家旺："你看这样好不好林总？我作为市长，一定会派专人对这家外企进行督查和审核，对他们的违法违纪行为提出严正交涉，限令其进行整改！另外，我也有点想法，希望林总协助政府安抚好工人情绪，审时度势，尽快平息事端，不可继续激化矛盾，为保持社会稳定多做工作！"

林家旺强调说："我们也是企业，想为工人兄弟们伸张正义。我们都是中国人，不能容忍别人随意践踏同胞姐妹的人格尊严！只要有政府撑腰、掌舵、把握尺寸，我们就能克服困难，做好工作！"

杨慧补充说："韦市长，据工友们反映，那个外企女老板平常就很刁蛮，言语放肆，举止猖狂。工人代表今天早上曾经找她谈判，她拒绝见面也拒绝让步，扬言工人不下跪，她决不会下令开工！"

韦市长苦苦一笑，说："她可能认为自己有某种优越感吧！我和她有过接触，这家公司掌握着某种高端核心技术，引进来就颇费了一番功夫。在谈判过程中，就是这位女高管漫天要价，想借机压咱们一头。据说她是对方的大股东，又出任深圳公司的CEO，时不时搞点小动作挑战特区政府的宽严度和掌控能力。所以这一次，绝非孤立的偶发事件，咱们一定要通力合作，既要保护公民的权利和尊严，又要保护国家利益不受损失！"

一辆卡车拉着慰问品停在广场边上。

林家旺跳下车朝几个工人代表挥挥手说："你们赶紧组织人手，抓紧把食品和矿泉水发下去。气温这么高，不能让兄弟姐妹们熬坏了身体啊！"

工人代表们看到车上满载的面包、香肠、矿泉水，感动地说："林总来了，俺们就有主心骨啦！出门在外，你林总就是俺的亲人，俺农民工的靠山。如今俺受了欺负，只要有林总撑腰，俺就不信斗不过洋鬼子！"

杨慧打开车厢，朝大家挥挥手："姐妹们，每个班组派两个代表，搬吃的，搬喝的，吃饱喝足，打起精神打硬仗！"

女人们顿时欢呼雀跃，立即推举出年轻力壮的姐妹们，从人堆里走出来，这边卸，那边发，静坐示威的工人们很快领到了食品，秩序一点不乱，情绪愈发高涨。大家吃着东西喝着水，坐在炙烤的阳光下，稳如泰山。没有了农民式的散漫，呈现出现代化工人队伍的组织纪律，广场上散发出一种庄严肃穆、威风逼人的气氛。

林家旺把几位工人代表召集起来研究对策。

他说："咱们商量一下斗争策略，争取速战速决，不打持久战。开水烫猪，就地褪毛！"

一位大姐说："那女老板刁钻,甭以为她是输了理,想当缩头龟哩!她是跟咱斗心眼,跟咱熬日子,想倒打一耙哩!"

另一位妹子冲口而出说："张姐说得对!她是老鳖拱在泥坑里,装死哩!其实她早就心惊肉跳,坐卧不安了。咱就这么困她十天八天,不怕她不露头!"

有位汉子拍着大腿说："林总,洋老板摆的架势就是死猪不怕开水烫!咱不能怵她!站在自家地头上,这回非让她低头服输不可!"

林家旺听出大家心头憋着火气,就慢慢开导说："常言说众怒难犯,专欲难成。洋老板现在成了孤家寡人,但她自以为是,把电子元件公司当作独立王国,摆出一副顽固对抗的架势。跟咱不见面不认错,想拖垮咱们的斗志,反过来向她低头求饶。为啥她敢公开叫板呢?一是春节快到了,认为中国人回家过年心切,人心不齐,撑不了多久。二是认为政府怕闹事,稳定重于一切,上面一句话,咱就得散场。三是认为自己是外企,老虎屁股摸不得!咱们哪,说白了,年一定要过,还要过好。稳定要搞,社会是咱自己的。老虎屁股照样要摸,还得点把火,让她坐不住,让她跳起来!"

工人代表张大姐说："林总的意思,洋老板不怕咱四面围城,咱得围城骂阵!把她引出城来,当面鼓对面锣,猛敲猛打!"

杨慧解释着："张姐,你们的标语口号写得非常好,有理有节,一针见血,抓住了要害!洋老板最心虚的就是她让工人下跪,这是她灵魂最丑陋最阴暗的东西,也是工人们最气愤最难忍受的侮辱!打蛇打七寸,咱们就抓住要害不放,把她打疼、打怕!让她嗷嗷求饶!"

那位妹子恍然大悟："我懂了,咱不能隔靴搔痒跟她熬,咱得把她逼出来,跟咱对话,朝咱低头道歉!可是,咋样才能让她坐不稳皮沙发哩?"

那位汉子搔着头皮献计："戏台上唱过击鼓骂曹,咱也请人来唱一出呗!把洋老板的事编成词,架起喇叭猛吆喝,唱她个心惊肉跳,坐卧不宁!俺就不信她不怕舆论!"

林家旺拍拍他的肩膀说："好主意,有这样的人选吗?"

张大姐说："有,有,火车站广场上就有一帮歌手,还是咱老家来的!搭台唱了好几天了,俺前天送客经过那里,人山人海,观众如潮呀!主打歌是啥?爷们儿!台上唱,观众跟着唱,摇天撼地的,听说把特区都唱疯了!"

深圳火车站广场,如今是特区最繁华、最现代、最热闹、最忙碌、人流量最大、人气最旺的地方。这个曾经的边陲小站,在 1980 年以前还是一个十分简陋的三等小站。只有一个售票口、两条股道，露天候车室摆了四张条椅；照明全靠蜡烛、煤油灯，没有公厕、自来水，每天只有百十位旅客，大多数是菜农。梦回百年，"一觉醒来，身边多了一座城"的神话时代，深圳有了一个华丽变身：车站扩大了，建起了联检大楼、人行天桥；扩建的车站广场引进港资办起了旅客食堂、大排档、百货商店；每天开行几十趟列车，运送旅客数万人；广场上停满的士、中巴和大巴，不停地把人群分送到特区的每个角落。

如果说特区是一个庞大的建设工地，如同战火纷飞、硝烟四起的激烈战场，火车站就是前沿阵地的后方兵站。来自全国各地的建设大军和各类物资，都在这里集结、屯聚，然后分赴各个具体阵地乃至岗位。

虽然，此刻已经是特区建设十几年之后了，并非当初平地起高楼、水泽泥淖建新城的初创时期，早已告别了原始状态与现代景物交相辉映的悲壮与雄浑，但这里依然处于各路大军汇集一处，时刻准备奔赴前线参加战役的气氛之中。

"时间就是金钱，效率就是生命。"——这幅大标语依旧高高悬挂在广场大楼上，昭示着特区人的崭新观念。当年属于特区第一高楼的国贸大厦，曾经是历史的一个地标，一个时代的符号，创造了"三天一层楼"的深圳速度，堪称中国改革开放的时代象征。这时刻正在建设中的京基大厦将会取代国贸大厦曾经的辉煌。

特区永不停步，永远是个战场，火车站始终是喧闹、繁忙的兵站，是前线胜利的保障。

时令已过腊月二十，年节将近，人们的脚步更加匆忙。车站广场上人流涌动，尽管火车站接连升级，连续扩建，因为这里吸纳了中国比例最大的民工流，这里的空间仍旧被滚滚人流占据了。买票的，候车的，进站的，成群结队，人头攒动，如山洪暴发，如波涛滚滚……

这时分的人流大致具备相似的特征：背上背着厚重的行囊，俗称包袱、行李卷，那是随行的被褥打进贵重细软（即一年的血汗收入）的总和，手中拎一个超大提包，装着给老婆孩子采购的衣裳鞋帽，还有孝敬老人的南方点心。他们大多是辛劳一年、满载而归、兴冲冲回家过年的农民工。

自然，如今多了不少挎着双肩包、提着手提袋的年轻人。他们行李简约、脚步轻盈、神情泰然，不似农民工那么冲动急迫。这些旅客中的年轻男女，是日渐兴旺的崭新一族。他们是怀揣开拓宏图的创客，虽然也是回家过年，脚步和心情都比那些农民工轻松许多。

这片天地已经是人声鼎沸、喧嚣震耳了，偏有一支年轻人的音乐组合在这片喧嚣中又注入一股欢腾的喧嚣。骤然之间一声唢呐，惊心动魄地拔地而起，带着颤音冲上云天,在浮云翩翩的半空回旋,久久不散。如同大海波涛的呼啸中炸响雷声,反倒把旅客的喧嚣压盖下去,原本纷乱嘈杂的人海,仿佛遇到一个强大的磁场,魔法一般把人们的注意力吸引过去,人群蜂拥而至,注目观看,侧耳倾听,咧嘴傻笑,甚至手舞足蹈地陶醉其中,或随之嘶喊欢呼起来……

这支乐队正是黑妖和他的音乐组合。他们在几经磨砺中终于创造出一支劲歌——《爷们儿歌》,自感满意后,黑妖便带着一群小伙伴在北京的各大公园举办了一场场演唱,受到游客的点赞和好评。那天在北海公园义演,偶遇到北京出差的郑州文化公司老板潘解放,才有了这次南下巡演活动。

潘解放毕业于中原某大学中文系,被分配到一个乡政府当秘书,工作就是夜以继日为领导写稿子、写汇报材料、写工作总结。两年后他从无聊的文字游戏中解放出来,辞职下海,在郑州租房,注册创办了一家文化公司。他花去两年时间写了一部三十集电视连续剧《愚公移山》,又用三年时间筹到了一笔投资,请了位崭露头角的新秀当导演,筹备拍摄。导演住在宾馆里历经半年,琢磨出分镜头剧本,然后跑到北京、上海物色演员。三个月后,演职员定金预付出几百万以后,导演失踪,拍摄工作不了了之……潘解放几乎倾家荡产。他又从头做起,拍广告、拍专题,踏踏实实为企业服务,惨淡经营着弱小单薄的文化公司,在汹涌的商海大潮中艰难搏击。他发现了那首《爷们儿歌》,接着关注到黑妖和他的组合。他拿出一笔有限的资金,扶持和打造这个组合,建议他们离开北京,到外地走一走,听听反映,把这首歌打造成一个品牌,唱红全中国!

黑妖和潘解放商定,头一站就闯深圳!

这里是改革开放的前沿阵地,聚集着普天下人数最多的农民工。中原农民的比例最大,引发轰动和共鸣的概率也最大。第一个演出点就选在火车站。潘解放打前站,他和这里一家服装商场谈妥,就在商场前面搭建简易舞台。商场凭借乐队演唱聚集的人场推销服装,这是一种互惠互利的合作。谁也没有想到,黑妖他们的头场演出就赢得了满堂彩!当一声唢呐从喧嚣的人群里如蛇出洞,咪溜溜钻进云彩眼里打旋儿时,人们在刹那间被震慑了!待到锣鼓敲响,河南梆子火辣辣吼起来时,骚动狂躁的魂魄都被浓浓乡音的魔力降服了……

林家旺找到车站广场上,那里人山人海,根本无法挤到舞台前面去。他只能站在一堵接一堵的人墙后面,透过人缝瞅见蹦蹦跳跳的闪烁影子,看到些片片断断的画面。但是他可以听到演唱,歌手戴着麦克风,舞台上架着高音喇叭,能够把歌手的演唱清晰传送出来,弥散在广阔的空间里,冲击着每个人的耳膜和神经——

黄河之水天上来,转了九九八十一道弯,化冰雪,聚甘泉,越昆仑,走祁连,冲开峡谷走高原。造河套,造秦川,造出了华北大平原!

黄河一路向东来,闯进了激流和险滩。河边有位老奶奶,白发白眉披了肩。她刚刚炼石补了天,又辛辛苦苦造人间,抟土造人千千万,有男有女好繁衍。她就是女娲娘娘祖奶奶,咱们共同的老祖先,黑头发黑眼睛黄皮肤,生下地就打上中国印,咱们身上有标签。你认也罢否也罢,中国人就是黄种人,女娲是咱老祖先,咱的老家在河南,波涛滚滚的黄河边!

这段唱词是RAP,有单唱有合唱有分部,口齿清晰,节奏分明,带着浓重中原口音的普通话,一字一句都能叩击人心,引发共鸣。

接下来,伴奏的乐器一起奏响,在时髦的电子琴、架子鼓中加入了中原人喜闻乐见的唢呐、板胡、锣鼓镲,吹吹打打演奏出浓浓的家乡味道,一段高腔便吼了起来!

咱爷们儿,黄土里生。

命根子扎在泥土中。

女娲娘娘养育咱,

铁打的脊梁硬铮铮!

天垮下来咱得扛起,

地陷了咱们双手擎。

千年的大树万年根,

一茬茬伙一个老祖宗。

火辣辣一腔豪气在,

射不住日头咱不收弓!

爷们儿哪,

恁说咱英雄不英雄!

谁也没想到,人群陡然发出一片山崩地裂般的呼应:"英——雄——!"

舞台上RAP接着唱起来——

俺几个都是河南人,从头到脚浑身上下内内外外,一点味道不敢变!你说你是北京人、上海人、南京人、西安人、兰州人、东北人、福建人、广西人、四川人、海南人、台湾人,还有漂洋过海的闯海人,泰国、越南、新加坡、印度尼西亚、毛里求斯、马来西亚,还有美国旧金山。查查根,数数典,你老家一准在河南,开口自称河洛郎,祖先就在黄河边!

不管是充军发配到岭南,打仗立功到边关,还是为逃避战乱下江南,充填人口去戍边，或者是为了谋生下南洋，远走他乡到天边，中原有五次人口大迁徙，灾难持续数千年，韭菜割了一茬茬，中原人成了客家人，一代一代又繁衍；只要你是河洛郎，小脚指甲肯定是两瓣！

忘不了荥阳、泌阳、驻马店，那是人口南迁的出发点！忘不了逍遥镇的胡辣汤。忘不了开封城相国寺前"三不沾"。忘不了道口烧鸡、禹州粉条、正阳醋。忘不了小冀红焖羊肉，温县铁棍山药。老郑州怼碗羊肉烩面，再弄条黄河鲤鱼，小笼包子，三两杜康喝他个杯底朝天！

一条老根千万里，思乡泪水湿了脸，咱们都是中国人，老家就在黄河边！老家人，不简单，闯天下，更不凡！李光耀当总统，李显龙又接了班。他信泰国当总理，妹妹英拉接着干。能干的老板数华人，一个个都能磨动天！说的多了恁记不住，自吹自擂惹人烦。也有人不沾闲，唾沫星子喷咱一脸。说河南人精河南人憨，还说穷里透着酸，编个段子日弄咱，红口白牙胡乱谈，栽赃陷害糟践人，气得咱喉咙眼儿里冒白烟！让俺说，河南人不丢脸，顶天立地不平凡，英雄辈出名人列阵，忠贞良将数不尽，祖宗辉煌先人光荣名垂青史感天动地，十天十夜说不完！

咱不说三皇五帝开天地，也不说文王八卦、太公兵法、仓颉造字、仪狄造酒，不细表医圣张仲景，一本医书救万世，今天还在治伤寒。唐代画圣吴道子，铁线人物万代传。诗圣杜甫盛名扬，他的老家是巩县；诗鬼李贺，诗才李商隐，诗豪刘禹锡，诗翁白乐天，百代文豪称韩愈，才女蔡文姬，竹林隐七贤，响当当，亮闪闪，群星照耀聚河南，一部中国文化史，河南人写了一大半。你说简单不简单！俺的学问浅，实在说不全，北京有个文怀沙，老先生说过一句话，谁骂河南人，等于骂恁妈！

广场上呼啦啦响起一片雷鸣般的掌声和笑声。

鼓乐奏响，歌手又抱起吉他吼唱——

　　咱爷们儿，黄土里生，
　　命根子扎在泥土中。
　　做人做事不掺假，
　　良心二字千斤重。
　　一道篱笆三个桩，
　　手帮手都是好弟兄！
　　一条黄河九道弯，
　　张王李赵伙着一个老祖宗。

火辣辣一副热心肠,

咱建不成小康不收兵!

咱爷们儿,

恁说英雄不英雄!

听歌的人群又发出惊天动地的呼应:"英雄!"未等啸声静止,RAP又唱了起来——

说河南,道河南,河南的故事说不完! 文的说了一大堆,武的还有一大串。说多了恁也记不全,咱说宋朝那些年。河南有个汤阴县,岳家庄里有个少年。刚生下不满一百天,黄河发水满地淹。娘把孩儿放到水瓮里,顺水推到内黄县,麒麟村王员外救了他,收为义子成美谈。岳飞长到十七岁,修炼得文武双全不一般。恰逢金兀术,带兵犯中原。岳鹏举上开封,刀劈小梁王,夺个武状元,成立岳家军,杀敌上前线! 老妈妈在他背上刺了字,精忠报国记心间。六战六捷建奇功,郾城大捷差点活捉金兀术,以少胜多消灭金兵几百万! 岳家军威名传,眼看要乘胜追击定中原。金兀术吓破胆,动用奸臣来离间,花言巧语危言耸听把宋王赵构吓得下软蛋,十二道金牌催促岳飞休兵罢战不得冒进连连后退把军还! 岳飞被骗到临安,深明大义慷慨激昂,反对投降,一再要求上前线,打到黄龙府,收复旧河山! 奸臣秦桧太混蛋,内通外国,陷害忠良,卖国求荣是内奸,罗列罪名莫须有,抗金英雄爱国将领风波亭上遭暗算! 岳飞英年三十九,英年被害实在惨! 宋高宗是昏君,秦桧更是王八蛋! 你去瞅瞅岳王庙,奸臣下跪几百年。一首哀歌唱英雄,河南老乡泪涟涟。开封城里天波府,杨家将故居亮闪闪! 七郎八虎闯幽州,满门忠烈碧血染。剩下一个穆桂英,挂帅年过五十三! 佘太君老英雄,挺身撑起半边天! 她率领十二寡妇去出征,你说豪气不豪气,你说简单不简单!

听唱的人群发出山呼海啸般回应:"不——简——单!"

演唱者又即兴唱起RAP——

黄河入海到天边,老家的传说万万年。千古英雄千古传,当代英雄在眼前。改革开放一声雷,深圳特区领了先。河南老乡不落后,打起铺盖上前线。比起当年打鬼子,不怕拼命洒血汗。

三天盖起一层楼,特区速度早已传遍长城内外大江南北黄河上下,还有老家大门前。都夸咱河南民工真能干,就像那头拓荒牛,就像愚公来移山,不怕苦不怕死,冲锋陷阵冲在前! 早日建成现代化,老家旧貌换新颜。

现在急着往家赶,正月初一过大年。大包小包扛不动,腰里还揣着血汗钱。孝敬老人和妻小,拜年请客不差钱! 回家喝杯欢乐酒,明年回来咱接着干!

接下来,鼓乐齐奏,歌手吼开嗓门唱——

咱爷们儿,黄土里生,

老根子扎在泥土中。

一个中字说出口,

踩一个脚印砸一个坑!

移山倒海不怕苦,

为国图强何惜命?

中国人都是一家人,

黄河边埋着咱们老祖宗。

心贴心都是亲兄弟。

咱拧成一股绳,实现中国梦!

咱爷们儿,

怎说咱英雄不英雄!

舞台上激情澎湃,广场上欢声雷动。台上台下的强烈共鸣,把人群沸腾成音乐的海洋……

林家旺好容易才挤到前面舞台边,终于认出那个抱着吉他的歌手是黑妖。他从人缝里挤过去,伸手在对方背上拍了一下,喊道:"黑妖! 你这小子到深圳咋不打个招呼?"

黑妖转过身子,有些尴尬地拨拉着半边脑袋上垂落的长辫子,惊愕地问:"二舅,您咋知道俺来深圳了?"

家旺兴冲冲地说:"你小子唱了个《爷们儿歌》,把深圳都唱火了,大人小孩都在唱! 你本事大了,不认您舅啦?"说着哈哈笑起来。

黑妖也跟着笑:"我也不知道啥叫火,反正我一早去理发,师傅不收钱,说听过《爷们儿歌》,痛快! 去茶楼吃早茶,又让唱一段,吃饭就免费。我见了二舅犯怵,怕您跟俺姥爷一样,骂我是个卖唱要饭的乞丐哩!"

家旺在他头上轻轻拍了一巴掌:"你小子倒打一把,我来找你,是请你去捧场唱歌哩! 我搭台你唱曲,唱得越欢越好。你放心,不让你们白唱,唱一场八万元,咋样?"

黑妖惊讶地瞪大眼珠:"二舅,你不是逗我吧?"

家旺一本正经地说:"我不是逗你,是请你去逗人呢! 实话告诉你,就是请你们去唱歌闹场子,把那个侮辱咱农民工的洋老板唱出来,答应大家的要求,向咱的乡亲姐妹们赔礼道歉!"

听到这消息,小伙伴们纷纷挤过来,一连声同意参加这次活动,声援乡亲们的正义行动。

黑妖说:"这事呀,听说了。说那个外企老板是个女的,逼咱河南人给她下跪,太气人了。她倒想! 咱得编个段子,好好给乡亲们出口恶气!"

家旺说:"你们刚才的歌曲,我听了。正能量,很提精神,很鼓劲! 如果能结合具体情况编一段词,一针见血,击中要害最好。当然咱得讲道理,以理服人,以法服人,决不骂人!"

小伙伴们七嘴八舌:"头儿,干吧! 有钢用到刀刃上,这一仗得打好、打胜!"

"黑妖,这回是火线练兵,咱不能犯尿!"

"兵临城下,攻无不克,战无不胜! 上!"

黑妖抬头看着林家旺:"二舅,啥时候开演?"

家旺说:"兵贵神速,不宜拖延,越快越好! 我现在回去搭台,你们三个小时后开演!"

黑妖郑重点头:"中! 就这么定了。这里俺跟服装店老板解释一下,然后马上出发!"

林家旺把面包车留下,他自己叫了的士,匆匆赶回去抢搭舞台去了。

下午两点,黑妖率领他的演出团队按时到位,广场上的舞台也按时搭建完成,甚至还装上了显示效果的灯光,挂上了幕布。

更让黑妖感到惊讶的还有舞台前方,成排成行,席地端坐着参加抗议活动的工人们。队形整齐,纪律严明,如同一块方阵,肃穆无声地守候在那里。

在这块方阵的四周,挤满了熙熙攘攘的观众。他们来自四面八方,又从四面八方源源不断地朝这里聚集而来,翻滚出激情澎湃的波涛来。

面对这种场面,黑妖暗暗惊讶,火车站广场的观众是自然汇集,没有任何人为的组织和号召,他们的演唱也是从容自由的,没有任何负担和压力。然而此刻,他们的演出具有确切的使命和责任,心中难免有些紧张。

林家旺用信任的目光看着他说:"轻松点儿,像在车站广场那种效果就中! 电视台收到群众的点赞,夸你们唱得带劲,电视台准备现场转播你们的演出。对面大屏幕也串联好了,现场直播! 黑妖……不对,听说你们这叫大漠飞狐组合? 相信你们能让大家满意!"

黑妖重重点头说:"二舅,我知道今天的演出肩负重任、压力重大。因为这个事件经过报道,全国人民都知道了。河南有位大诗人王怀让,连夜写出一首长诗《中国人,不跪的人》发表在报纸上,我想把它配上曲子吼出来,很能为这台节目壮壮声威!"

第十一章　中国人，不会下跪

当地一家电视台嗅觉灵敏，动作迅猛。他们接到观众的反映，盛赞"大漠飞狐"演唱的歌曲《爷们儿歌》，形式新颖，唱词生动，鼓舞人心，并且传去了他们自拍的视频片段，立刻引起台领导的高度重视。接着他们得到"大漠飞狐"受邀要在电子元件厂广场举办演唱会的消息，便以最快的速度，牢牢抓住这个机会。不仅参与，而且还要深度介入。

记者从林家旺那里，洞悉了举办演唱会的深层原因，感到责任重大。经过讨论，电视台决定配合中原农民劳务中介咨询服务公司的工作，办好这个演唱会，并对演唱会全程录像，利用广场电视屏幕，直播演唱会实况。同时，派记者跟踪采访，即时对该事件进行报道，声援电子元件厂工人们的正义合法斗争。

在电视台的帮助下，舞台布置从符合拍摄要求出发，从剧场借来了幕布，从台里演播厅调来了灯光，有灯光师根据需要布置了聚光灯、效果灯和追光灯，还调来了适合电视效果的音响设备。一帮专业人员七手八脚忙碌了两三个钟头，一个草草搭起的临时舞台，装扮得有模有样了。为了回应广大音乐爱好者的热情支持，电视台通过主持人播报，反复告知了"大漠飞狐"举办演唱会的时间和地点。广大歌迷和听到街谈巷议的热心市民蜂拥而至，把原本空旷开阔的场地，填塞得人山人海、水泄不通……

黑妖和伙伴们抱着乐器，正在调试音准，忽听到舞台上传来清脆悦耳的普通话。电视台为了适应电视播出的需要，竟然还派来节目主持人，径自站在舞台上高声朗语介绍起来：

"亲爱的电子元件厂的工友同志们，兄弟姐妹们，你们好！你们辛勤劳作了一个夜班，又顽强坚持了一个上午，为争取尊严和权利而抗争。我们支持你们，大家辛苦了！

"亲爱的观众朋友们，你们好！欢迎你们不辞辛苦地从四面八方赶来，热情参加和支持这场演出活动，谢谢大家，你们辛苦了！

"今天将在这里演出的团队，是一个充满青春活力的音乐组合，他们的艺名叫大漠飞狐！他们是一群年轻的小伙子。他们用铿锵有力的词句，熟悉而又感人的旋律，饱含浓浓泥土气息的说唱，挟带家乡口音的豪迈，深深打动了来自五湖四海的父老乡亲！热情鼓舞了参与特区建设的广大劳动者！现在，他们应邀来到这里，为大家献上真诚和激情、让人热血沸腾的演唱，让我们以热烈的掌声欢迎他们！"

主持人话音刚落，广场上那面大屏幕放出"大漠飞狐"演唱的节目片段，激情四溢的《爷们儿歌》轰然响起。观众们热烈地拍起巴掌，掌声和呐喊声融合在一起，山呼海啸般震耳……

这时，黑妖带着"大漠飞狐"全班人马，从幕后走出，站在舞台上向观众鞠躬致意。

黑妖朝前一步，向全场观众挥了挥手。待震耳的掌声平息下来，他充满激情地说了一段话："亲爱的大叔大婶大哥大嫂姑姑姐姐妹妹，你们大家都好吗？你们为特区的建设日夜奋战，我们从老家来到特区，看望大家来了！我敢肯定，尽管这里的人来自四面八方，绝大多数都是俺的父老乡亲！俺河南人口多，外出打工的人也多。大家伙远离家乡，远离亲人，拼死拼活，流血流汗，除了挣钱养家，不就是为了建设特区做出咱的贡献吗？咱们都是河南人，俺为恁骄傲！俺为恁自豪哪！"

广场上响起雷鸣般的掌声，把他的话音打断了。

待到掌声平息，他又接着说下去："可是，我听说这里有个外企老板，是个女的，当我们的夜班工人按照规定正常休息的时候，她竟然跑到车间大喊大叫，出口伤人，辱骂工人是贪睡的懒猪！并且疯狂地叫嚣，全部开除你们！除非你们排队下跪乞求她改变决定！这种蛮横的行为当然让人愤怒，当你们向她发出质问时，那位洋老板竟然拂袖而去，下令紧锁大门，不许任何人出入。谁想出去，必须脱下工装，进行搜身！直到现在，厂门紧闭，下班的工人出不来，上班的工人进不去，工厂被迫停工。那位女老板拒绝和工人谈判，并且扬言由此造成的损失要由工人来承担。工人们愤怒了！忍无可忍，大家手挽手来到广场上，喊出一句口号，就是面前那幅大标语——中国人，永远不会下跪！"

广场上又响起风一般的掌声……

黑妖接着说："父老乡亲们，俺是河南人，家住黄河边。欺负河南人，不就是欺负中国人吗？俺今天就对那个洋老板大吼一声：中国人，永远不会下跪！"

广场上，观众吆喝起来，掌声雷鸣一般……

舞台上，歌手们各持乐器，站成队形，肃穆庄严。一声唢呐冲天而起，直上云霄，如吼如呼，雄壮高亢。

黑妖怀抱吉他，激情奔放地吟诵——

你见过昆仑下跪吗？

没有！

绝对没有！

那是我们中国的脊梁！

昆仑山傲立在中国的土地上，

顶着冰雪，披着冰霜，

全世界都对它举首仰望！

你见过长城弯腰吗？

没有！

绝对没有！

那是我们民族的肩膀！

长城巍峨雄立在中国北方，

千年战火，万种劫难，

都无法将它高傲的灵魂损伤！

我们母亲的血液中，

没有下跪的基因。

我们父亲的骨头里，

没有下跪的骨髓！

滚滚黄河水含有充分的钙，

只有扬眉吐气，

不会低头下跪！

歌手们齐声朗诵——

我们母亲的血液中，

没有下跪的基因。

我们父亲的骨头里，

没有下跪的骨髓。

滚滚黄河水含有充分的钙，

我们只有扬眉吐气，

不会弯腰下跪。

不会，不会，永远不会下跪！

RAP 又陡然唱起，节奏分明，带着浓重的中原口音，一字一句叩击着人心。

黄河之水天上来，转了九九八十一道弯，化冰雪，聚甘泉，越昆仑，走祁连，冲开峡谷走高原。造河套，造秦川，造出华北大平原！

黄河一路向东走，闯进了激流和险滩。河边有位老奶奶，白发白眉披了肩。她刚刚炼石补了天，又辛辛苦苦造人间，抟土造人千千万，有男有女好繁衍。她就是女娲娘娘祖奶奶，咱们共同的老祖先！黑头发，黑眼睛，黄皮肤，生下地就打上中国印，咱们身上有标签，你认也罢否也罢，中国人就是黄种人，女娲是咱老祖先，咱的老家在河南，波涛滚滚的黄河边！

转眼间，歌手们把乐器一起奏响，唢呐、横笛、板胡、锣鼓镲，吹吹打打，演奏出一段梆子腔，好不热闹。

一声高腔吼了起来，黑妖抱着吉他在唱——

咱爷们儿，黄土里生。

命根子扎在泥土中。

女娲娘娘养育咱，

铁打的脊梁硬铮铮！

天垮下来咱扛得起，

地陷了咱们双手擎。

千年的大树万年根，

一茬茬伙一个老祖宗。

火辣辣一腔豪气在，

射不住日头咱不收弓！

爷们儿哪，

怎说英雄不英雄！

台上一声吼，台下一阵山崩地裂般的呼应："英——雄——！"

舞台上，黑妖又在激情澎湃地吟诵——

请大家翻开字典，

跪字旁边有个危，

下跪的民族要垂危，

下跪的民族要倒退。

166

再翻开《辞海》看看吧，
站字靠的是自己的腿。
站起来的人才有尊严，
站立的人类比动物尊贵！
我们不会下跪！
岳飞如果向敌人下跪，
我们读不到那首《满江红》，
千百年来让人撕心裂肺！
我们不会下跪！
文天祥如果向汉奸下跪，
我们将看不到那首《正气歌》，
一代代让人荡气肠回！
我们不会下跪！
如果女娲向苍天下跪，
我们头上的天空，
将依然是支离破碎！
我们不会下跪！
如果老愚公向大山下跪，
太行王屋依旧会挡在面前，
我们门前的路依旧爬山过水。
但是，有人跪了！
清朝的王公贵族，
那些民族的败类！
从虎门跪到天津，
从南京跪到紫禁城，
他们竟然向八国联军下跪！
这是五千年文明的耻辱啊，
我们那段历史多么羞耻，
又多么狼狈！
站起来，绝不能下跪！
下跪的民族，永远挨打。
下跪的国民，永远愚昧！

于是,一批人首先站起来了。

他们用高傲的肩膀,

重新恢复昆仑的巍峨!

重新还原了长城的雄伟!

李大钊不会下跪,

他那黑色的长衫招来一声惊雷,

让敌人在他面前颤抖,倒退!

东方的曙光,唤醒遍地春晖!

叶挺将军不会下跪,

他的诗"为人进出的门紧锁着,

为狗爬出的洞敞开着"。

他选择了牺牲,用生命换来尊严的光辉!

江姐不会下跪,

她绣出的红旗,洒下的鲜血,

早已化成人间,永不凋谢的红梅!

"起来,不愿做奴隶的人们!"

人民站起来了,倒下去的只有魔鬼!

听,毛主席的声音豪迈雄伟——

中国人民从此站立起来了!

如同一声惊雷,

传遍五洲四海,千山万水!

谁敢让我们下跪,

咱就扛起枪和他再斗一回!

舞台上,歌手们齐声吼道——

中国人民从此站立起来了!

一声惊雷,传遍五洲四海千山万水。

谁敢让我们下跪,

咱就扛起枪和他再斗一回!

RAP又在舞台上响起来,悦耳动听——

俺几个都是河南人,从头到脚浑身上下内内外外,一点味道不敢变!你说你是北京人、上海人、南京人、西安人、兰州人、东北人、福建人、广西人、四川人、海南人、台湾人,还有漂洋过海的闯海人,泰国、越南、新加坡、印度尼西亚、毛里求斯、马来西亚,还有美国旧金山;查查根,数数典,你老家一准在河南,开口自称河洛郎,祖先就在黄河边!

不管是充军发配到岭南,打仗立功到边关,还是为逃避战乱下江南,充填人口去戍边,或者是为了谋生下南洋,远走他乡到天边;中原有五次人口大迁徙,灾难持续数千年;韭菜割了一茬茬,中原人成了客家人,一代一代又繁衍。只要你是河洛郎,小脚指甲肯定是两瓣!

忘不了荥阳、泌阳、驻马店,那是人口南迁的出发点!忘不了逍遥镇的胡辣汤。忘不了开封城相国寺前"三不沾"。忘不了道口烧鸡、禹州粉条、正阳醋。忘不了小冀红焖羊肉,温县铁棍山药。老郑州怼碗烩面,再弄条黄河鲤鱼,小笼包子,三两杜康喝他个杯底朝天!

老家人,不简单。闯天下,更不凡!李光耀当总统,李显龙又接了班。他信泰国当总理,妹妹英拉接着干。古代圣人更是多,忠臣良将表不完。祖宗光荣先人辉煌,感天动地名垂史册!响当当亮闪闪,群星照耀聚河南,一部中国文化史,河南人写了一大半!你说简单不简单!俺的学问浅,实在说不全。北京有个文怀沙,老先生说过一句话,谁骂河南人,等于骂恁妈!

广场上轰然一片笑声,紧跟着又是大海狂涛般的掌声和呐喊声。

在悠扬的乐曲中,又响起黑妖的吼唱——

咱爷们儿,黄土里生,

命根子扎在泥土中。

做人做事不掺假,

踩个脚印一个坑。

一道篱笆三个桩,

手帮手都是好弟兄!

一条黄河九道弯,

张王李赵伙着一个老祖宗。

火辣辣一副热心肠,

咱建不成小康不收兵!

咱爷们儿,

恁说英雄不英雄!

台下观众发生一阵山摇地动的呼应:"英——雄——!"

舞台上,灯光闪烁,金光灿烂。

歌手们分成单口、群口、齐声,开始慷慨激昂的朗诵——

中国的大地上，万里春晖！
山青了水绿了，
鲜花山草都挺起胸膛，
遍地芬芳，处处明媚！
站起来！站起来才能走路——
我们走出了京广，走出了陇海，
又走出了京九，
何惧千山万水！
站起来！站起来才能起飞——
我们飞出了卫星，飞出了火箭，
即将飞上太空飞上月球，
笑看宇宙风雷！
站起来！站起来！
站起来走进联合国——
中国人说话有分量，
中国人发言有权威！
今天，在世界纷乱的激流里，
我们的声音何等振聋发聩！
站起来！站起来！
站起来走进奥运会——
我们的起跑雄风八面，
我们的冲刺虎虎生威！
今天，在人类的竞技赛场上，
五星红旗是多么让人尊重敬佩！
站起来！
站起来，从这里出发——
有位老人在这里画了一个圈，
炸响了改革开放一声惊雷，
扬起了经济建设的浩浩风帆！
春雷唤醒了长城内外，
神话般崛起一座座城，
奇迹般聚起座座金山。

中国人迈开了气壮山河的新步伐，
捧出了万紫千红的春天！
在这里——
这一天，月牙弯弯，云层发暗，
在这家外资企业的车间里，
洋老板忽然暴跳如雷，
喝令所有的中国工人，
通通下跪！
跪到和她心一样冰冷的地板上，
跪到她高跟鞋踩踏的那个部位！
沉默，沉默，沉默，
不在沉默中奋起，
就在沉默中下跪！
一个小伙子站出来了，
他年轻力壮，刚刚二十四岁！
他高高昂起头颅，
脚跟站得很稳，
面对洋老板的吼叫，
他正气凛然毫不后退。
他说，不！他是向世界宣告——
我是中国人，
我不会给你下跪！
洋老板气得暴跳如雷——
你不下跪，我开除你！
小伙子的回答针锋相对——
开除我，也绝不会下跪！
工人们愤怒了，一起站出来，
质问洋老板——
你凭什么，让给你下跪？
我们中国人，绝不下跪！
洋老板恼羞成怒，大发淫威——
我把你们通通开除！

除非你们求我,

向我下跪!

工人们怒吼了!——

如山呼海啸,振聋发聩!

俺们稳稳当当站在这里,

这里是中国的土地!

我们全体中国人列队发誓——

告诉你,

我们决不下跪!

中国人只跪祖宗,跪爹娘,

跪先师先贤、圣人先辈,

别的统统不跪!

天,我们不跪!

地,我们不跪!

神,我们不跪!

鬼,我们不跪!

权势,我们不跪!

美色,我们不跪!

金钱,我们不跪!

洋人,我们不跪!

我们中国人,顶天立地的人!

我们中国人,不会下跪的人!

对谁也不下跪!

永远也不下跪!

…………

　　黑妖伙同他的"大漠飞狐"团队,在舞台上表现得投入而又卖力。无论他们的旋律、唱词,还是情绪,时而热情奔放,时而激情澎湃,时而生动感人,时而声情并茂,叩击人心,引发观众共鸣。可谓高潮迭起,盛况空前!

　　广场上观众越聚越多,黑压压的人海一片。马路堵塞了,交通阻断了,公交车顶上站满了人;周围的楼窗都打开了,站满了观众,探出黑压压的脑袋;楼顶露台上也挤得满满当当的,得天独厚的观众群。他们伴随着演唱掀起一阵阵欢呼、尖叫和狂风波涛般的鼓掌、呐喊,甚至跟着歌手们一起唱……

随着节目的推进,广场容纳不了源源不断涌来的观众。电视台及时采取措施,联通了市区几处地标建筑设置的电子屏幕,对演出进行同步播出,满足了市民的收视要求。一时间,许多人挤到街头上观看,顿时引发热议,他们对"大漠飞狐"的演唱给予热情点赞,对这场演出传送出来的电子元件厂事件密切关注,对那位外企老板的言行表示强烈的愤慨和谴责,对工人们的正义行动表示支持和声援! 那时刻,特区全城沸腾了、疯狂了……

演出从下午持续到夜晚,停不下来。

林家旺瞅着节目间隙问黑妖:"咋样? 继续演出,能不能顶住?"

黑妖咕咚咕咚喝了一瓶矿泉水,想都没想说:"二舅,俺都唱疯了! 停不下来呀……"

演出继续,摇天撼地持续到夜半更深……

厂区办公楼里,困守在办公室的那位女老板,刚开始还有点沾沾自喜,镇定自若,端起一杯咖啡,靠在皮沙发里长长舒了口气。

助理轻轻叩门,听到回应后启开门缝,轻轻闪身进来。他没来得及说话,就听到一句森严的问询:"他们……答应了吗?"

助理沉默一瞬,干巴巴地回答:"Miss Jane,他们,他们要求和您谈判。"

"谈判?"Miss Jane 霍地从沙发上跳起来,声色俱厉:"谈什么? 请求宽恕他们吗?"

"……"助理垂下脑门,"他们……要求你收回决定,并且……赔礼道歉。"

"什么,你说什么?"Miss Jane 几乎咆哮起来,"你是不是搞错了? 或者是神经错乱!"

助理默然呆站了一会儿,悄悄退了出去……

Miss Jane 的屁股再也回不到皮沙发上,显得焦虑不安。她不停地在宽敞的办公室踱步,从这头到那头,往返重复。办公桌上电话响了几遍,她好似没有听见,依然不停地踱步,好像落入一座迷宫,难以走出来。

终于,她隐忍不住,摁了桌子上的响铃。

助理启开门缝挤进来,低眉垂首问:"Miss,您有什么吩咐?"

她冷冷地问:"他们……有什么行动吗?"

助理恭敬而又呆板地站在那里,没有任何表情地回答:"下班的工人聚在大门里,上班的集聚在广场上,准备静坐抗议。"

Miss Jane 的皮鞋在地板上敲击出一串急促的响声。她走到落地窗前,哗地扯开纱帘,果然看到广场上聚满黑压压的人群,组成整齐威武的方阵端坐在场地上。她顿时感到一阵眩晕,如一片乌云压在头顶,窒息得喘不过气来。

"他们……到底想干什么? 莫非……想造反?"

助理递过来一份文字材料,郑重告诉她:"特区政府委托劳务中介公司介入此事。他们送来一份书面声明,强烈要求厂方和工人代表谈判,答复工人的合法要求,正确处理面临的问题,防止事态进一步扩大。"

Miss Jane 面如土色,气急败坏地推开文件:"你应该告诉他们,这里是我的工厂,难道……由他们说了算?"

助理机械地复述道:"代表工人谈判的林家旺让我向你转达一句话,这里是中华人民共和国,现在不是1840 年。"

Miss Jane 愤愤然:"他是谁? 竟敢威胁我!"

助理解释:"林家旺是中原农民劳务中介咨询服务公司的总经理,特区一多半民工都是他们公司联络安排的,被称为特区农民工领袖。咱们厂雇用的农民工都是他负责签约的,他具备一呼百应的能力。"

Miss Jane 没说话,颓丧地跌坐在沙发里……

一个上午漫长而又艰难地熬过去了。如同扼守战场的一方,Jane 孤独地待在战壕里,她感到莫名的恐怖和惊惧。当广场上传来天崩地裂般的呼啸时,她又一次摁了响铃,把助理传了进来,歇斯底里地吆喝起来:"去,快去把他们赶走! 怎能容忍他们羞辱我呢? 你打电话告诉韦市长,我们公司是他请来的!"

助理很有分寸地告诉她:"Miss,外面的广场属于公共场所,我们无权驱赶他们。工人的集会符合中国法律,我们也无力制止。另外,特区政府发来公函,要求我们公司停产整改,对引发工人抗议的事件进行调查处理,并上报处理办法。还有,总部来过电话,让你汇报情况……"

Miss Jane 脸都气歪了,狂呼大叫起来:"什么? 让我们停产整顿? ……总部也知道了,谁在嚼舌头啊,啊? 我撤了他……"

助理慌忙退出去,把房门关紧。

Jane 在房间里蹦跶了一阵,终于颓丧地歪倒在沙发里,从来感到无比强大和骄傲的她,此刻懂得了自己的单薄和渺小。积蓄了半生的优越感,正在一点点消解和融化……

广场上传来的喧嚣、呐喊和掌声,都在显示着这片土地的强大和自信;在摇曳的灯光里,飞来的歌曲,是那般铿锵有力,虽然她听不懂具体什么内容,但从歌唱赢得的呼应和反响,足可以感受到强烈的感召力、凝聚力,以及投向对手的杀伤力!

——眼前的对手是智慧的,举办这场演唱会,分明是面对面的挑战,对手在肆意地把她掀翻在地,任意对她拳打脚踢,即便被打得头破血流,鼻青脸肿,体无完肤,她也毫无还手的机会!对手或许更聪明,并不用拳头对付她,而是用言辞羞辱她,用难以辩驳的理由声讨她!

她看到广场上悬挂的大标语——"中国人,永远不会下跪!"简直让她触目惊心!倘若引发这场事端的要害是"下跪"二字,那么,中国人如同捉拿盗贼一般牢牢抓住了她的手腕!如果"下跪"二字触动了他们灵魂深处的某种隐痛的话,中国人正在挥舞着利刃,解剖着她的肉体,开剥出她的五脏六腑,一一审视,并且抱以轻蔑的嘲弄,惨烈的鞭笞!精神上的拷打比肉体上的凌迟还要痛楚,她此刻竟连一丝反击的机会和力量都没有!

她的神志恍惚起来,自幼从书本上看到的历史显然都是谬误的。当年那些来自欧洲弹丸之地的冒险家,竟然靠着几艘坚船利炮就唬住了这个东方的庞然大国,有点像老鼠和狮子玩了一场恶作剧。仅仅因为狮子一时的软弱和愚昧,没有识破老鼠的伎俩而已。否则,简直是天方夜谭!此刻看来,如果不是历史书本的误导,她可能不会莫名其妙地和这头狮子挑战,自己或许有点堂吉诃德式的可笑!

她开始有些惶恐起来,并且敏感地想到了这里是中国的特区,聚集了全世界的精英和财富,正在展开一场从来没有的角力和搏击。这里发生的事情,桩桩件件都在牵动中国人的神经,能迅速传遍全国。这里也是世界观察中国的窗口,点点滴滴都会引发舆论的关注。那么,僵持下去,她将会被舆论涂抹成一个刁蛮浅薄的无赖,让人嘲笑或讥讽!果真如此,不是她在羞辱中国人,她自己还有颜面在这片土地上立足吗?

她孤独地枯坐了一夜,恓惶地思索了一夜,等到黎明时分,才蒙眬困伏在写字台上。

助理悄然启门进来,蹑手蹑脚地把一大摞报纸和文件放在写字台上。

她却敏感地被惊醒了。故作镇静地揉揉眼睛,随手翻动旁边的报纸,她双手发抖,眼睛发呆了。那些报纸无论中文的、英文的、本地的、外地的甚至北京的,都在头版头条刊登了发生在电子元件厂的事件,一条条大标题触目惊心:"外企老板违规喝令工人下跪求饶,中国工人集体抗议殖民主义言行!""中国人永远不会下跪,洋老板必须赔礼道歉!"甚至还配发了广场上工人静坐抗议,以及演唱会群情激奋的图片。有的报纸还发了许多评论或记者热议。不仅对事件做了客观报道,而且直接冷峻地对厂方提出批评和谴责,对工人维护人格尊严和合法权益的行动表示理解和支持……

舆论哗然，一片谴责。Miss Jane脑门发涨地呆坐在那里，无端地露出一丝茫然失措的笑容来，木然发怔……

助理从报纸堆里挑出一段文字，读给她听："来自北京的几家官方媒体，以及路透社、法新社，要求采访您，列了单子准备请您回答问题。一个是强迫工人下跪的诱因和动机，以及这种殖民意识言行的由来；第二，您目前的态度，准备如何解决这场冲突。"

Miss Jane沮丧地说："啊，看来现在的局面是内外交困，非把我搞臭不可！我低估那些河南人啦，本想杀鸡儆猴，震慑他们一下，没想到搬起石头砸了自己的脚……"

助理脸上显出一些血色了，适度劝慰说："总裁，您可能触动了他们最敏感的神经，他们的话叫众怒难犯。中国人的智慧不可低估，他们的精神力量让人畏惧！还是大事化小，小事化了吧……"

突然，桌上电话铃响了，助理拿起话筒听了听，恭恭敬敬递过来，低语："总部来的……已经来过一次了。要求您接受工人要求，公开赔礼道歉，迅速平息事端，回国述职……"

Miss Jane接过话筒，而后又重重放回原处。她如同泄了气的皮球一般，对助理无奈地挥挥手："你请林家旺他们到会议室小坐，我准备一下。你现在就去，越快越好！"

太阳从一座座高楼顶上升起来了，金色的光芒映照着万里碧空，满天云彩霎时都退尽了，天宇瓦蓝瓦蓝的，如同水洗一般。

喧嚣了大半夜的广场，凌晨时分安静下来。

观众依依不舍地散去。舞台上摆放着许多歌迷们留下的矿泉水、点心、巧克力、香蕉、橙子、橘子，小丘般堆放在那里。

歌手们的架子鼓、电子琴等乐器来不及收拢，依旧摊放在舞台上。几个蹦跳了十几个钟头的小伙子，消耗了太多的能量和激情，在观众退尽的一刹那，就在谢幕的地方原地放倒，酣然睡去了……

林家旺和杨慧带着伙房大师傅，挑着热腾腾的酸汤面叶、葱花饼送来了。熄灭了射灯的舞台上，响起的是一片呼噜声。

杨慧心疼地说："娃们累了，别惊动他们。等睡醒了，再好好犒劳他们吧……"

林家旺看见黑妖怀里搂着吉他，想轻轻帮他拿开，被杨慧拽着衣袖止住了，她把一条毯子轻轻盖在黑妖身上，悄声说："那是娃的宝贝，形影不离。你一动，他就醒了！"

广场上静坐示威的工人们，受到附近单位和居民的呵护和慰问。演唱会尚未结束，就有人肩扛车拉地送来矿泉水和开水桶，还有方便面、热馒头、火腿肠。几家旅馆闻听工人们要在广场上过夜，赶紧把库房里备用的毛毯、毛巾被迅速送到广场上，让工人兄弟们遮风挡寒……

林家旺早就做了安排。附近就有尚未收工的工地，指定专人为工人们做饭熬汤，按时送到广场上，并且要求：洋老板不低头，就得保证工人兄弟的饮食供应。所有开销，由劳务公司负责结算。工地负责人感慨地说："林总你就放心吧！天下民工一家亲，俺也是中原人。俺这个工地有二百多号老乡，都是经林总您安排的，你就是俺农民工的大总管！一方有难，八方支援。你吱一声，俺保证服务到家！"

等到把一应杂事安顿妥帖之后，天色已经麻麻亮了。杨慧走过来，把一条毛毯披到林家旺肩上，挽着他的胳膊，坐在舞台旁边一根横木上。

林家旺扯开毛毯，替杨慧搭肩上，两个人紧紧依偎在一起。四周一片宁静，他们的心口却怦怦跳着，一刻也平静不下来。

杨慧靠在家旺的肩胛上，心疼地说："本想着年底没啥大事了，没想到又蹦出这一出。你跑了一天，累了吧？快闭上眼眯一阵儿，天亮了咱还得上阵呢！"

家旺瞅瞅横卧在广场上的民工们，伤感地叹了口气："累呀！咋能不累哩？心累。想想广场上这些民工，原本都是种地务农的庄稼汉、庄稼妞，几千里跑到特区来，不就是靠汗水凭力气挣钱，拿回去养家糊口吗？如果种庄稼能让咱富起来，谁愿意抛家离乡呢？"

杨慧轻轻推了他一把："咋啦？让你眯两眼你倒发起感叹来了，不歇了？"

林家旺伸手把杨慧箍在怀里："今天的事让我受到很大震动，受了教育。咱们农民进步了，有胸怀有自信了，懂得自己劳动的意义了。能把自己的劳动和国家和民族尊严联系起来，不再是目光短浅的庄稼汉，而是有法律意识的群体，能够团结起来捍卫人格尊严和合法权利了。能为这样的农民服务，我感到骄傲和自豪！"

"哎呀，家旺，你也成哲学家了！"杨慧困意顿消，逗趣说，"依你的说法，农民工三个字真该改改啦！到底是农民还是工人？矛盾。"

家旺沉思着说："农民工也算中国特色吧，中国农民一边种粮食，保证全国人民吃饱肚子，一边还要腾出劳动力参与特区建设。如果没有农民参与，特区的许多神话都难以创造出来！我是想说，谁也不要轻视中国农民，更不能亏欠他们！"

杨慧嗯了一声说："你绕了一大圈才拉回正题，你在担心那个女老板，顽固对抗到底，死不认错吗？"

林家旺轻蔑地笑笑："撒切尔那么强硬的铁娘子，都在中国人面前硬不起来，这个女老板又算得了什么？无论多么强大的对手，只要输了理，在舆论面前都会低下头来。这一回，黑妖不简单，带着一班小伙伴，说说唱唱就把对手打趴了。我保证，女老板早已坐卧不安了！"

事态的走向，就像林家旺判断的那样。迫于舆论的压力，那位外企老板撑不住了，向工人代表发出谈判的邀请。

刚刚八点钟，林家旺带着几位工人代表，昂首挺胸走进工厂大门。一个小时后，他们又带着笑容，走了出来，径直来到广场上。

林家旺跳上舞台，向工人们大声宣布："乡亲们，工友同志们，报告大家一个好消息，我们的战斗胜利了！刚才，我们工人代表和外企老板进行了面对面的洽谈，对方完全接受了我们的条件，收回所有的错误决定。对其不当的野蛮的带有侮辱性的言语，作了深刻的反思和检讨，并且表示了向全体工人赔礼道歉的诚意；她请求大家宽恕，请求大家回厂复工；并对大家精神、肉体乃至人格尊严所受损失进行经济补偿，每人发放 3000 元补偿费，当场兑现。我和工人代表已就上述意见和厂方达成和解，如果没有反对意见，请大家列队吧！"

他的话音刚落，工人们欢呼雀跃，响起一片庆祝胜利的掌声、笑声、呐喊声。那些姑娘媳妇三五成团地搂抱在一起，用满脸横飞的热泪祝贺自己，有生以来参加了第一次颇具人生价值的行动，显得无比骄傲和自豪……

上午九点，工厂大门霍然打开。

Miss Jane 服装整洁地走出来，面色稍显疲惫，神情略显颓丧，然而微微带笑，恭恭敬敬站在工厂门口。她向整整齐齐列队走过面前的工人队伍弯下腰去，深深鞠了一躬。

工人们排着长队，肃然有序地走进厂门。

Miss Jane 朝每一位踏进大门的工人深鞠一躬，并且轻声致歉："对不起，辛苦了！"同时从身边摆放的桌子上拿起一个红包，客客气气送到每个工人手里……

那天中午，林家旺请黑妖和他的团队吃饭。他把地址选在大榕树餐厅。

杨慧当司机，开的还是那辆面包车。她接了黑妖他们匆匆忙忙往那里赶，恰好碰上高峰期，路上车多，塞了车时间就没准点儿了。

黑妖说："慧姑姑，随便就近找个地方多好呀！不就吃顿饭嘛，俺二舅也学会摆谱了？"

杨慧笑起来："嘿,你黑妖如今出息了,帮咱农民工打了胜仗,你二舅说你是英雄,要好好犒劳你!大榕树是家有名的大排档,做的饭菜口味适合东西南北中,味美价廉,食客络绎不绝。你二舅提前去占位儿了,晚了就得等座了!"

伙伴们朝黑妖挤挤眼小声说:"头儿,二舅也是创业艰难,客随主便,少挑刺吧!"

黑妖咕哝了一句:"嗯,懂了!大排档……图的就是物美价廉呗!"

杨慧艰难地找到车位,把车停好,拉开车门说:"到了,请跟我来!"

她在前面带路,黑妖他们紧紧相随,穿过熙熙攘攘的人群,走进一片榕树成荫的林子。那是一片高低错落的丘陵,修了七股八岔的坡道,铺了石阶,架了栏杆,路口设有醒目的路标,指示各个餐厅的方位。餐厅很独特,均构筑在榕树的空隙间,有的就筑在榕树枝丫上,或大或小,或方或圆,均用竹子和木杆搭就;四壁留有大窗,铺棕榈皮为墙,上面搭有椰树叶片,象征屋顶;闪着璀璨灯光,自然天成,妙趣横生;相对独立,互不相扰。看上去犹如丛林部落的感觉,别有一番情趣。

杨慧带领他们走进"望乡厅"。厅室悬在榕树枝丫上,须上五级藤编软梯,从外面看简陋、原始,走进去却是另一番景象:空间宽敞,不亚于正规房间的面积。当间一张大圆桌,一圈红木靠背椅;垂挂下来的枝形吊灯,如繁星晶莹璀璨,呈现出神秘、富丽气氛。圆桌上早已备好茶水,芳香四溢。黑妖他们呆呆看了半晌,早被一片温馨迷醉了。

林家旺迎候在那里,招呼大家一一落座,满面笑容地说:"这里本来是要修一座酒店的,为了环保,特区政府否定了原来的建设项目,因地制宜就有了这家大排档。不仅成了就餐的好去处,还成了旅游的一大景观!这个厅可以吃到海鲜、粤菜,还可以吃到正宗川菜、黄河大鲤鱼;还有一种牛腩捞面,虽说比不上郑州大碗烩面,多少能尝到点家乡味道!"

杨慧把厚厚的菜谱推到黑妖面前:"你们翻翻菜谱。谁喜欢吃啥就点啥,千万别委屈自己!"

林家旺真诚地说:"嗨呀,你们几个吼了一台演唱,替咱农民工,应该说替咱中国人吼出了威风,吼出了尊严!这一仗打得好,不见硝烟,不闻战火,一片呐喊就让对手缴械投降!你们个个都是英雄啊!这就叫不战而屈人之兵,你们个个都是英雄呀!"

黑妖羞涩地垂下脑门儿,有点难为情地说:"二舅,俺这是初出茅庐,小试锋芒。按说我们大漠飞狐,应该感谢你为我们提供了舞台和展示机会,今天我们就好好敬你一杯!"

林家旺摆摆手说:"你们甭谦虚,车站广场就证明你们具备了相当的水平,中不中听掌声嘛!"他朝杨慧使了个眼色,杨慧从手提包里拿出厚厚一个纸袋子,放到面前。他顺手推过去,说:"黑妖,收下吧。这是你们团队的酬金!"

黑妖看着面前的纸袋,猛然一愣。他和伙伴们齐刷刷站起来,说:"二舅,我们不过唱了几首歌,替咱中国人解了气,也让我们增加了自信,懂得了唱歌的意义。干的是咱自家的活,还拿啥酬金哩?"

林家旺说:"讲好的事,不能违约。报酬虽说不能完全代表价值,但它是价值体现的一部分。你们为咱中国人立下大功了,特区人民都记住了大漠飞狐这个名字,现在我更想知道你们这些年轻朋友的真实姓名,不知道诸位愿不愿意透露?"

几位小伙伴推推让让扭捏了一阵儿,后来还是黑妖逐一介绍:"大漠飞狐是我们这个音乐组合的艺名,没啥具体含义,就是想特别一点,容易让人记住。他叫老五,年纪最小,能耐不小,敲架子鼓的;这个瘦高个叫猴子,弹电子琴,猴精猴精;他是蜘蛛侠,笛子梆子锣鼓镲,无所不能!他是白狼,吹唢呐、吹黑管、萨克斯,还会拳脚,在少林寺当过几天武僧,真假待考证,都是自己吹的!"

林家旺听了大笑不止:"这一个个名字叫得妖魔鬼怪的,还真是不识庐山真面目呀!"

杨慧看见服务员把凉碟热盘上了大半桌子,赶忙打断说:"家旺,甭刨根问底了!用艺名代替真名,是人家搞艺术的行规,你知道六小龄童是谁,小六龄童又是谁?你能记住他们都演孙悟空,就中啦!打住打住,菜上齐了,开席了!"

这时,手机响了。

杨慧听了听,赶紧递给家旺:"快接!大树爷找你哩!"

林家旺接过手机,打开了免提,大家面前响起大树爷洪亮的大嗓门儿:"老二呀,听说你在特区那边工作上出了点麻烦,眼下摆平了没有啊?俺听说了,心里老在扑腾咧!"

林家旺大声回道:"爹呀,您老放心吧!摆平了!摆平了!这一回,您那外孙子可是立了大功啦!一首歌斗败了洋鬼子,轰动了特区,出了大名了!爹,您可不能再骂他不走正路了,这娃可是出息了!"

大树爷乐呵呵地笑起来,高门大嗓,话语朗朗:"俺瞅见相片了!报纸上登着,手机上也传过来图像了!小龟孙剪了个阴阳头,打扮得像个妖精!嗬,老厉害,吓死人哩!唱首歌就能吓趴洋鬼子?你把他押回来过年,咱家住着俩洋鬼子,俺听他当面唱一回,看看洋鬼子是夸他还是骂他咧。哈哈哈!……"

黑妖做着鬼脸,凑到手机旁边吼喝了一嗓子:"姥爷,这一回,您要是再骂我,俺二舅都不依你！不信你再瞧瞧！"

　　大树爷急忙改口,声音变得怜惜而痛切:"娃！乖娃！谁舍得骂你了？俺想亲你都摸不住影踪哪！快回来吧,啊……俺想你……"

　　大树爷的声音哽咽了,有点颤抖。

　　黑妖眼眶里涌动着波光,喊道:"姥爷,等我回去了,就拱到您怀里,让您骂个痛快,骂个解气！"

　　手机里传来大树爷的笑声……

　　黑妖揉揉眼圈笑起来。大伙围着一桌丰盛的饭菜,开心地笑起来……

第十二章　风风火火闯九州

农历大年三十,是乡村最隆重、最红火的节日,也是家家户户阖家团聚,乐享太平、悠闲和快乐的日子。然而,还有一些庄严的仪式要做。比如,正午时分堂屋正中要摆上供享,用白面蒸出的枣花糕断不可少,大如锅排摆在正中,配上四碟八碗的鸡鸭鱼肉、稀罕果子,点烛焚香,叩头作揖,祭告天地全神,感谢一年的丰衣足食,祈祷来年万事如意。同时,燃放一挂万头鞭,任由炮仗化作期冀,爆裂成金花,炸成漫空飞扬的纸屑,在斑驳的雪地上铺出一层喜庆和吉祥。

烛火长明,一直燃到午夜,又要焚香、叩头作揖、燃放鞭炮,祭拜祖神,迎接灶王爷归来。民间有说法:灶神乃一家神主,腊月二十三灶神上天庭,向玉皇大帝汇报凡间琐事,宅主唯恐灶神多言不是,故供麻糖糊住灶神之口,少说坏话,多言善举。灶神二十三日去,初一五更归来。正所谓:上天言好事,归来报平安。

接罢灶神,大人孩娃彻夜不眠,是曰守岁。男人们猜拳行令,狂饮海喝,醉倒天下无数酒鬼。女人们翻箱倒柜,把新衣裳倒腾出来,将自家孩娃们穿戴成一个个福娃娃,把自己也打扮得花朵一般。只有这几天,任凭大姑娘小媳妇收拾得何等妩媚,也没人龇牙讥讽一句。过年了嘛!这会儿不疯啥时候疯咧?

五更时分,烛光正亮,香火最旺。此刻是一夜连双岁、五更分二年的神圣时刻。

老人们便端坐正间,接受晚辈磕头拜年,拿出红包分发给晚辈,尤其是孩娃,绝不可少。这叫压岁钱,图的就是喜庆和吉利。

——这些俗礼,均是以往过年时兴的仪式。仪式烦琐,甚至让人感到重复和无聊。如今许多仪式都删除掉了。少了仪式的年节,也会让人感到索然和乏味。

今年的古水坡,家家门头挂红灯,户户门上贴春联。一个个斗大的福字贴满村街的石头墙,打远看去红彤彤一片,好喜人呢!

鞭炮声清脆震耳,从早到晚响个不停。东家一串,西家一串,猛不丁一个二踢脚,刺溜溜一条火舌蹿上天,接着漫空一声炸响,溅出一团金花来。许多人家便不服输,礼花一朵接一朵在空中爆裂,把头顶的天空装点得五彩缤纷……

孩子们一大早就换上了新衣裳。大孩子聚在村头老槐树下,竞相炫耀爹妈从南方捎回来的电子点读机和家教机,比较着优劣,叽叽喳喳争论不休。小孩童扯着长线拴着五彩气球,在缠绕村庄的石板路上追逐、嬉戏。孩子们的欢笑,为节日增添了欢乐的气氛。

大树爷家的石头院中,从中院到前院,满满当当摆下六张方桌。女人们围成堆儿,喜气洋洋在包饺子。桌子上放了三副案板和面杖,拌好的肉馅端上去,转眼间和面的擀皮的,热热闹闹高兴成一团。包好的饺子摆在锅排上,成溜成行,白花花好像一大片元宝,一锅排一锅排的,十分壮观。

金娜和司提芬也挤在女人堆里,瞅着别人的样子学着包,却显得力不从心,包出来的饺子歪七扭八的,不成个样子。

金娜有点气馁,嘟囔起来:"中国人吃东西太下功夫了! 切肉、剁肉、拌肉馅,还要和面、擀面皮,再把肉馅包进去,哎哟哟,太不容易了! 用两根筷子吃饭,我刚刚学会。包饺子,筷子不听话,太难了!"

众人看她手忙脚乱的样子,脸上涂满面粉,鼻尖上渗出汗珠,如戏台上的角色一般,忍不住哈哈笑起来。

杨慧站到她身边,耐心地做着示范:"洋妈妈,慢慢来。你看啊,面皮放在手心里,手指弯曲,面皮就卷起来了。肉馅不要填太多,手指尖轻轻掂起面皮,再轻轻一捏,就捏在一起了。然后呀还有个窍门儿,左拇指头稍稍一顶,瞧,饺子肚就鼓起来了,圆鼓鼓的多像个大元宝啊!"

金娜感叹:"慧,哎哟,你手太巧了! 包的饺子真好看,圆鼓鼓的真像元宝! 吃饺子,就是把元宝吃到肚子里,再变成元宝,大家都在恭喜发财!"

志恒插了一嘴说:"洋奶奶总有新发现,她的话往往出人意料!"

金娜反问:"吃饺子不是吃元宝吗? 我又说错话啦?"

杨慧赶紧说:"不错,不错! 这样说也对。有人为了图个喜庆,还把硬币包到饺子里,谁吃到了,就会一年幸运,万事如意!"

金娜兴奋起来:"还有这个讲究呀,太有意思了! 我来包一个,看谁能吃到,就让他明年发大财!"

杨慧赶忙洗了几枚硬币,点拨着老太太填肉馅、放硬币,果然,捏出一个圆鼓鼓的饺子来。她兴奋不已，放在手心里端详半天，突然说："慧，我这个元宝与众不同，看看谁吃到了，就和谁有缘！"

杨慧从见到金娜第一面，就喜欢这个老太太。她真诚、率真、心底透明，年过花甲还像个天真的小女孩。她听说了自己的故事，见面不久就拉着自己的手问长问短，好像久别的老母亲，透着浓浓的关切和爱意。老太太对自己心里的秘密不藏不掖，此刻又凑到杨慧耳边悄悄说："我希望这个元宝，吃到老酋长的肚子里，那才是缘分！"杨慧从她的神情里，又看到那种单纯和痴迷。

杨慧心头受到触动，便点拨她说："洋妈妈，你想达到这个目的，最好做个记号，和别人捏的元宝才能区别开来！"于是，她教老太太在那个饺子上捏出一溜花边。

老太太看了，果然高兴得合不拢嘴："慧，你太聪明了，不过你是在教我做手脚？"

杨慧的心思被老太太当面揭穿，不好意思地涨红了面孔，羞涩地笑起来："洋妈妈，你太精明了！啥事一看就透，谁也蒙不住你！"

老太太摇摇头、耸耸肩说："不，不，慧你说错了，最精明的人是老木头！用你们的话，我和他，剃头挑子……一头热。那一头，还得烧火！你和旺生米都煮成熟饭了，早点成亲吧，老木头急着抱孙子哪！"

杨慧低着头笑着说："洋妈妈，我们俩常年在南方奔波，忙得有时候饭都顾不上吃，其实办不办喜事没关系，我一点不在意。可是大树爷不同意，非要大办一场。唉，胳膊扭不过大腿，只好拖着呗……"

金娜愤愤然："这个老酋长，独断专行！"

司提芬和杨若兰凑在一起包饺子。她手巧学得很快，包出的饺子有模有样，扁扁的，平平的，有点像木梳。

杨若兰说："你脑子管用，又心灵手巧，说起中国文化好像无所不知，干起活来一看就会。你真该生在中国，别做美国人了！"

司提芬说："我对中国有印象，从小受奶奶影响太大了。她整天讲的是中国，志愿军，林大树；整天念叨着朝鲜战场，炮火连天，中国人如何救她，还受到责难，如今下落不明，音讯全无。所以我从小心里就打上了中国的烙印，对神秘的中国特别感兴趣，好读中国书、听中国故事，上学就找研究中国的专业。就这样，我被中国迷住了。"

若兰逗她："你离不了中国，那就嫁个中国人，安家落户好了！"

司提芬说："好啊！碰到优秀的帮我介绍一个。"

若兰苦苦一笑："我可没那本事！自己的事都摆不平，哪敢揽别人的瓷器活呀?"

司提芬疑惑地望着她:"我听大树爷说,你和那个唱歌的黑妖是情侣,青梅竹马,从小一块长大的童男童女。我看他还挺不错的,你怎么三心二意啦?"

若兰沮丧地摇摇头:"他呀,就是个疯子、野马、神经病!我和他越来越像两股道上跑的车,走不到一起,也说不到一块了。"

司提芬蓝眼珠骨碌碌一转说:"若兰,男人就应该是野马,不应该是猫咪。跟着野马能驰骋天地,跟着猫咪,你就变成老鼠了!"

若兰脸蛋微微泛红,想解释什么,却被打断了。

黑妖一头闯进来,朝众人打个招呼,而后弯腰作揖深鞠躬:"各位爷爷奶奶大叔大婶舅舅舅妈哥哥嫂嫂都有了,晚辈在下,一并鞠躬行礼啦!祝大家新春愉快,万事如意,身体健康,天天发财!"

他撅起屁股低头鞠躬,不想棒球帽掉在地上,露出他的剃了半边光头、梳了半边辫子的脑袋,把一院子人逗得前仰后合地哈哈大笑起来。

黑妖有点难为情,尴尬地摸着脑袋干笑,求救似的瞄了若兰一眼。若兰好像被野火燎了一般,脸腾一下子红了,赶忙转过身去,心口一阵狂跳,生怕有人引出话头,让她陪着在众人面前丢丑。

司提芬却放下手中的筷子和面皮,拍拍手走过去,帮黑妖捡起棒球帽,大大方方替他戴上,伸出手来:"正式认识一下吧,受人尊敬的歌王。我是司提芬,现在是你的粉丝,以后会成为你的朋友的!"

黑妖机械地伸出手来,被司提芬紧紧握住。

黑妖感激地望着她,嚅动着嘴唇想说"谢谢你帮我解除了狼狈",开口时却变成了解释:"我这副打扮完全是为了需要……"

司提芬会意地莞尔一笑,大声说:"你是歌王,就应该与众不同!我跟志恒学会一句话,干啥吆喝啥,唱啥就得像啥。不抹个大红脸,就不是关云长;头上不插三根野鸡毛,就不像个山大王。这是职业特征,为的就是让人记住呗!"

志恒妈接住话头打趣说:"黑妖,听说你长进了!歌唱得老好,把南方唱得起大火了;追你的那些粉丝粉条的,比天上的星星还稠呢!"

志恒纠正说:"妈呀,你把话说偏了!黑妖一首歌在特区唱火了,他成了当红歌手、歌坛明星。追他的歌迷叫追星族,海了去了!二叔不是说了,有个外企老板欺负咱们农民工,逼着工人给她下跪,横得很,谁也治不了。后来二叔搭舞台,请黑妖唱歌骂阵,一首歌把那女老板臊得威风扫地,乖乖给咱们工人赔礼道歉,低头认错!"

众人起哄,吆喝起来:"哟咳,黑妖能耐呀!那就吼两嗓子,让大家饱饱耳福!"

黑妖在大家面前是小字辈,此刻被半开玩笑半认真地夸赞着、挑逗着,除了回避若兰怨愤的目光,其余的毫不在意,大大咧咧地说:"我没有别人传的那么神秘那么能耐,也不像有些人看的那么不争气。我把大漠飞狐团队带来了,就在咱家过年,给大家做个汇报演出。等今天吃完团圆饺子咱们就……"

他突然刹住话头,眯起眼睛瞅了一圈,夸张地晃晃脑袋,伸伸舌头:"差点忘了,这里是古水坡,一切行动都得由他老人家拍板才能决定。我这就去打探一番,请大家少安毋躁,耐心等待!"

他故意和若兰对个眼神,做了个调侃的鬼脸,一转身溜之大吉。

若兰慌忙扭过脸去,眼眶里涌满了委屈的泪水……

天空低垂着灰蒙蒙的云层,西北风刮得紧,刀子似的刮在脸上,好冷的天呀!

希望小学那片建筑工地上寂静无声,一堆堆建筑材料披挂着没有融化的残雪。

大树爷带着林家旺在工地上徘徊。

大树爷说:"家旺,这里开春就动工,抓紧仨月就能建成,能赶上夏季学生开学。钱是人家老外出的,你甭操这个心。你是村支书,多在河上架桥这事上费点心劲。投资太大,咱村拿不起,你抽空跑跑县上,吆喝吆喝!"

家旺思虑着说:"爹呀,俺知道你心里就牵挂着两件事,一是学校,二是架桥。学校落到实处了,是因为你的关系,当年救过人家,人家来报恩,帮咱建座学校。我想了,为了表示诚意,咱就喊作'金娜希望小学',您看中不中?"

大树爷当即赞同:"中!中!中听,老合适!"

家旺又说:"在河上架桥是个大工程,投资大,收效不大。专为咱村三百多号人,县里不可能,也没财力投资,咱还是自力更生吧!一年不成两年、三年、五年,凭着愚公移山的精神,桥一准能架起来!"

大树爷点点头,低声说:"是啊,还是自力更生靠得住。俺老了,只怕看不到了……"

家旺赶忙打岔,一本正经地问道:"爹,那位洋大娘咋回事啊?我听她说话的口气,没有走的意思。她会不会有啥别的想法?"

大树爷猛然把脸一绷,说:"啥想法?你甭乱猜!都是七老八十的人了,还能兴风作浪呀?你还是想想自己吧,赶紧和杨慧把事办了,俺急着抱孙子哩!我养了你们兄弟五个,都交给国家了。老三成家了,生了个妮子。老四老五都在部队上,媳妇都没影儿呢!俺老林家就志恒一棵独苗,你们不急俺急呀!"

林家旺赶紧堆上笑脸,双手搀住老人的胳膊,饱含歉意地说:"爹呀! 这事怪俺,都怪俺! 俺跟杨慧,前几年心里缓不过劲儿,拖下来了;这几年在南方实在太忙,抽不出整块时间。其实吧,不讲排场也能让您抱上孙子,你老人家不是讲究嘛!"

大树爷猛然停住脚步,威严地说:"那当然! 你为了这个杨慧,苦熬多年。她嫁了志刚,你发誓不娶;后来志刚没了,你俩才走到一块;你有情有义,够爷们儿,是条汉子! 你爹不傻,要不排场一回,让你正大光明把杨慧娶进门来,俺老头子心里不安生哪!"

大树爷眼眶发潮,胳膊有点颤抖。

家旺赶忙搂住老人的胳膊,劝慰着:"中,中! 爹呀,俺明白您的心意。听您的,按您意思办! 俺抓紧,抓紧,一定抓紧!"

志恒拉着黑妖从山路上匆匆跑过来,说:"爷,二叔,大家都在等你们,饺子该下锅了!"

大树爷瞅见俩娃跑得气喘吁吁,嘴里大口大口呵着白气,心疼地伸过手去,一手拉着一个,心头的郁结顷刻烟消云散了。

"中! 回! 咱回去吃饺子,过年喽!"

走了两步,他突然对黑妖说:"乖娃,你二舅把你夸成一朵花,是骡子是马,拉出来遛遛? 趁着过年哩,让俺也乐和乐和?"

志恒说:"爷呀,他就是想听您一个准字,在大伙面前显摆显摆哩!"

大树爷故意板起面孔,盯着黑妖问:"娃,是不是孙猴子翻跟斗,在如来佛手心撒尿哩?"

黑妖故意低眉顺眼,做出一副可怜状说:"我如今还是未经批准私自外出流落街头的江湖逃犯! 您老人家下令通缉,又派人追踪将我押回老家问罪! 我只有听候发落,哪敢逞强显摆呀?"

大树爷也随着黑妖的口气,拿腔作调说:"如此说来,老夫理当为你平反,取消私逃罪名,还你自由之身,你就逞能显摆去吧!"

听到这句话,黑妖如同去掉金箍的孙悟空,应声说道:"大老爷一声令下,小的这便准备去了!"他挣开大树爷紧攥的手掌,一溜烟跑走了……

按照黑妖的想法,演唱就在石头院里进行,唱给亲友们听听,凑凑热闹。主要想逗大树爷高兴,让老人家高高兴兴过个年。他把自己的"大漠飞狐"团队带回古水坡过年,确实想趁机显摆显摆,让亲友们见识一番团队的实力,为日后闯荡江湖扫清障碍。

村主任张发动得知信息后,格外主动,扔下碗里刚煮好的饺子,赶紧跑过来帮忙。他建议把演出地点搬到老槐树下,家伙什儿一响,村里人都会蜂拥而至,把石头院撑塌了也盛不下恁多人。还是搬到老槐树下,全村人都能热闹。

黑妖点头同意。他当即找到木匠林墨斗,临时从工地借来几块板材,动员起十几个年轻小伙搬砖垒台子,转眼间就搭起了个三尺高、丈二长、八尺宽的临时舞台。同时,搬了一堆老树疙瘩架起来,不一刻便燃起一堆熊熊篝火,蹿动着火苗,迸溅的火星,霎时间把村头老槐树下那片场地,生发成暖意浓浓的去处。接着,他又把村委会的两张办公桌、四个长条椅搬过来,置放在火堆旁边;又把热水壶、粗瓷碗摆在上面。他一忙活,聚拢过来的人越来越多,大家伸手帮忙,很快便把演出场地收拾得有模有样了。

张发动把一切准备停当之后,独自跑到村委会,打开播音器,自作主张播放了一条信息:"乡亲们! 老少爷们儿! 古水坡村广播电台现在播放一条本村新闻。今天是大年初一,是家家户户阖家欢聚的日子。我张发动作为村主任,代表村委会给全村的乡亲们拜年了! 祝长辈们身体健康、长命百岁;祝娃娃们天天向上、年年进步;祝在外打工的乡亲们工作顺利、月进斗金;祝年轻的兄弟姐妹们相亲相爱、幸福美满! 同时有一个好消息告诉大家,咱们村的林志新,就是大树爷家那个宝贝外孙黑妖组建了一个音乐团队,叫大漠飞狐。从北京唱到特区一炮打响,如今唱红了,唱火了! 今天哪,准备为乡亲们搞一场汇报演出! 请大家吃罢饺子都去观赏,地点就在村头老槐树下,特此通告! 本次广播结束,谢谢收听。"

大喇叭里的吆喝声真把人心搅乱了,听说村头有演出,饺子再香,人们都品不出滋味来了。

本来村头上就聚了很多人,搬板凳的、扛凳子的、占地方的,闹嚷嚷一片。大喇叭里一吆喝,全村老少都骚动起来,放下碗筷就朝老槐树下赶来。争抢着瞧稀罕,瞅瞅那个精明淘气的黑妖,带了哪些让人开眼的新鲜玩意儿回来……

司提芬吃了半碗饺子,说肉馅太香了,回头接着吃;拖着拽着,非拉着若兰跟她一起看演出。若兰心事很重,自打放假回家,只和黑妖照了一面,人多眼杂的不好多说什么。听大家都在传说他在南方的英雄故事,心里更是五味杂陈,说不出究竟是酸还是苦,老想找个角落躲起来好好哭一场,吐吐满腹的委屈。但是她拗不过司提芬的纠缠,更不想大过年的让人扫兴,只好扔下饭碗随她走出石头院。

志恒妈瞅见家旺和杨慧守在灶屋里,殷勤周到地伺候着大树爷和洋大娘,便招呼志恒搬板凳,让志恒挽着,兴冲冲赶到外边看演出。

石头院里静下来。堂屋里剩下大树爷,坐在桌前不紧不慢夹起饺子,在碟子里蘸了佐料,细细嚼着,有滋有味地品尝着,不时吐出两三个字的评价:"哦,香。味道足,葱多了。姜……差点。羊肉嫩,不赖!"

杨慧掌锅下饺子,家旺守在一旁又是递勺子又是递碗的,甚是殷勤。没想到金娜托着一锅排生饺子进来说:"旺,你先出去,我和慧要做手脚,是秘密!"

家旺不明就里,慌忙退到门外。等到金娜端了一碗热腾腾的饺子出来,他才闪进门去,问杨慧究竟咋回事。杨慧却守口如瓶,说这是洋妈妈的秘密,不便外传。

不一刻,堂屋传来金娜响亮而又得意的笑声,伴随着难以抑制的喊叫:"慧!旺!你们快来看呀!老酋长咬住金元宝了!大吉大利,开口发财呀!"

杨慧和家旺慌忙跑过来看,原来大树爷咬住了那个包有硬币的花边饺子,又被硬币硌了牙,正用手揉着腮帮子苦笑咧!

杨慧故作惊讶:"哎呀,大树爷您可是咬住福啦!大吉大利,大富大贵!查查这个元宝谁包的,或许还有啥缘分说不清呢!"

家旺说:"一群人包了几大桌饺子,哪能查出谁包的元宝?不就图个吉利喜庆就是了!"

"No!No!"金娜挺身而出,掷地有声地说,"这个元宝是我包的!里面是一枚金币,背面是仙女,花边,是慧帮我捏的,可以做证!"

杨慧连连点头,证据确凿:"洋妈妈说的句句实话,我敢担保!"

大树爷用手捂着腮帮苦笑着说:"洋婆子,你包个硬币让俺硌了牙。人证物证都有了,你想领赏呢,还是认罚呢?"

金娜顿时嚷起来:"老酋长,休想要滑头!我包元宝许过愿,谁咬住就是缘分,他就是我的情人。今天你赖不掉了!"

大树爷当着儿子、儿媳的面感到难为情,慌忙用巴掌捂住脸,支吾道:"嗯,嗯……你这个洋婆子,咋就说话不挑个地方哩?嗯……"

家旺拿眼神剜了杨慧一眼,小声说了句"共同作弊",然后上前搀起大树爷,大声说:"爹呀,村头上锣鼓敲半天了!你老人家不到场,你外孙子不好开口吆喝呀!"

大树爷借坡下驴,捂着腮帮子起身,匆匆往外走:"哦,听唱去……咱都听唱去……"

金娜看见大树爷开溜,赶忙追上去,挽住他一只胳膊,落落大方地说:"连句玩笑都不敢开,胆小鬼!我偏要和你手拉手,嘻嘻哈哈过大年!"

村头上早被人们围得里三层外三层的,瞅见大树爷走来,大家纷纷闪开一条人缝,把他让到当间茶水桌旁边坐下来。

村主任张发动哈起腰,朝前面打个手势,便听见嘭咚咚一串锣鼓响,演出正式开始啦。

黑妖和他的团队全部登场,各自操起家伙什,摆成一个很酷的造型,齐声吼喊:"乡亲们! 新年快乐,恭喜发财! 给大家拜年喽!"

接着,唢呐高奏,管弦齐鸣,黑妖模仿《好汉歌》的曲调,吼唱起来——

　　大河向东流哇,

　　天上的星星参北斗啊!

歌手们一起伴唱——

　　嘿哟嘿哟参北斗啊,

　　大年三十一碗酒啊!

黑妖抱着吉他唱道——

　　说走咱就走啊,

　　初一五更大拜年哇,

　　你有我有全都有啊!

　　古水坡本是穷山沟啊,

　　娶不起媳妇养母狗,

　　唱不起大戏耍皮猴啊,

　　骑不起毛驴骑墙头,

　　住不起瓦房住河沟儿,

　　坐不起板凳坐石头,

　　挂不起灯笼挂箩头啊……

黑妖领唱——

　　现如今哪……

歌手们合唱——

　　改天换地一双手哇,

　　敢闯敢干啥都有。

　　城里人吃素咱吃肉,

　　住罢平房再住楼,

　　城里人相中咱山沟沟,

　　咱逛罢了郑州逛杭州哇,

　　过罢初五就出发哇,

　　风风火火闯九州哇!

歌手们齐声吼唱——

　　风里雨里不回头哇，

　　风风火火闯九州哇！

黑妖和伙伴们边舞边唱——

　　嘿呀依儿呀嘿呀依儿呀，

　　风风火火闯九州哇！

　　……………

　　这调门电视剧里唱过，喇叭里听过，大伙都耳熟，听起来很亲切。台上歌手们卖力地吼唱着，台下观众轻声细气跟着哼哼，众人吆喝着喊好，噼里啪啦拍起震耳的巴掌声。

　　大树爷喊了一声"好"，竖起大拇指说："咳，还甭说，妖娃子这一手还真不赖！唱的扭的不比电视上差，够味儿！词儿改得也不赖，喜庆，顺耳！还有啥新鲜的，接着唱！"

　　黑妖朝伙计们打个手势，一张一合扭搭起来：

　　现如今，有钱的就是男子汉，没钱的就是汉子难。男人不能很有钱，钱和混蛋最有缘。男人钱多了能变坏，钱多了他就好作怪。所以说有钱的老板真可爱，有肉不吃他吃野菜，有楼不住他住野外，怀里还搂着下一代，嘴里还哼着《迟来的爱》！你们说他坏不坏？

　　要说有钱也不错，都是女人惹的祸。现在有些大姑娘，她要房要车不要爹娘，男人没车没钱又没房，没人跟你入洞房，人才好也是光棍郎！脸蛋好不如嫁得好，嫁个大爷不算老，只要老头他有钱，胜过我苦熬几十年！

　　这种人，没法提，说出来让人气。年龄不是差距，身高不是距离，体重不是压力，人生就是游戏！她忘了，活个人就得有志气，不能掉到钱眼里。秤砣虽小压千金，蜜蜂虽小采花芯，胡椒虽小辣人心！咱们呀，把心态调到最高点，甭怕路不平，想想还是咱不行。人生路漫漫长，不能步步都辉煌。漫漫人生路，谁还不会错几步？只要志气不滑坡，办法总比困难多。处处都要按规矩办，苍蝇不叮没缝的蛋。别人骑马咱骑驴，比上不足比下有余。十年河东还会转河西，可不能随便看人低！万丈高楼平地起，想辉煌就得靠自己。好花没有百日红，人生没有一世穷。日出东海落西山，活一天就得奋斗一天，千万不能钻牛角尖，开心过好每一天。该吃就吃，该喝就喝，想哭就哭，想乐就乐，有事甭往心里搁，活到百岁不算多！

　　这段唱词大多是口语方言，黑妖他们说唱得朗朗上口，乡亲们听得津津有味，不停地拍巴掌喊好。场地上气氛甚是热闹。

大树爷喊道："妖娃子,俺得点歌了,听说你们在南方唱了一曲很唬人,唱来听听。让俺也过过瘾呗!"

黑妖站在台中央,自己报幕,来了一段解释说:"下面就唱《爷们儿歌》。是我们这群小哥们儿自己编曲、自己作词、自己鼓捣出来的,本来想上《星光大道》,还想夺个周冠军呢!为啥呢?就因为俺是个河南人,到外边闯事业常常被人看不起,俺哥们儿几个就想着弄首歌唱出来,唱他个扬眉吐气!抖抖咱河南爷们儿的精神!亮亮咱的风采!"

随着一声唢呐冲天而起,黑妖和他的伙伴们边说边唱边跳,风风火火吼唱起来……

这首歌一次次把小山村的情绪喧腾起来,几乎是台上唱一段,台下起一阵吆喝;台上还没落音,台下合唱就跟了上去;巴掌拍得如狂风呼啸,吆喝声吼得如六月炸雷;欢乐和冲动掺和起来的呼啸,差点把石头村子轰抬起来!

大树爷感动了,站起来拍巴掌,脸上挂着泪花。他说:"中!唱得中!唱得好哇!咱爷们儿就得这么说,就该这么做。天塌下来咱扛得起,铁打的脊梁硬铮铮!做人做事不掺假,良心二字千斤重。张王李赵伙着一个老祖宗,手拉手都是亲兄弟……记不全,听着来劲!中,中!够爷们儿!"

黑妖扑通一声跪在舞台上,一连给大树爷磕了三个响头。

大树爷起身,想挤上前去搀他:"妖娃子,你……咋就经不住夸咧!"

村主任张发动赶紧过去搀,黑妖却固执地跪在舞台上,沉甸甸说了一番话:"姥爷,我三岁死了妈,五岁死了爸,我是您老人家一手养大的。我刚才磕第一个头,是黑妖谢您的养育之恩;第二个头,今天是大年初一,黑妖给您老人家拜年;第三个头是黑妖想走唱歌这条路,您头一回夸我够爷们儿,唱得中。我能得到您的肯定,从今往后黑妖就顺着这条路走下去了!"

大树爷从人缝里挤到前边,伸手把黑妖拉到他怀里,热泪涟涟地说:"娃,都说姥爷疼外孙,白操心。俺瞧准了,没白疼你,你有出息了,俺高兴!你说了,万丈高楼平地起,要想辉煌靠自己。俺只有一句心里话,不管天多高路多远,记住俺老头子,常回家看看!"

"大漠飞狐"的伙伴们挤到台口上,齐刷刷给大树爷跪倒磕头,说:"姥爷您放心,我们就是跑到天涯海角,您一声吆喝,我们就赶到您面前!"

杨若兰挤在人堆里垂头听唱,偶尔觑一眼台上蹦跳欢歌的黑妖,他近在眼前,心却相距遥远。她隐约感到那个熟悉亲近的男孩,现在仅仅是一个幻影,可望而不可即了。那个男孩朝着一片霞光走去,渐渐走入一片幻境。原想着有条绳子系住他,即便拉不回来,也是一份期冀一份幻想。此刻看来,那根无形的绳索断了,从此他将在她面前脱缰而去。他不会听从她的召唤,他们或许永远听不到相互的心声了……

听着面前的喧嚣,她心口疼痛难熬。她从人群中挤了出去。

司提芬依偎在金娜的肩胛上,祖孙二人被眼前的情景深深吸引。尽管她们不能完全听懂歌唱的内容,却能体味舞台上下所表现出来的情绪。台上和台下呼应一气,洋溢出来的不仅仅是欢乐和喜庆,还有这个族群难以掩饰的自信和高傲。她们情不自禁地跟着鼓掌、叫好,新奇而又感动地陶醉其中。

司提芬兴奋地推推金娜:"亲爱的索梅尔,这里的人太可爱了! 就像他们唱的歌,豪爽、火辣、热情、善良,很爷们儿! 我想唱支歌,献给他们!"

金娜怂恿她:"司提芬,太好了! 我想和你一起唱!"

司提芬双手搀起金娜,朝舞台上挤过去,举手报告:"大树爷,我们也想唱首歌!"

大树爷双手拍巴掌,朝着人群吆喝:"喂,咱们的外宾要唱歌喽! 大家呱唧呱唧!"

人群顿时喧腾起来,一阵暴烈的掌声过后,村头上静寂下来,二百多双目光火辣辣地投射到一个地方。

金娜·索梅尔和司提芬光彩夺目地站到舞台上。一个金发染霜,雍容华贵;一个形体动人,高雅不俗。她们唱起歌来,音域宽广,音色丰满,情感真挚,眉目传神,表情生动可人,声音婉约动听。虽说听不懂歌词内容,听那曲调旋律悠然深情,确实是一种享受。

一曲终了,祖孙二人手拉手向台下鞠躬。观众一片静寂,似乎还沉浸在余音袅袅之中。

司提芬朝前一步对大家说:"我和奶奶刚才演唱的是一首美国民歌,我把歌词翻译给大家,就会听懂歌的大意了——

地上的花儿哪里去了?

花儿被姑娘们采去了。

姑娘们到哪里去了?

姑娘们到军营去了。

军营里的士兵哪里去了?

士兵们到战场上去了。

战场上的小伙子怎么不见了?

战场上的鲜花开了。

——那是小伙子们灵魂发出的欢笑!

"爷们儿! 姑娘小伙都是爷们儿!"大树爷听懂了,站起来喊道,"乡亲们,人家唱的是英雄,唱得老美! 呱唧呱唧呀!"

掌声刮风般响起来。

金娜趁机鼓动起来:"我建议,请你们大树爷唱一段,大家欢迎,呱唧呱唧!"

大树爷环视一圈,笑呵呵地说:"乡亲们哪,俺这辈子真没唱过歌,劈喉咙哑嗓,比杀鸡还难听! 今儿过大年,俺接受洋奶奶挑战,俺就跟大伙共同唱一段《花木兰》! 大伙说中不中哪?"

"中! 中! 中!"人群山崩地裂一声吼。

大树爷朝黑妖使个手势,喊道:"音乐!"

顿时,鼓板清脆,板胡高亢,笛音缭绕,各种乐器齐奏和鸣,奏出豫剧二八板悠扬悦耳的调门。大树爷一挥手,台上台下有板有眼地唱了起来,起承转合,刚柔并济,是那般铿锵有力,又那般高亢、悦耳、动听——

刘大哥讲话理太偏,

谁说女子享清闲。

男子打仗到边关,

女子纺织在家园。

白天去种地,

夜晚来纺棉,

不分昼夜辛勤把活儿干,

将士们才能有这吃和穿。

怎要不相信哪,请往这身上看,

咱们的鞋和袜,

还有衣和衫,

这千针万线都是她们连哪!

…………

开始有几个人在唱,接着许多老人跟着唱;后来,大树爷的嘴巴也张开了,随着大家哼;随后越唱越雄壮,所有的老年人、年轻人、大姑娘、小媳妇、毛头孩子,全都开口一起吼开了。唱完了,随着一阵掌声,满场观众笑成一片……

司提芬激动地鼓起掌来,对金娜说:"亲爱的索梅尔,您挑起的'战争',引来全村人应战。他们都会唱，都会吼，这个山村太恐怖了！"

金娜耸耸肩，摇摇头："司提芬，是那个老酋长太可怕了！什么事都难不住他，你都看见了，不好对付！"

黑妖走到司提芬面前，礼仪翩翩地说："洋妹妹，你中国话讲得很好，会唱中国歌曲吗？我想请你合唱一首歌！"

司提芬兴奋地说："好啊！谢谢你，年轻的草根歌王！我学过一首《康定情歌》，唱得不好。有你带着，我就能唱！"

黑妖对伙伴们挥挥手："操家伙！《康定情歌》！"

他很绅士地伸出右手把司提芬邀请到舞台上。音乐响起，黑妖和司提芬按男女分部唱，而后合唱；现场有音乐烘托，歌词有黑妖提示；有难度的音节黑妖及时衬托；司提芬放开嘹亮悠扬的歌喉，把情感发挥得淋漓尽致，深陷意境之中，如痴如醉……

大树爷带头鼓掌："今儿过大年，俺算是开洋荤了！乡亲们呱唧呱唧！"

黑妖和司提芬手牵着手给大家鞠躬。

人们拍起巴掌，掌声此起彼伏，一浪高过一浪。

林家旺冲上舞台，挥挥手平息了掌声，然后恭恭敬敬朝全场群众鞠了一躬。

他说："乡亲们，大家新年好啊！我代表村委会、村支部，给全村的老老少少拜年了！祝大家在新的一年身体健康、万事如意、心想事成！我想借这个场合，向两位尊贵的美国朋友表示热烈的欢迎、诚挚的问候，以及发自内心的感谢！祝愿你们在古水坡生活愉快，身体健康，天天都有好心情！"

说着，他朝着金娜和司提芬深鞠一躬。

全场村民又拍起巴掌，春雷炸耳一般响亮。

林家旺接着说："今天的演唱会非常成功，非常接地气，很受大家伙欢迎！我想告诉大家一个好消息，年前村委会曾经跟省会的《梨园春》联系，想请他们那些打擂的名角来咱村演一场，犒劳犒劳乡亲们。当时没靠准，请戏的多嘛！刚才呀，对方的经理来电话了，日子定了，正月初五后晌来咱村……"

林家旺的话没说完，就被掌声、呐喊声打断了。好容易才平静下来，他挥挥手接着说："我瞧了咱刚才的演唱啊，有了个新想法。咱不能光听他们唱，请黑妖再把咱们节目编排编排，咱跟《梨园春》打擂，大家说中不中啊！"

"中！中！老中啦！"

如同火堆上浇了油，小山村霎时间炸锅了！

第十三章　患难夫妻

在以往,过罢正月十五,年才算过完。

现如今,吃罢"破五"的饺子,在外边工作的就该上班了;准备外出打工的人们,也开始打点行装了。

志恒是初六那天吃罢饺子走的。

一家人送他到村头上。金娜和司提芬说着告别的话,一副恋恋不舍的神情。志恒妈腿脚不好,扶着老槐树,悄悄抹眼泪。

大树爷要撑船送孙子过河,志恒不依。他扶爷爷在船舱坐好,拿起篙自己撑船,朝对岸驶去。清寂的河面上,划开了年后第一道水花花……

大树爷吸起旱烟袋,感叹地说:"天增岁月人增寿,转眼又是一年哪!志恒,再有一年就该毕业了吧?"

志恒撑篙划着水,说:"爷,明年夏天毕业。"

大树爷吐出的一口烟,云朵般在他头顶盘旋,被河风撕碎了,和空中的彩云融合一处。老人沉思着说:"说来也真快。拿到毕业证,就在县城找工作,能当个医生更好。赶紧说个媳妇儿,你妈就算熬出头来了!"

"爷,俺上的是大专。想当医生还得考专升本,那得上五年。"志恒解释着,决然说,"爷,俺不想上本科了。早一年毕业就能早一年工作。"

"咋啦,急着上班挣钱哩?"大树爷瞅着他,口气很重地说,"爷指望你出息哩!你能上天,爷给你搬梯子。有俺供你嘛!"

志恒脸上写满真诚,说:"爷,俺爸走得早,俺妈是个病秧子。我是您的长门孙子,咋能眼瞅着您日夜为我操劳哩!我想了,您肩上的担子,我得替您扛起来!"

大树爷沉默半晌,没再说话。船到对岸时,他才拍着志恒的肩膀,殷切地说:"恒呀,爷知道你是个爷们儿! 做人做事都在点上,爷这辈子放心了。你的路该咋走,俺不再絮叨了……"

目送着林志恒的身影上了公交车,大树爷荡着空船回到古水渡。没想到黑妖和他那伙小哥们儿齐刷刷候在码头上,各自扛着家伙什,一副急慌慌赶场的模样。村主任张发动带着几个村里人,帮他们抬着鼓架子、琴匣子,端端一副送行状。没等大树爷动问,黑妖就急匆匆跳上船头,急火燎毛般说了情由:"姥爷,刚接到合伙人的电话通知,省电视台邀请我们团队参加'中原大地闹元宵'晚会,点名要我们演唱《爷们儿歌》! 立马得赶到郑州去参加彩排,可能还需要加工修改。另外,北京有家网络公司,也看上《爷们儿歌》了,要录音录像上电视! 姥爷,俺在家待不住了,不能陪你过年了,俺得奔事儿去了!"

不待大树爷点头应允,小伙子们便砰砰咚咚跳上船。村主任帮着递这递那,把家伙什装上船去。他自己最后跳上船,搀着扶着哄着劝着把大树爷弄到岸上。村主任说:"叔啊,他们事由急,耽误不得。您就在码头歇着,俺把他们送过河去啦! 啊?"

大树爷脚步还没在码头上站稳,渡船已经掉头离岸,撑出去好远了。老人朝河面上摇摇手,喊道:"妖娃子,办完事甭忘了回家来,俺还有话没说哩!"

黑妖站在船头大声应道:"姥爷——! 俺记住了——! 您——打开——电视——收——看——吧——!"

渡船越走越远,河面上随风飘来一阵年轻人快乐的欢声笑语……

正月初七,是定好的日子。

林家旺一大早起来,就把旅行箱拉到老槐树下,等候着村里一群年轻人,扛着行李卷赶来和他会合,聚齐了一起朝码头走去。

志恒妈收拾了一包干粮塞到杨慧怀里,拖着老寒腿送出门来,交代:"慧呀,咱爹的心思你知道,惦着你跟家旺哩,说梦话都念叨你们俩! 听俺一句劝,挤点空闲把事办了,啊?"

杨慧答应着:"大嫂,俺知道了,记住您的交代啦! 您也保重身体,啊? 走了俺!"

她一边说着话,一边脚步匆匆走上石板路,急赶前面的队伍去了……

林家旺带着杨慧和公司几个执事的,按计划提前赶到特区那边去。把年前联系的工程和工作岗位落实到位,方能在大批民工南下时做到心中有数,安排得当。

他的工作原本做得井然有序,有条不紊。春节前,他刚从南方回来,应邀参加了平原县三级干部会,受到县里表彰,赢得"模范村支书"的光荣称号。陈县长做报告说:"咱们县到南方打工的农民工总数超过10万;咱们县去年的财政创收超过五亿元,其中60%是外出务工人员的贡献!今年开春,县委、县政府要加强外出务工人员的组织服务工作,争取早出发多出工,为咱县的经济再创佳绩。所以林家旺同志功不可没。农民工扛着包袱外出打工,盲目性很大。林家旺在特区开办了中原农民劳务中介咨询服务公司,从培训技能到上岗工作,从帮助找岗位到签订劳动合动、结算工资、解决纠纷,都能帮助农民工解决妥当,可谓一条龙服务!他们公司被称为'农民工之家',林家旺被农民工称为'大管家'。咱们大家说,县委、县政府该不该表彰林家旺同志呢?"

想当年林家旺带着本村几十个劳力南下打工,为的就是寻找脱贫致富的门路。连他自己都没有想到会承担这么大的社会责任,他在特区办公司也是逼出来的。

当年的特区如同一个轰轰烈烈的大工地,搞建筑的、办工厂的、运货的、卸车的,到处都是用人的地方。北方人扛着大包袱刚走出火车站,凑在一堆儿气都没喘一口,就被用人的拉走了。活干了,汗流了,力气也掏了,工钱却拿不到,甚至连谁让你干的,你给谁干的,都弄不清楚,白白吃了哑巴亏!

有时候被人成批领到工地上,一干几个月,领工钱时被中介、工头提份子、抽好处,七算八算层层克扣,最后剩下没几个血汗钱!

还有更甚者,明明受了委屈或是受了工伤,遇到纠纷有理没处说,有气没处出!为啥?当初不懂谈保险、谈条件,连份劳动合同都没签,发生纠纷了,红嘴白牙,空口无凭,不伸直脖子把委屈咽肚子里还能咋着?

面对乡亲们一场场不应该发生的悲剧,一回回地空耗血汗、竹篮打水却又无可奈何。林家旺在痛恨黑中介和黑心老板的同时,看到了农民自身的落后和愚昧,如果不团结起来,追上现代社会的脚步,他们这些只会埋头苦干的乡下人,必然会成为那些聚敛财富的暴发户嘴边的羔羊!

于是林家旺挺身而出,办起了专门为农民工服务的中介公司。特区满大街的"职介所"和"劳务中介",图的是利,利从何来?牟取打工者高额的中介费。林家旺办公司图的是义,用智慧和热情为农民兄弟争取劳动和收获的合法权益!

或许林家人的血液中有着与生俱来的基因,在某种生存的关键时刻,总是敢于挺身而出,敢于为众人的事情担当大义,而且毫不推诿,勇往直前,视死如归……

此刻,大树爷坐在船舱里,挤在人群中,固执地要送家旺他们一程,谁也劝不住。

家旺说:"爹呀,您老放心。在南方我就是个工头,为大伙跑跑腿动动嘴,累不着的!"

老人说:"你甭日哄俺!成千上万人挤在锅沿边等着吃饭,你得去找米下锅。咱农民只会掏力,不惜血汗。有人就是靠咱汗珠子变钱哩,你得帮大伙讨回来!旺,你累的是心哪!"

家旺感动地说:"爹,公司有一大群办事的。我一个人浑身是铁,能打几颗钉呀?"

老人晃晃手:"家有千口,主事一人。你操着众人的心,哪还得空隙操自己的心哩?唉,俺懂。你在宽俺的心哩……"

家旺双手搂住爹的肩膀,感到老人在轻轻哆嗦,眼眶不由发潮了。他想安慰老人,却一句话也说不出来……

船在对岸停稳了,年轻人纷纷下了船。

家旺说:"爹,俺走了,您保重。有事没事经常打个电话。"

杨慧也说:"您老人家少操俺的心,啊?"

大树爷揉着眼圈,挥挥手说:"该交代的俺都说了。不管挣钱多少,把大伙招呼好……都走吧,还得赶火车呢……"

这时,公路上开来了一辆大轿车,鸣着喇叭在码头前面停下来。陈县长拉开车门走下车,紧赶几步迎着林家旺,握着手拉起话:"林总呀,听说你们今天启程,县政府专门雇了八辆大轿车,直接送你们去特区!"

林家旺大吃一惊:"陈县长,咋雇恁多车哩?"

陈县长眉飞色舞地说:"年前我在三级干部会上一鼓动,真起作用了!全县十八个乡镇争先恐后组织农民南下务工,第一批就报了三万多人。今天先走一千人,都是各乡带队的干部,跟着你林总去打前站。等那边安排好,这边再让大队人马分批出发!"

林家旺有点哭笑不得:"我说陈县长,原先在南方打工的,我这里都有计划有安排。你要这么多干部去南方,是干活,还是观光哩?你这样安排,会打乱我原来的工作部署!"

陈县长自顾自说:"说是带队干部,大都是村干部,也是去打工的,当然都得服从林总安排喽!他们去打工,兼顾自己的村民,对你林总也有协调作用嘛!"

林家旺越听越不靠谱,便说:"陈县长,特区不是平原县,谁去打工都是劳动者,一分血汗一分收获,甭以为那里遍地是黄金,老想着撞大运、发大财啊。俺可照顾不了村干部!"

陈县长拉着家旺,央求道:"林总啊,你多操点心,就算帮我了!咱县没啥企业,就是人口多。如果你把这些村干部培训上道了,咱县的经济就能腾飞了。这话不是我说的,是地委李书记。我们一起在省里开会,李书记向省委汇报就说到你林家旺!他原话是林家旺的劳务公司为特区培训输送了数以万计的农民工,也为咱们省创造了财富。中原农民都把他当靠山!如果充分利用这个窗口,就能为乡村农民开辟一条致富之路!"

林家旺眼瞅着推不掉,就说:"那我说两条,第一,凡是南下务工的农民兄弟一视同仁,由市场决定去留,优胜劣汰;第二,外出务工首先就要做好吃苦受罪的准备。请陈县长退掉租赁的大轿车。谁自愿南下的,统统去火车站排队买票,从挤长途火车这一课学起!"

大树爷突然走上去说:"县长大人,俺听你刚才的话音,当个县长真不容易呀!俺古水坡人拍着良心埋头苦干,你还在鞭打快牛。那些好哭的孩子,你哄着宠着多喂口奶吃!俺也趁势问一句,河上架桥的事你管不管?"

陈县长当即语塞,尴尬得脸皮发僵:"噢,大树爷!咱爷儿俩见面……就只有这句话?咱能不能说点别的?"

大树爷直来直去,舌头不打弯:"俺这根扁担呀,撬不动山。你是县长啊,俺求你只有这一件事!"

陈县长难堪得没法下台,无奈地解释说:"老人家,我跟家旺都说明了,修桥的投资太大,咱县财政实在拿不起。我已经责成交通局多次给上级打报告,只要省里出大头,不足部分砸锅卖铁,咱也得把桥修起来!"

大树爷点点头:"这话顺耳,像县长说的。"

他朝林家旺挥挥手说:"走吧!你们还得赶火车呢,甭耽误喽!"

公交车恰好停在站牌下。林家旺和村里人挤了上去,车便启动了。

有只胳膊从车窗里探出来,轻轻挥动着……

大树爷木然站在那里,眼眶里水汪汪的,终于没憋住,有滴泪珠滚出来,冷冰冰地挂在腮帮上……

村主任匆匆走过来,搀住他:"叔,该走的都走了,咱回吧?坡上消冻了,学校的房子也该动工了,咱瞅瞅去?"

大树爷扭过脸,抹拉了一把,而后转过身来,挥挥旱烟袋说:"嗯,该上紧啦。你通知工程队,这两天就开工吧!"

村主任瞅着老人,嘴巴翕动着,好像有话说。

大树爷问:"还有啥事?甭藏着掖着的。"

村主任说:"若兰病了。在大嫂家躺着,像是心病。那个洋妮子也劝不住。大嫂说得您劝……"

大树爷把装好的烟末又抖回荷包里,说:"咳,这妮子! 你大嫂家住有老外,她又挤过去,你大嫂咋能管过来? 回吧,俺去瞅瞅……"

杨若兰躺在炕上,靠着被摞,呆呆望着屋顶。头发散乱着,面色忧郁,眉梢都凝结着愁绪。

司提芬守在她身边,伸手摸着她的额头,劝慰着:"兰,你没有发烧。不吃不喝不说话,可能是心理疾病,应该去看医生。"

杨若兰似乎没有反应,依旧木然望着白色的屋顶,眼前却浮现出一串幻觉,真切而又迷离,勾住她的魂魄——

一片绿草如茵的山坡,两个少年在割草,他们相互比赛,看谁割得多。突然女孩的手划破了,指头上冒出血珠。男孩扔下镰刀跑过来,把女孩的手指放在嘴里吮吸,又捋把野齿牙叶揉成糊,敷在女孩伤口上。接着刺啦撕下一片衣襟,缠住女孩受伤的手指头……

一棵歪脖老树,结满红彤彤的柿子。男孩爬到树上采,女孩守在树下捡。柿子装满箩筐,他们抬着满筐柿子回家。奶奶迎了出来,端了一盆水让他们洗脸洗手,接着递过来一个枣花馍。男孩掰成两半儿,他们坐在石凳上吃得香甜……

在上学路上,男孩和女孩手拉手来到渡口。女孩把提来的饭罐递给大树爷,说:"爷爷,奶奶说这是晌午饭,您甭跑路了,我们的干粮都在书包里!"船到对岸,大树爷掀开饭罐,香喷喷地冒着热气,突然发现里面藏有烙饼,便大声呼喊:"妮子……回来!"两个少年跑到很远的地方,停下来应道:"爷——爷——! 吃烙饼——好撑船——! 吃窝——头——,长——劲——头!"

放学了,下雨了。男孩脱下布衫,护在女孩头上。女孩推过去,男孩又推过来,两人冒雨在泥水里奔跑。女孩摔倒了,崴了脚。男孩背起女孩,蹚过一路泥泞。女孩伏在男孩背上,嘤嘤哭泣……

女孩问:"志新哥,你能永远对我好吗?"

男孩不说话,伸出小拇指。女孩也伸出小拇指,两个人的手指紧紧钩在一起……

大男孩和大姑娘走在北京的胡同里,两个人唇枪舌剑地争论着——

姑娘:你这样四处流浪,街头卖唱,就能干出成绩来呀? 爷爷让你走正路,不能当卖唱要饭的乞丐! 换条路,照样能让你实现理想!

男孩:现在什么时代了,搞音乐还那么下贱吗?阿炳曾经拉着二胡沿街卖唱,巴赫、贝多芬给贵夫人唱过堂会,施特劳斯在街头拉过琴卖过艺……咋啦?世界闻名!你如果理解我,就应该支持我,和我并肩战斗,同甘苦共患难。或者默默助威,为我喝彩,替我排解忧伤。你却在拉后腿,帮倒忙,怎么能找到共同语言呢……

司提芬在说:男人就应该是野马,不是猫咪。跟着野马能驰骋天下,守着猫咪你就变成老鼠了!

大树爷抱住黑妖,热泪涟涟:"妖娃子,俺没白疼你。你有出息了,俺高兴!可俺有句话,记住俺这老头子,常回家看看……"

杨若兰抱住头,搂着枕头,呜呜咽泣……

大树爷走进屋来,站到炕头前,沉默一阵问:"兰妮子,有啥委屈给俺唠唠中不中?啊?窝在心里会闹出病的。"

若兰慌忙坐起来,揉着眼圈抹去泪水,靠在被摞上。她支支吾吾说:"爷,俺没事儿,真的没啥事……"

大树爷拉把凳子坐下来,摸出旱烟袋。司提芬端着一杯热茶递过来,说:"爷爷喝杯热咖啡,很提精神的!您尝尝!"

大树爷捧在手里,笑着说:"妮子,谢谢啦。这是洋货,苦不拉叽的。中,俺慢慢喝!"

司提芬看看若兰,充满同情地说:"爷爷,若兰她遇到情感问题了,请你做做心理安抚。我没有经验,梳理不通她心里的郁结……"

若兰急忙打岔:"不,不,司提芬!我心里……啥事也没有……"

大树爷泰然自若地笑笑,脸上挂满慈祥,说:"妮子,爷爷啥事没经过,啥人没见过,你那点心思以为俺看不出来?跟黑妖怄气哩,对不对?"

若兰摇摇头,眼里霎时涌满泪水。她突然埋下身子,啜泣起来:"爷爷,他回来过年这几天,总共跟我说过三句话。我看他……他的心飞了!"

大树爷抿了一口咖啡,说:"妮子,爷爷也有看走眼的时候。他没考上大学,整天鼓捣那些歌呀碟呀,我说他不争气,怕他学坏。现在看来,是俺错了!如今啥时代?不能拿老尺码看人啦!他是只能飞的大鹏,就该让他放开翅膀去飞,窜天入云,能摸住日头那才叫能耐!咱硬把他关在笼子里,这只鸟非困死不可。为啥?得了抑郁症,退化了!"

若兰抬起泪花花的眼睛,瞅着大树爷,悲咽着:"爷,他,他变了……"

大树爷拍拍炕沿:"对!妮子,你看准了!妖娃子是变了。变聪明了,变勇敢了,变得像个爷们儿了!过去的泥猴子变成敢做敢当的大男人啦!"

若兰挂着满脸泪珠子,愕然地问:"爷,您是批评我错了?……"

大树爷掏出旱烟袋,吧嗒了两口,劝道:"妮子,俺是说妖娃子变了,你没变。你还站在老地方,用老眼光看他,越看越不顺眼,越看距离越大!你和他想不到一块,咋能说到一块咧?是不是这个理儿呀?"

"爷,他也说过我,没有和他同甘共苦患难与共。我总不能辞了工作跟他一起去流浪吧?"若兰抹抹眼泪,话说得有些赌气。

大树爷狠狠吸了口旱烟,吐出的浓浓烟雾,在堆雪般的头顶缠绕着。他避开若兰的冲动,瞅瞅专注听他说话的司提芬,深情而又慈祥地说:

"洋妮子,俺老了,不会说时髦话,也弄不懂年轻人的心思了。俺只能说说自己个儿年轻时候的事。你们听一听,比一比,想想有没有相通的地方,兴许能有点启发……

"那年,俺从朝鲜前线回来。因为犯了纪律背着处分,除了身上穿的旧军装,背上的旧被包,可以说一无所有。回到古水坡,家都没有了。哥哥嫂子外出逃荒没了踪影,俺爹死得早,我参军时老娘还好好的,就是眼神儿不好,碰倒了油灯引发大火,老娘闷在屋子里活活呛死了……

"俺当时举目无亲哪!上无片瓦,下无寸土,连个站脚的地方都没有。李秀娟,就是你奶奶,还是个黄花大闺女哩。她家在李家沟,人口多,劳力多,虽不算富足,但不愁吃喝。

"秀娟领着俺去她家认亲,借粮食。李家人一听翻脸了,把俺撵出大门,把秀娟也扣下了,锁在家里,不准跟俺再见面。她爹说了:'既然连饭都吃不上,那就不配做男人,更不配娶你!丫头呀,木匠还等着你呢。你把他妹子换过来,咱两家都能过日子,你好好思量思量吧……'

"李秀娟被锁在楼屋里,不点头不准出门。他家爷儿几个杵着扁担守在胡同口。俺俩如同隔了天河,再难见一面!俺也想了,咱一个穷光蛋,连窝都没有一个,即便抢走李秀娟,哪里能安身呢?强扭的瓜不甜。咱给不了人家好日子,决不能让人家跟着咱受苦受屈!

"俺勒紧裤腰带,重新回到古水坡。那时村里没多少人家,地也不多。村公所分给俺八分坡地,俺就想把那地种好,争口气活出个人样。俺在山坡上搭个草庵安了家,起早贪黑地抡镢头刨土,又开出几分荒地。三个月后瓜果蔬菜长起来了,俺再不发愁饿肚子啦!

"忽然有一天,李秀娟扛着铺盖卷,站在地头,说我不走了,从今后就是你的人啦……

"俺呆愣愣瞅着她,天爷呀!不敢认了,瘦成一副骨头架,挂根棍子还吭哧吭哧地喘气,风都能刮倒!

"原来她被扣以后,不见人不说话不吃饭,连水都不喝一口。撂下一句话:死活要嫁给林大树,生是他的人,死是他的鬼!

"李家老少见她寻死觅活,软硬不吃,刀枪不入,左右为难,生怕闹出人命没办法收场。

"木匠那头也捎来话,说李家妮子当过兵打过仗,枪林弹雨都闯过来了,硬逼她过门,万一再惹出血光之灾,还不如好说好散,就此了结。

"李家人不敢再坚持下去。她爹出面对李秀娟说:路是你选的,人是你挑的,从今后你走你的阳关道,吃苦受累甭后悔,穿金戴银没人眼馋!

"俺把秀娟搀到草庵里,让她喝了水,又吃了半碗剩饭。俺把她的铺盖跟俺的拼在一起,又打了个草捆子当枕头,俺把她抱起来,放到松软的地铺上。她拱到俺的胳膊肘里,孩子般哇哇哭了起来……

"三天后,她脸上有了血色,胳膊腿也有力气了。对俺说:'林大树,咱俩再穷,也得拜个花堂吧?咱当过兵,不信鬼神。咱没亲友,不用请客。结婚成家,你知我知,也该让天知地知呀!'

"她说得有理,俺就听她的。俺跑到山坡上采了一大捆野花,插在草庵上;还编了个大花环,戴在新娘子的头上。俺煲了一只野兔,烧了一盆山鸡肉,炒了南瓜、茄子、土豆、胡萝卜,凑够了八大碗,热腾腾、香喷喷地摆在山坡草地上。没有香烛,俺点燃一串串蓖麻子,蹿起一簇簇旺旺的火苗,照亮了半边山坡。

"那夜月亮又大又圆,像个玉盘挂在天上。几颗星星眨着眼,惊讶而又疑惑地看着俺们俩。俺们傻乎乎地站在草地上,经历着人世上最寒碜也最富足的结婚仪式。

"秀娟说,林大树,咱给月奶奶鞠个躬吧,请月奶奶当咱的证婚人!

"她又说,咱们俩相互鞠个躬吧,从今后咱俩就把命拴在一起了,生死相依,白头偕老!天当被,地当床,月奶奶送俺入洞房……这是李秀娟钻进草庵,跟俺拱到一个被窝里说的话。俺听了心里酸酸的,心口一揪一揪疼。这句话俺记了一辈子,到死也忘不了啊……

"就这样,俺们俩风风雨雨同甘共苦过了几十年。俺这个光棍汉有了一大家人,成了大户人家!妮子,你们想想,俺俩有一个动摇,有一个坚持不住,还会有今天吗?

"所以,俺想说,信任和坚守是有情人的基础。路该咋走?脚长在自己身上。"

大树爷沉默下来，一口接一口地吸着旱烟袋。烟雾一缕缕在他面前升腾，如青岚般缭绕着他那具魁梧苍老的身躯。

两个女孩子全都哑默了。

若兰靠在被擦上，双眼发直，目光发呆。

司提芬那双湖水一般碧蓝的眼睛，闪着湿漉漉的波光，散发出崇敬和惊叹，又饱含困惑和愕然。红红的嘴唇迷人地翕动着，陷入艰涩的遐想之中……

大树爷在里屋的谈话，被外屋里的人听得清清楚楚。

志恒妈面前支个笸箩，堆放着核桃、大枣、花生、柿饼等一些山里产的干果。她用锤子敲核桃，剥着核桃仁，已经剥了半瓦盆了。

金娜搬个板凳坐在她身边，轻轻剥着花生米。她脚下扔一大堆壳子，粉红色的花生米堆在白瓷碗里，甚是诱人。

志恒妈说正月十五吃元宵。她要先把这些干果准备好，还须碾碎了，和冰糖、蜂蜜和成馅，然后再用糯米面滚成圆珠，那才叫元宵。

金娜对这些乡间民俗很感兴趣，听了觉得新鲜，就想刨根问底弄个明白。她感到志恒妈是个能人，乡村的技艺样样都在行，只要看见她动手干活，就凑过来瞧稀罕，还要下手跟着学。她说只要跟着金彩凤学手艺，就能在纽约时代广场开店，足以震撼美国人！

但是今天，她一边干活，心却飞离了躯壳。她竖起耳朵倾听大树爷的谈话，恨不能一字一句记到心里，听到后来，她竟然热泪纵横，哽咽地啜泣起来……

志恒妈揾揾眼角，把一条毛巾递给她，劝道："洋大娘，都是过去的事啦！老人家嘴巴严，俺也是头一回听他说……"

金娜擦了脸，依旧眼泪汪汪地："他和李秀娟……战场上的英雄，怎么会……太苦了！"

志恒妈含着泪说："哎，两位老人家都是奇人呢！世上的苦都让他们尝尽了。俺婆婆来到古水坡，过的日子野人一般恓惶；忍饥挨饿，吃上顿没下顿，还得开荒拓土，种瓜种菜。好容易有了收成，吃上饭了，孩娃一个接一个生。她任啥不懂，没人点拨，也没人帮一把……生头胎那天晌午，她还在山坡上割草，孩子就落在草堆里，脐带衣包都不知道该咋弄，后来是自己用镰刀割断的！她脱下衣衫包住娃，倒在血泊里。公公找到时，她早已昏死过去了……"

志恒妈哽咽了，双手捂住脸，泪水从指缝间流出来……

司提芬从里屋跑出来，扑到金娜怀里，情绪冲动地说出一串话："亲爱的索梅尔奶奶,您都听到了吗?爷爷的经历太恐怖了,太悲情了,太震撼了!林和李的爱情不仅经历了战火的洗礼,又经过炼狱般苦难的浸泡,如同挤压在地层下的岩浆,炙热而猛烈,坚实而永恒。李,太伟大了!她在林的心中永生!"

金娜轻轻抚慰着心灵受到震动的孙女,喃喃地说:"司提芬,林是敢和上帝摔跤的勇士,丘比特的神箭射不到他。他心中的李,无人可以取代……"

金娜、司提芬缠着志恒妈欢天喜地在石头院里做元宵。她们仨合力晃着一只圆笸箩,使着巧劲儿,把笸箩晃得好似在水面上漂游的荷叶。笸箩里的糯米面便晃成一个个圆球,越晃越大,犹如春蚕吐丝,渐渐结出一枚枚圆鼓鼓、亮晶晶的"蚕宝宝",透出美滋滋的香气,团团簇拥在箩筐里,煞是喜人。惹得两个洋女人叽叽嘎嘎笑成一团,把惬意和自豪洋溢在寒意渐退的春风里……

杨若兰一个人离群索居地钻在小西屋里,收拾好床铺,打点起一个简约的手提袋,和大家告别。她说要回城上班去。

她这几日情绪不好,既然大树爷点头同意了,大家便不好强留。司提芬坚持送她到村口上,担心地问:"兰,你不要折磨自己,春天去了还会归来,花开过了还会再开。心情好了,每天太阳升起来都是新的!"

若兰凄美地一笑,神色开朗起来:"司提芬,别为我担心。你和奶奶从遥远的美国来到这个陌生的小山村,发现了一个新的世界,认识了许多不熟悉的东西,不管它好与不好,都在丰富你的感受,充实你的生命,甚至在悄悄改变或者校正你固有的认知。所以,你和奶奶生活在轻松和享受之中。我的爷爷奶奶经历了那样多苦难和厄运,他们磨砺出坚强不屈、百折不挠的灵魂,开拓出一片属于他们的天地。而我呢?正如爷爷所说,还站在原地看星星,泡在固有的生活里兜圈圈。别人爬到山顶了,我没有发现自己落伍,反倒说别人跑得太快。我想安静地理理思绪,想想以后的路该如何走。"

司提芬眼睛一闪,发出迷人的蓝光,会意地点点头,伸出双臂拥抱了若兰:"兰,等你早日归来,我有很多问题向你请教呢!"

大树爷等候在渡口上。老远瞅见若兰匆匆走来,便踏上船板,解开缆绳,把长篙点在水里,缓缓调整了船头。

等着若兰上到船舱里,老人家照常喊了句:"坐稳喽!开——船——喽!"接着便见他弓腰屈腿,双臂用力,渡船便剪开波浪,向河面上冲刺而去。那一刻,让人感觉甚是惬意!

大树爷一边撑船,一边眼瞅着波光粼粼的河面,大声说道:"兰妮子,你说要回城,爷爷没拦你,知道娃心里透亮了! 俺心里爽哪! 这辈子俺在这水上荡来荡去的,到头来还是个船夫。坐船上岸的走向四面八方,见到的世面比古水坡大多了。他们在外面做成大事了,俺也高兴嘛!"

若兰站起身来说:"爷爷,您甭操心了,我也想通了! 感情这东西很复杂,需要基础,更需要养护。我太看重过去了,忽视了现在。您放心,我不会站在原地望星空了!"

说着,她从老人手中夺过竹篙,充满豪气地说:"爷爷,今天我撑船,您看合不合格!"

若兰把衣袖捋了捋,猛地把长篙朝水中一扎,双腿一弓,全身用力,渡船荡起一串雪白的浪花,稳稳向河心驶去……

大树爷送走杨若兰,把渡船撑回来。他蹲在岸头上,打着火,吧嗒着旱烟袋,美美地吸了两口,任由香喷喷的烟雾在九曲回肠里穿梭运行,舒缓连日来的劳碌,补给心神的消耗。

突然,村主任满头大汗跑来,用颤悠悠的双手搀扶起大树爷的胳膊,用急慌慌的眼神瞅着他,说话时舌头都有点僵硬:

"叔,您甭急,听,听俺说,说,说啊……"

大树爷保持一副每临大事有静气的模样,神情自若:"发动,你咋改不了这毛病咧? 天大的事也要平心静气地说清楚呀! 咱慢点说。"

村主任额头汗珠啪嗒嗒往下掉:"叔呀! 真是出大事啦! 天大的事儿……中原医学院打来电话说,说咱家,咱家志恒,他,他丢了! 不,人家原话是,是失踪,失踪十来天了……"

大树爷顿时惊呆了,眉毛猛然一挑,眼珠子都鼓暴起来了:"啥? 你说啥? 志恒失踪了? 咋丢的? 学校到底咋说的? 啊? 找了没有?"

村主任额头汗珠榆钱儿般滚落下来,越想说话越结巴:"电话里……乱哄哄,说得快,问志恒回、回没回家,那头、那头也很急……"

大树爷一把拽住村主任,果断而又强硬地说:"发动,你送俺过河,俺得赶到学校去问个明白! 你守在村里,这事甭对外张扬!"

村主任执拗地说:"那可不中! 俺不能让你一个人去独闯! 要去俺得陪你去!"

大树爷一副不容商量的神气,交代说:"医学院在新乡,今儿准能打来回。俺去问问情况,需要你,再打电话嘛! 村里有老有少,你是村主任,百十口子就交给你啦!"

第十四章　被亵渎的见义勇为

林志恒正月初六去学校报到。按照学校的安排,不同专业抽了五个同学,到省城一家大医院参加为期三个月的临床实习。

林志恒是个品学兼优的好学生,他所学专业是病理分析与研究。为了获取更多知识,在学好本专业的同时,他还兼修外科临床,成绩与专修生旗鼓相当。同时,由于母亲身体有残疾,学校知道他家庭困难,除给予助学金、奖学金方面资助外,还照顾他在图书馆兼做些勤工俭学的工作。

这次学校选派学生外出实习,自然是优中选优。加强学生课本知识与实践结合,检验学生的学习效果,拓展学校与社会的紧密联系,为学生的就业拓宽道路。同时,期待他们的良好表现,为扩大中原医学院的影响,打开一扇社会之窗。

应该说,学校对这次行动是做出精心安排的,对选派的学生寄予殷切厚望。

正月初七,林志恒和其他四位同学一起出发,按时到火车站集合,同车赶赴郑州。根据同行的同学证实,林志恒是到达火车站之后,和大家走散,从而音讯皆无,不知去向……

那天,林志恒提着简单的行装,和同学们一起排在长长的队伍里,向候车室缓缓行进。春节刚过,火车站里里外外挤满了人。外出务工的扛着大包袱,成群结队在人丛里横冲直撞,吆喝掉队的伙伴,或是寻找乘车的队列。串亲的拖家拉口,掂着点心匣子,挎着土产篮子,不是让人撞了,就是撞了人家,引发口角或是纠纷,甚至升级为骂架或推推搡搡,使得原本混乱的车站广场更加混乱……

工作人员手举电喇叭,站在人群前面,操着方言很重的普通话吆喝着不太清晰的内容,带领着拥挤不堪的队伍挤过拥挤不堪的人群,朝着进站口挪动。

新乡曾经是平原省省会。新乡站曾经是个大站。后来调整来调整去,被铁路系统调整成三等小站了。很多列车只过站不停靠,车次少旅客多,或许是造成拥挤的原因。华北重镇,交通要冲,候车室屁股般大,几十年没变化,盛不了多少候车人,还不都挤到广场上来啦?

乘车的排队也是做做样子,就是排队等车,车来了也会一拥而乱,老规矩了。

有个同学问:"渴了!谁带矿泉水啦?"

没人应答。林志恒说买几瓶不就得了!他说着就离开队列,挤出人群,朝广场旁边一家冷饮店走去。

就在林志恒掏出零钱买水的那个当口,一件意想不到的事情发生了!

一个女孩,一个陌生的女孩伸手近乎疯狂地拽住了他的胳膊,如同在洪水中抓住了一段救命的檩条那样紧紧搂住,死死不放!

那女孩满脸的惊恐、满脸的恓惶又满脸的哀怜,急促而又慌乱地求告说:"好心人救救我!后边有人追杀我,求你了!……"

这情况发生得太突然了!

没有任何预兆,也没有丝毫心理准备。女孩拽住他的胳膊,死拽不放,求他救命!怎么办?林志恒从女孩夺命般的求救声中做出的本能反应是帮她逃跑!

他根本来不及问明情况,就以同情弱者的单纯被那个女孩粗暴甚至有点疯狂地拖拽着,往人头稠密的人群里拼命挤过去。

他挣扎过,但他被女孩拽得死紧,挣脱不掉。

他也质问过,我不认识你,拽我干啥?

万万想不到,却被那女孩恶毒地扇了一耳光!示意他不许说话,只能默默随她奔逃!

他也强硬地问过:你让我怎么帮你?

女孩更加强硬:帮我扒上火车,甩掉杀手!

逃命的女孩有着超乎寻常的蛮力和冒死的悍勇。她拽住林志恒如同老鹰叼住小鸡一般,他们挤过了人群,甚至闯进了车站检票口,挤上了站台,强行扒上一辆即将关闭车门的列车……

——这一连串充满冒险和赌命的动作,都是在女孩疯狂的胁迫下完成的。他无法和同学们沟通,更无暇说明事发的原委,因为他也无法说得清楚。但是,他和那女孩纠缠的行为,直到闯进检票口的情景,却被同学们影影绰绰看到了。然而,林志恒和那女孩扒上火车以后的情形,便成了无数被猜测的故事,还有任人传播的段子……

林志恒等于就是这样被一个女孩劫持的。

　　火车开了，他还在大口大口喘气，奔逃得劳累和狼狈，自己都感到猥琐和卑微，并且对自己的举动产生懊恼和怀疑。这女孩既然这么强悍，自己又能帮到什么？如果真遇到追杀者，又岂能容许他们轻易逃脱？即便情况危急，他没有看到任何征兆，全凭那女孩一句呼救，就盲目相信，倘若误中圈套，岂不是自投罗网？他心头顿生懊恼，暗恨自己弱智！

　　那女孩此刻宛若怀揣赃物的小偷，身体蜷缩成破布袋似的一团，勾头缩脑挤在洗脸间的门缝边。她再无方才的悍勇，汗水淋漓像只阴沟里拱出的落水狗，蹲在那里……

　　林志恒挤在车厢接口处的人行道上，他站立不稳，身体在空中摆摆晃晃，心里充满悔恨和沮丧。他明白自己摊上事儿啦！那女孩到底是个什么人，想干什么，已经不重要了。他必须甩掉那个女孩，赶紧脱身，不能让这无聊的恶作剧演下去了！

　　但是，单纯厚道、生性仗义的林志恒并没有一走了之，而是凑到那女孩身边诚恳地说："我和你素不相识，无冤无仇，你不该骗我，更不该害我。这趟车开往南宁的，我在郑州下车。你到底去哪儿？告诉我，帮你补张票，咱各走各的路！"

　　那女孩从破衣服里仰起一张布满惊恐的脸，轻声期艾地说："我……没想害你，你得救救我……"

　　突然，她仿佛从人头攒动的车厢里看到了索命的魔鬼，丢魂失魄地一个激灵蹿跳起来，一只手鬼爪子般揪住林志恒的胳膊，恨不能把身子缩成一张纸，紧紧贴在他的背后，靠他的身板当墙，躲住周围旅客的视线！

　　林志恒感觉到，那女孩筛糠一般，周身都在发抖，离开他的支撑，她便会秃噜下来。女孩又在说话，哽咽而凄惨，苦苦哀求："你不能下车！追杀我的人就在车厢里。求你了，救人救到底！你走了，我就没命了……"

　　林志恒相信了，女孩没有骗他。她或许当真面临血光之灾！他犹豫了，看来自己不能一走了之了。可是，如何才能救她呢？追杀她的凶手是谁？他斗得过吗？他一无所知，此刻又不方便问个清楚，他就这么揣着一腔忐忑和惊恐，无可奈何而又茫然失措地和一个陌生女孩厮守着，躲避着看不见的敌人，逃离着不可知的灾难。

　　郑州站到了，车厢里乱哄哄的，下去一拨人，又挤上来一拨人。这当口，林志恒甩开女孩的撕拽，想下车了。女孩却在混乱中抢到了座位，一把拉他趁势坐下。他从身上摸出钱，塞给那女孩，并且交代："钱你收着，等会儿自己打张票，我实在不能再陪你啦……"

那女孩不争辩,把头一栽,跌在他怀里,半个身子趴在他腿上,用破衣裳蒙住头,苦苦哀求:"我都把你当救星喽,你哪忍心让我去挨刀?求求你,再陪我几站,忘不了你的大恩大德……"

此刻的林志恒已经把实习的事情丢到了脑后。他身陷一片难以挣脱的泥淖之中,按照女孩报的站名买了车票,他就被牢牢拴定了。只有送到那里,按照女孩承诺,如数还钱,他才能坐车返回。那女孩像狗皮膏药贴到他身上,撕不掉丢不开。

林志恒不呆也不傻,相信女孩没有说假话,也不是想诓他,而是急难中抓个冤大头,拿他充当杀威棒,吓唬一下恶人,也给自己壮壮胆子。他犹豫过、后悔过、懊恼过,也在中途决定中止行动。但是,当他看到那女孩恓惶的眼神时,心就会颤抖。当他听到女孩无助的哀求时,眼睛就会发潮。无论如何他都明白自己在做一件让人耻笑的蠢事,但他既然做了,就要做到底。他静下来也曾想到耽误了实习的机会,将会带给他无法挽回的损失;他对自己的软弱也追悔莫及;但又想到倘若果真救得一条命,倒也值得。

那女孩没有再生是非,拱在他怀里,双手箍住他的胳膊,死活不松手。她不吃不喝不说话,也不让林志恒随意离开一步,好像一松手丢了护身符,就会顷刻丢命。

绿皮火车晃荡了一天一夜,黎明时分在一个站点停下。

那女孩突然警惕地站起身子,朝车厢里迅速瞄了一遭,而后拽住林志恒,弯腰绕过昏睡的乘客,疾步穿过车厢,走到洞开的车门边,狸猫般跳下火车,扯拽住林志恒,夺命一般消失在黑漆漆的夜色中……

借着天光,隐隐约约看到有座房屋坐落在不远处。那是一片丘陵,寻不见路径,他们便顺着那个方位,磕磕绊绊地爬岗过坎,总算走到跟前。

那是个破败的废弃房子,窗户没了框子,阴森森地张开黑洞。门扇只有半边,轻轻一推便开了。屋顶有漏孔,泻下星光来。空间倒宽敞,还堆有乱草,许是供人落脚的地方。

女孩拽着林志恒走进去,在草堆旁靠下来,静静听了外面的情景,好一阵惊魂方定。

林志恒歇了一阵,喘过气来,没好气地问:"这里是啥地方?你要带我到哪儿去?"

那女孩支支吾吾答不出来,却突然双膝一弯,跪倒在林志恒面前,扑扑通通磕了一串响头。

林志恒猜不透她到底想干啥,直来直去问道:"现在你应该告诉我,你跑到北方干什么?为啥会有人追杀你?你把我稀里糊涂弄到这儿,死也得让我死个明白吧!"

女孩依旧含含糊糊,不肯讲出实情,搪塞说:"你是我的救命恩人,一辈子也不会忘记你!我的事……唉,一肚子苦水吐不尽,你就别问了……"

林志恒愤愤然,按捺不住地吼起来:"你纵有天大的冤屈,有政府做主,有公检法撑腰,你说有人追杀你,你去告呀!你跑有啥用?还拖着我一起跑。我不明不白的,一点实情不知道,回去咋向学校老师交代哩?"

女孩沉默了好久,终于悲悲戚戚地吐露了真情:"有人介绍我去中原那边打工挣钱,说是当保姆做家政。哪想到是人贩子设好的圈套,把我卖给人家当婆娘。我假装不知情,脸上高高兴兴的,心里打定逃跑的主意。那天交货时,人贩子和买家一起在饭店吃饭,我假装上厕所,瞅机会逃跑了。他们人多,我被堵住了。人贩子把钱扔到面前哄我,又拔出刀吓唬我,好好听话,让我享清福当阔太太!如果敢逃,跑到天边也能追回来,斩草除根!我又假装服输了,要求说,只要他们不绑我,就跟他们走。走到车站广场时,我又跑了,钻到人群里,跟他们兜圈子……碰到你在买水,就像碰到活菩萨!你穿这身旧军装,我把你当转业兵了,拖个当兵的当护身符,人贩子就不敢朝我下手!让你担惊害怕受苦受累,实在不好意思……"

那女孩说着,又伏下身子磕起头来。

林志恒有些不解,问:"你知道有人追你,你当场揭穿他们,事情不就彻底解决了?"

女孩又吞吞吐吐起来,犹豫了一阵才说:"我是个高中生,成绩也不错,老师鼓励我努力上进,争取考上大学。可是,我家庭条件不好。两个哥哥分家另过,母亲常年搂着药锅度日。全靠父亲在镇上开三轮拉客养家,每年我交学费都很困难。不久前父亲与人撞了车,腰撞断了……放了寒假,我就瞒着家人出来打工,哪晓得招工的是个贩卖人口的团伙,他们伪装得很隐秘。这种事双方都见不得人。我只能装傻瓜,和他们斗心眼。你越喊人贩子越恼火,越是对你下毒手!如果惊动了公安,即使人贩子被抓了,我也要遭殃。被公安遣送回来,我也没脸皮见人喽,只怕这辈子嫁人都嫁不出去……"

女孩的叙述删除了不少难以言表的细节,林志恒听出来她也是个苦水里挣扎的苦命人。因为她是个怀有憧憬的女学生,心中才埋藏着别人想不到的顾虑,甚至做出让人难以猜测的举动。无论林志恒内心何等懊恼、何等无奈,他在潜意识里原谅了她,并为脱离危险暗暗松了口气。

他对女孩说:"这是啥地方?如果你渡过难关了,我也该回去了!"

女孩说:"这里离我家还有几十里。我提前一站下车,是想甩掉人贩子。你要走,我不拦你,我欠你人情,不能欠你钱。附近我有亲戚,我赶紧去借钱,还你八十元车票钱。你也是个穷学生,没有钱没办法上路的!"

天蒙蒙亮时,女孩悄然离去,临走时再三交代:"你人地两生,一定要等我回来!"

林志恒蜷缩在破屋子里,呆呆忍熬着时间的流逝,呆呆等候女孩返回来。他想:我莫名其妙被她甩在这里,而且救了她,她没有理由骗我。同时,女孩没有耍弄他的其他迹象,所以他不怀疑女孩的真诚。

那天是阴天,没有看到日出。直到从窗洞里投来一抹夕阳,他才知道日头要落山了。他在焦虑和饥饿中忍熬了一天,那女孩连影踪都没有出现……

阴冷的夜来了。南方的残冬并不似北方那般酷寒,幸好屋里有个草堆,他没感觉寒冷难熬。但是,挨到夜半时分,他感到饥渴难忍,喉咙火烧火燎,有种奄奄一息的感觉。

他白天曾从窗洞里发现不远处有片菜地,残留有未收尽的萝卜和青菜。于是,他从黑暗的屋子里摸到黑暗的菜地里,摸到几个萝卜,也顾不上洗,便在黑暗中吞嚼着,饱饱填了一肚子。然后又悄悄摸回来,躲进那座黑暗阴森的破屋子……

天亮时分,他被一只大脚猛然踹醒了。蒙眬间看到三条壮汉站在面前,黑压压的像三座大山。林志恒慌忙从草堆里拱出来。

有人喝问:"和你一伙的女孩哪儿去了?说!"

他如实回答:"不知道,我……也被她甩了。"

对方逼问:"你和她什么关系?老实讲!"

林志恒满肚子委屈,如实相告:"我和她啥关系也没有。素不相识,从没见过。我在小店买水喝,她一把拽住我,说有人追杀她,让我帮忙救她,稀里糊涂扒上火车,来到这里……"

壮汉厉声追问:"她现在干吗去啦?不老实说就弄死你!"

林志恒不假思索地说:"我被她拽下车,又被她扔在这儿!她说去找吃的,一走不回头,一天一夜没见影,我上当受骗了,身上一分钱也没有,回不去了……"

壮汉恶骂:"狗咬耗子多管闲事!你个笨蛋!坑死你活该!坏了俺的好事,不让你见见腥,爷几个难解恨!"

三个人一齐上前,轮番上阵,好一番拳打脚踹。直到林志恒鼻嘴蹿血,遍体鳞伤,瘫倒在屋地上,垂垂半死……

那日下午,天上落起雨来,时急时缓。

有位路人,进到破屋避雨,发现倒在地上的人,虽血肉模糊,但一息尚存。他便唤来村民,抬到附近卫生所进行抢救。

那人是个好心人。从林志恒被抬进诊室抢救,他便守候在侧,悉心照料,又一连三日送汤送饭,从不间断。

林志恒苏醒过来,感激万分,热泪涕零。问恩人姓名,那人自称姓田,本镇小学老师。那天在家访生病的学生,避雨时见他倒在地上气息奄奄,实乃机缘巧合。

林志恒泪花飞溅:"田老师,我路经那座破屋,突然遭到暴徒袭击,所带钱物被抢劫一空。暴徒逃遁,无处申诉。如果不是您出手相救,只怕早已一命呜呼!我想求告您的大名,也好日后回报!"

田老师慢言细语:"听你口音是北方人。那一带又是荒丘野径,非外地人落脚之处。你竟会在那种地方遭遇毒手,其中必有难言之隐!我看你也是一介书生,并非招惹司讼之人。养好伤赶紧回去读书,免得荒废学业!"

田老师的救命之恩、体贴之情令林志恒受用不起,暗觉惭愧。担心住下去会增添更多麻烦和负担,他在第四天凌晨悄悄溜出卫生所,想找个挣钱的地方,还上医疗费,凑够火车票钱,赶回学校去。

他在小镇不长的街道上踯躅了一圈,看见店铺门前贴有雇人广告,写有具体的用人岗位和工资优厚、待遇面议之类文字。饭馆招服务员,录像厅招收前台小姐,洗脚店招按摩师,美容店高薪聘用发型师……一家家看过来,招的都是女人,不用汉子,他感到很失望。后来走到一个砌了矮墙的大院子,场地上停了许多车辆,有跑运输的八轮卡车,也有家用小轿车;一排红砖两层楼上还闪烁着硕大的灯箱——"停车、住宿、洗浴、就餐",便径直走了进去。

他迎门见到的第一个人是个矮胖、和善的中年人,刚刷过牙漱罢口,手里拿着茶缸牙刷,瞅着林志恒问:"小伙子,你是住店还是吃饭?是洗澡还是过夜?这天才刚明,干啥都不对茬口啊!你起恁早到底想干啥哩?"

对方一开口,林志恒心里顿时热乎乎的,他碰到河南老乡了!刹那间泪珠子啪啪掉下来。说:"叔,俺可算碰到亲人啦!俺是河南人,中原医学院的在读学生。我在车站遇到坏人行凶,无意间帮了别人害了自己。遭到一群坏人毒打,差点丢了性命。多亏好心人相救,捡回一条活命。我求您帮我找个活儿干,靠力气挣点钱。一来还清医疗费,二来打张车票赶回学校!"

矮胖子听了,伸手拍拍林志恒的胸脯,说:"咳,爷们儿!都说咱河南人憨,净办有种的事！黄河北的吧？大难不死，必有后福！先保住老本再说。俺是漯河的，当兵搞三线的工程兵。转业到地方，娶了个南方媳妇，半个南方人啦！"

矮胖子拖把椅子让林志恒坐，自己也坐下，眨眨眼问："爷们儿，瞧你这回吃亏不小，要想摆平，俺替你出头！想咽了，俺替你还医疗费，再给你打张票，立马回老家，学校也说得清楚！"

林志恒实实在在说："俺救的是个女孩，打我的是她的仇家。她说借钱还我，一走不露面。找她是大海捞针！连她叫啥都不知道，咋找？咱如果去报案，反倒把女孩暴露了，等于给仇家传了消息。那女孩是受害者，她宁死不报案，怕老人伤心，怕丢脸面，怕嫁不了人。漯河大叔，你就让我掏力气挣钱回家，心里硬气！"

矮胖子沉思一阵，拍拍大腿说："爷们儿，中！河南人不吃软饭，听你的！你腿脚还不利索，就到澡堂子搓背。按人头计件，挣钱快。中不中？不中再商量！"

林志恒爽快地应承说："叔，我干！我有力气，又是学医的，准能干好！"

当天下午，林志恒就换上一身号子服，进了热气腾腾的浴室。按照矮胖子老板的交代，由师傅带着，先观摩，后体验，弄懂要领再实干。两天下来，他就得心应手了。替客人搓背，靠的就是热情、周到加耐心，没啥巧艺儿。林志恒舍得掏力气，又善于和和气气跟客人聊天，还懂得穴位，总能把客人打发得舒舒服服的。一周以后，他就成为澡堂子里最受欢迎的搓背师傅了。

当他干到二十八天时，矮胖子老板对他说："爷们儿，俺不能再留你啦！赶紧结账往回赶吧。咱爷儿俩虽说有缘分，耽误了前程就是罪过！"

林志恒只好收了工，找到那家诊所付了医疗费，又向恩人田老师道了谢。而后搭上北去的火车匆匆往回返……

林志恒回到学校以后，将自己这段时间的遭遇和经历，向班级老师和校办主任做了真实详尽的汇报，请求得到学校领导的同情和理解。

校办主任的态度极其严厉："林志恒，你真会编故事！你说自己上当了，被人胁迫了，或者见义勇为了，救助弱者了，全都是你的一面之词！你能拿出证据来吗？全是些来无踪去无影的事，怎么相信你说的是真话呢？"

林志恒被问得张口结舌，狼狈不堪，额头上都渗出冷汗来。他很艰难地恳求说："主任，我敢以人格担保，没说一句假话。如果不相信，可以派人去调查……纸包不住火……"

校办主任拍着桌子说："真的假的，都是你自己说的！你告诉我，那女人叫什么？家住哪里？你在哪里挨的打？打你的都是些什么人？你一个字说不出来，怎么查？去哪里查？"

林志恒被问得一头雾水。他解释的理由让人听了难以置信。他说："那个向我求救的女人没告诉我姓名，我也没问，不想问，也不想知道。她说去借钱还我，一走没回头。打我的人就是人贩子，我哪里认得？帮我治伤的人是田老师，不肯留名字，在那个镇小学教书。可以找到的。这全是事实……"

校办主任站起身来，声色俱厉地说："别说了，越描越黑！你无法证明做了什么见义勇为的英雄事迹，我们也没有污蔑你的道德品质。你无故中途离队，不请假，不告知，一个半月不知去向，已经造成恶劣影响！按照规章制度，你已经被除名了！请回去收拾东西，把宿舍的床位腾出来吧！"

林志恒有口难言，委屈难当。他求告无门，只好垂头丧气走出校办公室，茫然地在校园里踯躅，一副丢魂落魄的形状。

他敏感地发现，同学们远远回避他，如同躲避瘟疫，甚至在他身后鄙夷地吐口唾沫，投来一瞥怪异的目光……

接着，他便听到了阴暗猥亵的窃窃私语：

"哦哟！他呀看上去像个道貌岸然的君子，哪想到是个重色轻友的卑鄙小人！"

"贪财好色！一转眼就跟个野女人跑了，招呼都不打。还不是让一脚踢了，灰溜溜回来了？还想冒充英雄救美，鬼才信！"

"听说他年幼失怙，母亲残疾，学校很照顾他呀！为色伤身，太不应该啦！"

"分明是见利忘义嘛！当时如果吆喝一声，同学们能不出手相救呀？他想独占花魁，如此下场，实属活该！"

……林志恒靠着一棵树，出溜下来。他抱着脑袋无声哭泣，泪水从指缝里流出来……

蓦地，他昂然站起，挺起胸脯，从指指点点的人群面前走过去……

林志恒打点好自己的铺盖卷，整理起日用品，在车站寄存了，一个人失急慌忙赶回家。

他在渡口上见到大树爷时，一头扑到老人怀里，好似一只受了惊吓的羊羔，拱在老羊温热的皮毛下，发出咩咩的悲鸣，把自己遭遇的一切，从头至尾向爷爷说了个一清二楚。

自从回到学校以后，林志恒始终处于一种反思、检讨、自责、懊悔的状态之中，对自己处事的草率、轻信、缺少思量、粗心大意等方面有了深刻的认识。他对爷爷检讨说："爷，我在人生的重要时刻摔了个大跟头。教训是沉重的，终生难忘！孙子让您担惊受累、寝食难安、呕心沥血、经受熬煎,只怕今生今世难以偿还！我原来认为是一场飞来横祸,始料不及也摆脱不掉,很荒唐,好像做了一场噩梦。现在没有人相信我说的是真话,跳到黄河里也洗不清了。但是,如果眼前发生这种事,我或许还会这样做！"

大树爷默默听着孙子的陈述,深一口浅一口地吸着旱烟袋。听到这里,他才伸出粗壮的手掌拍在孙子的脑袋上,用得意的口气说:"好小子,有种！够爷们儿！俺信你,你没错！人命关天,该出手时就出手嘛！咱没当孬种,凭啥要当缩头乌龟哩？爷陪你去学校讨个说法,咱干的是真人真事,为啥不调查就把你除名咧？这官司咱得打,一定要把理争回来！"

林志恒摇摇头,劝解说:"爷呀,我也想过,这官司俺不想打。求救的那个女孩是关键,但是她一走不回头,人间蒸发了！她不敢伸头,一怕丢失脸面,二怕暴露自己。咱既然帮了她,又何苦再连累她呢？没有她指认,咱去哪儿找人贩子？这是个没头案,学校不可能去查。即使报案,没有那女孩做证,也不可能立案。"

大树爷愤愤然:"依你说,这口气咱咽喽？"

林志恒点点头:"咽喽！就当这二年没上学,从头再来！"

大树爷竖起大拇指,感叹地说:"娃呀,有种！栽个跟头咱爬起来,揉揉伤疤咱再往前走！"

林志恒瞅着大树爷说:"爷爷在前边走,孙子在后边跟嘛！栽啥树苗结啥果,撒啥种子开啥花。谁让俺姓林哩！"

大树爷猛吸一口旱烟,皱皱眉头说:"娃,往后你准备咋办哩？想过没？"

"爷,想啦！进城打工呗！"林志恒胸有成竹,"爷,我摔这一跟头,心里也有阴影。在城里找点事干,换换脑子,让自己从阴影里走出来,找机会还要读书上进的。我还年轻,不会虚度光阴的！"

大树爷默默听着,没有表态。

林志恒又说:"爷,我想带上俺妈一起走。她知道我出事,准当想不开,闷在心里会生病的。我想租间房,让妈帮我做饭,料理家务,每天能见到我,她就不会长心病。您还要替我保守机密。咱家住有老外,人家不太懂咱们国情,这事不宜让她们知道。爷,这次您不能拦我,还得帮我撑腰！"

大树爷重重吐出一口烟,定睛瞅着面前的林志恒,眼眶不由泛起一层水波,他强忍着不让泪珠滚下来,艰难地点了点头……

林志恒没在家里停留,他替母亲收拾了几件换洗衣裳,打点个小包袱,吃罢午饭就背着母亲上了路。村主任撑船送他们过河,知道志恒心中窝有憋屈,但他一句不敢打听。

司提芬过罢元宵才回美国，走时恋恋不舍，说中国的故事太多，修完功课再赶回来。

金娜一门心思建她的学校，开了工便守在工地上，抓质量催工期，样样细节都管得严。

大树爷没去送行，默然目送志恒娘儿俩出村，就提着饭罐给金娜送饭去了。老太太喜欢在工地吃野餐。傍晚收工回来，金娜寻不见志恒娘儿俩时，大树爷搪塞说："志恒找到一位老中医能给他妈治腿疾，需在城里住一段，匆匆接走了。大概担心送来送去的劳累你，故意不打招呼不愿惊动大家。"

恰好，村主任及时找来梁素梅，帮忙照看老太太，就是帮她做饭，陪着说话聊天。金娜没看出玄虚，不便多问别人私事，这件事暂时敷衍过去了。

但是，大树爷还是提着一颗心，对志恒母子俩牵肠挂肚放心不下。中间隔了七八天，他便扛了一袋粮食，提了一筐干菜，让村主任撑船送他过河，独自坐车进城去了。

新乡是黄河以北的重镇。这几年城市建设突飞猛进，一幢幢高楼大厦拔地而起，魔幻一般改变了原来面貌。只有城乡接合部还有等待拆迁的农家小院，因为偏僻才以低价出租。租房人多是打工者或外地的买卖人。

林志恒租下的就是这种地方，三间平房，半间灶屋，一爿小院，三面环墙，挤在杂乱狭窄的街道上，十分难找。

大树爷肩扛着粮袋，手提菜篮子，满头汗水站在门外大声问："志恒娘！是住这儿吧？"

志恒妈正在屋里收拾锅碗瓢勺，急慌慌扶着墙头蹒跚着，答应着拉开门板。一眼看见老人家，两眼涌满泪水说："哟，爹呀！您咋找到这儿来啦？还扛恁重东西，甭把您累坏啦！"

大树爷放下东西，顺势坐在院子里，朝周围打量着，说："人家说穷家难舍。这倒好，自家有高房亮屋不住，跑进城来寄人篱下。这房在咱家只能放柴火，在这儿还得掏租金！"

志恒妈无奈地苦笑："可不是，城里样样得花钱。志恒说这叫卧薪尝胆，要重新干出个样子来。您呀甭泄他气，啥样的爷爷带出啥样的孙子，一样的倔脾气！"

大树爷点点头："娃心里有委屈，憋着一口恶气哩！咱就依着他。是个金疙瘩，再厚的泥也包不住！"

林志恒在一家保健品公司当推销员。

他骑着三轮摩托,载着商品每天都在马路上奔驰。走街串巷,上门送货。用户有散户,他彬彬有礼地把货送到客户手上,验货收款,服务周到又细心;有的是代销点,大多是老客户。他扛着货物上楼,规规矩矩码在楼道里,客户验收后在货单上签字,或定期结算,或分期划拨。

按照招聘合同,推销员送出去的货和收到的货款相对应,丢失或者欠收由推销员承担赔偿责任;销售额与工资挂钩,多销多提;如果销售业绩不好,会受到惩罚或解雇。所以,送货容易收款难,这是推销员最头疼的事。

可是,这种麻烦常常遇到。一旦化解不了,就该倒霉。这种倒霉事在几天之后,就落到林志恒头上。

那天,他给一家大客户送货,对方签收后说:"按照协议,应该货到付款。最近我们公司经营情况不好,请回去转告你们老板,咱们改为半年一结算如何?同意,生意照做。否则,你们的产品本公司不再经营啦!"

对方言语霸道,甚至举止粗鲁,有威胁的意思,并且毫不掩饰。

林志恒不敢得罪,小心应付,回去赶紧向老板汇报情况。老板无奈地说:"他娘的,上门生意难做!他依仗是销售大户,想压咱们一头。客大欺主,店大欺客。没办法,委曲求全吧!"

志恒把货单呈上说:"老板您同意了,请签字吧,我……"

老板眼珠一瞪,虎起脸说:"他是你的客户,你负责到底,我签什么字呀?你把货发出去了,结不了账收不到款,我当然要追究你责任啦!"

志恒忍气吞声解释着:"老板,现在不是需要修改协议吗?你不签字,协议无法生效,我也不好工作……"

老板嘴里骂骂咧咧:"客户和你胡搅蛮缠,你又和我纠缠。这点事都处理不了,我还养你干什么?真是个蠢货!"

志恒一肚子委屈,担心老板从中要滑,自己夹在中间,不小心就会上当受骗,倒霉的还是自己。他便想到把货要回来,防止中途生变。

哪想到,等他赶到那家公司,只见铁门紧闭,挂着一把大铁锁,门上贴着醒目的封条!

林志恒顿时头大如斗,最担心的事情还是发生了!他向附近下棋的老人们打听,被告知说,有人告发这家公司拿保健品冒充药品,欺诈客户。工商局前来调查情况,有线人暗中通风,老板提前逃遁,公司遭到查封……

林志恒赶忙回去向公司老板汇报。他急得周身冒汗，衣服都湿透了，如同落汤鸡一般狼狈。

老板听罢怒不可遏，点着鼻子一顿臭骂："你他妈就是一头蠢猪！如果要不回货款，糟蹋了货物，就是把你宰了，你这身贱肉能卖多少钱？蠢猪，你就押在这儿抵债吧！"

林志恒依旧委曲求全，主动建议："老板，那家公司以咱们的保健品冒充药品，被客户举报才被查封的，工商、公安正在追查他们。我建议咱们报案，求助执法部门帮咱追讨损失……"

他的话没有说完，就被老板一拳打翻在地，老板抬起穿着皮鞋的脚，死死踩住他的脑门，把他的头如皮球般在脚底下狠狠拧了一圈，野兽般咆哮起来："我查过你的老底了！你小子就有勾引女人的本事，只懂浪功夫，不懂生意经。老子瞎了眼，咋就聘用你这败家子呀！听好喽，给你半个月，交不来货款，剁了你！"

林志恒的头皮、脸颊都被拧紫了、搓烂了，鼻子、口腔一股股往外喷血，地上聚了一汪血泊……羞辱和责骂在他的肉体上又一次打上仇恨的印记，同时他灵魂深处又一次得到启示：在魔鬼面前乞怜，永远逃不掉邪恶的纠缠；如果承认软弱，就永远趴在地上！

林志恒不求饶，不说话，默默站起来，抹去嘴角和脸颊上的血迹，昂起头撂下一句话：那笔货款，我一定还你！

他挺起胸朝前走，尽管撕心裂肺的疼痛让他迈一步都艰难不已，他咬着牙坚持没让自己倒下，毅然决然走出了那个阴森恐怖的门洞……

林志恒一连几天都去那家代销公司门前踯躅，凑在人堆里看老人们下棋，跟他们聊天，渐渐就混熟了。有意无意间，他得知了宝贵的信息：公司老板就住在楼上，每天夜里都从后窗往外盗运货物，看着门上封条如故，里面的货物快空了……

当天夜里，夜深人静时分，几条黑影撬开后面楼窗，跳入室内，把一箱箱货物从窗口递出来，又有人搬运到停在旁边的大卡车上。他们行动诡秘而又迅速，没用多久便把车厢装满了。——就在那一刻，潜伏的工商、公安执法人员包抄过去，人赃俱获，无一逃脱。

代销公司老板交代了假冒药品、高价销售、欺诈用户的罪行，甚至交代了为一个传销公司提供假冒药品的线索。执法部门根据线索，一举破获了规模庞大、长期流窜民间、用假药欺骗群众、大肆敛财的传销据点。公安和工商继续深入追查，找到了假冒药品的源头——那家保健品公司隐蔽、恐怖的地下生产作坊，不仅查封了囤聚假冒药品的仓库，也摧毁了其造假、制假、生产违法保健品的车间，所谓的专家、技师、市场策划师直至那个狂妄的老板一并被擒获……

这个案例成为该市工商、公安联手打击犯罪，维护市场秩序，保护人民合法利益的成功典范。从一个点入手，顺藤摸瓜，得到多案并破的完美效果，群众满意，上级满意，从上到下都在总结经验，街头巷尾都在津津乐道。那几个下棋的老人神秘兮兮地传说着一段传奇，说是有个年轻人在这里蹲点聊天，谁也没想到他竟然是个卧底……

大树爷上次进城来，没有见到林志恒。他妈摸不清儿子风里雨里在外面奔波究竟忙个啥，老人家问不出个子丑寅卯，喘了口气便匆匆赶回去了。

过了半个月，老人家委实放心不下，又扛了粮袋、提了菜蔬，起个大早就赶到他们租住的农家小院。他拍了半天门，喊了几嗓子都没人应答，细看才发现门上落了锁。他便放下东西靠着门台蹲下来。刚刚喘了口气，隔墙走出来个汉子朝他问话："老爷子，您是找林志恒吧？"他哦了一声，站起身来。那汉子便摸出个信封递过来，说："这是您孙子留下的。您老人家一看就清楚了！"大树爷接过来，连忙拆开，里面只有一张信纸，写了两句话——

爷爷您好！朋友介绍我去海南闯闯，那里条件更好。时间紧迫，来不及当面详叙！顺颂大安！不孝孙子林志恒匆匆留字。

大树爷捧着信纸，如同迎面被人浇了一盆冷水，全身都不由一阵战栗。这消息太突然了，这举动太让他始料不及了。志恒长到二十岁，还是头一回做出这种让他感到意外的举动，以前无论大事小事不和他商量，从来不会随意行动的。

瞬间，老人家就做出判断：志恒一定又遇到啥突发事件啦！当然不会是上次那种车站遇险，但他分明是在回避什么，或者逃避什么，他如此干脆利索地不辞而别，就是想摆脱所有人对他的追踪和寻找！他是带着母亲走的，说明是一种主动、安全的撤离……尽管老人无法知道这些天发生了什么，但他固执地确信，林志恒决不会做出任何违法乱纪的事情，而从这个农家小院仓皇逃跑……

那个中年汉子瞅着大树爷捧着信纸木然发呆，便凑上前去，用炫耀的口吻小声说："老爷子，街面上都在传，说您那孙子是个这！"

汉子伸出大拇指，在眼前晃晃，神秘地眨眨眼睛，说："前些天破了个大案子，抓了老多人，缴获了好多赃款，老解气呀！都说林志恒是卧底，立了大功！上面天天有人来，谁都找不见他人影儿！"

大树爷听了，心头一下子释然啦！虽说传闻不可信，但是小道消息满天飞，大都是真的。这汉子看上去是个骑三轮拉客的，整天在街上跑，啥样的传闻不知道？大树爷没有露出任何表示，摇摇头，叹口气说："咳，大兄弟啊！如今年轻人的心野了,天底下都盛不下他们!咱老了,手短了,够不着了啊!"

他把背来的粮食和菜蔬都留给了那汉子,挥挥手,告别而去。

大树爷迈开脚步往车站赶。他心头时而沉重,时而释然,后来有点气喘吁吁地感到肚子空空的,才想起一早起得急,没顾上吃饭。这会儿都快晌午了,瞅见路边有家卖胡辣汤的摊点,便找个座位坐下,先吸了两袋旱烟喘喘气,要了四根油条一碗汤。人家热腾腾端上来,他又要了醋和蒜瓣,只听呼噜噜一串响,风扫残云般全都填进肚里去了。他大喊一声结了账,抬起脚步要走,却被旁边一个熟悉的声音吸引住了,便朝说话的人走了过去。

两棵大柳树吐出新绿,千丝万缕垂挂着翠生生的珠帘。成群的麻雀在绿绿的枝条间穿梭,叽叽喳喳欢叫在和煦的春风里。

大柳树下有片空地,扎着几根拴马桩,桩子上拴着一头骡子两头毛驴。驴没拴牢,躺在地上打滚晒暖,荡起一团黄尘,在阳光下飞扬。

有位钉马掌的师傅,脚上穿双皮靴子,腰间系着皮围裙;助手替他搬起骡蹄子,他手里挥着铁锤子,在骡蹄子上叮叮当当敲打出一串脆响。他动作熟练,一边干活一边神侃。

赶牲口的主顾半躺在车帮上,和他说笑:"老杨,马车越来越少,干你这行当的也不多见了。在这一带,你都成独家生意啦!再过两年,只怕咱都得改行了!"

老杨笑起来:"那看咋说哩!现代化也不能把骡马牛驴都灭喽!只要这些畜生不绝种,咱这行就少不了!物以稀为贵,过去钉个马掌三五元钱,现在得十五元,少一分你甭走人!咋啦,过了俺这村,还真没这个店啦!今日有酒今日醉,管他明天喝凉水!对不对,爷们儿?"赶车人讥讽:"你老杨也太黑了!一扭脸价钱翻几番,就不怕人背后朝你吐唾沫?"

老杨不喜不怒,依旧满脸堆笑,反唇相讥:"朱元璋心黑不黑?他不杀功臣坐不稳江山。雍正爷心黑不黑?他不宰了兄弟们当不上皇帝。我出力流汗挣个小钱,就叫心黑呀?"

大树爷走过去,咳嗽一声站在他面前。

老杨一眼瞅见大树爷,愣怔一下,手中铁锤叮当掉在地上,搓着双手迎上前,嘴巴八哥一般殷勤地聒叫起来:"这不是大树爷嘛,老天爷哩,咋就在这儿碰见您啦?可真是夫子庙前赶大会,让俺碰到贵人了!"

大树爷盯着对方看了一阵,笑呵呵说:"哦哟,老远听着就像你!你个杨风利呀,不是走乡串户卖膏药吗,咋又干起这号营生来啦?一年多没见面,早就变成百万富翁了吧?"

杨风利脸不变色心不跳,接过话头说:"大树爷损俺哩!俺栽的跟头多了,脸皮比城墙还厚,刀枪不入啦!如今世道变化快,脚步慢了就得栽。这二年俺运气背,干啥都不成。混不成个人样子,没脸回村哪!"

大树爷看着他满面风尘的样子,有点心疼地埋怨说:"风利呀,好赖你也是咱古水坡的一口人,你不恋家,村里人念叨你哩!再见不到你人影,户口本上就把你销户啦!"

"大树爷批得好,批得对!往后一定回家看看,多给您老汇报汇报!"杨风利点头哈腰,一副讨好状,转而又沮丧地叹口气说,"话又说回来,回家守着三间石头屋,出来进去俺一个人。大树爷,俺自己都瞧不起俺自己!"

大树爷沉默一阵,说:"风利,你从小心就野,脑瓜活泛,村里那三分地拴不住你。你若肯听俺的话,还真想给你指条康庄大道哩!"

杨风利双眼一亮,搔搔后脑勺说:"大树爷呀,您是咱村的老家长,跺跺脚山上石头都动弹!俺是怕挨骂,哪敢不听你呀!"

"那就中!"大树爷渴望浪子回头,热切地说,"家旺他们在特区那边办公司,干得不赖!你妹子杨慧也跟着当副总。那里可是需要你这号脑瓜子活泛的人手哩!你不如到那里去,谋个正经差事。再不能像个游魂似的到处混,啥时候能混出个人样来呀?"

杨风利听得眼珠瞪得灯盏一般,拍着屁股蹦起来:"大树爷,您老人家手指头轻轻一拨,俺眼前就亮了一盏灯!听您的,求您老给家旺哥通上话,他批准了俺就去。您老清楚,杨慧不待见我这不成器的哥,我也怕她把俺一脚踹出来!只要您老替我开路,这条路走定了!"

赶车人插科打诨说:"老杨,看看你混的,妹妹都不待见你!赶紧收摊吧,再钉二年马掌就得捧碗要饭喽!"

杨风利心服口服地说:"俺这人哪,猪八戒拱地,全靠嘴哩!半辈子都熬不成人,没脸见古水坡的乡亲们……"

大树爷语重心长地说:"人不正干,天地不容。风利呀,收收性子干点人事儿吧!光想着坑蒙拐骗不劳而获,那是损人利己,能混一时难混一世啊!人活一张脸,树活一张皮。古水坡一人一口唾沫也能淹死人哩!"

杨风利蹲到地上,半天站不起来,满头冷汗扑嗒嗒往下流,咬牙切齿地说着狠话:"一语惊醒梦中人!大树爷您骂得好,骂到俺骨头缝里去了。改!我立马改!不改是狗!"

赶车人过来拍拍他："人家早走了,你还在装哩。那老汉谁呀?能降住你……"

杨凤利软塌塌直起腰,望着大树爷的背影,流下眼泪来,"他是谁?他是俺爹!比亲爹还亲爹……"

第十五章 创业者传闻

傍晚时分，大树爷赶回古水渡。

村主任张发动撑着船，刚刚靠近渡口，就看见金娜满脸焦急地等候在码头上。

村主任朝大树爷递个眼色说："叔，洋奶奶找到码头上了，查考您的动向哩！"

话没落音，金娜就迎了上来，攥住胳膊扶着大树爷走上岸，迫不及待地问询起来："老木头，你怎么总往城里跑？莫非，志恒他们遇到什么麻烦啦？你瞒着我，为什么？我能帮上忙吗？"

大树爷抽回胳膊，拔出旱烟袋，敷衍她说："洋婆子，你当好工地的监工就是了。我呀，是个苦命人。古水坡几百口子，俺就是个跑腿的，想坐也坐不住啊！咋啦，跑到渡口上找俺，有啥急事哪？"

金娜板起面孔，发着牢骚："你眼里塞不进石头，我心里也揣有镜子。你有事隐瞒，不拿我当自己人！"

大树爷忍不住发笑："你个洋婆子，说不好中国话，偏要转洋词。应该说眼里揉不进沙子，心里明镜一般！眼里塞石头，你眼睛多大呀，水缸恁大？"

金娜被他逗笑了，又攥起大树爷的胳膊，说："我要提个意见，谁把学校定为金娜希望小学，要立即改正。这样的名字，我坐立不安！"

"俺听着蛮好，为啥要改？"大树爷反问。

"老木头，我来中国不是沽名钓鱼(誉)来了！"

金娜口气很严肃、很认真："你当年在战场上救我，不图名不图利，我应该向你学习！"

大树爷连连摆手："两码事！这是两码事！学校名字是村支部定的，我做不了主。学校是金娜捐的,你又是古水渡的国际友人。金娜希望小学,叫起来蛮响亮,有意义!改啥?"

金娜甩开他的胳膊,又生气又激动地争论起来:"我想叫它'大树希望学校'!理由,如果没有大树,我就不会有今天的故事,就来不到这里,更不会来建学校!还有,树大根深,大树成荫,让孩子们人人成才,我们才有希望。我的理由,比你充分!"

大树爷摆着手摇着脑袋,"洋婆子,你想让俺落下千古骂名哩!你就是说破天,俺也不敢贪这份功劳。钱是你捐的,咋跟俺的名字扯到一块咧?"

金娜面红耳赤嚷嚷起来:"老木头,我知道,你最怕和我扯在一起!你心里有鬼!你……"

大树爷担心金娜说出什么过头话,赶忙堆上笑脸,劝道:"好了,好了,咱不争啦!再争就外气啦!你那话让别人听见,俺这张老脸就没处搁了!"

金娜并没听懂大树爷的意思,逼着问他:"什么叫外气?我……外气啦?"

大树爷伸手拍拍她的肩膀,无奈地说:"一家人不说两家话,那叫不外气。就是,就是不计较,不争不抢……咳,俺也说不清楚了。只有不外气,才能说到一块。大概就是这!你自己琢磨吧……"

金娜顿时高兴起来:"懂了!我听懂了,咱们不争不抢,不外气,说到一块了!"

村主任从后面追上来,扑哧一声笑了……

梁素梅正在收拾屋子,把金娜的床铺收拾得利利索索,把小炕桌替她支好,把上面放着的图纸、记事本、红蓝铅笔、老花镜,整理得规规矩矩。老太太喜欢坐在炕沿上看图、写字,包括谈话说事情。她说和她的农场那样,有一种乡村的恬静气息。

素梅是位清秀干练的乡村女子,当姑娘时当过代课老师。嫁到古水坡十来年了,孩子都上三年级了,穿衣打扮、行为举止还是保持着职业女性那种热情而有节度、亲切而稍显矜持、干脆利索而有条不紊、落落大方又充满亲和力的仪表和风度。她丈夫过世三年了,一个人带着孩子住在原来的石头院里,除了务弄地里的庄稼,就是精心守护独生儿子栓柱读书上学。从不见她随便串门,也没听她背后说人,村里年轻人说她鹤立鸡群,自命清高。大树爷夸她知书达理,人才难得。所以,当初建学校挑选后勤和财务,大树爷立即提名,由梁素梅担任会计和保管。结果证明,素梅不仅胜任,而且日清月结样样到位,没有出过一分一角的差错。

如今,她和金娜合作得非常融洽,生活中相处得很是默契。老太太心里藏不住秘密,有啥悄悄话都要和素梅念叨一番;碰到弄不通的事情,心里有啥解不开的疙瘩,都和素梅嘟嘟囔囔说个没完没了。素梅不会讲英语,只会二十几个字母和一些单词,和老太太相处久了,连猜带蒙,大致能够听懂意思,也能用一种混合型的言语和她交流。渐渐地,她们成了无话不谈的好朋友了,并且相互知道了各自藏在心底的秘密……

素梅把屋里收拾好了,准备赶往工地去,在她退到门口时,有个人轻手轻脚走过去,突然伸出双手从身后捂住了她的眼睛。

素梅吓了一跳,尖声喊道:"谁呀?吓死人啦!再不松手,我喊人了!"

那人屏声敛息,故意恶作剧地不肯撒手。素梅挣扎着,腾出胳膊,挥动双手,在那人脸上乱抓乱挠,不肯就范。那人不再坚持,松开双手,却趁势想把素梅搂在怀里,不想被女人狠狠一推,差点摔倒,打个趔趄扑通撞在门框上。

那人正是杨风利。他一早赶回古水坡,推开他那狗窝一般荒芜的石头院,屁股都没暖热小板凳,就心急火燎地来找大树爷,求他帮忙,赶紧把南方谋差的事谈定了,他一刻不停就颠啦!好像那里堆着一座金山,猫爪子般抓挠着他的心。

大树爷没在家。他抬脚走进志恒家,一眼就从玻璃窗里看见了梁素梅,止不住心口怦怦跳了起来!好多日子不见,没想到小寡妇还是那么年轻、俊秀、光鲜!不由得咕咚咕咚咽了几口馋唾沫……他在心里暗恋这个女人很久了,老想在素梅面前献献殷勤,一直找不到机会;想托人从中牵线说合,又知道自己做人卑琐,难以开口。一年前那个秋天,他从地里摘了两个大南瓜,趁着夜色挡眼到素梅家串门,想套个近乎,谁想院门紧闭,他没有敲门的勇气。在门前踟蹰好久,竟然顺着墙脚枣树翻墙而入。素梅听到响动,猜到院里跳进不轨之徒,却不声张,顺手从缸里舀起半盆凉水,推开窗子泼了出去!

杨风利恰好躲在窗下,不歪不倚被浇个湿透,他不敢喊,更不敢动。只听素梅又在屋里大声呼唤儿子:"栓柱,把咱家扁担找出来,有人偷枣,就让他尝尝苦头!"

屋里的灯亮了大半宿,杨风利缩在墙角里担惊受怕地忍熬了大半夜,直到更深夜静时分才扒着墙头仓皇逃去……

第二天一早,栓柱起来上学,发现门外放着两个南瓜。素梅冷冷地说:"那是小偷摘了别人的瓜,想栽赃陷害咱哩!就放那儿甭动,小偷会现形的!"

两个南瓜在素梅家门台上放了很久。村里人过来过去都看在眼里,都要吐口唾沫或是骂上一句:"呸!俩南瓜就想占便宜?不要脸!"

两个南瓜在那里展览了半个月,杨风利再没胆量瞅一眼。他觉得南瓜就是他的替身,日夜受到村里人的审判和鞭笞!他领教了乡村舆论的威力和恐怖。眼看着两个南瓜在风吹日晒下枯萎、干瘪,如同预示他的下场也会被众人剥光衣服,露出丑恶污秽的原型……

在这种恐惧、惊吓的气氛中苦熬了二十天后，杨风利没有勇气站出来，也没有决心熬下去。终于有一天，他挤在过河赶会的人群中溜掉了……

刚才看到素梅那一刻，使他积郁在心头的思念无法控制，也是他对素梅钟情的欲望流露。遭到素梅强烈的挣扎和反抗，他才意识到自己的孟浪和不堪。他尴尬地垂着手，干涩地笑着，充满了一个落魄汉子的怯懦、卑琐、心虚，以及难以消解的隐隐渴望……

素梅揉揉眼睛，惊讶地说："哟，这不是杨风利吗？哪股旋风把你刮回来啦？闯荡江湖恁长日子，成妖了还是成仙了？"

杨风利自觉矮了三分，回避着素梅投过来的凌厉的目光，干笑着："哎呀，你这嘴比刀子还利……俺不就是凡人一个嘛……"

素梅话语石头蛋子般投过来："你要是个凡人就好啦！扭脸一年多不见你人影，大伙以为不是被车撞死了，就是被警察抓去住班房了。反正不会有好结果！"

杨风利被骂得抬不起头来："唉，你就这样盼我死呀……"

素梅不依不饶："你有手不干人事，有嘴不说人话。除了偷鸡摸狗，就是坑蒙撞骗，干得做贼事，没有认贼胆。你有种跳到黄河里溺死，省得让人捣碎脊梁喂狗了！"

杨风利听着夹枪带棒的嘲骂，感到地缝难钻般寒碜。他只好端出老架势，厚着脸皮耍赖："打是亲，骂是恩，不打不骂是仇人！见面就臊我，说明你心里有俺！今儿让你骂个够，再想骂俺可就不容易啦！"

"哦，你老杨脸皮比墙厚，不会栽到茅坑里寻死吧？"素梅一脸轻蔑。

"好死不如赖活着！你太小瞧俺了。从今往后，得让你换个眼光瞧俺啦！杨风利不是孬货，也是五尺高的汉子。"杨风利瞅了一圈："俺是来找大树爷的，说句话就走！"

素梅板起面孔说："老杨，你还要去外面胡混哪？就不能收收心，替自己活出一张脸？"

"妹子，这话说得好，点到穴位上了。"杨风利恭恭敬敬鞠个躬，"大树爷把俺骂醒了，又替俺指了路，去南方做事，替自己挣一张脸。"

素梅一副哀其不幸、怒其不争的神情，规劝说："既然大树爷替你铺路，到那边就争口气，干出个样子来。你不傻不愣的，脑瓜子猴精，就是没走正路，脚步越走越歪，让人朝你吐唾沫，俺都替你脸红！"

"妹子数落得好哇，俺从小没爹娘管教，山坡上的荆条，疯长！往后你就盯着，发现毛病就赶紧骂。就像唐僧给孙悟空套金箍,一犯规矩就念咒。有个人管着,俺脚步就不歪了!"

杨风利有点儿阳光就灿烂,听到句好话心里就犯贱。想跟女人套近乎,话说得酸溜溜的。

素梅反唇相讥:"我管你? 我是你什么人哪? 你都过四十的人啦,自己没长脑袋呀?"

杨风利嬉皮笑脸:"妹子,你愿意不愿意,我可早把你当心上人啦! 反正我情愿,给你当个看门狗,给你暖被窝,给你洗脚捶脊梁……"

"老杨! 你甭在这儿耍贫嘴,寒碜人!"

素梅吼开嗓门一声断喝,挺胸昂首高傲地宣告:"俺有过男人! 他是个高高大大、顶天立地的大丈夫! 在温州破冰救人淹死的,他一条命换了两条命,是个英雄! 要不是孩子正上学,俺得替他守住一条根,早出去打工闯世界啦! 打开天窗说亮话,想让俺梁素梅看上的男人,就得是个大丈夫,称得上爷们儿! 老杨,听清了吧?你自己量量,够尺码吗?"

杨风利收起满脸嬉笑,一本正经地说:"妹子,你的话俺记住了。我努力朝这个标准靠近,争取早日让你满意!"

话说完了,他扭头溜走了。

素梅瞅着他那副穷酸样子,心中没来由地突生悲悯,紧赶几步喊住他。她匆匆跑回自家石头院,转眼夹了个包袱跑回来,往杨风利怀里一塞说:"这是栓柱他爷穿过的衣裳,你拿去穿吧! 看你身上那身皮,臭烘烘像个癞皮狗,去南方也不怕丢你妹妹的人?"

杨风利接过小包袱,没说话,只是两个眼圈都红了……

次日清晨。

杨风利背着素梅送他的小包袱,顺着石板路到渡口坐船过河。他一步一回头,望着素梅家那座石头院。印象中,那院子外面栽棵老枣树,院里有棵石榴树;幻觉里,正是石榴花开的时候,满树挂满红亮亮的小灯笼……

素梅果真站在志恒家的石头屋顶上看着他,出于对一个男人浪子回头的期盼,也源于一个女人善良的同情和悲悯。

老杨回头看时,女人就把身子掩在树影里;老杨朝前走去,女人的身影又露出来……

正是孩娃上学的时候。栓柱背着书包颠颠追上来,喊着:"杨叔,俺妈猜你没吃早饭,让我撵到渡口给你。趁热吃吧!"

杨风利接过去,热乎乎的烙馍卷鸡蛋,香味直蹿鼻孔。顿时双眼冒出热泪,簌簌洒到脸颊上。

栓柱惊讶地瞅着他:"杨叔,你咋哭啦?"

杨风利刺溜吸下鼻子,抹了把脸,搪塞:"没,没……馍里有蒜,呛的……"他顺手牵起栓柱,快步往前走,煞有其事叮嘱着,"栓柱,你是你妈的心头肉,好好读书,多长学问,将来才有出息。甭像你杨叔,小时候调皮捣蛋,到如今一肚青菜屎,没有大出息!"

栓柱望着他,天真地说:"俺妈说你去特区工作了,重新做人,盼你干成大事哩。"

"你妈真的这么说啦?"杨风利二目放光地转回头,又朝那个石头院恋恋地望去。

栓柱催促他:"杨叔,快点吧! 要开船了!"

杨风利急忙转回头,心里却还在遥想着那棵挂满红灯笼的石榴树……

大树爷一大早撑船送罢学生,就匆匆忙忙赶回村。他忙着料理建校的事,顾不上喘口气就来找金娜,想把急需办理的事情定下来。

听见他的脚步声,素梅赶紧从屋里迎出来,搬个凳子放院里,说:"大树爷您坐。洋奶奶正在念叨您,等您来了商量事哩。"

大树爷笑着点头:"洋婆子越来越讲原则了! 有些事通通气就算了,她非要按程序。人家是校长,咱听她支派就是啦!"

"当然! 当然! 你的话,没有规矩、不成方圆。从开始就建立规章制度,不能随便说了算! 我是校长,更要懂、规、矩!"金娜手中拿个本子,戴着老花镜,从屋里走出来,站在那里郑重严肃地说了一番话。接着翻开本子,一字一句念出一段文字——

聘任书

根据工作需要,经研究决定聘任梁素梅女士为古水坡希望小学总务主任。

校长金娜·索梅尔

金娜读罢文字,又补充说:"素梅,今天、我以文字、正式决定、你的职位,欢迎加入我的团队,一起工作,共同办好古水坡希望小学!"

老太太用温暖柔软的手掌,紧握了素梅的手,还来了个亲密的拥抱。

素梅有点不好意思,说:"洋奶奶,我不早就投入建校工作了吗? 您封我个官,啊意思呀?"

大树爷笑着挤挤眼睛:"金校长给你封官任职,还要给你发工资哩!"

素梅愕然说:"洋奶奶捐恁多钱帮咱办学,俺出点力气尽点心都是应该的,讲工资就外气了!"

"不外气!应该的!"金娜直截了当地说,"我听马克思的话,按劳取酬。我这个团队,一视同仁,从老师到员工,都发工资,这是原则。"

老太太接着解释,希望小学的土建工程进展很快。接下来装修工程更繁杂,头绪更多,要做到心中有数,提前安排,逐项落实。准备工作一定要抢在前边,否则将会影响工期。包括学生的桌椅配备、教学设备、教学器材的购置,不能仅凭印象,要有超前意识,要到先进的学校参观学习,必须实现一流的科技水平。

她说:"亲爱的梅,你过去当过老师,有一定经验。可是不够,要学习新事物。记住,我们的学校,所有设备必须是高水平的,不能凑合!"

素梅看看大树爷,有几分紧张地说:"金校长,我只读过初中,当过几天代课老师,嫁到古水坡就荒废了,可以说顶着一头高粱花子。您和大树爷看我中,非要赶鸭子上架,俺就学着干!"

金娜慈祥地拉着素梅的手,柔柔地说:"不是赶鸭子,是当领导教育孩子。梅,你能干好!"

大树爷笑起来:"洋婆子,素梅怕干不好,咱逼着人家干。让你一说,话就串味啦!"

金娜仰面大笑起来:"中国话太丰富,一句话多种意思。我总是驴唇不对马嘴,很可笑吧?"

素梅说:"金校长要求高,我得边学边干。现在学校可不是一块黑板就能上课,什么电子啦网络啦,我见都没见过。让我管这一大摊子,怕误大事啊!"

大树爷磕磕旱烟锅说:"程咬金也不会当皇帝,可是没他那三斧头就打不下天下!咱们村能干的都到外面做贡献去了,撇下的都是老弱病残,咱们不干让谁干哪?学校办不好,耽误了下一代,落下的就是千古骂名。素梅呀,咱们都是打基础的,把戏台搭起来,将来登台唱戏的,还是请行家!"

"那就干吧,不会就学呗!古水坡有您老人家掌舵,保证翻不了船!"素梅坦诚地说。

大树爷摆摆手,连连摇头:"俺老喽,只能替你们吆喝吆喝,捧捧场助助威。洋奶奶要求高,俺说咱村有木匠,课桌板凳自己做,她死活不依,怕落后,怕凑合!想想也对,咱买得起马,就配得起鞍。再苦不能苦孩子,再穷不能穷学校嘛!"

这时，村主任搬来一堆账本，放到石头桌上，交代说："素梅，不，应该喊梁主任！俺现在就交权。这是开工以来的各类账本，有买材料的，有付工程款的，有各种杂项开支的，建校的前期开支都在上面。你点点，不清楚的就问我。当然，我不是凉水洗屁股，推脱责任。需要俺做的事情，决不含糊！"

大树爷瞅着村主任笑骂："发动，你是村主任，村里的事，大大小小你都要管，孩娃老少你都得操心。不是卸磨杀驴哩，得把你解放出来，管大事！比如学校的编制啦，经费啦，老师啦，你该找教育局赌找啦！甭忘了，俺是个拉边套的，你村主任才是驾辕的！"

村主任讷讷点头，心里却说，俺知道自己能吃几个馍，能喝几碗汤，俺后边有您撑腰哩……

杨凤利坐了一天一夜火车，到了广州；又搭公交车颠簸了整整一天，才到了深圳特区。刚刚走出车站，他就紧赶着打听"中原农民劳务公司"的具体地址在哪儿，坐几路车，该如何走。尽管大树爷已经把地址交代得一清二楚，包括联系电话都让他记得明明白白，但是，他没有勇气打电话，想自己摸过去。突然站到林家旺脸前，才感到心里踏实。他担心杨慧容不下他这个哥哥，万一顶上牛，硬把他踹出门来，也是无可奈何的事！更何况她是副总……

没想到，他向人打听"中原农民劳务公司"，人们都会殷勤地给他指路。他提起林家旺的名字，更似晴天响雷一般，几乎无人不晓，甚至还能随口说段故事给你听，眉飞色舞，滔滔不绝！杨凤利感到脸上也有了光彩和荣耀，觉得自己这一趟来对了，又觉得自己来迟了！刹那间，周身热血激荡起来，一浪接一浪撞击在江湖汉子的心岸上，飞溅起向往的浪花……

传说之一——

当年林家旺闯深圳时没有钱，和杨慧背了一口袋干粮和大包咸萝卜干上路的。

为了这些干粮，他们在老家操办了好几天。饥不饥带干粮，冷不冷带衣裳。不准备干粮咋闯天下哩？南方天气热，带干粮多了隔夜就馊，咋办？杨慧出主意说烤锅盔。不放油不加佐料，就把发面饼放在炉里烤，又焦又硬的，十天八日不会变味！家旺说，缸里腌的咸萝卜，切成条晾干，将来用热水泡软了，夹在锅盔里吃，吃饭问题解决了。

坐火车到广州，硬座每人也得一百多，他们买不起南下的火车票。经过打听，得悉外贸公司掌控着一辆专列，每隔半月从河南到深圳往返一回，承担供应港澳地区生猪、牛羊的运输任务。外贸部门负责收购，装运的站点或驻马店或漯河或许昌,根据生猪、牛羊的收购情况而定。负责押运的是一支由女人组成的"三八押运组";押运的列车要在铁路上运行八天八夜,才能到达终点……

情况摸清了,熟人托关系也托到位了。他们背着干粮和行囊,提前候在列车通过的站台上,趁着列车加水的空当,扒上了那列火车。

那列车是闷罐车,铁皮铸成的铁匣子。没有座位,没有旅客,车厢里装载的都是成群的牲口! 载牛的车厢里焊着铁栏杆,一头头黄牛拴在栏杆上。押运员按时上草上料,不能让一头牛轻易死在路途上。走进去,迎面扑来呛人的牛粪味,如同乡村的牲口棚……

载运生猪的车厢更糟糕,活生生一个大猪圈。大猪肥猪黑猪白猪挤挤扛扛、闹闹哄哄。一路活蹦乱跳,一路吃喝拉撒,向着远方驶去。

押运员也是饲养员,清一色的女人。穿着皮裤子皮靴子,踩着猪屎猪尿,一路辛劳地饲养它们,喂食喂水;在污浊的环境里坚持八天八夜,才能到达目的地——位于宝安县(深圳市的前身)的外贸物资储运站。据说这个储运站五十年代就存在了,目前正在拆迁计划之中……

林家旺和杨慧就是和押运员们混在一起,帮着喂牛喂羊,一起饲养生猪;踩着牛粪和猪屎猪尿,苦熬了八天八夜到达深圳的……

传说之二——

林家旺和杨慧来到深圳,没钱住旅馆。白天到外面跑了一天,没找到合适的工作,晚上难道果真露宿街头吗?

家旺说:"咱们再去储运站碰碰运气,亲不亲,家乡人。咱是搭押运火车来的,都是河南人。就是睡房檐,也不会往外撵咱吧?"

他们没想到,储运站有招待所。就是两间大仓房,置有一二十张木板床,一间住男的,一间住女的,专门接待押运员的。

储运站站长老王,是个老实厚道的长者,六十多岁了,操着一口地道的太行山土话,待人很亲热。听说他们没住处,实诚地把他们领到大仓房。说这里热不着也冻不着,不怕蚊子就将就吧,遮风挡雨没问题!

家旺说:"要饭的还能嫌饭凉吗? 俺得谢您哩王县长!"

老王摇头晃手满脸堆笑:"都是老家人,甭说外气话! 你喊俺王县长,那不是假的,俺真当过宝安县长哩! 那是 1949 年夏天,解放军按照毛主席的命令,打过长江去,解放全中国! 俺山区是老解放区,我在村里当民兵连长。部队首长跟我说,王忠良你就跟部队南下吧,你很有工作能力,去南方当县长吧! 咱是党员,得服从组织,就跟着部队走了。一直来到南海边,我还真当上宝安县长啦! 咱不识字,当时任命书就装在咱兜里啦！干了十来年，自己越干越觉得西瓜皮裁鞋底，不是那块料。俺就要求调回老家，没想到就来到这个单位。储运站归河南管，俺也就算调回河南啦！"

王站长搔着头皮哈哈笑起来，大家跟着笑。

林家旺一连几天都没找到工作，一直借住在储运站的大仓房里。饿了，他和杨慧啃个锅盔就点泡咸菜，喝口自来水。困了，打开铺盖卷，躺在木板床上睡一觉，忍熬着煎熬的日子。

王站长是个热心人，看着两个老乡陷入困境，暗中替他们发愁、着急。他就主动和家旺推心置腹说了一件事情。

深圳改革开放初期，也是摸着石头过河，中央只给政策，拨不了一分钱。各部委、各大直属机构响应号召，支持特区建设，每个单位都在特区承建一座大楼，掀起了轰轰烈烈的建设特区的序幕。

外贸物资储运站位于铁路边上。就着沟沟坎坎的地势，拉起一道围墙，盖起几座砖瓦结构的仓房。条件简陋，工作单纯，凑凑合合坚持三十多年了。随着特区建设的高速猛进，储运站在特区规划蓝图上，注定成为拆迁单位，并且要另选新址，重建适应时代发展的现代化储运基地。方案定了，新址定了，建设任务下达了，王站长发愁了。一来他一时半会儿回不成老家了。二来想把储运基地建起来，他可要作大难了！上级不拨款，本系统拿不出钱。他整天背着图纸，上蹿下跳，四处奔走，八方化缘，成了广结善缘、筹集善款的云游和尚了！

好在辛辛苦苦奔走了半年之后，外贸部门拨了一笔基础投资款。要求先把地基打好，把楼盘的底子铺起来。然后推向市场，招商引资，用股份制的手段解决储运基地建设以及今后经营运作的一系列问题。上级组建了一个筹备班子，但是，具体的工程建设仍旧交由王站长负责实施。他是现任储运站负责人，在当地熟悉情况，具有可利用的人脉关系。

消息传出，当地一帮烂仔就推拥着村主任何江凡找上门来，要求王站长把工程交给他们。新建基地的选址，占用的是他村的土地，不让他干，别人休想干成！

王站长看到地头蛇上门，不好惹。关系处理不好，将会惹出大麻烦。又听说他们把挖掘机都开到工地上了，只得按照同等条件把工程的基础部分，交给了他们，并和何江凡签订了承包合同。

双方合同刚签完字，何江凡就要求支付他一半施工费。说开挖土方是力气活，不给钱没人干活。可是，他们把钱拿走了，工地上停了一台挖掘机，接下来一点动静都没了。

王站长暗暗发急,一天几趟找何江凡,晓之以理,动之以情,软磨硬缠,要求他履行合同,让工程动起来。何江凡从来不说囫囵话。后来担心惊动上级,才私下说出实情:那帮烂仔逼他揽下工程,并没有能力去干,而是转包出去,从中牟利。老王大呼上当,又无法爽约,只好睁只眼闭只眼,请求何江凡帮忙,推动工程进度……

三个月之后,工地上终于响起挖掘机的轰鸣声,开挖地槽的工作开始了。王站长高兴了几天,何江凡又上门催款了。老王咬紧牙关,坚持按合同办事。老何绵里藏针,说当心后果难测!两天之后,果然应验,工地停工了……

王站长欲哭无泪,只好又去求告何江凡。好话说了一火车,毫无效果。后来还是请何江凡喝了一场茅台酒,对方才半醉半醒说了话,他不过是个传声筒、挡箭牌。只要再付三成款项,他们才肯开工!

王站长告诉林家旺:"就这样,那帮烂仔利用何江凡出头,软硬兼施,把工程款讹走了。转手承包的工程队拿不到钱,干半截扔在那儿,撤了。唉,地头蛇挡道,俺坐蜡啦!"

林家旺愤然:"在特区他们也敢这样干呀?无法无天!通过当地政府,找法院嘛!只要揪住那个村主任,就能把一团乱麻理顺啦!"

"就是这样做的。结果是那群烂仔卷着钱跑路了。何江凡一推六二五,说自己也是受到胁迫,不得已顶个虚名而已。钱没拿一分,歪主意没拿一个。现在,工程撂在荒地上,无人问津,更没人敢接手。再拖下去,俺这张老脸就丢在特区啦!"王站长一肚子苦水,一筹莫展。

林家旺在木板床上翻来覆去折腾了一夜,天刚明就找到王站长。两个人有如下对话:

"你只要负责租设备、买材料,俺负责招人手,组建队伍,把工程帮您干起来!"

"中!承老乡这份情。但是,工程是官的,人不是官的,俺眼下拿不出工资来……"

"你首先保证两条,一是原材料供应,后勤保障不误事;二是保证大家吃饱肚子,提供生活费,俺就能让工程起死回生!"

"感谢老乡出手相助!情义归情义,规矩不能乱。亲兄弟明算账,何况咱干的是国家大事。咱们定下合同,该付的工钱一分不短!"

"既然话说明处了,我将来也好向大家解释啦!"

"俺丑话说前边,开弓没有回头箭!你知道中间有地头蛇捣乱,不会轻易罢休!"

"俺心里倍儿清。虽然强龙不压地头蛇,但这里是特区,有共产党替咱撑腰哩!"

　　大约一周之后,储运基地工程重新启动,一片机器轰鸣、人欢马叫的喧闹场面……

　　这里省略繁杂的过程,只说三年之后。储运基地的土建工程基本完工,原来沟壑纵横的荒地上矗立起一幢巍峨的大厦,还有一排即将布满现代化设备的食品储存库房。

　　林家旺、杨慧,还有他们陆续招聘的二三百号来自中原农村的农民工,整整坚持了三年。在工地苦干了三年,和那些冰冷的砖块、石头、钢筋、水泥,厮守了三年……

　　王忠良站长和他的继任者,见证了林家旺和他的乡亲们付出的真诚和坚守,还有他们泼洒在那里的汗水和血泪……

　　就在那年的农历腊月,工程指挥部兑现了合同和承诺,一次性补发所欠民工的全部工资,总额在二千八百多万元。同时,还对林家旺、杨慧和一批工程管理者、技术员、农民工进行了隆重的表彰和褒扬……

　　贪婪的野猫嗅到了腥味,积郁在心头的恼怒和愤恨又燃起熊熊欲火,那伙受到公安追查、潜逃在外的烂仔,又盯住了这笔巨款。

　　何江凡找到林家旺,又来传话了:"老林哪,你这人讲义气! 为了老乡的政绩,硬是拼了三年,比得上当年的治水英雄大禹王! 佩服! 不过我得提个醒,你挣钱了,吃上肉了,别忘了是从我嘴边抢走的! 如果连点肉汤都不给留一碗,只怕你甭想回家过年!"

　　何江凡撇下一串冷笑,阴森着脸走了。

　　林家旺没有被吓倒,也不会听任讹诈。原本在几天前就张榜公布了民工的考勤和工资数额,准备第二天公开发放工资。他要做到公开透明,有错当场纠正。收到何江凡下的战书,他和杨慧连夜采取了对策:所有工资全部经由银行汇走;民工按居住地分别到相近的营业点领取;民工身上只带支票,不带现金;领到支票后立即出发,不宜在工地滞留。

　　这件事办得干脆利落,两天之内,民工们高高兴兴地踏上返乡路,工地上顷刻冷寂下来。只有平时跑业务置办的那辆旧吉普,孤独地停放在工棚前边。

　　林家旺最后在工地巡视了一遭,确定没有滞留人员后,他对杨慧说:"咱们走吧?"

　　杨慧背上随身挎包,掂着几盒南方果脯,朝司机喊了声:"小朱,出发!"

　　吉普车开出市区,上了广深大道。傍午时分,路过一片林木密集的路段,有个岔道口,路面上陷有一个大坑。前边站有个举小旗的人物,挥动小旗吹着哨子指挥吉普车上了岔道。司机小朱还没有明白过来,前边有辆三菱越野,后边有辆美国悍马,如同挟持罪犯一般,逼迫着他的吉普车,只能亦步亦趋跟着走。他几次想停车问个究竟,后边的悍马就疯狂地冲上来,用保险杠抵着他的车屁股,一用力就能把吉普掀个底朝天!

林家旺心里一激灵,说了句:"小朱,甭惹它,跟着走!碰上截道的了!"

"家旺……"杨慧看看外边,又看看林家旺,不由得喊了一声,双手紧紧拽住他的胳膊。

"别怕!是福不是祸,是祸躲不过!"家旺轻轻拍着杨慧的肩胛,把她揽在怀里,宽慰着,"慧,甭担心!兵来将挡,水来土掩。记住一条,这里是共产党的天下!"

吉普车被挟持到一条荒草没膝的干河滩里。冷风嗖嗖,四野静寂。河坡上有个草棚子,四面透风,可能是牧羊人留下的。

林家旺和杨慧下了车,就被一群人推推拥拥押了进去。一眼瞅见何江凡盘腿坐在草棚子里,喝着矿泉水,和他打招呼:"哦,老林呀,应该喊林经理!急着回家送钱吧?招呼也不打,不够意思吧?来,快坐下,渴了喝水!啊?"

林家旺站在那里,一副泰然自若的神情,淡然一笑说:"大家都忙呀,这都快过年了,不便打搅啊!何江凡兴致好,到这荒郊野外是打兔子哩还是打鸟哩?"

身边有个刀疤脸汉子恶狠狠地说:"老何等的就是你!劫路的!专劫你钱的!"

何江凡站起来,干笑着:"嘿嘿,林经理太不给我面子啦!既然你不肯出钱买平安,今天就得让你出点血啦!"

有两个黑瘦黑瘦的年轻人走进草棚子,对刀疤脸轻声说:"空车!什么都没有……"

刀疤脸霎时气得五官挪位,吼起来:"不可能!再搜!仔细搜!那么多钱能长翅膀飞了?!"

两个年轻人固执地站在那里:"不相信自己去看!没有就是没有!"

刀疤脸怒气冲冲走出去了,荡起荒草一片响。

何江凡冷森森望着林家旺:"林经理,脸皮都撕破了,谁心里都清楚。你不给这些团仔留下买路钱,我也不好说话啦!"

林家旺哈哈大笑:"何江凡,现在啥时代啦,你还敢教唆年轻人干这种勾当?别以为你当个村主任就能唬人,咱头上都顶着国法哩!你走错一步,恐怕就过不了年啦!"

何江凡厚着脸皮劝说:"老林哪,村里穷哪,这些团仔不正干,一个个如狼似虎。知道你拿走两千万,眼红得冒血!你也拿出一点,撒撒胡椒面,我才好帮你说话嘛……"

林家旺听了哭笑不得:"你这村干部就是这样当的呀?我在村里是支部书记,俺那村子也很穷。村里八九十条男子汉都跟着俺来特区打工,在你眼皮底下干了三年,绝大多数人三年没有回过家。他们抛家舍口挣的是血汗钱哪!你想讹这种钱,亏你说得出口!"

"老林,你把话说得太大了,别把自己说得八面光!我就不相信,那么多钱你就不给自己留点!那……那这三年你图个啥?"

何江凡脸上一阵红一阵白,亮出最后的底牌,说:"老林,你就把自己到手的油水,匀出百二十万。咱们各走各道,井水不犯河水!"

林家旺不怯不惧,正气凛然说:"何江凡,我就给你报报账吧!两千多万劳务费,两百多号人苦干三年挣下的活命钱,一个瓜一个蒂,一个萝卜一个坑,工地上贴有出勤表,公布有工资账目,最多的也就十几万元。都是兄弟姐妹们的血汗钱,多拿一分烫手,多贪一毛亏心,吃到肚里烂肠子,揣在身上烂皮肉!再说了,钱都寄走了,人都回家了,想劫也劫不了啦!"

何江凡恨恨地咽了口唾沫:"我就朝你要!你们俩把拿到的工钱捐出来!"

林家旺朝杨慧使个眼色,说:"村主任领头劫路,咱就给点面子,把路费捐出来吧!"

杨慧又慌又怕又迟疑,嘴巴都有点发抖:"咱……咱路上咋办呀?总不能……"

林家旺说:"咱把路费捐了,就不走了,咱就去何江凡家过年哩!"

杨慧拉开随身皮包,把里面的钱全部倒在地上,有几个钢镚儿在地上滚动……

何江凡瞄了一眼,嘿嘿冷笑起来:"林经理,就这点儿毛毛雨,填牙缝都不够。你是成心作弄我呀?我让你们先把工钱拿出来!"

林家旺同样瞄着他冷笑着说:"我俩的工资也凑不够你想要的数字。对不起,我不搞特殊,和大家一样,早就一块寄回去了!"

这时,只听外面草滩上腾起一股火,接着是一声剧烈的炸响,旋即滚起浓浓黑烟,把这片小小草棚也淹没了……

司机小朱一头闯进来,哭号着:"林总,他们把咱的车……点啦!"

林家旺反倒仰面大笑起来,说:"何江凡,看来我们非到你家过年不可了!"

何江凡顾不上说话,丢下林家旺,大步跨出草棚子,嘶声大叫:"坏了!快跑呀……"

结果,他们一个也没有跑掉,被尾随而来的警察包抄了……

报案的人正是那位王站长……

第十六章　希望小学开学记

　　"金娜希望小学"几个大字耀眼醒目地挺立在楼顶上,在阳光下闪闪发光。

　　古水坡小学竣工。远远看去,像一座现代化的城堡挺立在绿茵丛丛的山坡上,庄严而又肃穆。高拱的塔楼上镶嵌着一座大钟,指针分秒不差地走动着,按时按点鸣响报时,向山前山后传达时代的脚步。飘扬在塔楼顶上的五星红旗,迎着早晨的红霞,伴着夕阳映照的彩云,辉映着河面上奔腾不息的万顷金波,时刻给人鼓舞和力量……

　　学校建造得简约大方。一间间教室,高门亮窗,桌椅整齐,教具齐全,朴素而又现代。没有学生上课,安静中略显寂寥。

　　学校操场格外宽敞、别致。依山势而建,场地填平沟壑而起。周围是环形跑道,铺了塑胶地面,符合大型竞赛要求。中间是足球场,植了草坪,绿茵茵平展得如同地毯。一侧有篮球场,还设有乒乓球台。布陈有序,井井有条,完全可以举办正规的体育比赛。看台依山建造,随着山势,逐级抬高,三面合抱,把整个操场扇面式地合围起来,既扩展了有限的地形,又节省了土地,非常符合环保要求。

　　可是,大树爷此刻坐在操场看台的石凳上,大口大口抽着旱烟。一股股浓烟缠绕着他,好似山岚柴雾围困起一座山崖。他眉头紧锁,眉心皱成疙瘩,面色凝重,好似风霜打过的山石。这情形,明显是在生气。

　　金娜守在一旁,沿着石台阶焦虑地踱步。

　　她走过来走过去,反复地追问一句话:"林,我们、做错了吗? 错在哪里?"

　　大树爷沉默不语,被她问急了,把烟袋杆一挥说:"谁敢说错! 办学校让孩娃读书上进,走遍天下去问,谁敢说错!"

"林,中国不是鼓励办学吗?我们有了学校,为什么没有编制?为什么没有老师?为什么……"

金娜站在大树爷面前,满腹的疑问和不解。因为冲动,她的面颊涨得绯红,深深眼窝里漾起水波,好似有水花要迸溅出来。

"洋妹子,俺也想这么问他们!"大树爷也有点失去耐性。他猛地在石凳上磕磕旱烟锅,眼缝里闪着火光,"上面的领导都英明,政策都合人心。一到下面,小和尚都把经文念歪了!教育局局长说了一大堆难处,俺一条也听不懂!咳,这就是国情,你……不明白!他们是一群官僚!"

金娜就好刨根问底:"老木头,什么是官僚?官僚,很大的官吗?"

大树爷烦恼地摆摆手:"俺不会讲。反正有些小官,官僚主义很严重!"

"大官僚小官僚,我都不怕,我找他讲道理去!"

金娜一副赴汤蹈火的架势。

大树爷瞅着她:"你不中!你是个老外,说不上话。俺明天进城,去找县长说理!"

金娜斗志昂扬地说:"县长我认识,我和你一起、去找他讲道理!"

大树爷把手一拦说:"俺是去找他吵架!你又听不懂,俺自己去就够了!"

素梅正巧走过来,老远就搭上话:"大树爷,让我跟您一起去吧!我不会吵架,您年纪大了,跟着您有个照应哪!"

大树爷点点头:"中,正好有个事,咱们路上说。"

次日,渡口上。

大树爷撑起船,缓缓向对岸驶去。

素梅说:"大树爷,让我试试吧。让您撑船我坐船,心里老不中受!"

大树爷把篙让给她,说:"撑船没巧艺,全凭有力气。只要竹篙点到水里,全身用劲儿,船就直溜溜往前跑!"

素梅试了几下,渡船光就地打转,不往前走。大树爷手把手点拨着,渡船渐渐听话了。

大树爷瞅着素梅额头上的汗珠,心疼地说:"闺女,汗水都出来啦!还是俺撑吧,想学呀咱再找时间。"

素梅丢了篙,擦着汗:"大树爷,您想跟俺说啥事哩?"

大树爷慈祥地笑着问:"素梅,你跟俺说句实话,杨凤利是不是对你有想法呀?"

素梅木然地点点头,没说话。

大树爷一边撑船,一边委婉地说:"其实这娃挺苦的。从小没了爹娘,就像坡上的草,长荒了。家里没个大人管着,就像野驴没戴笼头,任着性子疯跑,长野了! 不管咋说,他妹妹杨慧是他一手带大的,当年村里也穷,顾不上接济他们呀! 杨慧成家后,本来可以贴补哥哥的。可惜男人死在水库工地上,兄妹俩谁也顾不上谁啦……"

大树爷喘口气,继续说下去:"俺让他去深圳,是给他指条路,让他好好做人。家旺打电话说他表现不错,越干越优秀,你知道俺心里多高兴吧! 把一个流浪汉改造成个爷儿,可比挣几万元钱功劳大呀! 后来……咳! 谁承想他又掉道了!"

素梅忍不住问:"大树爷,他打过电话,啥事也没说,只说换了地方。后来又犯事了?"

大树爷摇摇头:"不,这回不能叫犯事。本来这事不是他干的,却不敢检举揭发,无意间保护了坏人,不是同伙反倒变成了同伙……唉! 他是在节骨眼上把握不住自己,又找不到知心人帮忙开导,莫名其妙掉到了坑里! 咱们农民哪,穷怕了。没见过钱,见了钱脸红心跳,忍不住想伸手。碰见坏人坏事犯犹豫、犯糊涂、犯软蛋,连最后一点斗争的勇气和胆量都没有了! 这是家豪说的话,俺听了对路,想跟你说说。为啥? 他现在信得过的人就是你啦! 俺没别的意思,想借你的嘴传传话,让他知道咱村里人都在关心他。咱共同拉他一把,让他鼓起精神做人,替他自己挣张脸!"

素梅静静听着大树爷的诉说,不由心潮澎湃,感动不已。她说:"大树爷,我头一回听您这样说心里话;头一回知道您老人家对一个村民设身处地的深情牵挂、良苦用心,好感动啊! 不管俺对杨风利是啥看法,此刻我都明白了您的意思,是为古水坡的后辈们操心哩! 担心他们迷了路,掉了队,帮他们把魂儿喊回来,挺起胸膛做人,活得像个大老爷们儿!"

大树爷笑呵呵地点头:"对,对,你说得对,俺就是这心思!"

素梅说:"您心里装着恁多事,操恁多心,哪像个白发老翁呀! 我表个态吧,愿意和您共同做好这件事!"

大树爷满意地笑了……

大树爷和梁素梅来到县政府大门前,正想抬脚往里走,却被门卫拦住了,上下打量着问:"你们找谁呀? 有什么事呀?"

素梅说:"俺是古水坡的,想找陈县长!"

门卫说:"你们提前打电话预约了吗?"

大树爷抢上一步说:"年轻人,你这话啥意思? 打电话还用跑这一趟呀?"

门卫解释说:"老同志,我是说,您跟陈县长事先打过招呼没有?如果没打招呼,您可能见不到他。"

大树爷说:"哦,这是新规定呀?过去俺来找他,啥会儿都能找到。"

门卫有几分炫耀说:"陈县长管着几十万人口哩!要是谁找他都见,县长还不累死呀?"

大树爷便笑着说:"那就请你帮个忙,给陈县长打个招呼?"

"我的责任是查问,不负责通报!"门卫说。

"那俺自己进去找,中不中?"大树爷反问。

"不中!老同志,您要进去乱闯,我就犯错误了!"门卫横身拦住,不肯通融。

大树爷生气了:"县政府啥会儿变成衙门了?县长咋会害怕老百姓哩?俺今儿就守在这儿等,看他县长大人吃不吃饭,回不回家?"

门卫赶紧搬个凳子让他坐,他却一屁股坐在地上,说:"俺屁股不值钱,坐不起你那铁板凳!"

素梅跟在身边干着急,对门卫说:"同志呀,大树爷七十多岁的老人啦,是个老英雄!他跟陈县长又是老相识,你就帮帮忙吧!"

门卫为难地干搓手:"我实在没办法,只好委屈老人家啦!"

一声喇叭响,有辆小轿车开过来,突然停下,陈县长推开门下车,走向大树爷:"哎呀大树爷,这是咋回事呀?您老人家大驾光临,咋不打个招呼呀?请起来,请起来,让古水坡人看见喽,还不把我骂死呀!"

陈县长把大树爷搀扶起来,连连作揖赔罪。

大树爷依旧满腹怨气:"县太爷的衙门不好进哪!县长大人不好见哪!"

陈县长赶忙解释:"老人家骂我哩!这套规矩我也烦。我声明,不是我定的,但必须执行。不过素梅呀,以后大树爷找我,你拨个电话,我往古水坡跑一趟不就解决问题啦!"

大树爷咧嘴一笑:"县长真会说话,一句话把俺的火熄了!"

陈县长搀着大树爷,一路走进办公室,又是让座又是让茶,主动问:"大树爷,咱就开门见山。您老找我也就两件大事,一个是架桥,一个是学校,今儿说哪件?说吧!"

大树爷直截了当:"今天就说学校!"

陈县长在身边坐下:"学校不是建成了吗?我还得去剪彩哩!"

大树爷说:"学校建成了,庙有了,下不了户口,上不了编制,派不了老师,学生娃进不了课堂。那不是聋子的耳朵,摆设吗?"

陈县长皱起眉头："哦，原来是这样。老人家，您找过教育局吗？他们咋说的？"

大树爷的火气陡然升起来了，加大嗓门说："你说那位齐局长、孟副局长、李大书记吧？俺和村主任轮番找了不下八十回，小腿肚都跑前边啦！他们一个比一个推得利索！"

"具体说法是啥？为啥不办？"陈县长追问。

"他们理由多，不是没编制，就是没师资，条文一套套，俺也听不懂。反正就俩字，一个推，一个拖！眼睁睁新学期就到了，孩娃们进不了课堂，你说俺急不急呀？"

陈县长听明白了，劝慰着："老人家，您千万甭着急，急出病我可担不起。我现在就问！"

陈县长拨通办公桌上的电话，语言很简单："喂，嗯，你们来我办公室一趟，现场办公！"

转眼间，教育局三位大员一齐来到，推门看见大树爷，纷纷上前打招呼。老人却背转过脸，不愿理睬他们。三个人丢了面子，显得有些尴尬。

齐局长打破僵局，干笑道："陈县长，大树爷找您告状了吧？"

陈县长板着脸："知道就好！说说吧，金娜希望小学为啥不能按时开课？问题在哪里？"

三个人拉椅子坐下，相互对视一眼。

齐局长说："为这事，大树爷确实没少跑，我们也解释无数遍了。一是学校要纳入教育编制，已经向编委会申报，还没批下来。二是教师选派，要向人事局申请，批指标。三是经费申报财政，又要审批。这些手续批下来都有难度。希望小学是新事物，过去的条文不适用现在的变化，需要协调和修订。的确不是教育局一个部门能够解决的。"

陈县长听了，皱紧的眉头没有松下来，表态说："老齐谈到的三个问题，就是学校编制、教师指标和经费批拨，由我协调解决，今天下午就可以答复你们。如何选派教师，这些具体工作是你们的职责，不能再推诿了吧？"

李书记赶紧接上话茬说："还有最棘手的现实问题哩，我来向陈县长汇报！一、古水坡的在校学生总数也就六十多名，分开年级，有的班级只有几个学生，如何开课？二、教师怎么派？各科都派，还是只派主课教师？派多了浪费，派少了没法教学，不好定夺。三、希望小学属于民间捐助，教育经费、教师工资无法确定。牵涉公立还是私立的性质，多次讨论定不下来。四、我们也搞了动员，愿意去古水坡支教的老师积极性不高。主要是交通不便，一个孤独的山村，靠渡船出入，在那里工作生活都不方便……"

陈县长有点烦躁地摆了下手,打断了李书记的话,带着火药味的语调说:"你摆了一堆问题,我觉得都是你们教育局应该主动解决的问题。拿到这里来讨论,还要你们这些局长、书记干什么? 如果古水坡没有这座学校,你们会遇到这些问题吗? 既然知道是新事物,就应该克服困难,打破旧框框,解决新问题。这就叫改革! 至于教师不愿去山区支教,这就是教育队伍出问题了。首先在你们身上找问题! 可以向社会上征招志愿者,冲一冲教师队伍中的沉沉暮气!"

孟副局长嗫嚅地说:"招募志愿者……也搞了,几乎没人报名……"

陈县长终于啪地拍了桌子,厉声说:"按你们的说法,咱们教育战线上同志的思想觉悟还不如一个老外? 人家把庙修好了,咱们反倒请不来和尚? 岂有此理! 你们……简直是毫无作为!"

三位教育大员面面相觑,沉默不语………

大树爷噌一下子站起来,挥起胳膊划拉了一圈,气哼哼地说:"俺算听明白了,俺古水坡没人要了!"他迈开脚步就朝外走,又转身撂下一句话:"你们不管,俺可要自己管喽!"

大树爷走出县政府,大步流星顺着街道往前去。素梅一溜小跑才追上他,气喘吁吁问:"大树爷,您这是往哪儿去哩?"

"搬兵!"大树爷怒气冲天说了俩字,脚步却越走越快了。

一袋烟工夫,他们来到"平原县第一中学"大门前。脚步还没站稳,传达室的老汉就满脸堆笑迎上来,问:"老哥哥,你找谁? 学生正上课哩!"

大树爷说:"俺找林家信,他是俺儿子!"

"哦,您是林校长的令尊大人,失敬失敬! 您先到屋里小坐片刻,我去找找看!"

老传达把大树爷热情地请进屋里落座,而后急慌慌朝校园走去。

大树爷刚刚打火吸了几口烟,就瞅见老传达带着个戴着眼镜的瘦高个子匆匆走过来。

林家信站在门外就问:"爹,您这急火燎灶地跑来,家里有啥急事啦?"

"那当然,急事! 大事! 十万火急!"

大树爷缠缠旱烟袋,站起身,话说得不拐弯。

林家信上前搀起老人,压低嗓门:"爹,咱有话到办公室再说,别影响学生。"

林家信是林家老三,考上大学时正是困难时期,家里供不起,便修改志愿上了师范,毕业后分配到县城教书。他把学校当成家,厮守在三尺讲台上,年年评上先进,如今是这所重点中学的副校长。大树爷知道老三敬业,家里有事也不让他管,很少有麻烦事纠缠他。所以，他突然驾临，让林家信有几分茫然失措。

绕过教学楼，他们在一排平房前停下脚。

林家信挑起帘子，把老父亲让进他的办公室。一间斗室，一张办公桌靠着窗户，几张椅子靠桌排列，三面墙竖着书架，堆满了书。剩余空间不大，陈设简陋，却整洁不乱。

大树爷坐下来，接过儿子捧来的茶水，一饮而尽，抹抹嘴说："家信，你这个副校长甭干了，回咱村教学去吧！"

林家信看看素梅，又瞅着老人，大惑不解地问："爹，你慢慢说，到底发生啥事啦？"

大树爷连连晃手，使劲摇头，满肚子委屈化成几个字："不想再说，不愿再提了……"

素梅只好把情况说了出来："三哥，咱村希望小学建成了，满心想着孩娃们能在家门口上学了，可是教育局不给批。这不中、那不行的，大树爷气坏了！今天找到陈县长，刚开了个办公会，还是扯皮，说是没人愿意到咱古水坡去当老师……"

大树爷插上一句话："家门口的学校自己盖，村里的孩娃咱自己教。老三，俺就是请你回去挑大梁哩！"

林家信听明白事由，苦笑着说："爹，领导有领导的难处，您要理解。国家对学校有一套管理制度，咱要相信上级，一定有办法解决问题的。您可不能意气用事呀！"

大树爷看不惯说话办事磨磨叽叽的人，直冲冲问："咋啦，你也不愿回村当老师呀？局长说了，让自愿报名哩，都嫌古水坡是个穷山村！没有路，生活条件太差。咋啦，古水坡不是中国的地盘？政府不管咱自己管。俺就不信，古水坡的孩娃读不了书！"

林家信好言好语劝着大树爷："爹呀，我是从古水坡走出来的山里娃，咋会嫌弃自己的家乡哩？我现在是国家的人，要听上级的决定和安排……"

大树爷站起身，巴掌举起来朝下猛地一劈，说："俺管不了县长管不了局长，还管不了自家的儿子？俺是你爹，你得听俺一回！俺让你读书成材，为国家效力，为百姓办事，你干得不瓤！都当副校长啦！城里不缺老师，想当校长的人一抓一大把，排着队候着哩！咱村学校有了，没有老师来教学，你想想哪里更需要你？你在哪里更能发挥作用？你再想想，你回去扛大旗，支援乡村办教育，让山村孩娃在家门口读书，俺说这话是不是都在理上？"

林家信理解地看着老人，认真听着老人说出的每一句话，如同游子听到父母久违了的呼唤,心头猛然一热,眼眶里就有波光闪动。他眼睛湿漉漉地说:"爹的话句句在理,这个理想也在我心头埋藏三十年啦! 我是个党员,应该带头上山下乡,为基层服务。我是有组织、有纪律的人民教师,需要向上级提出申请,绝不能扔下这一摊子,说走就走呀!"

大树爷点头答应,说:"齐局长说了,动员志愿者没人报名,你就第一个报上嘛!依俺的话呀,关云长挂印封金,说走就走!"

林家信下了决心说:"爹,我听您的。您给我两天时间,打个辞职报告,再和您儿媳妇商量一下。她也是老师,要回一起回。您说中不中?"

"中,中! 俺抢走一个又带上一个,老中!"

大树爷顿时兴奋起来,眉毛胡子都在打战。

林家信说:"可能是三个! 您孙女考上北师大啦,毕了业也让她回古水坡!"

素梅兴奋地拍着巴掌:"大树爷,您还愁不愁啦?"

大树爷意满志得地哈哈大笑:"打虎亲兄弟,上阵父子兵。老汉我今天好威风呀!"

三天后,林家信和妻子谷翠琴下乡支教的申请被批准了。同时,教育系统为他们召开了隆重的表彰欢送大会。陈县长亲临会场,做了一场声情并茂鼓舞人心的动员报告,号召广大教师向林家信夫妇学习,敢于放弃名利地位,放弃优越的城市生活,为了国家的需要、社会的需要、人民的需要,毫不犹豫地走向基层,走向农村!为改变相对落后的乡村教育事业贡献智慧和力量,为广大农民子弟的未来奉献生命和热血!

表彰会开得声势浩大,平凡而又寂寞的教师被推到改革开放的前沿,又赋予至高无上的荣誉。当陈县长把鲜艳夺目的光荣花亲手戴到林家信夫妇胸前时,会场上掌声雷动,口号震天。许多年轻人喊出热血沸腾的心声,差点把舞台掀翻——

"向林老师学习,向谷老师致敬!"

"到农村去,为广大农民子弟服务,为中国现代化夯实基础!"

"接受人民挑选,忠于教育事业!"

当场就有许多年轻老师交了申请书,要求到古水坡支教,情绪热烈而又亢奋……

就在那天会后,古水坡迎接林家信的面包车,已经在县一中大门外候着了。

面包车是村主任专门从乡里借的,说是帮家信搬家,绝不能再用驴车或马车。

大树爷任凭他折腾,没有反对。心想,只要能把家信两口子拉回来,学校的事就成了。

家信没有任何家具,只有衣服、被褥和几大捆书。素梅帮着谷老师收拾行装时就问,嫂子,你们家咋就连件电器都没有呀?谷老师说,家信不讲究吃穿,也不摆阔气,样样节省,就知道买书!素梅感叹,说林家人都这样,一身正气,两袖清风,让人敬佩呀!你家志涵也争气,高考是全县的文科状元!谷老师说,志涵仿她爸,本来该上北大的,后来自己改成北师大。说毕业了跟我们一样,当个人民教师!

县城一中大门前,此刻热闹得像过节。

校门上悬起一幅大标语:热烈欢迎林家信、谷翠琴老师下乡支教!

学生们闻讯赶来,自动排成整齐的队伍。初中生敬着少先队队礼,高中生热烈鼓掌,为他们尊敬的老师送行。

齐局长匆匆赶来,拉着林家信的手激动不已:"林校长,谷老师,谢谢你们,为教育系统带了个好头,树起一面旗帜,做出了榜样!用行动给我上了一堂课,只有落后的领导,没有落后的群众。谁跟不上改革的步伐,谁就会被时代所淘汰!"

村主任张发动放开嗓门喊了一声:"开车喽——! 回——村——喽——!"

面包车缓缓从欢送的队列中穿过,学生们向老师挥手告别,眼睛里泪花涌动……

老家的渡口上。

大树爷手执长篙站在渡船上,笑呵呵地迎候着儿子、儿媳的归来,心中充满自豪和得意。

林家信拉着谷翠琴来到船头,朝大树爷鞠躬,说:"爹,我们回来了,您老人家放心啦!"

大树爷抹拉了一把胡楂儿,仰面大笑:"俺今天高兴哪!俺林家不光有杨宗保,还有穆桂英,还愁破不了天门阵呀!"

村主任和素梅接上话茬说:"大树爷,你就是坐镇边关的老令公!"

大树爷笑得更响亮更得意,他的笑声随着波涛在河面上荡漾……

老人执意要撑篙驾船,他说儿子、儿媳虽说是自家亲人,要论起公来,他们称得上圣贤之士!他没有执鞭驾车礼贤下士,撑船过河也在情理之中哪!大家看他兴致勃勃,便不与他争抢,由他任性表现一回。

老人弯腰弓背,双腿猛蹬,扯开嗓门吼喊一声:"开——船——喽——!"

对岸码头上,早已聚满迎候的乡亲们,说着笑着,欢天喜地如同沐浴在节日的喜庆里……

学生娃们列队恭候着。一张张稚气的脸蛋上洒满阳光,花朵般绽放着幸福和骄傲。鲜艳的红领巾在胸前飘动,扬起一片盎然春色,令人心醉……

金娜被孩子们簇拥起来,金发灿灿生华,碧眼灼灼生辉。她那慈祥柔媚的脸庞在一群稚嫩的脸蛋映衬中,返老还童般年轻了许多,满溢着如沐春风的惬意和欢欣……

在人们的注目下,渡船渐渐向码头驶来。就在船头靠近栈桥的刹那间,学生娃们发出一片节奏整齐的欢呼:

"欢迎林老师!欢迎谷老师!欢迎欢迎!热烈欢迎!"

林家信和谷翠琴手牵手走上码头。孩子们哗啦一声高举右手,向老师敬礼。

金娜走上前去,和林家信紧紧握手,而后和谷翠琴拥抱在一起。她用激动的声音说:"尊敬的林老师、谷老师,我和孩子们热烈欢迎你们的到来。期待你们帮助孩子们叩开智慧的大门,插上理想的翅膀,向着美丽的未来飞翔!"

林家信恭敬地说:"谢谢您,尊敬的金娜·索梅尔校长!我们可爱的老奶奶,有了您慷慨的胸怀和博大的爱心,我们才有了为家乡效力的机会。再次感谢您!"

金娜真挚地说:"林先生,我今天见到了古水坡最有学问的两位老师。和你们工作、生活在一起,我会学到更多的中国文化,了解更多的中国历史!"

谷翠琴说:"智慧好学的金校长,您已经是中国通了,还这么客气!中国的先哲孔夫子说,教学相长,我们相互学习,共同进步吧!"

第二天,"金娜希望小学"举行了简朴而又大气的开学典礼。

陈县长一大早就赶到码头,坐在小轿车里打电话,催促参加典礼的各路人马按时到会,不得无故推托或拖拉延误。尽管他已责成宣传部务必抓好这次宣传活动,又亲自给电视台、电台的记者,县报的写手,分别打了电话,要求他们亲临现场,用文字、用镜头记录发生在本县境内的精彩片段、华丽瞬间,无须包装,送到省台甚至送到央视播放,恐怕也是难得的、具备轰动效应的重大新闻!

此前,为了那位美国老太太寻访故友,他曾经来过古水坡。当时听到这位美国友人捐献巨资援建希望小学的信息,心里颇有几分喜悦。那时仅仅口头一说,而现在已经变成了现实,充分说明本县教育工作颇有建树且大有作为。何不做点文章,鼓噪一回呢?

应该说,陈县长对这件事的关注是始终如一的。从帮助古水坡开通网络,到解决希望小学的编制、经费和教师等关键问题,他都给予坚决的支持。尤其是同意并批准林家信辞职支教的申请,起到了抓住一个点影响一大片的典范作用,冲击了干部队伍因循守旧的沉沉暮气,为本县教育改革打开了缺口。所以说,陈县长抓住新生事物大力宣传,并非沽名钓誉,而是颇具领导气魄和水平的具体表现。

当他在码头上聚齐了自己的队伍,乘船过河,在形形色色的随员簇拥下,浩浩荡荡沿着石板路爬上山坡时,猛然被面前的景象惊呆了。

尽管他看到过希望小学落成的照片,此刻当他看到真实的现状时,依然感到震撼和震惊。仅从外观看去,朴素大方、典雅、现代、高雅不俗,通体一色的花岗岩色调,和周围的山岩浑然一体,彰显出一种自然的雄浑和大气;尤其是开阔、平坦、充满现代化气息的体育场,依山而建、顺山势天然合抱的观礼台,与广场结合得甚是巧妙,把周围环境渲染得舒适而又完美。

陈县长不由喊出声来:"你们看哪!面前是学校吗?不,那是画呀!是令人神往的旅游景点呀!"

随着他一声喊,照相机咔嚓嚓发出一串响;摄像机的镜头追随他的手势和身影,推拉摇移地忙碌起来……

村主任和素梅搀扶着金娜迎上前来,学着佛教徒的虔诚模样,双手合十,躬身弯腰,彬彬有礼地说:"欢迎陈县长,欢迎各位领导,欢迎大家光临指导!"

大树爷恭候在广场入口处,老远就挥手吆喝起来:"陈县长,欢迎您呀!本来俺这开学典礼三句话就完,您这一出场呀,就得唱成大戏啦!您就放开嗓门,批评指导吧!"

陈县长大步走上前,紧紧拉着老人的手,使劲甩着,说:"大树爷,批评指导不敢当,俺今天是来参观学习的!不看不知道,一看吓一跳。为咱县整出这么一道风景出来,把您累坏了吧?"

大树爷笑得合不拢嘴:"你夸错了!这学校呀,从里到外都是那洋婆子琢磨出来的,人家漂洋过海见多识广。俺就是小山村的庄稼汉,挂个顾问的名头,其实啥也问不上!"

陈县长轻轻拍着他的肩膀,深情地说:"大树爷,我是晚辈,不敢在您面前说长道短。但是有句话非说不可,您呀,以前在战场上是英雄,现在,您还是英雄!就冲着这座学校,我就得向县委提议,为您老立一块丰碑!"

大树爷连连摇头晃手,一道腔喊着不同意。村主任颠颠跑过来,催促道,那边仪式开始了,等着县长就位讲话哩,二人才谈兴未尽地打住话头,匆匆朝会场走过去。

偌大的广场,古水坡几十个学生娃,器宇轩昂地排着队列,站在最显眼的位置,身穿整齐划一的崭新校服,让人看了格外艳羡。

另外，来自县城一中的学生代表，从乡镇学校专程赶来祝贺的学生队伍，一支支整整齐齐站列成行，广场便显得充实而多彩。

还有古水坡的乡亲们，老老少少倾巢而动，扶老携幼地聚集在广场上，看稀罕，凑热闹，说说笑笑喜庆得好似过大年！

村主任张发动是古水坡的最高行政长官，应该主持典礼仪式的。他说不会讲普通话，土话也说得打结巴，硬把差事推给了梁素梅。

素梅穿了件浅底白花的新衣服，刚剪了短发，运动员一般干练和清爽。普通话说得熟练，咬字清晰，动听入耳。她对着麦克风宣布："古水坡金娜希望小学开学典礼仪式，现在开始！第一项，升国旗，奏国歌！"

广场上，全体肃立。录音机里放出庄严的国歌，通过大喇叭在山峦上天宇间鸣响。

栓柱和一位少年站在高高的旗杆旁，轻拉绳子，五星红旗冉冉升起，在山风里高高飘扬。

当少先队员向着国旗敬礼的那一刻，大树爷竟然昂首挺胸地立正站定，举起遒劲的胳膊，朝着五星红旗庄严地行了个军礼！

——这个看似平常却非平常的举动，让所有在场的人大开眼界，更让古水坡的乡亲们神秘地传诵了好久，大树爷曾经是个军人……

村主任今天的差使，就是宣布金娜希望小学的领导名单。他手中拿着印好的名单，照本宣科地说："我宣读金娜希望小学的领导成员，校长金娜·索梅尔，就是这位洋奶奶！"

金娜容光焕发地站起来，向大家鞠躬。全场顿时欢呼雷动，掌声雷动："金校长您好！金校长辛苦啦！"

村主任接着念："执行校长林家信老师！就是这位。学生娃们，你们记住了，他可是你们爷字辈的人物！"

林家信向孩子们招手致意。广场上所有的学生娃齐声鼓掌，齐声欢呼："林校长好！林校长辛苦啦！"

村主任按按巴掌，让喊声静下来："教导主任谷翠琴老师！"

学生娃们鼓掌、欢呼……

村主任继续："还有这位，教务主任梁素梅女士！大家认识，她就是栓柱他妈！"

学生们鼓掌、欢呼。有孩子把栓柱抬起来，哄笑成一团……

村主任用饱含力度的腔调念道："名誉校长……俺得说明一下，这位老领导可是咱古水坡的掌舵人，大家都喊他大树爷，其实他真名叫林大树！"

全场响起热烈的鼓掌声。大树爷却稳坐不动,一点反应都没有。金娜捅捅他,使个眼色,他带理不理的,反倒一本正经对村主任说道:"发动,你念错了!名誉校长应该是第一个。"

村主任搔搔头,又瞧瞧名单,尴尬地说:"叔,您不是交代俺,有头有脸的事您往后靠,这会儿……咋又争这哩?"

大树爷依然一本正经地说:"不是争,那得分时候,今儿不一样!正式场合得按规矩来!"

全场笑得炸了锅!好多人眼泪都笑出来了,有人偷偷说这老头真可爱……

村主任大汗淋漓地交了差,说:"素梅该你了,俺说了三句话又砸锅了,回头又得挨骂!"

素梅忍着笑,说:"大树爷,您……请讲话吧。"

大树爷摆摆手说:"你又错了!讲话的事俺不争。讲不到点上,惹人笑话。孔夫子面前转《论语》,那不是瞎卖弄吗?"

素梅转向金娜:"金校长,您说几句吧。"

金娜指指陈县长,小声说:"中国人开会,大官先讲话。他是县长,请大官先讲!"

陈县长听见了,说:"我今天是来祝贺的!主人先讲,客人才好开口嘛!"

金娜站起来,满脸光彩地向全场行了注目礼,极力把中国话说得又标准又响亮:"我只有一句话,这所希望小学是古水坡的心头肉,大家都要爱护她,支持她,越办越好。让孩子们在这里学到知识,开启智慧,雄赳赳气昂昂,走出古水坡,走出国门,走向世界!"

金娜说完,直接把麦克风递给陈县长:"尊敬的父母官,请您指示吧!"

陈县长不便推托,接过麦克风,说:"亲爱的同学们,尊敬的老师们,敬爱的金校长,尊敬的大树爷,我的乡亲们!我今天很兴奋很激动也很受感动啊!金校长说得好哇,金娜希望小学是古水坡的心头肉!让我说,她也是全县人民的心头肉!你们经过艰苦的努力,把一座庄严而又美丽的教育殿堂打造起来了,你们辛苦了!作为县长,我要感谢你们!我还要表个态,为了办好这所希望小学,使它真正成为启迪心智、传播知识、开拓理想、承载民族希望的文化摇篮,我将和你们共同努力!作为县长,我全心全意做好服务,解决问题;作为晚辈,我们前赴后继,勇往直前!"

全场鼓掌,欢呼。

素梅接着说:"谢谢陈县长的肯定、支持和鼓励。他说得好呀!建好一座校园,万里长征我们才走了第一步,如何办好学校,还必须做出更大的努力。不过,我们不怕！因为我们请来了办教育的专家！请林家信校长讲话！"

　　林家信站起来，广场上掌声骤起。他点头挥手示意，说道："尊敬的各位领导、乡亲们，同学们！我今天心潮澎湃，难以平静，始终不能安抚激动的情绪。为什么？触景生情，给我上了一堂生动的历史课！这段历史同学们很陌生，我也很陌生。那是我父亲的历史，从来没听他说过。六十年前那场朝鲜战争，让我的父亲林大树和一个美军护士金娜在烽火硝烟的战场上，荒诞而又意外地相遇了。他们互不相识，而且是敌对两方，相互应该是敌人。但是，人类相通的人性光辉，点燃起善良、悲悯和正义的火把。这两个年轻的异国陌生人，在短暂接触中的温情，竟然在心中持续了几十年的热量，凝结成一种牢不可破的血色情谊。已经成为白发老人的金娜，不远万里来到中国，来到古水坡，终于和她苦苦寻找了几十年的林大树，共同完成了一个壮举！一个出钱，一个出力，建成了这座金娜希望小学！这不是一座普通的学校，它见证了一段历史，见证了一个现实，人与人之间的友谊，任何力量都阻挡不住；人与人之间的心灵相通，可以创造出意想不到的人间奇迹！所以，我向这两位可敬的老人祝福，最好的回答就是回村教学。努力把金娜希望小学办好，办成出成果出人才的智慧殿堂。这一份责任和担当，是我今生义不容辞的使命！"

第十七章　对贼的怯懦

杨风利听着人们的传说,忐忑不安地找到了"中原农民劳务中介咨询服务公司"。

当他来到公司大门前时,缠绕在心头的那些顾虑顷刻烟消云散了。只见接待大厅里,挤满熙熙攘攘的人群。找工作的,谈培训的,签合同的,呈现出一片井然有序的景象。他想,别人来得,我也来得! 于是,便轻松多了。

他挎着小包袱,满头大汗地在门前踯躅。

保安迎上来问他找谁,想谈什么业务。

杨风利兴冲冲地说:"找你们林总、杨总,找谁都中。俺是他哥,从河南老家来的。"

保安客客气气地把他让到接待室,倒了茶请他坐下。接着,便帮他打了电话。

不一刻,杨慧从办公室走过来,冷冷瞅了他一眼,说:"你怎么游逛到南方来啦? 这里可没人买狗皮膏药!"

杨风利怯生生地瞅着她,讷讷地说:"妹子,俺好歹是恁哥,一见面就撂砖头,不……不合适吧?"

"咋啦? 你想让敲锣打鼓欢迎呀? 你有那分量、有那资格吗? 深圳是靠科学靠汗水建起来的,这里容不下懒汉和骗子!"

杨慧言辞激烈,如同一顿杀威棒。

杨风利垂首恭听,低声说:"这我懂,大树爷都交代了。哥也不是孬种,这回投靠你们,想重新……来一回。"

杨慧挖苦他:"你这一张嘴,啥话都会说,就是不会做人。老狗不忘千年屎,本性难改!"

杨风利小声哀求:"妹子,给哥留张脸吧? 你小声点,外人听见了,俺咋混哩?"

杨慧怒其不争,嘴上不肯留情:"这里没有混事的,只有干事的。我的脸都让你丢尽了,你还有脸?"

林家旺走了进来,迎上前去亲热地拉住杨风利的手:"杨哥从老家来了。杨慧,你赶紧去酒楼安排个座位,给杨哥接风洗尘!"

杨慧一转身走出去。林家旺拉着杨风利坐下,说:"杨哥,俺爹打电话来,说你想在深圳找个工作。你呀,头一回来南方,先熟悉下环境,找找感觉,看适应不适应。特区讲究速度,注重实干。平地起高楼,就是拓荒精神! 如果投机取巧,这里可站不住脚。就说我这个公司吧,原来是一片水洼坑地,硬是一车车渣土填平的。先是搭棚子搞培训,后来又换成板房,再后来才盖成楼房、排房,办公、接待、吃饭、住宿,因陋就简,先创业后建窝嘛! 全凭出大力流大汗的劲头,才有了这片家园。你要有思想准备,条件很艰苦,大家都是上下铺。我和杨慧合起来也不过十平方米,谁也甭想搞特殊!"

杨风利连连点头:"不特殊,不特殊。大家咋着俺咋着,这道理俺懂! 懂……"

小轿车拉着杨风利到处游览:大街、公园、摩天大楼、海上世界……

他站在国贸大厦楼顶,俯瞰特区全貌,不由惊叹:娘吔,难怪人们都往这里跑,人间天堂呀! 俺他妈来晚了,就知道在乡里转,不敢来这里闯荡,要早就挖到金疙瘩啦! 素梅呀,俺运气来了,你就等着享福吧……

导游指着一处地方:"这里是当年邓小平站过的地方! 拍张照片留念吧!"

杨风利赶紧挤过去摆个姿势:"中! 中! 给俺拍一张!"

他付了钱,拿着快照端详半天,得意得眉飞色舞:"嘿! 伟人站过的地方,咱也站过了! 素梅呀,寄回去你瞅瞅,替俺美一回吧!"

回去的路上,他问司机小朱:"师傅哪里人呀? 你在公司工资能拿多少? 咱公司到底是干啥的? 给咱介绍介绍!"

小朱说:"咱公司大部分是北方人,所以又叫老家接待站。专门为来特区打工的农民提供服务的。请专家讲课,请师傅带徒弟,进行岗前技术培训,解决劳务纠纷,等等。接待初来乍到的民工,提供免费吃住,免费培训,推荐就业,等你有了收入,再交纳服务费。公司对民工实行低收费,所以工作人员工资也不高,少则两三千元吧。"

杨风利略显失落:"照你说,在咱公司干也难发财吧?"

小朱说:"林总带头做贡献,以服务为宗旨,咱公司在深圳很受欢迎。既帮助农民工解决了就业困难,又帮助特区缓解了用工需求,各种赞扬铺天盖地。林总是名人,在特区影响很大!"

"你们杨总……在公司说话算不算数呀?"

"他们俩呀,团结一致,配合默契,一唱一和,不分彼此!"

"那……他们俩,是不是住在一块呀?"

小朱摇头,犹豫着说:"我只知道他俩在工作上是合作伙伴,生活上……不敢乱说,好像感情不一般吧。"

杨风利炫耀地说:"你可能不知道,我是杨总她亲哥!往后多关照,啊?"

小朱说:"公司办事讲原则,规章制度样样有,谁也不能搞特殊,两位老总也一样。"

杨风利被安排在公司保卫部。

林家旺对保卫部王主任说:"人交给你了,具体干啥,你决定。"说完,他就走了。

杨风利掏出香烟,递过去一支:"主任吸一根,老家的黄金叶!"

王主任用手挡开说:"谢谢!我不吸烟。按照规定,上班时间办公室、会议室不准抽烟。你也收起来吧!"

"哦,这还不懂哩!"他没趣地收起烟盒。

王主任说:"老杨,我这里是保卫部。大门前需要维护秩序,帮助民工解答疑问,要做到热情、周到、耐心;公司后边有教室,有宿舍,有库房,有设备,要做到坚守岗位,严肃认真,保护公司财产不受损失,防止突发事件。你以前熟悉这方面的工作吗?想干啥,说说想法。"

杨风利神态谦恭:"主任,甭管干过没干过,从头学起呗!刚才俺兄弟,不,林总都说了,听你安排。让干啥干啥,干啥就干好啥!"

王主任打电话喊来一个人,交代他:"李河山,这位新来的同事杨风利,先到你们组上班,你们俩分到一个班吧。你是老同志,带他去认认宿舍,换换衣裳,今天开始上岗。"

李河山一边答应主任,一边拉起杨风利就朝外走。把他领到宿舍里,又替他领来一套服装,帮着他换上,说:"中啦,穿上这身衣裳,咱俩就是一个战壕的战友了!好好睡一觉,今天跟我上夜班!"

杨风利双手扯着衣襟,左瞅瞅右瞅瞅,一脸得意又一脸狐疑,问:"老李,这就成保安啦?也不培训培训呀?保安都要注意啥,俺可是擀面杖吹火,一窍不通啊!"

李河山懒洋洋地说:"保安保安,站岗值班!我也没受过培训,不就是看家护院嘛!"

杨凤利一身新制服,换了一副模样,心中充满了新鲜感。他抽身溜到大街上,找了个照相馆,又拍了一张快照。然后写了一封信,和先前照的那张相,一并给素梅寄了回去……

当天夜晚,他就上了岗。身穿保安服,脚穿新皮鞋,戴着大檐帽,手里拿着三节手电筒,沿着公司后院的水泥路,巡视着住宿区到库房区的那片范围。他一副认真负责的态度,特别注意那些角角落落,每一处都要仔细察看。

林家旺匆匆从他面前走过,停下脚步,关切地交代:"杨哥,值夜班哪?一开始不习惯,慢慢来。后半夜难熬,千万注意安全,啊!"

杨凤利双脚一并,打个立正:"多谢林总关心,一定坚守岗位,不忘责任!"

林家旺拍他一下:"少出洋相!公司这片地势低洼,山洪暴发或是下暴雨,最先受淹的就是这片库房!南方雨水多,注意天气变化,发现情况及时通报。"

杨凤利正襟站立,毕恭毕敬地回答:"林总放心,你的话记住了。保证坚守岗位,牢记职责!"

一弯月牙在云中穿行,缓缓向西移动着。

杨凤利晃着手电,精神抖擞地沿着路径朝前巡查着,没有一点倦意。

对面有手电光晃过来,正是相向而行的李河山,朝他大声吆喝道:"杨哥,头一天上岗,挺得住吧?"

杨凤利兴致勃勃地回答:"没事。不就是熬夜守更嘛!咱俩一圈一碰面,互通情况,绝不能出问题!"

他们碰了头,而后分开,掉头朝来的方向走去,继续在各自区域内巡查。一束雪亮的手电光划破每一处黑暗的角落。大约二十分钟后,手电光一闪一闪的,他俩又在老地方碰面了。

李河山抬起手腕看看表:"杨哥,深夜一点半,还能挺?"

杨凤利抖抖膀子:"能挺!俺不怕熬夜!"

李河山掏出香烟:"杨哥,抽一根?"

杨凤利摇摇头:"你抽你的,我有!"

李河山抽出香烟递过来:"烟酒不分家,客气啥?"

杨凤利接住烟卷,李河山又打着火机替他点烟,说:"有风,点不着!找个避风处喘口气?"

杨凤利犹豫着,被李河山拽住胳膊拉到个僻静墙角处,二人打火点上烟,靠着墙角蹲下来,低声拉起家常。

杨风利问:"河山,你是老家哪块人哪?"

李河山说:"驻马店那块,上蔡县,穷地方。"

杨风利说:"不穷谁出来打工? 娶媳妇啦?"

李河山说:"别人介绍的,见过两回面了。说让在县城给她买套房,没房就免谈。"

"钱凑够没? 女人的心说变就变,抓紧哪!"

"我来深圳快一年了,省吃俭用,才凑够一半。杨哥,你哩? 儿子都大了吧?"

"俺? 老婆还在丈母娘家养着哩,哪来的孩儿? 咱哥儿俩拨浪鼓一对,穷汉!"

李河山听到动静,站起身子说:"咱公司规矩大,管得严,不敢去外面偷偷挣外快,逮住就开除! 你跟林总是亲戚,有好处甭忘兄弟呀!"

杨风利说:"咱俩都是穷保安,相互关照呗!"

李河山摇摇头:"你大舅哥是老总,干不了几天你就鸟枪换炮,咋不弄个部门经理干干?"

杨风利把烟头掐灭,一激灵跳起来说:"老弟,天快明了,咱继续巡查吧! 坚守岗位,牢记职责!"

一段日子以后,林家旺向保安部主任了解杨风利的工作情况。王主任说老杨工作不错,尽职尽责,没有讲过怪话。他闲不住,有点空闲喜欢到伙房帮厨,还帮着买菜、卸车,和大家相处得不错,群众反映很好哇!

林家旺交代,严格要求他,别让他有优越感。适度表扬,防止他翘尾巴。他能说会道,脑瓜子灵活,有机会让他发挥长处,慢慢消除他的自卑感。他是个性格复杂的人哪。

杨慧听到了感叹地说:"家旺,没想到你教育人既有方法又有耐心,不像我,简单粗暴!"

家旺笑道:"他是你哥,咱不能光嫌丢人,拉他一把,推他上进,也是恨铁不成钢嘛!"

杨慧说:"他不也是你哥,你不嫌丢人?"

家旺劝解说:"当然是啦! 我说你呀,不能小心眼。他有毛病,不都是因为穷嘛! 咱不能老损他,也要关心他,多拉一把,别再往坑里推他。看不到希望,人就没有心劲啦!"

杨慧没搭腔,心中依旧愤愤然。杨风利办的那件丢人事儿,在她脑子里难以抹除——

那是几年前的事了,杨慧还在村里当妇女主任。那天去乡里开会,领回来一笔计划生育奖励基金,三千多元钱,准备第二天开群众会,公开发给那些"独生子女"家庭。因为开会回来晚了,钱没交到会计手上。村主任说明天就要用,你就保存一晚吧。杨慧只好把钱带回家,小心翼翼塞到自己的枕头里,夜里枕着钱睡了一夜。哪想到第二天临开会时,塞到枕头里的钱不翼而飞了!她找啊,翻呀,急得把枕头撕了,把被子拆了,把床掀了,连个踪影都不见!群众大会开着,村主任把发奖金的名单都公布了,钱却找不到了,该如何向群众交代呀?杨慧急得哇哇大哭,左一巴掌右一巴掌把自己一张脸扇得如发面馍……

如果事情到此结束,追究下来仅是她一人的过错,粗心大意,不慎丢失,赔偿罢了。

但此事不明不白,牵涉村干部的信誉。群众议论纷纷,引起各种非议,甚至影响到村里的计划生育指标是否能完成。

杨慧心中懊悔不已,委屈不已。

大树爷劝解说:"慧呀,甭生气啦,身正不怕影子歪。人人长有一张嘴,咋能不让人说哩?咱没办亏心事,不怕鬼叫门!但话又说回来,老鼠拱墙,家贼难防。会不会是自己人偷的?"

杨慧矢口否认:"不可能。家里只有我一个人,大树爷您……怀疑俺?"

"俺猜是你哥!"大树爷的话意味深长,"你哥呀,这两年越来越不走正路了。"

"他这几天都不在家,更不知道我枕头里藏有钱呀……"杨慧摇头摆手,一百个不相信。

大树爷轻轻吐出一口烟圈,眯起眼睛缓缓说:"慧呀,俺也是想了又想才这么说。你忘了俺是撑船的,他那天一早匆匆过河来,又匆匆过河去。不是他偷钱,钱会长腿呀?"

村主任听了,要去派出所报案,追回赃款。

杨慧说不用,她去把他找回来,让他给全村老少爷们儿低头认罪!

大树爷挥挥旱烟袋,说树活一张皮,人活一张脸。他是咱村人,只要他认错,咱就不能往绝路上逼他呀!

后来,杨凤利回村,被大树爷堵在码头上。经不住一番盘问,便把偷钱经过如实讲来:他准备与人合做一趟小生意,正愁没有本钱,也借贷无门。听人说妹妹杨慧刚领走一笔基金,那人便怂恿他暂借一时。出于无奈,他决定冒险一试。他一早到家,遍寻屋里无人(那一刻,杨慧恰被隔墙邻居请去帮忙,时间不过一袋烟工夫),他闯进妹妹屋里,随意朝床头一摸,便触到枕中钱,索性顺手牵羊,把钱一兜仓皇逃走……

事情弄清了,真相大白了。杨风利当众认错,并答应偿还全部款项。他跪在老槐树下痛哭流涕,咬破指头,写下"永不再犯"的保证书!

杨慧搬出了石头院,住到村部值班室的小屋里,说了一句绝情话:从今往后,俺没他这个哥哥,他也甭认俺这妹妹……

此刻,家旺不愿让杨慧想起往日伤心事,便用宽心话化解她心头积郁。家旺笑着说:"村主任打来个电话,说你哥对梁素梅有意思,前几天把当上保安的相片都寄回去了。我听了很高兴,他俩真成了也是件喜事呀!"

杨慧听了不以为意:"不可能!梁素梅心高气傲的,能看上杨风利?那是她眼睛出毛病了!"

"听听,又来啦!你要把人往好处想嘛!他俩真成了,你不也省心啦?"家旺有意成全。

"漫野地烤火一面热!除非杨风利脱胎换骨,变个新人!"

杨慧瞄了家旺一眼,说了句痛切的话。

又是个夜晚月黑头,还刮着凉凉的风。

又轮到杨风利和李河山值夜班。

林家旺在白天的职工学习会上,点名表扬了保安部,特意说到杨风利不辞劳苦,休息时间到伙房帮忙的事情。杨风利感觉脸上好像涂上油彩,有了无上荣光。走出门来,就像受到老师称赞的小学生一样,按照巡查路径,兴冲冲地朝前走着,充满孩子气地对李河山说:

"兄弟,领导表扬咱保安部了。咱们,特别是我不能骄傲,要再接再厉,不能在咱们班上出任何问题!"

"是呀!杨哥受到几句口头表扬,比得到奖金还兴奋。跟杨哥看齐,向杨哥学习!"李河山回了一句,不无揶揄。"我就说嘛,你离飞黄腾达不远了!"

杨风利顿顿足说:"吔,这话味儿不对!你是师傅,俺是徒弟,你得好好带俺哩!"

李河山赶紧迎合说:"师傅落后了,徒弟进步了,我得加紧向你学习,多做贡献。另外,还得好好巴结你哩……"话没说完,就晃着手电朝相反的方向走去。

杨风利愣了愣神,自言自语嘟囔了一句:"哼,忌妒!表扬俺几句,他也忌妒……"

但是,这并没有影响他的情绪,他独自巡查自己的区域,依旧一丝不苟,认真负责。

忽然,他发现大树后边有个人影闪了一下又不见了。他有点犯疑,便蹑手蹑脚走过去,猛地打开手电,厉声问道:"谁?干啥呢?站出来回答!"

没人说话,有个人从树影下走出来,面朝他直愣愣站定了。在手电光束照射下,杨凤利刹那间惊慌失措,嘴巴变得结巴起来:"是你……妹……杨总!我……不该吃喝……"

杨慧平静地站在夜色里。目光或许没有正视杨凤利,话却说得平心静气:"你没错,发现疑点就应该查问,这是你的职责。听说你值夜班,给你买了条烟,困了抽一支,提神!"

有东西递过来,碰住他的手。他不好意思接,赶紧把手缩了回去。

杨慧伸手拽住他的胳膊,把香烟塞到他怀里,说:"以前对你关心不够,往后我……会注意的。没别的事,你继续值班吧!"

她转身走去,又转回身来,轻声问:"都说你在和梁素梅谈对象,究竟有没有这事呀?"

杨凤利顿时耳烧面热,幸亏有夜色挡脸,省去许多尴尬,回答却是结结巴巴的:"那……事……说有也没有,俺……剃头的挑子一面热……对方……多少有点……有点意思……都怨……自己腰杆不壮……"

杨慧仿佛大喘一口气:"我说嘛,梁素梅前夫是个英模,她眼光很高,追求也高!你想跟人家处,就得争气,做出成绩才有资格!不要随便说出去,影响人家!"

杨凤利喏喏点头:"知道,俺懂,懂。看着月亮想嫦娥,对天说梦话,空想……"

杨慧猛然加重口气:"我就恨你没志气,没自信,自甘堕落!梁素梅也是个人,你就不能活个人样,让她追你?"

杨凤利咔一声碰了下鞋后跟,立正说道:"谢谢杨总批评指导!俺懂了,真懂了!"

杨慧没再说话,转身匆匆走去,眼角蓦地一热,掉下两串泪珠子……

杨凤利手里拿着香烟,望着杨慧朦胧的身影渐渐消失在夜色深处,自言自语:好妹子,哥懂了,真懂了!你恨俺恨得对,杨凤利也是个人,咋就不能活出个人样子,让梁素梅追我哩?她前夫是英雄,为了救人丢了命,我为啥老窝囊?为啥不能成为英雄哩?

他猛地咔嚓打了个立正,抬起脚,迈着正步朝前方走去……

他和李河山又在碰头地点见面了。

他说:"我这边没啥情况,你那边咋样?"

李河山说:"我这边也没啥事,杨哥,后半夜难熬,咱找个地方喘口气,抽支烟提提神儿?"

杨凤利犹豫着,打开烟盒,抽出一支递给李河山,说:"咱得坚守岗位,站着抽吧!"

李河山瞅着香烟,愕然地问:"嚯!在哪儿发财啦?一条整烟哪,给兄弟分一半?"

杨凤利不像以前喜欢炫耀,很珍惜地说:"俺妹子……杨总送的,让俺困了吸一支,努力工作,坚守岗位,当个好人。所以不能随便送人!"

李河山艳羡地吞口唾沫:"一拃没有四指近。到底还是亲兄妹,打断骨头连着筋!"

他们点上香烟,背靠着一棵大树,一边抽烟一边聊天,不知不觉地顺着树干出溜下来,蹲在地上。李河山索性坐在地上,靠着树干美美抽了一口香烟,说:"杨哥,喘口气吧,没啥事,天都快亮了!"

杨凤利坚持着说:"不能偷懒。咱们抽支烟,继续巡查,一定要坚守岗位!"

"是呀,我得想法巴结杨哥,以后就靠你关照哩……"李河山没说完,传来一阵呼噜声。

杨凤利把香烟头掐灭,挣扎着站起来,往周围看看,黑漆漆的屋场一片寂静,连风也不刮了,又看看李河山仍在轻轻打着呼噜,睡得正香,不忍叫醒他,自言自语:"中,你睡会儿,我看看。喘口气就喘口气……天……快亮……了。"他靠着大树又蹲下来,谁知眼皮一碰,也打起轻轻鼾声……

天亮时分,杨凤利猛然惊醒,发现自己靠着树干睡觉,李河山却不见了。他慌忙跳起来,顺着巡查路线,四处寻找。

他发现李河山从公司后门悄悄溜了进来。看见他一把拽住,悄声说:"杨哥,说个事你可得保密!刚才巡夜时,我发现仓库外边扔了一盘电缆,看你睡着了,没法商量,我就偷偷弄到外面藏起来了。如果没人找,俺就把它卖了,送你当个见面礼!也就几千元钱,小事一桩。这事天知地知,你知我知,你可甭把兄弟出卖喽!"

杨凤利听了顿时大怒:"咱们是公司的保安,怎能偷盗公司的东西呢?这叫监守自盗,公开做贼!宁肯穷死我也不要这种黑心钱。兄弟,听哥一句劝,赶紧把电缆弄回来!"

李河山坚持说:"事情已经做下了,弄回来也抹不掉这道黑!咱就弄这一回,下不为例。"

杨凤利心中有刻骨铭心的教训,决不肯顺从这种行为,决然说:"河山,我把话撂这儿,你把东西弄回来,我守口如瓶,一字不提。你要一意孤行,我就得报告!"

李河山心中欲火烧得正旺,恼羞成怒说:"中,你去告吧! 我帮你偷电缆,你假装睡觉,其实是替我望风。咱俩是同案犯! 一根绳上的蚂蚱,谁也逃不掉!"

"你……血口喷人!"杨风利气得全身哆嗦。

"你最好的选择是守口如瓶,等着拿钱!"

李河山用威胁的眼光剜了他一眼,傲然走掉。

杨风利有口难辩,不知所措地哑然发呆……

接下来,事情很快就被人发现了。他刚刚擦了把脸,从宿舍往食堂吃饭的路上,被公司电工小崔迎面拦住,说:"昨天买了一盘电缆,就放在仓库门口,准备今天接排水泵哩,可是一早发现电缆不见了。昨天你和李河山值夜班,发现有啥不正常情况没有? 要不就是你们转移了地方?"

杨风利心惊肉跳地犹豫了一阵,吞吞吐吐没敢说实话:"仓库……那一片归李河山,我没发现啥情况,你去问问他……"

电工小崔有点着急:"怪了! 问他了,也说没看见。天气预报说今天有暴雨,不抓紧把水泵装好,库房就要泡了! 杨哥,你真没看见?"

杨风利左右为难,嘴巴翕动着,话到嘴边又咽了回去。看到电工小崔急得满头大汗,他心里剧烈地矛盾着、痛苦着。

李河山拿着饭盒从食堂出来,有意用胳膊撞了他一下,大声说:"杨哥,站了一夜岗,我都困死了! 吃挣啥哩? 还不赶紧吃饭睡觉呀!"

杨风利瞅着对方,踌躇地说:"河山,小崔说公司电缆丢了,咱值班,有责任……"

李河山打断他的话:"杨哥,电工说电缆丢了,他又没向咱交接。全凭一句话,咱就得担责任? 空口无凭! 杨哥,咱没看见那物件。谁丢谁赔,咱有狗屁责任哪。"

李河山咄咄逼人的架势,把杨风利欲言又止的那点勇气彻底打垮了,终于选择了盲从的沉默……

南方的天气像个娇气又好撒野的孩子,说哭就哭,说闹就闹,任性得无法管束。

上午还是阳光灿烂的大晴天,中午时分,天空一声炸雷,霎时间风起云涌,暴雨如同决了天河一般,倾盆而泻……

正在睡梦中的杨风利被雷声惊醒了,他想起电工小崔的话,一纵身坐了起来。他住在上铺,李河山住下铺,李河山朝他吆喝一声:"咋啦,杨哥,吓醒了?"

杨风利已经披上衣裳从铺上爬下来,紧张不安地说:"不中! 暴雨来了,一旦库房被淹,咱俩责任重大。我得去报案!"

李河山跳起来，拧住胳膊把他掀翻在地，压低嗓门吼道："水淹库房是电工班的责任，关你屁事？你如果去报案，咱俩都得坐牢！你想当英雄，晚了，晚了！"

杨风利跌坐在地上，双手抱着头，委屈而痛苦地抽泣起来："俺这是咋啦？见死不救……罪大恶极……罪大恶极……"

暴雨如注，越下越大。公司大院顿时水涨没膝，白花花一片汪洋。那排库房被大水困成孤岛，在渐渐上涨的水面上浮沉……

林家旺披着雨衣，蹚着积水在大院里巡查，大声喊着："喂，大水漫灌了，赶紧开泵排水呀！电工班你们干啥吃的？开泵排水呀！"

电工小崔蹚着积水跑过来，汇报说："林总，我正在想办法哪！咱买的电缆被盗了！水泵没法安装，大雨就来了……那种电缆一时买不到！"

林家旺厉声斥责："电缆怎么丢的？查了没有？保安部在干什么？水火无情，分秒必争！"

保安部王主任也泡在雨水中："林总，我们一早就逐个排查了。夜班说没有看见电缆，今天也没有发现被盗痕迹。丢得蹊跷，好像有意破坏！"

林家旺怒不可遏："电缆那么大的物件，窝藏不可能，外盗必有内应！查！翻天覆地查！"

杨风利钻在宿舍里坐卧不宁，噼里啪啦扇自己耳光，咬牙切齿骂自己："杨风利，你是个大混蛋！是猪是狗是畜生！你不是要脱胎换骨重新做人吗？为啥非要歪着脚走斜路呀！贪点蝇头小利就不要前途啦？你没想贪呀，你咋就没有勇气检举揭发哩？你包庇盗贼不是贼也是贼！你为啥执迷不悟呀？你是被胁迫的，此刻站出来还是好人！站出来吧，再不说，跳进黄河也洗不清了！你怕李河山反咬一口，咳，你没救了，没救了，没救了啊……"

李河山寸步不离守着他，好言好语劝慰他，千方百计稳住他："杨哥呀，你何必作践自己哩？我把事做得天衣无缝，只要你咬紧牙关，谁也甭想查出来！你为啥要说自己是贼呀？事到这一步，我得谢杨哥，我想巴结杨哥才干出糊涂事哩。当贼的是我！站出去受罚、开除、清退、丢工作、住班房，我自作自受！杨哥肯替兄弟扛一头，等过去这风头，兄弟请你喝一场，这辈子不忘你的大恩大德！"

说着，他扑通跪倒在杨风利面前，作揖磕头行了大礼："杨哥，我给你磕头谢罪啦！"

杨风利心乱如麻，脑子里一盆糨糊，分不清是非曲直地说："起来吧，你甭弄这一套。要想人不知，除非己莫为！你手腕再高，总有落地的时候！老天爷，俺该咋办哩呀？"

李河山下定决心一条道走到黑了。他原以为杨风利初来乍到,是个容易控制的软蛋尿货,没想到他那么顾及脸面,既胆小又充满虚荣心,于是越发想把他打倒,做不了替罪羊也要拉他做垫背的。便恶毒地说:"杨哥,你真想洗清自己,我也不拉你下水啦,你去揭发吧!不过,我来问你,你咋知道电缆是我偷的?你告发我就得拿出证据来,咋偷的?藏哪儿啦?你知道吗?看见了吗?我如果反咬一口,是你让我偷的,那你就死定了!两条路任你选,做不成兄弟咱做仇人,我听你的!"

杨风利又一次陷入难以抉择的困境。他双手抱头,缩在地上,没有站起来冲进风雨中一吐为快的勇气!他恨自己没骨头,没志气,没胆量,在正义和邪恶搏斗的一刹那,竟然是个不堪一击的窝囊废!他恨自己犯贱,在小恩小惠、威胁利诱和公司利益、大是大非公开较量的时候,竟然那么怯懦、卑琐、难以取舍、可笑可耻。他意识到自己又向着黑暗、阴森的泥潭里陷落、陷落,却又难以自拔,控制不住……

突然,他站起来冲到门前,对着倾盆大雨嘶声喊道:"素梅,我不是人!没法走进你心里呀,忘了我吧!家旺,妹子,我辜负你们啦!这道坎过不去呀,没脸见你们啦……"

李河山站到他身边来,手里举着一根木棍,阴险地恐吓道:"你想死,还是想活?要么闭住嘴,好好躺下睡觉;要么就吃我一棒,永远闭上嘴巴!"

杨风利转过脸来,双眼冒着火焰怒视着他,咬牙切齿地说:"俺本来想做个人,偏偏遇上你这个鬼!待下去我没脸活,跟你一起背黑锅,俺嫌丢人!俺惹不起,还躲不起……"

他转身回到床前,一件件脱下身上的保安服,从外到内脱个干净,然后取出小包袱,换上自己原来的衣裳……

李河山一时被他的行为弄蒙了,冷森森问:"老杨,你……想干什么?"

杨风利脸都拧歪了,愤怒地骂道:"俺再穷,想活个干净!"说着就往门外走。

李河山一把没有抓住,他就一头钻进铺天盖地的暴风雨里去了……

李河山惊恐不已,盯着白花花的雨帘,六神无主地等待着灾难来临……

"哗啦"一声,宿舍门被推开了。

林家旺和保安部王主任冒着风雨走进来。他们在屋里看了一遭,推推趴在床上假寐的李河山,问:"杨风利去哪儿啦?怎么就你一个人?"

李河山假装迷瞪着,揉着眼睛说:"值了一夜班,睡得太死,啥也不知道。杨哥他……睡觉来,咋没影啦?下着大雨,他会去哪儿?"

王主任平静地问:"昨天夜里你们一起值班,什么情况也没有发现?"

李河山眨巴着眼睛:"平安无事,没啥情况……"

"仓库门前丢了恁大一盘电缆,你没有听见一点动静?"王主任依旧不动声色。

"没……没听见,啥也没听见。"李河山故作镇静,没有露出一丝慌乱。

"你发现没发现杨风利有什么异常呀?"

"没有啊!他跟平常一个样。俺俩靠着大树蹲了一会儿,抽了支烟。他说烟是杨总给的,说要好好工作,干出点成绩,替杨总争气……"

林家旺发现上铺床头扔着杨风利的保安服,满腹狐疑地走过去,用手摇摇床腿,发出吱吱响声。他威严地盯着李河山,说:"那么大个物件在你眼前丢了,你说没看见。一个大活人从你眼皮底下走失了,你说不知道。好好去医院查查,如果耳朵不好,神经有问题,你就没有资格当保安!"

李河山霎时间有些慌乱,不敢注视林家旺的眼神。

林家旺突然问:"你们吸烟说话是几点钟?"

李河山茫然答:"三四点吧,天快明了……"

林家旺点点头:"你说的都是实话。"接着又问:"我再问你,杨风利啥时间离开这里的?"

"没多大一阵儿,走有一个多钟头……"李河山猝不及防,顺口说出。

林家旺不容他思考,威严有加地追问:"我再问你,如果像你说的那样风平浪静,杨风利为啥会冒雨逃跑?"

李河山发现自己言语有失,慌忙申辩:"林总,我可没说他逃跑!又没办啥亏心事,为啥逃跑呀?不会,他或许……反正我没看见,不能胡说……不能……"

林家旺已经从他的眼神中看出诸多疑点,说:"杨风利初来乍到,地理不熟,不可能干出冒险的事来。那么大的物件,他没地方隐藏。你是老员工,应该帮助他,不应该难为他。我想把这个任务交给你,把杨风利找回来!"

李河山惊慌失措,连声推辞:"林总,你别为难我。他想走,谁也拦不住。他是个大活人,俺去……去哪里找他呀?这事……我干不了……"

"这件事只有你能干!一个班的同事,又住上下铺,应该是有感情的。天亮前刚说要好好工作,一个钟头前突然冒雨出走!这中间如果没有发生什么有失脸面的事情,他自己捂不住,你又不帮忙,他能慌忙出逃,一走了之吗?老李,你的戏演得不错!"

林家旺站在屋里,地上积了一摊雨水。他紧盯着李河山,不动声色地分析着案情。

李河山脸上转换着颜色,一时红一时白,头皮上都渗出一层冷汗。但他依旧咬着牙,矢口否认,甚至耍起泼来:"演戏?谁演啥啦?公司丢了东西,当保安的就是贼呀？我敢保证,我跟老杨都是清白的!"

林家旺和王主任碰个眼色,转身要走,他站在门前,冷冷说道:"老李,你继续演吧!"

这是城乡接合部一处垃圾堆放场。市区里的生活垃圾一车车蜂拥而至,堆成丘陵,堆成山脉。在未及处理和掩埋之前,这些垃圾为另类人群提供生存的财富和残余的价值。

靠着垃圾山丘,搭起一片低矮破败、杂乱无章的窝棚,居住着一户户特殊的人。靠山吃山。他们凭借着垃圾山,每天都要把卡车运来的垃圾重新扒上一遍,寻找有用的可回收的物质,比如废纸箱、塑料瓶、碎玻璃、废铜烂铁等;只要能在废品收购站换回钞票的东西,他们均要扒拉回去。别看他们嗅着难闻的气味,呼吸着荡满尘土的空气,顶着日头,弯腰驼背干着城里人不齿的营生,但不少人因此发财发家,从破烂王摇身一变成为百万富豪的故事,多被求证是千真万确的事实。——最典型的案例,就是一位老妇从垃圾堆里扒出一串死鱼,尚未腐烂;本想洗刷干净,准备烹食的,哪想到却从鱼腹内剥出一卷卷钞票! 老妇不仅发了一笔财,据说还帮助公安机关破获了一起贪腐大案……

有资源就能形成市场。垃圾山附近就有废品收购站,卖废品的不仅是扒垃圾的人,还有那些骑着三轮车走街串巷的小贩。其中有个人,形象很熟悉,他驾着三轮车,草帽压得很低,依然可以认出他就是杨风利。

他在那个风雨骤来的时刻,被怯懦、卑琐、狭隘、愚昧的小农意识所困,不敢站出来反戈一击,反而举手缴械、落荒而逃,错失了一次重新做人的机会。他既没脸回老家,也没脸再见家旺和杨慧,只好租间民房住下,重操旧业,在人们不易关注的地方当起了破烂王。

他每天骑着三轮到附近居民区收购废品,积攒多了,再送到收购站卖钱。收入不多,辛苦度日,躲避着难以应付的是是非非。

每日风吹日晒的,他面孔变得黝黑,冰铁一般。因为心有郁结,整天板着脸没有一丝笑容。

那天,他骑着三轮走在公路上,车多人挤,他靠着路边走。一辆小轿车从他身边飞驰而过,躲闪不及间,他的三轮被后边一辆奥迪追尾,把他连人带车掀翻在路沟里。

从奥迪车里走下两个人,一个是老板,一个是司机。

他们赶紧救人,把他从路沟里搀起来,他意识清醒,并未摔到要害处。

老板问他:"师傅,对不起!撞到哪儿啦?有感觉吗?咱们赶紧找医院看看吧?"

他被搀起来,走了几步没啥痛苦,便说:"估计没啥大事。擦破皮肉不当紧,没伤着骨头是万幸……不过,千万甭撞坏俺那三轮车!"

司机说:"我的车灯撞坏了,换一个要几百元!你那破车,买辆新的也没几个钱。还是去医院看看人撞没撞着吧!"

他却心疼地说:"咹,甭瞧它旧了,俺全靠这辆三轮车生活哩!"

老板瞅着他,突然问:"师傅你哪里人?听话音老耳熟啊!"

他尴尬地笑笑,低下头去:"唉,干这种营生丢人哪,俺……黄河沿上的人呗……"

他无意间抬头瞥了那老板一眼,想让对方赔他车。突然间他惊呆了:"你……你是老四……你是……林家豪?"

对方盯着他,仔细辨认着:"你是……"

他飞速地伸出手抓住对方,使劲儿摇晃着:"俺是古水坡你杨哥,杨凤利呀!"

林家豪放声大叫:"杨哥,风利哥!咳,这回撞车撞得值,一头撞上个老家人!杨哥,你咋跑到特区干起这号营生来啦?"

杨凤利一脸高兴和一脸羞愧:"兄弟,一言难尽!一言难尽哪!"

林家豪拽起他一只胳膊,满腔喜悦地说:"这样吧,杨哥!你跟我走。我在市里有个办事处,咱们去那里痛痛快快喷一伙,好久没见老家人啦!"

杨凤利瞅着三轮车,恋恋不舍:"俺那三轮……"

林家豪对司机说:"找个地方存了,回头再取。"他拉开车门,就把杨凤利塞进车里。

坐在宽绰明亮的办公室里,有服务生送来了茶水和果盘。

林家豪把杨凤利让到沙发上坐下,听他一口气说完了来到深圳的那段经历和遭遇。

林家豪起身涮了条湿毛巾递给他,说:"杨哥,这就是你的不对了!你应该站出来检举坏人,揪出企业内部的蛀虫,保卫公司财产不受损失,怎么能不辞而别呢?这样做反而让坏人有了可乘之机,造成不必要的误会和混乱。"

杨凤利懊恼地拍着大腿:"俺没经过大事,心里害怕,肚里没胆哪!那个人诳我,软的硬的一起来,我不想跟他同流合污,怕跳进黄河也洗不清,头脑一热就想一走了之!后来想想老后悔,我怕啥哩,当面鼓对面锣呗。我一走,不是贼反倒成了贼啦!"

林家豪安慰他:"不会的。二哥头脑清晰,判断力极强,不会轻易上当受骗的。不过,这件事一定要说清楚。不仅仅是消除误会,而是不能让坏人逍遥法外,继续搞破坏!"

杨凤利摇摇头,叹着气说:"兄弟,甭说了。俺已经里外不是人了! 既然走了这一步,就不想再和谁争长论短了……"

林家豪理解地说:"中,不说这事儿了。说说今后吧,杨哥,你身强力壮的,哪能干这拾破烂的事呀? 咱得往前看,干点儿有意义的工作!"

"是呀。俺如今……老家没脸回,深圳没脸待,眼前没路可走啊……"杨凤利垂头丧气。

林家豪主动介绍说:"杨哥,我已经转业了。转到地方上了……"

杨凤利赶忙插话:"哦,那太好了! 不像以前那样保密了。能回家了,能跟俺平常人说话喷空了吧?"

"可以,可以,我现在也是老百姓嘛!"

林家豪说:"我现在管理着一家农场,过去是国营的,现在改制了,推向市场了。农场规模不小哇,每年活鸡出栏几百万只,生猪出栏几十万头;还有养鱼场、养蟹场、酒厂和食品加工厂。我以前从来没做过生意,又忙于改制,还没顾上和家里打招呼。今年一定抽空回去看看乡亲们,看看俺老爹!"

杨凤利听了,心中充满羡慕和向往,脱口而出说:"四弟,你们一个个都是干大事的,一个比一个排场,俺能干点啥呀?"

林家豪说:"我们在各地设有几个办事处,主要就是联系大酒店、大超市,建立供销关系,把我们的产品推向社会。我知道杨哥善于煽惑,搞搞宣传,联系市场客户,都是你的特长!"

杨凤利连连摆手:"你说得头头是道,俺听得云天雾地的,头比斗还大! 那么多鸡呀猪呀都在哪里养着哩?"

"那叫生产基地,我的大本营在海南岛,也有部分在湖北。深圳有办事处,杨哥愿不愿干?"林家豪说着,征询他的意见。

杨凤利叹口气说:"我不想窝在深圳了。让你二哥知道了,脸上不好看。你给俺换个新地方,双方都能顾顾脸。不过,俺没干过,你就试验试验吧。"

"也好,你去九江咋样? 离广州不远,是新设的点,有房子住,再配辆车配个司机。任务就是到处跑到处转,找到销路把数字报到总部,总部发货,你们督查验收,就这点事。"

林家豪这么说了,杨风利依旧不敢爽快应承,而是多了几分谨慎,说:"四弟,俺有几斤几两,自己也说不清。老靠耍嘴不中,还是先学习学习,瞧俺是不是那块料吧。"

林家豪说:"你同意了,咱们说走就走。正好一路,我送你去九江。"

杨风利拍拍手说:"我光棍一条,无牵无挂。除了个小包袱,就是那辆三轮车。"

林家豪笑笑:"那三轮没用了,扔了吧!要不再帮你买辆新的!"

杨风利坚持说:"俺跟三轮有感情了,它陪俺半年多了,得留个念想,一定要带它走!"

林家豪交代别人去办托运,便忙着坐到办公桌前,处理紧要的公务。

杨风利借林家豪的手机,说是给村主任拨个电话。林家豪替他拨通了,把手机递给他。

杨风利站到窗口,对着手机说:"喂,是村主任发动哥吧?听出俺是谁了吗?啊?"

电话那头,传来村主任的笑骂:"你一撅屁股就知道你屙啥屎!半年都不见踪影,连个电话也没有,还以为你死了哩,咋又还魂啦?找俺说话是假,想和素梅说话是真吧!哈哈哈……"

杨风利压低嗓门:"求你了村主任哥,俺借个手机不容易,成人之美中不中?"

电话那头,村主任收住笑,连声答应着:"中,中,你等等!你小子真运气,她正好来村委会办事!"旋即,是村主任把电话转手的声音。

素梅的问话传过来:"你谁呀?找我有啥事儿?"

杨风利听见素梅的声音,一句话没说出来,哇的一声号啕大哭起来……

电话那头,素梅捧着电话正颜厉色地说:"杨风利,有话好好说,你哭啥哩?谁欺负你了,还是受啥委屈啦?只要你没走邪路,家旺和杨慧都会替你打抱不平的!你要是不好开口,告诉我,我替你说!"

杨风利抹着满脸泪水,吸溜着鼻涕说:"没,没啥委屈,也没人敢欺负,是俺自己没出息,猛不丁听见你的声音,就忍不住哭了……甭跟大树爷说,我不在深圳干了,想跟家豪去九江。打电话就是说一声,俺换地方了……"

素梅在电话那头有些紧张,问:"为啥换地方呀?在深圳没干好,公司不要你了?还是你又干啥不争气的事了?"

杨风利不愿明说,吞吞吐吐支吾着:"没事,没啥事。你放心吧,啊!到地方了俺再打,不多说了,俺得走了……"

他匆匆挂了电话,心里扑通扑通跳个不停……

此刻在古水坡村委会,梁素梅手里拿着电话,心里却有猜不透的疑虑和说不清楚的牵挂了。她暗自发了半晌的呓挣:杨风利呀你是个啥人?一会儿没影了,一会儿又冒出来,说话吞吞吐吐的,到底出了啥情况呀?你看他那情绪,热一阵儿冷一阵儿的,一准是碰到沟沟坎坎过不去啦。一会儿跟家旺,一会儿跟家豪,人家个个是好汉,你自己不长志气,跟谁也干不成样子呀!男儿有泪不轻弹,准是心里有苦说不出啊……

村主任推她一下问:"说完啦?出啥事啦?"

素梅木然说:"没说啥,没啥事……"

村主任嘟噜着:"俺也听了一耳朵,他不跟家旺干了,跟家豪去九江哩!鼻子一把泪一把的,咳,他就是根扶不起的井绳!"

素梅反驳道:"有点同情心好不好?咋说他也是古水坡的村民,你当村主任的总有关心他的责任吧?就会不阴不阳泼冷水!"

村主任摊开双手叹口气:"俺不是不关心,是他嘴里没实话。素梅,他的事甭跟大树爷嘀咕,老人家心里烦着哩!"

素梅道:"你是村主任,他是你的村民,你爱管不管!电话是你让接的,俺啥都没听见!"

第十八章　沙滩上的太阳伞

　　阳光炙热、灿烂而又慷慨地照射着这片岛屿，真可谓摸山山烫手，摸树树流油。如果没有防护措施，顶着日头随意走一遭，裸露的皮肤会被晒出一层水泡来。难怪这里的女人出门戴个斗笠，还要挂一圈垂垂的帽檐，两只胳膊也要戴上袖套。

　　这里算得上中国最南边陲、最接近赤道的一片适宜人类生存的疆域了吧！

　　自从 1988 年 4 月 13 日，设立海南省和建立海南经济特区以来，大规模的现代化建设，使这片被亘古冷漠的红土地，荒火般地燃烧起来。

　　林志恒前往海南闯天下的时间，是这个经济特区经过十多年的风雨洗礼之后了。

　　曾有来自内陆十万精英下海南的壮举，当年的热血壮志早已化成辉煌灿烂的成就。充满现代气息的高楼大厦，在椰林热风中拔地而起。有游客观光者，有前来寻找创业机遇的投资者，充满激情的红土地用滚烫的情怀，迎接五湖四海的人们，使得这片孤悬天外的海岛，早已涤荡了原始蛮荒的历史，大踏步跨入现代化的行列……

　　海南是闯海人的天堂。海南蕴藏着许许多多诱人的商机，同时也潜伏着无数的凶险和陷阱。当年那些闯海的精英，有人挖到了金山，成就了一番宏图大业；有人跌入陷阱，铩羽而归，消失在滚滚红尘之中；也有人进退维谷，无颜见江东父老，只得蜗居孤岛，感叹当年的热血冲动，叹息眼前的岁月无情……

　　然而，如同海涛拍岸，潮起潮落，一拨好汉退场，又一伙英雄登台，你方唱罢我方来，闯海人的奋斗永不停歇……

　　林志恒就是追着潮汐，来到这座海岛上的一滴水花。

他在海口郊区找了一间民房安置下母亲后,脚步不停地穿街过巷,观察这里的市场行情,打探这里的民俗风尚。没有目标,也没有供他仰仗的关系;囊中羞涩,没有供他投资经营的万贯家私。他拥有的就是一双观察风云变幻的眼睛,一个分析行情的大脑,还有一身用不完的力气和吞得下万般苦涩的胸怀。

三天之后,他站在靠近海岸的沙滩上,开始思虑自己应该干点什么,能够干点什么。

沙滩很是平坦、松软,被海水洗刷得格外洁净,每一粒沙子都是晶莹剔透的,阳光下闪着熠熠光泽,好似被海浪剥蚀下来的宝石碎片。海浪凭借自己的力量,随意把海岸铺成月牙般温馨的一湾,确有一番平沙落雁的意境。

无数海鸥拍着翅膀在沙滩上空翱翔,发出清脆的鸣叫。一群群的弄潮儿,男男女女、花花绿绿,在沙滩上畅意地追逐、嬉戏;打沙滩排球,堆沙滩雕塑……也有人驾着汽艇,在海面上击水;汽艇轰隆隆鸣叫着,利剑一般冲开一道浪花,如同把碧蓝的海面划开一道裂痕,可以探入龙宫倒海翻江。那场面让人看了,好生刺激,好生冲动!

那时分骄阳似火,炙烤着大地。海水鼓起泡沫,沙滩被烤出紫烟。沙滩上嬉戏的人们,身上如同涂了明晃晃的橄榄油,闪着汗水淋漓的光泽,又像旱蒸房里蒸过的裸体人儿,稍不经意便会烤焦似的……

在人们不经意间,沙滩一侧蓦地撑开无数太阳伞,红的绿的,黄的粉的,蓝的紫的,五光十色,如同一片骤然盛开的五彩花朵,斑斓耀眼地洒落在赭褐色的沙滩上,骄阳下炫目诱人,给这片热闹的沙岸平添了几分生气,喷放出益然生机。

林志恒头戴一顶轻便的海南斗笠,撑开一把把太阳伞,细心地分布着不同的颜色,认真地编织成色彩差别很大的图案,有意让色彩展现得更夸张、更浓烈。远远看去,宛如现代派画家用色彩泼洒出来的一幅画!

许多游客被这片色彩吸引,跑过来端详一阵,叽叽喳喳议论一阵,按照各自的喜好,发表一番海阔天空的品评。他们把林志恒看作一位搞行为艺术的艺人,表达一番敬佩的喟叹,然后又鸟雀般散去,继续浪漫的嬉戏;沙岸上那片艳丽的色彩,似乎与他们的旅行毫无关系……

林志恒无论干什么,都是专心不二的。他根本不被围观者的议论所惊扰,埋头做他自己的事。直到那些色彩被他调配得满意了,才独自撑开一把伞,就着沙岸坐下来,掏出一本书,心无旁骛地读起来。

海南的天,娇女子的脸,说变就变。方才还是万里碧澄的丽日蓝天,忽而便刮起风,吹来阴沉沉一片云,转眼就会噼里啪啦落下一阵雨来。那雨点凉冰冰、硬邦邦,好像从天上落下来的石头子。打在头上能起包,砸到皮肉上一个坑,生疼生疼,让人冷不丁打寒噤!

这时分沙滩上一片混乱,女人们尖声叫着,慌乱地找衣服;半裸的男人吆喝着,往附近的椰树下疯跑。欢乐的沙滩被突然而至的阵雨砸乱了! 欢乐和谐的场面,顿时被惊慌失措的情状搅成了一锅粥……

有人朝那片太阳伞奔来,边跑边吆喝着:"伞! 伞! 我要伞!"

更多的人朝那片色彩斑斓的地方冲了过来。赤身裸体,两手空空,目光灼热地盯着那些色彩鲜艳的太阳伞!

开初是有条不紊的交易,一手交钱,一手交货,没有讨价还价,也没有挑挑拣拣;接下来就乱套了,冲过来的人,抢到伞就走,没有人问价,也没有人付款。淋雨的人们,好像一群受到风浪惊吓的鱼,拼命挤到一片莲蓬下面,只求躲过惊涛骇浪……

转眼间,扎在沙滩上的太阳伞,被躲雨的人们劫掠一空。抢伞的人好像把那些太阳伞当成行善者的施舍,或者志愿者赠送的公益品了。

林志恒戴着斗笠站在越下越大的雨水里,眼看着自己拼出的五彩芳华,转眼化为乌有。他竟然没有发一声叹息,反而对着漫天雨幕,发出畅意的一笑……

那些淋雨的人,抢到伞撑开就跑。冷雨打在太阳伞上,扑扑嗒嗒一串响,躲在雨伞下的人们好似稳住了神儿。恋人情侣们不再惊慌,成双成对地站在五彩斑斓的色彩下面,继续着悄然而又甜蜜的人间情话……

忽然,林志恒发现沙滩上有位女孩,搀扶着一位白发老人,因为老人腿脚不利索,还顶着雨水在沙滩上艰难蹒跚着。

他疾步赶过去,在老人身前蹲下来,说:"大伯,你腿脚不爽,我来背你! 让冷雨淋出病来,事情就大了!"

几乎是不由分说,他就把老人背到背上,大步匆匆朝一片洋房跑去。直到把老人背到洋房廊道上坐好,他才从躲雨的人群里挤出来,不见了踪影……

当天晚上,电视新闻里播放了一段林志恒雨中卖伞的录像,传遍了海口的千家万户,也传遍了住在度假村里的那些游客。新闻图像展现的是一群游客哄抢太阳伞的混乱场面……

新闻节目的主持人,正是那位搀扶老人的女孩。她用充满激情的语调在讲述:

"那位卖太阳伞的小伙子还很年轻,好像是一位勤工俭学的大学生。当天空突降大雨的时候,应该是他销售雨伞,甚至漫天要价的大好时机。但是,他看轻了商品的价格,蔑视了金钱的分量,弘扬了道义的光辉,高扬起诚信友善的旗帜。他将几十把伞分发给游客;或者说在大雨淋头的特殊时刻,游客们来不及付钱,小伙子的太阳伞被哄抢一空!

"卖伞的小伙子几乎没有收到钱。他没有和抢伞的人争执,没有吵闹,更没有发生任何的不愉快;反而不停地劝告大家:不要争也不要抢,一把伞值不了几个钱。淋了雨着了凉,就成大事了! 大家都是出门人,互相谅解点!

"小伙子多么朴实啊!他关心的不是自己的生意,而是别人的健康与安危。他的伞被游客们哄抢一空,他没有一句怨言,或者恶骂。有人说他是个傻子,我却认为他是个高贵的人!

"这位小伙子豪爽而豁达。他发现一个白发老人在雨中蹒跚,便冲上来蹲下身子,背起老人,护送到安全的地方,然后悄然离去。

"有人说海南岛是片蛮荒之地。建设特区以后,一步跨入现代化,经济腾飞了,仍旧是文化的沙漠,道德的空白地带!

"但是,这位卖伞的年轻人,用他纯朴、高洁、金子般闪亮的心灵,创造出一种无法计算的社会价值,以及和谐友善的社会风气、相互关爱的道德情操。这些,不正是我们社会所需要的正能量吗?

"我在这里呼吁:今天拿了太阳伞的人们,一定要把钱付给那位小伙子,不能让好人吃亏!我们电视台也要想办法找到他,还给他一份应有的褒扬!"

海口那个风雨过后的夜晚,注定是个不眠之夜。那些拿了太阳伞避雨的游客,一个个心里纠结得厉害,惭愧得厉害,白拿了别人的东西,深感内疚;过后细想,这种行为与乘人之危拦路抢劫何异?

沙滩地里设摊卖伞,原本就是小本生意,出的是辛劳,挣的是小钱。你碰上冷雨浇头,就该去哄抢别人的雨伞吗?几十把雨伞哄抢一空,小伙子几时才能赚得回来?白拿了人家雨伞岂能心安理得呀!

电视台记者的呼吁,得到广大市民的响应,街谈巷议中都把小伙子推举为海口的光荣和典范,纷纷表示要找到他,向他学习,让他的行为在海口形成一种时代精神!

那些拿了雨伞的人,除了心中难言的羞愧,就是想着用加倍的补偿,向小伙子表达敬意和歉意。常言说,得了人一碗救命水,咱就要还人家一条河……

第二天,雨过天晴。林志恒照常到那片沙滩上摆摊,照常把五颜六色的太阳伞撑开来,精心排列成图案,依然让那里绽放出光彩炫目的花朵。

林志恒照常从提包里拿出书来,在沙岸边坐下,安安静静读起来。

然而,今天他却难以安静了。他刚刚翻开书本,摊位前就呼啦啦围过来一群人。有男有女，有老有少，人们用火辣辣的目光望着他。有位颇有气质的中年人代表大家，说出一番热腾腾的话：

"年轻的朋友，我们连名字都没有通报，就把心自然地贴在一起了。朋友，感谢你的真诚、善良和慷慨，我们昨天没有淋雨。你用太阳伞传递了浓浓的亲情，使我们体味到家人般的温馨和体贴；你用太阳伞塑造了无私的灵魂和高尚的人品，使我们在惊慌失措之际迷失了道德底线时，发现了自己的自私和矮小。今天，我们偿还的不仅是伞钱，还要向你表示深深的敬意和感谢！并且要认真向你学习，用爱心装点我们的生活，让人间处处充满亲情！"

有位鹤发似雪的老人拉着他的手，紧握不放："你这个年轻人哪，心眼好，有人情味。昨天若不是你把我背回宾馆，我就被雨淋瘫了，现在一准儿躺在医院里。大家议论你一夜晚，你不会做生意，但是会做人！只要守住底线，你今后前程无量……"

老人把一沓钞票塞到林志恒手里，有的人把钱往他怀里塞，有的人干脆把钱扔到摊位前边。林志恒又感动又着急，连声喊道："多了！多了！一把伞不过十元钱，大家给的太多了！我不能收，不能收呀！"

白发老人拍着他的肩膀，满脸慈祥地说："年轻人，这是大伙的心意，你就收下吧！天底下情义无价。你捧给大家一副热心肠，那可是多少钱也买不来的！"

林志恒感动不已，说："大伯，您太高看我了！大雨淋头，我是个卖伞的，应该那样做。换了别人，也会那样做的……"

有个小姑娘挤进人堆，拉着林志恒天真稚气地问："叔叔，你这太阳伞太美了，叫什么名字呀？我想多买几把，带回去送给我们班，就放在教室门口，下雨天可以帮助没带雨具的同学。我还要把你的故事，讲给同学们听。我们都要做你这样的人！"

林志恒看着面前的人们，心里热腾腾的，听着大家的夸奖，脸上火辣辣的。他稍显腼腆地说："其实，我也是帮助别人代销的。这家太阳伞店的老板，又是做伞的师傅，大学学的就是工艺美术。他做的伞轻便美观，色彩讲究，对比强烈，很有特色。但是他不善交际，能做出工艺精巧的太阳伞，却推销不出去。我只是尝试与他合作，没想太多。这位小朋友的话倒是提醒了我。有了好的产品，再配上好的名字，才能让人记得住，喊得响，传得开！"

林志恒看着沙滩上太阳伞五彩缤纷的一片浪漫，搔搔头憨厚地对大家笑着说："那就请大家帮忙起个名字，越响亮越贴心才好呀！"

他这么一说，大家兴趣盎然地议论起来。你一言我一语，七嘴八舌凑了好多名字。最后，那位白发老人挥挥手说："我说个想法，仅供参考。咱们大家不就是因为一把雨伞的情缘，聚到一起了吗？这叫什么？叫爱心。大家怎么体会到爱心的？因为有了送爱心的天使。所以，就该叫作天使牌太阳伞！"

众人一片鼓掌叫好声："好！好！这名字挺暖心，天使牌太阳伞！"

就在大家议论时，周围聚拢更多的游客。有看过电视的，此刻见到真人，感到新奇和兴奋，迅速把信息传播给更多的游客。一时间，消息如同网络传送一般，迅速传遍这片沙滩和整个度假村。

卖太阳伞的林志恒，被人们用温馨的口吻传颂着。他的故事越传越神奇，如同他的太阳伞，美丽而又鲜艳地从这片沙滩，传播到海南更广阔的区域，让更多的人感到温馨。

接下来的情状，更是让人难以想象。林志恒的生意惊人红火，只要他的太阳伞在沙滩上摆出来，顷刻就会销售一空。他赶紧回去又搬来一批，转眼工夫又被人统统买走。一连几天，他几乎成了搬运工，搬来多少太阳伞，都会被人热情地买走。直到他把老板仓库里的积存卖空，还有询问预订的，热销的势头如大海涨潮，不见消减……

原来，太阳伞的热销得益于林志恒那个"雨中送伞"的美丽传说。游客们口口相传，让故事添加了诸多暖心的细节，越发加强了故事的轰动效应。于是，大家都以得到一把太阳伞为荣，或者以此作为向别人炫耀的资本。——林志恒做梦也没有想到，他的太阳伞竟然都是被"团购"走的。尽管太阳伞已经脱销，游客们的购买热情却有增无减，有人留下地址和定金，要求邮购。一拨游客走了，却把美丽的传说传给下一拨游客，"天使牌太阳伞"竟然成为海南旅游的一张名片。游客们以获得一把"天使牌太阳伞"为无上荣光！

制作太阳伞的师傅老杲，是位沉默寡言的艺术家。在上海南岛之前，他在一家国营印刷厂当美工，整天不说几句话。他手中的画笔却一刻不停，能画出千里江河，万水千山。尽管如此，因为经营不善，工厂面临倒闭，老杲失业了。由于他不善言谈，别人很少了解他，他也很少有朋友，为了生计也为了前程，老杲只得裹挟在浩浩荡荡的闯海大军中，上了海南岛。

然而，满腹才华的老杲不会推销自己，在花光了身上仅有的两千元钱后，依旧找不到工作。他关住门喝酒，准备把自己灌醉之后跳海，终结忧愁烦恼的一生。

幸亏房东的女儿救了他——房东是个修补雨伞的伞匠，老头儿守着个独生女儿，靠手艺过时光。海南多雨，制伞业应该很走俏，但是伞匠手艺陈旧，只会修布伞,补窟窿换撑子上桐油,别的一概不会,所以生意清淡。

房东女儿是二十八的老闺女了,整天嘟囔着让老爹搞创新。伞匠就说,这辈子就是黄豆命,下辈子再捡金豆子吧!

伞匠女儿看见老呆找不到工作,整天憋在屋子里,就踹开房门让他帮工修伞。老呆半醒半醉,说我会画伞,不会修伞!伞匠女儿就把刚补好的布伞递过去,说你画给我看,画得好就不收你房租!

本来一个说的是气话,一个说的是醉话。结果是,老呆把雨伞画成五彩斑斓的一把新伞,房东女儿爱不释手,连声夸他好手艺;还骂那些开公司的大佬都是睁眼瞎,把和田玉看成了破石头!

接下来,老呆没有跳海,反倒被伞匠招了亲,成为伞匠的女婿。他们合伙办起了做伞的作坊。伞匠女儿当总管,伞匠只管做骨架。老呆既是艺术总监,又负责具体操作。应该说,他们的太阳伞质量堪称一流。但是,有时候,生意场上风云莫测,酒香也怕巷子深……

如今,林志恒又来取伞、催伞了。满头乱发、不修边幅的艺术家老呆突然伸手紧紧抓住林志恒,把他让到工作台前,诚恳地说:

"小林哪,我得给你说句掏心话了。我和岳丈开这个作坊两年了。我说过,我上大学就是学的工艺美术,大学毕业后从事美术设计。不瞒你,我是一级美术师,算得上专家。自从和岳丈合伙创业,我使出吃奶的力气,做到了工艺一流,想在这阳光充沛的地方,给人们送一份清凉!但结果,你都看见了,产品积压,资金短缺,拖欠贷款,濒临破产……但是,你的参与如同拨云见日,春风化雨!短短几日,不仅库存清空,还让我们这不起眼的太阳伞上了电视,伴随你的品格受到热捧,名扬海南,即将誉满神州!"

林志恒听到这个不善言辞的老呆,滔滔不绝,没完没了,而且尽是溢美之词,急忙打断他,说:"呆师傅,好话三千,不如实事一件。我建议你们扩大经营,增添人手,及时完成客户的订单,坚守诚信,否则前功尽弃!"

这时,伞匠女儿托个食盒走进来,把四个凉菜一壶老酒摆在桌上,手脚麻利地倒茶斟酒,简单明了说明意思:"小林,老呆不是生意人,只会搞艺术。他一席话把你谢到底,没有半句假话。我们今天能翻身,都是沾了你的光!你一个雨中送伞,就赢了天下。如今四面八方来订货,俺就两间小作坊,三个干活的,就是日夜加班也做不出来呀!既然咱们的太阳伞打出名声来了,就不能再趴下。所以我们全家想请你入伙,重新组建公司,扩大生产,满足市场需求,真正为海南打造出一张名片!"

林志恒明白他们的诚意,难免也要谦让一回,说:"二位言重了!我不过是为你们打工的推销员,不能干趁水和泥、见利忘义的事。你们还是三思而行为妥呀!"

老呆抓住林志恒的手,直率地说:"小林,我来闯海时,真是一分钱难倒英雄汉,气得想跳海!现在我们局面打开了,全靠你德赢天下,如果你不帮忙,又要逼我跳海吗?"

林志恒只好笑着点头,爽快地说:"那好吧!丑话说头里,我可是白手摸鱼,净沾光了!"

老呆晃着满头乱发:"哪里话!你是信誉股,绩优股!有你的加入,才能搅活一潭死水。应该说,我沾你的光了!"

伞匠女儿说:"公司名字,小林早起好了,就叫天使太阳伞制作公司。小林主管推销,老呆主管技术,我负责生产和后勤。从现在开始,物色场地,招收员工,一周内投产。"

林志恒说:"我建议边筹备边生产。新场地未定之前,先招收员工,在原地坚持生产。"

老呆笑起来,满头乱发如同狮子头:"好,好,我赞成!我保证培训员工,不误进度!"

伞匠女儿把酒杯分别递给志恒和老呆,说:"小林有句话说得好,叫说了算,定了干,再大困难也不变!请端起这杯酒,祝我们事业发达!"

林志恒突然问:"老师傅呢?不能少他啊!"

伞匠女儿说:"别管他,劳碌一生,早想退休了!"

于是,三只酒杯碰到一起,叮当一声脆响!

伞匠女儿长着一双猫眼睛。一会儿黄眼珠,一会儿转成绿眼珠,总是半睁着。但是她看人看事,一看一个准儿。所以,伞匠在家里喊她"妖妹儿"。

当年老呆背着个破包在她家门前晃悠时,她问他:"晃来晃去的,你想做啥?"

老呆说:"我想找住处。"

她便指指远处:"那里有宾馆,住去呀!"

老呆说:"闯海人哪来钱?住不起宾馆。"

她又问:"你会不会修伞?"

老呆说:"我……会画伞!"

她把老呆让进屋里,说:"你画两笔我瞧瞧!"

屋里只有一张台子,堆放着杂物。老呆就着窗户旁的二尺白墙龙飞凤舞起来。转眼之间,一蓬荷叶含翠带露,半开的荷花暗香扑鼻,一对鸳鸯相互依偎,呢呢喃喃……

妖妹儿的眼珠由黄变绿,对爹说:"他是个有出息的人。嘴里没有口吐莲花的功夫,手中的笔能描出一个五彩天地。腾半间屋留住他吧!"

伞匠没主意,妖妹儿收留了老呆,老呆先当房客。

后来,老呆画出了太阳伞,又当了房东的女婿。

老呆开始不同意,理由有三。其一,他是个闯海人,一贫如洗;其二,他结过婚,家里还有个上初中的女儿;其三,他本是个房客,图财图色的议论一旦传出去,他担当不起!

妖妹儿的反驳感人肺腑,无法推却:"你是我看上的男人,你就是乞丐我也中意。既然看上你了,就不会嫌弃你的过去,你的女儿就是我的女儿。等条件好了,咱把她接过来,欢欢喜喜一家人! 至于劫财又劫色,这个罪名我承担!"

此刻,妖妹儿的黄眼珠又转成绿眼珠,她又看准了林志恒,极力促成这两个男人同心结盟、通力合作。在两个男人喝了同心酒,握了手,并且白纸、黑字、红手印签下合作协议后,她又悄悄给丈夫献计,说:"这个小伙子不错,人品端正,一身正气,还装有一肚子锦囊妙计,是不可多得的人才啊! 现在他是虎落平阳,有朝一日便会腾云驾雾,咆哮山林! 咱不如把我表妹说给他,既结了亲戚,又绑在一辆战车上。如此,我们的公司才能腾飞!"

老呆是个憨实人,说:"一码归一码,不必又搞拉郎配。小林心高气盛,前程远大,万一说砸了,一桩事伤害两个人,还是不提为好。我相信小林是个靠得住的合伙人!"

妖妹儿转转黄眼珠,翻着大眼皮说:"不用你说,我对小林是从第一眼就看准了的。

"那天他来找活儿干,我说,我家只要做伞的!

"他说:'我不会做伞,帮你卖伞可以吗?'

"我说:'帮我卖伞可以,你得先交押金,才能提货!'

"他说:'我没钱交押金,我把良心押给你,行吗?'

"我一个字没再说,答应了。凭啥? 就凭他的真诚。堂堂男子汉,敢承认自己穷,又敢把良心捧出来。这种男人普天下我见过两个,一个是你,一个就是他!"

老呆点头同意了:"你想成人之美,我举双手赞成! 让他们自己谈,咱不能干预任何一方!"

于是,妖妹儿就找了个机会,把两个年轻人约到茶楼。找个座位要了点心,开宗明义地讲了情由:"小林和我们相处几个月了,相互了解得差不多了,是个天下难寻的好小伙。我家表妹呢,长得俊,有才华,多少大款想见一面都难的娇女子!我把你们约在一起,就是想捅破一层窗户纸。让你们自己接着谈,能不能合在一起过日子,还得你们说了算!"

那表妹也的确长得俊秀,身材也诱人。脸蛋虽说整过,有点像狐狸脸,还是蛮顺眼的。站在那儿有几分模特范儿,坐在那儿还有点歌星派头。她拿泛着波光的眼睛盯住林志恒看了一阵,对她表姐大大方方开了言:"我先说吧,林志恒是个新闻人物,雨中送伞的故事,被电视台宣传得家喻户晓,誉满琼州!我承认他的真诚和善良,佩服他的心机与算计。当然,我更佩服他的智慧和胆魄。不就是白扔几十把雨伞吗,能值几个钱?但是,舍不得孩子打不了狼,这就是他成功的秘诀!我的意思不在这儿,我心里好奇有个疑问。他说过,他因为一个女人被开除了学籍,于是渡海南下,闯荡天涯。以他的心机与算计,如果和那个女人没有摆不上桌面的纠葛,或者说不出口的细节,那女人绝不敢纠缠不放,他也不会背着老娘亡命天涯。今天,他只要敢于向我说明事情真相,证明自己是清白的,我就可以敞开胸怀拥抱他,接受他!"

林志恒沉默了一阵,不卑不亢地说:"小姐,对不起!这件事我本不想解释。一句话就是因为年轻,做了一件值得引以为鉴的窝囊事。但是,我是在突发事件面前,盲目而本能地做了求助者的保护人。仅此一点,无论受到任何责难,我都毫不后悔!因为只有那样,才能对得起自己的良心。如果我先找个证明人,再去救助别人,那才叫沽名钓誉哪!你对我既然没有起码的信任,咱们坐在这里就毫无意义!"

林志恒说完想走,被妖妹儿一把拽住,好生劝慰,他才勉强坐了下来。

表妹却不肯罢休,反问道:"如你所说,当初果真没有任何动机,为何不上告,讨还公道,要回清白?"

林志恒淡然对答:"事发突然,毫无思想准备,姓甚名谁一无所知,找谁讨还公道?如同我的雨伞被游客哄抢,亦是事发突然。被你说成是预谋和算计,我又找谁去讨还公道,还我清白?"

他说完站了起来,很有风度地欠欠身子:"美丽的小姐,谢谢你对我往事的关切。谢谢老呆嫂子的美意!也谢谢你们精心安排了今天的会见!但是,我们心与心之间横着一条河,隔着一道墙,很难贴到一块去。其实,我在选择对象方面,也有一个条件,女方可以挑剔我,但是不能挑剔我的老娘。否则免谈!"

林志恒微微一笑,很绅士地离去……

这种局面是老呆两口子不愿看到的,老呆为此和老婆生了两天闷气。

妖妹儿也埋怨表妹不省事:"谈对象都是当面多说好听话,翻那些陈芝麻烂谷子,有啥用处!"

表妹也有点后悔,有点窝心:"我知道他是个好人,问点隐私都不行啊?两口人各怀一条心,咋能过成一家子哩?"

妖妹儿很想促成这桩婚事,只好找到出租屋,去见志恒妈,当面说明了自己的心思,求老人家帮忙劝劝林志恒,只要双方把话说得缓和些,这桩婚事准能成。

志恒妈知道儿子的脾气、秉性,说话办事自有主张,他一旦拿定主意,谁也劝不动。她也深知儿子用心良苦,儿子不是为自己找老婆哩,而是在为老娘挑媳妇哩!如果女方轻视、慢待他老娘,即便皇帝女儿他也不要,宁肯打一辈子光棍也无怨无悔!

志恒妈唯恐耽搁了儿子的年华,错过了姻缘,答应了妖妹儿的要求,同意帮忙劝说。

当娘的规劝儿子自然是慢言细语:"恒呀,你也老大不小了,该有个媳妇儿了。前前后后提过七八个闺女,都没成。娘心里明镜一样儿,都怨俺拖累了你。娘就你一根独苗,你一天不成亲,娘的心就在半空中悬着,吃不香睡不稳哪!"

志恒满脸堆笑地安慰娘:"妈呀,您不就我一个儿子嘛,您腿脚又不灵便,如果找个媳妇和您相处不好,整天怄气,那不是自找麻烦自寻烦恼吗?您千万甭着急,儿子不愁找个喜欢的女人,您就安心候着吧!我一定给您挑个好媳妇,也给自己找个好老婆,对您恭敬孝顺,和我相亲相爱!"

志恒妈哭笑不得,只好使出来撒手锏:"恒呀,俺守着你,心里不急,你爷可是急得跺脚了!你是林家的长门长孙,你在爷心里分量有多重,你好好寻思寻思吧!"

林志恒依旧不紧不慢地劝着娘:"俺爷爷是个明白人,眼光高着哩,谁也甭想糊弄他!不够分量的女人,休想进咱林家门。随便找个女人当媳妇,在爷那里可是难过关!"

儿子的话,咋听都有理,志恒妈只好点头默认,把心头的焦虑化作一声长长的叹息……

老果和志恒的合作进展得非常顺利。公司经过组合,接纳了两位有胆识有远见的股东,投入巨资,选择厂地,培训员工,立志打造名牌产品;立足海南,放眼全国乃至全球;优化生产条件,合理分布销售网点;适度加强林志恒的名人效应,把"天使牌太阳伞"装扮成如花似玉的时髦女郎,袅袅婷婷高洁卓然地闯入人们的视野,伴随着那个"雨中送伞"的温馨传奇,进入千家万户,成为民众狂热追捧的实用品,乃至人们收藏的艺术品……

"天使牌太阳伞"在短时间内,如红日东升般横空出世。轻便实用的样式,小巧玲珑的设计,色彩鲜艳的装潢,花色品种的多样性、丰富性,不仅赢得了市场的欢迎,甚至成为官方和企业、社团接待外宾时,赠送的贵重礼品!

一把太阳伞的故事,使得林志恒成为海南酒楼、茶座的热门话题。林志恒也由道德层面的好人形象,化为经济发展层面的重量级人物。他成为媒体追逐的对象,无论他如何推托或者婉拒,他的名字还是频频见诸报端;他的身影时不时在电视荧屏上出现,成为光彩夺目的时代形象……

有天,公司办公室接到当地宣传部的电话,通知林志恒去一趟。说是他原来就读的医学院派专人前来,有重要事宜与他商谈。

办公室主任复述电话内容,郑重地说:"林总,宣传部的电话很迫切。说事情与您本人关系重大,请您务必去一趟!"

林志恒听了不以为意,淡淡地说:"如果再有这个电话打过来,就说我不在这里工作,无法联系!"

办公室主任木然地站在那里发呆:"为……为什么呀?"

"不为什么。就是不愿听到这个话题。"

林志恒的回答很干脆,脸上没有任何表情。

但是,就在第二天,他刚刚走进公司大门,发现门前停有一辆小轿车,满面挂笑走下一个人,迎上去拽住他的胳膊,亲热而又急迫地说:"林志恒呀林志恒,你让我找得好苦呀!"

林志恒不用细看,早认出他就是那位冷酷、尖刻而又固执、无情的校办主任。但是,林志恒却感觉意外地摇摇头,说:"你……你哪位呀?你可能认错人啦!"

校办主任顿时倍感尴尬,堆上一脸愧疚、歉意的苦笑,谦卑地说:"志恒,我知道你对我有意见,有看法。恨我,骂我,诅咒我,不想见我,也不愿旧话重提。可是,我还非见你不可,因为这件事关系到学校的名誉,也关系到你个人的荣辱和社会影响。这是我的工作,我们必须好好谈谈!"

林志恒原本不想和这个冷酷无情的官僚主义者啰唆,根本不想见到他。怎奈此人不辞辛劳,千里迢迢找了来,费尽周折找到面前。虽说依然一副盛气凌人的架势,却有几分明显的愧疚,还有一股不达目的誓不罢休的劲头。他只得暂时放下心中芥蒂,把校办主任让到会客室,落座献茶。

屁股还没坐稳当,茶水都未及泡开,校办主任便迫不及待地说明来意,并且以吹捧的方式开了谈话:"志恒呀,你现在是海南特区的社会名人,大有作为的企业家,人民群众公认的道德模范,前程远大啊!你可以蔑视我,冷落我,甚至责骂我。

但是,我千方百计找到你,不仅旧话重提,还要请你谈谈当年发生的那件事情,回忆被你救助的那个女人……"

"主任,如果没别的事情,就请你免开尊口,休息喝茶!"林志恒脸色骤变,口气冷峻地说,"那件事已经成为历史,早已落满灰尘,我连一声叹息都不想再有,只有沉默。包括对你,我不想留下怨愤和仇恨,连一点记忆都不想保留。"

校办主任似乎没有在意林志恒的嘲讽,急切地抢过话头,自顾自地检讨起来:"不,不,我当时太主观、太官僚、太武断了!现在看来,我的想法和看法以及处理办法,都是错误的!我不能原谅自己!因为我的误判,差点断送了一个有正义感、有牺牲精神、有担当意识,特别是能够忍辱负重顾全大局的这么一位年轻学子的锦绣前程……想想后果如此严重,这不仅仅是失职,究其实质是在犯罪!不做任何调查研究,公然制造出一桩冤假错案……"

校办主任的态度,让林志恒吃了一惊,半天反应不过来。他这种颠覆式的态度从何而来?所以便默然不语,听他尽情宣泄:"志恒,当初那个女人为了自己摆脱险境,必须主动缠住你。为她壮胆,为她撑腰,对追逃者造成威慑!她根本没想到你的安危及后果。这种极端自私的行为,的确让你有苦难言,有口难辩!或者,她在事后找到你,说声对不起,也不至于造成这种局面……志恒,我错了!事实证明我彻底做错了!对不起……"

校办主任站起身,恭恭敬敬鞠了个躬。

林志恒看了校办主任一眼,淡淡地说:"主任不必了!你这声对不起还有意义吗?我已经被学校开除了,流逝的年华还能找回来吗?"

"当然!当然可以!结果或许就是这样的!"校办主任连连拱手致歉,解释说,"你当时向学校的表白,经过核实都是真实的。我,还有学校其他领导全都误解了你的诚实和纯洁,在错误的情绪中做出错误的决定。事情就是这样……学校丢失了荣誉,学生丢失了前程。这是一个教训,惨痛的教训……"

林志恒对校办主任的态度大转变,充满了惊疑和愕然,大惑不解。同时,也不想继续和他纠缠下去,便说:"主任,我已经不是医学院的学生了,再谈这些陈年旧事,毫无任何意义。如果找我还有别的事,或有别的要求,尽管开口,不必客气!"

校办主任看出林志恒对他的来意充满怀疑,只得打开皮夹子取出一封信来,递给林志恒:"你自己看吧,这是一个陌生人的来信,是找你的,她说的事情和你有紧密的关系。因为这封信寄到校办,所以才有理由拆。现在,我找到了收信人,总算交到你手里了。"

林志恒拆开信,看那上面的字迹歪歪扭扭,倒也能通顺地表达意思。信里写道：

可敬的好心人！我不知道你的名字，也不知道你的住址，只记住你胸前的校徽。所以把这封信寄到学校，希望能找到你！

那天，我是从人贩子手中逃脱的。他们就在后面追我。万分情急之中，我拉住你当帮手，演了一出拉郎配！我想得简单，只要有个年轻力壮的小伙子站在身边，人贩子就不敢当着众人动手抢我、胁迫我，甚至加害我。

好心人，我真的不认得你，也不想害你，就想让你守在身边给我壮胆！为了逃命，我做了最自私的选择。我无法让你知情，也没法和你商量。完全是在我的强迫下，甚至被我绑架了！你不情愿、没法推托地帮助了我。我为我的自私忏悔！由此对你造成的伤害、造成的恶劣后果，甚至耽误你的前途，后悔不已又无能为力，更无法对你做出补偿……

我看出你是个大学生，血气方刚，一定乐于助人。你一路上的言行证明我判断的正确。你对我的事，从毫不知情到略微知情，在非常委屈的情况下，无奈而又被动地和我配合。你实实在在保护了我，庇佑了我。

人贩子很凶恶，消息很灵通。他们一路追踪，穷追不舍，知道我还会逃回买我的地方去。但是，他们一直找不到对我下手的机会。我不敢把全部实情告诉你，万一走漏了一丝消息，他们就能找到我。我提前下了火车，就是为了迷惑那些穷追不舍的人贩子！

我和你躲在那间破房子里，让你等候着。我去亲戚家借钱还你，没有说假话，也没有骗你。我知道你帮我买了车票，身无分文，怎么返回河南老家呀？可是，当我返回破房子时，你已经不在那里。我独自在那里守候了两天，实在等不到你，才悻悻地回去。我说的这些都是真的，如果有一句假话，我不是人！是狗！是畜生！

我没有忘记你，一直把你这个陌生的恩人记在心中，天天念叨你，越想越觉得对不住你！你还是个学生，被我拖到几千里外的山沟野岭，身无分文，举目无亲，你怎么度日，怎么返回家乡呀？在这人地两生的地方，会不会遇到什么风险和灾难呀？唉，我为了自己脱险而害了你，实在是造孽呀！

后来，我嫁人了。嫁的是个养猪大户，还生了个胖儿子。开始我们感情挺好的。后来，他听到乡邻传闻，知道我被人贩子卖到过外地，又听说有个男人帮我，才逃跑回来的种种说法，便怀疑我在外面和人好过。他决不相信天底下会有无缘无故的舍己救人！也不相信我一个柔弱女子没有人帮助，能轻易逃出人贩子的牢笼！

他的怀疑可能和我不经意的流露有关。我在哄娃儿睡觉时曾经念叨过：娃儿呀，快快长，等你长大了，一定要帮助妈妈找到恩人。没有恩人哪有妈妈的今天，哪会有娃儿你呀……

我男人听到这些话，逼我说出这个恩人是谁，我越解释越说不清楚。他就更加怀疑我，作践我，甚至使出卑劣的手段来羞辱我……

我男人越闹头脑越昏，他甚至不相信儿子是他亲生的，强逼我去做亲子鉴定。

我受不了他的虐待，几次提出要到河南寻找恩人，证明我的无辜和清白，几次都被他抓回去，遭到一次比一次更惨重的毒打！

我们之间的矛盾越来越尖锐，他变得越来越疯狂，几次掐住我的脖子，用杀猪刀对着我的胸口，再下去就要置我于死地了！

我又一次陷入危难！情急之中，我突然想起你胸前的校徽是"中原医学院"，便贸然写下这封信。请求学校领导帮助我找到那位救命恩人，请求恩人再救我一次！帮我做个证明，还我一个清白之身……

林志恒读完这封信，心中五味杂陈，说不出的沉重。他为那个女孩庆幸之后，又为她感到悲哀和痛苦。这叫什么？刚刚逃出狼窝，却又落入虎口！天下人为什么如此缺乏信任呢？好好的日子不过，为什么偏偏要戕害自己的亲人呢？他为那个可怜的女孩深感委屈。她想证明自己的清白和无辜，我又何曾不想证明自己呢？为了这件事，你已经毁了我，现在又毁了自己。咱们俩同样陷入人为的泥沼之中，我还能帮得了你吗？

校办主任从沙发上站起来，说："林志恒，情况已经搞清楚了。事实证明你真的被冤枉了！学校非常重视这件冤假错案，向上级做了汇报。遵照有错必纠的原则，重新处理此案，一定会给你一个公正的答复。请你对这项工作给以应有的配合！"

林志恒摇头叹息，无可奈何地说："我现在的心情是哭笑不得。不知应该同情那个陌生的女人，还是应该同情我自己……"

林志恒又一次成为老家的新闻人物。《中原日报》上刊登出大块文章，报道他的模范事迹。头版头条的通栏标题，格外抢眼——

　　大学生舍己救人蒙冤三载　　被救女贸然投书讨要清白

这桩冤假错案一经公布，便引起强烈的社会轰动，并受到当地政府和妇联的高度重视。政协主席和妇联主任紧急召集有关部门，包括电视台和各家媒体，讨论解决和宣传这件事情的方案和方法。

政协主席虽然鬓发染霜，说话表态却极富远见，他说："这件事情虽说是件积案，我们依然要认真地对待。学校方面要坚持实事求是的原则，纠正错误，尽快落实政策，给被错误开除的学生赔礼道歉，一定要做到公平和公正。另外，也是最重要的原则，通过这件事，宣传舍己救人的模范人物，弘扬正能量，弘扬主旋律！请大家想一想，一个人为了救助别人，反而被开除学籍，并且忍辱三年，不事张扬。实在难得呀！这种高尚的精神值得我们大张旗鼓地宣传，值得做一篇大文章哪！"

妇联主任接着说："林志恒是我们身边冒出来的优秀人物，现在又是海南著名的青年企业家，了不得呀！据我们掌握的情况看，他的遭遇很坎坷，跌倒了爬起来，从不气馁，很有个性。他的事迹很感人，墙里开花墙外香，咱们对他的了解很有限。如果没有那位被他救助的妇女来信，我们还不知道曾经制造了一桩冤案，犯了个错误，埋没了一位英雄！市委决定，在做好平反工作的同时，正面宣传这件事，把林志恒作为见义勇为的英模人物大力宣传。总之一句话，弘扬主旋律，宣传正能量！"

蓄有络腮胡、脑后梳有小辫子、着装甚为时髦的电视台编导室主任发言："余主席，徐主任，你们二位领导的指示都很重要。你们的指导思想就是我们的工作原则，我们要完整、准确地落实到实践中去！经过和求助者所在的宝仪县电视台联系，我们达成一个共识，构思了一套创意：我们双方准备共同搞一期互助模式的访谈节目。具体说就是请双方当事人到场，现场采访，让双方当事人回忆、叙述当时的情景，尽可能还原当时的情景，显现事件的真实性。通过联网手段，实现两地电视画面的同时播放，充分展现互动效果。这种手段产生的视觉效果，可能会形成一个热点，社会影响一定很大，收视率一定会很高！"

妇联主任和政协主席咬咬耳朵，表态说："这个创意不错，有新意！当事人身处两地，通过电视对话，即时呈现现场画面，观赏性强，可信度高。我看很有新意，也很有创意！"

政协主席拍板："林志恒是咱们地区的模范人物，把他宣传好、包装好，就是我们地区的公众形象！我听了你们的电视创意，有点'二堂会审'的意思。我表达不准确，但是不要造成这种印象。一定要让观众感到可亲、可信、生动、感人。你们要大胆发挥创造性，唱好时代主旋律！"

领导拍了板，具体工作就上了路。

宣传手段好多种，电视宣传最尖端。经过两地电视编导的紧张策划、积极沟通，两地领导又对相关的组织、联络做了细致的交流和分工，对这次没有先例的两台联动、同期直播的大型电视访谈节目充满信心。同时也需付出大量的心血，做好周密的筹备工作。

直播那天，这个节目果然创造了收视纪录，后来这个录像又连播三天，依旧是人气十足，广受欢迎……

那天的电视现场是由两地主持人共同主持的。解说词是统一撰稿，表达得情景交融。

主持人:亲爱的观众朋友们!今天的《共同关注》栏目,请大家和我们一起走入画面,共同面对我们生活中发生的一件真人真事,共同判断其中的是非曲直,共同评判他们身上散发出来的善恶美丑,共同发现我们社会生活需要的人性光辉,以及道德情操!

(荧屏上首先出现的是广西宝仪县的那对夫妻。二人背对而坐,气氛沉重。女人愁眉苦脸,男人一脸蛮横,显然一副水火不容的情状。)

主持人:请问这位女士,能报上你的真实姓名吗?我们从听到你曾经被人贩子拐卖,后来被人救助、逃出虎口的经历,至今都不知道你的姓名呢!

女人垂下头回答:我叫韦依萍,广西宝仪县浦玉村人。三年前,我被人贩子以找工作的名义骗到河南。在山洞里关了两个月,十几个姐妹被人贩子分别卖给人家去当老婆。卖我的那天,我一直装得听话、顺从,人贩子的看管相对放松。后来到了新乡火车站附近,我找到逃跑机会,拼命往人多的地方跑。人贩子也在后面死命地追,他们三个人,都是年轻力壮的,要被抓回去非打个半死!我一个女人,势单力薄,就在车站拖了个学生娃,让他一路帮我逃跑。后来扒上火车,我也不放他走。人贩子追到火车上,见我身边有个年轻男人,又不知道啥关系,一直不敢对我下手。我拖那个学生到了广西,下了火车,我走了……到现在,我也不知道那个帮我逃命的恩人叫什么。

主持人:韦依萍,你想见到那位救助过你的大学生吗?

韦依萍:我很想知道他的姓名,很想当面说一声谢谢,还想说一句对不起。为了帮我逃命,我把他扔在荒山野岭上,他后来怎么走回去的,碰没碰到什么凶险和麻烦,我都不知道,但是,我白天黑夜为他担心。他身上没有钱,人生地不熟的,又是个学生娃……

韦依萍捂着脸,哽咽起来,满脸泪水……

中原电视台的画面,出现了主持人和林志恒对话的场面——

主持人:请问林先生,你能认出刚才画面上那位女士吗?

林志恒西装革履,风度翩翩,光明磊落地说:认得出来,特别是她的声音,我特别熟悉。模样差别太大了!当时她很恓惶,很害怕,始终弯着腰,穿一件蓝格子棉袄,也很瘦。如果不介绍,我和她走在街上,可能谁也不认识谁了。

主持人:你可以告诉她想知道的情况吗?

林志恒从容不迫地说:当然可以。我叫林志恒,当年是中原医学院的在读大学生。那天,我和几位同学乘车去郑州执行实习任务。在小店买矿泉水时,我被一位女士拽住,莫名其妙地让我救救她,说有人追杀她! 我们素不相识,没有时间问清缘由,也没有机会商量对策,她就拖拽着我一个劲儿跑,穿过人群,挤进检票口,顺着人流扒上了火车! 我当时又紧张又害怕又无奈又茫然,不知道她是谁,为啥有人要追杀她,我为什么要救她。怎么样救她,听说那趟车是往南开,我心里打定主意,到郑州就下车,然后跟同学们再做解释。但我想错了,她等于把我绑架了,我不仅下不了车,离开一步都困难! 有人说,你喊呀,你吆喝警察救你呀! 但是你想想,我能喊吗? 我是在救人,我一喊不是把求助者暴露了吗? 再说了,在那种情况下,有人相信一个女人能绑架一个男人吗? 那等于给人贩子报信儿,把我俩一起拿下! 最重要的是我不忍心那样做。当火车离开郑州,我就死心了,既然我走不掉,那就救人救到底,送佛到西天吧! 说实话,是不是真有人贩子追她,一路上没看见。我也怀疑过,她究竟是不是逃出来的。直到下了火车,她把我扔在荒山野岭一间破房子里。她说去借钱,帮我买票回河南,我都认为自己是上当受骗,被她耍了。但是,当一伙人贩子朝我要人,狠狠将我毒打了一顿,我才相信她是个被拐卖者。此后,我无论受了多少苦,受了多大委屈,我都无怨无悔! 为什么? 我做了一件有意义的事情,对得起自己的良心!

观众席上响起热烈的掌声,经久不息。

主持人:林先生,观众用热烈的掌声为你的行为点赞,你不感到幸福和骄傲吗?

林志恒:我当初的行为,一半来自本能,一半来自韦依萍的胁迫。我没有那么崇高,也没有那么仗义和勇敢。当我被学校误解,开除学籍以后,我为失去前程懊恼过,后悔过,甚至愤怒过。听说韦依萍的丈夫怀疑我和她有关系,经常虐待她,羞辱她,我就更加愤怒了! 我想对这位丈夫说,这个女人饱受苦难和惊吓,但她清白无辜,而且勇敢机智。面对灾难和迫害,她敢于抗争,敢于拼搏,不惜一切也要冲破黑暗走向光明! 即便我被她利用了一场,因为她而受到不公正的处分,我还是非常佩服她的。我希望她的丈夫爱惜她、尊重她,不要再往她伤口上撒盐! 如果你真疾恶如仇,真是个男人,我建议,你根据线索,把那些人贩子揪出来,还所有被拐卖的女人一个清白与公道!

他的话,又引起观众一片雷鸣般的掌声。

广西宝仪电视台的画面——

主持人:这位先生,刚才林志恒的话你听到了吧? 有什么话要说吗?

那男人略显尴尬和狼狈,说:林先生你好! 没想到你这么年轻,又是个大学生。因为救我的女人,你还受到牵连,遭受羞辱和不公正的处分,你这样的人难找呀! 我是个大老粗,不懂事理,不该胡乱猜疑,往你身上喷粪,我真是猪狗不如哇! 对了,我叫崔龙海,是个养猪的,一肚青菜屎,心里有气就往老婆身上撒!林先生,误会,一场误会,我向你表示道歉!

崔龙海站起身,向林志恒深深鞠躬。

韦依萍也站起来,陪在一旁鞠躬。

主持人:老崔,你对韦依萍还有怀疑吗?

崔龙海:我是个大老粗,说话喜欢直来直去的,不绕弯子嘛!我有疑惑问你,你就该理直气壮告诉我嘛!你对娃儿说,对我不说,我就认为你隐瞒实情。她越不说,我就越打她,羞辱她!男人最恨啥?女人偷偷给男人戴绿帽子!我说过火了,林先生都夸她勇敢机智有胆量,我以后好好爱惜我婆娘!

主持人:现在,你想对韦依萍说点什么?

崔龙海摆着手,又捂住半边脸,羞愧地说:咳,我错了嘛!人家林先生一表人才,正人君子。我不该把恩人当仇人,更不该怀疑婆娘偷汉子,打婆娘出气。没想到该打的是我这个混蛋!

主持人:老崔,你现在对你的妻子韦依萍,应该有表示道歉的话要说吧?

崔龙海稍稍沉默了一阵,猛地冲上前去,伸开双臂把韦依萍抱了起来,把明光光的秃脑壳拱到女人怀里,而后啪啪亲了几个响吻,面朝观众说:说话俺嘴笨,亲老婆俺有的是力气!以后啊,听林先生的话,只能往老婆身上抹蜜,决不能再撒盐!

他的话,引来观众席上一阵哄笑……

中原电视台画面——

主持人:观众朋友们!大家现在明白了事情的开头,或者叫故事的前半部分。林志恒先生为了救助那位素不相识的韦依萍,被她胁迫着扒上火车,去了广西。一路上韦依萍死拉硬拽着让林志恒当保镖,才使得人贩子无法下手。韦依萍为了迷惑人贩子,提前下了火车,把林志恒扔到荒野一座破房子里,说去找亲戚借钱,好让林志恒买票回河南。但是,她走后,林志恒却遭到人贩子的报复性毒打!如果没有好心人相救,后果或许难以想象。林先生念念不忘的两位好心人,广西的朋友帮你找到了,想和他们见面吗?

林志恒:当然。知恩图报,是做人的根本。如果没有他们出手相救,就没有我的今天。我很想见到那位救我于生命垂危的田老师,还有给予我工作机会,帮我挣钱回家的浴池老板"漯河大叔"!

宝仪电视台画面——

主持人:林志恒先生,请你放心,通过你提供的线索,我们终于在万人丛中找到了他们!一位是退休教师田先生,一位是浴池老板漯河大叔孙茂银。请大家用热烈掌声欢迎他们二位上场!

面容清癯、头发花白的田老师,壮实矮胖、气色红润的"漯河大叔"走上台。他们盯着屏幕上的林志恒认真端详着,点着头。

主持人:田老师,漯河大叔,你们二位还记得这位小伙子吗?他曾经得到过你们的救助,还能回忆起来吗?

田老师沉思着说:如果没有人提起,这件事我早就忘了。我当时到学生家家访路过那座破房子,进去避雨,无意间看到有人被打得遍体鳞伤,倒在地上,昏迷不醒,我就赶忙找人把他抬到医疗所。这点小事,谁见了都会这样做的。小伙子胸前有校徽,是个大学生。我哪里知道他是为了救助别人才来到这里的。他很懂礼貌,不愿麻烦人,伤没好就偷偷跑到镇里去打工,挣了钱还清了医疗费!我今天看到林志恒,知道了事情的始末,我对你肃然起敬!你不应该感谢我,应该我来感谢你。你用生命和大义救助了宝仪的女子,你是我们的恩人哪!

漯河大叔朗声朗语:大侄子,咱爷儿俩终于又见面了,不容易呀!想当初,你来浴池找活儿干,身上还带着伤哩。开口说话就是河南老乡,咱爷儿俩喷得老热乎,俺叫他大侄子,他喊俺漯河大叔,连个真名真姓都没留下。他人实在,说是掏苦力挣路费,俺就让他当搓澡工,计件好算账。他干了一段,说走就走。人在江湖,各有心酸,不该问的咱一句不问。今儿听了这段故事,让俺当叔的又羞又愧呀!没想到大侄子是个爷们儿,响当当一条汉子!

漯河大叔站起来,对着镜头拱手抱拳说:大侄子,林先生!当初怨漯河大叔没有好生待承你,今儿当着大家给你道个不是!山不转水转,再见面时,咱爷儿俩得好好喝一壶!

中原电视台画面——

主持人:林志恒先生,此时此刻,你看到帮助过你的人,想说点什么吗?

林志恒站了起来,对着镜头深深鞠躬。他说:尊敬的田老师,敬爱的漯河大叔,你们好!常言说,受人滴水之恩,当以涌泉相报。我真诚地把你们的帮助牢记在心头,默默把对你们的感谢埋在心底。田老师让我濒临死亡的躯壳又恢复了生机,漯河大叔让我凄凉的灵魂又体味到人间的温暖,使我明白了一个真理:世上还是好人多。因为身边拥有许许多多秉持大爱的好人,我们的社会才能够和谐长存,我们的生活才充满甜蜜和幸福。我将永远牢记好人对我的恩泽,并将这些恩泽发扬光大,去恩泽更多需要帮助的人!

主持人:林先生看到自己的恩人,情绪有点激动了。我们很想知道,作为这件事情的核心人物,你已经忍受了三年的委屈。一旦真相大白,从千夫所指转化成万人敬仰,你的感受又会如何?

林志恒略略沉思了一阵,说:感谢各级领导对这件往事的高度关注、高度重视,对这种进步我受到深深感动。我的感动不在于借这种方式为我平反昭雪,恢复名誉;也不仅为了帮助广西妹子证明清白,化解家庭矛盾。我感到欣慰的是这些年在金钱物欲冲击下,有些人丧失了道德底线,人与人之间失去了基本的诚实和信任;生活中充满了坑蒙拐骗、尔虞我诈!这样下去,谁还敢做好事,谁还敢做好人呢?如果每个人都有一份正义和担当,多一份善良和包容,歪风邪气还有滋生的土壤吗?

主持人:林先生说得太好了!(带头鼓掌)

宝仪电视台画面——

主持人:林先生,韦依萍想对你说句话!

韦依萍:志恒兄弟,你是个好人,我今生今世忘不了你!三年前你救了我一次,今天你又救了我一次。我祝你头上乌云散尽,早日阳光普照!

韦依萍、崔龙海并肩站在一起,朝着镜头说:祝普天下的好人一生平安!

他们夫妻二人朝着大家深深鞠躬……

掌声,热烈的掌声经久不息……

林志恒登上电视采访节目之后,又一次成为社会热议的新闻人物。

中原医学院决定恢复他的学籍,请他回去继续完成学业。国内另有几所大学同时对他发出邀请;有所大学在了解他的情况后,专为他和母亲安排了住房,并且给予他全部助学金。

电视新闻不胫而走,风一般传遍了平原县,传遍了古水坡。

村主任看了新闻,脚步颠颠跑到大树爷屋里来,眼睛湿漉漉地说:"叔,您老就是尊弥勒佛,大肚能容天下难容之事啊!没想到志恒的度量跟您一样大,天大的屈辱咽肚里,还能顶得屎盆子。若不是那女人写信,志恒还不冤死在风波亭呀!"

大树爷没搭腔,静静抽着旱烟袋,白色的烟雾一团团吐出来,飘浮在屋子里。

村主任言犹未尽地接着说:"叔,冤案昭雪了,真相大白了,志恒如今也是名人了,不能让他背着老娘在外面吃苦受罪了……"

"咋啦?靠这点虚名就能腾云驾雾了?"大树爷打断他的话,"碰到这种事,只能是吃一堑长一智,不蒸馒头争口气。把公道讨回来了,够个爷们儿!往后的路还得一步一个脚印走,虚名可不能当饭吃。"

村主任接上话头说:"叔,按说志恒这几天该回来一趟了。往后他接着上学,还是继续开公司,总要回来跟您商量哩!"

大树爷轻轻摇头:"这娃主意正着哩!他心里有目标,知道路该咋走。咱不能耳朵边上乱吹风,让他乱了方寸。"

村主任怂恿:"叔,依俺的心思,您该去海南走一趟,瞧看瞧看他娘俩,也好帮忙掌掌定盘星。"

大树爷晃晃手:"那地方去一趟漂洋过海的,可不容易。俺知道志恒的秉性,等他把事情铺排好了,自然会跟俺说的。"

二人正在议论着,窗台上的座机响了。村主任赶紧拿起话筒,喂了两声,说了一句"嘿,你们真是一根藤上结的瓜,一脉相传的爷,刚在说曹操,曹操就到啦!"笑哈哈把话筒递过去,"叔,接吧!志恒跟您说话哩……"

大树爷接过话筒,就听到志恒的声音:"爷,俺是志恒!给您打电话,报个平安,问您老人家身体、心情咋样,吃饭、睡觉是否安心。再听听您说话、喘气是否顺当。"

大树爷嘴皮颤动着,连说了几个"好,好,好着呢!"眼角渗出亮晶晶的水花花,他扯开嗓子说:"俺知道你该来电话了,一整天守着电话不离坡,总算盼来啦!娃,这口气争回来了!你说说,往后啥打算?"

志恒的声音传过来:"爷呀,我跟别人合伙开的公司生意不错,很有发展潜力。可是我不想做生意,还想去上学。时代跑得太快,我越往前走越感到自己学问不够,根底太浅。"

大树爷问:"那……还想回医学院吗?"

志恒说:"医学院和我谈了几次,决定恢复我的学籍,提供全额奖学金。好马不吃回头草,我不想回去凑热闹,图虚名,回去上学不得安生,光那些记者就会搅得人坐卧不宁。还有几所大学邀请,我选择南方一所国防科技学院,读书不花钱,还发津贴;毕业就进部队,当一名战士,保家卫国!学校帮我排忧解难,给妈安排了一间住室。我带着妈妈一起生活,接受新知识,努力武装自己,跟上时代步伐。我这样安排,让爷爷少操心,让妈放心,我自己安心!爷爷,您老人家听了满意吗?"

大树爷伸开巴掌抹了把脸,揉了揉眼窝,说:"娃,你耽误了三年光阴,满二十二了。不算晚,天高任鸟飞,有心劲你就朝云彩眼里飞吧!不过,还是让你妈回来,村里有人照看她。俺让你背着老娘上大学,老脸没处搁!"

志恒坚持说:"爷呀,俺娘生我养我不容易,当儿子的就该尽孝道。爷爷您老了,不能让您再操心劳神。这一次,您得听我的!"

大树爷沉默了一阵,又对着话筒笑起来:"你这娃呀,比俺老头还犟!看来还真个犟不过你啦,听你一回吧!"

志恒妈的声音在话筒里响起来:"爹呀,您老人家自己照顾好自个儿,少操点晚辈的心吧! 栽下葫芦结个瓢,志恒和您一个秉性,犟得有板有眼,不会给您丢人!"

第十九章　崭新的角色

林家豪自己驾车,拉着杨风利行驶在高速公路上,一边走一边讲述着窗外的景致。杨风利一路上热血沸腾,情绪昂扬。

小轿车即将驶过一座大桥,老远就能看见大桥飞架两岸,如凌空飞架在江水上的彩虹,真是壮观。但闻江水滔滔,拍击着两岸礁石,溅起一股股雪白的浪花,阵阵呼啸声隐隐传来。

林家豪说:"杨哥,这就是有名的九江大桥,气势宏伟,贯通南北,天堑变通途啊! 要不要停车,咱下去看看?"

杨风利往车窗外面看了几眼,说:"我恐高,爬楼梯都犯晕。以后有的是时间,慢慢看吧!"

轿车进入市区,转了几条街道,在一座独立的庭院门前停下来。小院不大,栽些绿色花木,中间是一栋两层小楼。

林家豪开门进屋,迎门是一间宽敞的办公场所,摆有沙发和办公桌椅。另有侧门通向楼上和内室。他把杨风利让进来,说:"这就是我们的联络站,刚收拾好,简单了点。我正在配备人员,准备开张,就等杨站长坐镇哩!"

杨风利里里外外瞟了一眼:"这条件还简单? 比深圳好多了。我是个外乡人,人生地不熟,不找几个当地人干活,只怕路都摸不通!"

林家豪笑笑说:"杨哥开口就是内行话。此前有个退休干部老钟,是当地人,人脉关系比较广。他可以帮助杨哥打打场面,结识点地方名流,对开展业务有帮助。"

杨风利顿时有些警惕:"老钟既然是干部,咋会听我吆喝哩? 我还是打下手吧!"

林家豪赶忙解释："老钟过去当过厂长,他是病退的企业人员,说话办事本分实在,给咱们当个参谋是大有可为的。杨哥你以后就是这里主事的站长了,需要广交朋友,方方面面的人物都要结识。建立一个关系网,才能在这方水土上呼风唤雨,一呼百应!这方面不用我多说,交给你就放心啦。再买辆车配个司机,你就一天到晚使劲跑吧!"

杨风利赶紧插话："买车就买辆皮卡,客货两用,既能拉人又能拉货……"

"那种车不行!出门办事也得讲个形象。"

林家豪当即否定,杨风利却辩解说："这地方既然是联络站,除了跑路不还要拉货存储吗?所以,不能光讲排场,还得实用!"

林家豪只好让步说："好,杨哥已经进入角色了,我就听你的。我把老钟找来,咱们吃顿饭见见面,议议工作吧!"

林家豪拉着杨风利来到街上,刚走进一家大饭店,就被杨风利拽出来,指着旁边一家风味小吃店说："我这人犯贱,一见到大场面就晕!咱们就仨人,讲啥排场哩?不就吃顿饭嘛,风味小吃最能体现地方特色!"

林家豪笑道："杨哥,你可甭抠门,联络站有活动经费,就是让你招待客人哩!你如果是只铁公鸡,舍不得拔毛,可是交不上朋友啊!"

杨风利眼珠一骨碌,说："走哪山唱哪山歌,我知道钓啥鱼下啥饵。咱不能花冤枉钱!"

林家豪感叹："不愧是古水坡出来的人,省吃俭用惯了,一分钱看得比磨盘大。"

杨风利摇摇头,内疚地说："我以前见了钱像个疯子,眼珠都发绿,啥钱都想捞。你二哥家旺教我了,只有血汗钱是自己的,粒粒皆辛苦,咋花都舒坦!"

老钟赶过来了,他是个不善言辞、待人厚道的中年人。三个人就在小吃店坐下,各自点了合口的饭食,津津有味地享用完毕,又要了一壶茶,喝茶说话。

林家豪开门见山说道："杨哥是俺一个村的,知根知底的老乡亲,见过世面,人生经验非常丰富。我今天发现他有个毛病,抠门!老钟是本地人,人脉地气都熟悉,往后他如果总在小吃店请客,你可要提醒点,舍不得孩子套不住狼!"

大家听了笑起来。老钟说："林总说得对,联络站的任务就是联络感情,推销产品嘛!只要心诚就能交上朋友。只要产品好,酒香不怕巷子深。家里养着靓妹子,不愁嫁个好儿郎!"

杨风利接住话头说："老钟,咱俩说到一块去了!咱绝不干偷鸡不成蚀把米的赔钱生意!就说这顿饭吧,没花几个钱,吃得痛快、舒服。要是坐在酒店里,喝壶茶就要几十上百元,钱不都扔给那些摆设上了?咱办联络站不能光靠肉喇叭,得让消费者看到实物,货比三家,物美价廉才能占领市场!人人会算账,只有实惠才能俘获人心。"

林家豪轻轻拍着桌子说:"物美价廉占领市场,依靠实惠俘获人心。说得好嘛!这就是联络站的宗旨,杨站长说得细一点!"

杨风利有点不自在:"我一辈子没顶过官帽子,就像孙猴子,一个弼马温就让他不知自己是老几了!我有个想法,咱们是销售单位,卖啥吆喝啥!比如基地产的鱼鳖虾蟹、猪羊鸡鸭,能否弄些样品,搞个展厅?耳听是虚,眼见为实,看到活生生的东西,还怕人不信?"

"要得!这主意新鲜,说办就办!"

林家豪很是赞赏,当场拍板定下。

杨风利受到肯定,又来了精神,说:"还有!受这个小吃店启发,咱们联络站能否开个窗口,顾客选了食材,就地加工,现场品尝?那才叫货真价实,不欺不瞒……"

林家豪听到这里,端起茶碗忽地站了起来,说:"今天见面会既简朴又有价值,已经开成发展战略研讨会了。我很兴奋,支持你们开好这个展示窗口,把我们的绿色产品推广给社会。我以茶代酒,祝咱们事业发达,大展宏图!"

司机小亮开着新买的皮卡车,把杨风利的三轮车从托运处取了回来。

杨风利又是冲又是浇,冲刷干净上面的尘垢和泥巴,又上油又擦拭,把车身骨架侍弄得锃光瓦亮。

老钟取笑他:"杨站长,单位有车你放着不坐,偏偏看上你这辆破三轮!骑着它出来进去,人们还以为你是个捡破烂的!"

杨风利不以为意:"我这人就是犯贱。在最艰难的时候,只有这辆三轮车陪着我,不吃不喝无怨无悔地跟着我,形影不离呀!我没多大本事,也没多大出息,但是不能忘本。我听过卧薪尝胆的故事,越王勾践不忘受过的屈辱,才有后来灭吴称霸的辉煌。守着三轮车,我就不会忘记过去……"

杨风利骑着三轮车,一路问询着朝那座跨江大桥寻去。他没上桥,在桥下停住,远远看那桥从头上飞起,好宏伟、好壮观哟!无数车辆从桥上驶过,轰隆隆器声如雷。大桥凌空,巨大的桥墩嵌在江水中,江流滚滚,打着回旋,卷起波浪,一股股撞击在桥墩上,化成一簇簇迸溅的浪花……

他选个僻静的地方停下三轮,望着大桥突发感慨:桥啊桥,你真大呀!这桥若能架到古水滩上,俺古水坡不是照样繁荣起来啦……

他突然从怀里摸出手机，拨通了一个号码，猛地喂了一声，又慌忙挂掉了。他渴望手机里有人回应，却又有点胆怯，如做贼一般卑琐。

终于，他忍不住，又把那个号码拨了一次。电话通了，手机里传出一个骂人的声音："你这人神经病呀！我是古水坡村主任张发动，有话就说，有屁就放，俺没工夫陪你扯淡！"

手机里的骂声重复了三遍，杨风利终于用颤抖的声音说话了："村主任哥，我是杨风利……"

村主任扯开嗓门嚷嚷："俺猜到了，这种匿名电话多半是你打的！吞吞吐吐像老婆子拉屎，不是痛痛快快的！你心里有鬼，又做白日梦，想跟素梅说话哩？这会儿不巧，她在学校忙着哩，没法儿喊！"

杨风利有意把话岔开："不，不想跟她说话，就想跟你说。俺在江边看大桥哩，好高好长啊，飞龙一般架在大江上，汽车鸣着喇叭从头上飞过去，好壮观哪！有机会请村主任哥请大树爷来瞧瞧，咱古水坡就修这号桥，过瘾哪！"

村主任的嗓门又高又亮地传过来："哟，你小子会说人话了？那就好好干，多挣点钱，为古水坡架桥做点贡献！听说你换了个新地方，不能再干丢人事呀，啊？你想和素梅说话，我把学校电话给你，直接找她！"

杨风利顿时满面春风，浮上一层幸福感，眼窝里有波光闪耀，用柔和而热切的声音说："中，中，中，我记下，记下……"

杨风利让老钟请了一家装修公司，他连比画带讲解说明意图，联络站就开始布置产品展示室了。

那幢两层小楼，留出住宿和办公的地方，其余全部用来做展示台。装嵌了玻璃柜台陈列展品，亮着灯光，并配有文字说明。鱼、鳖、虾、蟹在透明的水箱里游动，猪肉牛羊肉摆在冰柜里，各种新鲜蔬菜、时令瓜果、海南特产样品摆在里外透明的冰柜里；可以观赏，可以触摸，还可以任意选择……

展示台连成一条线，从一层延续到二层，既展现了基地产品的丰富多彩，又彰显了天然和绿色的生产理念，让人看到后生出消费的欲望。

杨风利面试了基地派来的解说员小李，听她从头至尾讲了一遍，点头通过了，说："你在基地工作过。记住，面对消费者要突出天然和绿色，这是当下最敏感的话题。农药、化肥、地沟油、添加剂把大家害苦了、吓怕了，你就结合实际让大家信服，他们才心甘情愿掏腰包。"

楼下院里，搭了间简易板房，支了灶台，请了烹饪师傅，招徕消费者免费品尝。

凡在展示台上选购的产品,可以先拿到灶台加工、品尝,是不是天然、绿色产品,让你当场验证。他让小李贴出告示:

　　阳光基地,绿色食品;

　　免费品尝,信誉第一;

　　现尝现卖,童叟无欺;

　　批发零售,包您满意!

在一切安排得当之后,"阳光基地绿色食品批发站"悄然开张。因为店面新颖,做法温馨,拉开门就有顾客蜂拥而入。由于人多地方狭窄,不得不排队进场,有进有出,倒也秩序井然。

老太太们选了青翠鲜嫩的菜蔬,找到师傅当面加工。只听一串锅碗瓢勺叮当响,板房里便飘出一阵浓浓香味。老太太夹了菜叶轻轻嚅动着嘴唇,一连声说:香,香,有菜味!

有年轻人选了螃蟹,找师傅加工。只见师傅一阵忙碌,两盘蟹光泽鲜美地呈现在他面前,一盘红烧,一盘清蒸;嫣红的蟹壳秀色可餐,粉嫩的蟹肉如玉似雪,馋得人口水淋漓……

顾客们品尝得津津有味,热热闹闹的议论声赢得了一阵阵好评——

"这家基地不蒙人!有实物供品尝,不掺假!"

"先尝后买,这是老规矩啦!这家店能这样做,保准是正经生意,靠得住,信得过!"

"听说经营基地的是河南人,推销产品的也是河南人,河南人实诚哪!卖的是真东西,说的是大实话,做买卖也地道!"

连续数天的骚动,杨风利终于把"阳光基地绿色食品批发站"推到了人们的视野之中。他的推销手段成为大家饶有兴趣的谈资,由一些人传给另一些人,逐渐在这座城市留下印象,批发站甚至成为一道值得人们欣赏的风景。

每天清晨和上午,提着篮子和手袋前来买菜的大爷大妈们,自然是不可缺少的角色。他们蹒跚的身影,喧闹的话语,给批发站增添了诸多活气。这些主顾大多是附近住户,杨风利要求大家务必使他们满意,正是他们的口口相传,才给批发站引来庞大的客户群。

前来订货的都是大客户,诸如酒店和饭馆,需要签订供货合同。无论生禽、活鱼或青菜、鲜果,不仅要做到供货及时,更重要的是保鲜。

有家酒店的采购员挤到人堆前边嚷嚷:"我是口口香大酒店的。许多客人到饭店就餐,要求用你们的食材烹饪。咱们签个协议,你们能不能按时供货?"

更有人挤在前边，嗓门更大："我先来的，我的事急。有家结婚的在我们饭店订了喜宴，一口气订了三十桌。其中生鸡、活鱼、鲜菜点名要你们的。双方签有协议，时间紧哪，你们能不能在三天内按时到货？"

老钟负责接待这类大宗客户，忙得不可开交。他把表格发给大家，耐心解释着："咱们一家一家来，按顺序，不用急。你们先填表，注明品种、数量和交货时间，咱们再签字。价格表都有明码标价，货到付款！"

有人拿着表格，用怀疑的口吻质问老钟："你们的生产基地远在海南，能保证按时供货吗？难道会用飞机运菜吗？误了事可就砸牌子啦！"

老钟笑笑说："请你把表格填好，我负责上报。不管空运还是水运，你只管按时取货就是啦！咱们按合同办事，信誉第一，尽可放心！"

杨风利被一家超市经理缠住，双方谈得热火朝天。经理的条件既诱人又苛刻。他说："我们百家乐超市在本市设有九家连锁店，几乎辐射全城。消费占有率达到总人口的六到七成，咱们两家合作是最佳选择。如果你们的肉蛋奶禽、青菜活鱼能做到及时和保鲜，咱们就可以签订长期供货合同……"

林家豪把联络站交给杨风利经营，给予他一个展现才能的平台。杨风利决心利用这个平台，风风火火唱一台大戏，证明自己不是孬种。因此，他从来到这里的那天起，就兢兢业业做事，实实在在做人。

林家豪给他这个职位，不就是个推销员吗？他就根据自己的生活经验，把山村代销点、乡里供销社的模式搬了过来；结合老百姓赶庙会的心理习惯，诸如先尝后买，先体验后消费，先拿货后交钱，等等，传统理念融合使用，竟然产生一种靠得住、信得过的奇妙效果。当代人在现代化匆忙的脚步中生活，学会了势利，丢失了厚道和情义，被杨风利偶尔捡回来，让人重新感到温馨。其实，他抓到的是生意场上的要领——和气生财。短短两个月时间，他的展示台和品尝店不仅被传扬得美誉载道，阳光基地的天然绿色食品也在广大市民的饭桌上缕缕飘香；联络站渐渐赢得了人心，被杨风利经营得风生水起。

百家乐超市是一家实力雄厚的全国连锁店。杨风利曾经主动登门，洽谈合作，因为基础不牢，相互生疏，无果而终。如今他们主动找上门来。杨风利喜不自胜，如果拿下百家乐超市，不就等于与它并驾齐驱了吗？

对于超市经理的急迫要求，杨风利没有立即回答，而是卖了个关子，举起手机说："老莫，甭急，对于你的要求，只有阳光基地的老总能回答。咱们一块听他怎么说！"

杨凤利拨通电话，"喂"了一声，打开扬声器说道："董事长，百家乐超市跟咱有合作意向，担心基地能否及时供货，保质保鲜。"

林家豪爽朗的声音从手机里传出来："杨哥杨站长，我得给你记功哪！这才两个月，那边局面就打开了，旗开得胜呀！你们发来的订单，已经把基地的发货部门忙坏了。但是，请你转告所有的客户，我们的运输网是空运、水运加陆运，立体交叉，全方位运行！向时间要效益，保质保鲜见成效，是我们的企业原则！杨站长，我想请你到基地来一趟，给大家做一场交流报告啊！"

杨凤利开着扬声器，大声说："董事长呀，你千万别让我露面，人怕出名猪怕壮，还是少耍嘴巴多干实事吧！我只要一句话，基地保证及时供货，我这里就大胆签单啦！好了，别的话另找时间汇报，就这！"

他挂了电话，问那位经理："咋样？刚才是基地董事长的回答，听到了吧？还怀疑吗？"

百家乐超市经理拉着他的手，紧紧拽着说："杨站长，多谢关照了！只要咱把这里的生意做活了，就不愁百家乐打不下天下！托您的福，愿咱们的合作天长地久，共同兴旺！"

杨凤利也使劲抖着对方的手，笑语连声："相互关照，相互关照！产销两旺，共同发展，合作共赢，造福社会！"

突然，他的手机响了，没顾上仔细看号码，腾开手来就放到耳朵边，以为又是林家豪，就沿着刚才的思路说下去："董事长呀，你就饶了我吧！以前靠耍嘴皮子，我没混出个模样，猪不猪狗不狗的，让人恶心我，自己都看不起我自己！实话说吧，我现在活着就想证明自己不是孬种！我活着也是为了让一个人看，她是个女人，俺挂在心上的好女人！我干不成个爷们儿就没脸见她。她不待见我，我也不再往下活了……董事长，你该笑俺没出息吧？"

扬声器没有关，手机里传出一阵女人爽朗的笑声："杨凤利，你一会儿猪一会儿狗，又是寻死觅活的，咋的啦？你对谁表忠心哩？敢对俺说实话，你那心上人是谁吗？"

杨凤利大吃一惊，顿时清醒过来，赶忙关了扬声器，换了个地方压低嗓门说："哎哟，老天爷！你……咋会是素梅呀？素梅，素梅……真的是你吗？打死俺也不敢想，你……会给俺来电话……"

素梅在电话里哧哧笑着："不是我是谁呀？大树爷整天念叨你，惦着你，催着让俺给你打电话。怕你不安心，又走八股道呗！"

杨凤利竖着耳朵听着每个字，记准每句话，从心底翻起的血浪把脖颈脸膛都染红了。他掬起心肝回应对方："哦,大树爷关心咱俩的事啦? 老天爷,我太幸福了,太激动了! 素梅,有句话……有句话我得说了,你听着,我真的憋不住了,我……我稀、罕、你!"

电话里没回音,对方没反应。

杨风利急火燎毛对着电话吆喝起来:"素梅,素梅! 你听见了吗? 俺没说假话,真的,骗你是小狗……"

杨风利吼开嗓门喊了半天,电话那头一片沉默。直到响起一句提示音,"对不起,你拨打的电话已关机",他才不甘心地收起手机,盯着暗下去的屏幕,怅然若失……

此刻,梁素梅站在古水坡小学的校园里。电话是她主动打给杨风利的,却又是她把电话挂断的。为此,她正在忐忑不安犯嘀咕,心里七上八下打扑腾。这个杨风利呀,最让人怕的就是他那张嘴,把不住门,上不了锁! 没有影踪的事,他吹得云天雾地;他那舌尖一卷,能把油炸烧鸡说得飞起来。方才只是一句平常笑话,他就认了真,硬要和男女关系联起来,一连串表态发誓,逼迫得素梅哑口无言,没法往下接话,只好把电话匆忙挂掉了。否则,让他抓住一点破绽,四处去传扬,俺这个年轻寡妇的脸面就在人前挂不住了! 古水坡不过巴掌大个地方,一顿饭工夫就能传播得家喻户晓,人人皆知! 杨风利就像块热粘皮,粘住一点就甭想揭下来。想到这里,素梅暗暗懊恼,真不该打这个电话!

她心绪烦躁又怕被人看见问长问短,便匆匆走出校门,在僻静的山坡上踟蹰。心里还在嘀咕:这个人和我有关系吗? 没有。一点关系都没有。那个男人明里暗里在追求她,可是她对他没有那种意思,连一点想法都没有。但是自己为啥常常会想到他呢? 因为那个男人犯贱! 漫野地烤火一面热,癞蛤蟆想吃天鹅肉,硬要用一根竹竿搅动一坑静水,让人不得安生! 古水坡谁不知道杨风利是个混子,心高气盛的梁素梅咋能跟他走到一起去呢? 果真那样,天下人就会笑掉大牙啦!

猛不丁间,她的手触到衣兜,有张硬硬的纸片,摸出来是一个男人的照片。摆在手里端详着,正是杨风利从深圳寄来的那张快照。她不禁叹息:咳,你样子长得不赖嘛,配上一身保安服,倒有几分帅气。就是那一身坏毛病,让人不待见! 你就不能争口气,干出个样子让人瞅瞅,你也是五尺五的汉子哪……一股哀其不幸怒其不争的心绪涌上心头,她把照片轻轻对折起来,压到一块石板下面。

她心头似乎轻松了一些,转身往回走,大树爷的话却又在耳边响起——"素梅,我没有撮合你们的意思,只想借你的嘴传传话,他愿听你说话。咱拉他一把,朝着正路走下去,替自己挣张脸,活得像个爷们儿!"

老人的话像鼓点,在她耳边敲打。

老人殷切的目光,在她眼前闪耀。

既然是这般光明磊落的事情,自己又何必在心中揣测?岂不把老人崇高的期待变得卑琐龌龊了……

想到这里素梅又匆匆回到校园里,用总务室的座机重新给杨风利拨通了电话。

杨风利听到手机响,他捧在手里看看来电号码,却没有勇气接听了。沮丧地自言自语:我知道你不愿听俺说出那句话。我也不该说,我还没有资格。可是俺憋不住,心里满当当装着一个你。不让说,真要把俺憋死哩……

手机一声接一声响着,响得不屈不挠,响得惊心动魄……实在按捺不住怦怦心跳,他打开手机放到耳边,怯怯地听。屏声静气不发一声,担心自己再说错什么话,会使自己的一丝幻想彻底毁灭……

素梅的声音从远方飘来,传到耳边:"杨风利,你为啥不接电话?撒泡尿照照自己吧,算啥样子?像个爷们儿吗?男子汉吐口唾沫砸个坑,敢说敢当,敢作敢为!你甭再吞吞吐吐的,你办下的事俺都知道了。你心里咋想的,俺心里明镜一般。家豪哥夸你了,说你最近干得不赖。大树爷让我给你打电话,鼓励你可劲干工作,把这些年浪费的时间挣回来。再把你心里的、肚里的、脑子里的能耐全都使出来,干出个不一样的杨风利,你就能成为古水坡真正的爷们儿了!"

杨风利听着听着,感到心惊肉跳,热血撞喉,到后来禁不住热泪横流,哽咽着搭腔:"听……听见了,素梅……我听见了……"

"老杨,你咋啦?哭啥哩?俺哪句话说错啦?啊?"素梅的声音呼叫不停,焦急万分。

杨风利依旧哽咽着:"没……没哭,俺没哭……有点伤风感冒……鼻子发酸,感动哪……多少年了,谁夸过俺?从村里到外面,一片骂声。被人耻笑和羞辱,耳朵都长茧子了,脸皮也比茅墙厚了……刚才听见你夸我,全身打哆嗦哩……"

素梅在电话里哈哈大笑:"大树爷夸你是个能人,脑瓜子灵透,好好干会有大出息!他老人家惦着你哩,有空了就回村里瞅瞅,啊?可甭胡思乱想了,大伙谁也没有外气你。你还有啥想说的,俺负责转达!"

杨风利认真听着素梅的话,心里想着:我对谁都没话说,就想听你说跟你说,可是你偏偏又不说。除了大树爷,难道你心里对俺一点惦记都没有?……然而,这种话他不敢问不敢说,只能闷在肚子里。他依稀感到自己和素梅之间的纠葛,其实就是一场单相思。但他不愿正视更不愿否定,即便单相思,他也情愿接受,并且力图把这种虚幻的情感延续下去,因为这个女人是他精神世界的全部。就像天边那片美丽的云彩,鼓舞他去追求去期待……

杨风利当然希望这个电话长一点,和素梅多说几句话,甚至多听听她的气息,但是又怕对方嫌他啰唆,便揉揉眼圈,依依不舍地说:"没……没啥说了。还有心里话……也不敢乱说了……等到我敢说的时候……再说……"

本来他要收起手机,突然想起什么,又匆匆说道:"想起来了!我想请你和大树爷来南方走走,开开眼界,看看大桥!这座大桥老长老高了,咱古水坡就该架这号大桥!来吧,素梅,来一趟吧,我等着你们……"

他勇敢地说完这段话,不等对方回应,咔的一声把手机挂了……

杨风利有个习惯,处理完公务喜欢骑着三轮车,一个人穿巷过街去溜达。如今城市大了,靠步行,一晌走不了几站路。骑三轮快得多,不上快车道,就走自行车道,想走就踩"油门",想停就刹车。串胡同逛市场,他可以了解坐在屋里听不到的市井传闻、民众心声。游走市区观光市容,他熟悉了城市的规模,感受体会当地的风俗习惯。更为细微的,靠他自己的观察,触摸到犄角旮旯的潜流浊物。他时刻告诫提醒自己,商场如战场,既然人在途中,就该绷紧那根永远不敢放松的弦……

他心情是平静的,情绪有点抑郁。蹬着三轮车,不紧不慢朝前走,哼着那首代表他心境情绪的电视剧插曲,有点嘶哑的嗓门便高高低低撒落一路——

心里有眼里有口里没有,
小妹妹你心思猜不透。
红萝卜的胳膊白萝卜的腿,
白生生的脸蛋红嘟嘟的嘴。
小哥哥想跟妹妹成一对儿,
刀压在脖子上也不悔……

杨风利这么一转悠,把许多烦心事都忘了。暂时屏蔽了那张明丽生动的脸蛋,不去猜测对方的心思,暂时平息一股接一股撞击胸怀的欲望。他时刻告诫自己,这种供他施展才能的机会并不是轻易可以获到的,如果没有林家父子的提携、宽容和扶持,他这样的人绝不可能轻松得到这种机会。他亲眼看见了商品市场的血腥搏斗,亲身体会了农民工的艰辛和不易,那些闪着血汗光辉的躯体、弯曲在钢骨铁架上的悲壮与苍凉,都化作时代的酸楚深深填埋在他苦涩的心海,连亲人也难以体味……

因此,他非常珍惜这份工作这个岗位,离了这个村决无这个店。如果再不干出个模样来,他可真的没脸活在世上。

他曾经给自己设计过光彩照人的未来:在一片锣鼓喧天、唢呐震耳的喧嚣里,他和素梅手挽手从百花丛中走来。他周身西装笔挺,素梅一袭雪白婚纱,小鸟依人贴伏在他怀里。漫天花瓣雪片似的飞舞,大树爷带领全村的人乐呵呵地向他们贺喜,他们被淹没在幸福的海洋里。他牢牢把素梅拥在怀里,在潮水里缓缓沉没……

他也设想过一个恐怖、悲凉的收场:他衣衫褴褛,精神颓丧地站在悬崖上,眼前是阴森莫测的万丈深渊。村里人寒光凛凛望着他,发出愤怒的诅咒——你去死吧!你个不可救药的尿货!不走阳光道,偏钻老鼠洞,活着靠嘴皮子骗人,死了也玷污古水坡的名声!这种人死无葬身之地……

自从杨风利在那个风雨交加的日子出走之后,着实让林家旺恼怒不已!不就是因为一盘电缆吗?盗窃也罢,私匿也罢,都因私欲引发。只要敢于追悔、认错,顶多挨一顿批评,当众检讨,警告一番而已。而且,从种种迹象判断,林家旺认为初来乍到的杨风利,绝不会是此案的主谋,顶多是个被胁迫的同伙,或者仅仅是个知情者,因某种原因不敢举报而已。但是,他的突然出走反倒使事态发生根本性的变化。真正的盗贼李河山老谋深算,一副超然物外之状,既不知情亦不反咬,弄成狗咬刺猬无法下嘴的局面。言外之意就是:不办亏心事,不怕鬼叫门。心虚的人跑了,为啥跑呀?他不是贼还怕抓吗?

所以,这桩盗窃案就成了一桩无法追查的悬案,也成了林家旺心头一桩窝心事。

林家旺同时感到愧疚和遗憾。老爹把杨风利交给他调教,就是一份托付,一份责任。且不说杨风利是杨慧的哥哥,他们俩也是打小光屁股一起长大的山里娃。眼看着杨风利野马驹子般四处闯荡,家旺也是束手无策。

杨慧嘴上无遮拦,骂起哥哥不争气时火冒三丈。然而内心深处,她还是对这个曾经给过她无限温馨的孤独汉子,怀有深深的同情和怜惜。

就在杨风利出走之后,杨慧曾对家旺说过:"俺哥是让吓跑的。他初来乍到,路还没摸清哩,恁大一盘电缆,藏都没处藏。他没这胆儿!"

家旺也说:"我也断定,窃贼不是他。可是你跑啥哩!常言说,跑了和尚跑不了庙。你走了,剩下一堆歪嘴和尚,随心所欲编派吧!咳,真是聪明一世,糊涂一时呀……"

杨慧赌气说:"他是摊贴不上墙的牛粪,咱再上火也不中!反正咱也尽到心了。他硬要一条泥路走到黑,就让他破罐子破摔吧!"

家旺摇摇头:"不,在他身上咱应该检讨。关心得不够,引导方面更差。以为他来到特区有份工作就够了,没有和他心贴心地谈一谈,有啥想法,有啥困难,有啥不适应的,对这种安排有啥意见。我忽略了一个重要因素,他是长期从事自由职业的人,整天信马由缰,没有目标,也不受约束;同时没有追求,也没有信仰。猛然投入一个高速运转的现代环境里,肯定有许多茫然失措,甚至恐惧、惊慌、无所适从。此时此刻,一股邪风可能把他吹倒或者卷走。一份体贴、引导也能启发心智,让人爆发出无限的能量和创造力。我们恰恰在这方面做得太差了。"

杨慧对哥哥的为人伤透了心,没好气地说:"咋啦?他又不是三岁小孩,几十几的人,该知道啥能做啥不能做。难道还要找个保姆,一天到晚守着他哄着他呀?咱村恁多打工的,全县出来恁多农民,哪个来到特区不是干得勤勤恳恳光光彩彩的?谁像他,还没干几天就捅个大窟窿!"

林家旺心里有道抹不去的阴影:大树爷把杨风利交给他,不仅是让他到新环境中学做事,更是学做人。老人家护犊子般庇护着古水坡每户人家,每个孩娃,每个妮子;一双手托着山村里的乡亲百户,担心这家过不了坎,操心那家娶不来媳妇打光棍。古水坡三百多口人的生死簿都揣在老人心窝里,大到婚丧嫁娶,小到芝麻绿豆斗口角,事无巨细。尽管家旺是村支书,村里的事他没有大树爷管得多,更没老人家管得细。有句话他不敢忘记,那话是大树爷说的,是在他被推选为党支部书记那天说的:"啥叫党支书?就是扛着炸药包冲在前边的开路先锋;带领全村老少往前走,有吃有穿有奔头。记住,不能有一个掉队的!"

当林家旺从林家豪口中得知杨风利的下落后,深感愧疚和懊悔。杨风利宁肯隐匿市井乡野,也不愿与他见面;宁肯蒙冤受屈,也不愿站出来说出实情。岂不说明他们之间存在着长长的距离、深深的隔阂嘛!心与心之间不能沟通,不就是让一个迷失的灵魂滑入泥潭的原因吗?

他对杨慧深深忏悔说:"我对风利关心不够,缺少温暖和抚慰。一颗心被冷落,在高温下也会结冰,我失职了……"

为此,林家旺稍有闲暇,便会打电话给林家豪,询问杨风利的情况,交流一些看法和想法,希望能对自己的愧疚做一点补偿。

林家豪除了必要的应酬和会议,很少外出。他每天穿着养殖基地统一的工作服,大步流星穿行在赭红色田埂上,巡视他的庄园,哪块地瓜熟了,哪片地该种了,那片果蔬该采了。

他也会穿着长筒雨靴,漫步在光照充沛、温热适度、设有电子调控的日光大棚里,察看一排排一层层无土栽培的植物,在营养充沛的环境里苗壮成长。一株株西红柿抽枝盘茎,宛若枝繁叶茂的葡萄架,鲜艳的果实密如珠串。还有那一株株热带瓜豆,状如蟒蛇,肥壮鲜嫩如少女胳膊,密匝匝悬空挂在那里,森林一般幽深……

他也会穿过鲜花扶疏的幽径,嗅一路玫瑰花香,欣赏沿途采摘鲜花的花姑们辛勤而又诗意的劳作,将这里繁花似锦的浓艳,分剪出一份份春色,去装点千家万户的生活……

他还会踩着水渍、泥泞,到渔场看工人拉网捕鱼、捞虾;到饲养场看生猪出栏,看草鸡装笼;还有一处每天必到的地方,就是鳄鱼饲养场,这是基地新近开发的项目,尚属试验阶段……

林家豪每天把基地场点巡视一遍,路程大约三十里。虽不算太长,但是走走停停,随时随地现场办公、解决问题,走到最后一个点,就是日头偏西的傍晚时分了。如果再回去,又是三十里。因此,他很少在办公室安安生生待半天,也很少在他自己的卧室里舒舒坦坦睡一觉。他的工作就是随时随地处理事情,走到哪个点上,就在哪里吃饭、住宿。

这片养殖基地原本是一个橡胶园,早已荒芜多年,原来的人员早已流云散尽。随着经济特区日新月异的变化,这片土地被列入了开发利用的规划:利用原来的老摊子、旧基础,开发绿色养殖;利用海南特殊的日照条件和自然优势,发展热带农业,开拓特色经济。

橡胶园原归部队管辖,许多员工是部队家属和部队子弟。即便荒芜了,也属于军产。一旦开发利用,就要进行一场变革和改制。所以,他的工作并非外人想象的那么简单。

林家豪是从部队转业来到这片土地的。没想到当了几年兵,他又回到土地上。

他当年参军到了部队,编入新兵连没多久就上了前线,部队开到中越边境,新兵连能听见前方传来的枪炮声,却没有冲锋陷阵的机会。

林家豪憋不住脱下背心,咬破手指写下"保家卫国,虽死犹荣"八个血红大字,还签上名字。全班战士纷纷效仿,人人签名。当这件血迹斑斑的白背心被放到师长面前时,师长一拳头砸到桌子上,咬牙切齿地说:"好小子! 够爷们儿!"

新兵连拉上去了,被命令隐伏在热带林莽里。团长率领部队在前边冲锋陷阵,新兵连在后边策应,阻击那些从林子里突然冒出来的民军,还要提防草棵子里随时爆炸的地雷……

所谓民军,就是被武装起来的地方力量。他们熟悉地理,武器精良,非常骁勇善战,尤其是其中的女兵,武装到了牙齿,更是心狠手辣,在和美国鬼子较量中练就了突然袭击、迂回夹击、声东击西的一整套神出鬼没的战争套路。她们躲在暗处,又有热带雨林的掩护,没等你看清对手就中枪毙命……

前方阵地上枪炮轰隆隆响过好久了,新兵连还没有接到前进的命令。战士们藏在林子里炎热难耐,艰难忍熬。

突然,不远处传来蛇一般的移动声,偶尔有枯枝断裂的炸响。林家豪浑身打个寒战,周身神经紧张起来,儿时捉迷藏的体验告诉他,旁边有人朝这里摸来!他唯恐是幻觉,又听了一阵儿,感觉准确无误。他悄悄报告了连长。

新兵连当即采取了行动,留下一个班守在原地,当作诱饵,其余战友如旋风般不见了踪迹。闷热的林莽间,在寂静中开始了一场斗智斗勇的生死搏斗——守在原地的就是林家豪那个班。

窸窸窣窣的移动声越来越响,渐渐可以听到沉重而短促的喘息。阴森森的林莽间突然聚合了一群猛兽,操着夺命嗜血的钢枪利刃,凶神恶煞般朝这片林子包抄过来。

四周的响动越来越近,声音越来越大,突然间没有一点声息了。偌大一片林子里鸟不叫虫不鸣,坟场一般死寂。

林家豪一双眼睛比狸猫还要犀利,他发现距潜伏点不足十米的树丛里,闪烁着一双双冒出幽光的眼睛,正在缩小包围圈,准备发起歼灭性的袭击!他和战友们传递着眼神,不到反击的时机,决不能暴露目标。

蓦地,一道寒光飞过,带着唰唰风声从树丛里飞来,沉重有力地落下。锋利而又无声地刺进林家豪的肩膀,竟然是一支竹箭!他感到疼痛钻心,差点叫出声来。旋即,周围飞箭如蝗,组成密集的杀伤力,欲把这股中国军队无声地吞噬,又不肯暴露自己一丝行踪!

林家豪咬紧牙关,忍着疼痛,不让自己发出一丝呻吟。按照儿时藏猫猫的伎俩,对方是在试探,如同撂块石头,探查这里藏没藏人。

竹箭扎入皮肉很深,浓稠的血浆洇透了军装,又灌满了脖颈,顺着胳膊染红了身边一片树叶。竹箭有毒,渗入血管,他渐渐有点意识恍惚。他忍耐着,十指深深抠进面前的泥土,绝不能发出一丝声响!他心里明白,眼前的兽群正在逼近。但是,在连长他们没有发出反包围的信号之前,自己即便被野兽活活吞掉,也不能吭喝!他们一班人就是诱饵,同时又是里应外合消灭这群野兽的尖兵……

战斗很快结束,十七名越南女兵被生擒活捉。林家豪恍惚间体味到战争的残酷!有两个女兵垂死挣扎,扑过来夺枪。他本能地紧搂枪杆,不肯松手。其中一个凶如猛虎，扑到他身上，一下咬住他的耳朵，撕下一块，另一个用刺刀顶住林家豪的胸口，他在飞溅的血花中瘫软下来……

林家豪在战地医院治疗了一段，因为毒素波及神经系统，又转到解放军总医院住院治疗。一年后伤病痊愈，被授予三等功，还被保送到国防科技大学深造。因为成绩优异，又被选到某国防基地工作。一年前体检查出箭伤处有隐患，才因病退役，被安排到这片绿树掩映的地方，以治疗休养为主，做点力所能及的工作。

林家豪依旧把自己当成军人，毫不退却地站在战斗的位置上。他没有休养治病，而是大胆改革。一年拐弯的时间，就把这片废弃多年的橡胶园，治理成初具规模化、企业化、现代化、市场化的养殖基地。

以前，因为工作性质特殊，他很少回家探亲。即便到这里工作，他也没有声张。总觉得没有开拓出大局面、干出大事业，无颜见江东父老！他对杨风利的大胆使用，浓浓的乡情倒是起到决定作用。

他把杨风利的下落，电话告知了林家旺，这让家旺心头放下一块大石头，却又有点儿不解，他和家豪说："杨风利能跟你说实话，为啥不跟我说哩？他就没想想，他这一走，不就变成畏罪潜逃了吗？"

林家豪说出自己的看法："他认为你是领导，感觉上有距离。总想把事情办好，结果出了差错，一时间乱了方寸，不知道该如何处理了。他这个人哪，表面上嬉皮笑脸的，内心自卑感很重。被大家误会得太深了，又找不到温情，缺乏关怀和理解。这方面我服咱老爹，知道他得了什么病，该点哪个穴位。姜还是老的辣！听说咱爹还请素梅帮忙，烧点文火，这对浪子回头很起作用哪！"

同时，他得知在电缆事件上，家旺采取了冷处理，不追查也不过问。直到李河山自己绷不住了，主动把电缆交回来，说是在荒草堆里发现的。这件事从头到尾他都没往杨风利身上推，一个不知情硬到底，这人真够精明的。

林家旺不再追问，知道这种事不宜张扬。农民出来打工，一为挣钱，二也为挣面子顾张脸哪！杨风利不是为顾全脸面，他不会出走。一旦伤及自尊，或许什么事都干得出来。

这种情况对林家旺来说是很难处理的。他既要帮他们安置就业，又要引导他们如何做人，纪律和乡情常常纠缠一处，很难决断。农民看上去卑微，自尊心却非常强，"人活一张脸，树活一层皮"。这张脸你得帮他们留着，到了适当的时候，再光光彩彩还给他们。

林家豪和林家旺一样理解大树爷，他对家旺说："让杨风利出来打工，是咱爹安排的。老人家说古水坡的老老少少，一个也不能掉队，就像一根藤上的瓜，哪个蔫了，哪个烂了，他都心疼！你是村支书，想想责任多重吧。"

杨慧也感到对不住哥哥，不便直接打电话明说，便向家豪表示感谢，夸他会调教人，哥哥自小流气惯了，到家豪手下就变了个人样子，问他究竟用了哪家法术，传授几手让她学学。

林家豪如实通报情况，只是给了杨风利一个支点，让他自己充分发挥才能。杨风利刚刚受到一番挫折，希望改变状况，置之死地而后生，人人都有这种潜能。比如人掉到深沟里，只有往上爬才有出路。杨哥见过世面，熟悉社会形态，具备平民意识，稍微动动脑子，就能把生活经验转化成能量。

家豪向杨慧说了一个情况，杨哥隔三岔五往老家打电话，对象就是梁素梅。二人还谈得来，好像有点儿意思。杨哥也对他说过，他活着就是要回报一个女人，看来有点恋爱的苗头。果真如此，大家添把柴，泼点油，成全这桩好事。林家豪还打趣说："嫂子，爱情的力量不可估量。你不能把温情都给了俺哥，也该分出一点，关心关心杨哥！"

杨慧脸颊微微泛红，反唇相讥："林家豪你能蛋，钻到戈壁滩鼓捣了十几年原子弹，拱出地面就乱炸人！你说我跟你哥俺承认，俺俩把一笼白馍蒸上了，啥会儿揭笼自个儿都说不清。你能把咱爹鼓动起来，就拉个大姑娘回家，恁兄弟俩一起拜花堂！"

林家豪不愿和女人斗嘴，涉及男女的俗话更不愿提。他慌忙刹住话题，笑着说："那就守着文火炖豆腐吧，注意火候！"

电话那头也传来欢乐的笑声……

第二十章　灵魂在雷雨中升华

那天,杨凤利从外面溜达回来,走进小楼办公室,发现老钟病了,倒在沙发上,哇哇吐了一地。司机小亮守在一边,又是喂水又是呼叫,老钟挤着双眼不说话,看来病得不轻。

杨凤利皱皱眉头,冷冷地说:"咋回事? 喝成这样? 不知道他有心脏病吗?"

司机小亮解释:"两家客户订货,都在争时间,都想把供货日期提前。尤其是口福聚酒店要挟,不给他们提前供货,就要退单。另一家企业,开董事会做礼品盒,也在日期上较劲,两家各不相让。钟叔担心伤了和气,趁着饭局调解纠纷,让灌醉了……"

杨凤利凑上去观察一阵,厉声说:"不是醉了,是昏迷了! 从半夜到现在,几个钟头昏迷不醒,赶紧送医院抢救!"

说着,他便弯腰抱起老钟,几个办事员帮忙,抬到门外。等小亮发动了皮卡,他搂着老钟坐在车斗里,往医院疾驶而去。

挂了急诊号,老钟就被推进了抢救室。不用说,肯定是躺在手术台上洗胃,九曲回肠里的酒精、秽物,一股脑都要被清洗干净。

病房外的走廊上摆有长椅,杨凤利坐不住,焦虑不安地在那里踱步。他心里清楚这些日子工作抓得紧,销售任务完成的数量大,很受基地总部的表扬,说实话也把大家忙坏了、累垮了。他想让大家休息两天,又想到工作刚刚打开局面,从订货到供货,其中诸多环节尚未理顺,还处于摸索、尝试阶段,便又打消了这个念头。

老钟被从抢救室推出来了,他急慌慌赶上前去,问:"医生,他……没大事儿吧?"

医生交代说:"病人有严重的心脏病,得过脑梗,喝了太多的酒,引起血管破裂,幸亏不在危险部位。我们已经处理过了,再晚一步就没命了。会不会留下后遗症,难说!"

老钟躺在病床上,神志昏昏。

杨凤利守在旁边,神情焦虑,说:"住院吧! 这要出了事儿,咱可担不起!"

司机小亮说:"杨站长,通知家属吧,这事不能让你扛着!"

杨凤利摇摇头:"他就一个老伴,也是个老病号。儿女都在外地工作,顾不上管他们。不能大惊小怪的,把老人吓出事来! 今天我守着,你们先回去休息吧!"

司机小亮不肯走:"钟叔情况很严重,站长一个人不行,我也留下来!"

杨凤利把他推出去,说:"你是有家的人,孩子又小。我光棍儿一条,无牵无挂。你先回,天亮再来接班,别让家里人担心!"

小亮很感动,实在拗不过,只好离开。

病房里静下来。输液管悬在空中,无声地滴着液体,输入老钟的血管里。

医生护士不间断地巡视着,老钟的情况趋向稳定,他的面颊渐渐红润起来。

杨凤利坐不住,不停地在病房里踱步。

他守护着老钟,思虑着工作,突然想到一个问题。——基地的产品在当地销路很好,无论批发还是零售,口碑俱佳。一是品质好,天然绿色,符合大众需求;二是价格合理,基地的指导思想是薄利多销,适应大众的消费心理。但是,近日突然出现供货紧张、市场脱销的情况。尤其是基地生产的"康乐牌保健酒",超市缺货,买不到;街上的小店却有货,售价高出一倍多。

老钟多次向他反映,几个业务员也反响强烈。他扮作消费者,到街边小店买酒探底。

他说:买康乐牌保健酒,多少钱一瓶?

店主指指货架:明码标价,每瓶五十八元。

他说:贵了。人家品尝店每瓶二十五!

店主把脸仰起来:你买去呀! 他们有货吗?

他反问:你们的酒是从哪儿进货呀?

店主越发神气:干吗告诉你? 谁能弄到是本事啦!

杨凤利又到超市查访,身份依然是顾客。

他问导购员:我买康乐牌保健酒,找不到呀?

导购员说:对不起,最近断货。

他问:街上小店有卖的,超市为啥断货?

导购员告诉他：有人把超市货倒卖给商店，超市一瓶二十八元，小店卖五十八元；他们垄断商品，哄抬市价，从中牟利呗！

想到这里，杨风利感到事态严重。如果不及时找到祸根，挖出这个团伙，不仅联络站面临信用危机，同时会给基地造成严重损失。

半夜里，老钟清醒过来，看见杨风利趴在病床边上守候自己，心中非常感动。他的手轻轻颤抖着，说："站长，你……回去、休息吧……"

杨风利摇摇头，安慰他："别说话，别说话，你需要安静养病，静心休息，啊？"

老钟嘴唇嚅动着，泪珠在眼眶里晃动……

杨风利把水杯递过去："别激动，医生说你没事了。你要保持情绪稳定。我明白，你喝酒是为了公司利益，没有错。你现在啥都别想，就是安心养病，啊……"

天亮时分，司机小亮赶来替换他值班守候，他才交代一番，赶回联络站那栋小楼，推开门倒在办公室沙发上便酣然入梦。

中午，有人推门进来，吆喝着："老钟，大白天睡什么觉呀？起来，起来！你说的话今天一定得兑现！"

来人是个个头不高的壮汉。见没人应答，便拉把椅子坐下，跷着二郎腿，点起一支烟叼在嘴上，屋里立刻便烟雾腾腾的。那人抬起脚尖踢了踢杨风利，大大咧咧说："装个球呀，那点酒就弄成这样啦？真算个㞞货！其实，你把货发给我，我给你提成，你不跟捡钱一样吗？脑子不转圈，你就是个笨蛋！"

杨风利本来迷迷糊糊的，不想说话，听到来人话里有话，索性装睡，听他说下去。

那汉子大口大口吐着烟雾，仰面朝天信口开河："老钟啊，你了解现在人消费心理吗？一是减肥的，二是壮阳的，男人女人都怕那家伙不管用！你们那种保健酒，还真他娘的有功效，我喝了半瓶，一夜也不倒！我把广告词都编好了，男人喝了女人受不了，女人喝了男人受不了，男人女人都喝了，床受不了！"

杨风利转转身子，咕咕哝哝："……喝多了……头疼……你说提成……多少……"

壮汉粗话满口，喷粪一般："球！就那点儿酒？提成好说，兑现也中，干脆一瓶提五元，比印钞票还简单！"

杨风利猛然坐起来，瞅着壮汉一字一板问："你刚才说的话，句句当真？"

壮汉猛不丁跳起来，抬脚就想溜，却被杨风利一把拽住："走啥哩？你不是找我做生意来了吗？"

壮汉支吾着："我来找老钟，俺俩昨天都喝高了，胡喷哩……"

杨凤利说:"他是喝高了,在家里躺着哩! 你想要货找我呀! 我是站长,比他当家!"

壮汉嘀咕:"知道你是杨站长,不熟……"

"常言说,头回生二回熟,三回交罢成朋友! 你咋样对老钟,也咋样对我,我照样对你不外气!"

壮汉盯着杨凤利:"你说话当真?"

杨凤利一本正经地说:"说假话能蒙住你吗? 人为财死,鸟为食亡。出门在外,谁不想捞钱哪!"

"你是站长,年薪高,还稀罕几个小钱?"壮汉眨巴着眼,不敢轻信。

杨凤利一副坦诚状:"实话实说吧,兄弟! 我这个站长当得寒碜,活没少干,心没少操,卖唱的敲锣,穷吆喝! 在外面闯荡多年,房没买一间,连媳妇都没娶上,还在她娘家养着哩!"

壮汉也站起来说:"杨站长,咱换个地方,你这里说话不方便!"说着就往外边走。

杨凤利诧异:"去哪儿? 我还上班哩……"

壮汉一把拽住他,不由分说地往外推,说:"杨站长够朋友,一点架子也没有。说啥都得表示表示,扒开胸口交交心!"

杨凤利推托不过,随壮汉走出来,问:"去哪儿?"

壮汉一副殷勤状:"为了表示诚意,请站长到家里坐坐! 不远,就在大桥西边,三里路。咱打个的,一会儿就到。"

杨凤利转身推起三轮车说:"打啥的呀? 我有三轮。坐上去吧,不丢你身份!"

壮汉抬脚上车坐在后车斗,说:"杨站长真是老八路作风,现在哪还有你这种人呀!"

杨凤利蹬起三轮车,满不在乎地说:"咋啦? 不管啥车,不都是个代步工具嘛! 骑三轮俺不嫌丢人,优点多着咧! 不怕堵车,不用加油,既环保又省钱,还能锻炼身体,好处多啦!"

杨凤利骑着三轮,驮着壮汉,一路穿街过巷,来到紧靠高速公路的一处地方。这里距大桥不远,当年搭建的工棚、宿舍没有及时拆除,高低错落的一大片,现在被一群民工占据了。有的还垒了隔墙,修了门楼,堵了残墙破窗,形成封闭的院落,俨然变成一片新的棚户区。这里既有人居,也有各种加工作坊,不知何时早已聚集为功能齐备的黑据点了。

杨凤利随着壮汉往里走。他看见翻新旧车胎的支起大锅熬胶,呛人的烟雾把人影罩着,模糊朦胧,宛如山洞里的魔影。各种类型的破旧轮胎到了这里,只需涂上一层橡胶,稍事加工就和新的一样,拿到市场上去蒙人⋯⋯

有一排露天工棚里养有满圈生猪,一头头趴在地上哼哼。几个人正在忙碌,有人负责摁着猪头,有人拽住猪腿,专门有人提着水管,往猪嘴里灌水;猪肚子灌得圆鼓鼓的,痛苦地发出吼叫。还有人手提粗大的针管,扎在猪屁股上注水。注了水的猪如同吹了气的羊皮筏,鼓囊囊地趴在地上,煎熬地等待被送去过秤,而后被推进宰锅⋯⋯

还有加工糕点的,加工皮件的,加工服装的,五行八作,样样俱全。那些人或光着膀子,或光着两腿,脚趿拖鞋,浑身汗水。周围环境杂乱不堪,卫生条件恶劣,地上脏水横流,眼前臭气熏人,不时有风袭来,卷起一阵扬尘,这里便被搅成一片混沌不堪的世界⋯⋯

杨凤利不时要踮起脚,绕过脏水,或者捂住鼻子,躲避浊气。他说:"这地方咋能待得住人? 我还是不去吧?"

壮汉哪里肯依,生拉硬拽地推拥着:"到了,到了,转弯就到! 哪有走到门口不进的道理?"

果然,拐过一个墙头,在路径交叉的地方,竟然出现了一片视野开阔的宅院。趴着几间工棚,四周安有防护网,大门前有片场地,收拾得还算齐整。

壮汉砸了几声门板,铁门错开一条缝。看清人脸才启开半扇,刚刚进去身子,门就关死了。

他喊:"我的三轮!"

壮汉讥讽道:"杨站长真抠门! 就你那破车,有人要吗? 丢了赔你新的!"

工棚里是另一番景象:这是一个车间,虽说简陋,却是一条环环相扣的生产线。紧张、忙碌的人群分工有序,从装瓶、封盖、贴签、装箱、打封条,直到整整齐齐摞好,堆得山一般齐整。——恰好是生产假酒的完整过程。

这里的条件尽管简陋,生产的假货看上去却很逼真,商标一模一样,包装也是真假难分。

墙边木头架上,茅台、五粮液、郎酒、剑南春、泸州老窖、孔府宴⋯⋯从高档到低档,摆满各种酒的样品,甚至还有康乐保健酒,可谓品种齐全,琳琅满目。

壮汉瞅瞅杨凤利,有几分炫耀,又有几分得意:"杨站长,大开眼界吧?"

杨凤利不禁大惊失色,甚至有些茫然失措:"你⋯⋯真有能耐⋯⋯这可是⋯⋯

犯法呀！你……拿我们的酒做啥文章哩？"

那壮汉推开一间密室,拉他进去。里面有茶座,有沙发,有整洁的床铺;电视、电话、空调,一应俱全。

杨风利刚刚坐在沙发上,便有人端上来茶水,接着就是几个凉盘、几道热菜,依次序摆到茶案上,冒着热气,散发出浓浓香味。

壮汉豪爽地说:"坐一块就是亲兄弟!杨站长,我高攀了!兄弟安徽阜阳人,姓高名飞。原来在酒厂跑销售,上当受骗栽了!没钱回家,也没脸回家,就拉了一帮兄弟做这号黑心生意。没办法,逼的!别看外面的假货堆积如山,真能把钱黑到手里的,三宗难有一宗。杨哥,这行当也难做!如今人精了,不好蒙,黑吃黑的大有人在,黑道上水深得很哪!"

壮汉从床下捞出一瓶五粮液,"啪"一声放到面前,说:"杨哥,咱造假却不喝假的。今天请杨站长喝酒,决不能玩假的!"

他打开酒瓶盖,哗啦倒了一半在茶杯里,豪爽地端起来,双手捧到杨风利面前:"看得起老弟,请杨哥喝了这杯酒!"

杨风利刚刚接过,高飞便拿起酒瓶,和酒杯咣啷碰了一下,说:"兄弟先干为敬!"

只见他仰起脖子,咕咚咚不歇,一口气把大半瓶白酒灌进肚里,嘭一声空瓶子落到酒桌上。

杨风利双手捧着酒杯,眼睁睁看着高飞喝酒比喝水还利索,胆量早就虚了三分,说:"我哪里会喝酒呀?别说喝,就是闻多了身上都长痒疙瘩!兄弟,谢谢你的深情厚谊,我还是以茶代酒吧!"

高飞实在劝不过,也不勉强,一把夺过杯子,说:"杨哥真不能喝酒,我替你!只要感情有,喝啥都是酒!"

他一仰脖子,又是咕咚一声,亮了杯底。瞬间,他双眼发红,有了酒意,话说得越发无所顾忌:"杨哥问我为啥收你们的酒瓶?我说实话,你们那保健酒不贵,大众欢迎,需求量大,这就是商机!买卖争分毫,就怕数字多呀!我在小店试了试,每瓶酒多卖十元八元也有人要。就让兄弟们下手,先把超市买空,再找老钟要货,垄断全城市场,照样挣大钱!一旦你们那里缺货,我这里假货就上场了,和你杨站长对着干!"

杨风利心头一惊,问:"你要从我们那里控制货源,垄断市场?"

高飞松松腰带,露出圆鼓鼓的肚皮,满脸得意:"那当然,只要我有货源,就是独家生意!"

"哦,你控制老钟,还想撇开我……"

"对啊! 这种事多一个人知道都是麻烦。老钟实诚,好说话。你是站长,不摸底细,多一头不如少一头!"

"你给老钟啥好处啦,他对你言听计从?"

酒多话多,高飞嘴巴松了,说出其中秘密。

"跟老钟不用打点,请他喝场酒就能搞定。老钟馋酒,有酒就走不动。昨天请他喝酒,没说到正事,他先醉了嘛! 如果有站长老兄当靠山,老钟算个球!"

杨凤利欲擒故纵地说:"既然老钟能帮你,我何必蹚这浑水? 为了成全你们,我睁只眼闭只眼,就当啥也不知道!"

"哪可不中! 有站长哥哥为我撑腰,我这浑身汗毛都能变成金条!"

高飞又捞出一瓶酒,用牙齿咬开瓶盖,倒满一杯,搂住杨凤利一只胳膊死拽不放:"杨哥,只要你助兄弟一臂之力,兄弟绝不亏待你! 如今生意就是一忽隆,转眼就没了! 杨哥替兄弟进八万件酒,我给杨哥十万现金! 还有,杨哥帮兄弟办个总代理,当下数给你三十万!"他从沙发里摸出砖头一般的钞票,嘭一声砸在桌子上,瞪着一双血红的眼珠子,吼:"一言出口,驷马难追! 杨哥,你兄弟算不算个爽快人?"

杨凤利呼一下子站了起来,瞪着那块"砖头",双手都在轻轻发抖。他说:"高总,俺胆小,你甭吓俺! 没见过恁多钱,心里直哆嗦……"

高飞咕咚喝下半杯酒,不屑地说:"杨哥,寒碜兄弟哩? 区区三十万,就算兄弟打的定金! 咋啦,隔门缝看人哩?"

杨凤利惊慌失措地错开门缝,听听外面动静,压低嗓门说:"兄弟,较啥劲哩? 这种话万一传出去,我还咋混哩? 饭碗都得砸喽!"

高飞哈哈笑起来,拍拍肚皮大大咧咧地说:"放心吧! 这地方隐蔽,前前后后都有兄弟把守,即便警察也进不来! 杨哥,在兄弟这一亩三分地上,你日天都没人管!"

乘着酒兴,他举起酒瓶往杯子里倒了三滴,硬逼着杨凤利喝下:"杨哥,你今儿一不动酒,二不动筷。这滴酒不喝,可是没有诚意啊!"

杨凤利勉强喝了杯中酒,又夹了块肉放在嘴里,站起身说:"好了,我该走了。老钟病了,单位一堆事,不回去就乱套了!"

高飞扳住他的肩膀,醉眼惺忪说:"杨哥,兄弟的事,就等你高抬贵手了!"

杨凤利不动声色地说:"拿人钱财,为人消灾。我心中有数,知道该咋办!"

高飞也有几分醉意,摇摇晃晃送到门外,又把嘴凑到杨凤利耳边叮嘱:"哥,兄弟……拜托……事成后,登门拜谢……"

杨风利推着三轮车走了几步,又拐回来说:"兄弟,把你造的货捎几瓶,来个客人就省得花钱买酒了。"

高飞笑得流眼泪,说:"老钟说你是个铁公鸡,一点儿不假!杨哥不嫌,搬两箱!"

他招呼一声,有人搬来两箱假酒,放在三轮车后斗里。

杨风利骑上三轮又喊:"兄弟,来个带路的,你这祝家庄,我可摸不出去!"

旋即跟上来一个人,把他带出棚户区,走到公路边上。他又假惺惺地交代:"回去转告高总,对谁都不要说我来过这个地方!"

刚过午后,天空如同拉上深色的天幕,突然阴沉下来。风从远方刮来,越刮越紧,满世界飞扬。渐渐地,风越刮越猛,高高的椰树刮弯了腰,巨大的叶片被狂风撕裂;一棵棵榕树瘫卧下来,硕大的树冠匍匐在地上,在狂风中呜咽、悲号……

杨风利蹬着三轮,正好遇着顶头风。他弓起腰,拼尽力气顶风前行。他匆匆离开棚户区,有着重要的行动安排,就是赶到派出所报案,从快从速地端掉这个造假制假的特大窝点,使社会和群众免受一份祸害;他还要将情况及时上报总部,严防产品流入不法商贩手中;紧密关注市场动向,不能让一个假冒商品流向社会……原本做这些事时间绰绰有余,但是,突然刮起的大风和接踵而来的大雨,完全打乱了他的计划。他神情焦虑地目睹眼前的景物……

天色越发阴暗,日光不见了。

云彩越积越厚,白天变成了黑夜。

一声炸雷,雨点如利剑般自天庭落下,发出金属碰击般的脆响。转眼间,满世界一片雨柱编织的枪林弹雨。不一会儿,地上成了汪洋……

风狂雨骤,杨风利只能推起三轮车,蹚着没膝的雨水,朝着大桥延伸部位蹒跚而去。他记得,那里有孔桥洞可以安身。

他好容易来到近前,雨水又积深了,汇起漩涡在周围打转。他只好把三轮推到桥孔下,自己坐到车斗里。听着满世界风雨声,没来由地有些恐惧和紧张。

他摸出手机,拨通了总部的电话。他吼着嗓子说:"喂,我是杨风利!对,九江站的!我找林总,有紧急情况汇报……"

电话那头说:"哦,杨站长呀,林总不在,到下边检查工作去了。我是杨秘书,有啥急事吗?我能替你转达吗?"

杨风利稍稍犹豫着,说:"我这里狂风暴雨,听不清楚。简单说吧,我发现一个制假造假的窝点,规模很大,能量也很大!看上咱们的保健酒了!一边囤积一边造假,垄断市场,哄抬市价,已经造成恶劣影响和危害社会了! 情况很严重哪……"

一阵狂风刮来,把他差点掀翻,通话断了。

他无可奈何地叹了口气,这种事不能随意张扬,拖延时间等于给造假分子留下销毁证据的机会。更不能走漏了风声,否则一切努力都将前功尽弃!

面对狂风暴雨,他只好暗自叹息:天不助我,奈何?

这时,他的手机响了。他只好转过身,佝偻着腰身儿拱着桥孔,雨水才不至于淋湿手机。

他对着手机吼道:"我刚才说了,回头找时间再给林总详细汇报! 这里下着大暴雨,我在桥洞下拱着,说话不方便……"

手机里传来对方咯咯的笑声:"杨风利,你为啥要钻桥洞呀? 下雨你该往回跑呀! 你拱在桥洞里对谁发脾气呢,态度不正常呀!"

杨风利大吃一惊,脸上愁眉顿开,满脸皱纹都舒展了,激动地喊起来:"啊呀,素梅呀! 老天爷哩! 刚才听错了,当是杨秘书,说的不是一回事! 素梅,你……在哪里打电话呀?"

素梅有意逗他:"你猜! 猜猜俺如今在哪儿?"

杨风利满腔激动:"我猜……在学校? 在石板路上? ……在家里! 对,一准在家里!"

素梅笑起来,语调兴奋地说:"你呀,猜三天也猜不出来! 俺在路上,去九江的火车上!"

"啥? 啥? 你说啥? 火车上……你……来九江了?"

杨风利一半狂喜,一半惊愕,发怔了。

"对呀! 大树爷接受你的邀请,让俺陪着,坐上了火车。咱明天就能见面了!"

素梅的话真真切切。杨风利激动不已:"老天爷! 你陪大树爷来看我了? 这喜讯真是从天而降,快把俺吓死了,高兴死了!"

素梅说:"俺本来不想对你说,想让你惊喜一回! 上了火车坐稳了,大树爷说你一个人在那边主事,太忙,还是早点对你说,好安排接站。老杨,俺可是头一回去九江,人生地不熟的。你可不能偷巧耍滑,把俺们扔到大马路上啊!"

杨风利此刻周身热血沸腾,情绪亢奋,若不是躲在桥孔下面,他几乎要跳起来。

他终于找到倾诉的机会,对着手机宣泄起来:"盼星星盼月亮,素梅呀,总算把你盼来了! 你是谁呀? 你就是七仙女! 大树爷呀他就是成人之美的月下老! 我杨风利何德何能呀,能让你们千里迢迢来看我,只怕是俺爹俺娘俺爷俺奶奶前世修下的福吧! 我就是下跪相迎都难以表达心中谢意,哪里还敢偷巧耍滑? 我这里刚发现个造假制假的窝点,急着想去报案,然后就到车站苦等,天上下刀子也不敢误事!"

对方显然开着扬声器。手机里传来笑声,接着传来大树爷的话语:"风利呀,你的话俺都听见了。有事办事,该忙啥就忙啥。你可甭犯傻,俺这趟火车,明儿后晌才到哩!这回出门特意买了手机,说话可方便啦!你那里下大雨,注意安全哪!啊……"

杨风利赶紧回话:"大树爷,您可把俺想死了!我攒了一肚子话想跟您老说哩……这会儿俺一句也想不起来啦,俺……"

杨风利激动得哽咽起来。

大树爷赶紧说:"中,中,中!咱有话见面说,啊!打长途老贵,挂了吧,啊?"

手机挂了。杨风利捧着手机,心中充满了憧憬,周身有一种麻酥酥的幸福感。啊呀,老天爷!总算盼到这一天了,大树爷心里有我,素梅心里也有我!跑几千里路来看我,何等深厚的情谊啊!老天爷呀!怎就甭下雨了,求求怎给个好天气吧!给怎磕头啦……

他想直起腰,脑袋却碰住桥墩,他又看见车斗里那箱假酒,心想还得抓紧报案,越快越好!棚户区怎多假酒,流到社会上要祸害多少人哪!还有怎多的注水猪、地沟油,都会从那里流入社会,成为残害生灵的致命毒素!

他想,看来到派出所当面报案是不可能了。风狂雨骤,无法走到,他只能用电话报案了。于是他拨通了电话,高门大嗓地说明事由:"110吗?我报案!我发现一个造假制假的窝点呀,隐藏有多家造假点,有注水猪,有地沟油,有翻新旧车胎……种类多,规模大。我深入进去的是制造假酒的窝点,仿造各种名酒,应有尽有啊!现场囤积的假酒有上百箱,工棚里塞满了,具体数额说不清。领头的叫高飞,四十多岁,矮胖子。雇用有六七个民工,具体地名我说不准。离大桥很近,就在高速路进口匝道旁边。对,一大片废弃的工棚!我就在附近桥孔下避雨。可以,可以!站在路口等你们!我的标志?穿件白衬衣,蹬着三轮车!对,瘦高个儿……"

天昏地暗,电闪雷鸣。

暴雨发疯一般倾泻,宛若天河决了口子。

杨风利刚想推车,就被狂风刮倒了,跌在水里。他直起身,积水没腰。四周看不见任何物件,沟满河平,一片泽国。江岸如一道似有似无的黑线,江水在不远处汹涌咆哮。能看见凶悍的浪涛如咆哮的恶龙,搅动起浪花冲刷着堤岸,疯狂肆虐之势欲淹没整个城市……

杨凤利没见过恁大雨,没见过恁大水,听都没听过恁震耳欲聋的波涛声。他心惊肉跳地犹豫了一阵才猛然弓起腰,推起三轮车,蹚着湍流雨水,顶着狂风暴雨,朝着高速公路的匝道口,蹒跚而去……

猛然间,他听见一声惊天动地的爆裂,其势如山崩地坼一般骇人!整个世界都被撼动得栽了个跟头似的……

雨水织成厚厚的雨幕,遮挡住了他的视线,弄不清周围发生了什么。他艰难、执着地往前挪,终于来到高速公路的匝道口上。

往日那个醒目威严的收费站不见了踪影,早就被狂风摧枯拉朽般刮跑了。只剩几根粗大的铁桩子,还牢牢固定在原处,任凭洪水撞击,在浪花中抽搐、战栗……

他担心自己连同三轮车一起被狂风卷走,便从车斗里翻出一截绳子,把车架拴在铁桩上。他开始向风雨中巡视,估摸110的民警应该赶到了……

几步之外就是通向跨江大桥的高速公路,成串的车灯映出一片辉煌,却被雨柱切割成丝丝缕缕,雨中的图像幻化出奇异的色彩。一辆辆卡车、货车、大轿车、小轿车迤逦而行,冒雨奔走在行车道上,鱼群一般朝大桥方向疾驰而去。马达的轰鸣声被风雨淹没了,眼前阴森森的一片风雨世界……

突然,天空炸起一道闪电,乌黑的天宇有了短暂的光明。就在那短暂的一瞬,他看到人世间最惊险最恐怖的一幕!那急匆匆向着大桥狂奔的车辆,在前边不远处戛然消失,一刹那间不见了踪影,如同到了悬崖边缘,齐刷刷栽了下去!

啊?莫非桥墩被冲断了?大桥坍塌了?

杨凤利惊叫一声,吓出一身冷汗……

他骇然了!他站的地方距离出事地点不足百米,如同身陷雷区,他松开三轮,转身想跑!

蓦地,他又在风雨中站定,双手紧紧抓住铁桩子,认真朝前方看去。借着闪烁的灯光,这一回他看清楚了,大桥断了!巨大的桥墩裂着恁长的口子,狰狞恐怖地站在波涛里。酷似断了臂膀的巨人,俯视着怒吼的波涛,卷起巨大的浊浪,疯狂地拍击着脆弱的江堤,切豆腐似的把大堤大块大块切削下来!

没有任何危险标志,突发天灾!

没有任何报警信号,事发突然!

那些冒雨疾驰的车辆,如激流中的鱼群一般涌上断桥,盲人瞎马般坠入深渊!

一辆、两辆!一排、两排!……那些跌入深渊的车辆前仆后继,如同滚锅下饺子,惨不忍睹!

跌入深渊的车辆,转眼被咆哮的江涛吞没。没有呼救,没有哀号,消失得无声无息……

接踵而来的车辆,成排成队,茫然而又无知地追随上去,葬身波涛……

杨凤利不忍再看下去!他顷刻变得勇敢起来,强悍起来,几乎没有犹豫,俨然一位不惧狂风暴雨的斗士,一位不畏生死大义凛然的英雄!他推起三轮车,疯狂地朝着高速车道,一步一趔趄地艰难地扑了上去!他顽强前行,慷慨赴死般毫不退缩,摔倒了,爬起来再走,顽强而又坚韧……

他终于挣扎到了快车道上,毅然决然地把三轮车横置在车道中间;又从工具箱里摸出三节手电筒,凶悍而又顽强地站在风雨里,摁亮手电筒,摇晃着双臂,朝着迎面驰来的车流,嘶声呐喊:

"停车——!大桥——塌——了!停——车!停——车!大桥——塌——了!……"

他的身影在黑暗中显得那样渺小,他的声音被雷鸣电闪、狂风暴雨的轰鸣消解得无影无踪,唯有他拼命晃动的手电筒似救命的星辰,让迎面飞驰而来的车辆惊心动魄!

一辆,两辆,三辆……十辆……二十辆……疾驰的车辆看见了晃动的手电光戛然而止!

他一连截住几十辆疾驰的车辆,司机们终于明白了截车人报警的意图!他们一起开亮车灯,给后面的车辆传达信息,阻止他们贸然前行……

杨凤利继续站在行车道上,继续挥动双臂,晃动着手电,划出一个个耀眼、温馨的光弧……

被他截下的司机们深深感激这位不畏生死的截车人。既不知他的身份,又不知他的姓名。他们纷纷透过风雨看着他模糊的身影,既感到庆幸又感到后怕,默默对那个截车人表达着发自肺腑的深深敬意……

不到半个小时,高速路上被他截下的车辆,长龙般排出去十几里,有数千辆之多!

一群司机站在风雨中,探听着前边发生了什么,感叹着逃脱劫难的幸运,打听着这个截车人的来历,唏嘘不已。

此刻,一辆110警车鸣着警笛,疾驰而来。车上的警察焦急地寻找着那个报案人,却又苦于找不到目标。

突然,一个警察发现了停在行车道上的三轮车,大喜过望:"他在那儿!看,三轮车!"

狂风越刮越猛,暴雨越下越大。大桥塌方还在继续,如同天神挥动巨斧,随心所欲地切割着钢筋水泥浇铸的庞然大物！山崖般陡峭的土石方,豆腐块似的轰然倒下……

警车迎着风雨,艰难地朝前挪动着,他们想靠近杨风利,将他从险境中拽回来！但是,仅仅十几米的距离,却费尽九牛二虎之力……

当他们终于接近目标时,眼前除了风雨,别无他物！

"三轮车！刚才那辆三轮车不见了!"一个警察惊叫。

"还有手电！咋就不见晃了?"另一个警察惊呼。

警车亮起大灯,灯柱下看到一条裂缝,刚才三轮车停靠的地方被波涛和暴雨吞噬了,现出一片断崖。那个晃动手电光弧的人,随着塌方坠入滚滚波涛之中了……

天亮时分,暴风雨稍稍小了些,江涛依旧咆哮翻腾,卷起声势浩大的波山浪谷,在天宇间肆意喧嚣……

高速公路上拉起了警戒线,塌方地段严禁车辆、行人靠近。警察正在疏解交通,分流那些堵塞了高速公路的车辆。

与此同时,一个骑三轮车的行人舍命拦截车辆,自己却葬身大江的故事,在高速公路上广为流传。排列在行车道上逶迤数十里的车队,一起鸣起喇叭,为那个截车人尚未走远的灵魂送行……

暴风雨过后,大地一片狼藉。

河滩上乱石滚滚,杂物横陈。有上游冲来的树木,漂来的屋顶,还有浮沉在洪流中的车辆、车轮胎,更有死猪、死羊、死鱼……一幅让人惨不忍睹的情状……

人们沿着河流寻找、打捞。挖土机刨开山丘似的塌方,进行着地毯式的寻找、探察。有人在洪流里发现一辆冲坏的三轮车,但是始终没有找到他的尸体……

江岸上,当地电视台开始现场采访,并且开来了转播车,对全市进行实况播放。

年轻的主持人面对特大暴风雨造成的灾难,声情并茂地解说着:

昨天,突然而至的特大暴雨袭击了我们的城市,灾难接踵而来！由于江面能见度低,致使顺流而下的采矿船撞倒了23号、24号桥墩,引发桥面垮塌近200米！然而,从高速公路飞驰而来的车辆,并不知道大桥发生了险情,许多车辆在毫不知情的情况下自断桥跌入深渊,被卷入滚滚波涛之中！

据不完全统计,失事货车14辆,大轿车4辆,小轿车3辆,其中8人遇难,12人被救,2人失联……

就在灾难临头的时候,有一个人挺身而出,不畏生死大义凛然地站在狂风暴雨中,振臂高呼:"停车！停车！大桥塌了!"他晃动着手电筒,向飞驰而来的车辆报警,停车! 停车! 大桥有险情! 他拦下了奔向死亡和毁灭的车辆,挽救了一场无法估量的灾难!

然而,这位可敬可爱的拦车人却不见了! 他当时岿然屹立的地方,早已被江水吞噬,为了营救贸然奔向地狱之门的人们,他不惜献出自己的生命,永远地离开了我们……

肆虐的暴风雨过去了,全社会都在询问,无数的热心人、志愿者都在寻找。大家挖开塌方,掀开漂流物,找遍了江岸,寻遍了河滩,希望找到他的尸体,或者找到他的遗物,也算是给那些赢得生命的人一丝安慰……

令人遗憾的是,我们不知道这个人是谁,不知道他的姓名和来历。依据大量的访谈和求证,又有目击者证实,拦车人推着一辆三轮车,四十岁左右,瘦高个子,呼叫停车的口音,明显可以听出是位河南人!

我们在此发出呼吁:为了向这位英雄表达敬意,向英雄的灵魂进行告慰,希望知情的朋友提供线索,让我们能早一点找到他!

火车站的大屏幕上播放着这段录像。

素梅搀着大树爷下了火车,又随着熙熙攘攘的人群,走到了广场上。

按照事先约定,杨凤利问清了车次和车厢号,说好了要到站台上去迎接的。此刻他们早已离开站台,却不见杨凤利的踪影。素梅满脸不高兴,嘟囔杨凤利说一套做一套,办事还是不靠谱。大树爷心里也不爽,嘴里却不说。解释说人家如今主管一方,不定有个啥事绊住腿,也是常有的。或许时间匆忙,双方走岔也未可知,不如拨个电话问问。

素梅心里来了气说:"他这个人哪,长了个绣花嘴,办的是草毛事。关键时候掉链子!"

猛然间,她看到大屏幕上的录像和播音,脸色陡然变了。她指着大屏幕,拽拽大树爷,全身哆嗦、嘴唇颤抖地说:"大树爷,您听……您看……正说大桥塌了……有个人截下很多车,救了很多人,他……他自己没影了,还说……说他是个河南人!"

大树爷被大屏幕吸引住了,全神贯注地听着看着,渐渐地他的脸色阴沉下来,用阴沉的声音说:"素梅,昨天在车上打电话,杨凤利说这里下大雨,他在桥洞里钻着。这上面说的事……不会是杨凤利吧,啊?……"

素梅隐隐约约感觉到某些迹象,眼眶里顷刻盈满泪水。她极力控制着情绪,狠劲摇头说:"不会,不会! 他胆小。他是在桥洞里避雨哩,咋会……咋会跑出去拦车……"

大树爷满腹狐疑,不停地喃喃自语,声音有点哽咽:"瘦高个子,四十来岁,河南口音……素梅呀,兴许就是他……就是他了……"

素梅神情慌乱起来,她不知道如何安抚大树爷,更不知道如何安抚自己。有种莫名的感伤袭上心头,她想大哭一场。但是,她终于还是憋住了。她想到了责任,绝不能让大树爷发生情况!她努力平静下来,说:"大树爷,空口无凭,眼见为实。咱打辆出租,到现场看看吧。"

江岸上,悬挂着"暴雨灾难临时救助站"的横幅,白底红字,格外醒目。那里挤满人群,讲说着各种各样的诉求,显得忙碌而杂乱。

出租车把他们拉到附近,素梅挽着大树爷下了车,挤到人群里。但是,因为大树爷腿脚不便,他们始终挤不到前边去。

大树爷突然拦住一位行色匆匆的警察,搭上了话:"我说警察同志呀,俺是从河南来的,有位老乡在这里工作,请俺来瞧大桥的。本来打电话说好的,他去火车站接俺,可他没去。俺听电视里说的这个人,八八九九就是俺村的,他名字就……叫啥子来呀?"

说来也巧,这位警察就是昨天接警的那位。听了大树爷的陈述,他非常重视,把大树爷挽到旁边帐篷里,拖把椅子让了座,说:"老人家,您别急,慢慢说,您提供的线索很重要,对我们寻找这位英雄,会有很大帮助。请您告诉我,您这位老乡是干啥的? 他叫什么名字?"

大树爷掏出旱烟袋,双手止不住哆嗦。素梅帮他把烟点上,他吸了几口,才喘息着说:"在这里,他大概是个农场联络站的站长吧,具体干啥咱说不清。他叫杨风利,四十岁出头,瘦高个子,河南口音,八成是俺古水坡的人哪!"

警察听了又喜又忧,问:"老人家,您说的情况很有价值。昨天他给 110 报案,也说过他是联络站的,姓杨! 老人家您再想想,他还说过什么细节没有?"

"说了! 他打电话说这里正在下大雨,没法去公安局,钻在桥洞里,想打电话报案!"

素梅从旁插话:"对啦! 他说发现了一个造假窝点,急着去报案!"

警察听了兴奋起来:"谢谢你们! 这就基本对接上了。咱们要找的,很可能是同一个人!"

这时,林家豪突然从帐篷外面走进来。他一眼看见大树爷,急忙走上前,伸出胳膊把老父亲圈在怀里,几分沉痛几分酸楚地说:

"爹呀,请您来看大桥是他的心愿。可是,他没有去车站接您,是他去不了啦……"

大树爷抬起头,眼睛盯住家豪,苦涩地问:"你说……真是……杨风利?"

林家豪从身上摸出手机,沉痛地说:"杨风利在截车之前,想给我打电话,可是来不及接通,他忘了关机,你们听吧……"

林家豪拿着手机,把回放打开,手机里立即传出狂风暴雨的嘶吼,霹雳闪电的轰鸣,其中夹杂着杨风利嘶哑奋力的呼叫:"停车! 停车! 大桥塌了! 快停车! 停车! 大桥塌了……"

大树爷悲戚地长叹一声,身子从椅子上跌落下来:"甭说了,是他! 唉,就是杨风利呀!"

林家豪赶紧把大树爷搀扶起来,劝慰道:"爹呀,您可甭上火! 是不是杨风利,大家不都在找嘛! 说不定他已经被救了哩!"

林家豪是坐了一夜火车,匆匆从外地赶回来的。他听着这段录音,彻夜无眠……从目前掌握的情况分析,应该数他掌握的证据最及时、最可靠。他手机中录下的那段狂风暴雨、夹杂着呐喊的音频,算得上杨风利留在人间最悲壮的绝唱! 也是他在生死关头最伟烈的写照! 更是一个普通人在大爱大义面前,自然迸发出的一道无比璀璨的人性之光!

林家豪把老父亲和素梅接到联络站。大树爷绕着那座小楼,前前后后转了三圈,而后守在杨风利住过的那间宿舍,默默待了半晌。

老钟闻讯从医院赶回来,他手腕上还挂着输液管,司机小亮帮他举着瓶子。

老钟眼圈红红的,对林家豪说:"林总哪,前天我倒在办公室,杨站长送我去医院抢救,整整守了我一宿呀! 昨天他独自出去查假酒,正巧碰上大暴雨,杨站长……他不会……"

林家豪拍拍老钟的肩膀,安慰说:"老钟,你现在是病人,就要好好看病。小亮,你快送钟叔叔去医院。等杨站长回来,一块去看你!"

老钟走出去了,门外传来他的啜泣声……

杨慧和林家旺也从深圳赶过来了,大家默然相视,眼睛都是红通通湿漉漉的。

杨慧一头扑到素梅怀里,两个女人紧紧拥抱在一起。沉默了一阵,杨慧才哽咽地说:"素梅姐,谢谢你,费了恁多的心力。可惜呀,俺哥他没这福分哪……"

素梅赶紧说:"俺也没做啥呀,只不过打了几次电话,那都是大树爷安排的。"

"你比我做得好,我……一个电话也没打过。"杨慧满满一肚子后悔,忍不住落下泪珠来,拉住素梅不放手,"唉,早知道有今天,我真该……"

她抹了一把脸,再也说不下去了。

素梅帮助杨慧收拾杨风利的遗物,床头上放有两件换洗衣服。墙头挂着个小包袱,蓝底白花的老土布。素梅认得,是她送给他的。

她心头咯噔一下,鼻子一阵发酸。

打开包袱,里面有条烟,只抽了三根,其余整整齐齐包在里边……

还有几个塑料袋,包得严严实实,放得规规矩矩。打开一看,塑料袋里放的都是存折。一包写着:为梁素梅攒的盖房钱八万。一包写着:为杨慧准备的嫁妆五万。一包写着:为村里攒的架桥钱十二万……

杨慧搂着小包裹,哇的一声哭倒在床头上。

素梅伏在杨慧肩头,轻轻抽泣着,湿淋淋哭成了泪人儿……

与此同时,当地公安和工商部门联合突击清查了那片棚户区,查抄了造假制假的作坊三十多家,抓获了危害社会、情节严重的犯罪分子二十七人。那个高飞名列其中……

大树爷没心停留更没心思游玩,急匆匆要护送杨风利的灵魂赶回老家,可谓归心似箭。众人拦不住也劝不住,只得赶紧买了车票,连忙送老人家去火车站。

大树爷明白事理,说大家工作都忙,谁也不要耽误时间。杨风利的后事由他全权办理,一定办好。依然是谁也不敢多说,说了也不管用。大家只好把他老人家和素梅送上火车,才算松了一口气。

大树爷怀里紧紧搂着那个蓝底白花的小包袱,靠在卧铺上,一路上不松手,一路上更是没有挤眼睡一会儿。小包袱里包着杨风利的牌位,他用温热的怀抱紧搂着杨风利的魂灵。

大树爷一路上念念叨叨,好像在和杨风利说话,分明是在自言自语:"娃呀,咱回家,咱回家喽!你在外面闯荡了多年,风一头雨一头的,总算能安安生生睡一觉啦!啊?甭怕,俺陪着你慢慢走。想说啥你就说,有啥委屈你就诉,啊?俺听着哩……"

古水坡,那片埋有李秀娟的向阳坡上,又开了一孔新穴。

全村的老少孩娃齐刷刷赶到这里。林家信集合起全校师生参加村里为杨风利举行的特殊葬礼。

杨风利没有留下尸骨。大树爷专门请木匠师傅林墨斗做了个精致的木匣子,放了杨凤利生前的几件衣物。随葬品非常特殊,就是那辆陪着他生死荣辱的三轮车,专门从南方托运回来,葬入埋有主人灵魂的墓穴。

没有来宾,没有亲人儿女,却有全村父老乡亲每人掬一捧黄土为他送行。学校的师生们排起长长的队伍,绕着墓穴走一遭,每人都恭恭敬敬献上一朵小白花。

大树爷主持葬礼,满脸的庄严和肃穆,说出的话却充满自豪。他说:"杨凤利是咱古水坡长大的娃,活到四十岁,寿年不算长。全村人没有正眼瞅过他,没把他当过正经人看。可他能干出一件惊天动地的事,救了许许多多车辆,救了许许多多条人命,避免了一场车毁人亡的大悲剧!他自己悄没声地走了,走得无影无踪,连个尸骨都没留下。可是,他替咱古水坡壮脸了,他够爷们儿!所以,咱给他立个墓冢,把他的魂留住,让咱古水坡的老老少少记住他,永远不要忘了他!"

三轮车用绳索缓缓坠入墓穴时,鞭炮响了。全村老幼绕着墓穴,掬一捧黄土撒入穴内。

墓冢渐渐封起,隆起馒头状的黄土堆。

大树爷站在坟冢前,带领大家恭恭敬敬朝墓冢三鞠躬。

金娜采了一束野菊花献到坟冢前,轻声祈祷:"亲爱的孩子!你虽然不是上帝的儿子,你却做了感动上帝的事情。上帝便用双手帮你推开通往天堂的大门。祝你一路走好!阿门!"

素梅拉着栓柱来到坟前,指着墓堆说:

"栓柱,给你杨叔磕个头吧,他是个英雄⋯⋯"

栓柱听了他娘的话,急急忙忙磕了头。赶忙站起来时,听到一串哨音,同学们排着队,在坟冢前边列成整齐的方块队。他赶紧挤到队伍里,脑门上渗出一串汗珠⋯⋯

林家信校长站在队列前边,神情庄重地讲话:"同学们,我们今天参加的是一位英雄的葬礼,这位英雄就是咱们村的一位叔叔,几乎每个同学都认得他。他怎么成为英雄的?刚才大树爷说了。前不久,一个狂风暴雨肆虐的日子,九江大桥突然坍塌了,飞驰而来的一辆辆汽车急于过桥,但是开过去就会掉入大江,车毁人亡!同学们,大家在课本上学过董存瑞、黄继光的故事,必须冲上去炸掉碉堡,才能保障大部队的安全,才能保证整个战斗的胜利!我们杨叔叔面临的情况也是这样,如果他站出来,排列几十里的上万辆汽车就能避免车毁人亡的悲剧!同学们,我想问大家,此时此刻,杨凤利叔叔应该冲上去,还是退回来呀?"

全体同学发出同样的声音,如同山呼海啸一般:"冲上去!冲上去!冲上去!"

林家信的声音激昂起来:"杨凤利的行动和大家一致,他冲上去了,迎着暴风雨冲上去了！迎着牺牲生命的危险冲上去了！他挽救了那么多条鲜活的生命！同学们，杨风利是不是一位英雄啊?"

同学们又发出一阵回应，如天崩地裂："英雄！英雄！英雄！"

林家信接着说："英雄就这样诞生了！同时，英雄又从人间彻底消失了！杨风利粉身碎骨了，连一丝头发都没有给我们留下！杨风利留下来的那辆三轮车，就是他在暴风雨中支撑身体的支点，是他唯一的遗物，唯一见证他生命和灵魂的证物，可以看作杨风利灵魂的一部分！村委会把三轮车葬入墓穴，为英雄建立墓冢，是一件意义重大的事情！杨风利为古水坡赢得了骄傲和自豪，并将激励我们，以他为榜样，争取做一个新时代的英雄！"

稍稍停顿了一刻，林家信又说："现在我提议，全体师生向英雄杨风利敬礼！"

唰的一声，全体同学举起右手，面向坟冢，致以少先队队礼。

教师员工们就地肃立，默然向墓冢鞠躬……

正在这时，山坡石板路上急匆匆赶来一群人影，不一刻到了跟前，竟然是黑妖和他的音乐团队。他们本来坐车去外地演出，从广播里听到消息，决定中途下车赶回村里，为杨风利送上最后一程。

他们没有任何言辞，默默相视一眼，齐刷刷站在坟冢前，肃立三鞠躬。而后抄起各自的家伙什，弹奏起沉重、忧伤的曲子，用低沉而又饱含力度的声音，唱出一支安魂曲……

第二十一章　放飞灵魂的女孩

司提芬自诩成了往返于美国加州和中国郑州的空中小姐。每隔两三个月或者更短的时间,她都会在两地飞行一次。

回美国读书、上课,攻读她落下的学业,回中国看望奶奶。尽管老太太在古水坡享受到贵宾式的待遇,又有希望小学的琐事打理,更有精神需求上的支柱,生活得很充足、很滋润,不需要她过多牵挂。

然而,除了奶奶之外,她心中对这里有种隐隐的牵挂。——有种割不断、挣不脱的牵系,有种神秘的吸引力,一种渴求,一种欲望,悄然贴附在她的灵魂上,时时左右她的行动。究竟是什么,她一时说不清楚。只有回到这块土地上,那种渴望才能满足。

她今年大学毕业,需要写一篇理想的毕业论文,题目都拟定了——中国民间文化五彩斑斓。这题目被布莱尔教授知道了,约她见面。知道了她和中国的神秘联系,鼓励她再做深入细致的了解、探讨,诸如戏剧、民歌、音乐等等,在中国民间都有广阔的群众基础;因为民间文化的雄厚,才有了中国文化的整体强大。在人类文明长河中,古希腊、古埃及、古罗马、古印度文明相继沦落,唯有古老的中华文化一枝独秀、枝繁叶茂,历经数千年而历久弥新。

布莱尔教授是位著名的汉学家,精通中国历史和民俗民风,能讲一口流畅的南方韵味的中国话,喜欢川剧,对青衣和花旦的唱腔艺术情有独钟。年轻时他曾参加过陈纳德将军的"飞虎队",支援中国的抗日战争。他没有和日军在空中交战,但作为技艺精湛的机械师,却保障了那些受伤的飞机照常升空、战斗,让日本空军闻风丧胆。他在缅甸和中国云南生活过三年多时间,自称是半个中国通。

布莱尔鼓励司提芬写好这篇论文,如果让他满意,可以成为他门下一名研究生。

司提芬对中国民俗文化的兴趣,来源于她在古水坡度过的那个具有浓浓味道的中国年。从剪窗花、贴春联、包饺子到唱大戏、逛庙会、闹元宵……桩桩件件,妙趣横生;样样般般,难以言表。她将这些感受列出提纲,并提出下一步深入了解的计划。

布莱尔教授看过,笑道:"那是一个积累了五千年宝藏的国度。每一寸黄土都是沉甸甸的历史,每一块石头都蕴藏着瑰宝,每一次考古发掘都会让世界发一次地震。那里曾经出土过一支笛子,是鹤的腿骨做成的,距今几千年了,还能吹奏出美妙的乐曲! 你这个题目太大,十辈子也研究不完。不妨从民歌入手,以窥一斑而知全豹的方法,或许容易把控。你去的那片地域,是中国的中原腹地,所谓逐鹿中原,问鼎中原,那里既是一片古战场,又是中国古老文明的源头。当然,也是产生民歌最早的源头……"

布莱尔教授拿出一部中文书籍递给她。

司提芬接过一看,竟然是一部《诗经》,便说:"教授,这部书我读过。虽说许多地方弄不懂,知道它是中国最古老的民歌,被奉为经典,每个中国人都能背诵几首!"

布莱尔教授轻轻点头:"然也。这是中国三千多年前的文化经典,是经过文化巨人孔夫子勘定的。但直到今天,中国学者对诗歌描述的真相或本意,仍有诸多不同看法、不同理解。参悟其中一二,犹如攀登珠穆朗玛峰,哪怕能看透冰山一角,也算得上与中华文化有缘啦!"

司提芬的魂魄受到深深的震动,于是重新校正了自己的计划。她决定从学习《诗经》做起,尝试一下自己的韧性和智慧,能否撬动那座耸入云天的冰山一角。

她第一个想到能帮助她的人,自然是林志恒,又通英文,又通乡村民俗民风,但是他在远方读书,难以靠近又不好惊动,更不能让他荒废学业陪自己研究古文。

第二个人选是杨若兰。虽然她熟悉的是商贸,对古文诗词并不热衷,但她毕竟是在中国文化里泡大的,怎么说古文功底也比她厚实。遇到拦路虎,碰到过不去的沟沟坎坎,和她讨论探究一番还是可以的。

想到这些,司提芬这次下了飞机,坐上出租车就直奔杨若兰的工作单位。

杨若兰称得上忠于职守的好同志、好干部、好职工。她在公司里主管财务工作,兼顾产品质量的检查和验收,任务繁重,对口单位也多;因为条理得当,善于掌握时间,日常料理得井然有序,忙而不乱。挂在墙头的奖状和锦旗,可以证明上级、单位、生产厂家对她工作的肯定和褒扬。

杨若兰的工作性质决定了她每天必须坐班。除了开会或到基层检查,很少有出差的机会,打电话找她一找一个准儿。细究起来,首先是她工作认真,坚守岗位;其次就是她没有结婚成家,无家务缠身也无子女牵累。

但是,这一次司提芬却没能顺利找到杨若兰。打电话没人接,找到办公室,也没见她人影。打听门房老传达,老人神秘地眨眨眼睛,指了个方位,小声告诉她:"你到宿舍找找看,她或许在那里读天书哩!"

司提芬推开虚掩的房门,听到有人在低声朗读英文,听内容不是供人消遣的小说、故事或是游戏,而是晦涩难懂、寡淡无味的经济论文、科技著述。下此苦功的不是别人,正是那位素来安分守己的杨若兰。她戴着耳机,面前放着投影机,端端正正坐在椅子上,手捧书本,专心致志地看着上面的文字,一丝不苟地读出一个个英文句子,错了重来,直到认为标准了再往下读。她床头那张书桌也不像以往那么整洁,而是堆满了录音带、录像带,以及各种英文读本。那情状好似要参加什么竞赛、考试,方才如此投入地闭门学习。

杨若兰的宿舍,司提芬曾不止一次在此留宿。两个姑娘睡在一个被窝里,畅谈各自从小到大的趣事,各自埋在心头的理想、抱负;也掏心掏肺地抖搂各自心底的秘密,暗恋过什么男人,和谁拉过手,或者接过吻,甚至更隐秘的细节……从这里传递出来的气氛是清新的,充满田间地头的花香水汽,没有浓艳的脂粉味,也没有城市姑娘追求的刺鼻的香水,更没有一件标榜奢华和时髦的饰物。

那时的杨若兰,在众人眼里是一朵悄然开在水塘深处的白荷花,高洁清爽,卓尔不群。陶然于安稳舒适的职员生活,信守着中规中矩的做人法则,毫无招蜂引蝶的迹象,更无放任表现的野心,淡淡地开放,淡淡地弥散着暗香。只是默默期盼着那个意中的少年,能收回信马由缰的放纵……所以,深陷相思的姑娘,常常独自落寞。

然而,今天的情景让司提芬有些惊愕、诧异,凭着女人的敏感,她发现杨若兰打破了原来的轨迹,以及一成不变的秩序,在改变自己,或者准备改变自己;正在打碎过往的一切,重塑一个新我……

看到这些,司提芬心中突然一阵欢喜。

杨若兰戴着耳机,精神集中在投影机上,又对窗侧坐,并没有发现司提芬走进屋来。直到她的发音被司提芬抓住了把柄,放大嗓门在她耳边纠正一遍,她才惊讶地瞪大眼睛,兴奋地喊道:"哎呀,司提芬,我的女神!什么时候下凡的?也不来个电话,给我个表现机会,到机场接你去呀!"

她摘下耳机,跳起来,和司提芬紧紧拥抱在一起。

司提芬诡谲地闪着蓝眼珠,盯着杨若兰的脸颊看,笑道:"看你全神贯注的神态,如同膜拜在佛祖神坛前的小沙弥,期待神灵洒下甘霖,点化慧根,早得超度。我等凡夫俗子岂敢随便骚扰呀!"

杨若兰抓住司提芬的手,紧紧不放,迫不及待地解释着:"司提芬,我亲爱的女神!知道吗?我睡梦中都在喊你的名字!如果你在我身边,我还发愁对付这些生涩的英语吗?这些天快把我愁坏了,你来得真是时候,上帝派你来帮助我啦!"

司提芬赶忙问道:"可爱的兰,你这样……究竟为了什么?应付考试?还是别的?"

杨若兰顿时有些语塞,两腮微微泛起红晕,犹豫了一阵,才缓缓说出缘由——

大约两个月前,她突然接到一个陌生的电话。平常坐办公室,接的是座机,谈的大多是公事。打手机,不熟悉的号码她一般是不接的。那个来电显示是湖北武汉,出于好奇,她接了。立即听到一个爽朗的声音在呼叫:"老同学,我好幸运呀!原来没抱希望能够打通的,真是天助我也!"

这个来电顿时勾起一段早已模糊的记忆:

还是前两年,她脱产学习时结识的一位大学生。说是同学,有些勉强。如果不承认,又显得有点矫情。他们确实坐在一个教室里听过课,有过交往。

杨若兰进修英语是在中州大学外语系,那里的季斯伦教授是留美归来的博士,归国前就翻译过许多名著,尤其是把中国经典《红楼梦》翻译成英译本,曾经风靡英伦三岛,名噪一时。因为响应号召,为国效力,他主动要求到中大当老师,创办了外语学院,并亲自登台讲课。他采用一整套新的教学方式,把刻板生硬的异域文化,转化为生活化、趣味化的呼应模式,既提高了学生的学习兴趣,又极大提高了教学质量。

所谓桃李不言,下自成蹊。外语学院办得风生水起,季教授声名不胫而走。

杨若兰就是在这里邂逅了岑子柯。

那天正好是季教授讲课,阶梯式的大讲堂里座无虚席。岑子柯偏偏迟到了,满头大汗挤在教室门前,颇显狼狈和尴尬。

杨若兰靠门而坐,瞥了他一眼,把身子往里靠靠,腾出半边位置。岑子柯鱼一般滑进去,悄无声息地填补了那个空隙。平静下来后,他朝杨若兰投去感激的一瞥。

岑子柯是法学院的学生,据说他的英语成绩在同学里很优秀。赶来上季教授的课,并非单纯的学识崇拜,而是主动提高学术水平的选择。杨若兰对他这种学习精神,挺佩服的。

还有一段记忆,依旧发生在大讲堂。

季教授的课程是在风雨声中完成的。下课了,雨却不停,许多同学滞留在教室里。岑子柯急着赶回法学院上课,却没带雨具。杨若兰默然从书包里拿出一把折叠伞,递了过去。岑子柯想都没想,一句话都没说,撑开雨伞就消失在白茫茫的雨幕中……

岑子柯归还雨伞是在一个月以后。中间上课,曾见过两次,他都红着脸羞涩地说忘记啦,下次一定奉还……直到又一次上课,又逢风雨天。下课后,岑子柯把雨伞送还,另有一个纸袋。他依旧红着脸,充满羞涩地说:"老家特产,不稀罕……"杨若兰还没转过神儿,他就跑了。只见岑子柯把后衣襟一撩,蒙在头上,消失在雨幕中。过了好一阵,纸袋被雨打湿了,她才打开看到几块麻糖,知道他是湖北人……

这些发生在学校生活中的些微琐事,随时都会遇到,随时便会忘记,没有什么特殊意义。

杨若兰进修还没有结束,岑子柯就毕业了。他给杨若兰留了一张便条,放在她的课桌上。只有他的地址和电话,省略到连一句告别的话都没有,让人感觉这个乡下大男孩的冒失、粗心、唐突,十足是个马大哈。

大约过了半年,岑子柯来了一封信,寄到杨若兰的工作单位。信写了满满三张纸,说他在武昌开了一家律师事务所,因为免费而又圆满地帮助基层群众打赢了官司,解决了一桩十几年纠缠不清的产权纷争,为一百多户下岗职工解决了住房问题,受到当地群众的高度赞扬,律师事务所业务量大增,每天都有群众登门,请他们代理各种纠纷和案件。大到公司间的经济纠纷、拖欠借款,以及大型的非法集资等,小到上当受骗、误中圈套、人财两空等引发的司法诉讼。一批批群众慕名而至,一桩接一桩案子处理不完。每天都要四处奔走,调查取证,甚至还要全国各地出差办案……总之,兴奋之状,溢于言表。其中仅有几句话与杨若兰有关:你的英语基础很好,千万不要丢掉。工作上运用仅是一小部分,将来有一天必有大用。切切!

还有一句男孩子很难对女孩子说出的话:"你整天坐办公室,很少活动,屁股都要结出茧子了吧?告诉你一个妙法,热水加白醋泡屁股,绝对管用……"

鬼使神差,杨若兰又迷上了英语。每天凌晨时分上床睡觉,清晨六点按时起床,全身心投入到学习中去。她买了许多英语书籍,从记单词到背句子,补习丢掉的知识,她的单词量、语感和听力都得到惊人的提升。接着又买来许多英文原版书籍,读一遍不懂,就再读一遍,直到新书被翻成破油饼,一本本天书都被她读得滚瓜烂熟。

她这种废寝忘食的改变，初时许多同志怀疑她是否得了某种精神病。那位老传达看到她凌晨两三点还亮着灯苦读天书，常常禁不住站在窗前提示一声："若兰，天快亮了！该睡了！"有时她忘了吃饭，食堂都打烊了，她只得回到寝室，开水冲包方便面充饥，倒是常有的事……

她虽说身处闹市，却很少无故走出单位大门，就连双休日、节假日，她也懒得上街。女孩子们最喜欢的去处，逛商场，看时装，剪头发，修指甲……统统被她屏蔽了。同事们私下议论：她这般下功夫攻读英语，莫非要出国？

有时，她自己也常扪心自问：你把自己当学霸啦，还是当学痴啦？目标在哪里？果真要去联合国当翻译，靠说英文吃饭吗？——她虽说目标有些茫然，但精神上感到充实。

直到五一劳动节放假前，公司在大会上宣布杨若兰升任总经理助理，同事们心中才豁然开朗：原来她是为了升职！

但是，她自己却愈发茫然，她绝不是冲着这个助理去学习英语的。然而，她此刻对英语的热切已到了走火入魔的程度，连她自己都欲罢不能了。

杨若兰对自己的行为一向理性，可谓学习工作两不误。以前坐班，打理财务，时间宽松，主动性强。自从当上助理，必须跟上领导步伐，学习时间就要靠她挤靠她挪了。只要稍有空闲，她就找个角落钻起来，打开电脑看经典电影，模仿剧中人的口吻，跟着台词练习口语。遇到三天假期，她便跑回古水坡至少待两天，跟洋奶奶泡在一起，学说话，还要说出味道来！

公司的外贸任务越来越重，进出口货物需要和外商直接谈判。她可以熟练地和客户口语畅谈，即便对方说一些猥亵的言辞也休想逃过她的耳朵！

就在前几天，岑子柯又打来长途电话，说他已经转让了律师事务所，准备重新自主创业，搞线上英语培训，并且已经启动了准备工作。对方开门见山地说："若兰，你的英语水平已经很不错了。是想待在办公楼里享受安逸，还是走出来在社会上经风雨见世面，尝试一番环球旅行，见识一番五洲风云呢？"

杨若兰竟然没有半点迟疑："想啊！早就想出去闯荡世界了！"

岑子柯在电话那头说："我们要拉起旗帜创业了，你想参加吗？"

"好呀！当然得算我一个！"好像憋了多年的哑巴，终于开口说话。杨若兰石破天惊地做出平生第一个冒险的决定。

此刻，杨若兰面对司提芬，袒露了所有的秘密，并用英语恳切地说："Now I have

come to the crossroads in my life. (我也走到了人生的十字路口。)"

司提芬没有一丝惊异,而是紧紧拥抱了这位曾经本分保守的山村姑娘,说:"祝贺你,好姐姐! 你终于把眼睛抬起来,从小山村看到外面的大千世界! 只是我来晚了,你可能没有机会当我的中文老师啦!"

杨若兰说:"我还没有写辞职报告,领导通情达理,没有阻拦我,要求我在尚未找到接任者之前,坚守岗位,继续工作。你就住在我这里,咱们俩正好教学相长,切磋学问!"

司提芬往整齐的床铺上翻了个滚儿,撒娇地说:"好姐姐,快把好吃的东西拿出来,犒劳犒劳远方的客人呀! 我要饿坏了!"

双休日到了,杨若兰陪着司提芬去了省图书馆,查找到许多有关《诗经》的白话译本,以及关于《诗经》研究的多种版本。有古本木板印刷的善本,比如汉代毛亨叔侄编撰的《毛诗故训传》,宋代朱熹的《诗集传》,清代方玉润的《诗经原始》;也有近现代学者的研究著作,如周振甫的《诗经译注》,扬之水的《诗经别裁》,程俊英的《诗经注析》等,不胜枚举。

不查不知道,一查吓一跳。两个姑娘没有想到,有关《诗经》的版本,从古到今,竟然浩如烟海。

按图书馆的规定,有些版本可以外借,有些版本只能在馆内阅读。她们二人便带了面包、矿泉水,整整在图书馆泡上一天。图书馆上午九点开门,下午五点闭馆,两个人忙得手脚不停。杨若兰负责查找中文目录,然后按图索骥把书本搬来。司提芬守在桌子前,紧张有序地审读版本的内容、注释、点评,以及白话翻译等方面,比较各种版本的差异、侧重点,以及观点的分歧,并一一做出要点记录。她对汉字繁体和简体的辨别有困难,不时向杨若兰求援。所以,起步工作的进展并非想象中那么顺利。

不过,通过一番梳理,司提芬对《诗经》有了相对清晰的认识。

《诗经》最早不叫这个名字,叫《诗》。经过孔夫子整理删改后,称为《诗三百》,共有305首。"诗"这个字也是专为"诗三百"造出来的。诗者,志之所之也。一个人的愿望从内心表达出来,就叫诗。

《诗经》的内容绝大部分是民歌。描写寻常百姓的寻常生活,所思所想所恨所爱,充满强烈的个人情感。

《诗经》产生的因素,在于春秋时期是中国文化的黄金时代,出现了孔夫子这样有远见卓识、有人类情怀的文化巨人,才使得《诗经》在人类文化史上闪烁出耀眼的光芒。

我们现在看到的《诗经》并非孔子勘订的原本,而是秦始皇焚"诗、书及百家语"之后,秦亡汉兴之际,经过民间读书人回忆,重新收集整理,由汉儒们编撰出来的。当时就有辕固生、鲁申公、韩婴三个版本。东汉以后又有"毛诗"出现,对其中内容做了不合情理的解释,甚至填进了许多儒家的东西,被汉代儒生们奉为经典,命名为《诗经》。《诗经》被蒙上了厚厚的尘垢。尤其宋代以后,被宋儒们打扮出来的那个孔夫子,也显得陌生、虚幻、道貌岸然而不真实了。

在图书馆两天的淘宝与发掘,累坏了两个青春勃发的女孩子。到了周一上班时,杨若兰差点爬不起来了。但是,两个姑娘却始终沉浸在狂热的陶醉之中。

在杨若兰的大脑中,对于《诗经》的印象,仅存有"关关雎鸠,在河之洲,窈窕淑女,君子好逑"这十六个字的粗浅记忆,对其含意甚至都说不明白。但是,跟着司提芬查了两天典籍,她懂得了《诗经》的庞大和浩瀚。一部书传了几千年,还经过那般浩劫,竟然生生不息,直到今天还有那么多人在研究、探讨;甚至在字里行间还隐藏着诸多谜团,倘能解答这些谜团,或许就是一场天翻地覆的颠覆……

她感到兴奋和得意,并非对《诗经》有了诸多了解,而是这些学识见解,是她和司提芬用英文讨论得出的。能否用英语和一个用母语为英语说话的人探讨学问,并能够达到沟通理解无障碍的程度,无疑是对自己的一种测试。

司提芬的陶醉和狂热,如同阿里巴巴知道了那句芝麻开门的咒语,打开了藏宝的洞穴并且置身其中,目睹了这座宝库的深邃和辉煌,自己反倒处于巨大的惶恐之中。仿佛面对凌空傲立的上帝,不敢举目仰视,更不敢轻易发一声浅薄无知的愕叹!

她明白了布莱尔教授对她说的话,这个国度,每寸黄土都是历史、每寸黄土都是文化的深刻含义。啊,这里的土太厚,这里的文化太深奥了! 如果陷进一只脚,还能拔出来吗?

要弄懂《诗经》,就要了解这个国家的历史。《诗经》凝结了这个民族三千年前的思想、观念、行为、风俗,也是这个民族群体的理想信仰、道德情操、文化艺术的活动记录。

她所面对的是一部具备大文化意义、大灵魂意识的《诗经》,它的诞生地在中国。作为古老中华文化的重要经典,它与古希腊、古印度、古埃及流传的文化迥然不同。《诗经》里没有英雄豪杰的位置,绝大部分篇章记述的是平民百姓或读书人的故事,他们自由发出个人的倾诉,反映生活中的苦辣酸甜,也自由地表述爱情——反映的是一个真实的、由活人主宰的、有温度的社会生活。而古希腊、古罗马的史诗唱出来的都是神话,神与神的战争;古埃及的神话多是妖魔鬼怪。平凡的东西,往往是不朽的,《诗经》的传世更具有人类学意义。

正因为《诗经》充满了平民意识,所以秦始皇一统天下后,首先做的就是焚书!第一本就冲着《诗经》而来。《史记》载:"诗、书及百家语。"诗就是《诗经》,书就是《尚书》,其次是诸子百家。

在秦始皇眼里,诗是首恶。为什么?因为诗里充满了个人倾诉。所以,秦王以一个暴君的敏感,懂得对于独裁社会而言,诗就是腐蚀剂,所以第一个就要烧掉诗!

司提芬发现,《诗经》原本就是用来演唱的民歌,是平民百姓哼唱在田间地头、瓜棚李下的流行歌曲。时至今日,虽说奉为经典却束之高阁,只有专家学者研究争论。现在的民间却离《诗经》越来越远,除了有几句熟悉的挂在嘴边,具体意境不甚了了,会唱诗的更是寥寥!

此刻的司提芬,面对着一部中国古文典籍,如同面临辽阔无垠的大海,她想寻访隐匿在波涛之中的仙山琼阁,该从哪里起航呢……

司提芬翻开《诗经》第一篇——《国风·周南·关雎》,脑门上就麻酥酥渗出一层冷汗。

每一个汉字都是一个智慧库,其中蕴藏的学问,讲清楚就得半天。如果对中国国情一无所知,想弄通一个汉字绝非易事。

"国风"怎么解?司提芬查过资料,指周天子直接管辖的黄河流域十五个诸侯国的民歌。

周代设有采诗官,每年春天,摇着木铎到民间采风,收集民间歌谣。把反映民间疾苦与诉求的作品,整理后交给太师(负责音乐的官吏)谱曲,演唱给天子听,作为施政的参考。自然也是宫廷一项重要娱乐活动。

"周南"是地域名,指周公管辖的地方,主要指河南南部至湖北嘉陵江流域。

"关雎",关关指鸟的叫声。雎鸠是什么鸟呢?查看典籍,众说纷纭。中国很大,环境不同,气候不同,动物、植物的名字不同,鸟类亦然。有些鸟,北方有,南方就不一定有。

雎鸠是什么鸟,历来争论很大,但它和这首诗的内涵极有关系,有必要搞清楚。从汉代起,这个问题就很棘手,那么多文人大儒评点注释,但都是糊里糊涂的。这些儒生研究《诗经》,他们对植物学、动物学都很陌生,都是外行。许多老先生在书斋里度过一生,除了鸡鸭鹅,没见过什么鸟。

从汉儒到宋儒,有说是雕、鹭、鸥、鹗的,认为是猛禽;也有说是凤头鹏鹏,或王雎的,均为古鸟名,早已绝迹。一种鸟争论了上千年,有必要吗?

孔夫子把《关雎》作为开篇,绝对是独具慧眼的,他不会草率行事,此鸟必定是他熟悉的,也是见过的。这首诗写的是男女求爱和谈情说爱,倘若"在河之洲"有一群猛禽虎视眈眈,岂不大煞风景,有失诗情画意!

一个节点一个坎,沟沟坎坎,暗藏玄机。如果不排除这些节点,就难以跨过沟坎,走进《诗经》所描绘的那片芳菲之地。

司提芬向杨若兰请教:"兰,雎鸠究竟是什么鸟?你见过吗?"

"斑鸠!"杨若兰不假思索地脱口而出,"老师就是这么教的!古代的斑鸠个头大,现在退化了,个头小了,叫的声音也不好听了!"

司提芬失望地摇摇头,轻轻叹了口气。

杨若兰沉默一阵,突然说:"我打个电话帮你问问爷爷,他可能知道!"

司提芬苦笑着说:"亲爱的兰,我们讨论的是学术。爷爷没上过中学,哪里知道《诗经》呀?"

杨若兰充满自信地昂起脑门:"爷爷上学不多,但是见多识广,听的杂书也多,上知天文,下知地理。再说古水坡就在黄河边,前些年爷爷常常驾船在河面上捕鱼哩,准能说个七七八八的!"

司提芬听了,不再争执,听任杨若兰拨通了电话。转瞬,扬声器里便传来大树爷洪亮的大嗓门:"兰妮子,想爷爷了吧?这一阵忙什么咧?老听声音不见人,抽空往家里跑跑,跟爷爷唠唠话呀!啊?你那洋妹子跟你在一起吧?遇事多担待,她可是咱家的贵客呀!"

杨若兰咯咯笑着,赶紧说:"爷呀,俺妹子就在我身边站着哩,有问题向您请教哩!您当年划着木船下河捕鱼,船头上站那鸟叫啥名字,您还记得不?"

扬声器清清楚楚传来大树爷的话语,几乎不假思索:"那不就是鱼鹰吗?咱都叫它鱼老鹳!"

司提芬兴奋得跳起来,对着手机说:"亲爱的爷爷,鱼鹰究竟是什么鸟?属于家禽,还是猛禽?您快点儿告诉我,我太想知道了!"

大树爷朗声笑起来,反问道:"妮子,你是否也在琢磨什么经文吧?关关雎鸠,在河之洲,还有……咳,就记住这两句,你问我,可是问到家啦!"

司提芬愕然了,眼珠都有点发直:"爷爷,你竟然会背这首诗,太神奇了!"

大树爷解释说:"妮子,俺是夫子门前卖《论语》,胡喷哩!早些年城里有位中学老师,专程跑到河边上向俺打听过,问的也是这种鸟。土名叫鱼鹰,俗称鱼老鹳。本来是野鸟,专门在河沟里抓鱼的鸟,那鸟叫鸬鹚。逮回家养熟了,跟鸡鸭一起喂养,时间长了就驯化得跟家禽一样。驾船上河时,把它放到船头,帮咱逮鱼。因为扎了它的脖子,抓了大鱼吞不下,就叼给主人。主人收下大鱼,赏它条小鱼,它便又下水去抓鱼。早年间河里鱼多,咱家就养了好几只鱼鹰。如今鱼不好打了,也就不养了。妮子,以前那位中学老师,说这经文是本糊涂账,你咋又掺和它哩?"

司提芬异常激动,碧蓝的眼珠子闪着兴奋的光:"亲爱的爷爷,您太伟大了!您简直是中国民间的大圣人!这本经就是三千年前乡村百姓唱的歌,被人传来传去传糊涂了。您刚才一句话惊醒梦中人,把糊涂事说明白了!"

"不,不,妮子!还有哩!"大树爷打断司提芬的话,高嗓门又响起来,"那位老师还问俺,水里长的野菜叫啥名。咱这黄河边的小河沟里可多了!根扎在泥里,藤子很长,嫩叶子漂在水面上,饥荒年采来充饥填肚皮,鲜嫩可口。现在都拔来喂猪了!哪天你回来,俺领你去河沟里采,咱都叫它水芹菜!"

"啊呀,亲爱的爷爷,我要向您鞠躬了!您轻轻松松一番话,就解决了专家们争论了上千年的学术疑点!看来《诗经》不糊涂,孔夫子不糊涂,是那些大儒糊涂了!"

司提芬兴奋得难以自禁,白皙的面颊上泛起红光,连双手都有些发抖。她大声说:"爷爷,还是您伟大!实践出真知,这句话充满东方哲理,就是对您的评价。"

大树爷连声笑道:"妮子,伟大不伟大,跟俺土坷垃没关系。说到这段经文,俺还有好多说道哩!你还是来家吧,咱爷儿俩慢慢儿唠。电话费太贵,够买二斤肥肉了,不说啦!"

手机戛然挂掉。

杨若兰还要拨过去,司提芬拦住她:"亲爱的兰,我已经很满足了!爷爷不愧是见多识广的百事通。从书本到书本,或者空对空的主观臆断,都解释不了《诗经》的疑团。看来,我只有回到那片田野上,才能还原当初情景,获得确切的答案。"

杨若兰同意司提芬的决定,也对自己的行动做出安排。武汉那边岑子柯一日三催,线上培训已经开始,报名的学生学校均按计划安排了具体的授课时间。尤其是那些要求一对一、面对面的客户,就是抱着即刻化茧成蝶的心态,状况更为急迫。岑子柯期盼她能早日到位,不负厚望……

鉴于此般情况,杨若兰只得与司提芬依依不舍地作别。她将自己的工作做了交接,并正式递交了辞职报告……

第二十二章　司提芬和黑妖

司提芬从来没有见过乡村捕鱼的场面,竟然那般舒心和欢畅,又是那般紧张和神秘,让她兴奋了好久,陶醉了好久。

那天应该是农历初夏季节,麦田里一片浓浓的翠绿。野兔子隐藏其中觅食;喜鹊成群地栖息在麦垄里,白天吃饱虫子,夜里飞回枝头鸟巢,吐出肚里的虫子,哺育刚刚孵化的幼鸟。

"三月螃蟹四月虾,河鱼一身肉疙瘩。"大树爷兴冲冲喊了司提芬,说了句,"妮子,咱上河瞧人打鱼去!"迈开大步就出了门。

天色已近傍晚,太阳靠近西边的邙山头了,阳光还是暖洋洋的,而且点燃漫天的云彩,荒火一般把半边天空烧得红彤彤的。天火倒映在水面上,亮晶晶的,一脉一脉地涌动着,整个河面像一匹抖动着的红绸子。

大树爷撑着渡船划向河面,船头像把锋利的剪刀,哗啦啦地从红绸面上冲开一道缝隙,荡起一排轻轻的浪花,珍珠一般晶莹剔透,好似天上的星辰落到了水里……

司提芬知道,今天要去的地方叫五里湾,是古水河上一条河汊,早就承包给了个体户,搞成了人工养鱼场。大树爷提前几天跑去找人家商量,凑了几条小舢板,借了几家的鱼老鹳,约好今天晚上放鹰捕鱼,请他们去看稀罕。

五里湾没几里水路,转眼就到。河道很窄,渡船勉强通过。走过一段水面逐渐开阔起来,但见绿草铺堤,花木扶疏,岸柳成行,景色宜人。河面上芦苇茂盛,东一墩西一簇的,参差错落,交相映衬,别有情致。水面上漂着点点浮萍,随着河风浮游。只见那花朵含羞,日出而开,日落而合,让人心生怜惜……

叹喟间,不知从哪里传出一声刺耳的呼哨,芦苇丛中嗖嗖窜出几条小舢板来。那船很小,瘦似带鱼,仅能容下两人。一人划着双桨摇船,一人扛着长竿横立船头。每艘船船头雄赳赳站着一只或两只鱼老鹳,皆伸着长长的脖颈,摇动着匕首般锋利的长嘴,发出嘹亮而又柔媚的呱呱呱的欢叫声。一鸟引吭,众鸟和鸣,几艘船上的鱼老鹳相互应和,如同亲人相遇那般亲和,又似战友相聚面临鏖战那般亢奋激昂。

天空的火烧云还没有退尽。水面上点起一片璀璨的灯光,把那片水域照得雪亮。

这时又是一声呐喊:"围——喽——!"几条小船呼啦啦划过去,朝那片明亮的水域围拢过去,形成一派合围之势。

与此同时,那些横立船头者,早已挥动双臂舞动着长竿把船上的鱼老鹳赶下水去。他们嘴里不住地嗷嗷喝叫着,挥着长竿不停地击打着水面,好似在向鱼老鹳发出战斗的命令!

那群鱼老鹳扎入水中,转眼变得亢奋起来。在主人长竿驱赶下,它们奋力展开黑色的翅膀,如同两面舒展的斗篷,啪啪击打着平静的水面,溅起一片眼花缭乱的浪花;并且声嘶力竭地发出呱呱的大合唱,不再嘹亮而柔媚,变得悲壮而激越,还有几分血腥的惨烈……

这场击水大战持续了半个钟头,但见溅起的水花中,有鱼儿在蹿跳,也有鱼儿被吓昏了,白花花漂浮在水面上——那片灯光璀璨的水域雪亮亮铺满一层银鱼!横立船头的汉子放下了手中的长竿,抓起捞鱼的网篱子,把漂在水面的鱼儿一兜兜网到船舱里。

那些鱼儿早被鱼老鹳的吼叫声,还有它那巨翅的拍击吓得半死。鱼老鹳为主人信手捞鱼立下汗马功劳!然而,它们还在努力表现着,把翅膀缩起来,一个猛子扎到水里,转眼叼了一条大鱼浮出水面,甚至跳上船头,伸长脖子向主人炫耀!主人顺手从它嘴里取下大鱼,扔到船舱里,而后扔条小鱼赏它。它脖子一伸吞了小鱼,翅膀一缩又一头扎到水里去了……

捞鱼的过程持续了好久。因为水面鱼儿太多,村里又动员了一群汉子,赤背露腿下到水里。扯起拉网,费去好长时间,才把水面上的浮鱼收获干净。待到收船靠岸时,几条小船鱼儿满舱,被拉网拖到岸边的鱼儿还来不及收拾,困在网里不安分地蹿跳着,好似要冲破渔网,逃回自由的泽国去……

司提芬提着心肝,紧张而又兴奋地观看了整个捕鱼过程。这是她生平第一次看到如此壮烈的场面,水乡渔民的生活让她体味到刺激、火热,还有感动。

她明白,这种近乎原始的捕鱼方法,渔民们或许早就不用了。承包这片水域的渔民,不可能用这么费时费工的方法捕鱼。他们之所以不计工本,是专门为她复排了一场传统捕鱼的老戏。因此,在兴奋和激动的同时,她心中还充满了感激。感激大树爷的良苦用心,也感激那些渔民付出的辛劳。

行前,司提芬特意请村主任去了趟乡里,帮她买了两箱杜康老酒,切了十斤熟牛肉,犒劳水乡的渔民们。此刻,当渔民汉子们围着一堆干柴燃起的篝火,兴高采烈地大碗喝酒、大块吃肉时,她最关心最惦念的还是那些战功卓著的鸟儿。

司提芬看到,刚才出没于水波浪涛中那勇猛无比、所向无敌的勇士们,现在浑身湿透,如战袍铠甲一般的黑色羽毛,紧紧收缩成一团。那锐利无比、矛戈一般锋利锐长的钩嘴,也失去了战斗时的锐气,紧紧贴伏在淡黄色的胸脯上,勾着脑袋,挤在篝火边上瑟瑟发抖。那两只蹼状的爪子,紧缩在湿漉漉的羽毛下,每只鱼老鸹身下都汪着一摊水……

大树爷趷蹴在火堆旁,嘴里吧嗒着旱烟袋,乐呵呵地问:"妮子,过瘾了吧?"

"当然,太刺激了!"司提芬凑到老人面前蹲下,余兴未尽地问,"爷爷,它们……这些鱼鹰,累得很厉害,也饿了,为什么不喂它们呀?"

大树爷笑了:"妮子,你好好瞅瞅,它们最爱惜什么? 它们最要紧的是把浑身湿透的羽毛烘干。不然它就飞不起来,也跳不起来,它就没有活命的本钱了! 现在喂它们鱼,它们不会吃的。"

司提芬用手捏起条小鱼,递到鱼老鸹面前,还轻轻晃动着,果然那鸟们视若不见。有只鸟伸头看了看,又勾勾脑袋,朝火堆前挪了挪身子。

司提芬看见那鸟喉部都系有绳子,同情地说:"爷爷,应该给它们解开绳子,多难受呀!"

有位鱼老大端着酒碗过来,说:"这鸟呀,本来是野生的,叫鸬鹚,生活在水边林子里,善于潜水抓鱼。咱把它抓回来,还得驯养成鱼鹰,也叫鱼老鸹、水老鸭。虽说成了家禽,没有规矩管住它,它就会野性发作,不听话的。就像孙悟空,摘了金箍,他还要大闹天宫!"

司提芬手里提着小鱼,眼睛里充满对鸟的怜惜,茫然问了一句:"它们很卖力气,很累,不知喂些什么?"

鱼老大瞅她一眼,又和大树爷碰个眼神,笑着说:"妮子,你放心吧! 鱼老鸹是俺水乡渔家的宝贝,一天几遍喂鱼,它比俺吃得还好哩!"

司提芬不再说什么,默默往火堆上添了几根干柴……

希望小学的后山坡上,山石嶙峋,小溪潺潺,树影婆娑,幽静宜人,自然植被保护得很好。

司提芬坐在一块平坦的山石上，随身带了书籍、水笔和记事本。她专注地看书，或用手托着面腮思考什么，不时匆匆在本子上记着什么。——她的心神全部沉浸在与《诗经》相关的事情里，别无旁骛。

黑妖轻手轻脚地走过来，又轻手轻脚坐在山石一边，盯着司提芬看了半晌，她竟然没有感觉，只好主动说了一句："哎呀，真是专心致志呀！听说当年如来佛修行，小鸟在他头上衔草筑窝，他都没有发现。你难道也在念经修佛吗？"

司提芬愕然惊诧："你差点把人吓死！你不去云游四方，扬名神州，突然从云头落下，又是受到哪路神仙差遣，舍得回来闲聊？"

黑妖顿时瞪大双眼，得理不让人地说："你这洋小姐咋就这般仗势欺人哩！明明是你有什么经典需要研究，与唱歌有关，爷爷才打电话催我回来，帮帮你的忙。怎么反倒是我自作多情啦？"

司提芬恍然大悟，急忙赔礼道歉："这么说还真是我的不对了，多有得罪。爷爷没给我说明，我也是不知情者无罪。咱们扯平了吧？"

黑妖却不肯罢休，说："反正我知道爷爷偏待你就是了。你有事，他就催我赶回来帮忙。我求你帮忙，他知道也装作不知道，一言不发！"

"这倒让我蒙了。哪件事让你耿耿于怀，不妨说来听听。"司提芬真诚地看着他。

"你知道我肚里盛的墨水太少，玩音乐底子太薄，弄不出高雅的东西来，心里烦躁。我就对迈克尔·杰克逊感兴趣，很想请你帮帮忙，给我普及点美国的音乐知识，或者陪我去趟美国，让我见见他，当面求教！"

黑妖神态庄重，言辞凿凿，没有半点戏谑之意，一本正经地宣泄出胸中块垒。

司提芬这才明白，自己的大意伤害了青年歌手的自尊，若不及早解释，将会彼此形成隔阂。于是赔着笑脸，说出一番见解："哦，可爱的音乐家，看来咱们真的产生误会了，我必须做出解释。迈克尔·杰克逊是美国甚至许多国家年轻人追捧的歌手。但他属于美国，别人只能模仿，绝对复制不出第二个！音乐没有国界，却有独特的地域性和强烈的民族性。就像中国的戏剧，豫剧、曲剧、越调、怀梆、四平调，我也非常喜欢。譬如旦角的花腔，比西方的美声唱法还要美，但我根本学不会，只能简单模仿，学点皮毛。那些吐字、运气、特殊的韵味，一听就知道是内行还是半吊子。土腔土韵是渗透到骨血里的，与生俱来的。比如你们能听出外乡人的口音差别，我听了全都一个样！"

黑妖听了，心里佩服，嘴巴却不肯服软："本想你能帮我提供点诀窍，传授点摇滚知识。你这盆冷水,浇灭了我的热情!"

"年轻的乡村歌王,请你不要误会,我没有拒绝你的意思。我个人的体会,越是中国的,就越是世界的。杰克逊就是杰克逊,常香玉就是常香玉,谁也替代不了谁,他们各自只有一个。同样,你也只能塑造出一个与众不同的你!"

对司提芬的说法,黑妖不置可否,非要把话往死胡同里逼:"你一句话说到底,我是学不了杰克逊了。那你说,我怎么做才能成为独一无二的大漠飞狐呢?"

司提芬看出他有几分胡搅蛮缠,干脆直截了当地说:"中国文化五千年,就像古老的黄河,气势磅礴,源远流长,留下了遍地辉煌与宝藏。有出息的音乐家,要到民间去,才能采到玫瑰,才能找到宝藏。我知道有位王洛宾,流浪到西北边疆搜集民歌,有很大很大收获,他的歌在全世界传唱。他是中国的歌王!我还知道杨丽萍,她的孔雀舞使她赢得了'孔雀仙子'的美誉,但她不满足,回到家乡云南采风,发掘了大量精彩的民歌和舞蹈。她和山村的村民们合作,创造出精妙绝伦的《云南印象》。许多大音乐家都愿意与她合作,把《云南印象》推向全国,推向全世界。她成功了,她没有离开熟悉的土地。她的眼睛盯着故乡,而不是陌生的异国他乡!"

黑妖听着,耐心而又认真地听着,额头渐渐冒出冷汗来,稍显尴尬而又充满惊讶地盯着司提芬,说:"你咋会知道这么多呀?你一个洋妮子,一开口就大河淌水哗啦啦!你还有啥开窍的药方,都拿出来,我洗耳恭听。"

司提芬不藏不掖,真诚而坦率:"我是个外国人,我很喜欢中国文化,想做一点研究,但我不占优势。我既不精通中国的历史,也不熟悉中国的现在,打开书本就处处碰壁,但我不服气。中国古语说,只要有恒心,铁棒磨成针。我知道中国有宝贝,我宁愿克服千难万险,也要把宝贝挖出来,放出光芒,中华文化的光芒!而不是你们那样,拼命追赶韩流,模仿韩国歌手,却不知韩国是在模仿西方,转眼间就会风吹云散。可爱的乡村歌王,你不该诘问我应该如何做,而是应该把目光收回来,认真审视你生存过的土地,脚踏实地地待下来,仔细闻闻这里的花香水汽。你会发现,这里遍地是歌,遍地是先人吟唱过的旋律!"

黑妖被司提芬的情绪打动了,静静地听着,恨不得把呼吸都憋住了。司提芬的话像刀子,剜到他的骨头缝,麻辣辣地疼,火辣辣地痛。那痛又让他感到痛快,仿佛点到他的穴位,对准了他的病根,所以他不打岔,也不插话,硬着头皮任凭她说下去。

司提芬说到节骨眼上,似乎也收不住话头,毫不在意对方感受,自顾自说下去:"可爱的乡村歌王,你知道当你吼唱《爷们儿歌》时,我是何等的兴奋狂热,何等的热血沸腾吗?那时刻,我敬重你,崇拜你,心甘情愿做你的粉丝!我多么想让你成为王洛宾,成为常香玉呀! 正是你的歌感动了我,我才更加热爱中国文化,喜欢京剧、秦腔、河南梆子,并且立志做一个中国文化的传播者。我知道自己很肤浅,对中国的事情只懂皮毛。但是我相信一句中国哲理,卑贱者最聪明,平凡的人也能成为英雄。只要努力,我一定能成功!"

黑妖的头发都被汗水浸透了,顺着半边光头流下来,吧嗒吧嗒滴在地上。他鼓起渴望的眼睛问道:"我说妹子,你是指桑骂槐挖苦我哩,还是撵鸡打狗标榜自己哩? 我咋越听越糊涂啦? 你找我到底想干啥,有啥话就直说吧,再让你寒碜下去,我就没脸见人啦!"

"我是恨铁不成钢,恨你捧着金碗要饭吃! 身在宝山中,偏要做乞丐!"司提芬愤愤然说了两句气话,而后把手中那本《诗经》重重塞到黑妖怀里,大声说道,"好好看看吧! 都是你们祖先三千年前唱过的歌,首首是经典! 你会唱吗? 如果你能学会二十首,我帮你到美国去开演唱会! 我保证你能盖住迈克尔·杰克逊!"

好像挨了一场枪林弹雨的狂轰滥炸,桀骜不驯的黑妖终于被洋妮子打趴下了,溃败如一摊烂泥,深深垂下高傲的脑门儿,连腰也弯曲了,半晌直不起来。

司提芬说的话,如同一根银针,点中了他的致命穴位,他不仅受到深深的震撼,而且是五体投地地被慑服了! 经过这些日子的闯荡,饱经磨难的黑妖明白了一个道理:演艺事业如同马拉松比赛,阶段性的小胜,不过是昙花一现。谁能跑完全程,并且跑得最快,才是真正的胜利者。因此,艺术的较量同样是实力的较量,这个实力叫文化。

黑妖在取得一些社会认可之后,更大的焦虑接踵而来。观众和粉丝们对他提出更高的期待,希望他能拿出耳目一新的节目傲视群雄,而不是就地打滚儿,翻来覆去老一套。那样的话,他就会被无情淘汰,狼狈出局!

这个狂傲而又不肯轻易服输的大男孩,虽然强撑着衣服架子,但他知道,自己先天不足,患疾日深。他没有想到这位金发碧眼的洋妮子,不仅会说一口流利的京腔,并且通晓中国经典,一针见血地把他扎了个心服口服,既无招架之功,更无还手之力。《诗经》——他只听大人说过,从来不曾触碰过。不要说唱,即便让他读,恐怕字都认不全乎。此刻他虽在洋妮子面前有失体面,但是,洋妮子却在他面前燃起一堆天火,炸亮一道闪电! 吹散了重重迷雾,使他看清了前行的道路……

他终于明白了大树爷催他回到古水坡的真正原因。洋妮子正在研究《诗经》,爷爷想把他拖回来,掺和到洋妮子的行动中去。

在刚刚感到眼前豁然开朗之后,黑妖突然又坠入浓重的迷茫。《诗经》啊《诗经》,那可是几千年传下来的经文哪,那可怎么唱啊?

他们接下来的交谈渐渐融洽起来,开始向纵深发展。司提芬说想法谈感觉出创意,黑妖痴迷地听着,时而清醒,时而茫然,时而兴致勃发,时而哑口无言……

两个社会背景、生存背景迥然不同的年轻人,交流和讨论着古老的中国文化,从认识到统一,而后升发和开拓,并非易事。但是,为了求知,他们能做到投入、忘我,甚至忘记了时间和环境……

山坡石板路上,传来一阵急促而又细碎的脚步声。杨若兰一边寻觅着,一边朝这里走来。

当她听到黑妖和司提芬高一声低一声的争论时,戛然止步,赶忙把身子隐入树丛之中。

司提芬在说:"我并不反对借鉴别人的文化,美国文化其实就是多种文化的大融合。和它的经济发达相匹配,文化就具有现代性和前卫性。但是,那些东西都具有流行性,绝对不能成为永恒的东西。将来你可以去美国看看,接受点启发和借鉴。真正生根开花,还是在你的祖国!"

黑妖说:"唱完《爷们儿歌》之后,我一直在思考如何突破、如何提高,多一点特色和味道。可是,就像走进死胡同,一直找不到出路。你的建议让我茅塞顿开,不过顾虑也很多,我文化水平太低,认识上不去……"

司提芬说:"你说得对,《诗经》是一片大花园,百花竞艳,想采哪一朵,怎么采,接下来又怎么办,如何才能让大家都喜欢,夸它爱它,呵护它,让它永远芬芳,装点生活?"

黑妖坦诚地说:"我明白你的意思了,知道大家都在为我着急,恨铁不成钢。我接受你的批评,从头开始,认真刻苦攻读《诗经》,并且还要有所开拓,有所创新。让现在的年轻人接受三千年前的老古董,这是一个挑战!你别拒绝,我需要你这样的老师批评指导。"

司提芬落落大方地说:"完全正确。我们应该互为老师,我和若兰就是这样,我不懂的问她,她不懂的问我,两个人都不懂,讨论研究呗!但是音乐,我太差了,另觅名师吧!"

杨若兰不慎踩落一块碎石,带起一串儿响动。

司提芬和黑妖同时站起来,朝那片树丛张望。

杨若兰只得从树丛里走出来,稍显窘迫地说:"对不起,惊动你们啦……"

黑妖有些意外地问:"你……若兰,什么时候回来的?怎么找到这里来啦?"

杨若兰站在石板路上,停住脚步,话语酸酸地说:"我不懂音乐,水平又低,还能和你谈到一起吗？我回来看看爷爷,顺便和司提芬告别,没承想惊动你们,反而吓到你们了!"

司提芬赶忙迎上去,拉住若兰的手亲热地说:"亲爱的兰,我知道你会回来的,因为你要走向新的目标了。你应该和年轻的歌王好好谈谈,他并不固执,已经接受我的建议,把《诗经》作为目标,开创出一片新天地!"

杨若兰不冷不热地说:"那太好了! 我预祝你们合作成功! 不过,洋妹子,你要当心点,他是个朝秦暮楚的人。"

黑妖被若兰嘲讽得无地自容,只好硬着头皮说:"好吧,话不投机半句多。我先走了,你们俩好好聊聊吧!"走了两步,突然站住,又说:

"兰妮子,听说你终于要飞出笼子,到广阔天地里大干一番了,我真心祝你马到成功! 有啥需要帮忙的,就打个招呼,保证招之即来!"

杨若兰没有抬头看他,依然不冷不热地说:"谢谢! 听说商业大潮波涛滚滚,弄不好或许呛水或者淹死。我就好好练习游泳吧,万一哪天落水了,说不定向你求救哩!"

司提芬看见他们二人凑到一起,就会勺子碰锅碗,叮叮当当谈不拢,就低声说道:"兰,你不应该冷嘲热讽的,我们都很年轻,都在探索。当一个人碰到问题,陷入困境时,另一个人给予的关怀,就会碰撞出火花。希望你们和好如初,请相信我的真诚。"

杨若兰垂头不语,脚尖踢着路边小石头,默默摇头叹息,眼睛始终不往黑妖那边看。

黑妖见没有待下去的气氛,轻轻挥挥手说:"你们谈吧,我先走一步……"

司提芬推了一把杨若兰,又焦虑地看着渐渐远去的黑妖,无奈而又伤感地叹道:"兰,你过分啦! 你不该让他失掉尊严……"

杨若兰没有反驳,眼眶里积满委屈的泪水,仿佛莲叶上的露珠,轻轻一触就会滚落下来……

沉默一阵,她突然低沉有力地说:"我和他一样,都享有尊严。可是,我的尊严早就被他像纸一样撕碎了,扔到北京胡同里了。我现在要做的,就是重新把尊严找回来。"

司提芬愕然地看着杨若兰,碧蓝的眼睛里闪着湿漉漉的波光,面对这位自认为了解的中国姑娘,却感到困惑,她翕动着生动的如鲜草莓般的嘴唇,不知该说点什么……

村头,老槐树下,浓密的枝叶遮起好大一片绿荫。

大树爷安详地坐在石凳上,悠然地抽着旱烟。阳光从叶缝泻下来,在老人身上投射出花花点点的光环。

黑妖匆匆走过来,坐到老人身边,问:"姥爷,您找我?"

大树爷吐出一缕烟雾,慈祥地看着他说:"你这娃呀就是野!好容易回来一趟,不跟俺唠唠,乱窜啥哩?你那屁股上有钉子呀?就不见你安安生生坐一会儿!"

黑妖赶紧凑上前,帮大树爷装了一锅旱烟,递到嘴边上,又帮着吹红火引子,说:

"姥爷,不是您老人家十二道金牌把我召回来,让陪着洋妮子学经文吗?您知道俺是杆没星秤,这副担子能不能挑起来,心里没底儿。不得先去探探深浅,再来请教您,替我掌掌定盘星吗?"

大树爷故意板起脸,说:"你娃胡说,把俺当赵构还是当秦桧呀?你娃想吃唱曲这碗饭,秃头和尚摸不着庙门。人家洋妮子怀揣经文,只差找个搭伴的当向导,四处走走,把老年间那些之乎者也弄清楚。这是件功德无量的大好事,如果弄成了,你娃不也功成名就,修不成菩萨也是尊罗汉吗?"

黑妖赶忙拱手作揖,求饶告罪地说:"姥爷呀,您老把心都操到我骨头缝里了,我心明如镜。不过,您外孙子也不是猪八戒,这两年没给您丢人。只要碰到高人点化,我也绝非等闲之辈!"

"瞧瞧!这还没有翻起筋斗云哩,尾巴就翘起来了!"大树爷拨拉着旱烟袋,开导说,"娃呀,俺把话说头里,你可以满天飞,甭忘了鹰飞得再高总要回窝的!听说你跟若兰仨月俩月不见面,连个电话都不打,咋啦?不中意啦,还是闹别扭啦?"

黑妖支吾着:"姥爷,哪有的事呀?我承认,我心里想的都是音乐,追求的都是创新,整天心里堵得满满的,睡不安稳吃不香甜,真没心思想那事儿呀!"

大树爷沉下脸,严肃地说:"不想也中!不管你有多大本事,后方不能丢,也不能乱。你爹妈殁了,你的事儿我就得管。你一天不找上媳妇成了家,俺心里就不踏实!"

"姥爷,我才多大呀,您咋老提这种事?"

"多大?二十三啦!还当自己是小孩?"

"姥爷,我今天立个誓吧,啥时候夺得个音乐大奖,我立马拜堂成亲!满意了吧?"

大树爷伸手在他后脑勺上轻轻拍了一下,笑道:"黑妖,黑妖,你真是个妖!请不来观音菩萨,还降不住你哩!"

黑妖噌一下子跳起来,说:"姥爷呀,您老就是如来佛,普天下我就怕您一个!筋斗云翻得再高,也跳不出您的手心哪!"

大树爷点着黑妖的脑门,认真地说:"娃,对人家兰妮子好点,要学会疼人!别弄得见面就赌气,亲人也成生人啦!兰妮子为了向你看齐,把工作都辞了,也要去大风大浪里学游泳,自己创业哩!娃,你想想,这需要多大决心,多大勇气呀!你不该鼓励、不该支持呀?"

黑妖顿时哑了腔,怔怔地站在大树爷面前,默默发了一阵呆……

夜色降临了。没有月光的山村,夜色显得特别浓,浓得凝重,浓得神秘。夜色里一切寻常的活动,都变得深邃。

杨若兰终于下决心放飞自己啦!在准备交接所有的工作,办理辞职手续之前,她和司提芬结伴同行,回到古水坡看望大树爷,身心好像有种轻松、解脱和释然的感觉。

大树爷听完她的计划和追求,平静地笑笑,说:"妮子,中,有种,自己砸了铁饭碗,有勇气,有志气,有骨气!人哪,路走得太顺了不是好事,出去闯闯,才能品出苦辣酸甜、人生五味呀!花盆里长不出望天松,羊圈里养不出千里马。一个理儿,一个理儿呀!"

杨若兰露出欣慰的笑容:"有爷爷支持,我就不再犹豫,更有决心和勇气了!"

大树爷慢慢吐出白色的旱烟雾,若有所思地说:"妮子,你敢于出去闯天下,俺当然支持。不过,千万别把争气的事当成赌气去干哪!人生很长,青春很短,为了赌气,不值当呀!"

杨若兰猛然蹲下来,扑到大树爷怀里,搂着老人的胳膊,抽泣起来:"爷爷,俺不是怄气也不是因为他才这样想的。或许我是错的,太把青梅竹马、两小无猜当回事了,陷在个人情感里跳不出来,眼看着无可救药了!时代在变,人也在变,我不能把自己困死在死胡同里,还要拖着别人跟我一起去钻!这样做害人又害己,我想跳出小圈子,到社会风浪里摔打摔打,能为社会多做点贡献,才不辜负这大好时代!爷,孙女还年轻,拖下去或许就没有心劲儿了……我的选择没有错,您老人家可得替俺做主啊!"

杨若兰哗啦啦一口气说完这些话,可谓五味杂陈,说到最后竟然热泪婆娑,那情状宛如梨花带雨,隐隐地让人怜惜。

大树爷如同往昔,让杨若兰匍匐在自己硬实的大腿上,伸出粗糙的青筋鼓暴的巴掌,轻轻地爱抚地拍打着她单薄的肩胛,没有再说一句话,就那么沉默地端坐着。

如同法师摩顶那样,将自己全部的慈悲和爱意,默默传递给这个缺少父母宠爱,又没有兄妹亲人的可怜女娃身上。浸入她的肌肤,流入她的骨血。让她体味到人间缺失的温情,从来没有离开过她的体魄;让她的灵魂从不孤独,让她的自尊从来都在额际旗帜般高高飘扬……

对黑妖来说今天夜晚最难熬,只嫌时光过得慢。

应该说,他这次回到古水坡,实实在在收到一份巨大的恩赐。正当他困惑不安、走投无路的时候,天光骤亮,在他眼前打开一扇窗!

犹如那段古今传诵的名句:众里寻他千百度,蓦然回首,那人却在灯火阑珊处!

开拓《诗经》,演唱《诗经》,这不仅是一个振聋发聩的创意、别开生面的思路,更是一条无人敢走却又独步群芳的五彩之路。如果敢于走下去,走出新意来,或许可以登上国际领奖台,捧起一尊沉甸甸的奖杯! ——这话是司提芬说的,黑妖想都不敢想,开始听到这番话,差点把他吓死! 渐渐地他敢想了,又担心自己能力达不到,说出去会让人把他臊死!

年轻的乡村歌手被这种悲喜交加的情绪搅动着,心情是很焦躁很狂热的! 他很想找人倾诉或者宣泄一番,或者漫无目的地嘶喊一场,或者被人毫无来由地笑骂一顿,他都会感到释放、解脱、惬意和满足! 当然,如果有贴心的朋友,借三分醉意、五分豪情、二分野性,喷他个“大江东去”,吹一回“醉里挑灯看剑,梦回吹角连营”……

可惜,此时此刻,他竟然找不到一个相知!

他的团队,远在他方。他的合作者,刚刚经姥爷拉到一起,文化悬殊,男女有别,岂敢孟浪? 他的恋人,应该是最佳选择,却是他从事流浪歌手的强烈反对者,并且因此而心生芥蒂,已经升级到辞职出走,与他分道扬镳的危险地步!

想到这里,乡村歌手不禁倍加沮丧,那种被欲望、兴奋鼓荡起来的冲动戛然消失。依稀意识到自己在事业上投入得太多了,在情感上投入得太少了,甚至无视对方的情绪,孤注一掷,到了我行我素的狂妄程度。他从来没有反思过自己的对错,把全部矛盾的诱因、发展以及冲突,通通归咎于对方的思维偏激和思想落伍上!

事情越发展越糟,他丝毫没有尽释前嫌、化解矛盾的意识,而是视若不见,任其发展,认为是小女子撒娇,翻不过天去!

然而,当他听说杨若兰辞职的消息时,惊讶得眼珠差点掉地上。这才使他沉静下来,思考自己的无视、冷漠、狂傲、粗野,致使造成这种因其过失而关系破裂的局面。他开始为这个女孩担心,担心她单纯幼稚,误入歧途;担心她被人蒙蔽,吃亏上当。他几乎把责任揽于一身,并且主动求告大树爷,让他出面阻止她,自己愿意赔礼道歉,改正以往的过失,做到尽释前嫌重归于好。

大树爷拒绝了他的请求,说:"你们自己的事情,自己去说。当面鼓对面锣,何必找个传话的?再说了,人各有志,不可相强,我对你们的选择,从不指手画脚。只能是看见你脚步迈错了,点拨你改过来!娃,你记住一句话,好东西一定要珍惜。一旦错过了,再找就难啦……"

挨到夜半以后,大树爷躺下了。黑妖终于鼓足勇气,摸到杨若兰住的小西屋。他悄然站在门前,止不住心口怦怦跳得震耳朵。

这间小西屋,曾是他和兰妮子小时候日夜厮混的地方,长大了又是他们偷偷约会说悄悄话的地方。他在这里第一次送给兰妮子巧克力,那是男孩子情感朦胧时期对女孩献上的殷勤,可以视为情窦初开的幼稚表达;他还在小西屋信誓旦旦地表达过:等我挣钱了,给你买一箩筐巧克力!甚至,他就是在这间小西屋,生平第一次嘴对嘴吻了女孩子的红唇……

小西屋记载了这对青年太多无知却真挚无瑕的趣事,同时也盛满了这对青年太多沉重而真实的情愫。应该说,这里曾经是他们萌生爱意的芳草地,也是他们培育爱情的欢乐谷……

然而,此刻站在门外的黑妖,却对这里陌生了,望而却步甚至有些胆怯了。他没有勇气伸手拍门,更没有勇气如以前那样夺门而入。反倒像个夜半偷鸡的贼,生怕惊动了鸡,更怕惊动主人遭到一顿恶骂!

他站在那里忐忑了好久,望着窗上隐隐闪烁的灯影,知道兰妮子还没睡下。又踌躇了一阵,有夜风拂来,难以自禁地轻轻咳嗽了两声。

"谁在外面?"屋里传出一声不高不低的问话。

"我……黑妖。"他鼓足勇气吐出几个字。

"半夜不睡觉,有事?"

"嗯……想跟你……说句话。"

"有话明儿说吧!俺困了。"

"明儿……那就不说了……"

"……到明儿,真不说了?"

"你不想听,不说了……"

"呼啦!"小西屋房门霍然拉开,灯光泻出来,地上一片亮。兰妮子却转身往里走,屋里屋外一片沉默。

"有话说呗!在外面说,门开着;到屋里说,门还开着!"兰妮子的声音不高不低地传出来。

黑妖踟蹰着,反倒往黑影里挪了两步。他没有走进小西屋的勇气。

"咋啦?不愿见俺,还是不敢见俺?屋里没有埋伏,我也不是老虎!"

少顷,黑妖终于迈过门槛,走进小西屋,垂着头站在灯影里,目光不敢仰视兰妮子,半晌没吐出一个字。

"你不是有话要说吗?我听着哩!"

"听说你辞职下海,我……不放心!"

"你想街头卖唱,想当艺术家,我劝你不听。我辞职下海,你何必干预,又何必不放心呢?"

"我是个男人,摔了跟斗,可以重来!你不一样……社会上陷阱太多,骗子也太多!"

"谢谢你的关照!我思维健全,有鉴别能力!"

"兰妮子,求你了,听我一句劝,甭再往前走了!我以前……态度粗暴,狂妄自大,伤害了你的自尊,我、我……我改!我改了还不行吗?求求你,听我一句劝吧!"

从简单的一对一答,到最后的直抒胸臆,两个人都体味到从冰冷到融化的过渡。但是,或许隔膜了太久,他们的对话不能持续,时不时出现冷场。不过,兰妮子已经体味到这个大男孩的善良和真诚。她也主动说了一段话:

"我对爷爷说过,辞职下海不是和谁赌气,而是要在重新创业中磨炼自己。如果我确实力不从心,干砸了,也算认识了自己,彻底服输,收兵回营!你的音乐艺术正在爬坡,希望能和司提芬虚心学习,好好合作,祝愿你们同心协力,创造辉煌!"

话到这里,应该结束了。黑妖却从衣襟下面掏出一个精致的盒子,双手抖索着递了过去。

兰妮子脸色顿时变得难看起来,威严地说:"志新哥,我自从北京回来之后,一点一滴在寻找我丢失的尊严。以前我不懂,把感恩和尊严混为一谈。后来我懂了,不懂得感恩,那叫无耻。如果不爱惜尊严,如同行尸走肉!今天,无论你拿来何等贵重的东西,我都不可能留下,因为我要维护尊严!"

黑妖的脸上像着了火,此刻显得格外尴尬和难堪。他用尽九牛二虎之力才挤出一条理由,艰涩地吐露出来:"兰……妹子,我说过的话……需要兑现。小时候不懂事,说有钱了,给你买一笸箩……童言无忌,请你……理解我的……心意……"

这句结结巴巴的话说完之后,乡村歌手担心被拒绝、被呵斥、被下逐客令,他提前采取了措施,把那个精美的盒子朝桌上一放,掉头就跑,如同逃离雷区那般仓皇,转眼间就消失在黑暗中,不见了踪影……

第二十三章　当兵的汉子

中原医学院的院长亲自约见了林志恒。

院长说了许多发自内心的话,一再对那件不该发生的错误表示了道歉和慰问,并且转达了学校做出的决定:表彰林志恒为"见义勇为模范学生";给予全部奖学金,恢复其学籍;继续完成被耽误的学业。

林志恒对院长的美意表示感谢,同时真诚袒露了自己的想法。他想换个环境,如果待在这里继续攻读,必定会受到意想不到的社会干扰。他想把耽误的时间追回来,不愿被拉去作秀而耽误年华。

院长表示理解,也表示了深深的遗憾……

林志恒的故事在网上盛传,有些网络写手的嗅觉比导盲犬还要灵敏,他们的推断能力或许比福尔摩斯还要丰富。林志恒的一些陈年旧事被杜撰得神乎其神,有些段子比蜘蛛侠的故事还要荒诞不经——这些,或许就是他想换个环境读书的根本原因。

同时,国内还有几所大学对他发出邀请,提出的条件都很优厚,他几经权衡,还是决定回老家一趟,征求一番爷爷的意见。

林志恒匆匆回到古水坡,恰好大树爷和村主任从乡里开会回来,三个人便一起坐船朝对岸进发。

村主任一路上兴致勃勃,边撑船边炫耀,情绪依然沉浸在会议上:"志恒呀,你是没看见,那场面多红火呀!县里的教育局局长,乡里的两位书记三位乡长,还有全乡十八个村的支书、主任都来了!教育局提出撤点并校,集中优质资源,提高教学质量,把咱村的希望小学升级为九年制示范点。十八个村都想往咱学校挤呀!

嘿,咱古水坡可成了抢手的香饽饽了!"

林志恒说:"咱村学校硬件设施可以和县里任何学校比,教师队伍也不差。有俺三叔挂帅,成绩名列前茅。再不扩大生源,确实有点浪费资源了!不过,交通如何解决呀?"

村主任乐呵呵地说:"对呀,对呀!志恒一开口,把会议内容都说完了。这就叫行家一伸手,就知有没有!咦,你是咋猜到的?"

林志恒摇摇头说:"这事还用猜吗?如果不是交通不便,咱村学校早就划归教育局的直属重点学校了。即便各村的领导愿意将他们的学校并入咱村学校,交通问题还不是个难题吗?"

村主任的小眼睛挤成一条线,脸上堆满了笑:"志恒,又让你说中了!依你说,咋解决?"

志恒看见爷爷不说话,也不愿深谈,敷衍着:"海南岛是中国最大的经济特区,海上还架不起跨海大桥哩!咱这河上架桥的事,更不是一句话就有啦!最佳方案是,平常让学生住校,双休日买艘小轮渡,问题就解决了!"

志恒随口一说,村主任认了真,顺着话茬往下问:"啥?啥轮渡?你在外面见识广,说给咱听听呗!"

话说到这里,船到对岸。

大树爷没有下船的意思,坐在船上吧嗒着旱烟,问道:"娃,咋不让恁妈来家住几天哩?瞅你匆匆忙忙的,暖不热炕头就要走啊?"

村主任又乐呵呵插上话:"志恒呀,电视大伙都看了。你冤案昭雪了,真相大白了,你如今成大名人了,可不能再背着你娘在外面受苦受累了……"

大树爷打断他,说:"咋啦?你今儿话咋恁多咧?虚名管啥用,当吃还是当喝?志恒呀,这两年你干得不瓤,不蒸馒头争口气,把公道讨回来了,够爷们儿!你说说,往后啥打算?"

志恒如实说:"爷,我跟人合伙在海南开的那家公司,已经走上正轨,大有发展前途。但是,我不想做生意当商人,还想去上学。社会跑得太快,越往前走越感到自己学问不够!"

"那……还回医学院?"大树爷问。

林志恒认真回答:"爷爷,医学院和我谈了几次,院长都亲自出面了,决定恢复我的学籍,奖励全部助学金,还答应可以直接攻读研究生。条件开得很优厚,但我心里有顾虑,所以想听听您老人家的意见。"

大树爷磕磕旱烟袋,朝村主任挥挥手说:"发动,你先回,俺爷儿俩说点私房话。"转而对志恒说:"那,你咋想哩?"

志恒说:"常言说,好马不吃回头草。这还不是主要的。那些新闻记者翻天覆地地查我的资料,编造半真半假的文章,在网上炒得乌烟瘴气。我不喜欢这一套,又不能站出来跟他们理论。再加上宣传部门给了我好几顶'花帽子',这里做报告,那里谈体会,整天被指挥得团团转。时间久了,我担心自己变成个卖瓜的王婆!所以,我想换个环境,从头做起。"

"这想法对头,咱林家不要卖嘴的!"

"还有几座大学邀请我,提供的条件都不错。我选择了中南国防科技大学,从零开始,接受新知识,跟上时代步伐。另外,我入学就是军人,学费全免。省得再让您老人家为我操心劳神地攒钱了!"

"那中!那中!老中!咱家成双料军属了!"大树爷听得满心欢喜,突然话锋一转问,"娃,你妈咋办?俺得赶紧把她接回来!总不能让个穿军装的背着老娘上学吧?"

林志恒摆摆手,说:"爷,不用。这一条您也甭跟我争!您老人家七十好几的人啦,孙子还没好好给您尽孝哩!我一个无牵无挂的年轻娃,只要条件允许,我就得照料俺妈,守在她身边,哪能让您再操这份心哩?哪天我入伍了,军纪严明,不能带着老娘当兵了,我就把妈送回老家。忠孝不能两全,孙子就是这样想的,还求爷爷成全!"

大树爷狠狠抽了一口烟,说:"娃,你今年二十二啦,正当年,不算晚。天很高,地很宽,能飞你就使劲飞吧!你在小字辈里,比俺这老头还犟!看来,俺还真是犟不过你哩!"

林志恒在古水坡住了一晚,第二天就匆匆赶回海南的出租屋,和妈妈一起简单打点了行装,做好出发的准备。他又抓紧时间去了"天使公司",和老呆做了一次推心置腹的交谈。

老呆自然不愿让他离开,大有一番惺惺相惜的难舍难分。他摇着狮子般蓬乱的长发央求:"志恒,你是我生平遇到的最有才华、最有灵气的真君子!你的智慧与所谓的硕士博士相比,亦不在话下。我坚信,只要你我联手,将来还会干出更具色彩的事业来!"

志恒劝道:"呆兄的才华,岂是区区一把太阳伞可以论定的?我将会在你的光环中享受如沐春风般的清爽和美妙!"

老呆苦着脸叹息:"我亲爱的兄弟,哥哥愚钝,如果没有高人点拨,如凡·高那样,不仅画不出向日葵,一只耳朵都会被自己割掉!"

"我还年轻,一定要把基础打好,否则后半辈子的对手,绝不会让一个庸才滥竽充数的! 呆兄尽管挥动椽笔,肆意发挥,小弟在千里之外静听佳音。倘若确有用我处,如今交通发达,相聚不就在一顿饭之间吗?"

林志恒把话说得真诚而决绝,没有给老呆留一点希望,更没有给自己留一点退路。

第二天,老呆亲自开车,送林志恒母子到美兰机场。当志恒伏下身子,要把老娘背到后背上时,被老呆夫妇拦住了。

妖妹儿从汽车后备箱中取出一个物件,打开来是一个双轮椅子,放在地上,转动自如又稳稳当当。

妖妹儿眼圈湿漉漉的,鼻子吸溜吸溜的,一开口就落下泪珠子:"志恒兄弟是个好人,更是个高人。没有你一步步的指点,老呆的画笔画不出钞票来! 可怜我家庙台小,盛不下刘伯温……如今你要走了,想来想去就买了这轮椅,平时让大妈练脚,也好让志恒兄弟省点力气! 这点心意,你不会也拒绝吧?"

说着,吧嗒嗒又掉下两串泪珠子。

志恒母子连声道谢。志恒便让母亲坐进轮椅里,推着走进候机大厅,真的轻松多了。

到了分别的时候,老呆还帮着把轮椅办了托运。林志恒弯腰背起母亲,提起手提袋,缓缓过了安检,而后走进登机口。

当林志恒反身向老呆夫妇挥手告别时,发现妖妹儿泪眼花花地哭弯了腰杆。老呆一边挥手,另一只手也在抹眼泪。他蓦然感到脖颈里凉凉的,发现母亲伏在他的肩膀上,默默地在落泪……

平原县称得上古战场,远古时是共工氏部落的属地,周代封为共国。最有名的掌故,就是共伯和代行天子政令,由于共伯和办事公道,没有野心,执政期间天下太平。后来这段历史被学者称为"共和时期"。

还有一段掌故,共国归属卫国。郑庄公把郑国的势力扩张到黄河以北,曾把他弟弟段叔封于共城。共叔段欲与庄公争夺权位,就在共城秘密操练兵马,囤积粮草。史书上记载有"郑伯克段于鄢",却把"共叔段起兵于共城"忽略了,后人找不到"鄢"在何处,"共"也被忘到脑后了……

说来说去,古共国就是一片你争我夺的战场,如今,再辉煌的历史也湮没于尘土,再宏伟的建筑也毁于兵燹,什么也没留存下来。

如今的县城有东西、南北十字交叉的两条大街。东西大街驻扎的行政机关多，有几栋像样的办公楼，排列着县政府、邮政局、公立医院、电影院等一拉溜单位，还有点城市模样。

南北大街多是商店、铺面、作坊、农副产品集贸市场、酒店饭馆等；五行八作、三教九流、吃喝拉撒、生老病死所需要的物件用品，都陈列在高低错落、新旧兼有甚至残墙断壁的土圩子里，迤迤逦逦组成二里多长的一条商业街。

这样一片地方就是县城，聚集了十几万人口；拥有掌管一方水土的国家机器和政府机构；拥有全县最有经济效益的企业；也拥有各行各业的领导单位，领导着一个县的社会运转……

那天，村主任张发动陪着梁素梅进城办公事。他们先到教育局办完手续、盖过公章，然后到南大街的农村信用社，领取一笔现金，那是发给教师们的工资补贴。因为牵涉现金，数字又比较大，考虑到路上的安全，需要有个男人照应，素梅才请村主任做伴。

那年月，单位之间的业务往来，都是现金结算，而且这些钱还要发到个人手中，更需要实打实的现金兑现。那时候不兴用卡，几万元的钞票，银行一张张点清了，取款人还要一张一张数一遍。公对公，当面点，少一张都不行，多一张也不中。

村主任和素梅站在柜台窗口前数票子。勾着头大半晌，脖子都酸了，十根指头麻木了，指头尖磨红了，唾沫星子也抹干了。八万元钱耗去仨钟头，二人晕晕乎乎一屁股瘫坐到光滑的水泥地板上！

晌午饭没顾上吃，肚子饿得咕咕叫，前腔贴后背，肠子打团团。水也没有机会喝一口，嘴巴舌头干得发麻发黏，喉咙眼都能蹿出火苗来！

营业员端来两杯水，他们俩一饮而尽。村主任没喝够，便借了水壶，接满自来水，凉飕飕的，咕咚咚下肚，水灌饱了，他们也缓过气来了。

素梅说："发动哥，累了大半天，咱俩自讨苦吃。人家银行数过几遍了，不会错的！"

村主任却较真说："当面点钱，光明正大。还是数数好，错了当面纠正。万一出了差错，你回去也不好交代，我脸上也没光！"

素梅站起身来："发动哥，早过饭点了，咱赶紧找地方吃饭吧！"

"中，中！吃饭，俺肚子早饿扁了！"

村主任说着想站起来，眼角却瞟见一个人，便又一屁股坐下来，"不经意"地用手碰碰素梅的胳膊肘。

有个穿着讲究的高个儿男人，戴着墨镜推门进来，在他们身边转悠一阵，吹着口哨又走出门去——刚才他们俩站在那里解开一沓沓钞票点数的时候，村主任就发现他在身边转悠、溜达。此刻他又出现了，村主任本能地对他警惕起来。他当过兵，军营里的本钱还没有用光。

素梅得到村主任的暗示，对那高个儿男人警惕地多看了两眼。她转过身把皮包拉链拉住，又把皮带套过脖颈，装满钞票的皮包就鼓囊囊地挎到她的胸前；而后和村主任对视一眼，村主任会意地走在前边，她紧随其后，一步不落地走出了农村信用社的大门。

他俩刚刚走上大街，就被一辆摩托车紧紧跟上。素梅跟着村主任一步不落，两只胳膊搂着胸前的皮包，防备着朝她靠近的每一个人、每一辆车。有种莫名的紧张笼罩着，她周身神经都快绷断了。

那个骑摩托的人身材高大，头上戴着头盔，看不准长相，总是不紧不慢跟随在他们旁边。

素梅拉了村主任一把，警惕地朝骑摩托的瞄了一眼。村主任会意，往路边挪挪脚步，贴着马路牙子走。

谁承想那个骑摩托的，偏偏骑着摩托朝路边挤，不快不慢地相跟着。恰巧路边有个菜摊子，素梅和村主任放慢了脚步。就在一刹那间，骑摩托的伸手揪住素梅怀抱的皮包，使劲猛拽，包带被扯断了，素梅和村主任同时摔倒在地上。骑摩托的抢了皮包，"轰"的一声猛踩油门，转眼之间不知去向！

村主任摔个趔趄后起身慌忙去搀扶素梅时，只见她手中紧紧拽着半根皮包带，皮包早已不翼而飞啦！

村主任脸色吓成了白纸，惊慌失措地吼道："皮包！咱的皮包……被抢了！被抢了！"

素梅手中拽着被扯断的皮包带，魂都吓破了，她凄凉地尖叫一声："贼！就是那个飞贼……骑摩托的是个飞贼！飞贼抢俺钱包啦！"

蓦地，她像母狼一般蹿跳起来，没命地朝前冲去，边跑边嘶声号叫："抓贼呀！抓贼呀！飞贼抢了俺皮包了——！"

街道上人杂人多，那个飞贼骑着摩托在人群中穿行，速度不快，还能听到摩托的轰鸣声，飞贼并没有跑出太远。

素梅发疯一般一边朝前疾步狂追，一边没命般嘶声号呼："抓贼喽！抓贼喽！俺的皮包被抢喽！抓贼喽……"

她摔倒了，爬起来再追，继续大声叫喊！

街上人被她的喊声惊动了，问："哪个是贼？谁抢你皮包了？"

她指着跑远的摩托,嘶号着:"摩托！那骑摩托的就是贼！他抢俺皮包了！"

顷刻,大街上一片捉贼的呼叫声:"摩托！截住前边那辆摩托！他抢人钱了！堵住他！"

突然,一辆摩托车在素梅身边戛然停住,从车座上跳下个戴墨镜的高个子,恶言恶语道:"骚女子胡喊啥哩？青天白日哪来的贼？你扰乱治安,诬陷好人哩！贼在哪儿？谁见了！"

素梅冷不丁停下脚步,竟然被他唬住了,喊叫的声音也噎回去了。骤然间,素梅认出他来,正是银行里在身边晃荡的那个戴墨镜的,便指着他喊:"你才胡说哩！抓贼呀！他是贼！他和抢钱的是一伙的！"她陡然跳起脚,伸手就死死揪住那人的衣襟。

戴墨镜的恼羞成怒,抬手就是一拳,又抬脚把素梅踹翻在地,恶声骂道:"你这臭娘们儿,真是活腻了！再吆喝大爷做了你！"

素梅倒在地上,顺手搂住那人一条腿,嘴里不停地大声吼叫:"抓贼呀！抓贼呀！他和贼是一伙的！他们是一伙的……"

戴墨镜的看见女人的喊叫招来身边一群人,他急于脱身,从腰里拔出匕首,朝素梅捅去！

这时,一只胳膊伸过来,拧住那人的手腕。有位身材魁梧的军人挤进人群,揪住企图行凶的人,夺了他的匕首,一个扫堂腿把他摁倒在地。

围观的人群响起一片鼓掌声。

那位军人对周围群众说:"请大家打个电话,请110来把他带走,让警察来处理！我去追他的同伙！"

那个军人说完就骑上旁边的摩托,一溜烟地冲出去了！

飞贼路熟,骑着摩托一路狂奔,逃出县城大街,朝野地里逃窜。他专找崎岖坑洼的野路走,时而钻林子,时而爬坡岗,想把追来的摩托甩掉。

那军人也是骑术高手,鹰隼一般追逐着飞贼,锲而不舍,越追越近。尽管逃跑者七拐八扭,专往毛道野路里窜,追赶者却穷追不舍,步步逼近。一路呼啸猛进,绝不让逃跑者逃离视线,更不让飞贼从眼前轻易溜掉……

飞贼发现速度赢不了追赶者,始终逃不出追赶者的视线,更没有甩掉他的可能,难免心寒胆虚,便玩起心术,试图迷惑穷追不舍的追赶者。他突然逃进一片干涸的淤沙地段,霎时不见了踪影。因为人们在此挖沙,地上布满大大小小、深深浅浅的沙坑,不仅车辆难行,不留心还会转入盘陀路上,迷失方向。飞贼仗着地理熟悉,钻进一处大沙坑,熄了火。军人追过来时,果然看不到飞贼的去向。

沙滩松软,不见了车辙。飞贼藏匿在沙坑里,自鸣得意。

那军人绕着河滩转了一遭又一遭,竟然迷失了方向。他及时停止了追击,骑着摩托爬到沙岗上,居高临下观察周围环境,终于看清了飞贼的藏匿处,于是加大油门,驾着摩托从沙岗上凌空飞下,卡住了飞贼可能逃跑的去路。

沙岸酥松,流沙倾颓,雪崩一般把飞贼埋于流沙之下,不见了踪影……

军人四下寻觅间,飞贼从流沙中挣扎着冒出脑袋,竟然是两个!他们拼命从流沙中拱出来,手执尖刀,凶神恶煞般朝军人扑去,企图夺车逃命!

军人驾着摩托与两名飞贼周旋,撞倒一个飞贼,将其牢牢压在车轮之下。另一飞贼凶悍地扑上去,搏击间用尖刀刺伤了军人胳膊,鲜血直流。飞贼乘机夺了摩托,欲驾车逃窜!

军人纵身跳起,用身体拦住去路,被倒地的飞贼死命拖住双腿,难以挣脱。军人使出拳脚,将其制服,飞贼蜷缩一团……军人霍然站起,欲追骑车逃跑的飞贼。

此刻,沙坑上面传来警车的呼啸,几名警察下车堵截,将骑车逃窜的飞贼擒拿。另有两名警察冲下沙坑,协助军人将那个被制服的飞贼铐了起来……

县城大街上,戴墨镜的那厮已被群众用裤带绑了个结实,佝偻着身躯歪倒在路沿上。满街围观群众义愤填膺地将他骂了个痛快,口水唾沫吐得他顺着脑袋浑身滚流,活脱脱像刚从阴沟里爬出来的落水狗!

素梅和村主任惊魂未定,坐在马路沿上喘息不止。二人一边盯着被擒拿的贼,一边惶惶不安地朝大街那头频频张望,心情焦虑地盼着军人能帮他们把飞贼逮住,把抢走的钱追回来。

围观的群众帮着劝慰:"你们甭急,刚才那个当兵的身手不凡,保准能把飞贼抓住!"

"放心吧,大家帮忙报警了!公安局110都出动了,谅那飞贼跑不了!"

"跑了和尚跑不了庙!咱已经逮住一个啦,还怕端不了贼窝?"

人们正在七嘴八舌地议论着,两辆警车开过来了,那个军人也骑着摩托来到眼前。

警察把那戴墨镜的飞贼同伙押上警车,又对村主任和素梅说:"劳烦你们二位到公安局走一趟,做个笔录!"

村主任急慌慌问:"那,去就去!俺的钱追回来没有呀?"

警察指指那位军人说:"抢钱的飞贼抓住了,人赃两获!你们得感谢这位解放军同志呀!"

素梅激动地去拉军人的手,发现他胳膊受了伤,她一句话不说,刺啦撕一片衣襟,三下两下替军人缠住伤口,说:"同志,你受的伤不轻,还在流血哩,咱得赶紧上医院哪!"

军人笑着说:"没事没事!我是个当兵的,哪在乎这点皮肉伤呀!"

村主任眼睛滴溜溜地瞅着军人,突然惊呼起来:"老五!你是老五……林家勇!哎呀呀,大水冲了龙王庙,自家人不认自家人!我是恁叔,恁发动叔!她是咱村恁嫂子,梁素梅!"

素梅感动地瞅着英俊挺拔的林家勇,眼睛湿漉漉地说:"家勇,今天多亏你了!要不,咱的钱就让贼劫了,那是学校的公款呀!回到家,俺可得好生谢谢你!"

警察过来对家勇说:"解放军同志,对你见义勇为、只身擒拿劫贼的行为,我们深表感谢!请你留下姓名和单位,我们还有工作要做。"

林家勇推辞说:"不必了,不必了,我就是本地人,正好被抢的又是老家的人。对付两个毛贼,保护人民生命财产安全,就是我应尽的责任嘛!"

村主任满脸得意地说:"对,对,都是自家人,咱都甭外气了。人是官的,肚不是官的。大伙辛苦半天,咱到饭店吃碗烩面,我请客!"

家勇说:"中!好久没吃烩面了,馋得慌!发动叔,我得吃两碗!"

夕阳把最后一抹余晖洒在古水河上。晚风轻轻掠过,河面上泛起一层层亮晶晶的涟漪,煞是迷人。

大树爷等在码头上,抽着旱烟,等得有点发急了。直到看见素梅和村主任,脸上紧绷的皱纹,才稍稍松解开来。当他瞅见小儿子林家勇威风凛凛站到面前时,赶忙丢开从不轻易离手的烟袋,搂着儿子的胳膊,从头到脚认真地端详了一遍;而后眨巴眨巴眼,两颗亮晶晶的泪珠顺着腮帮流下来。他赶忙不经意地抹了把脸,掩饰地说:"咳,起风了,眼让沙子眯住了……"

转瞬之间,大树爷又恢复了往常的神态,问:"你们仨……今儿咋会碰到一堆啦?"

这一问,码头上气氛顿时活泛起来,村主任咧开两片嘴,三月发了桃花水那般,绘声绘色讲起了在县城大街遭遇的惊险场面。

大树爷一边听着,一边解开了系船的缆绳,调好船头。村主任这才招呼大家上船,赶紧夺过长篙,一边撑船,一边又讲述起来:"叔呀,今儿恁是没瞧见哪,那贼人分为两拨,一拨放烟幕弹,迷惑俺跟素梅,一拨开着摩托飞车赶来,说时迟那时快,俺都没瞅见贼的影子,装钱的皮包早已被飞贼扯断皮带,抢到手中! 轰隆隆一阵摩托响,哪里还瞅见飞贼踪影呀! 俺跟素梅吓得魂飞魄散,哭天无泪呀! 但是命能丢钱不能丢! 俺俩一喊抓贼,恁猜咋着? 满大街一片抓贼声哪! 迷惑俺的贼用摩托把俺撞翻,又拔出凶器去捅素梅。素梅揪住贼人死不松手,扯开喉咙喊抓贼,模样凶得像头母老虎……"

素梅不满地插上话:"村主任,说话文明点,俺那阵一门心思就是想追抢钱的贼! 俺把嗓门喊哑了,咋就像母老虎啦?"

村主任歉意地笑笑,接着话头继续说得眉飞色舞:"虎也罢,狼也罢,抢钱的飞贼就想把咱俩撞死哩! 就在千钧一发之际,有个军人冲上前来,三脚两拳,打趴了劫贼! 夺了凶器,把那贼丢给群众看押,他独自骑上摩托一路风驰电掣追赶飞贼去了!"

村主任戛然收住话头,猛然撑了一篙子,让渡船往前猛驶出一段水路,长长吁了口气。

大树爷眯住眼问:"发动,完啦? 咋就说完啦?"

村主任鼓鼓肚皮,卖弄地说:"叔,听上瘾啦? 关于解放军同志如何擒拿飞贼一段,咱没亲眼所见,不敢妄自推断。直等到一个时辰之后,那军人凯旋,他一人逮住两个毛贼! 他替咱夺回皮包,分文不少,完璧归赵! 这位见义勇为的英雄战士,不是别人,远在天边近在眼前,正是咱古水坡的好汉林家勇!"

素梅此时依然惊魂未定地战栗着,说:"今儿的事想想就后怕,俺在银行数钱就被贼盯上了,在劫难逃! 要不是碰上家勇,准当人财两空! 大树爷呀,如今贼精得很,有人掩护,有人动手,配合好周密呀! 家勇抓住俩贼,俺始终没看出那一个藏在哪儿。差点让贼给蒙了,抓住人拿不到赃,不是白搭? 唉,想想心里就扑腾!"

大树爷瞅瞅家勇,欣慰地说:"巧啦! 老天爷有眼,咱古水坡吉人天助啊! 老五咋就让你碰上了? 一个斗仨,有种,够爷们儿!"

家勇憨厚地笑笑说:"爹,这算啥? 在部队我是侦察连连长,擒拿格斗,家常便饭。不过,我也没想到摩托上窝着个销赃的,幸亏警察来得及时,不然还是个麻烦事!"

素梅一直待在身边帮他托着受伤的胳膊,心疼地轻声埋怨着:"明明被刀捅了,硬说不要紧! 回去俺帮你上药,免得发炎!"

大树爷吧嗒着旱烟,听了县城的传奇,又把眼前的景象看在眼里,满意地笑了……

山村的夜,好像离天空近些。只见星辰闪烁,银河辽阔,浩瀚无际……

大树爷坐在当院石凳上,望着星空,吧嗒着旱烟,心里也有一肚子化解不透的故事。

林家勇端来一盆温水,帮大树爷脱去鞋子,替老人把双脚泡在水盆里说:"爹,经常泡泡脚,活血舒筋,还解乏。"

大树爷顺从地配合着,说:"五呀,还是你心细呀,回家就给俺泡脚,俺有福呀!你妈走的时候,后半夜你从学校赶回来,说啥都要替你妈洗洗脚,轻轻爽爽好上路。你们哥几个你最懂得孝敬老人啊!"

林家勇替老人搓着脚,劝慰着老人:"爹甭这样说,几个哥干的都是大事。我最小,连这点小事都干不好,更让人笑话了!"

大树爷问:"五啊,这不年不节的,你咋有空回家来呀? 你肚子里肯定憋着话,想跟俺说哩!"

林家勇替老人揉着脚:"爹猜对了! 我就是回来向您请示汇报的。我当兵七年了,当上连长,算是老兵了。现在部队要求知识化、年轻化、专业化,许多大学生都下连队当兵了。我面临选择,要么留在部队当教官;要么转业,到地方谋职,从事新的工作。所以我请了几天假,专程回来征求爹的意见!"

大树爷摇摇头说:"五啊,你是个有主见的人,以后的路咋走,还是自己选。爹跟不上时代了,只能替你当当参谋。"

"我如果留在部队当教官,部队领导很欢迎,但我自己犯犹豫。二十六七的人啦,在娃娃兵面前就是老头子,摸爬滚打跟不上趟了,早晚会被淘汰! 转业到地方,不知能否找到合适的工作,心里也没数。所以,我现在自己拿不定主意啦!"

听着家勇的话,大树爷沉思半晌,说:"五啊,你想得对。既然这两条路都有顾虑,为啥不多想几条路,把脚步踩稳再说哩?"

林家勇说:"我还想过,回来守着爹,接你的班继续撑渡船,让自己好好放松放松!"

大树爷吸了几口旱烟,感叹道:"五呀,人活着不能光想自己,就跟撑船一样,要把大伙送过河去。山外有山,天外有天,老祖宗开辟的世界大着哩! 你三个哥都干得不赖,各有各人一摊子,都在撑着一条大船,渡着许多人。俺这条船不用你撑。倒是有个想法,咱爷儿俩得好生唠唠哩……"

这时,素梅匆匆走进来,说:"哟,儿子替老爹泡脚哩,真孝顺哪! 俺找来碘酒消炎药,给家勇抹抹伤口哩!"

大树爷笑呵呵地催促道:"老五,快去! 快去! 俺自己……会泡脚!"

家勇甩甩手上的水珠子,随素梅走进屋去,坐到当屋灯光下。

素梅让家勇脱下一只衣袖,露出受伤的胳膊,仔细解开缠在伤口上的布条。只见受伤的地方血块已经结了痂,鼓起紫红色一道棱子,虽说伤的是皮肉,素梅看了心口直哆嗦。

"疼不疼呀? 二寸长的口子,又不是长在树上呢! 你咋眉头都不皱一下哩! 咋说也该去医院看看,发炎了咋办?"

林家勇不在乎地笑道:"嫂子,我是个军人,流血受伤是常事,这点伤算啥? 皮肉伤,不要紧,三两天就好了!"

素梅用药棉蘸了碘酒,细细地擦拭着伤口周围的血痂,轻轻吹着说:"你今儿是为了我才受的伤,我心里很是过意不去。好在伤了胳膊,要是伤到脸上,哪可咋办?"

家勇笑道:"嫂子,你可别在意,就是丢了性命也是应该的。我是个军人,当人民群众面临危难的时候,就应该冲上去啊!"

素梅瞅他一眼,嗔道:"你甭一口一个嫂子地叫! 俺还没你大,小你两岁哩! 就叫俺的名,梁素梅!"

"哦,中,中! 我……喊顺口了!"家勇歉意地说,"梁素梅,这名字好听!"

素梅在伤口上细心地抹着消炎药,垂着头,扑闪着一圈眼睫毛,认真说出心里话:"三年了,俺不愿意听人喊俺嫂子,心里不好受。我得鼓起勇气走出阴影往前走,往后还得过日子,俺娃还在读书哩!"

她手脚麻利地把纱布缠好,交代说:"家勇,这两天千万甭沾水,当心发炎! 好了,俺得走了,明儿再来。栓柱在家写作业哩!"

大树爷从窗户上看见他们的影子,听着他们高声低语的谈话,脸上现出一片舒心和释然。

看见家勇送素梅走出屋,他赶忙站起身,催促儿子:"送送,送送素梅,今儿夜黑……"

家勇并不明白他的意思,答应着:"中,中! 我送送素梅,爹您先歇吧!"

素梅不说话,也不推辞,慢慢迈步朝石头院外面走去……

第二十四章　小山村的大谋划

屋顶上,花公鸡高亢地啼叫着,山村又迎来崭新的一天。

大树爷换了双"踢死牛"的粗布鞋,在石板地上跺了跺脚,朝林家勇吆喝了一声:"五啊,走吧,爹今儿带你去逛景!"

林家勇往军用水壶里加满水,又把一顶草帽戴在大树爷头上,说:"走!"

大树爷迈开脚步走出院子,上了路,健步如飞的劲头,一点儿也不显老。

林家勇紧随其后一步不落,不时还要伸手搀扶老人一把,都被大树爷推开了。

大树爷笑语朗朗:"这山路俺走了一辈子了,沟沟坎坎都在心里头,跌不倒,也累不垮!"

爷儿俩顺着蜿蜒山路,往后山爬去,一路上爬坡过沟,峰回路转,看不完的好景致!

大树爷兴致高昂,一边走一边讲:"咱们古水坡南靠北邙,北连太行,古水河一路东去,通往鸿沟,就是刘邦和楚霸王排兵布阵的地方。那是两千年前的古战场,故事能拉一大车!"

走往邙山的黄土坡,继续往前就是坡陡路险的太行山脉。那里是另一番景象,悬崖峭壁,如同刀劈斧削,深沟百丈,好似无底深渊。云走霞飞,紫岚缠绕,好一派雄伟气势……

山坡上有座小庙,破败矮小,几乎经不住几场风雨,便会倾倒,不知是哪位圣人的遗址。大树爷连声惊呼,感叹惋惜:"那就是禹王爷治水驻扎的营地哪!那时分,大河东去,遇到邙山拦路,这里方圆几百里,都被黄河水淹没,一片汪洋呀!禹王爷奉命治水,咋办?他从天神那里借来巨斧,吃了一笼屉窝头,喝了三缸凉水,举起斧头,把邙山砍开个大口子! 从此后,黄河水一路向东,不再兴风作浪了!"

爷儿俩爬上那座山包,眼前景物果然一览无余。黄河仿佛是从天上裁下的一片云彩,铺在千里平坦的大平原上;风平浪息,波澜不兴,温驯地向东缓缓滚动,泛起轻轻的波光,一溜溜地闪,一波波地亮。镶嵌在彩云周围,是一簇簇翠绿、一丛丛金黄织就的花边,那就是一马平川的沃野。五谷繁茂,草长莺飞,千里麦浪,万顷菜花,芙蓉飘香、杨柳拂岸,好一派空阔无边、令人心旷神怡的景致……

大树爷指着远方,说:"五呀,瞅瞅那河口上的高台,那就是汉王点将台。当年刘邦单骑潜行,闯进韩信大帐,夺走帅印,调集兵马,屯集于鸿沟一侧,与项王对峙。你瞧瞧,就剩那么个小土堆了!"

家勇哦了一声,却说:"爹,有点不对吧? 那地方好像不在这儿!"

"谁敢说不在这儿?"大树爷固执地强调,"老祖宗传了多少辈了,这地方不会错! 如今都兴争祖宗,咱再不争,都被别人抢走了!"

他又指着远处河湾处一片沙滩,兴致勃勃地说:"五,你再看,那地方就是张良截杀秦始皇的地方。张良买通个大力士,埋伏在秦始皇过沙丘的路上,想用大铁锤把秦王砸死! 哪想到一锤下去砸错了,秦王没坐那辆车! 吓得张良尿了一裤子,赶紧逃跑了。那地方叫博浪沙! 你说说,这地名不假吧?"

"这事儿不假,那地方叫博浪沙,史书上有记载!"家勇点着头,确认父亲的博闻广见。

大树爷越发得意起来,挥挥手中的旱烟袋:"挨着那地方,就是官渡,是袁绍囤粮的仓库。曹操本来打不过老袁,就派兵抄了老袁的后路,一把火烧了粮仓,把老袁困在官渡,关住门打狗,杀得老袁屁滚尿流! 这也不假吧?"

家勇郑重回答:"当然。这还是战争史上的典型案例,上军事课还讲过哩!"

大树爷跺跺脚,就地转了一圈,脸上布满神奇的色彩,问:"五啊,你知道这是啥地方?"

家勇脱口而出:"山,邙山头。背靠古水渡,面向大黄河!"

大树爷一脸骄傲,两只眼里闪着光芒,手指着脚下的山头,言之凿凿:"当年国家领导视察黄河,就站在这儿! 还在这儿坐了一刻,吸了俺一袋烟哩!"

"爹呀,真的吗? 以前咋没听你说过哩?"

大树爷神秘地附在家勇耳边说:"以前领导让俺保密,不敢胡说嘛!"

…………

返程路上,大树爷缓缓走着,好像装了一肚子话想说。

家勇拧开军用水壶,递给大树爷。老人咕咚咚喝了几口水,抹了把嘴,问道:"五啊,咱转了这一大圈子,心里啥感觉呀?"

家勇如实讲了感受:"不看不说不知道,看了听了吓一跳!咱古水坡这一湾水一座山,还藏着恁多的历史文化哩!"

大树爷沉思着:"都说文化是个宝,俺出去一趟才知道。南方人见块破石碑,也要围起来卖门票,说是啥文化景点。咱这里遍地都是文化,随便一查都是千朝百年的老古董。咱不懂它的金贵,也不懂得经营,愧对先人,愧对祖宗啊!"

家勇听着老人的话,沉思着,猜测着,没有弄懂老人的意思,也就没有随便开口……

吃罢晌午饭,大树爷扔下饭碗,便对家勇说:"五,咱爷儿俩还得出去转转!"

林家勇没有多问,也没有多嘴,他深谙老人的性情,只是顺从地跟着走。

他们来到渡口,上了船,家勇夺过长篙说:"爹,我撑船吧!"

大树爷没有争抢,指指前方水路说:"咱今儿不过河,就撑着船顺河往前走!"

家勇嘱咐老人坐好,便撑船离岸,熟练地用竹篙点水,渡船稳稳地顺水前行,一处一景,甚是诱人。

不知不觉间,渡船驶入鸿沟。只见两岸土石列阵,壁如刀削,林木蓊郁,野花暗香……

顿时,林家勇情绪冲动起来。他的思绪从黄浪如金、浩瀚无极的大河,一下子和两千年前的古战场连通起来,仿佛坠入深邃的历史隧道,看到了往昔的金戈铁马、喋血鏖战;而后柳暗花明,回到阳光灿烂的今天,看到春和景明、莺歌燕舞的今生今世……

他不由发出一声慨叹:"爹呀,我知道自己该干啥啦!"

大树爷瞅着儿子,嘴里吐出几个简短的音节:"说来听听!"

林家勇短暂地停顿片刻,认真地回答说:"我有个感觉,咱们古水坡就是个千娇百媚的杨玉环,藏在山野人不识。咱们以往就知道古水坡不通车也不通路,又穷又偏僻。本村人自暴自弃,上级也把咱村当成包袱,开发没有价值,不管不问有点不负责任。咱们的群众就知道外出打工,挣点辛苦钱。咱们对自己的老家没有认识,不知道家门口藏着宝,不恋咱身边的母亲河!"

大树爷不插话,听他往下说。

"咱们如果认真理清思路,搞好规划,把旱路和水路串联起来,形成一个旅游圈,把咱们这里的历史、传统、古迹、名胜、山光、水色串联起来,不就形成一条历史文化长廊和风景名胜旅游线了吗? 一处一景点,一景一故事。游客可以品味历史,观赏山村古韵,也可以度假休闲,品赏山野乡情;把进山的路整修一新,游客可以步行,也可以车代步;水路提供游船和渡轮,少则十个八个,多则三二十人或三五十人,可以畅游大河上,笑傲大风歌;也可以沿河夜泊,观赏长河落日圆,白日依山尽……"

林家勇浮想联翩,滔滔不绝,关不住思维的闸门,说起话来一泻千里。

"咱们搞乡村旅游,起码要做到三条:一是有看的有玩的,有特色有内容;二是有吃的有喝的,农家特色,乡村风味;三是能休息能住宿,农家院落,城市标准。咱们古水坡离新乡不远,如同城市的后花园,坐公交车也就一个小时。早出晚归,一日游玩轻松自如。咱们村距离省城郑州,行车两个小时,可以成为他们双休日和节假日的外出选择。设好景点,就要营建农家客栈,大量空置的山村民居就可以改造使用,开张迎客。提供游客住宿,休闲度假,消夏避暑,吃乡村土菜土饭,享受山乡天然氧吧!"

林家勇说得口若悬河,大树爷听得目瞪口呆:"五啊,你说这一大篇,俺都听蒙了!俺是想让你走走看看,咱村有多大家底,有多少资源,咱村的过河大桥该不该抓紧架起来。俺听着听着,你咋搞起旅游来了?"

林家勇的思维刹不住车,兴致盎然地解释说:"爹呀,常言说靠山吃山,靠水吃水。您今天领着我游山逛景,我真是大开眼界呀!咱们古水坡身处宝山,就要开发利用啊!目前,随着科技进步和经济发展,人们的休闲时间与日俱增。全世界大部分国家实行每周五天工作制,咱们国家正在推行带薪休假制度,大量的休闲时间就用来旅游度假了!我们周边的城市人口就是强劲的客源和收入来源。乡下人想进城看看,城里人想到乡村转转,这是个强大的人群流向。旅游不仅仅是一项开阔眼界的观光活动,也是人们生活中不可缺少的内容之一。旅游不是光走走看看,而是包括吃、住、行、游、购、娱乐等多方面内容。涉及的相关产业包括餐饮业、旅馆业、交通运输业、零售业和娱乐服务业等多种行业。所以,咱们村如果把旅游搞起来,那可是个大产业呀!"

大树爷狠狠地抽着旱烟,一口接一口。

林家勇继续说:"爹呀,现在人们都把旅游列为大事了!城里人不到休假日,就提前把机票买好了,出国的,去西藏的,去敦煌的……去国外好多也是逛小村庄的,咱们国家的乡村旅游开发得太晚,质量也跟不上去。咱们古水坡的条件得天独厚,不仅中国人想来,对老外也颇具吸引力。可以设想一下,咱们成立一家古水坡旅游度假公司,寻找合作伙伴前来投资。把水陆两条线路对接完善,山里的环线统一用景区的电瓶车。水路呢,咱们开渡轮,开游船,开摩托艇。比如威尼斯水城,那是欧洲一座水城，没有旱路，只有水路通往家家户户。水城有种叫贡多拉的小船，就是唯一的交通工具。每一位去水城的外国人，都想坐上贡多拉游上一圈，体会一番水城的味道！"

说到这里，家勇收住话头，瞅着大树爷问：

"爹，如果古水渡是老天爷有意在咱村前留下的一条天河，您老人家是想掏钱架桥呢，还是想让人掏钱坐船过河呢？"

大树爷长长地"哦"了一声，瞪瞪眼又眯起眼，继而仰面大笑："哦——对！对！哈哈，俺懂啦，俺懂啦……"

一股浪花击打在船帮上，溅起的浪花泼洒到船舱里。大树爷抹了一把凉爽的水珠，父子俩开怀大笑起来……

晚上，林家勇顺脚走进素梅家，看见她拿着课本，正在灯光下辅导栓柱做作业，没敢惊动，默声站在门台上。

司提芬赶忙迎出来，热情地伸出手来："啊，可爱的解放军同志，你就是见义勇为的英雄林家勇！自我介绍一下，我是司提芬。欢迎你的到来，认识你很高兴！"

林家勇笑着说："你就是那位有名的中国通，我的洋妹子！你的故事我都听说了，很感兴趣。听说你和我们家那位歌唱家采风去了，这么快就回来啦？"

司提芬俏皮地反驳他："解放军叔叔，我想纠正一下。我和咱们家那位乡村歌王，正在从事一项民歌探微活动。本来已经到了'卫国'，因为歌王要料理团队的事务，暂停两天，所以才有幸见到您！"

林家勇的脸上稍稍发烫，没想到这位洋妮子如此泼辣，便连声告罪："对，对，对！我口误，马上改正！洋妹子，我虽然读不通《诗经》，但对个别篇章稍有了解。希望你们的这项工程一帆风顺，马到成功！"

司提芬笑道："谢谢你的祝福。我对你那天的奇遇很感兴趣，你愿意接受采访吗？"

"那件事千万别再提了，小事一桩，再问我就脸红了！"

"好吧，那么我对你和爷爷今天的行动更感兴趣。爷爷给我讲过一些，好一部精彩的乡村历史啊！多么遗憾，这么好的机会错过了！"

林家勇惊讶地望着她："我怀疑你是个特工，古水坡的事啥都瞒不了你。今天究竟是去干什么，我事先一点不知情。你真的太神奇了！"

"不，不是我神奇，是古水坡的事情太神奇！"

司提芬骨碌着迷人的蓝眼珠："爷爷说过，古水坡巴掌大，放个屁全村人都能听见!"

林家勇朗声笑起来:"我的洋妹子,你好幽默呀!"

司提芬突然庄重地板起脸:"解放军叔叔,我不得不严肃地指出你的语病。我不是你妹妹,应该是你的侄女,这个问题至关重要!"

林家勇稍稍有点尴尬。素梅正好走出来,笑着解释:"司提芬说得对,家勇应该是叔叔辈。他长年在外面当兵,把辈分都记乱了,现在纠正过来就是了!"旋即招呼家勇说:"俺就说找你换药哩,你倒自己来了!"

林家勇说:"不就几步路嘛,抬脚就到。我感觉好多了,不用换药了!"

素梅不依,拉住家勇,帮他解开纱布,准备检查伤口。

司提芬感觉不便多待,便告辞说:"我走了,回学校看书去了。你给伤员换药,人多容易感染!"

素梅把她送到门外,返回来说:"这丫头鬼精灵!"接着她用棉球帮家勇擦拭着伤口,说:"真的好多了,炎症消了,长口了。记住别沾水,再过两天就好利索了!"

没等家勇答话,她又问:"今天跟大树爷进山逛景,累了吧?"

林家勇的情绪顿时兴奋起来:"我们可不是逛景去了,我是领受任务去了!"

"任务,啥任务?"素梅有点惊讶。

"工作。就是听俺爹给我安排工作去呢!"

"啥,大树爷给你安排啥工作哩?"素梅越发惊讶,眼睛圆溜溜地盯着家勇。

林家勇躲闪着素梅灼热的目光,如实说道:"我转业了,留在部队,还是回到地方,拿不定主意。今天跟着老人往山里山外转了一遭,我下决心了,回到古水坡,办一家旅游度假公司。把山前山后连同古水渡总体规划,充分开发,以旅游产业为龙头,盘活古水坡的经济,让乡亲们彻底富起来!"

素梅听了,心头一震,说:"啊呀,那可太好了! 有你这员大将挂帅,咱古水坡又要红火起来了!"她突然双眼如火炭般盯在家勇脸上,火辣辣地问:"我能干点什么?"

家勇把胳膊朝前一挥,如同面对军队那般英气蓬勃地说:"我们将要搞的是一个综合发展的大工程,如同一场海陆空同时投入的规模化战争! 古水坡的人不再外出打工,就在家门口自己当老板,只怕还得面向社会招聘员工哩! 你当然是村里的骨干,未来公司的管理人员啦! 不过,你在学校有工作……"

素梅有点迫不及待:"家勇,开发家乡,冲锋陷阵,一定要算我一个! 学校的财务后勤也就开学忙一阵,随便找个人都能干。但是建设古水坡的大事情,俺不能袖手旁观!"

栓柱拱到被窝里了,听见他们说话,也跑出来说:"五叔,大树爷说了,古水坡每个人都是家乡的主人,俺也不能袖手旁观!"

家勇伸手拍拍他的头,胳膊一弯把他抱起来,塞到被窝里去,说:"小屁孩儿,你现在好好读书,将来才能干大事!"

栓柱一本正经地说:"我能当导游啊!双休日、节假日,给客人讲历史讲文化呀!"

家勇哈哈一笑说:"中!算你一个。提前报名的志愿者!"

林家勇回到家里,刚走进石头门楼就听见大树爷高声朗语地在打电话,接电话的是林家旺。双方都开着扬声器,传出来的声音很响亮,站在窗外听得清清楚楚。

大树爷虽说是一家之长,又是古水坡村民的主心骨,可谓小山村一言九鼎的人物,但是,他办事很有分寸,很讲原则性,更讲规矩。大凡涉及村民利益的重大事件,他都要认真斟酌,冷静思考一番,向村委会提出建议,表明自己的态度。如果涉及政策法规,一概公事公办,决不越雷池一步。

今天他和家勇的谈话,碰撞出一个改变古水坡人命运的大规划。大树爷毫不犹豫地收起了自己坚持了半辈子的修桥计划,认同并接受了家勇的建设性意见,并且在心中充分理解和消化之后,他才给家旺通电话。一来家旺年长,走南闯北经见的事多,能够帮他做出判断或指出谬误;二来家旺是村支书,是为古水坡老少爷们儿谋求幸福的。在小山村三百口人生死攸关的节点上,他总是要把自己的意见和想法,跟他进行一番推心置腹的沟通和交流,一旦达成共识,便会迅速而又坚决地落实在全体村民们的行动上。

大树爷此生为了古水坡的将来,立志要办两件大事的宏愿,始终如压在肩头的两座大山,一是办一所学校,二是架一座大桥。

学校办起来了,逐渐走向正轨。为了大桥,虽说没有公开号召,这些年他省吃俭用,也渐渐攒下一笔数目可观的存款。村民们深知这是为子孙造福的大事,家家户户都懂得从牙缝里省出一点,哪怕添块砖加片瓦,也算尽了一点儿心力——这或许就是大树爷此生为古水坡带来的最大一笔精神财富!

但是,林家勇的设想彻底改变了事情的走向,阻隔古水坡交通的那条河,转眼之间由劣势变为优势,而且转化成促使山村实现旅游开发的一片黄金水域!

大树爷在向林家旺转达这个规划时,尽管仅仅是口头上一个设想,但老人家说话的声音都有点发抖了,那是一种极度兴奋的表现。

林家旺的情绪同样是亢奋的,声音同样有种少见的冲动。林家勇虽然只听到结尾一段,但已经足以听出村支书的明确表态了——

"爹呀,家勇的设想不仅是个好主意,还是咱们古水坡的发展方向哪!咱们身在宝山,不懂得开发利用,这是个重大失误呀!咱们落后了,但是认识到了,还不算晚。咱们赶紧补救,把这个项目开展起来!老五说得对,咱不能光想着出门打工,必须转变观念,建设家乡,开发家乡,在家门口自己当老板!"

大树爷的声音也很亢奋:"开发需要钱哪!老二,你在深圳,碰到合适的大款,也可以合作开发,联合经营,咱实行股份制嘛!当然,首先发动古水坡的村民入股,让大伙都有股份,都当股东,那才叫人人是主人哩!"

林家旺说:"爹呀,投资商有的是,找个志同道合的也不太容易,这事先不急。咱们首先要做的工作是,搞出一套规划方案来。既是切实可行的,又是最理想最完美、可以和世界一流的美丽乡村相媲美的规划设计。用土话说,就是把古水坡设计得像天堂一样美!只有这样,才是人们最向往的地方。当然,规划也不可能一步到位,可以分为近期、中期、后期,分期开发,逐步完善。如果家勇愿意承担这项任务,就必须付出毕生的精力和心血,他一定要做好这种准备呀……"

山村的夜很静,静得让人窒息。

屋里的通话持续了很久,如同发动某场战役的前夜,两个战争决策者在认真交换着最后的作战部署和某些关键细节,气氛是那般的神圣和庄严。

林家勇默然伫立在窗前,屏声敛息地倾听着窗户里和千里外的手机对话,聆听着一个决定小山村前途命运的决定,正在从谋划走向运作。他顷刻感到肩上有了一种从未有过的压力,正在无形中悄然向他漂移而来……

大树爷屋中的电话很久才消停,他窗户上的灯光却彻夜未熄。那个吧嗒着旱烟袋的身影,剪影般印在窗棂上……

似乎与这场谋划无关的梁素梅,那天也亮了一夜的灯光,赶做了一夜的针线活。

就在林家勇刚刚离开之后,她发现地上有个清晰的脚印。男人的,穿着军用胶鞋印下的、粘有乡村泥土的、带有体温的鞋印子。她心口不由自主地怦怦跳了一下,接着便手脚慌乱地找来半张袼褙、铅笔和剪刀,双膝跪地贴伏在地板上,将袼褙平铺在脚印上,用铅笔细细描下来,然后用剪刀把两个脚印裁下来。先裁个大概,而后对照地上的脚印再一点点修剪,做到分毫不差,丁点不能走样。

她在替下了鞋样之后,按照鞋样裁出十几副同样的鞋底袼褙,再用糨子把袼褙用白布裱了,粘成厚厚的一摞,这叫"毛底"。同样的毛底裱好之后,她开始用麻线穿上头号钢针，千针万线地纳起来。她用的针脚很密，钢针穿过鞋底，抽着麻线嗞嗞地响，传出的声音像钢琴奏出的乐曲；她双手忙碌的动作，美得好似织女纺线，又似西施浣纱——按照平常针线活的做工推算，纳一双这样的千层鞋底，至少也要两天，她那般地飞针走线，恨不得顷刻之间完成。这种动力来自某种冲动。她为什么要这般匆忙地做这件事情，连她自己也说不清楚……

素梅趴在屋地上开始忙碌的时候，栓柱已经睡了一觉，等他起来尿尿时，突然发现了妈妈的异常表现，他惊异，也很好奇。自从爸爸为了救人牺牲在坚冰覆盖的湖下以后，他随妈妈回到老家，再没有外出过终日漂泊的日子。他们家再没有除他以外的男人住过，妈妈和男人的交往始终保持着适当的距离，更不曾对哪个男人表露出特殊的亲近。小学六年级的孩子，虽说还是个苦涩的山核桃，对男女情事尚未开窍，然而也能从妈妈身上发现少有的异常。

昨天，栓柱从放学回家吃晚饭，直至拱进被窝之前的所有空间，听到的感觉到的只有三个字：家勇叔。以及家勇叔如何勇斗劫匪、夺回公款的英雄故事。妈妈对家勇叔表现出少有的崇拜和敬仰，山村少年也对英雄留下深刻印象。直到今天，妈妈依旧沉浸在感念英雄的情怀里，"家勇叔"三个字依旧在他们的对话中频频出现。

家勇叔是位英俊挺拔的解放军叔叔，虽说很少回来，也很少见到他，但是他每次回到老家，都要到每家每户去串门，村子里老人孩子都喜欢他，愿意亲近他。家勇叔爱笑，笑起来脸颊红红的，还现出两个酒窝窝，所以很好看。村里的大闺女、小媳妇们背地里喊他外号"小李广"！

今天晚上，家勇叔来到他们家，妈妈正在辅导他做作业，却是那么心不在焉，甚至所答非所问，耳朵听的是家勇叔和洋阿姨的谈话。

妈妈给家勇叔换药，栓柱也凑上前去看。他可以明显地感到妈妈周身都在轻轻打战；妈妈看家勇叔的眼神有点特殊，有种黏黏的东西，蜘蛛吐丝那样，不留痕迹地在对方英俊的面孔上悄悄移动……三年前，他偷看过妈妈和爸爸私下里曾经有过类似的表现，尽管印象很模糊，但是那种感觉牢牢刻在心尖上。

就在栓柱钻进被窝的刹那间，他发现了妈妈更明显的举动，几乎将身躯贴伏在地板上，那般专心致志地去描画印在地板上的男人脚印！

在那一刻，栓柱的眼珠睁得溜圆，几乎屏住了呼吸，不愿发出一丁点儿的声响，好让妈妈用她的全副身心去完成这个神圣的举动。

十二岁的男孩彻底明白了，妈妈崇拜家勇叔，敬重家勇叔，妈妈是喜欢上家勇叔了！

妈妈用心描下家勇叔的脚印,接着开始了剪袼褙、裱鞋底、纳麻线等一连串紧张而又忙碌的程序。——看来,妈妈要为家勇叔精心做一双千层底的布鞋啦!

山村男孩对妈妈的感觉有了天翻地覆的变化,妈妈要跟家勇叔相好了! 这是山村里女人对男人示爱的最纯朴、最真挚的体现。一旦男人接受并且穿上女人亲手做的布鞋,就等于向所有人公开了他们的关系。

那一夜,从栓柱拱入被窝假寐,到他委实坚持不住,睁不开眼皮为止,他窥视到妈妈的一连串行动,并且毫无疑问地猜中了妈妈心底的秘密。已经进入梦乡,他还在和家勇叔嬉戏、打闹,嘴里憋着一句话,总也喊不出来。他想把看到的秘密告诉那位英武的男子,越是喊不出声音,越是在被窝里踢腾得厉害……

少年的梦魇,终于惊动了陶醉于辛劳的女人。素梅终于停下抽动麻线的双手,帮儿子披披被子,并用毛巾擦拭着儿子汗津津的面孔,端详着娃脸上顽皮的笑……

"儿子,做梦啦?"妈妈发出一声习惯的问讯。

儿子无意识地翻翻身子,蜷缩成一团,含混地吐出一串儿不连贯的话语:"……妈,我……要……有爸……爸……啦……"

素梅蓦然停下手中的针线,盯住儿子看了一会儿。听出是梦话时,不由嫣然一笑,又沉浸在难眠的辛劳之中……

鸡叫三遍时,一双千层鞋底、方口黑面的新鞋做好了。素梅把两只鞋放在一起比了比,是那么完美和周正。她抿起嘴唇笑了笑,伸伸懒腰站起身,赶紧不知疲倦地烧火准备早饭去了。

栓柱被妈妈喊起来,睁开眼就看见床头上放着一双新鞋。他看着妈妈,故意问:"妈,你一夜没睡做了双鞋,不是我的吧? 太大啦!"

素梅把涮好的毛巾递给他,嗔说:"少管闲事! 赶紧擦把脸吃饭,不然要迟到了!"

栓柱趿拉上鞋,背起书包就往外跑:"我不在家洗脸了,到小河沟里自己洗!"

素梅压根不知道儿子发现了自己的秘密,反而轻声叹了口气:"唉,儿大不由娘啦!"

栓柱只顾急慌慌往外跑,一头撞到迎面而来的家勇身上。家勇扶他一把,问:"栓柱,你妈在家吗?"

栓柱踮起脚,附在家勇耳朵边,神秘地小声说:"俺妈……在家哩! 她一夜没睡,做了一双鞋。我猜是给你做的……这是秘密! 家勇叔,我啥都看见了,你可不能告诉别人!"

家勇听不明白,扑哧一笑:"瞎扯个啥呀? 小屁孩儿!"

栓柱把脖子一梗："我没说假话！不信咱走着瞧！"

家勇弯腰朝他屁股上轻轻拍了一巴掌："滚吧！迟到了……"

家勇朝前走几步，站在石头门楼外面喊："素梅在家吗？素梅！"

素梅用手拢着散乱的短发，匆匆走出门来："哦，家勇啊！我猜你就闲不住，有事吧？"

家勇站在门楼前说："你知道俺爹那脾气，他跟家旺哥通了半宿的电话，把开发旅游定为咱村的发展方向了。还是老作风，说了算，定了干，再大困难也不变。今儿一早就下任务，让我到开封跑一趟，参观清明上河园，学习取经，考察一下人家是如何用渡船运送游客的！"

"这也太快了吧？都想到这一步啦？"

素梅有点惊讶。

家勇解释说："大家对水面如何利用，想法都很模糊。这个问题解决不好，整体规划就很难设计。我也想就近了解一下，不行再往远处多跑跑，借鉴最好的，打造自己的。我想找个帮手，俺爹举荐你。我来征求你的意见，愿不愿干？"

素梅迫不及待地说："大树爷让我干我就干，不会就学呗！不过学校这一摊也得有人顶上，我不能一个人劈两半呀！"

家勇说："俺爹的意思，想让你把学校的工作兼顾着，以后再物色合适的人选。你先有个思想准备，咱明儿去开封！"

他说完转身想走，素梅喊住他："你等会儿！拿个东西……"转身进门揣个包袱出来，递给家勇说，"俺看你东奔西走的，老穿一双胶底鞋，就替你做了一双。拿回去试试，看合不合脚。"

家勇打开一看，果然是双布鞋。随即脱下一只旧鞋，换上新鞋，轻轻跺跺脚，说："嘿，大小正好！素梅，谢谢你了！不过，今儿你得补补觉，往后甭再熬夜了，攒着劲儿干大事。"

素梅的脸腾一下子红了，赶紧转身，跑进石头院去了……

因为有北宋画家张择端画的一幅《清明上河图》，才有了建在开封市区的清明上河园。

当代人根据那幅画上展示的情景，以宋代市井文化、民俗风情、皇家园林和古代娱乐为题材，以游客参与、体验为特点，再现了古都汴京千年前的繁华胜景，造了一个大公园。

这件事对大树爷来说，仅仅是传闻，他没有实地去看过。只是因为他和林家勇的一番对话,才有了要在小山村大动干戈的创意,便一刻不停地让林家勇和梁素梅去开封一探虚实。

常言说,山无水不秀,石无水不灵。

古水坡因为村前有条河,村里人出来进去全靠乘渡船。如今要在河面上做文章,再靠一条渡船漂来荡去的,那可招徕不住人。大树爷心里没谱,让家勇去开封转一遭,看看人家有啥窍门,把一条汴河给盘活了。

开封是座老城,变化不算大。

一路上售票员就把清明上河园吹了个天花乱坠。长途车的停靠站就在园子旁边,老远就看见买票观光的人群排成长龙。家勇和素梅一路上兴冲冲的,感到这一趟出了个美差。

素梅跳下车就挤到队伍里,三转两转地她就排到前边去了,对家勇招呼道:"找地方歇歇脚吧,我一个人排队就中啦!"

家勇穿着军装,干啥都不随便,所以不争,在一片树荫下站着。

不大工夫,就见素梅手里拿着票匆匆找过来,说:"家勇,你一个人进去瞧吧,我想在外面歇着等你,不进去啦!"

家勇不依,说:"你不进去,那怎么行呢?咱们今天是执行任务来了,不是来逛景致的!"

素梅把票塞给他:"我只买了一张票。我啥都不懂,看也是白看!"

家勇看她态度固执,不知如何劝说才好。当他看了一眼票面时,目光也变得呆滞了,惊愕地问道:"什么?一百八十元?这么贵呀!"

素梅这才几分悻然几分惋惜地说:"家勇,看个景致花几百元,俺去哪儿挣哩?这还是日常票,俺从票贩子手里买的,少拿八十元!夜场有音乐舞蹈,还要多花一百元,你算算,咱村老百姓过一年生活,也花不了恁多钱哪!"

家勇手里拿着观光券摆弄了半天,心里琢磨了一阵,终于想出一番话来,说:"素梅,咱今天是不是参观学习来啦?"

素梅瞅他一眼,没有吱声。

家勇又说:"一张门票几百元,咱嫌贵,但是为啥要卖这么贵?咱们不进去看看,咋知道是真贵啦,还是假贵啦?"

素梅又瞅他一眼,还是没吱声。

家勇又说:"所以,咱们今天就是当侦察兵来了。就从门票的价格开始,步步深入,看看人家哪些地方搞得好,值不值这么多,哪些地方咱们能搞得更好,而且还可以把门票调低点,让游客觉得超出想象,物有所值,不虚此行!"

素梅扑哧一笑,脸上这才晴了天,说:"连长同志,俺听懂了。你一个人保证能完成任务,我还是替村里省下几百元冤枉钱吧!"

家勇不再和她争辩,从身上摸出一沓钞票说:"这样吧,今天的门票我请客,不花村里一分钱。我请你逛园子,你算陪我总可以吧?"

家勇径自往售票口走去,素梅抢前一步说:"还是我来吧,保证比你便宜!"

两个人因为带有任务,顶着日头,踮着双脚,从头到尾把清明上河园走了一遭、转了一圈。园子里游人如织,有拖家带口的,有成群结队的,大多数是企业、单位购的团队票。大凡有杂耍的、卖艺的、唱曲的地方,游人必定挤成堆,围成圈,穿着现代服装的游客观看穿戴如宋人模样的"古人",大家一齐逗乐。

园子地方不大,在人堆里挤来转去,跟着人群穿街过巷、爬坡下堤、坐船涉水、登城观景,转了半天,好像走了好远的路,走了好长一条河。素梅的汗水浸湿了短发,家勇的军装湿了半截。

当他们爬上那座彩虹桥时,家勇环视一周,哈哈笑起来:"素梅,咱们俩太土老帽儿了!你往周围看看,转来转去把咱转迷了。原来不过是巴掌大一片地方,挖了弯弯曲曲一条河,修了几条街,盖了几座古院落,修了城墙,建有衙门,感觉转了一座城。看明白了就是原地兜圈子哪!"

素梅扶着桥上栏杆笑起来说:"俺是个乡巴佬,没进过开封府,没逛过汴京城。你可是侦察连长呀,这点小把戏能把你蒙住?"

家勇便说:"是呀,把咱迷住了,就说明人家设计得高妙。人就地转圈儿,好像过了千山万水!咋样,花这门票钱值当吧?"

素梅点点头又摇摇头说:"印象还不错。一走进园子,就像到了古代,看到的听到的都是古风古韵。细想想,这地方太小了,恁多东西挤在一堆儿,有点小家子气。如果搞旅游,就得把场面弄大点,开阔点,让人愿意张开嘴,多吸两口山里的啥、啥,天然氧吧!"

"嚯!二百元钱花得值,你已经进入角色啦!"

家勇赞叹着,又指着水中的渡船,说:"咱们来主要是看山看船的。你看这艘船,仿古的,有两层楼高,能供游客喝酒饮茶,还能唱戏听曲子,坐上去就能感到历史的味道!我刚才读到两句诗,楚拖吴樯万里舡,桥南桥北好风烟。让高人一润色,就非同凡响了!"

素梅仔细端详那船,摇摇头说:"这号楼到了咱古水坡,我看不适用。一来太笨重,用木料肯定不少,造价高。二来呢,这船就是花架子,看上去个头不小,实际上坐不了几个人。三呢,人家的船是在园子里跑的,看样子的,咱们的船可是风里浪里行走,敢闯黄河波浪的,安全系数很重要!"

家勇沉思着,说:"你的话有道理,我想过用现代材料的机械化渡轮,又觉得太现代,放在咱们的大历史背景里,有点不协调。如何把现代科技与仿古艺术相结合,外地肯定还会有成功的范例。咱们多走走多看看,才能增长见识,开阔眼界。"

素梅赞同地点头说:"时代发展得这么快,咱们的眼光一定要超前。要搞就搞一流的,最起码要做到一代人不落后。经不住时间考验,那就是不负责任!"

喘了口气,她又说:"家勇,这方面咱得向洋奶奶学习。当初建希望小学,她自己设计,亲自把关,建筑上丁点不凑合,该花的钱一分不能少,她要求一百年不落后。现在回头看,她坚持得对,咱们希望小学在全省也是一流的!"

家勇认真看了素梅一眼,由衷地赞许道:"看来俺爹会看人。想不到你的眼光这么超前,思想如此开放,你这个人选对了!"

素梅的脸颊被家勇盯得有点发烫,抹了把头发掩饰道:"我刚才看见那边有个天波府,就想起当年的杨家将。老令公率领七郎八虎闯幽州,佘太君带领十二寡妇征西,满门豪杰,满门忠烈哪!如今大树爷就和老令公好有一比,辛苦大半辈子,守着满堂儿孙该享清福了,却人老心不歇。白发苍苍,壮志满怀,日夜操劳着想让全村人挖掉穷根,奔上小康。古水坡有大树爷掌舵,是全村人的福分!有大树爷这样的老人点拨着,傻子也能变成机灵鬼哩!"

"素梅,你真会转移方向!刚夸你两句,你就拿俺爹堵我的嘴,你也够机灵的!"

家勇不会拐弯说话,直接抒发自己的感受。

素梅却认真地说:"我对大树爷和你们林家发自内心地尊敬,并不想讨好谁。就说今天吧,他为啥自己不来参观,而让咱们俩先来看呢?"

"你说为什么? 他腿脚不方便,不愿出门呗!"

家勇不假思索,脱口便是理由。

素梅却诡秘地一笑:"这就是大树爷的高明之处! 每次做出重大决定之前,他自己尽管深思熟虑,也要反复听取大家的意见。一是他虚心、大度;二是他担心自己的年纪大了,思想有局限,自己先发言,恐怕影响年轻人的积极性,甚至会产生误导。"

"啊呀,你把俺爹揣摩得比我还透彻。咱们回去,就由你向他汇报参观心得。我可以利用假期,再和你跑一趟南京。那里有古今闻名的秦淮河,两岸风光如画。河中画舫、龙船,盛况空前,天下无敌,一定会有大收获的!"

通过这两天的接触,家勇对这个山村女子产生了深刻的印象,无论言谈举止,还是思维见解,都有着不同常人的地方,和她讨论问题,总有不同的认识和新意。

他对梁素梅确有一种刮目相看的敬意,对这个并非寻常女人的山村女干部,产生了浓厚的兴趣,想和她待在一起,希望接近她,渴望知道她更多发自内心的想法和见解。

第二十五章　华彩的乡村规划

从开封返回古水坡的路途中,林家勇和梁素梅并排坐在长途大巴的座位上。

家勇说:"做人就得有追求,有目标,并且脚踏实地往前走!我现在压力蛮大的,如果咱们村下决心建设旅游文化度假村,从规划到实施,从建设到经营,这是一个全方面改造古水坡的系列工程。请你帮我选择一下,是提出建议,帮助规划,另选高人,及时脱身,还是下定决心转业回乡,轰轰烈烈大干一场呢?"

"让我帮你选择?"素梅一双秀丽的眼睛盯在家勇脸上,几分愕然地反问,"家勇,你是军人,又是带兵的干部,上级能轻易放你回家吗?俺想,你就是要求转业,上级也会另有安排,你想回家就回家呀?"

"只要我自己考虑好了,部队会尊重我的意见。我想征求你的意见,这种选择中不中?我回到老家,能不能干成这件事?"

家勇的目光里充满渴望。不知为什么,他此刻非常想听听素梅的看法。或许山村女子的看法,就是对他能力高下、价值大小,以及对他印象好坏的综合判断。他需要听到这种判断,这或许是他能否做出抉择的动力之源。

素梅沉默了一阵,眼圈湿漉漉地说:"咱古水坡只要有大树爷在,没有干不成的事。他老人家心里有两件大事,学校有了,去了一头心病了。如果下决心造景哩,准能干成!咋说哩,你们林家人,个个是好汉,老爷子一发令,七郎八虎齐上阵,哪有攻不下的山头呀!说到这儿,俺心里有点儿过意不去,如果国家需要,你就应该干大事尽大忠,甭把林家人都投到村里事情上,你们耽误了自家年华,成家立业都顾不上。你给村里当个顾问、参谋,也能做出贡献嘛!"

素梅说完,补充道:"俺是山村女人,觉悟低,见识短,是不是太自私了?"

家勇听了,心里热腾腾地说:"素梅,你们为了古水坡,早把贡献做到前边了。我是古水坡长大的,如果每个乡村里走出去的人,都能为自己的家乡做点贡献,同样是在建设我们的国家!这一次,我是下定决心了。在正式向部队提出申请之前,我想把总体规划草拟出来,对部队、对村里都是一份答卷!"

素梅眼珠子波光一闪:"既然你拿定主意了,那就鼓起劲头朝前走吧!饭要一口口吃,路要一步步走。如今搞乡村旅游是个绿色产业,前景一定是美好的。如果我能帮上什么忙,一定服从命令听指挥!没吃过猪肉见过猪跑,学呗!"

"当然,当然需要了!接下来的工作,就是一个字,跑!往外跑,参观学习。往山里跑,调查摸底。所有的结论,都在调查研究之后!"

家勇说着,看着素梅说:"你如果跟我一起跑,爬山上岭,测量计算,又苦又累。你一个女同志,让你跟着受罪,挺不忍心!"

素梅一甩头发不屑地说:"嗨!你太大男子主义啦,小看人!俺在外面打工的时候,睡在马路边、大桥下,起早贪黑,顶风冒雨,啥苦没吃过?为了古水坡,再苦再累俺也心甘情愿!"

林家勇果断地伸出一只手,递到素梅面前说:"握握手吧,为了古水坡,咱们同心协力!"

梁素梅毫不犹豫地伸出手,被家勇紧紧攥住,她立刻感到有一股暖流通过全身,情绪顿时高亢起来,说出"为了古水坡,咱们同心协力"这句话,声音有点发抖……

林家勇一觉醒来,已经是日上三竿了。这一觉睡得很踏实、很稳当,一个身儿也没翻,一个梦也没做。醒来时,发现自己睡在老爹的炕头上,衣服都没有脱,只是多了一条薄被子。

他坐起身子想了想,昨天从开封回来,胡乱吃了点饭,爹就缠着他和素梅问情况,探听人家有什么好学的。特别是那些让人过目不忘,玩了头一回还想第二回的景致,或是精彩节目,老人都要刨根问底,弄个青红皂白。

说到那条河,家勇的看法是:"由于受地方的局限,那河没有充分展现出来,勉强地把一条大河扭曲成麻花,过多展示了古典建筑,大大减弱了沿河的风韵。优点就是让人从现代化的生活,走进古都汴梁的生活场景,给人娱乐和新奇的享受。"

素梅的总结更具象。她说:"清明上河园就是个微缩景观,太小家子气了!不像当年的汴京城,就像皇家后花园。"

大树爷认真听着,一袋接一袋吸着旱烟,从不轻易插话。如同品味旱烟的香甜那样,咂摸着两个年轻人的观感带给他的享受。

他问:"五啊,当年开封的汴河有多长,比咱古水河咋样?"

家勇说:"汴河发源于开封北边,能绕开封城一圈又流入黄河,原名黄汴河,早就淤塞干了!"

"你们说,园子里有夜场表演,为啥不看呢?"大树爷又问。

素梅抢着说:"白天逛园子花二三百元,夜里看表演又得一二百,建个园子比印钞票还快哩!"

"这不就对啦?人家建园子,就要收钱嘛!咱是找上门看景的,人家又没强迫咱,买票入场,合情合理。咱们古水坡现在任你随便出入,咱们一旦投资改造,从自然村变成度假村,该不该收费呀?"

讨论的重心由此转向,古水坡能不能搞旅游产业,搞休闲农业是否符合政策。这是一个束缚农民传统观念的无形桎梏,如果不解决这个问题,就难以改变农民的小农意识观念,农民就难以从旧体制中解脱成为新型的现代人。

就为理清这个思路,大树爷在心里琢磨了好久,在新旧观念的搏斗中苦苦挣扎,折磨得他喘不过气来。刚才素梅无意中说出的一句话,又引起他的重视。于是他把村主任请来,一块围绕这个话题,三个农民和一位军人热热闹闹讨论了大半宿,越议话题越多,越议想法越多,一直难以议出个明确答案。

林家勇建议老爹给家旺打个电话,深圳是全国改革的前沿阵地,那里有啥明确的想法,拿过来就不用讨论啦!

电话还没拨过去,深圳的电话便来了。家旺兴致勃勃地说:"我这里聚了一大群老家的乡亲,听说家里准备搞旅游开发,讨论得热火朝天,没有瞌睡了,赶都赶不走。恨不得早一天开工,大伙都回家创业,急着在家门口当老板咧!"

家勇兴致勃勃地问:"二哥,现在旅游形势一片大好,大家都看到了。有一个观念需要解决,比如咱在村口设卡收费,在河上开轮渡卖票,会不会引发社会非议?咱们又该如何解释?这个问题不达成共识,工作就难以顺利进行!"

家旺说:"这是一个认识问题,也是一个生产方式的转型问题,是社会进步的必然体现。咱们把乡村建设成景区,实现农村的进步和发展,推进乡村现代化的速度,最终实现乡村城镇化、城市化的转型,使农民改变身份。这些既是明显的市场行为,又是用投资转化服务换取收入的商业服务行为,既合理又合法。比如广东的河多,农民投资在河上架桥,收取过桥费。开始有人看不惯,想不通,时间长了,就想通了。搞休闲农业同样如此,农民拿出土地和山林,提供交通、娱乐、餐饮、住宿,等于农民以村集体名义,拓展了创收的方式、手段和空间;同时又推动了社会一、

二、三产业的大融合、大发展，又是国家扶贫攻坚的重要策略。与乡村旅游相配套的农家乐、休闲农业，是国家大力推动，受到社会高度欢迎的绿色产业，将会成为全球性的朝阳产业！"

家旺在电话里土话洋词讲了一大篇。他解释说，对这件事他看得很重很重，兴奋了一夜没睡着，就跑到深圳市政府，请教了相关部门的领导和专家，也急于把他了解的情况与大家沟通。最后他交代家勇说："我支持你的选择，如果回到老家，就将建设观光休闲度假村当作终生的事业。标准是中国特色，世界级水平。第一步，调查研究，摸清家底，标新立异，搞好规划。"

黎明时分，林家勇在极度亢奋和极度疲劳夹击下，实在支撑不住，头一歪便打起呼噜来了。他就那么随意地和衣靠在大树爷的炕头上，睡了，沉沉地睡了，这一觉睡得好痛快。

他走到院子里，石头院里很清静，除了一群鸡和麻雀在悠闲地嬉戏，不见一个人影。

他钻进灶屋，三下五除二洗了脸，便听到门外响起脚步声。扭头一看，素梅站在门外边。

他走出灶屋，瞅见石头桌上放着一碗热腾腾的小米粥，两个馒头一盘菠菜，还有两个煎鸡蛋。还没近前，便有一股浓浓香味儿飘过来。

素梅催促他："趁热吃吧！早饭不讲究！"

他顾不上客气，往石磴上坐下，便大口喝粥，大口吃馍，转眼间便把一堆饭菜消灭了。

抬眼再看素梅，她早已换了一副模样。头上戴了草帽，肩上扛有一盘大绳，腰间挎有水壶、干粮袋，手中扶着一副测量的标杆。可谓装备齐全，一副训练有素、实战待发的情状。

家勇愕然："咦！哪里来的这些物件？好像早有准备呀！"

素梅得意地一笑，说："这些测量仪器，是咱建学校时添置的，一直放在仓库里。今儿早上起来，大树爷早就替咱收拾齐备啦！"

他们相跟着，走完了村里的石板路，又爬上了后山坡，一路翻山头过沟壑。家勇扛着测量的标尺和标杆，始终走在前边。每走到艰难的路段，他都要停下脚步，拉素梅一把。侦察连长的脚步轻如飞鸿，健如矫兔，稍不留意就把素梅撂下老远。后来，他让素梅走在前面领路，他跟在后边，还边走边讲点笑话，引得素梅咯咯大笑。尽管走得气喘吁吁、汗水淋淋的，后来的路程却走得有滋有味。

边走还要边记录，凡是属于古水坡域内的山崖、山坡、沟壑、林木，都要画出准确的方位，测出高度、坡度和长度，为将来的规划提供相对准确的数据。

或许，在中国大地上，主要的江河湖泊、山脉丘壑，包括森林、荒漠、戈壁、滩涂，国家都会有专门的勘测队伍进行过准确的测量和记录。但是，对于古水坡这样的小山村，只怕连个小芝麻点儿的位置都没有。所以，进行规划和开发之前，摸准山村的地理环境，摸清山村的具体家底是一项最基础的工作。

当然，家勇和素梅并不是专业的测量员，他们一边针对具体的自然状态，做出些具体的设想，记录在他们经过的自然地段，为今后的构思提供参考。

古水坡属于邙山山脉，土坡多，且陡峭，一道道山洪冲刷出的沟壑，如山石一般坚硬。即便一座孤独的土崖，虽危如垒蛋，却能傲然陡立，巍巍然如同丰碑！

家勇指着崖壁说："这里山势险峻，顺着崖壁石缝，修一条观光栈道，直通山顶的禹王庙，居高临下，纵览大河风光。欲穷千里目，更上一层楼呀！"

素梅触景生情，兴致勃发："村前有水，山后有泉。我建议把这些山泉蓄起来，修一座大坝，在可控制的范围内形成水系，提供水源，也可以顺着山势，修建山地滑道呀！"

家勇赞叹道："好哇！你这句话点到穴位上了！咱不能只看到村前有大河滚滚，后山的水系也要因地制宜，搞得活泼而精彩。山无水不灵，把水的文章做好，后山就活了！"

他们借着树荫喘了喘气，便继续爬山。

突然，素梅的脚滑了一下，身子打个趔趄，歪倒在一处崖缝里。家勇赶来救援，刚伸手去拉她的手，测量仪却失手滑落，顺着山坡石缝滚落下去。素梅舍命去抢测量仪，身子失衡，脚下一滑又摔倒了。她顺势抓住一根老树丫，身躯却似秋千一般，在崖壁上悬挂着……

林家勇临危不乱，边招呼素梅坚持住，边熟练地把大绳系在腰间，另一头套住一块石棱，沿着石壁壁虎一般滑落下来。他拽住素梅一只胳膊，接着把她紧紧揽到怀里。他一手攥着大绳往上移动，一手抱住素梅确保平衡，费尽全力地往山崖上攀登着。那形状如同吊在空中的秤砣，晃晃悠悠的，一点一点，一寸一寸……

汗水浸湿了他的军衣，手掌磨破了，鲜血染红了那根大绳，还有那道陡峭的崖壁……

侦察连长平日里根本不会把这点小伤看在眼里的。怎奈他是用一只手拽着大绳，而且同时负载着两个人的体重在攀登。他的脚尖还须不住地寻找落脚的支点，找到合适的凹凸踩稳了，他的身体才能借力移动，所以，每移动一寸都是异常困难的。

素梅深知此刻情状危险,随时都会发生可怕的后果。尽管惊恐万分,紧张万分,但她保持理智的清醒,不发出一点声音,紧紧搂着家勇的腰部,尽可能配合着关乎两个人生命的生死搏斗……

林家勇终于发现了近在咫尺的一处石龛,便抓住机会,凌空飞荡,顺着绳索的甩动,找到一个喘息的去处。

石龛极小,仅供二人贴身靠壁,紧紧相偎,他们不敢轻易动弹。家勇抬头望去,崖壁陡峭,单人攀爬,尚有挣扎上去的可能,带着素梅,决不可冒险!

他从脚尖站立处往下觑,这里距崖底有数十米之高,乱石滚滚,杂树丛生,并无安全处落脚。但相比之下,坠落要比攀登省力,如操控得当,安全系数较高。

于是,他把自己的意图告诉素梅,坚定地说:"咱俩身处险境,只有拼死一搏了!"

素梅紧紧抱住家勇,临危不惧地响应:"要活一起活,要死一起死!"

家勇任凭素梅把自己搂个死紧,而后腾出双手紧拽绳索,脚踩崖壁,一步一步地往崖壁下面坠落。他的手松一把,两个人的身躯便下落一点,渐渐离崖壁下面越来越近了……

从山崖半腰跌落到崖底,不过眨眼工夫。但是侦察连长训练有素,有绝技在身,他拼尽最后的力气,尽量控制人体坠落的速度。而且,在即将落地的刹那间,他用脚尖尽力朝石壁一蹬,借用绳索甩动的惯性,使劲儿做了个空翻,便仰面朝天摔倒在一片乱石滩上。素梅被他紧紧搂在怀里,匍匐在他的身上……

素梅安然无恙,很快挣扎着站起身子,接着想把林家勇拽起来。她使了好大力气,家勇倒在乱石滩上,一点儿也动弹不得。他咬牙呻吟着,就是站不起来。

素梅大惊失色,看见他的两只裤管被血染红了,赶忙撕了自己的布褂子,想帮他把伤口包扎起来。

这时,传来林家勇咬紧牙关发出的一声断喝:"别动我的腿!那是……老伤……"

素梅的双手已经撩开了他的裤管,随着他的那声断喝,素梅已经发现侦察连长的左腿,竟然是假肢!

素梅目瞪口呆地怔在那里,嘴巴颤抖着,说不出话来:"你……你原来……"接着,这位多情而又火热的山村女人,忍不住双手捂脸,哇的一声号哭起来……

家勇挣扎起半个身子,坦然地解释道:"我的腿,两年前就伤了。那是一场实战演习,受了伤……这是个秘密,你千万别说,俺爹不知道……"

素梅一双眼像泡在水里一般，泪珠满脸。她突然整个身子扑上去，把家勇紧紧搂在怀里，号啕大哭起来……

"老天爷呀！古水坡的男人咋都是血性汉子哩！林家勇你可真爷们儿！你咋连自个的身子都不顾呢？俺梁素梅往后就守着你，疼着你，护着你，你不答应也不中！"

素梅发疯了一般，把落满泪水的脸贴到家勇汗珠淋漓的面颊上，张开汁水饱满的嘴唇，紧紧黏在男人长满胡楂儿的嘴上，一阵猛烈的热吻，发出惊心动魄的呜咽的声音。然后她的双唇顺着额头、眼眶、脸颊、耳根、脖颈，一路热吻下来，如同狮子巡视她的领地，每一处都要踩踏出鲜明的印痕！

"我要求退伍还乡，就想把这个秘密隐瞒到老死的。"家勇面对狂热的女人，喃喃忠告。

"老天爷让我发现了，就是让俺疼你守护你的！咋啦，你不愿意？"女人格外强悍，根本不听他的解释。

"愿意，当然愿意……我接受你的守护……"

侦察连长彻底被降服了……

一对被激情燃烧起来的男女，好久好久才熄灭了冲天的烈焰，幸福而又缠绵地从乱石堆里挣扎起来。

女人把男人的胳膊架在自己肩上，如同搀扶病号踏上征程那般，他们相视一笑，决然地说："走！继续往前走！"

家勇的腿委实摔伤了，虽说没有伤着骨头，明显是伤了皮肉和软组织。他知道自己的伤情，主动放慢了速度。

素梅看看头顶的日头，说："饿了吧，我这里有水有吃的！"

于是，他们找个平缓的草坡坐下来。

素梅把一个铁皮保温瓶递过去，家勇咕咚咚喝了一气，又递还素梅："你也喝呀！"

素梅又把一个菜叶包扎的食物递给他，家勇咬了一口，大呼："嘿，煎饼果子！真香！"

落日悄然沐浴在水天交接的霞光里，后山的景物渐渐模糊起来。

素梅搀扶着受伤的家勇，一瘸一拐地走在返回山村的归途上。

家勇一再交代着："素梅，包括今天，我受伤的事情千万别让俺爹知道。老人家心事太重，他知道了又要睡不安稳啦！"

素梅体贴地说："不用交代，俺啥都懂。回去烫脚、包扎伤口，都在我屋里，甭让他老人家看见!"

他们拐过一面山坡的时候,老远就看见大树爷坐在路边一块山石上,伴着一抹晚霞,悠闲地抽着旱烟。

二人相视,匆匆走上前去,问:"您老人家咋跑后山来了? 天都快黑了!"

大树爷悠悠吐出一口烟雾,眯着眼笑道:"夏日天长,离黑还早哩! 你们甭忘喽,俺还是顾问哩! 开发旅游是咱古水坡的大事,搞好了,大家伙就不用到外地打工了,在家门口就能就业上班哩!"

说着,他指着对面一片废弃的房舍,问:"你们想过没有,那些破房子能不能派上用场?"

家勇解释说:"我去看过了。那些破房子是咱十几年前的自然村,只有墙没有房顶,院里长满蒿草,恐怕住有狐仙吧?"

大树爷琢磨着:"那块地方美着哩! 山泉汪流,四季不断,林木葱茏,花草茂盛,冬暖夏凉。当年住有几户人家,都搬到山前去了。咱把它修整一番,装备整齐,摆上床铺待客,再办家食堂开个饭店,不就是个天然的农家旅店啦? 房客可以采些野菜,种点蘑菇、木耳,养殖草鸡;再修个鱼塘,养点鲫鱼;想吃啥,自己采摘,自己烹调,那才叫悠闲哩!"

素梅朝家勇努努嘴,莞尔一笑说:"咋样? 我说大树爷闲不住,整天琢磨的都是高招吧!"

大树爷晃晃手:"俺这算啥高招呀? 多听听广播,瞧瞧电视,里面讲的净是高招! 乡下人去城里游,看看稀罕物件,享受点现代生活。城里人到乡下游,那叫回归大自然。咱们就得在乡土上做文章,返璞归真嘛!"

家勇听了很受启发,说:"我们现在的调查侧重于大的构架,您已经在思考细节了。这或许是我们最缺乏的部分,也是游客最需要的。您这些建议越多越好,这才是特色嘛!"

大树爷谦虚地说:"有句古话说,俺走的路比你过的桥多,俺吃过的米比你吃的盐多,这话过时了。过去走的是土路,过的是小石桥,现在走的是高速路,过的是高架桥。天上还有坐飞机的,俺才见过巴掌大点世界,不敢逞英雄了! 旅游是个新事物,大主意还得你们出啊! 我只能在小事上提个醒建个议,咱们不能蒙人,蒙人等于坑自己。咱得为游客提供绿色服务,看的是大自然,喝的是山泉水,吸的是新鲜空气,吃的是安全食品,跟啥地沟油、转基因、杀虫剂丁点不沾边! 咱的目标是啥? 让游客来了头一回,还想第二回,让回头客替咱做广告!"

素梅叹道:"大树爷,您不仅想得周到,标准提得也高,俺努力朝这个目标去做呗！走吧,天晚了,咱们一路回村吧!"

素梅回到家里,草草给栓柱做了晚饭,自己也顾不上吃,便翻箱倒柜地找东西,一副心慌意乱、魂不守舍的模样。

栓柱自己吃了饭,凑着灯光在小炕桌上写作业,看着妈妈的神情有些反常,便担心地问:"妈,你是不是生病啦?"

素梅支吾道:"哦,我……想……找点药!"

栓柱追问:"你找药干啥呀? 是为家勇叔?"

素梅猛然一愣,明知道瞒不住,便对儿子吐露了真情:"儿子,你懂事了,妈妈不瞒你。家勇叔受伤了,今天在山上,为了救妈妈,他从崖上摔下来,腿……受伤了。你说,妈妈该不该管呀?"

"当然要管! 妈,家勇叔救你两次了,你关心他是应该的,我支持!"

栓柱放下作业,对素梅说:"可是,妈妈应该送家勇叔去乡医院! 咱们家有啥药呀?"

素梅嘘了一声,压低嗓门说:"儿子,家勇叔受伤的事不想让大树爷知道,暂时保密! 咱家原来不是有三七粉吗? 对跌打损伤很有疗效,怎么找不到呀!"

栓柱站在炕桌上,伸手从房梁缝隙里摸出一个塑料纸包得严严实实的小包来。吹去上面的尘垢,一层层打开来,里面露出个铁匣子。栓柱说:"妈妈,这药还是俺爸买的哩! 防备咱们皮肉受伤了好用它。妈,我去给家勇叔送药吧?"

素梅却把药匣子拿在手中说:"乖儿子,你抓紧学功课吧,药还是让妈妈去送吧!"

栓柱懂事地说:"妈妈累了一天了,本该我去跑一趟的。不过,妈妈送药合情合理!"

素梅敏感地意识到栓柱话里有话,不由得耳烧面热起来,勉强反问了一句:"你懂得什么叫合情合理呀? 当心把你屁股打成两瓣!"

栓柱做了个鬼脸,说:"你想做又应该做的事,就叫合情合理!"

素梅的脸烧成大火炭,不便再和儿子斗嘴,拿起药匣子急匆匆地走出门去。

素梅心急火燎地低头赶路,差点和大树爷撞个满怀。大树爷用身板堵住门楼问:"咋的啦? 谁家麦秸垛失火了,你跑恁急?"

素梅一时语塞,好似被老人家看透了心思,结结巴巴说:"我……瞧瞧家勇……胳膊,今儿……瞧瞧好点没。"

大树爷故意忍住笑,逗她说:"素梅,你也学会说瞎话啦? 明明是伤着腿了,咋

389

又说成胳膊了？"

"您……啥都知道啦？"素梅顿时惊呆了。

大树爷哈哈笑起来："咋啦？你们那点小把戏，还想瞒我？"

素梅以为事情露了馅，便结结巴巴招认说："家勇……为了救我，从崖头上摔下来，伤了腿，俺找点儿三七粉……替他疗伤……"

大树爷顿时收起笑脸，把旱烟袋朝腰里一插说："噢，咋不早说哩！非让俺诈你才说实话呀？"说着便转身返回屋里。

当屋灯光下，铺着一张大白纸，家勇趴在桌子上，把自己看到的走过的山坡、沟壑、溪流、川地凭着印象在纸上勾画出来。他想先画一张草图，然后逐步丰满充实。

他注意力很集中，大树爷站到面前都没发觉。老人只好吆喝他："林家勇，你可是回家休假来了，如果带着伤病回部队，首长还要责怪俺不负责任哩！快伸出腿来让俺瞧瞧，看伤到骨头没有？"

家勇猛吃一惊，抬头看看大树爷，又看看低头站在后边的素梅，知道瞒不住，故意用假肢跺得地板啪啪响，搪塞道："爹你听谁说了，我哪里受伤啦？这不是好好的吗？"

大树爷板着脸说："甭装了！你们俩今儿一个装神一个弄鬼的，让俺诈出来了！"

素梅只好上前，实话实说："家勇，瞒不住了，大树爷两句话就把俺问蒙了。你伸开腿让瞅瞅，看伤得严重不严重？"

家勇磨磨蹭蹭伸出一条腿，卷起裤管说："爹呀，你儿子是个带兵的人，整天跟战士们一起摸爬滚打，身上没几块好肉，磕磕碰碰还不是常事嘛，想看就看吧！"

家勇把一条腿架到炕头上，满脸无所谓。

大树爷凑上去，眯起眼认真瞅了半天，还伸手在几片瘀血处用指头使劲捏了捏，嘟囔着："浑身上下，青一块紫一块的，没几块好肉啊！俺还有半瓶虎骨酒，放多年了，今儿刚找到。让素梅替你抹抹，没伤到骨头也得防备着！"

素梅眼看瞒过去了，赶忙打开药匣子说："大树爷，俺这里有三七粉，专治跌打扭伤的……"

大树爷找出酒瓶子，递给素梅，认真地说："素梅，俺家老五从小就懂事，是个规矩娃。他娘走了，缺的就是人疼他。往后，俺就把他交给你了，管严点，不能再让他磕磕碰碰了！"

这番话素梅没接茬。大树爷没听到下文，双手一抄，朝门外走去了。

等他回头看时，屋门合上了，窗户上映出家勇和素梅窃窃私语的身影……

大树爷朝着窗影注视了一阵,喃喃自语地说:"唉,一对好娃呀!"

古水坡金娜希望小学更名为"古水坡希望学校"了。虽说只是一个名字之差,实际差别就大了。过去希望小学只有一至六年级,现在扩展为一至九年级,包括初中在内,是一所承担国家九年制义务教育的学校了。

那天,林家勇正在整理村委会向县旅游局提交的申请报告,忽然瞥见大树爷带着一位衣饰考究、金发碧眼的老太太走进石头院。

他赶忙放下手头的事情,迎出门来,习惯性地敬了个军礼,热情地说:"欢迎金校长光临!欢迎金校长指导工作!"

金娜笑声朗朗,伸手拉下家勇敬礼的胳膊,顺势握住他的手,说:"可敬的军人,咱们已经见过面了,不必太客气。用中国话说,无事不登三宝殿,我有事求你来了!"

大树爷站在一边,帮着说话:"五啊,这个洋婆子就好转词,三句话说不到正事上……"

金娜却打断他的话,用身体挡住他,说:"林,老酋长,我是校长,今天话必须我来讲,你代替不了!"

家勇不适应两位老人孩子般的斗嘴,便笑着说:"金校长,您有什么吩咐,我听您的!"

金娜得意地朝大树爷眨眨眼睛,一脸庄重地对家勇说:"可敬的军人,本人金娜·索梅尔代表古水坡学校,特来转呈学校决定,聘请林家勇先生为我校校外辅导员,并请您随时对学校工作提出意见和建议。请您不要推辞!"

家勇紧紧握着金娜温热的双手,充满谢意,并且热情慷慨地答应下来。他说:"对金校长的盛情邀请,我深表谢意。为了下一代的健康成长、进步提高,我愿意尽一分力量!"

金娜接着说:"我听说你最近很忙,很辛苦。我还是要提出要求,请你参观我们学校,然后为学生做一次关于军营生活和故事的演讲,请您不要推辞!"

家勇正要点头答应,大树爷又在旁边插话:"五,你三哥三嫂都在学校教书,人家是有级别的国家教师,你去学校看看可以,可不能去学校卖嘴!啊?"

家勇一时左右为难,只好说了句让两位老人都能接受的话:"中,中!我听金校长的,先到学校参观,做报告的事,咱们再商量!"

"好,好,好!"金娜顺势拉着家勇往外走,"今天阳光灿烂,咱们现在就走!"

她的这个举动,令大树爷和林家勇爷儿俩措手不及。大树爷顿顿脚想说什么,家勇对老人使个眼色,顺水推舟说:"好,好,金校长,我听您的,参观学校,听听老师们讲课!"

他双手搀着金娜,一副彬彬有礼的军人风度,反倒使金娜感到一种少有的得意,还故意朝大树爷投去挑衅的一瞥。

林家勇跟随金校长,大致把学校走了一遭,将学校的主要设施看了一遍。老太太兴致勃勃,如数家珍般把学校家底向家勇亮了一遍,又像殷勤周到的老家长,把自己家的家长里短,对远方归来的小字辈认真做了交代。

老太太思路清晰,表达准确,言谈举止充满主人的自豪和幽默,反而没有老外的矜持和生疏。用她的话说,我们的学校环境优美,空气清新,完全达到花园式校园的标准;我们的教学设施,基本上实现电子化教学手段,通过幻灯片、电影、录音、视频、录像和电子计算机传授知识技能,可以和美国、西欧一些国家的"视听教育""机器教学"相媲美;电化教育对普及科技知识,提高教学质量,加速人才培养具有重要作用……

更让老太太感到自豪的,是学校拥有一批学识渊博、能力卓著、品德高尚、富有献身精神的优秀教师和管理人才。学校形成昂扬向上的优良校风,连续三年被评为全县的优秀典型。原来只容纳古水坡村学生就读,现在拓展为本乡三分之二学生就读的示范学校。

古水坡学校现在是全县九年制义务教育的榜样学校,许多外乡镇的学生纷纷要求转来就读。许多外地的教育机构,也常常前来参观取经。

老太太谈话中不时夹杂着生动幽默的当地土话、民间俚语,她说的最后一番话是——

古水坡希望学校"捅破窗户吹喇叭,名声在外了",听说你在搞旅游规划,希望学校能成为一个参观点,对外扩大影响,对内鞭策提高。我这个洋婆子自愿卖给古水坡了,小毛驴也得讨个骡价钱! 如果遇到困难需要我,我自动跳到秤盘上。一个蛤蟆四两重,我保证超过一百斤……

老太太热情洋溢,滔滔不绝,林家勇只有听,毫无插嘴的机会。即便老太太把乡村俚语说偏了讲歪了,他也不好纠正,更不能笑,只能在肚子里悄悄鼓疙瘩……

大树爷不参与这种解说,远远地蹲在操场上抽旱烟。后来,连影子也不见了……

接下来,老太太请林家勇听课,让他领略一番老师授课时的风采。

首先听的是三哥林家信的课,他在给初三的学生上历史课。每到他授课的时间,其他班级的学生纷纷要求旁听。于是,他便把教室换到阶梯式的报告厅,这里可以容纳二三百人。

家勇看到教室后边有空位,便轻轻走进去,悄悄坐下来,静静听家信讲课。

在家勇印象中,三哥是个品学兼优的好学生,放假回家也是手不释卷,勤于学习。直到三哥毕业任教,甚至当上副校长,他也无法想象三哥站在学生面前会是什么一种情状。

此刻,他第一次目睹了三哥的风采,依旧那么文质彬彬,仪容端庄,等到他开口说话时,便换了一副模样,声如洪钟,清亮悦耳,清清楚楚传递到教室的每个角落,敲击着每个人的耳鼓。

前方屏幕上,映现出一幅古代疆域分布图,上面的标识清晰明了,标出"牧野大战"几个字。

家信手中拿着电子鼠标,不时在屏幕上划出光弧,配合他层次分明、深入浅出的讲解——

"同学们,今天讲这段历史,跟咱们这条黄河有关系,跟咱们古水坡更有关系。事情发生在 3600 年以前,有个汤部落非常强盛,并且在商丘建立了坚固宏大的城墙,号称亳都。当时的领袖叫成汤。成汤灭了夏朝,建立了新政权,就叫商朝,最后一个王叫纣王。这个纣王太无道了,生活很糜烂,把酒倒在池子里游泳;把肉挂在林子里,让人光着屁股在肉林里玩耍。对老百姓很残暴,动不动就有人被砍了脚剁了手,还把铜柱子架在火上烧,再把人捆到烧红的柱子上,将其活活烙死!大家说,这个纣王坏不坏呀?"

学生们齐声回答:"坏!坏透了!"

家信接着讲:"还有更坏的事情哩!他有个叔叔叫比干,在朝廷当丞相,是个清正廉明的人。他劝纣王废除酷刑,善待百姓。纣王不听,反而嫌他叔叔多管闲事,让人挖了比干的心,把他叔叔害死了!"

林家信接着讲:"上面这段故事是有历史记载的。后来怎么样呢?就属于民间传说了。纣王杀了比干丞相,还派人将他满门抄斩。在几位家将护卫下,比干夫人带着两个儿子连夜出逃了。跑啊跑啊,整整跑了一夜,就跑到咱们古水渡岸边了。只见河水茫茫,断了去路。夫人长叹,天眼不开,我家要断子绝孙了!这时,河上撑来一艘渡船,白发艄公将夫人、公子搀上船,朝对岸驶去。几员家将拔剑自刎,葬身河底。艄公将母子三人带回古水坡,隐藏起来,并告喻族人:誓死保全忠良之后!纣王的追兵循迹而来,包围了古水坡,声言不交出叛臣逆子就要屠村!艄公忠义,将自己孙子献出,顶替忠良之后!从此以后,比干的两个儿子被村民养大成人,传宗接代。夫人在遇难前曾指着村头老槐树,自称姓林。艄公姓张,被林氏公子称为舅父。林氏在古水坡繁衍成望族,绵延至今……"

大教室一片寂然,学生们沉浸在悲愤的故事之中。

林家信接着讲:"接下来就是西北兴起的周部落。周部落日渐强大,周文王曾经在这一带黄河岸边,与十八路诸侯结成军事同盟,共同起誓伐纣灭商。后来武王带领大军从孟津渡过黄河,据说古水渡也有一支部落军队,共同在牧野进行了一场血腥的大战,史称牧野大战,灭了商朝,建立新的政权,号称周。故事讲到这里,大家有什么问题,请提问!"

有学生提问:"林老师,听了这个故事,我明白了历史的悠久和改朝换代的惨烈。我为咱们古水坡感到骄傲和自豪,舍生取义的英雄层出不穷,我们民族的优秀美德代代相传。但是,我们可以把野史融入正史去认识吗?"

林家信答道:"中国的信史就是所谓正史,都是统治者撰写的,当然不会把老百姓的事迹写入史书。我们参照流传的野史,正好印证或者对正史做了补充。所以,我认为正史不完全可信,野史不一定荒谬。历史是一面镜子,可以让我们看到自己的影子,校正自己的言行。"

又有学生问:"林老师,我原来不喜欢听历史课,感觉枯燥乏味,难懂难记。我喜欢听故事,我今天记住了武王伐纣,就发生在黄河边上,发生在家门口。这节课太生动了!您是老师又是校长,您能让其他老师也这样讲课吗?"

林家信笑了,说:"这位同学提的问题太好了,对我们的教学提出了更新更高的要求,我认为是可以做到的。比如语文,本身就是讲故事讲道理的载体嘛,我们的地方志、民间故事,都和我们的知识有许多必然和有趣的联系。即便物理、化学这样的学问,也可以讲得生动活泼,比如一个苹果砸住了牛顿,使牛顿发现了万有引力定律。想一想,如果砸住你,会有什么结果出现呢?"

大教室里响起笑声……

家勇听到这里,悄悄溜了出来,转过走廊听见教室里在讲数学课,从敞开的窗户看去,讲台上讲课的老师正是三嫂谷翠琴。他不想惊动任何人,并且谢绝了金校长的陪同,独自倚着窗台一侧,静静看教室里的情形。

谷老师在黑板上画了许多○、△、□的图形。谷老师启发式向学生提示:"同学们,黑板上画了许多三角形、圆形和正方形,数量不一样,如果想知道分别有多少个○,多少个△,多少个□,可以用什么方法计算呢?知道的同学,请举手!"

一个女同学举手,被选中,站起来回答:"黑板上一共有五个△,三个○,七个□,数一数就知道了!"

谷老师问:"如果让你列出算式,有办法吗?"

女同学回答:"可以用加法,比如五个△相加,△+△+△+△+△=5△。"

谷老师问:"还有别的方法吗?计算式短一点,简便些,如果一百个△,怎么办呀?"

女同学:"肯定有方法,但老师还没教呢!"

谷老师说:"请这位同学坐下。刚才,这位同学说了两种方法,一个是口算,一个是加法。1+1=2,我们已经学过了。我今天讲乘法,比如一共有9个△,我们不再用△相加9次,而是用一个△乘以△的数量,比如1×9=9,结果就出来了。这种计算方法叫作乘法,大家听懂了吗?"

学生们回答得不爽快。

谷老师说:"下面我们结合一下实际。请每一排中间的同学站起来,回答问题。"

学生按照她的吩咐,依次站起。

谷老师说:"请站起来的同学数一数,每一排坐着几位同学?"

学生们数完回答:"每排坐着6个同学。"

谷老师说:"你们再数一数,全班共有几排?"

学生们回答:"共有8排!"

谷老师启发地说:"每排坐6位同学,共有8排,我们班共有多少位同学呢?谁会列这个算式?请上来写到黑板上!"

有个男生跑上前去,在黑板上写下算式:6×8=48。

谷老师说:"大家明白了吗?用每排的人数乘以排数,节省了1+1+1……相加48次的重复运算,这种简便的方法叫作乘法。大家听懂了吗?"

学生们齐声回答:"听懂了!"

谷老师说:"下面,我给大家讲乘法口诀……"

林家勇沿着走廊,继续在教室间盘旋。忽然听到一阵悠扬悦耳、节奏感很强的钢琴声,还伴有男女童声稚气的伴唱。他循声上到二楼,乐曲的声音从一间开有落地窗的大型厅堂里传来。

那大厅很开阔,两面镶嵌玻璃,屋顶有天窗,光线充沛,空间感很强。厅中没有小型舞台,只有一架钢琴,摆着各种乐器,中西合璧。室内铺有地毯,布置有练舞、健身的杠杆,供学生排练、学习和练功,是一个充满浓浓艺术氛围的园地。

此刻,正在上音乐课和英语课。

教师弹着钢琴,并兼作领唱角色。

上课的学生围成圈,或拉起手,随着钢琴独唱或合唱、伴唱,全体学生都沉浸在饰演的不同角色中,表现出那个著名歌剧《音乐之声》的剧情片段。同学们全身心投入,陶醉在美妙的乐曲和紧张欢快的剧情之中。他们发音准确流畅,情绪饱满,心无旁骛,他们的表演生动、感人。

他没有想到的是,一群参观、学习的外地老师和教育工作者,竟然禁不住诱惑,和学生们融为一体,不由自主地加入了欢乐的演出……

林家勇不认识这些外边来的参观团,也不认识带队的县教育局的齐局长。学校也没有专人陪同。实行开放式的办学方式看来很受欢迎和好评。

那位外地参观团的团员向齐局长表达参观的体会:"齐局长,把音乐课和英语课结合起来,用这种生动活泼的方式引导和训练学生,不仅可以提高学生的音乐爱好和英语水平,还可以激发学生的参与意识,提高文化素质。这种教学方式太棒了!谢谢你们的开拓精神,让我们大开眼界!"

齐局长的回答也很实在:"我们这样做仅仅是个尝试,让学生愉快学习,快乐学习嘛!不一定能够复制和照搬,我们县也只有这所学校能够做到。首先条件许可,有坚实的硬件做支撑。比如,这里的乐器可以武装一个乐团。其次要具有这种开放精神的人才,才能做出这种开放型的尝试!这个学校的音乐教师,是位自愿执教的美国学者,年轻有为,热爱中国的文化和历史,据说正在研究《诗经》,很有可能创造奇迹出来!"

林家信下了课,匆匆赶来和齐局长及参观团的人们握手、寒暄。

齐局长说:"感谢你们的辛勤努力,给全县的基础教育带来一股春风,希望你们再接再厉,做得更好。你看,酒香不怕巷子深,外地参观团应接不暇啦!咱不能墙里开花墙外香,我想组织全县的校长和骨干教师,来你们这里开个现地会,推动改革!"

林家信谦虚地说:"局长的肯定,是对我们的鞭策!我们学校情况特殊,仅仅是探索,不是什么模式,千万张扬不得呀!"

齐局长肯定地说:"好就是好,提供经验也是贡献嘛!当然,评价的目标还是分数,希望你们学校在全县会考时拿出好成绩。那时候,才会让人心服口服的!"

林家信说:"我们学校刚刚合并来一批外村学生,成绩参差不齐,目前还是我们的短板。不过,我们正在努力,争取早日消灭短板!"

林家勇不清楚,希望学校的教学工作是由林家信主抓的,他既要担任教课老师,又要主持学校的全面工作,主抓教师队伍的思想、业务培训,对教学方式、教学手段提出改革和创新,还要尊重、支持老师的个性和风格,任务是非常繁重的。

林家勇和三哥三嫂只有短暂的接触,除了极有限的家长里短,共同语言并不多。然而听了一些课程的片段,他不仅对这所学校有了新的认识,甚至对三哥三嫂,乃至老父亲和那位洋校长,为了这所学校所付出的心血,以及它所张扬的价值有了全面而又全新的理解。

他甚至联想到,在他设计旅游线路时,古水坡学校或许是非常耀眼的一个参观点……

林家勇认认真真思考了几天,主动为古水坡的孩子们做了一次课外报告。他没有什么豪言壮语,也没有什么出口惊人的英雄壮举,他讲了一个很寻常很生活化的故事。

他说的是一个战友,生活在一个很偏很闭塞的小山村里。山高路远,贫穷落后,要到十几里外的村镇去上学,上完小学还要到更远的地方去上中学。他就问父亲,为啥不搬到山外去住哇? 在这穷乡僻壤生活,把人的前途都耽误了! 他仇恨那个山村,甚至放假了都不愿回家,而是跑到城里去打工。

后来,父亲给他讲了一个故事,一个不太久远的故事。抗日战争时期,这个偏僻的山村是八路军武工队的兵工厂,利用这里隐蔽的地形,组织群众碾木炭,造炸药,造子弹,造手榴弹;然后再通过水上秘密运输线,源源不断送到前线,送到抗日的阵地上,杀鬼子,救中国! 这个小山村成了华北抗日游击队的军火制造基地,坚强的抗日堡垒。

由于叛徒告密,气红了眼睛的日军侵华司令获此消息,差点没把牙根咬碎。他亲自下令,地面部队两路合击,空军派飞机持续轰炸,血洗小山村,直至将这个小山村夷为平地!

面对敌人的狂轰滥炸,小山村人没有恐惧,也没有退缩。全村老少帮助兵工厂的战士把绝大部分武器、弹药封存在山洞里,当然也留下与敌人决死一搏和同归于尽。敌人的飞机如同蝗灾年景的漫天飞蝗,不停歇地轰炸了三天。小山村已经看不到半间民房,连残垣断壁也难以看到,被炸弹炸出的弹坑,一个接一个,山村早已成了一片废墟!

当鬼子的部队从水上攻击小山村时,没有受到任何抵抗,倒是被提前埋下的地雷阵炸了个鬼哭狼嚎!

鬼子对小山村进行了地毯式的搜索,没有找到一个活人……

鬼子点着了山上的树木和荒草,甚至泼上汽油,烧得地皮草木不生。小山村变成一片焦土……

那个山里娃在城里上中学的时候,投笔从戎,进了航空部队,当上一名飞行员。

如果敌人胆敢侵犯他的祖国,他将驾驶飞机,鏖战长空,让敌人有来无回！激励他立下这个宏伟壮志的动力,来自那个小山村的血色故事……

不幸的是,在一次实战演习中,战友的操作出了故障,他冲上去排除险情,避免了一场灾难,他却为此失去一条大腿。如同失去翅膀的鸟,破灭了飞向蓝天的梦想！

"我在咱们的山村学校看到了希望,这里有如此先进的电子教学设备,有如此完备的学习条件,有如此执着敬业的教师队伍。看到这些,我的心情和那位战友一样偾张！

"我们古水坡也是个小山村,古水坡的先辈们都是英雄好汉,他们已经创造出眼前这些辉煌业绩。你们这些接班人绝不应该辜负先辈的期盼,你们中间一定能涌现出科学家、艺术家,还有飞行员、宇航员！不仅会飞上蓝天,甚至飞向外太空,在浩瀚的宇宙高喊一声:我是古水坡的爷们儿！

"我也是个后来者。我的父辈和兄长们,都为古水坡的今天,做出了非凡的贡献,让我感叹不已,羡慕不已！我只有一个态度,迎头赶上,继往开来,和同学们一起,做一个合格的古水坡人！"

第二十六章　惊心动魄的战斗

　　林家勇带着改变古水坡的宏伟草图，离开古水坡回到部队。他在递交申请转业报告之前，还需向领导做好工作，说明转业的原因，请求领导批准……

　　林家勇刚走，林志恒背着老娘回村来了。

　　大树爷不得不发出慨叹：一茬春笋一茬竹林，岁月轮回催人老，再大的能耐也拴不住日头啊！

　　那天，村主任放下电话，就急匆匆跑来村委会的石头屋，在坡岗上找到大树爷，大老远就扬开嗓门大吆喝："叔——哩！好消息，好消息呀！志恒大学毕业啦，跟他娘一起回来！现如今已经到县城啦！"

　　大树爷顿住的脚步往回走，没牙的嘴巴合不拢，脸颊上胡须打哆嗦："吧，吧！这娃能干哪！硬是背着老娘上大学，如今算是鲤鱼跳过龙门啦！俺得到渡口去迎迎！迎迎……"

　　自从古水坡希望学校扩大教育编制以后，外村的学生多了，光靠一条渡船难以解决几百号师生的出出进进，交通成了卡脖子问题。

　　县里请了省市两级交通部门的专家论证，在河上架桥的提案依旧被否决，添置渡轮也因不能保证风雨无阻未被采纳。最后多数人提议在河面上架设缆索桥，优点是工程简单，投资不大，技术简便易行，主要用途是行人通过，即便摩托通行亦能承载。方案通过的可能性大。

　　后来的结果就是，三个月不到，古水渡河面上架起一座铁索桥。十几根钢缆横跨河面，两岸打桩，异常坚固；然后铺上一层木板，人走在上面晃悠悠的。铁索桥两头高，中间有点下垂，人们叫它扁担桥。

无论如何,有了这桥,大树爷彻底摆脱了艄公的角色。除非运送重物过河,船一般不再撑了,拴在码头上,镌刻着岁月的印痕……

　　然而,今天大树爷吆喝村主任背篙上码头,坚持要用渡船把志恒娘儿俩接过河来。

　　渡船刚刚撑到对岸码头,村主任就大声喊叫起来:"来了!来了!他们来了!"

　　林志恒依旧一副朴素的模样,用轮椅推着他妈,提着简单的行囊,大步匆匆走过来。

　　村主任停住船,搀扶志恒妈上岸。

　　志恒说:"爷,那边不是有桥吗?还坐船?"

　　大树爷说:"你是坐船走的,俺再用船渡你回来。往后你就是坐飞机坐火箭,爷就管不着啦……"

　　老人本来想说高兴话的,没想到伤感起来,拉着孙子的手,眼眶湿漉漉落下泪星子来。

　　他急忙揉揉眼圈,搓了把脸,解嘲地说:"咳,俺今儿咋的啦?老没出息!"

　　"看见你孙子高兴呗!"志恒妈赶紧插上话,"转眼就是三年,爹呀,你身子骨硬朗朗的,俺算是放心了!"

　　大树爷赶紧附和着说:"那是呀,俺孙子学成了,俺老汉脸上贴金了嘛!"

　　林志恒说:"爷,时间过得真快,听说咱村出了不少新鲜事,一件比一件精彩。只有我还没有一点作为哩!"

　　"不急不急,天高任鸟飞。只要翅膀练硬了,还怕够不着云彩?"

　　志恒从兜里摸出一个盒子:"爷,我去西北边疆走了一趟,在喇嘛庙里求到几贴膏药,专治腰肌劳损,特意捎回来,专治您的腰疼病!"

　　"俺呀,干起活儿来,出一身汗,哪儿都不疼了!这种药用不着,让你娘用吧!"

　　大树爷推辞着,志恒妈劝道:"爹,您孙子孝敬您哩,您就收下吧!我有我的药,志恒都替俺备着哩!"

　　大树爷哈哈笑起来:"中啊,这份孝心俺领啦!毕业了,啥打算,在家筑巢,还是远走高飞呀?"

　　"爷爷,我学的专业属于特种行业。在校期间,参加实践活动,已经立了三等功啦!我的去向上级早有安排,到特种部队报到,别无选择。"

　　听了志恒的话,大树爷拍拍孙子结实的肩膀,感叹地说:"好小子,有种!好好干,你是个爷们儿,要为咱古水坡壮脸!"

　　村主任边撑船边插话说:"叔呀,你要求太高,志恒已经够爷们儿了!还能咋着？"

"咋着？不娶媳妇就长不大！碰到合适的女子赶紧领回来，俺急着抱重孙子哪！"

这一次，林志恒在古水坡住了两天，便接到部队的紧急通知，要求他立即归队，执行紧急任务。军令如山，林志恒不敢有半点延误。

动身之前，他跪在大树爷面前，恭恭敬敬磕了三个头，说："爷，自古忠孝不能两全，这一次，孙儿不能再背着母亲去当兵了！我把娘留在老家，还要让爷爷操心关照，孙儿先给爷爷磕头赔罪，来日再报爷爷大恩大德！"

大树爷伸手把志恒扶起，朗语连声地说："志恒呀，你是个军人，守的是国门，保卫的是国家。俺守的是小家，管着巴掌大点事。没有国，哪有家呀！你守好你的职责，别的事你就不用操心了！"

安静而又肃穆的会议室，椭圆形会议桌后坐满戎装整齐的军官，气氛严肃而庄重。

墙面上的电视屏幕，正在播放一条重要新闻——今天 15:33，在我国西南地区发生了强烈地震。据地震台测定，深度在 10—20 公里，地震强度为 7.8 级。此次地震距地表近，持续时间长，余震不断，破坏力巨大。已经受到严重波及的县市，初步统计有 100 多个，受到波及的地域包括 200 公里范围的大中城市。震发地区目前交通阻隔，信息中断，网络和电力均受到严重破坏。据专家称，这是继我国唐山地震以来最大的一次地震灾害……

主持会议的首长言辞沉重："同志们，这次地震强度大，破坏力极其巨大，已经引起从中央到地方各级领导的高度重视！震区究竟发生了什么，现在情况如何，那个叫合川的地方还存不存在，我们目前一无所知，网络中断，信息不通嘛！但是，灾情就是命令，抢险救灾是我们义不容辞的任务！人民群众生死攸关的时刻，我们就应该出现在那里！"

林志恒挺然站立，掷地有声地说："报告首长，我请求到抗震第一线参加战斗，请批准！"

首长站起来说："好！你率领一个精干的小分队，立即出发！抗震救灾首先是抢救那些身处灾难的生命，所以要把仪器、设备尽量带全！"

林志恒他们接下来的行动，犹如猛虎出山，雷霆万钧。直升机把他们送到灾区上空，从天空俯瞰大地，那里桥梁断裂，道路阻隔，河流堰塞，山体滑坡，城镇成为一片废墟，村庄坍塌已经寻觅不到踪影……

直升机在空中盘旋,渐渐接近地面,试图寻找一片降落点,他们看到的情况更为惨烈——

倒塌的房屋,无论平房还是楼宇,相互挤压、叠压、堆砌在一起。处处是残垣断壁,满目百孔千疮……

被砸毁的家电、家具被埋在瓦砾之中,包括被砸坏的卡车、轿车、大巴,也都横七竖八地挤压在废墟下面,那般丑陋和无奈……

被掩埋的遇难者,有的露出半截身体,有的露出一条腿或是一只胳膊,早已发黑发硬,无言地倾诉着灾难的残暴与无情……

天阴沉着,下着小雨,仿佛神灵在为逝者默默泣诉……

直升机在低垂的云雾中盘旋……

林志恒从机窗看着灾难中的大地山川,心急如焚,痛苦而又焦灼。他俯瞰着大地上没有生命迹象的废墟,忍不住满腔的哀痛和悲怆!

他不得不用沉痛的声音向总部报告:"……这里房倒屋塌,一片废墟,无一寸完好之地,宛若一片坟场!我们还在空中盘旋,抢拍照片,抢拍现场录像。亟须把这里的情况,报告中央,报告各级领导,让领导和全国人民了解合川灾情,紧急救援!"

直升机好不容易在一片河谷降落,他率领小分队迅速向满眼废墟的方位行进,开始寻找生命迹象,尽可能抢救被掩埋在废墟下一息尚存的生命。

战士们手持生命探测仪,如同探测地雷那样小心谨慎,生怕漏掉任何一处生命的存在。

战士们牵着搜救犬,在废墟间仔细寻觅,任何一处可疑的征兆,都不愿轻易忽略。

林志恒沿着废墟的缝隙,敲击着巨大的钢梁,发出叮咚的脆响。他们朝着废墟深处的空间,发出震耳的呼喊:"有人吗?有人吗——?"

荒野一片死寂,只有一片片落叶,在冷雨凄风中无力地飘荡……

四望一片残垣,但见那些断梁破窗,经不住重物的挤压,依旧嘎吱作响……

一台台推土机轰隆隆开过来了,伸出巨大有力的铲刀,掘开巨石和淤泥,填平沟壑,开山辟路,打开通往灾区的通道……

大吊车顺着打通的道路开过来了,毫不费力地吊起倒塌的钢柱铁柱,一点点清理出稍显平坦的场地。它们那地动山摇的气魄,给灾区的上空增添了战斗的气息,还有充满希望的力量!

一批批子弟兵,扛着耀眼的红旗开过来了。他们脚步都未站稳,就投入到在废墟里寻找生命的战斗中!与死神抢夺时间,时间就是生命!几乎每一位参加救援的战士,心中都有一个明确的概念:72 小时内,是抢救生命的黄金时间!

一队队志愿者赶过来了。他们心存大爱,肩扛大义,或是投入刨土救人的行列,或是参加到救助伤员的行列,或是支锅架火搭帐篷、烧水做饭淘米蒸馍。一方有难,八方支援! 中华民族的大家庭里,决不会轻易丢下任何一员!

一批批医务人员赶来了。他们在帐篷里支起病床,支起手术台,就地做手术,现场救伤员。或是背着药箱穿行在抢险现场,给每一位需要他们的伤号,送去温馨而又及时的救助! 救死扶伤是他们的天职,让伤者减少痛苦,让亡灵得到安慰,是上帝赋予他们的使命……

整个震区就是一个大战场。天灾无情地毁灭了这里的一切,人们决心较量一回,不就是生与死的博弈吗? 哪怕还有一个人,或者一点声息,也要把他救出来,继续以后的生活!

原本死寂的废墟,骤然生发出无限的生机和拼搏的活力!

空中有直升机随时支援,打通的生命之路上排列着救护车。中国大地上所有的眼睛都盯着这片土地,十三亿血脉相连的兄弟姐妹,心脏和这里的人们一起跳动!

每当废墟里救出一条生命,疲惫的人们就会发出一片震耳的欢呼,庆祝生命的奇迹!

大家从一堆房梁交叠的地方,挖出一个受了重伤的少年。当他被战士们用担架抬出废墟时,他醒过来了。看见身边的解放军,那少年竟然缓缓举起右手,敬了一个少先队队礼……

在一个坍塌的楼洞里,传出细微的呻吟,战士们欣喜若狂。大家细心地挖开积土,抠起叠压的梯板,一天过去了,渐渐现出阴暗的楼道,但楼道已被挤压成狭窄的一缝。有人惊呼:"是位老大爷,他还活着!"

大家把矿泉水瓶子系上绳子,小心翼翼递下去,轻轻呼喊:"大爷,你能喝水吗? 慢慢喝,一定要坚持住!"

还有,战士们从废墟里挖开一个墙壁挤压的缝隙,传出嘶哑的婴儿的哭声。大家用手整整抠了一夜泥土,终于挖出一具女人的躯体。她卧倒在泥土里,身子下面紧紧环抱着幼小的婴儿。把那女人移开时,大家看到女人虽然死了,但她仍用双手紧紧搂抱着婴儿,婴儿的小嘴还贴在母亲的奶头上,轻轻吮吸……

林志恒和他的小分队,夜以继日地工作,顾不上吃饭和休息,更别说睡觉,没有这样的时间,更没有这样的奢望。战士们尽管早已疲惫不堪,却不愿离开抢救生命的阵地一步。尽管抢救幸存者的黄金时间已经过去,他们依旧渴望奇迹出现。从恶魔手中争夺生命,岂不和上帝创造生命一样神圣吗?

从他们到达灾区算起,已经坚持了三天三夜了。全凭着简单的工具和双手,小心翼翼地一点点掀开障碍物,挖开泥土,如同沙里淘金、矿山探宝那样,用手去扒、去抠,生怕碰伤了受难者的躯体,惊扰了遇难的灵魂……

他和战士们先后救出七位幸存者,还挖出十多具逝去灵魂的尸体。每当这一刻,战士们都会深感无限的遗憾和天大的愧疚。啊! 他们多么希望自己能长出一双巨手,把坍塌的废墟翻转过来,让所有的遇难者全部从死神手中逃脱,重新复活过来……

每当战士们感到气馁的时候,林志恒就会鼓励大家:"同志们,我们是什么兵?特种兵! 是特种材料炼成的! 我们的脚下掩埋着奄奄一息的亲人,等着我们去救,我们忍心丢下他们不管吗? 尽管七十二小时内是抢救生命的黄金时间,但我们如果多一分坚持,或许就会有奇迹发生!"

突然,有战士惊呼起来:"林队,你快来听听,这下面有生命信息!"

林志恒赶忙奔过去,那是一片楼板叠压的地带,警犬狂躁地在那里转来转去,发出骇人的狂吠。一位战士拿着探测仪在那里反复寻觅,手指着楼板叠压处:"林队,就在这下面!"

林志恒匍匐下来,把耳朵贴在楼板上,屏声敛息地听了一阵,发现有微弱的敲击声从下面传来。他欣喜若狂,对着楼板缝隙,拼命地喊道:"下面有人吗? 如果可能,你就敲出响动来! 我们就在你身边,一定会救你出来!"

他喊了一阵,又把耳朵贴在楼板上,果然有微弱的声响从下面传来。他从楼板上一跃而起,大喊一声:"下面有人还活着,开挖!"

他亲自带头,抬走挤压的楼板,用手抠去房梁四周的泥土,小心翼翼地撬开断裂的水泥梁柱,下面又是一层层楼板挤压在一起。他和战友们抠开楼板,轻轻挪开,搬走,发现楼板下压着门框和窗棂,挤压成一个抽屉式的狭小空间。——声音就是从那里发出来的!

林志恒和战士们已经挖掘出一孔天井式的地穴,周围的堆积物有三米多高,不时有泥土、砖块被频发的余震震下来,随时都有塌方的危险! 他们随时会被活埋!

林志恒和战友们此刻是饥渴难耐,疲惫不堪,一个个汗流浃背,满脸尘垢,浑身上下被泥土裹了一层,看上去如同土地庙的泥胎。

他和战友们的双手缠满胶布,手心手背血迹斑斑;他们胳膊上、双腿上划出道道血痕,如同搏击场上的拳击手,伤痕累累……

林志恒全身趴在废墟上,用双手抠去挤压在楼板中间的土块、砖头、水泥块,渐渐地,挤压在一起的楼板间显露出狭小的空间。蓦然间,他看见泥土中露出一只手,结满血痂和泥土淤在一起,微微在颤动……

　　他控制不住激动的情绪,狂喜地大喊大叫:"看哪!大家看哪!里面有人!活着!"

　　战士们顿时又来了精神,轮番上阵,用手抠土,楼板下的空间越来越大,呼救者渐渐显露出半边身子,还有半张面孔。幸亏面前有压断的半截水管,使他侥幸活到了现在!

　　林志恒再三叮嘱大家:"废墟下面压力很大,咱们一边挖土一边支撑,小心塌方,造成二次伤害!"

　　战士们抠开一点空间,便赶忙用硬物支撑住,严防头顶塌方。

　　突然,水泥板下面传出微弱的说话声:"叔叔……我能坚持……我能……"

　　林志恒惊喜万分,趴在地上朝里面问话:"你饿吗?你渴吗?想喝水吗?你说,我们想办法!"

　　水泥板下又发出细微的声音:"渴,我渴……我动不了……全身压死了……"

　　林志恒大喊一声:"管子!拿管子来!"

　　战士们递过矿泉水瓶子和长长的胶管子,林志恒小心翼翼地把管子塞到幸存者嘴里,再三叮咛:"你慢慢喝,一点点喝,千万别呛着!坚持住,咬牙坚持住,我们一定把你救出来!啊,配合我们,就能胜利!"

　　幸存者轻轻吮吸了几口水,有了一点精神,兴奋地说:"我吸到水了!我听话,好好配合你们,坚持住……看到解放军,我一定能得救……"

　　林志恒召集大家商量解救方案。战友们说,抢救现场尽管有那么多大功率器械,但是一件也用不上,只能靠手刨,延误了宝贵的救援时间。另外,目前救援场地十分狭窄,上面堆积物非常多,一旦引发松动,下面的救援者也面临被埋的危险!再说,眼前的幸存者已经被掩埋了七十二小时以上,如果抢救不及时,后果将不堪设想!

　　林志恒思考着大家的意见,面对眼前现实情况,他的想法是:决不能放弃救援,决不能看着一个生命在眼前消失,一定要把他活着救出来!

　　他建议扩大工作面,全体战士轮流动手刨土,十分钟一换人,用最短的时间,开挖出可能将被压者拉出来的空间。在空间许可的情况下,由他拱进去,用脊梁顶起楼板;大家分成两班,一班支撑,一班迅速将被压者救出,全部动作要在五秒内完成!

战友们听了他的设想,齐声回答:"明白了!"

林志恒果断地命令:"开始!"

接下来的场面,紧张而又迅猛……

带血的手,抠出带血的土,堆积起来的泥土沾满血迹,板结成一块……

楼板下的缝隙在渐渐扩大,一点点扩大……

林志恒和楼板下挤压的人对话:"同志,你如果发现身体可以移动,就把脑袋先探出来。咱们里外合作,同时行动,懂了吗?"

听到落难者的回答之后,他命令开始行动。

他的声音未落,自己早把半截身子拱进楼板的缝隙下面,用脊梁顶起楼板,双手用力把那个幸存者推了出去……

战友们及时抓住那个人的胳膊,把整个人从楼板下拽了出来——这动作是在迅雷不及掩耳之间完成的!

与此同时,一声尖厉的碎裂声响起,支撑楼板的战友大叫"林队",他们头顶上呼啦一阵碎石滚落,开辟出的那片场地,眨眼工夫被填了一米多高!

战友们用手托起那位被救者,用一副副脊梁挡住滚落下来的碎石,没让他受到一丝伤害!

一阵塌方过后,被战士们挖开的楼板,又被碎石重新压在下面。

第二十七章　找上门的媳妇

那位被救出的人被蒙上眼睛,抬上担架,被医务人员护送到救护站去了。

那位被救者神志清醒,嚷嚷了一路,请求救护人员告诉他,救他的那位军人怎么样了?他被救了吗?他是个好人,他不能死……

救护人员告诉他,大家正在全力抢救。让他放心,不会有事的!

被救者哀求:"我什么也看不见,求求你们,告诉我,他叫什么?我要当面向他致敬……"

有位战士告诉他:"他是我们的支队长,又是教官。他叫林志恒……"

在抢救林志恒的塌方现场,推土机轰鸣着,开挖着石碴,扩大工作面。大吊车晃动着巨大的铁臂,吊开一块块庞大的梁柱或楼板,那片废墟渐渐被清理出来,工作面渐渐开阔……

战友们紧张注视着进程,指挥着机械操作,准确无误地向目标开掘。

抢救工作延续到夜半时分。当吊车卡住那块水泥板,小心而又稳稳地掀开、吊走,被压在下面的林志恒终于暴露出来时,废墟上响起一片欢呼,在冷雨凄风的夜空里久久回荡……

在救护站的帐篷里,躺着被抢救出来的群众。他们头部或身上缠着绷带,接受了救护站的急救措施,静静地养伤;有的胳膊上挂着点滴,情绪安静、泰然。

那个被林志恒从楼板下救出的伤员,竟然是位年轻的女大学生!剪着短发,看上去像个男娃。她受到挤压,伤及皮肉,没有伤到骨头,经过休息和药物救治,她的神志已经完全清醒,精神和体力,包括情绪都在渐渐好转。

有位记者找了来,对她进行采访,想了解她的被救过程。

记者问:"你能回忆当时被埋的情形吗?"

她的回答单纯而爽快:"我叫陈静,西南医大在读大三学生。我是从城里回家看奶奶的。刚吃过午饭,服侍奶奶睡下,就感觉楼在晃动,站不稳脚。灶台上的碗摔在地板上,窗玻璃都碎了,嘎嘎地响。我还没明白发生了什么,就摔倒在过道的墙角,被坚硬的水泥板挤压住。我没有压死,是因为有根水管支起一块狭窄的空间。我动弹不得,四肢都被泥土封住了,眼前是一片黑暗,喊不出一点声音。但我有种感觉,我一定会得救!"

记者:"为什么?你被压已超过七十二小时啦!"

陈静满脸自信地说:"我们有强大的祖国,我们有忠于人民的解放军!"

记者:"你还记得那些营救你的军人吗?"

陈静:"当然。刻骨铭心!其实,我埋在废墟下面,能听见头顶上的脚步声和说话声,我就知道救我的人来啦!我喊过,还拍打过楼板,但是没有得到任何回应。我不知道白天还是黑夜,只能咬牙坚持,等待机会。被压断的水管里有积水,不断外溢。我吮吸着水积蓄力量,当我听见周围有人走动,就用碎石头敲击楼板,终于迎来了救星!"

记者:"你还记得那位用脊梁为你扛起楼板的军人吗?"

陈静回味说:"我第一眼看到那个军人,脸上结满泥垢,他的眼睛很大很有温度,真的就像冬天里的一把火!他鼓励我一定要坚持,我说我能够坚持。他始终守在救我的现场,直到他钻进楼板下面,将我推出去。这些已经铭刻在我心中,永不磨灭!"

陈静的双眼盈满了泪水:"我脱离危险的那一刻,没有想到塌方又把他埋在下面!我已经知道了他的名字——林志恒!无论他是死是活,我都要找到他。他不仅是我的救命恩人,他更是一位英雄!"

躺在救护站的陈静无法知道,林志恒因为多处骨折,伤势严重,从废墟下面扒出来之后,就被直升机送往成都军区医院,全力抢救……

滞留在救护站的陈静,是个很不安分的伤病员。护士解开她腿上的纱布,替她换药时,她说:"你看,我的伤口都结疤了,不用上药也不用包扎了。我应该站起来,当一名志愿者,为别的伤病员服务!"

护士夸奖她:"陈静,大家都在称赞你,说你勇敢、坚强、乐观,创造了被埋七十八小时依然活着的生命奇迹!你还是好好休息,珍惜你这条生命吧!"

陈静反倒走下病床,在地上活蹦乱跳地说:"你们看,我这样健康,还需要躺在床上装病吗?"

护士坚持说:"不行! 没有医生的许可,你是不能随便离开的!"

陈静便拉起护士说:"走,我们一起去找医生,请他给我分配任务!"

医生正在忙着抢救一位刚刚送来的伤员,给他换药和包扎。

医生顾不上抬头,喊:"剪子!"

陈静迅速拿起剪子递给医生。

医生又喊:"酒精棉球!"

陈静又顺手拿起,递了过去。

医生上好药,用纱布垫好,说:"包扎!"

陈静拿起一卷绷带,很熟练地忙碌起来。

医生摘下口罩,愕然:"怎么是你?"

陈静一本正经地说:"我是西南医科大学的在校学生。当护理可能不合格,请批评指导!"

医生批评说:"你是伤病员,而且是重伤员。你需要好好休息,配合我们观察,不能随便参与工作!"

陈静坚持把伤员包扎完毕,央求医生说:"医生,我已经完全恢复健康了,应该站在一线当一名志愿者,尽一份责任和义务!"

医生叹息:"唉,真拿你没办法! 这样吧,你就在救护站工作吧! 哎,你叫什么名字?"

她把短发轻轻一甩:"登记册上有啊! 我叫陈静。"

陈静加入了救护站的工作,给伤员换药、包扎伤口、测体温、挂点滴,她样样抢着干,样样都在行。她对伤病员态度和蔼,对医生护士礼貌尊重。她走进哪个帐篷,都会带去一片温馨,引发一阵笑声。大家都很喜欢她。

她用试探的口吻,向救护站的主任打听:"主任,那个救过我,后来又被塌方掩埋的军人,后来抢救出来了吗? 咱们救护站怎么没有他?"

主任说:"那个特种兵呀,他的伤势严重,咱们这里条件简陋,转院了!"

"他转到哪里去啦?"她追问。

"人家是军人,直升机送走的,我们怎能随便打听呀!"

医生的回答是实情,但陈静不满足,她逐渐扩大了寻找的范围。

她跑到抢救现场,帮着装车、卸车,直接把水送到抢险一线。她扛着一箱矿泉水,终于找到了那一群热情似火的特种兵。她打开箱子,把矿泉水一一送到战士手中,委实让大家一阵唏嘘、一阵感叹!

她大大方方，一片真情："尊敬的解放军同志，我就是你们从废墟里救出来的，我叫陈静！特地找到你们，表示我真诚的感谢，请接受我诚挚的鞠躬吧！"

战士们顿时愕然："你就是……怎么是个大姑娘？"

陈静调皮地转动身子，说："怎么不是呢？我难道还会冒名顶替吗？我身上这件花格子衣裳，你们总认识吧？"

有位战士指着她手臂上的伤口说："没错！是她！就是她！你……咋就好这么快呀？"

她恭恭敬敬地说："常言说，滴水之恩，涌泉相报；救命之恩，江河难酬。现在只有矿泉水，聊表寸心。大恩大德，容我以后补偿吧！"

战士们热情地和她攀谈："哎呀！你现在都成名人啦！创造了生命奇迹的大学生！"

陈静却晃晃脑袋说："奇迹是你们和我共同创造的！没有你们奋力抢救，我早就成了埋在下面的一具腐尸啦！请问你们那位队长呢，他现在怎么样啦？"

战士们纷纷相告："你问林支队吧？他伤势比较严重，不过早已转危为安了！"

陈静要求说："敬爱的救命恩人们，你们能说得清楚点吗？这几天，我一直在寻找他，很想见到他。他是为救我而被埋的，我想当面向他表示感谢！"

战士们热情地围住她，话说得非常真挚而坦诚："对不起！确切的地址我们真的不清楚。不过，请你放心，我们会帮你打听清楚的！"

陈静快快不乐地说："我一定要找到他！"

说完便转身离去，继续为忙碌的人们发送矿泉水……

半月之后，是个晴朗的天。太阳热腾腾地挂在空中燃烧，又把灼灼热浪泼洒在大河之上，万顷波涛上反射出鱼鳞般的万道金光。

陈静下了公交大巴，径直朝渡口走去。

她看见渡口上泊着一条渡船，船头盘腿坐着位鹤发童颜的老大爷。不远处的河面上悬浮着一座铁索桥，平平稳稳横在河面上，直达对岸。

陈静不知道应该走桥还是坐船，便客客气气走上前去，问："老爷爷，我从外地来，要去古水坡投亲。不知道应该走桥，还是坐船？"

大树爷转过脸来，眯起眼睛瞅瞅她，问："闺女，你从哪里来？到古水坡找的是哪一家？"

陈静把随身挎包放在地上，擦了擦满脸汗珠，说："老爷爷，我从很远的地方来，到古水坡寻这家亲人呀……其实，我也不认识！"

大树爷哦了一声,用手抹了把胡子,说:"你来寻亲,又不认识?那你说他名字吧,古水坡二三百口人,没有俺不认识的!"

陈静终于实话实说:"老爷爷,我找的这个人,他姓林,叫林志恒。他本人可能不在家。他家里人我都不认识,但是我们是亲人!"

大树爷听这话,不禁愣住了,便问:"闺女,那……你和林志恒啥关系呀?"

陈静喘口气,缓缓说道:"我是合川人,在这场大地震中,我被埋在地下三天三夜,是林志恒和他的战友们把我救出来的。他是我的救命恩人,又是我崇拜的英雄。他现在还躺在医院里,我来家里是帮助照顾他母亲的!"

大树爷听明白了,乐呵呵地笑起来,说:"原来是这回事呀!哈哈,你这孩子太懂事了!太懂事了!俺是志恒他爷爷,找到俺就算到家了!俺现在可是林家的最高长辈哪!"

陈静赶紧礼貌地深深鞠躬:"爷爷在上,小孙女有眼不识泰山,多有冒犯,给您老人家行礼赔罪了!还求爷爷海涵!"

大树爷慈祥地笑着:"不知者无罪,赔啥礼呀。闺女,你去医院看过志恒啦?他的伤养得咋样啦?"

陈静答:"爷爷,我找到他们部队了,知道他康复得很好。我本来想去医院看他,后来又改变了主意,决定先来家里认亲,再去医院看望。这叫一举两得,皆大欢喜!"

大树爷不由得让陈静逗笑了,半天合不拢嘴,说:"你这闺女,小心眼蛮够使哩!"

陈静随大树爷坐渡船,到了古水坡;又随大树爷沿着石板路,走进了古水坡。

大树爷朝着学校门口,扬开嗓门喊了一声:"志恒妈,家里来客了,快来瞅瞅吧!"

志恒妈一个人在家老孤独,就被安排在学校里做点杂事,接个电话,按时打铃,烧点开水,等等,干得精心又认真。听到大树爷的喊声,便扶着墙头朝这边张望,手里还提着一壶开水。

她说:"爹呀,您先接着,我灌了开水就来!"

那边陈静眼明手快脚步利索,三步两步跑过来,手脚麻利地把开水灌入暖瓶,说:"娘,我叫陈静。从南方赶来的,到家里替志恒尽孝来了!"

志恒娘一时惊呆了,傻乎乎地看着她:"闺女,你刚才喊俺啥?你跟志恒……咋称呼?"

陈静大大方方上前挽住志恒妈,说:"娘,俺刚才把情况都跟爷爷说过了。志恒他在抗震救灾中救了我的命,他自己又被塌方埋了,如今还躺在医院里。我呀,是来认亲尽孝的。先给您当闺女,娘感到合格了,我再给您当媳妇儿!"

志恒妈认认真真把陈静看个仔细,兴奋不已地对走过来的大树爷说:"爹呀,您瞅瞅,知书达理的,细皮嫩肉的,有情有义的,俊模俊样的,打着灯笼也找不来的好闺女呀!"

大树爷深深吸了一口烟,乐呵呵地说:"志恒妈呀,闺女不赖!你就先当闺女使唤吧,这是天意……"

陈静听出他们对自己很满意,脸上的笑更甜了,手头更加勤快了,先拉把椅子让大树爷坐下,又把志恒妈搀到轮椅里。她接着又是擦桌子扫地,又是涮毛巾抹玻璃,转眼间就把小小传达室收拾得窗明几净。

消息不胫而走,很快在希望学校传开了,大家纷纷赶过来探望虚实。

大树爷看到老师们抱着不同的态度议论这件事,索性当着众人亮明自己的看法。

他说:"既然陈静千里迢迢跑来古水坡认亲,这份心意咱得领呀,这份情谊咱得收下,这份感恩之心,咱更不能驳!人家是个大学生,不是心血来潮,一时冲动,也不是沽名钓誉,图个宣传啥的。她是经过深思熟虑的,先去部队了解情况,才下决心找到古水坡,人家是来答谢志恒的,闺女是个有情人哪!让俺服气!"

金娜校长先是站在人群外面听,大概听明白了,老太太从人群里挤过来,和陈静热烈地拥抱在一起,激动地说:"可爱的姑娘,你的举动太感人了,你的想法太浪漫了,为了赢得小伙子的爱心,先给婆婆当好女儿。哦,这种故事或许只有中国才会发生!可爱的姑娘,林妈妈是位善良的女性,儿子是个少见的英雄,你一定会成功的,祝福你!"

大树爷介绍说:"她是个老外,喊洋奶奶吧!"

陈静礼貌地说:"洋奶奶,谢谢您的祝福!"

林家信和谷翠琴主动上前握手寒暄:"我是志恒的三叔,这是三婶,欢迎你的到来!虽然志恒不在,我们依然会让你体会家庭的温暖!"

陈静大大方方地说:"那么,我也该喊三叔、三婶了,谢谢你们的关照!"

这时,村主任满头大汗地跑过来,大老远就气喘吁吁猛吆喝:"叔呀,听说志恒找了对象,自己摸到门上认亲来啦!咋不给俺说一声呀……"

大树爷朝他使个眼色。他尴尬地站在人堆外面,抹拉着满头汗珠,不知该说啥啦……

大树爷拉了他一把,挤到前面来,介绍说:"这位是村主任张发动,古水坡最高行政长官,你应该喊他叔公!"

陈静朝他鞠了躬,喊道:"叔公,请您多关照!"

村主任一边还礼,一边轻声嘟囔:"不客气! 不客气! 往后都是一家人了,相互关照,相互关照!"

陈静在古水坡住下来,就住在志恒家的石头院。

每天早起,她服侍志恒妈洗脸、漱口、吃早饭,然后再把她搀上轮椅,推到学校去上班。志恒妈如今在学校传达室工作,每天按时到岗,决不迟到早退。每天下班时,陈静再赶到学校,推着轮椅,把志恒妈接回家。

陈静每天都要把屋里屋外打扫一遍,石头院井井有条,到处都是干干净净的。

她在院里扯起铁丝,晾晒着床单、衣服,还有拆洗的被子和褥子。

她面前放个大铁盆,半裸着胳膊,嚓嚓嚓在搓衣服。她干活利索、熟练,满头汗水浸透了头发,又顺着脸颊滑下来,整个人就显得格外生动和妩媚。

灶台上熬着药,冒着热气,满院子弥漫着一股浓浓的药香味。

她不时站起来看看火候,检查一下中药煎熬的程度,一刻也不曾马虎。

大树爷乐呵呵地走进院子,看着陈静忙得像个风葫芦,心疼地说:"孩子,别累着! 你也是被土埋过的人,没有明伤也会有暗伤。志恒妈腿脚不好,家里顾不上收拾。看你,丢下铁锨拿扫帚,忙里又忙外,又是洗又是涮的,累坏了身子可就后悔啦!"

陈静抬起胳膊擦擦汗,说:"爷爷,我不累,不就干点平平常常的家务活嘛,俺娘腿脚不好,可她在学校也是一刻不停地忙呀! 她忙外我忙里,我收拾好家务还不是应该的? 还有,照顾爷爷同样是我的任务,您老人家甭推辞!"

大树爷呵呵笑着,用鼻子嗅嗅灶台上的药锅,说:"闺女呀,你是个有心人哪! 你每天都坚持给你娘熬中药,眼瞅着她的精气神好多啦!"

陈静说:"爷爷,这剂药是医圣张仲景传下来的验方,活血化瘀,生津壮骨,对腰肌劳损的病人特别有益处。我建议爷爷也用用!"

大树爷挥挥烟袋杆说:"我呀,这辈子就是鸡刨命,一天到晚闲不住,连害病的工夫都没有,哪知道吃药是啥滋味儿呀!"

陈静跟着老人笑:"爷爷是个老英雄,病都不敢找您麻烦呀!"

大树爷逗她说:"陈静,你来俺家多少天了? 志恒躺在医院里,也不知道家里有你这个人,你就一点不担心吗? 万一他不同意那可咋办?"

陈静不卑不亢:"爷爷,我来古水坡眼看三个月了,我是来认亲尽孝的。既然爷爷跟娘都承认我,那我还有啥可担心的!"

"中,中!你这丫头,俺服你啦!"

大树爷神秘地眨眨眼问:"我如果知道志恒住院的地方,你愿意去看他吗?"

陈静兴奋地跳起来:"那当然啦!我想陪着爷爷和娘一起去看他,我特别想给他一个惊喜!"

大树爷从怀里摸出一封信,说:"念念吧,让俺也听听!刚从河对岸邮政所送来的,一准是志恒报来的好消息!"

陈静赶忙接过,又在围裙上把手擦干。看着信封上的字迹,就泪眼婆娑了,哽咽着:"爷爷,是他,是志恒来的信!"

她小心翼翼地打开信封,抖开信笺,嘴巴颤抖着念了起来:"亲爱的爷爷,亲爱的妈妈,我因受伤住院,一直不能写信报告我的情况,你们一定担心、受惊了,请你们原谅我的不孝!现在我已经完全康复了,医生说再过几天,我就可以出院归队了……到时候,如果可能,我一定请假回去看望你们……"

大树爷刚听出味道来,催促道:"念呀!下面,下面怎么说?"

陈静眼睛湿漉漉的,满脸遗憾:"下面,下面没有了……"

大树爷焦虑地说:"他到底能不能回来,打算不打算回来?"

陈静满脸疑惑地解释着:"爷爷,他说非常非常非常想念你们,如果可能,他会请假回来看望你们……"

大树爷失望地说:"这不是来回话吗?来还是不来,让咱们猜哩,还是玩神秘哩?"

"他是个军人,必须服从命令,不可以随意决定自己的行动。"

"那,那咋能不去看看他哩?受恁重的伤,咱不去看他,反倒等他来看咱,大理不通嘛!"

大树爷焦急起来,问:"看看信是哪天写的,哪天寄的,咱得抓紧走一趟!"

陈静仔细看着邮戳,说:"信是三天前写的,也是三天前寄的。爷爷,咱们抓紧走,来得及!"

大树爷拍板:"中!说走就走!不就是成都嘛,我去通知你娘,咱们说走就走!"

"爷爷,你等着,我去看俺娘!"

她说着,顾不上换鞋,穿着拖脚就朝学校跑去。一路跑一路喊着娘,一头撞进学校传达室。志恒妈正在分发报纸,她一头拱到娘怀里,嘤嘤哭泣起来……

志恒妈慈祥地笑着,用手轻轻拍着她抽搐的脊梁,慢言细语说:"闺女,咋的啦?有话慢慢说,有娘替你撑腰哩!"

陈静终于抬起头,泪眼婆娑地对娘说:"俺爷说,咱们一块去看志恒……"

志恒妈重重在陈静肩头拍了一巴掌,说:"你个傻妮子,你想见的不就是志恒嘛……"

志恒妈只说了半句话,两行热泪流下来,声音哽咽了……

一家老少三口,一路上坐火车转汽车,全凭陈静张罗着,顺利来到军区医院大门口。

陈静按照志恒信中告知的病区和房号,向门卫打听清楚了路线,三个人一路往前走。一路上,志恒妈坐在轮椅上,陈静推着,照顾得耐心又周到。大树爷看在眼里,喜在心里,老人最牵挂最担心的事似乎有着落了。

医院环境甚是幽静,满眼绿荫,大树参天。顺着水泥便道往前走,两旁青草如茵,花香扑鼻,好一片风光宜人的休养胜地啊……

一座小桥下面静静泊着一湾净水。水中挺立着片片碧荷,盛开着朵朵新蕊,美得可人,鲜嫩如美人含羞,在莲蓬间半遮半掩,煞是让人怜惜。有只翠鸟,啾啾啁鸣,在花间穿梭出没,宛如传情的信使,悄悄忙个不休……

湖边上有一排椅子,有个穿着病号服的年轻人,坐在那里专心致志地看书。

大树爷上前打听路径,一句话还没说出口来,对方霍然站起,手中书本啪一声落地。他惊讶地看着大树爷,忽地扑过来,紧紧搂抱起老人,惊喜地问道:"爷爷,您……怎么来啦?"

大树爷喜不自胜,一个劲吆喝:"志恒,你是志恒?让爷爷看看!哪儿多了一块,还是少了一块?"

林志恒轻轻松开老人,展开双臂,就地跳了两下,说:"爷爷,好好的!真的好好的!"

大树爷上下打量着志恒,高兴得一个劲抹眼泪:"好啦?全好啦?没伤着?也没落下啥病根子?"

林志恒猛地做了个卧虎蹲裆,而后腾地站起,而后金鸡独立,说:"爷爷,不信您来个蟒蛇出洞,看我倒不倒。"

"好了就中!没落啥后遗症,俺就放心了!"

大树爷把志恒瞅个仔细,才乐呵呵地朝后边指着说:"瞅瞅,快瞅瞅,你后边还有人哩!"

林志恒转身看见母亲,匆匆朝前两步,伸开双臂紧紧把母亲搂在怀里,亲昵地说:"娘,您咋也来了?一路上坐轮椅,多不方便呀……"

志恒妈连声说："方便，方便，老方便啦！娘想你盼你，只嫌火车跑得慢！"

志恒贴着娘的耳根说："儿子也想娘哪，我写信不是说了，出了院就回家看您……"

志恒妈用手轻轻拍打着儿子的脸，哽咽着："志恒呀，娘听说你受了伤，急死俺啦……又没处打听……你该打个信呀……"

志恒搂着母亲，如同安慰孩子那般柔情："娘，儿子好好的，啊！咱不哭。咱们都见面了，一家三口团聚了，应该高兴才对呀！"

他猛然抬头，看见轮椅旁站着个眼泪滂沱的大姑娘，愕然相视一阵，志忑不安地问道："娘，这位……她是……"

陈静不待别人介绍，松开轮椅，上前一步说："应该说，咱们早就见过面了，只是相逢不相识。我就是你从废墟下救出的那个人，我叫陈静。我现在是你媳妇，我跟咱爷爷咱娘一起来看望你，如果部队允许，我们准备接你回家哩！"

说完，她落落大方地走过来，拉起林志恒的一只胳膊，依偎在男子汉宽阔的胸前，嘤嘤泣泣地诉说着："林志恒，你是上帝派来救我的天使，我是上帝派来回报你的仆人。我等你等得好苦，我盼你盼得好幸福呀！"

林志恒伸开双臂，不敢做任何动作。他有点丈二和尚摸不着头脑，面对陈静的泼辣直率有些茫然失措，如同怀里拱进个刺猬，抱又不敢抱，甩又甩不掉！

他用求救和期待的眼神看着爷爷和母亲。

志恒妈早就绷不住满心的喜悦，用手拉拉他的衣襟，嗔道："儿呀，你发啥愣呀，陈静是个好闺女，进咱家门仨月多了，娘早把她当儿媳妇使唤了！"

大树爷满脸笑容地说："傻小子，你迷瞪啥哩？人家妮子自愿跑到咱古水坡，进了咱林家门，先认亲后尽孝，甘心情愿给你林志恒当媳妇！这妮子知书达理，知恩图报，勤快善良，敬重老人，提着灯笼也找不来的好女子！儿媳妇，你娘认了。孙媳妇，俺认了。今儿来就是想接你回家团圆哩！"

林志恒缓缓拢起双臂，双手落到陈静的肩胛上，感动地说："我相信俺娘和爷爷的眼光，我感谢你对我的一片真情。可是，有句话我必须说，当我林志恒的媳妇并不容易，我上有爷爷，身边还有母亲，一个老一个残，都需要照顾和安慰。你这样做，仅仅是为那场灾难的偶然相遇吗？"

陈静抬起一张梨花带雨的脸，目光勇敢而又热烈地投到林志恒的脸上，真诚地说："志恒，你对此时此刻发生的事情感到突然，对我的行为感到困惑，这些对我都不重要，我也不担心。因为我已经闯入了你的生活，成为林家的一个成员了。如果你活着，我是林家的媳妇；如果你走了，我是林家的女儿。这是我的心愿，也是我的誓言,谁也不能改变! 自从你扛起楼板,让我重新获得新生的那一刻起,这个决心就下定了。你可能会说,你是军人,在那种情况下谁都能做到。但是,对我那样做的是你,我就认准了你! 上天让我经历了一场天灾,又给我一份天缘,我能错过吗?"

林志恒被问得张口结舌,无言以对。陈静的一腔衷情仿佛替他说出了心声。是啊,他们在灾难中相遇,又在灾难中得到重生,若不是缘分天定,哪里会有这种劫后重逢哪!

他终于认真地把陈静看了一遍,清秀爽朗,天然质朴,明眸皓齿,散发着浓浓的纯真和清新的书卷气息,和他的期待几乎重合。于是,他郑重而又坦诚地说:"你的表白和你的行为,的确让我难以想象,并且难以置信。但是,你做到了,我非常感动。我们之间并非价值交换,而是心灵碰撞,你让我看到了纯洁和高尚。另外,你已经通过了爷爷和娘的肯定和认可,我完全没有拒绝的理由。"

他拢紧结实的双臂,把陈静紧紧地抱起来,放到母亲面前,说:"娘,我说过,我要找的那个女人,只要能孝敬您,她就是我的媳妇儿。儿子找到了,送到您面前了,您说满意吗?"

志恒妈满面喜泪:"满意,满意,太满意啦!"

林志恒张开双臂,把陈静和娘搂在了一起,对爷爷说:"爷爷,往后俺娘就不用您操心劳神啦! 您老人家满意啦?"

大树爷笑道:"那是呀! 都是你小子有福!"

志恒说:"部队批准我休假半个月,我陪你们逛逛风景吧,这里景色很好呀!"

大树爷晃晃旱烟袋,说:"美不美,家乡水。咱家门前的山水还看不够哩,还是赶紧回家吧!"

一串鞭炮在码头上响起,炸开的炮花四处飞溅;一片欢呼声在河面上荡漾,对岸有一群学生打的横标格外显眼:欢迎英雄林志恒!

金娜、林家信等人带领一群学生代表站在码头上,起劲欢呼着,迎接渡船靠近码头。

村主任卖力地撑着渡船,眉梢眼角都掩饰不住心里的喜庆,故意让船走得稳一点慢一些,让人们心头的渴盼多在喉咙里憋一会儿——自打有了铁索桥,渡船一般不撑了,除非贵客临门,或是载有重物进出村子,才被派上用场。

林志恒既是英雄,又是伤病员,加上志恒妈腿脚不便,所以村主任亲自撑船迎接,也算一番隆重礼仪了。

船头刚刚靠近码头，林家信就迫不及待地跳上船来，先把大树爷搀扶上岸，然后回过头来关照林志恒。他热切地说："怎么样啊，新时代的英雄，我们的学生等着听你做报告哩！"

　　志恒和陈静合力抬着轮椅，连志恒妈一起抬上码头。志恒说："三叔，我可以给大家讲抗震救灾的感人故事，但我不是什么英雄！"

　　金娜迎着大树爷，说："林，可爱的老木头，我们希望学校的全体师生，推选我们做代表，热烈欢迎救灾英雄林志恒健康归来。大家想听他讲讲英雄故事，没有你批准，我们的面子都不中！"

　　大树爷很少这样乐呵过，一上岸就合不拢他那张缺了牙齿的嘴，对着金娜抱拳拱手说："既然是公事，感谢金校长，感谢洋妹子！让志恒做报告，他刚才都答应他三叔啦。这是义务，不会推托的！"

　　接着，他悄悄拉她一把，小声说："洋妹子，回头给他们俩办喜事，你还得多操心哩！"

　　金娜听了，一本正经地说："我应该是他们的奶奶，当然要尽心尽力了！"

　　大树爷顺水推舟招呼道："对，对！志恒呀，你赶紧过来鞠躬，你洋奶奶争礼啦！"

　　林志恒拉着陈静，大大方方朝金娜鞠躬。

　　金娜从素梅手里接过野花编织的花环，戴到志恒、陈静的胸前，合掌祈祷："让万能的上帝赐福给你们，相爱百年，白头到老！"

　　她趁人不注意，突然弯腰在岸边抓了一把黄泥，在大树爷背后伸出手去，朝他脸上抹了一把，而后咯咯地笑弯了腰。

　　大树爷捂住脸大声吆喝："这……这是谁的馊主意呀？"

　　金娜一本正经地说："老木头，这可是古水坡的老规矩！"

　　众人被这场面逗得前仰后合……

　　夜里，村主任和大树爷蹲在老槐树下，合计着如何替志恒和陈静操办喜事。

　　村主任说："叔，为了志恒的婚事，您没少操心。这回好容易找到个满意的女子，咋说也得美美办场喜事，让您老和大家伙都高兴高兴！"

　　大树爷吧嗒着旱烟袋，吸溜吸溜响，说："是呀，你大嫂守着志恒，苦了半辈子啦，志恒算是为老林家争了口气呀！可是我琢磨，这事要是动静大了，只怕咱办不成哪！"

　　村主任问："咋啦叔？您老又怕惊动人？这事我出面，俺志恒大侄早就是个楷模,又是英雄人物,办场婚礼平常事,咱还怕人说长道短?"

大树爷晃晃头又摆摆手:"不是那意思,我是担心家里成员凑不齐呀!他二叔、四叔各自领着一干人马,干着一摊子大事,走不开也回不来,咱咋能硬往家里拽呀?一碗水端不平,往后就没法在人前说话啦!"

村主任嚓嚓挠着脑袋,不知道该说啥好……

林志恒看着家里收拾得井然有序,听着母亲左一句右一句的夸奖,便知道眼前这个上门认亲的女子,在母亲和爷爷心中的分量。并且,她已经用实际行动在林氏家族中赢得了足够的信任,人家已经在母亲跟前当了三个多月的女儿了。母亲满意,爷爷满意,三叔三婶,还有村主任和洋奶奶都对陈静投去爱怜和欣赏的目光。作为当事人,他必须有一个圆满而又确切的答复,谁也代替不了的答复。

可是,从医院见面到一路回家,他始终没有找到和陈静独处的机会,他始终被热情的长辈和乡邻们簇拥着,说不尽的乡情,道不尽的问候,哪一个都得应酬啊!

好容易晚饭过后,陈静钻到灶房刷锅洗碗,溅得水声哗哗响。母亲对志恒使个眼色说:"志恒,我累了,想早点躺下哩!你陪陈静好好唠唠,甭在家缠着俺,往后得学着做个男人!"

志恒没有争辩,转过身和陈静相视一笑,说:"听娘的,咱们出去走走!"

一对有情人踏着朦胧月光,漫步在山村羊肠小道上。圆月迷离,山影如幻,树影婆娑,归鸟啁鸣;只有小虫在草丛里聒叫,偶有流萤在朦胧中划一道亮亮的弧,转眼消失。

志恒主动和陈静牵着手,说起童年往事:"眼前这些小路,印满了我小时候的脚印,后来离开古水坡,做梦都是老家的故事。"

陈静赶忙应和着:"我踩着这些小路,就能想象到你当年的情景,嗅到你当年的气息。所以这三个月,我过得很满足很幸福!"

"你是医科大学的学生,你还是回去继续上学,不要因为俺娘耽误了你的学业和前途……"

志恒的话,遭到陈静的反对和纠正。她说:"你说错了!是咱娘。我的事早想好了,就剩最后一个学期,拿到毕业证就结束了。我既然来到古水坡,就不打算离开,咱娘需要我,咱村的乡亲们也需要我,当个乡村医生蛮好呀!你同意吗?"

"你既然决定了,我当然支持。我就是……担心影响你的发展嘛!"

志恒没说完,就被陈静用手捂住了嘴,反驳道:"打住!打住!怎么还是你的我的?我们同住一个屋檐下,就是命运共同体!"

志恒笑道:"咳,看我这嘴,该打!该打!"

这时,他们刚好走到小河沟的垫脚石上,志恒抓住陈静的手,打自己的嘴。陈静脚下踩滑了石头,打个趔趄,眼看就要摔倒,志恒急忙伸手把她搀住,紧紧搂在自己怀中……

　　陈静轻轻呻吟着:"志恒,抱紧我,用力……"

　　志恒拢紧胳膊,用力抱紧陈静……

　　陈静的双脚滑到水里,志恒跟着跳进水里。

　　陈静的身子缩下来,志恒跟着她缓缓坠落,二人随着流水滑落到山溪温润的溪流里,忘情地相拥、相吻……

　　山溪激荡着细碎的浪花,悄悄淹没了他们。

　　月儿从朦胧的云朵里探出半边明媚的眼神,偷觑着这一对从死神手中逃出的年轻人,第一次碰撞出最炙热的火焰……

　　情爱的火焰燃烧了很久很久……

　　陈静幽幽地说:"志恒,我……有点冷……"

　　志恒如牧师点拨:"当然。我们……都泡在水里了……"

　　"呀,水淋淋的咱们咋回家呀?"

　　陈静借助月光发现自己的狼狈。

　　志恒此刻像偷吃了苹果的亚当那样勇敢,他把身子趴伏在溪边。陈静一纵身子,趴在志恒结实的脊梁上。

　　志恒背起陈静一路疯跑,山路上印满了他的光脚印,撒满一路水花……

　　男人背着女人跑过山路,跑过石板路,跑进石头院,又悄悄溜进了石头屋。

　　娘睡了,屋里一片寂静。志恒脱去湿漉漉的衣裳,憋住嗓门打了两声喷嚏,光着脊梁四处找着干衣裳。

　　陈静早已拱进被窝里,撩起被角唤他说:"赶快钻进来呀,我的英雄! 娘早把床给咱们铺好啦!"

　　志恒光着身子钻进被窝,又打了个喷嚏。

　　陈静呢喃着说:"挨紧我,再紧点……我搂着你,给你焐焐……"

第二十八章　《诗经》新唱

黑妖的"大漠飞狐"音乐组合,凭借一首《爷们儿》歌,夺取了《星光大道》年度一等奖。乐队由此冒尖走红,接连不断的商业演出,累得他们精疲力尽。公司开业、楼房开盘、商店迁址、彩票中奖,甚至婚丧嫁娶、新官上任等等,邀请他们演出的请柬,雪片似的飞来。只要应承了就得粉墨登场,让东家满意,就能收到丰厚的酬金。——为此,他们整天疲于奔命,往来穿梭于各个方位的演出点之间。

坐火车、乘大巴,往往在时间上出差错,惹主办方生气,老丢面子;让主办方接送,又往往在酬金方面争论不休。于是,黑妖在经济稍微宽裕时买了一部二手面包车,说走就走,想停就停。有时候太累了,把车往树荫下一停,就把面包车当房车,歇够了再说干活的事。

在演艺界有无地位,三分实力七分捧。

有几家演艺公司看中这帮小伙子的韧性和追求,死缠活缠着说服他们出碟子,扩大影响。还有音乐公司邀请他们签约,由专职音乐人为他们量身定制音乐节目、制定系列演出规划、全方位包装,让其昂首阔步迈入流行音乐的殿堂,争取成为中国的"魔力红"!

黑妖和小伙伴们经过认真讨论和分析,把这些天上砸下来的肉饼一一婉拒了。理由如下。其一,哥们儿能吃几个馍喝几碗汤,自己心里清楚,甭听别人把自己吹成猪八戒,没恁大饭量,背不动耙子!咱们目前能出手的只有一首歌,人家把咱当苗子,咱不能挺起肚皮充汉子。其二,天下是靠自己打下来的,路是靠自己走出来的,咱哥们儿就为了扛起自己的旗帜,为啥要在别人旗下混饭吃?梁山好汉啸聚水泊个个是英雄,一旦招了安,个个没有好下场!其三,黑妖亲口答应了司提芬,密切合作,重新创作出《诗经》新唱的组歌出来。他们的分工是:司提芬研究的是学术,探寻《诗经》在三千年前的源头意境;黑妖和他的团队重新对《诗经》进行演唱方面的创意和阐释。如果这个项目搞好了,不仅可以在全国各地巡演,按照司提芬的话说,"我真要带领你们去美国打擂台,闯一闯格莱美大奖哪!"

所以,"大漠飞狐"的主攻方向确定了,团队的每个成员都在奔着这个目标努力。但是,学术和创新都不是一蹴而就的事情,黑妖跟着司提芬走了许多地方,单就那些地域的古今变迁,方言土语经过几千年的演化,就搅得人头昏脑涨,不知所云。司提芬却兴致勃勃,陶醉不已,沉迷在三千年前古人的情绪里,越陷越深。

团队的小哥儿们不时电话询问进度,问有无可操作的具体项目,团队不能如此坐吃山空,久而久之,必生变故或者发生龃龉。

于是,他和打架子鼓的老五达成共识:在没有排练任务期间,"大漠飞狐"继续接受商业演出,甚至参与社会上的慈善活动,维持生存,扩大影响。黑妖在电话中强调,如果必须由他出面的活动,他会尽可能赶来参加。他说当今社会是个群雄争霸的时代,如果他们十天半月不露脸,就会被社会人群忘记得干干净净!

司提芬自从跟随大树爷看了一场火红热烈、别开生面的捕鱼场面之后,她对《诗经》所描绘的场景和故事豁然领悟。《诗经》用的是三千年前的文字,里面的语言表达,都是三千年前的方式;今天重新去理解它,必须先从当时的历史背景入手,研究当时人们的行为方式、生活方式,以及每首诗歌所要表达的情由和缘由。总之,你想让《诗经》是现代的,就应该把它还原成历史的,或许才能从中发现它流传千古的原因所在。关于地理名称,亦是一道关卡,比如:"周南"在哪里,北方还是南方?中国地域广阔,北方人南方人说话就有很大差异,不仅发音不同,表达的意思也不同。

经过考究,周代习惯将江汉流域的一些小国,统称为"南国"或"南邦"。所以《诗经》的编辑者便将周王都城洛阳以南的地域称为周南。

比如"邶风","邶"在哪里? 发生在"邶"的诗歌又很多,不弄明白也难以读通《诗经》。

掌握了这些基础知识,司提芬明确了她的寻访目标应该在诗歌标明的地域进行。

于是,司提芬和黑妖制定了采风路线图,渡过黄河一路向北,去寻找淇水汤汤的那条河。

在文字描述中,淇河是一条古老而又美丽的河。《诗经》里的诗句如淇水滺滺、淇水泱泱、淇水汤汤者不胜枚举,《诗经》好像是从淇河里流出来的。

淇水发源于莽莽太行山中,翻山越岭,曲折坎坷,一路"潋潋、泱泱、汤汤"地行走,恰好流经邶、鄘、卫堪称商朝王畿的土地。而后汇入卫水,满载着一河清泉,滋润着广袤的沃土;满载着一河诗歌,滋润着华夏的历史,哺育着华夏民族的灵魂……

正交仲夏时节,他们路过一个村镇,狭窄的街道上挤满了人。原来此地正逢庙会,四面八方的商贩和看客蜂拥而至,沿街两行店铺、货摊一家挨一家,人缝儿都不留;头顶上扯起的标语、广告、布棚、旗幌,遮天蔽日;各种商家的叫卖声透过电喇叭,聒噪声此起彼伏,震耳欲聋。

出租车司机停车熄火,说啥也不走了。说不等到傍晚散会,这条街休想过去,你们还是步行吧! 司提芬爽快地答应了,付过车钱,拉着黑妖下车。说咱们是来采风的,什么场面都要体味,能赶上庙会也是幸运的!

黑妖不便反驳,便随她挤进人群组成的河流。赶庙会的人多是来瞧人瞧稀罕的,买东西的没几个。他们压着脚步,走走停停,看看说说。只看见一片人头攒动,满耳朵人声鼎沸,挤挤扛扛随着人流往前移动,比赶着羊群上山还要艰难。

司提芬没见过这种场面,对这种人挤人的热闹兴奋不已。像一只从沙滩上被潮汐卷进大海的鱼儿,在人缝里钻过来挤过去,充分享受自由的快感。她看到什么都感到稀罕和新奇,看到什么都要拿起来摸一摸、问一问。店主都会堆起笑脸,热情周到地推介一番,尽管不能百分百地听明白,她也感到兴奋和满足。

她看到人群中有个背着草桩卖糖葫芦的商贩,草桩上扎满一串串的冰糖葫芦,好似孔雀开屏那般艳丽动人。成串的山里红裹了糖,亮晶晶的,还挂着冰糖碴儿,在阳光下越发红亮诱人,忍不住让人流口水!

司提芬从人缝里撺上去,一下买了两串糖葫芦。卖冰糖葫芦的便大声吆喝起来:"冰糖葫芦哎,快来买哩! 老外包圆儿了,快来看吧!"

顿时,前后左右的人纷纷向卖糖葫芦的挤过去,刹那间,人群轰然炸了锅! 一个人看见了司提芬,就有一群人跟着凑热闹,那个卖糖葫芦的被挤得东倒西歪,站不稳脚。

司提芬还不知道是她那张脸惹了祸,反而亮开清脆的嗓门喊起来:"大家不要挤,不要慌,排好队,一个一个来! 糖葫芦有的是,大家都有份!"

"嘿,老外也买糖葫芦呀? 来一串,尝尝鲜!"

人群挤得更凶了,卖糖葫芦的被挤倒了,一桩子糖葫芦也被踩成烂泥……

黑妖压根儿不愿凑这个热闹,此刻发现司提芬被人群围观,拖下去麻烦不小。他赶忙挤过去,拽起她的胳膊,拼命冲开挡道的人群,救星般把她拖到一条僻静的胡同里。

黑妖抱怨道:"这种场合就要躲着走,你偏要让人家当猴耍!再不离开,卖糖葫芦的还要找你索赔哩!"

司提芬不服气地亮亮手中的糖葫芦,愤愤然说:"他分明是恶作剧,自讨苦吃,与我何干?"

黑妖说:"不错,他是恶作剧!三十六计走为上策,你帮他喊什么?还嫌你这猴子没被看够呀?"

司提芬的糖葫芦被挤坏了,她依旧愤愤然:"我不是帮他,是怕踩坏他!什么猴子猴子,人本来就是猴子变的,想看回家照镜子去呀!"

黑妖看她生气,赶忙劝道:"好了,好了!还不是你这猴子与众不同,长有一双蓝眼珠嘛!咱们走小路,别再让人当猴看了!"

他们终于问到一条小路,可以绕过喧嚣的村镇。一边靠淇水河岸,一边是沿河的沼泽和湿地,另是一番好风光。

河面上漂着几条渔船,船头站着几只雄赳赳的黑老鸹,拍着翅膀呱呱呱地叫着,一副亢奋的战斗状态。渔民用长竿把它们赶下水去,没入水下不一会儿,便叼上一条大鱼,又在水中啪啪击打着翅膀,炫耀着战功,催着主人赏赐。

淇河特产一种鱼,黑脊白肚,尾鳍透明,鱼背宽厚,体态丰满,风味独特,享誉中外。名曰黑鲫鱼,又名双脊鲫。

每到这个季节,许多少男少女就来河畔架火烧烤,品尝美味。渔翁捕了鱼,立马就被那些少年买走,顷刻间烟熏火燎,河风习习,烧烤黑鲫的香气顺风吹得满河飘香。

河畔水泽里,恰好有四五位乡村姑娘在打猪草,都是十七八岁年纪,生得白白嫩嫩,那脸蛋那身段,一个个嫩葱般水灵。她们卷起衣袖,露出半截胳膊,莲藕一般鲜嫩;高高捋起裤管,露出雪白的大腿,站在没膝的河水里,采摘河畔茂密的水芹菜。

她们时而弯腰捋野菜,半个身子沉在水里,无意间现出弯弯细腰的动人曲线,还有浑圆丰腴的臀,散发出青春诱人的气息。

她们时而探起身子,用力将采下的野菜抛向岸边,那一甩一甩的姿态何等优美啊,好似风摆杨柳,又如风摇碧荷,柔得娇嫩,媚得迷人!

她们时而逗乐,相互揭短,暴露男女间的隐私,引起口角和戏谑,直至相互撩水打起水仗,每个人都被浇成落汤鸡,依然兴致未尽。接着用乡村俚语相互笑骂,引起一阵捧腹大笑,有人笑出了眼泪,有人笑疼了肚皮。那一刻无论东倒西歪,还是前仰后合,都是她们最动人的时刻。打湿的衣服紧贴在皮肉上,暴露出女人身体各部位的美妙曲线……

那群烧烤鲫鱼的城里男女,正围在一堆忙成一团。有的加炭生火,有的举扇扇风,有的开剥鱼肚,有的配备佐料,也有的闲极无聊,抱着吉他远离烟火,叮叮咚咚弹起来,宣泄着无处发泄的充沛精力,吼唱一曲——

> 淇水河的姑娘头发长呀,
>
> 两只眼睛真漂亮。
>
> 你要嫁人就要嫁给我,
>
> 带着你的妹妹,
>
> 带着你的嫁妆,
>
> 坐着那马车来……

他这里胡乱唱着,有意对着河畔打猪草的乡村姑娘们调情逗趣。没想到那群姑娘早把他们看不上眼了,七嘴八舌喊叫起来:

"出门来喜鹊叫喳喳,半路上碰见黑老鸹!"

"城里不让乱冒烟,跑到乡下骚(烧)来了!"

"骚得没边了!姑娘都追不上,还要人家把小姨子当嫁妆,自己拿屁股充大脸吧!"

河里的姑娘说的尽是损人的话,唱歌的偏偏脸皮厚,抱着吉他蹚过去,眼珠盯着姑娘们的胳膊大腿看,嬉皮笑脸说:"哟,喳喳喳,淇河水真好呀,不光养的鱼嫩,养的姑娘更嫩,看那胳膊看那腿,跟嫩豆腐似的!"

姑娘们年纪虽小,懂得不少,啥样的男人都敢对付,嘴巴像刀一样锋利,反唇相讥:"你刚才喊啥!小毛孩不懂辈分,得喊俺姑姑!"

"对,对!俺们都是姑姑!姑奶奶!"姑娘们一片嬉笑,河水都被荡起波纹。

唱歌的吃了亏,一时语塞,哑了腔。

那群烤鱼的不肯认输,有个光头小伙拿了几串鱼肉跑过来,酸溜溜地说:"大姑姑,小姑奶,黑鲫烤熟了,又鲜又嫩,既发情又发奶,敬请享用!我们几个急着和你们钻小树林哩!"

围着烧烤的小伙们自以为得意,以为几句酸话就能唬住姑娘们,都捧腹大笑起来。

没想到河里的姑娘搭上话:"钻小树林干啥哩?想亲嘴哩,还是想吃奶哩?可是姑奶奶身价高,几串烤鱼可哄不住俺!"

光头小伙厚起脸皮壮起胆,酸话说得越发露骨:"有价就好说!哥们儿愁的就是钱多得没处花!更愁花钱买不来称心货!今天陪哥们儿钻回小树林,要多少,开个价吧!"

河中的姑娘毫不服软,针尖对麦芒地说:"你是财神爷的干孙子,还是阎王爷的表外甥?你那臭钱姑奶奶看不到眼里!硬要姑奶奶开价钱,俺就光要实惠的,吃饭钱够买一栋楼,穿衣裳够换一栋楼,出门屁股下要坐一栋楼,咋样,你出得起吗?"

光头小伙嬉皮笑脸犯了厌,嘴里话头却不软:"咱说的是价钱,咋开口就是楼哩?楼有高低房有多少,你净是胡抢乱砍哩!咱就说钱,五位数还是六位数?"

河中的农家女刮着脸,讥讽:"小伙子,甭在俺面前指着月亮戏嫦娥,说她是你家女佣人,俺都替你脸红啦!你实在馋得慌,你就朝俺磕几个响头,喊三声姑奶奶,俺就当着众人赏你个脸!"

河畔采野菜的姑娘们一片哄笑,就连烤鱼的几个小伙也跟着起哄,一阵嘻嘻哈哈乱喊:

"喊呀!喊三声姑奶奶就能吃奶,喊!"

"磕头,赶紧磕,过时不候呀!"

"磕头喊姑奶奶,就能白吃奶,便宜事呀!"

光头小伙被臊得满脸通红,手中拿着烤鱼串不知如何作答,有几分狼狈地退下河堤,偏偏又和抱吉他的撞个满怀。二人脚步跟跄,叽里咕噜滚到河里去了……

"精彩!太精彩了!"

黑妖陪着司提芬站在不远处一棵老柳树下,一点不落地看完淇水河畔城里阔少和乡野村姑们的嬉笑怒骂,其实是一场戏谑调情。司提芬几乎要击掌叫好,甚至失声称妙。

在男孩和女娃斗嘴调情的过程中,司提芬听得认真,看得仔细,当然她对那些粗野的酸词和过分的乡村俚语难解其意,不时向黑妖发问。黑妖不便直译,只能委婉地做些解释。冰雪聪明的她,一点便通,一触便透,一连串的场面令她亢奋不已!从庙会的热闹喧嚣,到河畔的男女调情,她早已是文思喷涌,浮想联翩,手舞足蹈地演讲起来:"黑妖,不,林志新,不,我可爱的歌王!我可以兴奋地告诉你,我可以解释'关雎'了!太幸运了,你让我看到了这首诗的全过程!我真的感谢你,年轻的中国歌王!"

她说着,猛然伸开双臂,给了黑妖一个热烈的拥抱,还用火热的唇在他面颊上轻轻一吻。

黑妖对她的失态稍显诧异,她却忘情地阐释起来:

"'关关雎鸠,在河之洲,窈窕淑女,君子好逑。'夏日的天空,万里无云。喧闹的人群,如滔滔洪流。怀春的村姑,在河水中嬉戏,采摘祭祀的野芹,暗自寻觅梦中的情人;偏有一群多情少年,对采芹的村姑情有所钟;妩媚的村姑赛过了烤鱼的美味,心中的思慕只好借助戏谑和调情。欢呼的水鸟,捕鱼的渔翁,和街市上的喧嚣组成一个盛大的节日——祭祀祖宗,向先人汇报我们的爱情! 年轻的男娃女娃,大胆地相爱吧,不要怕求之不得,寤寐思服;也不必长夜难眠,辗转反侧。让我们琴瑟友之,钟鼓乐之,一起用歌声欢呼我们的爱情!"

黑妖被司提芬的情绪感染了,兴奋而又惊讶地说:"洋妹子,《诗经》果然是这个意思吗? 我自己读,之乎者也读不通。听你这么一讲,我好像明白了许多!"

司提芬两只蓝幽幽的眼睛里闪着诱人的波光,显得单纯、活泼而又可爱。平常,黑妖很少用目光直视她,不是胆怯,而是因为她漂亮的眼珠后面好似装有不易察觉的内窥镜,总在寻觅她感到好奇的东西,包括不经意间就会被她看穿心底的秘密。在这双眼睛面前,腼腆的青涩小伙常常感到自己的浅薄。学识的高下成为一道无形的坡坎或者沟壑,尽管对这个洋妹子抱有仰慕之心,但是小伙子内心的自卑感,使他有了高不可攀和望而却步的心态,深深阻碍了他们之间的沟通和交流。

司提芬的热烈拥抱和轻轻一吻,绝没有引起小伙的非分之想,却让他半晌没想到这种热情产生的源头。她诗情画意般声情并茂的朗诵,倒是引发了歌手诗性的萌动,进而情不自禁地哼出一些诗句来:

"别说话,别,你先别说话,我好像有了! 你听——

关关雎鸠,在河之洲,

窈窕淑女,君子好逑……

又是一年三月三,二妮子采芹小河湾。

抬头看我她脸红,高声喊她我脸单。

吹起口哨把情传,哎哟哟……

想你想得好心酸……

黑妖一边琢磨,一边脱口吐出这些唱词,他自己都没弄清自己说了些什么。司提芬大声喝彩:"好极了! 好极了! 就是这个意思,有主歌有副歌,主副配合,相辅相成。在旋律和演出中再出点新意——我的上帝!《诗经》新唱第一支今天胜利诞生了!"

黑妖的思绪还没断,伸出胳膊拦住司提芬,继续吟诵:

关关雎鸠,在河之洲,

窈窕淑女,君子好逑……

又是一年三月三,二妮子采芹淇水湾。

水淋淋胳膊嫩生生的脸,一双眼睛扑闪闪。

我想唱歌口难开,你想说话哎哟哟……

人多眼杂难上前!

黑妖声音刚落,司提芬噼里啪啦热烈鼓掌,兴奋得蓝眼珠里水花飞溅,大声说:"黑妖!可爱的黑妖!就凭这首歌,我必须真诚地祝福你,你一定能得到上帝的恩准,成为中国年轻的歌王!"

黑妖突然忘情地伸开双臂,想拥抱司提芬,却又在一刹那间抑制住情绪的冲动,胳膊轻轻落到洋妹子的肩胛上,同样是二目生辉地说:"可敬的司提芬,谢谢你的引导,谢谢你的祝福!下一个节目,请你吃黑鲫鱼!"

司提芬快乐地哇哇叫着,突然耸耸肩:"谢谢你,我的歌王!我们没有烤箱和佐料……"

黑妖举起胳膊,振臂高呼:"关关雎鸠,在河之洲,窈窕淑女,君子好逑!河上渔翁听着,我们要两条肥大的黑鲫,到店家煲汤去喽!"

黑妖陪同司提芬的历史文化考察活动,进行得可谓顺利而又艰辛。顺利指的是收获很大,成果丰硕。每走一个县城,黑妖带着司提芬首先拜访的单位就是当地的文化馆,或者文史办,这些单位虽都在国家编制,却称得上真正的清水衙门。文化馆养有三五个当地文化名人,有会画几笔的,有略通音律的,也有粗通文墨,在报刊上发表过豆腐块文章的。平常无所事事,每逢节庆组织群众搞点应景的活动,足矣。

文史办倒有几位咬文嚼字、负责收集当地历史掌故的老者,大多是退休的老教师,工作态度极为认真,治学精神亦甚为严谨。虽说经费短缺,出趟差都难以报销,但老先生们勤于腿脚,乐于吃苦,凭借一辆自行车,跋涉于县境内那些与史迹有关的古寺废庙、残垣断壁之间,拓碑文、拍残照、访传说、录旧闻,然后编文集、增补县志。尽管他们的工作和生活这般落寞,老先生们却把工作很当回事,把自己更当回事,堪称当地"孔夫子"!

黑妖摸透了这些人的处境,也摸出一套与他们交往的窍门。他带着司提芬首先是登门拜访,只说想访问点先朝遗事、历史掌故,接着就请众人"喝茶聊天",其实就是请这些地方名流找个当地饭店海吃一顿。

试想，这些原本名不见经传、士不列品位的地方名人能受到老外的宴请，此等礼遇和款待好生了得！更让他们平常灰暗的脸面倍添光彩！待到酒足饭饱之后，接着香茶伺候，只要扯开线头，一个个必是踊跃发言，争相表现，有用的无用的，说开头就大江东去，万里奔腾。

这种谈笑于茶饭之间的采访形式，足以胜过亲自跋山涉水方能取得的效果。

那些当地名流的随意谈吐，却是他们多年的辛勤积累，他们对当地文史的了解，非一日之功所能弄通的。而他们并不知晓老外的真实用意，倾其所有，一吐为快。怎知说者无意，听者有心，不知不觉间，他们的见闻已经转化为别人的智慧了。

其实，听完他们讲述，黑妖他们还要求送点文字资料，或是有价值的碑文拓片。某些特殊的文化遗址，还要亲自走一趟，看一番，拍些照片，产生身临其境的感性认识。

他们没有专车，也没骑自行车，全凭着坐公交、搭便车，再加上两条腿。他们要去的地方，几乎都在太行山及其山前冲积平原、丘陵地区，山路多，平路少，加上一路寻胜访古，该走就走，想停则停。所以，开辆车反倒是累赘，只有自己的双腿最便捷。

开初，两人仗着自己年轻，没把这一路风尘看在眼里，跑过三天五日，也无太大反应。待到十天半月之后，就感到腰酸腿疼，尤其是腿肚子抽筋，一双脚板不知不觉间打了血泡，脚一沾地就疼，路都走不成了。

黑妖是男人，皮糙肉厚，在出门二十天时喊着返程休整。他嚷嚷着，旅游鞋都磨透了，何况人体肉身呢？

司提芬也累得周身散架一般，一双腿抽起筋来中了魔法般抖动不已，也想休息几日。但是，她在这片殷商畿内地里游走，如同跌入类似《天方夜谭》的神奇境地里。这些明明生活在当下的人，无论读过书的文化人，还是读不通书本的普通人，只要扯及这方水土上的掌故，几乎都能说上一段，开口就是三皇五帝到如今……很多事情开头难，坚持下去就更难。

司提芬常常告诫自己，正如当初布莱尔教授所说，中国学者对《诗经》描述的真相或本意，仍有诸多分歧。如能参悟一二，犹如攀登珠穆朗玛峰，哪怕看到冰山一角，也算得上与中华文化有缘啊！

此时此刻，司提芬或许才理解了布莱尔教授告诫的深意，《诗经》果真是一座珠峰，自己连山路都未踏上呢，哪能刚刚出门就掉头回去？

所以，即便她的身体有多么难受和不适，她都咬紧牙关，不肯露出半点口风，她担心动摇自己和黑妖继续前行的意志。更何况，扑面而来的文化信息，应接不暇的知识掌故,闻所未闻的故事传闻,虽说都是从这片厚重的泥土里捡到的吉光片羽,认真地穿缀起来,可能就是一串价值连城的项链!

她的心灵沐浴在文史的彩虹里,她的精神陶醉在智慧的海洋中。相比之下,跋涉的痛苦和疲劳,便被冲淡了许多,使她沉浸在某种忘我的享乐之中。

黑妖嘟囔了几次没见反应,也不便过多啰唆,难道一个大男人比一个女娃还要娇气吗?于是便更加欣赏这个外国洋学生的意志和耐力,同时也在暗暗鞭策自己,古往今来,欲成大事者,必先苦其心志、劳其筋骨、饿其体肤……

他不仅自己坚持,倒过来还要照顾司提芬,每天晚上都要打上一盆热水,送到司提芬房间,让她泡脚烫腿,让洋妹子泡上半个钟头,消解白天奔波之苦。他就在旁边一边聊天一边候着。而后再打一盆温水,再让她泡上十五分钟,才端了水泼掉。再换一盆净水,让洋妹子洗手洗脸。他这才掩上房门,自己再去烫脚洗脸,铺床睡觉……

他们就这样沿着淇水走,再绕着卫水转,整日里翻山越岭,走村过寨。两个月下来,黑妖真的晒黑了,胡子也不刮,毛发多多的,真有几分黑旋风李逵的模样。

司提芬脸也晒红了,白生生的肌肤被山风沙尘吹皱了刮粗了。若不是那双蓝晶晶的眼珠子,很难一眼认出她是个老外了。

最值得庆幸的是,他们从老人那里听到不少珍贵的传说,其中两段与《诗经》有直接关系。他们二人如在干河床上捡到宝石般兴奋不已!

这两段故事恰与《诗经》中的两首《柏舟》有关。

其一云《邶风·柏舟》。应该出自卫国,故事的背景也是卫国。说的是卫国的国君娶了齐国的贵族女子做妃子,君王的婚姻都是政治交易,自不必多说。遗憾的是齐国送亲的婚车到达卫国的都城时,却接到卫国使者的讣告:国君不幸驾崩了!

对一个即将嫁入王室,成为贵妇的女人来说,这个噩耗无异于五雷击顶!是返程,还是进城?是返回齐国当公主,还是进城当卫国的新寡妇?这是一个艰难的选择。

那年代,陪同豪门贵妇的都有仆人,照顾豪门女子,处处当好眼线,出点主意拿些主张之类的。于是仆人便劝新夫人说:既然卫国国君死了,姑娘堂堂正正的王公贵族身价,做不了国君夫人,决不能无端去做个寡妇。咱们趁着尚未进城,不如打道回府吧!

公主思虑再三,主意坚定,说我既然嫁给国君,就该始终守一人。活着是卫国夫人,死了亦是国君之鬼!夫人意志坚决,众随从谁敢谏言?于是,夫人坐着婚车进了卫国都城,抱着已故国君的灵牌,行了婚典大礼。接着卸下红装,换上丧服,日夜守在灵堂之上,不卑不亢,令卫国人对她肃然起敬……

等到治丧结束,已故国君入土为安,国君的兄弟成为新的国君。齐国嫁过来的那位夫人,自然就成了卫寡夫人了。

卫国新君看到寡夫人长相美貌,通晓礼义,便有了占为己有的想法,但是碍于兄长刚死,自己也刚刚即位,不便把话说得过于直接,便差近臣去试探寡夫人的口风。近臣对寡夫人说:"我们卫国是个小国,比不上齐国宫殿巍峨,陈设华贵。国君的厨房只有一间,又怕怠慢了夫人。所以国君让小人来禀告夫人,能否和国君一同进膳,共用一间厨房?"

寡夫人早已猜出卫国新君对她心怀叵测,另有图谋,便对来人义正词严道:国君既崩,作为国君夫人,我理当为国君守孝三年。三年之中,要吃最粗糙简陋的饭菜,枕最硬的枕头,睡最硬的床,聊表我对国君的哀悼之意!

近臣将这些情况如实回禀了新君。新君倒也豁达,说她既然如此忠于已故国君,那就由她去吧!

因为寡夫人拒绝了卫国新君的好意,周围的人都对她另眼相看,有说她不识好歹的,有说她假仁假义的,人们处处冷落她,远离她,使得寡夫人内心郁闷,无法言表,便坐着柏木舟到河里漂游,消解满腔幽怨。

她曾借酒消愁,愁更愁。她曾对镜诉苦,苦更苦。她曾向齐国的自家兄弟诉说自己的境遇,希望得到一丝同情和安慰,没想到反而遭到兄弟姐妹的嘲笑和讥讽。嫁给新君是多么光彩荣耀的事呀,你偏要用青春去枯守一个亡灵,那又怪得了谁呢!

寡夫人愤怒了,我的心并非石头,可以随意让人转动;我的心也并非草席,可以让人随便翻卷!一个人的尊严何等神圣,岂能任意拍卖?太阳啊月亮呀,为什么交替盈亏,有意让人间增添阴暗?我仅仅为了一点追求,竟被人看成一件脏衣服,随意被人玷污!想想这浊世凶险,恨不能高飞远去……

——以上这段故事,讲的是卫寡夫人所写《柏舟》的动因和缘由,故事的结尾也很悲凉。这位不幸的女孩,命运是那般凄惨,她的家族为了和卫国国君攀上亲戚,为自身增添分量,不惜把她送入虎口,充当筹码。在老国君死后又逼她嫁给新国君,她像一件玩物般被赠来送去。当她的眼泪和抗争得不到支持和同情,她只得驾着柏舟沉河自尽了……

故事之二讲的是《鄘风·柏舟》,故事出自共国。共乃共工部落生息繁衍之地。黄帝命共工治水,颇有建树。周朝立国封共为伯爵诸侯国。到周厉王时,暴虐专横,亲近小人,使得民不聊生,迫使国人起义,包围王宫,周厉王逃亡巋地。太子年幼,不能理政,朝臣推举贤明的共伯和代行王政。共伯和不负众望,兢兢业业管理朝政、处理国事,挽救了国家危机,实现了王权的平稳过渡,共伯和在历史上留下了美名,史称"共和时期"。

共伯和幼时,却是个病弱少年,虽位列兄长,因为身体不好,父亲并不看重他,欲将爵位传于其弟。共伯和不争不抢,甘愿服从,并暗中礼让弟弟,帮弟弟读书识礼,勤奋上进,以备将来治理邦国,造福子民。

父亲知道这些细节后,暗恨自己昏聩,误把忠厚仁德的共伯和视为无能之辈,因之抛弃了错误的决定,仍将爵位传于共伯和。

《柏舟》所记述的正是这样一个时间段,共伯和失宠,他的婚姻也出现了波折。

共姜是一位美丽贤惠的姑娘,从小和共伯和一起读书,一起玩耍,可谓青梅竹马,两小无猜。谁见了都说他们是一对好朋友,将来是一对好夫妻。两家便互换庚帖,订了姻亲。

随着共伯易储的意愿传得纷纷扬扬,身为贵族的共姜父母也渐渐有了反悔之意。于是,父母轮番做共姜的工作,动之以情,晓之以理,要女儿逐渐淡漠共伯和,缓缓断绝关系。

对于父母突然变脸,共姜十分生气,但碍于礼仪,不愿和父母闹翻。反过来用道理规劝父母,说共伯和是个忠厚仁德的谦谦君子,如能治理国家,必定是位明君。即便做一介平民也是万人追随的偶像。父亲母亲不应该目光短浅,逐势利而轻礼义,这会被人唾弃的!

父母见共姜执迷不悟,不肯回头,便将共姜软禁起来。不准她走出禁苑,更不许她与共伯和接触,里里外外都有人守着,决心要逼共姜移情别恋。

共姜坚决不肯听从父母的摆布,发誓非共伯和不嫁,并写下这首《柏舟》,表明至死不渝的心志:荡起柏木船,击浪河中央,垂发齐眉的少年,是我生死相随的情郎!上苍啊,爹娘啊,你们明知道我的心意,为何要扼杀我的志向?

后来,共姜冲破了樊篱,终于和共伯和结为夫妻。他们相守一生,白头偕老。共伯和倾其心力,治理共国,教育农桑,体贴百姓,政通人和,百业兴旺。

共伯和五十而逝,葬于共山之首。共姜思君心切,置庐守墓,三年后无疾而终,与共和葬于一穴。忽一日,坟头生出一株柏树,转眼躯干虬劲,枝丫繁茂。次年,柏树心中冒出棵槐树,望风而长,倏忽间蓊郁成荫。

消息顷刻传遍共城,百姓皆来叩拜祭祀,感念共和心系百姓之恩德。至此,香火千百年不断。原本是共伯和与共姜合葬之墓,叫来叫去,被称作"共姜台"。

黑妖陪着司提芬,步行去拜谒了共姜台。出城四五里,沿山路往东北方向,愈走坡度愈陡,山路也崎岖难行。但见共山逶迤,如蜿蜒卧龙,横亘于北荒之野。山势苍茫,树木扶疏,形同环抱,藏沃野数十里,烟村四五座,果然一脉膏腴之地。

至半山,果有一座垒石之台,形同城堡,青石浆砌;台高三丈,有台阶可攀;大约岁月沧桑,垒石有崩裂之状,破损残缺多处。好在有人修护,虽是一座残台,却依旧有股厚重肃穆的气势。

抬眼望去,高台之上果然有参天古树。老干虬枝,树皮嶙峋,枝丫交错,枝蔓横生,分不出是古柏还是古槐。只有细细分辨,才能依稀看出叶片的不同。然而,只因两棵树共生共荣,枝丫和叶脉早已交杂一处,若不经人指点,真就分不出哪枝是柏,哪枝是槐了!

黑妖看了一眼司提芬,问道:"还要爬那座高台吗?"

司提芬没有说话,满脸的庄重和严肃,仿佛面对她的是上帝基督,眼神里冒出一股圣洁的敬仰之光。她迈着凝重的脚步,爬上高坡,又一级级台阶地爬到了高台之上。

台顶平坦,约有十多平方米,环台有城堞护卫;因为瞻仰的人多,台顶卵石被踩得溜滑。台的中心正是那株"柏抱槐",虬劲的古柏,历经千年风霜,早已枯朽开裂。中间果有一棵古槐,嶙峋峥嵘;虽然老干已朽成树洞,依然虬枝纵横,与古柏盘根错节,抽出无数新枝,构成好大一片树冠,蓊郁成好大一片浓荫。

古树枝上系有许多许愿的红绸子,在风中飘扬;好似藏族聚居区玛尼堆周围拂扬的经幡,闪烁着魂魄与灵性交融的祥瑞之光。遒劲的枝干上还拴有长长的铁链,上面系有千种百样的门锁,铁的、铜的、不锈钢的,新式的、旧式的,林林总总,千姿百态。铁锁和铁链牢牢扣在一起,缠绕在枝干上,形成一道亮丽的奇观。据身边游人介绍,这是年轻恋人们的创举。在激情浪漫的热恋时期,成双成对来前叩拜共姜台,并将"连心锁"扣在铁链上,祈祷他们的婚姻如共伯和与共姜那般天长地久……

"柏抱槐"前设有石刻的祭坛,前来瞻仰的游人和祭拜的香客络绎不绝。

司提芬久久徘徊,若有所思,后来竟然找个角落倚着,从挎包里掏出记事本,唰唰不停地记录起来……

黑妖也在刹那间有了灵感,绕着古台一圈圈地走着,嘴里咕咕哝哝地说着什么,沉浸在某种情景中。当他意识到游人渐渐散去,树荫里掉下冰凉的大雨点时,才清醒地意识到天变了,雨来了!

他急忙四顾着寻找司提芬,却见她依旧倚着一个堞口,还在急速地记录着什么，并没有受到山雨骤来的惊扰，神态依然那么专注。

黑妖跑过来拉住她的胳膊，催促："快走，山雨来了！"

司提芬合起本子，看看周围的风景变得阴沉黑暗，镇定地耸耸肩说："我的歌王，雨已经来了，咱们跑不掉了。背靠大树好乘凉，咱们就托共伯和庇佑吧！"

古树参天，遮住好大一片天空。黑妖拉着司提芬躲到枝叶最浓密的地方站定，他揽着司提芬的胳膊，相依在古树下。他对自己忽视了天气，没带雨具表示歉疚，不住地说："爷爷临出门交代我，不能让你少一根头发，如果让你淋了冷雨害了病，我可没法交差啦！"

司提芬嫣然一笑说："用你们的土话说，我又不是喇叭花，没那么娇嫩呀，淋点雨就……"

一句话没说完，她就吸口冷气打了个喷嚏。

黑妖慌了，赶紧脱下衬衣，替她披在头上。

司提芬没有拒绝，也没有推辞，反而把身子和黑妖紧紧靠拢，连肩膀都紧缩起来，想拱到黑妖的怀里，借助他的体温，消解突然袭上身来的风寒。随着冷雨透过树冠，吧吧嗒嗒打落到身上，她竟然不由自主地发起抖来，周身仿佛筛糠一般战栗不已。她实在支撑不住，身躯一软，整个人儿跌到黑妖的怀抱里……

黑妖顿时慌了手脚，他看看四周，了无人迹。看看司提芬，满面通红。轻轻用手触触她的额头，感到火炭一般烫手。没有这种生活经历的青涩小伙，惊慌失措地喊出声来："哎呀，司提芬，你发烧了……"

司提芬垂着眼皮，呼出的气都有灼热感，她低沉地说："冷……我冷！请你抱紧我……"

黑妖将衬衫全部裹在司提芬身上，然后伸开双臂，紧紧抱住司提芬发烫的躯体，挪到朽空的古树洞里。他佝偻着脊背挡住树上滴下的雨水，尽可能不让雨落到女孩的躯体上。此时此刻，狂傲的小伙内心满是负疚，他恨自己大意，更恨自己的肩膀不够宽大，不能罩住天上的雨水……

第二十九章　草根歌王的忧烦

早晨，古水坡希望学校宽阔的校园一片宁静。林家信手里拿本书，一边绕着教室的回廊踱步，一边巡视着各班级学生的自习情况。

林家信从城里回来以后，就和妻子谷翠琴住在学校宿舍里，等于在学校安了家。

本来，他们想住在老屋石头院，还能抽空照顾大树爷，尽点孝心。但是，夫妻俩肩上担子重，根本做不到。

林家信虽说是执行校长，实际上就是学校的主管，从教学到行政管理的一揽子事务，全都压在他身上。谷老师也不轻松，除了教课，还兼着教导主任。后来村里调走梁素梅，后勤这一摊又给了她，等于既要在前方冲锋陷阵，又要操持后方的军需供应。

所以，女儿考上大学之后，夫妻俩吃饭住宿都在学校，随时处理一些事务和教学中的问题。学校原来只有小学，经过县教育局调整后，增加了四个初中班，成为带有实验性的九年制义务教育学校。出于对教育事业的忠诚，也出于对家乡父老的回报，再苦再累，夫妻俩任劳任怨，一颗心全都扑到学校上啦。

大树爷心明眼亮，洞察事理，曾对夫妻俩满意地说："你们这样做就对了！只要叫娃们把书读好，多为国家培养人才，就算尽忠尽孝了！"

金娜·索梅尔也是一位称职的校长，她不是那号出钱买荣誉，掏钱盖座空房子就算做了善事的企业家。她把这所学校当作自己孩子般呵护着。虽说不懂得管理学校，但她懂得关心人，只要把心掏给老师们，大家就会努力把教学搞好；只要把心掏给学生，学生就能理解她的关怀，认真把成绩搞上去。

她在学校推行奖励制度，只要是兢兢业业工作的教职员工，努力上进、品学兼优的学生，每个学期经过评比，都能得到一份丰厚的奖励。如果哪位教师生活上遇到什么特殊困难，尤其是孩子考上大学负担加重，家人得了重病无力承担，等等，她都会伸出援手，尽力帮助，每年用在这方面的款项绝非小数。

大树爷认为她这种做法有点过分，曾经私下说过："洋婆子，不管你腰缠万贯，还是有座金山，那都是你的。你帮俺建了所学校，俺承你情了，平原县都说你是活菩萨了！俺这儿有句土话，救急不救穷。俺劝你甭四处撒钱，收买人心。中国人不信基督，你也甭硬充上帝！咱在学校搞点奖励，俺赞成。如果在学校搞救济，俺可是举手反对啦！"

金娜也有自己的主见，她坦率地告诉大树爷："我喜欢教育，希望孩子们成名成家，那是一种享受，一种成就感。学校是培养人的摇篮，老师是保姆，学生是婴儿。这些因素都调动起来，才能看到结果。我不喜欢大家现在喊我校长，我想让孩子们走出古水坡，回忆这里的美好年华！至于金钱，我不是这里的康百万，也不是法国的高老头。我有一个农场，虽说不大，也要雇用几十个农工，有专人代为管理，我的经理人很能干，很会帮我理财，并且将一部分利润设立了教育基金。有些钱如果不加以利用，也要捐献社会的。亲爱的老木头，别替我担心，瘦死的骆驼也比马大！你帮我找到了这个舞台，就让我好好发挥余热吧！"

老太太也住在学校，有座单独的小楼，宽敞明亮，是她自己设计的，别有特色。她喜欢养花种草，院子里、窗台上种满绿色植物，各种美丽的花朵次第开放，她的周围永远不缺少大自然的色彩和芬芳。

老太太生活很有规律。每当第一缕霞光从山峰后边投射过来，她那间宽大的办公、开会兼会客的大房间便显得格外明亮。因为楼顶上开有天窗，镶有玻璃，那栋小楼一年四季阳光灿烂。

她最近迷上了中国的太极，早晨穿一身轻便的灯笼裤练功服，舒缓地舞动着四肢，一招一式打着太极拳。

她没请师傅，也没有教练，功法、套路都是在电视上学的。她买了一套碟子，从电脑里放出图像，学着比画；每天早晚各打一套，坚持不懈，有模有样，渐渐收放自如了。

每天清早，大树爷起身第一件事，就是赶到校园里，前前后后转一圈。看到秩序井然，一切顺利，他才喘口气再去忙别的。

每当这时候，林家信会准时在校园门口出现，迎上前去，小声问询："爹，没事吧？"

这句简短的话,算是问安,也算是汇报。学校平安,老人平安,新的一天便开始了。

这天,大树爷急匆匆走来,林家信迎上去,依旧问了那句话:"爹,没事吧?"

大树爷挥起烟袋杆,朝小洋楼指了指说:"你忙你的,俺到洋奶奶那里瞅瞅!"

老太太依旧在打拳,神情专注,心无旁骛,似乎没看到门外有人。

大树爷没有干扰她,蹲在门外一连抽了三袋烟,才憋不住咳嗽了一声,朝屋里喊话:"咳,咳,俺说你装模作样吧,你反倒专心一意了。看你那样子,瞎子摸象一般,也叫练功?"

老太太听见话音,又坚持了一阵,收住脚步,埋怨道:"老木头,我在练功!你不该捣乱,影响情绪!"

大树爷讥讽道:"你真钻到功法里,天上响炸雷都听不见!说句话就受影响,说明不专心!"

老太太笑起来:"学习需要鼓励,你不该打击我的热情!太极拳太奇妙了,每天坚持,走路不喘了,说明气血畅通了。林,你也练吧?"

老树爷摇摇头:"我整天忙得像个风葫芦,哪有这工夫?再说了,俺不用学,一看就会!"

老太太满脸堆笑凑上来:"你们中国的事情,样样有窍门。你怎么会的,窍门告诉我呗!"

大树爷绷住脸,憋住笑,伸胳膊踢腿地说:"瞧好啊!左手抱个瓜,右手抱个瓜,怀里搂着一堆瓜。左一刀,右一刀,切开一地西瓜牙。往东扔一牙,往西扔一牙,一地西瓜都分了!懂了吧?就这!"

大树爷啪啪拍手,双脚并拢站定,说:"我这套太极拳,一看就会,简明易通,不错吧!"

老太太看着他连说带比画,给弄迷瞪了,惊叹道:"噢,老木头!你为啥不早点教我?"

大树爷仰面大笑:"俺这套本事,准备将来跑江湖用哩,天机不可泄露!方才这几下子你能记住,立马就是六段水平!"

转而,他换了口气说:"他洋奶奶,俺问你!黑妖跟着司提芬爬山上岭去采风,都快俩月光景了。这几天咋连个电话都不见,你不着急呀?"

老太太故意把身子一扭:"你这个老木头太狡猾!请教功法,你故意卖弄。你就会咸吃萝卜淡操心!司提芬每天都发一条短信,他们进展顺利,收获很大!"

"那就好!那就好!平安顺利就是好呀!"大树爷笑了一瞬,又沉下脸来,"司提芬每天给你写信,黑妖……他咋就一点消息都不给哩?咳,这娃,太冒失!"

老太太反唇相讥:"你不是交代不要乱花钱吗?打手机很贵的,一句话几毛钱,少吃半斤肉。你就是个铁公鸡!"

大树爷不反驳,转身就走。

老太太大声喊他:"林,你好久没来学校开会了!你失职!"

大树爷没停脚步,说:"你是校长,我是顾问。这一段忙别的,顾不上问哪!"

金娜不满地耸耸肩,愤愤吼了一句:"哼,老酋长!你以为你是克林顿呀!"

此刻,黑妖通知在洛阳一带演出的伙伴们,火速派来面包车,把司提芬送到省城医院去抢救。

那天,司提芬在共姜台上淋了雨,发起高烧。风雨稍停,黑妖便截了一辆公交车,把她送到共城县医院去治疗。打了两瓶点滴,吃了几片药,高烧退了。但是,新的问题又来了,呕吐不止,腹泻不停。可谓上吐下泻,不仅吃东西呕吐,喝口水也吐,差点把胆汁都吐出来。两三天时间,她就瘦成皮包骨,脸上除了一双深陷的眼窝,几乎看不到那白皙润泽美丽动人的面影了。

黑妖守护在病床前,枯坐了两天两夜。眼望着挂在床头的液体一滴滴注入司提芬的体内,却不见好转,眼看着花朵般的女孩日渐枯萎,黑妖一筹莫展,委实有点担惊害怕。

他知道司提芬在爷爷心中的分量,也知道自己肩头担当的责任。他一遍遍去问医生:好好的个活蹦乱跳的大姑娘,就因为淋了点雨就病到这种程度?是没有看透她的病?还是没用对症药呀?

医生苦笑着告诉她,司提芬的病不是一般的发烧感冒,或许真的没有看透她的病症。他们一边观察,一边邀请专家会诊,没有一丝一毫的疏忽大意。

医生这番话把黑妖吓着了,也点醒了,既然没有看准病症,治也是白治。县医院的水平和设备有限,拖下去万一延误了病情,那才是责任重大,难以承担!再则,若不抓紧治愈司提芬,泡在县城耽误时机,传到爷爷耳边不仅会受到责骂,更重要的是让可爱的女孩白白忍受疾病的熬煎,罪莫大焉!

他把转院治疗的意见告诉司提芬:"咱们不能在这里泡下去啦!再把小病治成大病,我会挨骂的!"

司提芬满面病容地说:"歌王,都怪我,拖累你了。不就是发烧感冒嘛,打几针吃点药就会好的,哪知道会是这样呢,不会是什么不治之症吧?我的不幸给你带来忧伤和麻烦,我深表歉意,也对你的陪伴和照顾表示感谢。我同意转院,抓紧治好,免得爷爷奶奶担心!"

黑妖最不爱听她说客气话,晃晃手说:"我首先声明,我不怕麻烦,也没有吃苦受累。我们是兄妹,是合作伙伴,我做的一切都是应该的。我没有尽到责任,让你淋了雨,得了病,应该道歉的是我!我现在只担心一件事,你得病这事,该不该告诉家里人。如果时间长了,大家都生活在谎言里,就没法自圆其说了!"

司提芬微微皱起眉头,说:"啊哦!感谢上帝,奶奶还不会上网聊天,也不会视频对话,我每天发一条短信。可是……爷爷会猜到的……"

黑妖焦急地说:"是呀,爷爷那么精明,我连电话都不敢打。他一准会怀疑的!"

"怀疑什么?美国女孩骗走了中国草根歌王?"司提芬故意幽默了一句,不让黑妖担心。

黑妖却借着话题说:"早知道你会得病,我就应该陪你去美国。你们那里医术高明,我也能见到迈克尔·杰克逊!"

司提芬真情地说:"亲爱的伙伴,你不必抱怨自己,你没有错,一点错都没有。当我高烧倒在你身旁,你脱下衣服保护我,自己冒着大雨却不让我淋雨时,我已经体会到你温暖的怀抱和怦怦的心跳。从你把我背到这里抢救,我一直在心里默默感谢你。我的病没有那么严重,有你的陪伴,一定会很快好起来的!"

"你不要这么说,我做的都是我应该做的,做得很不好。"黑妖情绪激动,安静不下来,"我就是担心,你这么病在医院里,还在编造谎言安慰家里人。万一有个闪失,我没法交代!"

"你后悔了?不该和我一起出来采风?"司提芬看到黑妖着急的样子格外可爱,故意逗他,"你缺乏冒险精神,别去美国了!"

黑妖越发沉不住气,急得想跳脚:"我不后悔!我珍惜和你相处的机会,能学到好多东西,也能悟到许多知识。我盼望你赶紧好起来!看你躺在床上天天打针吃药,心里很难受……"

司提芬轻轻拉过他的手,放在自己手心里,轻声说:"亲爱的歌王,你们的孔夫子说过,既来之,则安之。还有哲人说,病来如山倒,病去如抽丝。尽管我不知道自己是什么病,我已经坦然接受了。你就和我一起受苦受难吧!"

黑妖心里有些慌乱,有些紧张,却又不敢把手抽回来,便坦率地说:"司提芬,我没有隐瞒你,真的,我敢发誓!我问过医生,他们说拿不准,不愿告诉我。不过我能看出来,可能比较严重,但是能治好。我保证和你紧密配合,共渡难关,决不会扔下你不管的!"

司提芬把黑妖另一只手也拉过来,两双手紧紧握在一起,脸上现出凄美的笑意:"我相信上帝,更相信科学,还有你的真诚陪伴!我的病绝非不治之症,我同意你的决定,抓紧转院。我得病的消息,应该暂时保密吧!"

当老五和猴子连夜从演出现场开车赶到,已经是司提芬得病的第四天傍午了。他们听了情况介绍,同意立即转院治疗。于是他们用面包车拉了司提芬,马不停蹄地往省城赶去……

蜘蛛侠提前赶到省人民医院挂了急诊,他们一到,司提芬就立即住进病房。医生马上进行抽血化验等一系列的检查,报告结果在当天就出来了。

医生把黑妖唤到办公室,面前摊开一大片检查结果,好半天才从透视胶片上转过身来,目光犀利地看着他,问:"谈谈吧,你妻子什么时间发现身体不适的?尤其是恶心、呕吐和排尿困难等症状,为什么不及时检查治疗?"

"哦,医生,她不是我妻子,是我的女朋友。所以,有些牵涉女人隐私的情况……"

"你们年轻人,妻子和女友有差别吗?"医生打断黑妖的话,说:"我指的是你女朋友的病应该不是最近发现的。有了征兆如果及时治疗,不至于发展到这种程度!"

黑妖不再计较医生的用语,而是紧张而又急迫地探寻结果:"医生,我真的什么也不懂。我和她……我的女朋友一块到山区采风,并没有发现什么异常现象。难道她果然得了什么不治之症啦?医生,请您别吓我……"

医生拍拍桌子上摊开的检查结果,惋惜地叹口气说:"不应该,真的不应该!她这么年轻,不应该得这种病呀!我看你们的条件……咳,难道这点知识都不懂吗?"

黑妖哀求道:"医生,我真的不懂,啥都不懂!她的病很严重吗?请您告诉我,让我早有点思想准备呀!"

医生拉来椅子让他坐下,说:"我没有用任何危言耸听的言辞,也没有说出任何可怕的话来,你怎么吓成这个样子呀?"

黑妖急得浑身冒汗,额头的冷汗亮晶晶沁出一层。医生递给他几张纸巾,他擦了擦汗,平息了情绪说:"那个洋妹子是我爷爷朋友家的孙女。她是个女博士,专门来考察中原历史文化的。我是她的向导,我们一路爬山越岭。前几天遭了一场大雨,受了风寒,一下子变成这样子!大夫,她得了什么病?我该怎么办?请您告诉我吧,千万别让老人知道,我担心老人会急出病的。我承担一切责任就够了!"

医生拍拍他的肩胛,态度和缓下来:"小伙子,我误会你啦,对不起!我敬佩你的担当精神,你也不必太着急。她这个病,是急性发作,可能与你说的淋雨和劳累都有关系,起码是诱因。根据检查结果,发现她肾功能衰竭,或者是肾功能受损,引发各种功能代谢紊乱。我们需要继续观察,保护肾功能,延缓其恶化速度。目前,治疗这种病还是有很多办法的……"

医生讲了好多话,他一句也没听进去。他脑子里早已是一盆糨糊,但有两条很明确:一是司提芬病得不轻,不是一般的感冒发烧;二是隐瞒真相的设想难以继续,司提芬不可能十天半月痊愈,谎言必定会被揭穿!

他昏头昏脑走出医生办公室,又昏头昏脑走回司提芬的病床前,一屁股坐在椅子上,双手抱住脑袋,一言不发。

司提芬的床头又挂起了液体瓶,胳膊上扎了针头和输液管,液体一滴滴进入她孱弱的躯体里,和病毒做着无声的较量。

她已经三天没有好生吃饭了,没有胃口,勉强吃进肚里几口面条或是稀粥,马上会一口口地吐出来。因为担心吐出的秽物脏了床铺,还要劳动黑妖洗刷,她便拒绝吃饭,勉强喝几口牛奶支撑生命。几天下来,一朵枝头灿烂的花朵被折腾成青筋鼓暴的枯枝败叶了。看到她痛苦的模样,黑妖真想大哭一场。

司提芬原本是疲惫地闭着眼睛,对面前的一切都无兴趣。她从眼缝里看见黑妖颓丧地坐在那里一言不发,猜出了自己的病情不妙。她没有因此而惊恐万状,没有怕死鬼的怯懦和卑琐,她是个豁达而又开朗的女孩,很少有悲哀和伤感的情绪。她在幼小的时候就能帮助精神颓废的索梅尔奶奶走出抑郁的黑洞,从此后在追求光明和理想的人生路上飞奔,何况她如今是个成熟乐观的大姑娘呢!

她根据自身的情状和医生的表现,推测到自己病得不轻,但绝对与死亡相距甚远。即使到了那种程度,她也会坦然面对,在上帝的召唤声中,留给人世一副美丽的笑脸。

她也知道黑妖承担的思想压力有多么沉重,被他们共同谋划的那个谎言压得抬不起头来。他们隐瞒病情,完全是正确的。不就是发烧感冒吗,怎么变成大病啦?大树爷和索梅尔奶奶都是年逾古稀的老人了,他们一旦得知目前的状况,必定会一刻不停地赶过来。当他们亲眼看见自己这副病入膏肓的模样,两位老人一定急火攻心,烧心燎肺的。他们如果为她的病而发生什么不测,那么,她可就罪孽深重了!

"可爱的歌王,我真诚的伙伴,请如实告诉我,我得的什么病,很严重吗?"

"没,没有多严重,但比感冒严重……不过,医生……有办法。"黑妖的回答结结巴巴、躲躲闪闪。

"究竟是什么病,你一定要把真相告诉我。别忘了,咱们还有共同的任务,如何搪塞老人?"

"是呀!只怕瞒不住了!"黑妖看着司提芬病兮兮的样子,额头又冒出冷汗来。

"瞒不住也要瞒!"司提芬生硬地说出一番话,"我只想让他们看见我的笑脸,不想让他们看见我的病容。歌王,从现在开始,我们俩已经行走在美国的大地上了。由我给奶奶发短信,你不要打电话,也不要听电话!"

黑妖一双眼睛睁得溜圆,惊呆了……

黑妖已经几天几夜没有上床睡觉了。

老五把哥儿几个分了工,三班倒,大伙轮换着到病房值班,轮流照看司提芬,准备打一场持久战,免得把黑妖累垮了。

但是,司提芬的病情起起伏伏,好两天又坏两天,有多项指标一直不稳定,肾功能难以恢复到应有的程度。每当出现这种情况,黑妖哪怕刚刚回到小旅馆,还没有把气喘匀,就被值班的哥儿们喊回去,医生找他谈话,交流沟通下一步治疗方案。医生明白,除了他,其余几个谁也承担不起这份责任。

经过一周的治疗观察,医生很负责任地告知黑妖:"林先生,你是搞艺术的,追求浪漫。医学却是冷酷的,经常把不幸告诉你们。对不起,我们一周的努力没有效果,司提芬小姐的肾功能没有得到修复,肾脏亦不能履行它的职责。所以,我们准备采取支持治疗,提高肾功能的修复作用……"

黑妖听了,脑袋里轰隆一炸,问:"大夫,莫非你们要给她做手术吗?"

医生指指旁边的三四位白大褂,说:"你可能对这种治疗一点也不了解。我请章主任给你普及一下医学知识吧!"

年纪稍大的章主任戴着眼镜,一副老成持重的风度,话说得很平实:"我们对这位病人是非常重视的,接下来的透析治疗,也是经过科室慎重讨论的。病人的肾功能衰竭,就意味着肾所承担的五大功能丧失,即排毒功能、排水功能、酸碱度平衡功能、电解质调解功能和内分泌功能丧失;我们采取透析支持治疗,用人工肾的替代功能,逐渐使病人的肾功能恢复。"

章主任讲得井井有条,黑妖听得头昏脑涨。

他问:"透析?! 是不是手术啊?"

章主任继续解释:"透析不叫手术,是一种治疗手段,用器械把病人自身的血液引出来,通过人工肾脏过滤,再将处理干净的血液送回体内。不会有痛苦的,你将来可以看到的。"

"每天都要做吗?"

"病人的情况千差万别,有人一周做一次,有的一周需要做三次,根据具体对象而定。"

"做……做透析,真没有痛苦吗?"

章主任说:"治病不是享乐,但是,只有付出一定的痛苦,才能换取长久的快乐。这个道理你应该懂吧?"

…………

透析进行了两周,司提芬的病情没有明显的好转,整天萎靡不振,昏昏欲睡,双腿竟然肿起来,轻轻一按一个坑儿。

黑妖的心被一座沉重的大山压着,喘不过气来。他整个人好似充足了气的热气球,控制不住就会爆裂开来。实在压抑不住自己的情绪,他像头疯牛一般冲出病房,要去找医生。

值班的猴子,担心他莽撞,赶忙追上来,一把揪住他,低声吼道:"你不能那么任性! 你知道她得的是什么病吗? 我告诉你,肾衰竭! 几乎等于不治之症! 医生已经很尽心尽力了,昨天夜里卜医生几乎一夜没睡,一会儿一观察。你不能再去嚷嚷,那会伤害人的!"

黑妖没说话,长长叹口气,甩开猴子的手,缓缓朝医生办公室走去。

恰好卜医生在那里写医嘱,猛然抬起头来。

黑妖问:"卜大夫,我想知道28床的病究竟有多重,你们下一步怎么治疗,我又该如何配合? 这么反反复复折腾她,我都受不了啦!"

他把音量压得很低,医生还是听出他的不满和牢骚。所以,卜医生合上本子,请他坐下,严肃认真地对他说:

"艺术家,你说的是那个洋学生吧? 我们大家很重视这个病人,尽力做了多种方案的治疗尝试,但是效果不佳。我现在告诉你,她患的是突发性的尿毒症,我们以为她是偶发性的肾功能不全,积极修复是可以痊愈的。但是,现在症状证明她是一个特殊的病人,就是说疾病在她体内有很长一段潜伏期,遇到诱因爆发了。根据前一段的治疗,还是比较乐观的,可以控制。但是最近有比较大的反复,常规治疗已经难以奏效。所以,我现在正式告知你,必须做好肾移植的思想准备,一个是肾源,一个是手术费用。我刚才写了报告,咱们共同努力吧!"

如同脑门挨了一枪,黑妖一刹那间周身麻木,好半天才醒过神儿来,脑子也恢复了思维能力。他问:"卜大夫,肾……肾源去哪儿找啊?"

卜医生脸上现出一丝苦笑,说:"我这样告诉你,咱们国家因为传统观念的问题,主动捐献器官的志愿者不多。目前的来源主要有两个方面,一是兄弟姐妹、父母与子女之间,由于血缘相近,配型容易成功;二是夫妻之间,发生排斥的概率较小。"

"她没有兄弟姐妹,也没有父母子女,那该怎么办呢?"黑妖如同遭到雷击,周身僵硬了。

卜医生无奈地摊开双手,为难地说:"这的确是个难题,所以需要咱们双方共同努力。医院积极寻找,还可以向红十字会方面求援。另外就是病人家属,动员亲朋好友捐助,要么……当然这是无奈之举,拿钱买了……"

到了此刻,黑妖才真正明白了自己所面临的处境,是多么的艰巨而无奈。钱,他目前肯定没有,三万五万进了医院根本不是钱。但他可以去找,去挣,大不了厚着脸皮去借!但是肾去哪儿弄啊?有捐的吗?很是渺茫。医院能找来吗?没有保证,仅仅是一种期待。拿钱能买来吗?买来就能用吗?天知道!

没有经过如此阵仗的青涩小伙子,彻底被无形的大山压垮了。如同被镇在五行山下的孙悟空,万般无奈,五内俱焚……

蓦地,他目视着医生蛮横地质问:"如果找不到肾源,你们就看着她慢慢死掉吗?"

卜医生看见他发怒了,也站起来,用医生的冷静说:"小伙子,你不用冲动,咱们交流的是病情与治疗。没有争论,更无须吵架。我告诉你,人的肾功能一旦受损,就是不可逆的。肾透析是用人工替代功能来支持治疗。但是,如果病人肾功能衰竭的程度严重到一定范围,那就要终生依赖透析才能维持生存!在目前的医学技术条件下,几乎没有治愈的可能,只有采取措施,延缓恶化的程度。除非采取肾移植,才有挽救生命的可能。"

黑妖再也没有挣扎的意志和力量,冷酷的医学和严酷的现实,靠意气用事完全是徒劳的。他拖着沉重的双腿,走回司提芬的病房,无力地坐在椅子上。

猴子见状,急慌慌提了暖瓶,借故走了出去。

黑妖还没有开口说话,司提芬就瞪着陷在深坑里的蓝眼珠,失神地望着他,直截了当地问:"看在上帝的份儿上,请告诉我,我的病是不是无路可走啦?医生和你谈了,准备给我肾移植,对吧?你同意了吗?"

黑妖内心无论何等的痛苦、怯懦和无奈,在司提芬面前都要做出一副刚强、可靠和无所畏惧的样子来。然而冰雪聪明的司提芬,无论什么时候都能把黑妖看个里外透亮。

此刻,他做出一副无所谓的表情,说:"是的,我去找医生了,问还有没有什么好手段,能让你尽快好起来。看到你三天两头去做透析,我心里难受!医生说肾移植,那是征求意见,我不是还没有和你商量嘛!"

司提芬虽说整天躺在病床上,她对自己的病情却洞若观火。医生护士的眼神碰撞,一言半语的不慎流露,她都能分析出是好是坏,是进步还是恶化。她在更深夜静时分,独自溜到护士站,翻看28床的病历,尽管医生的字龙飞凤舞,她也能了解到八八九九。所以,黑妖和他的伙伴们,谁也甭想隐瞒她。

她说:"我相信上帝,更相信科学的力量。透析虽然痛苦,却能让人生存,说不定我身上会发生奇迹呢?肾移植虽说一劳永逸,也会有排异反应的风险。另外,肾源也很困难,你到哪里去找供体呢?"

既然她什么都知道了,便没有隐瞒的必要,黑妖冲口而出说:"这不是你考虑的事。医生说了,只要有钱,就能找到!"

"那……钱呢?这是个难题。此刻,我不能向任何人开口借钱。我的信用卡还有三万美金,是不够支付医疗费用的……"

黑妖猛然打断她的话,有点生气有些感慨地说:"司提芬,你现在是病人,不要芝麻黄豆什么都要搞清楚。你的任务就是养病,其余的,都包在我身上!请记住,我是你兄弟!"

司提芬的蓝眼珠波光闪闪,瞬间那深陷的眼窝里便涌满了泪水。她极力地控制着,不让那汪水溢出堤坝。她轻轻伸出胳膊,探摸住小伙子粗糙的手掌,紧紧揽在胸前……

夜里,待到司提芬测完体温、血压,白狼来接班值夜了。黑妖匆匆赶回他们租住的小旅店,想好生喘口气,睡一觉忘掉忧愁。这里房间狭小,家具简陋,条件极差。但是房费便宜,供应开水,还有公共煤气灶,提供做饭的锅碗瓢盆。

他没心思吃饭,咕咚咚喝了一碗凉白开,一头拱到乌黑的床铺上,愁思萦怀,一句话也不想说。

老五站在门口,吸完一支劣质香烟,摁灭了烟头,站在床头停了一阵儿,低声对黑妖说:"老大,知道你心里愁得打疙瘩,光急不是事儿。花钱买肾,要健康的,血型匹配的,没有疾病的,还有手术费,我打听了,总共下来没个七八十万,恐怕打不住吧……所以,咱得想路子!"

黑妖没有动窝,深深吸了口气,反问:"路子?路子有的是,我回家一趟,钱是事吗?洋妮子家是农场主!有……"

"现在不是走不通嘛,怎爷爷和洋奶奶此刻看见洋妮子,非气出病不可!所以,路子还得咱自己找!"

"哪条路？说！甭吞吞吐吐的！"

"找潘老板呀！如今他的公司大有起色，咱们那首《爷们儿歌》，发行碟子赚了不少。只要你开口，他不会不伸出援手的！"

黑妖一挺身子坐起来，搔着脑袋说："嘿！你看我这记性，咋把恩人忘了哩！我可以找他！再谈谈咱计划的《诗经》新唱，借钱可能没问题吧！"

他说着就扑通一声跳到地上，拨通了手机。他还没说话，对方就呜呜啦啦朝他吼叫起来："黑妖，你小子咋弄的，人间蒸发了？嗨吧！还没踏上美利坚，还在中华人民共和国的大地上徘徊呀？为什么呀？哥哥栽了！一首《爷们儿歌》让合作方大赚，死活不结账，当老赖哩！我想呀，这样的人永远不会有出息，咱跌倒了爬起来，继续前进！听说你最近又弄出新玩意儿了，你一定保密！这行当的扒手太多了，真的还没生出来，假的早就上市啦！如果事情确实，咱哥俩单独谈。越快越好，一个小时后，大众火锅店见面！还有，带上老五！"

他捧着手机，一句话也没说，苦笑着点点老五的鼻子："又是你那张嘴！走吧……"

郑州的火锅店，生意兴隆。几家有名的连锁店，比如巴奴、重庆黑老婆、海底捞，都要提前订座，否则等人家头轮吃罢，你再吃。即便是那些本乡本土的中低档火锅店，也是家家爆满，热气腾腾。

黑妖带着老五走进火锅店，一眼就从客人满堂、笑语喧嚣的场面中看到了潘解放。

潘解放早一步来到，要好了各种青菜、蘑菇木耳、莲菜豆腐，还有三大盘羊肉，满满摊了一桌子。水也烧开了，大冒热气，油汤翻滚着金黄色的气泡，香气诱人。

潘解放招招手，三个人围着火锅环桌坐定。他说："咱们边吃边聊，不论规矩，吃好喝好。目的是把事情做好！"

他启开啤酒，分发下去，自己拿起一瓶和大家碰出一声脆响，说："先喝一瓶！没酒不成席。没酒难开金口。酒壮胆量，喝了酒才能干大事嘛！"

他仰起脖子，咕咚咚喝下半瓶。

黑妖、老五却纹丝不动，坐在那里呆若木鸡。

老潘瞪大眼睛，愕然发问："咋啦？酒不好？还是菜不好？"

黑妖急火燎毛地开了腔："潘总，电话里你不听我说话，现在我得先说话了！"

老潘豪爽地抹抹嘴巴："说！说！哥们儿凑到一起，不就是想说话嘛！"

黑妖拿起酒瓶和老潘碰了一下，然后放回原处，说："我今天见你就是求援来了！一是凑钱，二是找肾！这两条你必须答应我，否则，我滴酒不沾，起身走人！"

潘解放越发愕然,他也把酒瓶放回原处,说:"这情况我听老五说过一点点,说你在陪一个洋妮子看病,操心劳神,抽不开身。老大,弄错了吧?咋就又缺钱又找肾的,我都糊涂了!那洋妞不是个贵族吗?她洋奶奶挥金如土,一句话白送村里一座学校,八位数呀!咋会突然又缺钱治病了哩?"

黑妖没回答,他又接着说:"兄弟,莫不是看上洋妞了,要演一场英雄救美的大片吧?你找我凑钱,人家洋奶奶拔根汗毛比咱腰粗啊!咱哥们儿凑钱吃顿火锅,倒是凑合!"

他说着,干笑了两声,没有得到呼应。

黑妖砰一声拍了下桌子,生气地说:"我心里急得好像滚油锅,你反倒一肚子风凉话!既然老五啥都说了,你就该知道我的处境。洋奶奶再有钱,眼下不是花不上嘛!我自己编了个瞎话,把自己套住了。再回去解扣子要钱,还像不像个爷们儿啦?我求哥们儿伸出援手,助我一臂之力,有借有还,又不是让你去抢银行,咋的啦?尿啦?让老外瞧咱笑话呀?"

老五悄悄拉他一把,说:"老大别上火。潘总也是说笑话哩,你千万别当真。哥们儿都长着脊梁骨,只会雪中送炭,不会落井下石的!"

黑妖声高语壮地说:"我再说一句,人命大于天!筹钱就是救人!还有,谁把这事捅到古水坡,让俩老人着急上火,休怪咱哥们儿六亲不认!"

潘解放好生尴尬,自我解释道:"今天这酒喝不成了!一句笑话让老大动了气,说下去毫无意思,咱们就此打住,涮羊肉吧!"

黑妖突然站起来,抱拳打拱说:"对不起潘总!今天都是我心情太差,影响了大伙兴致,改日再置酒赔罪吧!"

说完,扬长而去。

老五走也不是,留也不是,勉强坐了下来。

次日一早,黑妖按时赶到医院病房,问询病情,端杯递水,服侍司提芬按时服药。

他每天都会待到医生查房,了解司提芬的病情,听医生做了口头医嘱,才会去做其他事情。

这天,他刚刚服侍司提芬吃了药,就看见换过班的白狼在病房外面朝他招手打招呼。他匆匆放下水杯,来到病房走廊上。

白狼慌忙凑上来,小声说:"老大,昨晚睡不着,就到网吧聊天去了。一不留神把咱大漠飞狐说漏嘴了,跟朋友瞎扯一通,说咱一哥们儿得了尿毒症,急需医疗费且数额不小。朋友就问,如果老大能带领大漠飞狐演出一场,他可以帮忙凑到款项,不少于治病需要的数额。如果可能,尽快给个消息!"

黑妖听得不耐烦,说:"你这朋友是哪路神仙,办事如何,可靠程度能有多大?"

白狼有点怯懦地说:"说是朋友,不过有几面之交,靠嘴皮子吃饭那一号。如果答应他,准会借老大名声到处游说,找到有钱的,让咱们演出,他跟咱从中抽份子。我想咱们急于用钱,就让他抽去呗!你看中不中?我再跟他砍砍价钱!"

黑妖把手一晃:"吹得太大,咱承受不了,吹得过分了,咱挨骂名他挣钱,这事不能干!"

白狼犹豫了一阵儿,又说:"老大,我瞅你整天眉头拧个大疙瘩,心里替你难受!我身边都是穷朋友,赞助个感冒发烧还凑合,找个大户可就难啦!有个基金会值得注意,也是在网上联系的。说是要到医院看看,如果情况属实,他们愿承担三十万到五十万元医疗费,条件也是义演一场,老大必须主唱。节目也选定了,要听《爷们儿歌》!"

黑妖听了既无奈又愤然:"这伙人都是趁火打劫,美其名曰义演!咱筹钱救人哩,他不管你有没有心情!他们拿咱们的旗号去招摇,还不知捞多少黑心钱哩!"

白狼连连点头:"老大说的是。咱们现在不是急着用钱嘛!舍不得孩子,打不了狼。我想,谁出价高,咱就给他演一场?"

黑妖搔搔脑袋说:"好吧,你联系好了,我见见他!"

这时,查房的医生从司提芬的病房走出来,对护士说:"请28床的家属到办公室来一下!"

护士找到黑妖说:"卜医生请您去一下!"

黑妖旋即来到办公室,卜医生让他坐下。他一副忐忑不安的情状,提着心肝听医生说话。

卜医生神情焦虑,语气很严肃:"我请你来,是想如实告诉你,28床的病情不容乐观,需要抓紧准备做肾移植了。我说过,一个是钱,一个是肾源,二者缺一不可!不知道你那里进展如何?"

黑妖默然地听着,木呆呆沉默半天,才吞吞吐吐说:"钱,正在筹措,差不多啦。肾……我还真不知道去哪儿弄……"

卜医生叹了口气:"是呀,它不是超市里摆放的商品。我们医院正在多方联系。你呢,也动员动员身边的朋友,有没有愿意捐助的!"

黑妖一句话也没说,走出办公室时,他的脑袋垂得很低。

他在病房走廊里滞留了一阵,缓解了一下情绪。等他来到司提芬的病房时,就是一副轻松自信的面孔了。

司提芬用渴望和期盼的眼神望着他，尽量把语音放大点，说："亲爱的伙伴，医生找过你啦？你不会给我带来什么好消息吧？"

黑妖一时没有想好台词，只好吞吞吐吐地应答道："医生……没说什么，不，就交代……让你好好休息，不要……胡思乱想！"

司提芬凄美地笑着："我们合伙用谎言欺骗了爷爷奶奶，我又生活在你的谎言里，太好笑了……"

"没有！一句假话也没有。我说假话是小狗！"

黑妖信誓旦旦，司提芬越发不相信地轻轻摇摇头："我亲爱的伙伴，你不要生气。你编造的都是善意的谎言，我很感动。为了我，你的组合停摆了，不能演出，不能挣钱。一群小伙子围着我转，他们还要吃饭，生活来源没有了，有点积蓄也替我交给医院了……"

她喘喘气，停顿了一会儿接着说："我知道你的压力有多重，但是现在我自己无能为力。首先，你要筹措一笔数字可观的医疗费；另外，你还要找到健康的肾供体。亲爱的伙伴，你头顶着大山，沉重得喘不过气来。你越是在我面前摆出一张笑脸，我越难过得想哭。上帝呀，你什么时候为难过呀？可是，为了我……"

司提芬哽咽了，下面的话再也说不出来。

黑妖赶忙安慰她："喂喂，你现在要保持平静和乐观的情绪，千万不要伤心落泪。司提芬你错怪我了，我最大的缺陷就是古板，不会幽默，那不就是欠缺编造谎言的本领呗！"

他扯两片纸巾递给司提芬，接着说下去，表演得眉飞色舞："咱们在共姜台上，我深有感触，眼前突然跳出几句歌词，可是大雨一来，就冲得干干净净。今天一早，灵光一闪又找回来了！你知道我有多兴奋吧，目前就有三家音乐公司盯上《诗经》新唱啦！谁走漏的消息，我不追查，我现在可以漫天要价，还怕没人送钱来吗？"

司提芬停止了啜泣，深陷的眼窝里又闪出蓝色的波光，她为黑妖能够减压感到庆幸，于是迫不及待地说："啊呀，那么我真的要祝贺你了！我的歌王，能否把新词吟诵给我听听？"

黑妖随即站起来，清清嗓子，吟诵起来——

两千多年前，在共国的官阙里，因为长子少年病弱，恐怕难当大任，欲将爵位传于次子。长子不争不抢，甘愿服从，并对弟弟越发爱怜，呵护有加。大臣们得知消息，纷纷远离长子。其岳父母也想悔弃婚约，逼女儿共姜重择佳婿，另嫁高门。哪知共姜认为他是位谦谦君子，世上高贤。即便将来成了一介平

民,也要生死相随。于是,她驾着柏舟,泛于河中,哀哀唱道:

柏木船,荡起桨,

卫河涨水浪打浪。

生死相随不怕险,

哥哥掌舵我划桨。

爹娘知我心,

何必求上苍!

地老天荒志不改,

生死相随少年郎……

黑妖吟诵完了,站在屋地上,看司提芬有何反应。哪里想到,司提芬神情专注地听到最后,竟然眼泪花花了。她凄婉地笑着说:"太好了! 有点沧桑悲壮。指天怨地,呼爹叫娘,哥哥掌舵我划桨,生死相随少年郎。如果我不住医院,这种句子只怕生不出来!"

黑妖呆呆站在那里,心中暗想:这个洋学生怎么长的,脑子如此灵光,啥都瞒不住她啊!

他正想说什么,白狼在门外朝他打着手势。

黑妖对司提芬说了句"去去就来",便走出门去。

走廊上,病房门前站着个干瘦的年轻人,转动着一双灵活的黄眼珠,观察着周围的一切。

白狼介绍道:"老大,这位哥们儿就是 HP 基金会救助中心的秘书长王冲!"

王冲急速地伸出手来:"噢,终于见到了,仰慕已久的歌王! 我是你的铁杆粉丝小王!"

黑妖伸过手去,愕然一愣:"咱们好像见过!"

王冲赶紧搪塞:"您整天站在耀眼的光环里,威风八面,呼声如雷。我站在万人丛中,不过是个小黑点。应该说,你发现我的概率很小!"

黑妖努力在脑子里搜索记忆,坚持说:"不,不,不! 一定是在哪里见过!"

王冲做出一种夸张的样子:"啊,那我太荣幸啦! 老大,请给我一个表现机会,为我崇拜的偶像尽点心意!"

黑妖做出若无其事的样子,说:"我也是为朋友帮忙,能帮则帮,不必勉强!"

"我能力有限,只能帮点小忙。听说您的朋友手术,遇到点困难。小王我竭尽全力,动用最大的权限,捐助三十万善款,以解燃眉之急!"

听他说得那般轻松,黑妖感到格外意外,便问:"你那么慷慨,让我如何回报?"

王冲连忙摆手："我们的责任就是救人所急,急人所难,没有任何交换条件!"

黑妖望着白狼:"你不是说,要咱们义演吗?"

王冲遮掩道:"义演也是回报社会,全凭自愿,不是附加条件!"

黑妖有点狐疑,沉思半晌,说:"总得有个说法吧? 天上能有掉馅饼的事吗? 即便借款,也要写个借据,加点利息啥的……"

王冲当即回答:"手续很简单。您写份申请,让医生证明病人的实际情况,签字即可。然后就是提供可靠的信用卡号,善款即可打入您的账户!"

黑妖看王冲一脸真诚,话说得又很恳切,便对白狼说:"既然这样,咱就大恩不言谢,后报有期了。如何办手续,就请你陪哥们儿代劳。我心里太乱,签字画押找我就是!"

王冲眼珠一转,见好就收,说:"看来您为病人所困,心烦意乱。具体杂务,不必劳您费心,只管听好就是了!"

说完,握手告退,伙同白狼匆匆走了。

黑妖回到病房,将刚才发生的事讲述一遍。

司提芬听了,有些难以接受,"我亲爱的歌王,你不该自作主张,我不是贫困人口,不应该接受慈善捐款的。我们不能当骗子,上帝会惩罚我的!"

黑妖劝解说:"我知道你家很有钱,认为受人捐助是件耻辱的事情。但是,现在情况特殊,事情紧急嘛! 你实在不情愿,等咱们治好病,再还他们不成吗?"

司提芬一边责备自己,一边替黑妖发愁,神情黯然地靠在被摞上,独自生了一阵闷气。

黑妖见她不说话,心里更难过,没话找话说:"咳,我又办错什么啦? 我也是心急火燎,饥不择食寒不择衣,不可为而为之呀! 你目前病情紧急……"

司提芬便换了语气,喃喃地说:"你总算说实话了,我病情如何紧急,为什么隐瞒我……"

"我没隐瞒呀! 医生找我,一是筹措医疗费,二是寻找肾源,我能不急吗?"

"当然急啦! 我躺在医院,如同死人一般,样样事情让你去为难。对不起! 我心情不好,怪你什么都不要在意,啊! 就像共姜唱的歌,地老天荒志不改,生死相随少年郎!"

黑妖猛然从椅子上跳起来,跑到门外,头触着墙,一串泪珠啪啪滚下来,在地板上砸出水花儿……

中午时分,白狼兴冲冲地来到病房,一把扯起黑妖来到走廊上,满脸得意,难以名状。

他说:"老大,成了! 协议签了,款已经拨到咱账户上了!"

黑妖难以置信地摇摇头:"这么快呀? 那小子还算办了件人事!"他又用手点点白狼脑门说,"赶紧去银行查查,核实一下!"

白狼此刻也极度兴奋,说:"中,我现在就去查对! 老大,密码呢? 告诉我!"

黑妖又点他脑门一下:"你真是昏头了! 银行卡和密码不都给你了吗?"

白狼拍拍自个汗津津的脑门说:"咳,高兴迷了! 没有账户银行咋拨款哩?"

看着白狼掉了魂一般远去的身影,黑妖心里一片昏暗,潜意识里仿佛感到不知不觉陷到一个温馨的陷阱里,不仅找不到什么善款,只怕他们团队那点儿家当也被人轻松自如地划走了!

他心情焦虑地在走廊里踱步,走了一圈又一圈,脚步一阵紧似一阵。他在心里说,白狼呀白狼,咱们都是东郭先生,今天真的遇见狼了! 听人家说了一番假话,就像喝了迷魂汤,把口袋底下那点干粮都让狼叼走了!

正在这时,手机响了,他摸出来看看号码,是白狼打来的。放到耳边一听,白狼的声音带着哭腔,好像被狼咬了一口,发出撕心裂肺的呼号。黑妖听着,眼睛瞪得溜圆,眼珠好似要爆出来滚落到地上! 他咬着牙关,牙齿磨得咯咯响。他用低沉的声音对着手机吼道:"什么? 你再说一遍,银行卡是空的? 废话! 人家卡里还有三万美金呢! 一分钱也没有了? 你他妈引狼入室,把我坑了! 我告诉你,赶紧打110报案,事发不久,这只狼跑不掉!"

第三十章　"大漠飞狐"的困境

一波未平,一波又起。

就在那天傍午时分,司提芬喝了几口牛奶,全都吐了个干净。黑妖让她漱了口,她便靠在床头上迷迷糊糊地昏睡过去。任凭你千呼万唤,她翻翻眼皮子,又昏睡过去……

以前从未发生过这种情况,黑妖吓得脸都白了,赶忙通报护士站,请来主治大夫卜医生。他说这是肾衰竭病人常见的现象,嗜睡昏迷。

司提芬被送进了 ICU(重症监护室),一天二十四小时由护士特别观察和护理。卜医生看着黑妖,轻轻叹了口气,拍拍他的肩膀,什么也没说。

黑妖明白他想说什么,只是说得多了,怕对方嫌他啰唆,相互心照不宣,尽在不言中。

"大漠飞狐"的伙伴们全部赶到医院来了。

黑妖蹲在病房走廊尽头,双手抱着头,一句话也不说,神情很沮丧。

伙伴们围着他蹲了一圈,一个个垂头丧气,霜打瓜秧般勾头缩背,沉默的气氛有点恐怖。

白狼忍不住挑头说:"老大,你说句话呀,俺都快憋死了!招鬼入门,上当受骗,都是我的错,我认打认罚!"

蜘蛛侠说:"你呀,难道没长脑袋,没长心眼?说几句好听话就白给 30 万?他是玉皇大帝,还是财神爷?你鬼迷心窍了!"

老五说:"这就叫偷鸡不成蚀把米!本来人家洋妞还有点应急的钱。这倒好,全部打水漂了!这口气咱不能忍,报案了吧?"

白狼讷讷地说:"案是报了,派出所公安说咱报案及时,丢的又是美金,可能好追……"

黑妖噌一下子跳起来,怒火中烧地说:"这龟孙太可恶,救命钱他也骗!这口气咱咽不下,抓住这个骗子,碎尸万段!"

他停顿一下,又说:"大家别埋怨,责任在我。自以为是个人物,怀有侥幸心理,财迷心窍,让骗子钻了空子!这件事甭怕丢人,决不能隐瞒,如实报案,防止骗子再骗别人!"

他静了静又说:"大家都看见了,我这洋妹子又住进ICU啦!昏迷不醒,水米不进,医生说非得换肾不可了!只有换肾才能救她的命!肾又在哪儿呀?得花钱,咱只要有钱,医生就有办法。可是,咱的钱又没了,我现在真成了一贫如洗的穷光蛋了!兄弟们,咱们都是风雨同舟的战友哇,我被一座大山压弯了腰,只有靠大伙伸出援手,帮我渡过难关了!"

他抬起胳膊,双手抱拳,庄严地给大伙作了个罗圈揖!

白狼站起身,伸出双手抱住黑妖的手,说:"祸因我起,就是豁出命,我也要守在派出所,帮咱们追凶拿人,把那个骗子逮捕归案!"

伙伴们都站起身来,抱成团,几双手攥在一起,齐声发誓:"咱们五条汉子结成一颗心,拧成一股劲,天塌了咱扛起来,地陷了咱双手擎!山崩地裂,不改初心!"

黑妖豪情满腔地对大伙说:"兄弟们,咱五个为了共同的追求和爱好走到一起。我因为探索新歌才跟司提芬一路采风,互相切磋。咱现有《诗经》新唱五首了,距离去美利坚较量为期不远了。现在司提芬既是咱的朋友,又是咱同一战壕的战友!咱不能扔下她不管,咱得帮她把病治好,跟咱一起战斗!我就不信,堂堂五条汉子,能在茄子棵上吊死,那就不是爷们儿,是孬种!"

伙伴们异口同声说:"老大,咱们五条汉子都是爷们儿,你说咋干吧!"

黑妖说:"咱们虽说在《星光大道》拿了奖,露了脸,可是咱们听了潘总的话,不敢走进群众,只能雾里看花,咱跟群众离心离德了!潘总帮过咱,咱永远记在心里。但是,他想把千里马圈在他家马厩里,独自骑弄,咱不能盲从!从今天晚上开始,咱就突出重围!"

郑州火车站永远是那么喧闹、拥挤、人流如潮。京广、陇海两大动脉在此交会,东西南北的行人在这里停顿、中转、聚集,然后从这里流向四面八方、五湖四海。

黑妖带领他的团队全副武装来到火车站广场。叮叮咚咚一阵响动,立马就招来游动的人流,不一刻就聚起好大一个人圈子。

黑妖手拿麦克风，向周围观众恭恭敬敬鞠躬，说出一番感人肺腑的言语：

"乡亲们，朋友们，大家都来自四面八方，又要走向五湖四海。我们都是中华儿女，敬奉同一个祖宗，大家都是打断骨头连着筋的血缘亲人！现在，我们有位小妹妹病了，病得很重，生命垂危，急需做肾移植手术才能挽救她的生命，她的亲人都在远方，她不想拖累他们，更担心年过古稀的老人因为她而病倒！我们与她非亲非故，听到这个故事，很受感动，并且愿意帮助她，用灵魂帮她呼唤！父老乡亲们，兄弟姐妹们，请大家献出一分温情，捐出一分爱心，帮助我们的亲人！让我们可爱的小妹妹，战胜病魔，重获新生！"

音乐骤然响起，黑妖声情并茂地唱起来——

　　咱爷们儿，黄土里生，

　　命根子扎在泥土中。

　　做人做事不掺假，

　　良心二字千斤重。

　　一道篱笆三个桩，

　　手帮手都是好弟兄！

　　一条黄河九道弯，

　　张王李赵伙着一个老祖宗。

　　火辣辣一副热心肠，

　　撒向人间都是情……

广场上的围观者热浪沸腾，欢呼呐喊，掌声雷动——

"啊呀呀，唱得真棒呀！好像在电视里听过！"

"那是！大漠飞狐，当红的草根乐队！《星光大道》得过奖的！"

"这首歌唱得真来劲！都是咱的心里话！"

"人家唱咱爷们儿，咱就得当爷们儿！"

"对呀！人家义演救人，咱也得尽点心意！"

霎时间，钞票、硬币，哗啦啦抛到场面上……

有大额的，有小额的，地面上五彩斑斓……

火车站义演效果不错，"大漠飞狐"以草根义演的形式出现，在郑州的社会人群中引起很大轰动。尤其是那些歌迷和追星族到处游说，四处打探，都在寻觅"大漠飞狐"的踪迹……

黑妖在火车站的草根义演大获全胜后，不骄不躁，稳扎稳打，分别在几处人群密集的场地接连进行了火爆的义演，不仅在社会上声名大震，而且为司提芬看病筹到一笔笔数目可观的善款。

一连几天,黑妖和他的团队一刻不停地在郑州广阔的地域上行走,用演出抛洒的汗水和心血换取社会大众的感动和同情。他们只有利用中午时间去医院看望司提芬。

司提芬还住在 ICU,渐渐从昏睡中醒来。

每天,黑妖和伙伴们站在探视窗前看着她,向她招手致意。司提芬轻轻晃着手掌,戴着呼吸机的面颊上挂着两行晶莹的泪珠……

更深夜半时分,黑妖把辛劳一天的伙伴们聚在一起,在通宵服务的夜市地摊上坐下来,吃卤煮、吃烩面、喝啤酒。伙伴们很累也很困,吃饱喝足,靠着路边的老法桐,东倒西歪地就能呼呼入睡。

黑妖打着哈欠问老五:"说说,凑多少了?"

老五打起精神,拍拍挎在身上的破皮包说:"老大,你心里该有个数,咱们每走一个地方少则万儿八千,多则三万两万,都存了。总共有个小二十万吧!"

黑妖叹口气:"咳,差得远,仅仅够零头!"

老五凑到他耳根说:"老大,省电视台找我几趟了,想录咱的节目……"

"打住! 咱现在不图宣传,救人要紧!"黑妖把手一挥,断然拒绝。

"那,有家网站想跟咱合作。在网上点歌,按点击率分红,条件是你必须上场!"
老五瞅着黑妖的脸色,提建议也小心翼翼的。

"哪家网站呀? 信誉好吗?"黑妖问。

"BRL,声誉不错,娱乐节目做得也好,有庞大的受众群。他们好像播过咱的节目,你的粉丝阵容强大哩!"老五说话很有节制。

黑妖告诫道:"这一脚可得踩稳喽,当心上当受骗!"

老五应声回答:"他们是家大网站,有注册有监管,不会有事的! 人家说了,如果急用,可以先打定金过来!"

黑妖郑重地交代:"你跟他们说,咱们有急用,要求日清月结! 另外,咱们的案子进展如何啦?"

老五说:"咳,没顾上告诉你,公安对这个案子很重视,已经锁定嫌疑人了!"

三天后,BRL 开始播放"大漠飞狐"的音乐录像。开播前,主持人还做了一段节目推介:

"从今天开始,我们网站开辟一项网上点歌活动。为此,我们特别邀请了唱红深圳、名扬京城、夺魁《星光大道》、红遍大江南北的著名音乐组合'大漠飞狐'！

"'大漠飞狐'是地地道道的本土音乐组合。因为种种原因，墙里开花墙外香，大家很少在本土的娱乐圈看到他们的身影。于是，更使'大漠飞狐'增加了一层神秘色彩。

"今天，他们将把一首热情豪迈的《爷们儿歌》奉献给大家。尽管这首歌早已征服了数以万计的听众，为中原父老争了一口气，但是亲眼看见草根歌王的风采，亲耳聆听他的演唱，恐怕还是一件新鲜事！

"另外，歌王这次应邀演唱，还有一段动人的幕后故事，为一个肾病患者——一位美丽善良的美国学生筹措手术费用。这个病人与他和他们并无血缘亲情……"

荧屏上现出黑妖和他的团队的影像资料……

主持人接着说："'大漠飞狐'这次全员登场，全方位满足网友们的热情需求；全力为大家演唱自 50 年代以来的经典歌曲，供大家点唱、欣赏，一饱耳福！"

省城一处绿荫丛丛、鸟语花香的居民住宅区，有所住宅布置得简洁明快，充满书香气息。书桌上堆满资料，打开的电脑荧屏上显现"大漠飞狐"演出的影像，伴随着主持人的介绍。

杨若兰一边整理桌上的文件，一边漫不经心地收看着网络播放的娱乐节目。突然，她被黑妖的影像吸引住了，并且听到主持人在说"……歌王这次应邀演唱，还有一段动人的幕后故事，为一个肾病患者……美国学生筹措手术费用……"她不禁愕然惊叹起来：黑妖为一个肾病患者筹款，还是个美丽善良的美国学生。说得如此清楚，不就是指黑妖和司提芬吗？可是，他们不是一块到美国求师学艺去了吗？他怎么又在网上唱歌，为病人筹集手术费用？这到底是咋回事呀？

杨若兰再没心思做她的事情，在屋里焦虑地踱起步来。他们是没走，还是回来了？看来他们压根儿就没去美国，否则不可能这么快回来！可是，他怎么又在网上唱歌救助病人呢？这个病人是谁？莫非真是司提芬？但是，如果真是司提芬病了，还需要他去卖唱筹钱吗？思来想去，她觉得其中必有蹊跷，否则不可能出现这种情况！想来，他们遇到什么难言的困难啦！为了证实自己的判断，她决定打电话问个究竟。

她拨通了老家大树爷的手机，说："爷爷呀，我是兰妮子，我好好的，您老人家多保重啊！刚两天就想您，俺是不想走，整天陪着您！我就是想问问，黑妖和司提芬去了美国，他给您老人家打电话了吗？为啥一点消息没有啊……"

杨若兰出差到郑州，抽空回了趟老家。听大树爷说起，黑妖和司提芬去太行山采风,中途变化,说是先去趟美国,面儿都没见就走了。半个多月了,没见他打一个电话回来……

手机里传来大树爷的声音:"兰妮子,俺正想问你哩,黑妖那毛娃子半个多月不来电话。你打个电话问问他,美国就恁好,花花世界把他魂都勾跑了? 俺这老家伙也被他扔到脑后了? 要不你就问问司提芬,你洋奶奶说,人家洋妮子天天都有信息报平安! 俺不懂那玩儿,想骂他都摸不住影儿呀……"

杨若兰怕老人伤心,赶忙劝慰:"爷呀,您放心,我会按您老人家的话去做的,让他给您回电话! 爷爷,您多多保重啊!"

她关了手机,委屈地跌坐在沙发里,怨愤地自我宣泄道:"爷爷呀,他的心跟我相隔十万八千里,我的电话他会听吗? 如果他真的相随司提芬去了美国,我岂不成了多余的人啦?"

她被怨愤和恼怒冲击着,气得想哭,眼角都流出泪花来了。突然,她又转而一想,不对! 司提芬虽说不是古水坡的亲人,凭着大树爷和洋奶奶那种情分,黑妖不敢那么做,司提芬更不会做出不当的行为来! 难道说,司提芬真的得病了,而且不是一般的疾病? 否则,黑妖决不会到网络去卖唱,做出这样惊天动地的举动来! 他们不敢泄露真情,担心两位老人经受不住打击,所以才编造出一个骗局,宁肯自己忍受艰难,也不让老人受惊!

想到这里,她坐立不安了。如果她判断得不错,黑妖目前是陷在旋涡里最痛苦的人! 自己虽远走他乡,但现在发现了端倪,就不能袖手旁观,不能当局外人,必须和黑妖站在一起,做自己该做的事,尽些应尽之力。

杨若兰平静一下情绪,拨通了 BRL 网站的联系电话。听到有人答话,她说:"请问您是 BRL 点歌台吗? 我想点歌,点歌之前,我想问个问题,很简单。'大漠飞狐'的主唱,他在现场吗?"

电话那头的服务小姐回答说:"当然。他是主唱,听众都是他的粉丝! 你点什么,他就唱什么,这是我们的承诺。"

杨若兰当即说道:"那好吧! 我点那首《爷们儿歌》,现在!"

短暂的等待,屏幕上出现了"大漠飞狐"的团队阵容,他们和听众挥手致意。

黑妖抱着吉他站在场地中央,形容明显憔悴了许多,言谈举止多了许多的疲惫,少了往昔的精干和灵动,但实实在在是黑妖!

黑妖用嘶哑的嗓音对着麦克风说:"谢谢这位点歌的朋友,这首歌今天已经点唱许多遍了。但是,我还是愿意为你认真地歌唱!"

音乐响起来,屏幕上的黑妖果然全身心投入地吼唱起来……

杨若兰把电脑的音量关小,她伏在桌子上看了一阵,听了一阵,突然双臂搂住电脑,嘤嘤地啜泣起来,接着呜呜哇哇地放声大哭……

杨若兰的哭声持续了好久,因为关闭了门窗,她这场大哭哭得酣畅淋漓,哭得痛痛快快,自然也哭得哀哀切切。她为自己哭,也为黑妖哭……

她当初决定辞掉工作,准备到外地和岑子柯一块创业,经经风雨,见见世面。那时段,司提芬准备探索《诗经》,写论文,考博士。她离开本单位时,走得很低调,没有惊动人。她做出这个人生决定时,没有征求黑妖的意见,甚至连个招呼都没打。只是到了武汉之后,才打电话告诉了爷爷。爷爷没有明确表态,沉默半晌说了一句话:"男娃出去闯天下,把天戳个窟窿也不打紧。女娃不一样,摔个跟斗就再难爬起来!"

她合上手机,没有回爷爷的话,平生第一次自己替自己决定了一回。

当她坐车到武汉后,随即便被派到湖南衡阳担任分校校长,工资每月八百元,每日三顿饭还要自己解决。那时,公司拖欠员工的工资,无力支付,别的公司已经伸手挖人来了。当时的境况,如果她不伸手挽救局面,衡阳分校就有倒闭的危险!她来不及追究原因,也来不及和岑子柯讨要说法,一心想的是:既然下河捕鱼,还怕深陷泥淖吗?既然做了合伙人,伸出援手挽救残局,是自己的责任。

于是,她主动拿出多年来的积蓄,补发了员工工资,重整旗鼓;不仅挽回了局面,还使衡阳分校起死回生,兼并了两个培训班,成为一花独放的优质品牌。她那谦和高雅的师表风范,成为年轻人的偶像,甚至许多大爷大妈也要了她的手机号或邮箱号,和她建立了热线往来……由此,她和她的一班干将拧成一股绳,同心协力,努力发挥衡阳分校的酵母作用,一鼓作气在全国各地又发展了几所分校,学员人数达到万人以上。

正当杨若兰的线上英语培训搞得风生水起时,她却发现了一个致命的问题:中国式的英语教学就是从课本到作业本,学生会用笔回答英语考试题,但是听不懂英语对话,等于学的是哑巴英语。怎样使得每个想学英语的人,能有充分的开口机会呢?

线下教育有局限性,一节课没有时间和几个人开口对话。线上教育没有这种局限。怎样才能让优秀课程随时随地被更多的人听到呢?她用这个问题考问自己,也考问同事;并把这个问题当作必须攻克的堡垒,与她的合伙人岑子柯进行过反复沟通和探讨。

有一次她去韩国考察,发现人们的手机屏幕越来越大,并成为人们获取知识的新手段。地铁里、公交车上，甚至在等车的短暂间隙，人们随时随地对着手机进行视频学习，既方便，又受欢迎。

杨若兰沿着这个思路继续探索。她想，唱吧APP（手机软件）出来以后，人们拿起手机就可以唱歌。学习英语能不能也像唱歌那样便捷，拿起手机就能练一练呢？

她把这个思路向公司正式提出，请岑子柯邀集主要合伙人进行论证，得到大家的一致认同，于是公司正式开始转型。

杨若兰和岑子柯率领他们的创业团队，从武汉赶到杭州，全身心投入到线上英语口语培训APP的开发。因为抓住一个千载难逢的机会，杨若兰竟然从凡人世界脱颖而出，一举成为人中翘楚。——举世瞩目的G20峰会决定在杭州举办。网络大伽高峰全英文出镜为杭州代言。杨若兰的公司竞争夺标后，她率领团队积极攻关，最终拿下为高峰量身制定的配音视频订单，名噪一时。由此，杨若兰代表的公司在英语配音界业内排名第一。杨若兰因此身价倍增，不仅跻身名人行列，而且晋升为公司董事长。

人一旦将自己的灵与肉和某种事物联成一体的时候，必定会陷入走火入魔的状态。

如今的杨若兰早已从卿卿我我的儿女情长中解脱出来，投入到轰轰烈烈改造世界、创造成就的事业当中。她的精神世界已经被改革英语教学的大事占满了。她和黑妖的分歧与不快，早随着忙碌忘却了。

他们的大本营设在杭州。她这次回到郑州，反倒成为出差了。她回郑州是和一家公司洽谈合作开发软件的项目。她提出将英语变成一件好玩的事情，譬如模仿电影的桥段，或唱英文歌曲，让用户参与配音，他们便会有很强的分享欲望，从而增强英语的娱乐性和传播性。

她原本打算悄悄来悄悄走，不想惊动任何人。尤其是她从爷爷那里得知黑妖和司提芬的行踪之后，就连郑州她也不想多待了。

然而，鬼使神差，她无聊之极才打开电脑搜索到BRL的娱乐节目，竟然发现了令她魂牵梦萦、难以释怀的那个男人！同时，又出乎意料地发现了一个被谎言掩饰得滴水不漏的秘密！

这一夜，杨若兰彻夜未眠……

第二天一早起来，杨若兰就打电话问114，打听到BRL网站的办公地址。她打了出租车，急急忙忙地赶了过去。

她直接找到网站的负责人，开诚布公地说明来意。她说："我和'大漠飞狐'的主唱是兄妹关系,最近失去了联系。家里人十分着急,老人更是焦虑万分！我昨天点歌发现了他们的行踪,所以想通过你们,知道他们的住处。或者请您指点,我在什么地方能找到他们。请您放心,我不是追星的歌迷,不会给您带来麻烦！"

那位负责人闪着机敏的小眼睛,堆出一脸很勉强的笑意,说:"美女,对不起！我只能告诉你,我们网站和'大漠飞狐'是业务合作关系,不负责安排他们的食宿,所以对他们的住处一无所知。你当然可以找到他。我们租有演播厅,最近正是紧张时刻,每天都在工作。因为担心您的要求影响我们的正常合作,所以不方便告诉您。请您原谅！"

杨若兰郁郁不乐地走出那座办公楼,在林荫道上独自徘徊。她暗恨这个小公司老板的精明小气,也为自己不够足智多谋而懊恼。不过,这一趟并没有白跑,证明了黑妖的确还在郑州,并且确实在和网站合作。

想到这里,她的眼前豁然开朗,对呀！他既然跟网站合作,必定是为了给司提芬治病筹钱,网络主持人不是讲得明明白白吗？为一个患了肾病的美国学生筹钱。那个美国学生不是司提芬又会是谁呢？既然司提芬得了重病,为什么要封锁消息,并且编造去了美国的谎言呢？莫非有什么难言之隐？还是……她始终想不出合乎情理的答案。

她在心里质问自己,事情已经弄清楚了,你还在忧虑什么？以司提芬的胸怀和聪慧,如果没有充足的理由,她决不会放任黑妖去为她筹款治病,那不就是给洋奶奶拨个电话的事吗？此时此刻,他们一定很困难,很需要钱,却又不能向家人求援。啊呀！杨若兰你还在打探什么？现在需要你做的事情只有一件,找到他们,和他们共渡难关！

此时此刻,在医生办公室里,院长正在倾听章主任和主治医生卜大夫汇报情况。

卜医生说:"院长,28 号病床的病人是位美国大学生。她的病情很特殊,据病人自述是因为淋雨而感冒发烧,属于突发性肾功能受损。开始一周治疗情况比较好,配合透析也比较稳定。这一段突然严重,不断呕吐,甚至昏迷,在 ICU 已经半个月了,情况不容乐观。"

院长翻看着病历,神色有些焦虑:"这位病人的情况已经流传到社会上去了。据有关部门反映,病人在住院期间上当受骗,银行卡被人盗刷了。有个很走红的民间音乐组合,在为她义演筹款,闹得沸沸扬扬。很多人都在关心病人的情况,要求捐款的电话都打到我的办公室了！我们一定要重视起来,全方位配合,积极抢救这个病人,给社会各界一个满意的结果！"

章主任说:"对这位病人的来历,我们不太了解。那个草根歌王对她特别关心,有点恋人味道。为了这个病人,他对我们强烈要求,有时情绪过激。他认为有钱就能解决问题,据说最近和网络合作,只想拼命挣钱!看来寻找肾源是个大问题,请院长给予协调帮助。"

院长点头,态度很明确:"肾移植的治疗方案一定要慎重。帮助这位病人找到健康匹配的肾源尤为重要。能否找到相匹配的供体,决定患者术后的康复效果和生存质量。我们可以通过中华志愿者骨髓库寻找,然后进行高分辨复核。无论有多少困难,都要积极去做!"

第二天,古水渡码头停下一辆救护车,还下来几个医护人员,由教育局的干部引着,从古水坡学校接走了林家信。

大树爷听到消息,赶忙迎到村口上,堵住家信,担心地问:"家信,他们请你进城,到底为了啥事呀?"

有位医务人员解释说:"大爷,别担心,我们请林老师去做个身体健康检查,下午我们负责把他送回来!"

林家信也说:"爹,我就是去做个常规体检。顶多抽点血做个化验,很简单,放心吧!"

"检查身体还要车接车送吗?"

大树爷疑惑地嘟囔着,眼睁睁看着家信坐上救护车,开走了。

接走林家信的人,是平原县卫生局的。他们把林家信接到卫生局血站,那里的负责人向他解释,说明请他的原因:"林校长,您是报名参加血液干细胞捐献的志愿者。您的血样在中华骨髓库中已经备案。因为技术条件限制,当时只有 HLA(人类白细胞抗原)分型低分辨数据,并不能确保供者与患者的真正匹配。改变落后的匹配手段,提高配型效果,不仅能减少排斥反应,还能提高患者的康复效果。所以,需要提供您的血液样本,经过高分辨技术分析,得出 HLA 型别。请您放心,当今测序技术突飞猛进,不会让您忍受痛苦,只需抽取静脉血液样本即可。"

林家信泰然自若地说:"我是捐献干细胞的志愿者,包括不危及个人生命的器官,只要需要,我都会义不容辞地去做。我是共产党员,牺牲个人,无私奉献,是我的责任和义务!"

说着,他便撸起衣袖,慷慨地伸出了健康有力的胳膊……

穿着白大褂的医务人员没有食言,他们果然在临近中午时分,又用救护车把林家信从城里送了回来。

从林家信坐上救护车出发，到亲眼看见林家信下了救护车，回到学校来，大树爷一直盘腿坐在山冈最高的那块大石头上。眼睁睁看着儿子远行，又亲眼看见儿子归来，他那颗悬在喉咙眼的心，才扑通一声落了地。

不知为什么，大树爷整整一天不畅快。好像什么事在他脑门上晃悠着，让他坐不安宁，吃饭咽不下；看到公鸡打架也心烦，听见鸟儿叫唤也心神不宁……

傍晚时分，他吃罢饭，坐在村头老槐树下吸了几袋烟，心里好像还有啥事放不下。他便迈开脚步走到学校，先在校园里转了一圈，不由自主就走到家信的宿舍门前。

屋里亮起灯，窗户上映出家信批改作业的身影。听见两口子在说话，于是赶忙停住脚，默然站在门前一棵石榴树下。

谷老师拿着一本书，坐在家信对面，也在打探他今天进城的缘由。她问："家信，今天你进城体检，我咋感觉有点蹊跷？一辆救护车就接你一个人，教育局、卫生局都有人陪着，好像迎接啥特殊人物似的。如果方便回答，就告诉我一声。是不是有啥特殊情况呀？"

林家信俯在桌子上，对谷老师的话随便搪塞了一句："没啥特殊情况，就是体检。结果没出来，也没啥情况。"

谷老师不死心，继续追问："你知道我问的啥意思，别敷衍我。每年体检都是统一的，今年为啥偏偏接你一个人呢？是你地位特殊？还是身份特殊？你如果身体有啥问题，咱们抓紧治，千万别拖着！"

家信转过身来，拍拍妻子的肩膀，宽慰道："哎，你想到哪儿去了？咱们是生命共同体，我有必要瞒你吗？这件事我也没搞通，我是捐献干细胞的志愿者，你知道的。他们的理由是，过去技术落后，骨髓库的数据需要升级。所以让我去抽血，说是重新化验。"

谷老师说："不就这事吗？躲躲闪闪的，有啥好隐瞒的。"

林家信说："这件事必须保密，在家里仅限于你我和女儿三个人知道，这是秘密。千万别让爹听到，他不了解情况，会着急上火的！"

"家信，你已经捐过一次骨髓了，那个患者救活了吗？情况怎么样啊？"

"供体和患者之间有严格的保密规定，我对那个病人的情况很乐观。你记得吗？前年元旦，我接到一个陌生女孩的电话，盛情邀请我去参加她的婚礼，我表示了祝福，没到现场。我估计她生活得很幸福！"

"是呀，提起这种事，你就有一种成就感！我也深深感到欣慰和幸福。用自己的热血让别人得到新生，这是人生价值最崇高的体现。家信，我有种预感，又有人和你配型!"

"……我也在猜测,因为我属于经典 HLA 型基因。今天没有人提及,不便多问……"

谷老师顿时提高嗓门:"家信,我提醒你一句,你不是三年前了,自己的身体要紧,应该注意保养了!"

门外石榴树下,大树爷默默听着,好像儿子儿媳要吵架。他赶紧做出一种随时都可以冲进去干预的架势,竖起耳朵静听事态的进展。

屋子里静了一阵儿。

林家信说话了:"翠琴,我是党员,又是志愿者,意味着终生要履行自己的义务和承诺。你千万不要把这种情绪显露出来,影响不好!"

谷老师依然情绪亢奋,说:"你的骨髓已经产生过生命奇迹,已经救过一个鲜活的生命。你已经尽到责任和义务了,如果需要你去做第二次第三次,你难道还要坚持吗?那你还活着干什么?不就是个造血机器吗!"

林家信没有继续争论。他站起身,把妻子揽在怀里,慢言细语地安慰道:

"你看你,不就是一种猜测嘛,看你急的!我知道你爱我,心疼我。我身体并不强壮,也不想去充英雄,更不想出风头。我是你丈夫,又是女儿的爸爸,我是林家的一员,上有年迈的父亲,下有弟兄一大群。我不应该也不能给这个家族带来任何不必要的风险和麻烦,我要对这个家族负责!所以请你放心,我绝对不会贸然做出任何偏激的举动的!"

谷老师依偎在丈夫怀里,低声说:"家信,你是个优秀的丈夫,优秀的父亲,更是个优秀的教师。你能带出一支优秀的队伍,又能培养出一批优秀的人才,你的女儿志涵就是个代表。她以全省第一的成绩考上北师大。你把原来的县城一中打造成全县的样板。现在你的阵地就是这个山村学校,你要办出特色,符合时代要求,受到群众欢迎,让咱老爹满意,这才是你的使命,你才算尽忠尽孝!"

林家信把妻子紧紧搂在怀里,感动不已:"翠琴,我知道,你懂我,我决不会草率……"

谷老师动情地用手堵住他的嘴,说:"家信,我绝不是自私,也不是苟且。你决定辞职回乡,我毅然一路相随。我是你妻子,我爱你,我还要为林家生个小宝宝呢……"

大树爷听到这里,无法听下去了。他悄悄走出石榴树下,然后蹑手蹑脚地离开了……

大树爷大步匆匆朝那栋小洋楼走去。从玻璃窗上可以看见金娜在办公桌前摆弄电脑，嘴里不由自主地嘟嘟囔囔。说的是什么，只有她自己知道。

　　大树爷推门进去，蹲在当门地下抽着旱烟。

　　金娜看见他，如同遇到救星，一连声向他申诉起来："林，我忠诚信赖的老木头，我的世界究竟发生了什么？一个多星期了，司提芬一点信息也没有！不来邮件，手机也打不通。我问了美国所有的亲人和朋友，没有人见到她！林，我的上帝呀，给我启示吧！如何才能让我知道他们发生了什么？"

　　大树爷抽着旱烟袋，火珠明明灭灭，他的脸色时而阴沉，时而明亮。他没有说一句话，抬起脚就往外走。

　　他走进学校传达室，看见村主任守在那里看报纸，便说："发动，你赶紧去把陈静找来，我就在这儿等着！"

　　金娜脚跟脚赶过来，惶惶不安地问："林，告诉我，究竟发生什么了？"

　　大树爷不说话，脸色像抹了黑灰一般难看。

　　不一刻，陈静随着村主任张发动匆匆赶来了。

　　陈静问："爷爷，发生啥事儿啦？"

　　大树爷把屋门顶上，说："向你打听个名词，啥叫干细胞？啥叫血型匹配？都是做啥用哩？"

　　陈静格外愕然，说："爷爷，这都是些你根本听不懂的东西，您从哪里听来的？"

　　大树爷挥挥烟袋杆："俺琢磨了，这些东西肯定和人命有关系，就想打听打听！"

　　陈静见老人很执拗，只好说："干细胞和血型配比，都是医学名词。比如有人得了白血病、肾衰竭一类重病，就要从亲属里或志愿者里寻找血型基因相匹配的人，捐献骨髓或者活体器官，移植到病人体内，达到延长生命的目的！"

　　"噢——，俺懂了！就是把身上的血抽出来，把身上的物件割下来，安到病人身上，救命哩！"大树爷按照自己的理解，解释了一遍。

　　陈静点点头说："大致是这个意思，实际上很复杂。不是每个人的血液或者器官都能用，要进行严格的配比。爷爷，谁得病了？"

　　大树爷摆摆手说："中啦！俺心里有个疙瘩，解不开，明白就是啦。回吧，还得照顾你妈哩！"

　　陈静满腹狐疑地走出去，想说啥又止住了。

　　大树爷对村主任说："发动，明儿你陪我到县城去一趟！"

　　村主任反问："啥事吧？让我去就是，您去干甚？"

　　大树爷说："俺去医院验验血，瞧瞧有啥毛病没。"

村主任疑惑地点点头："中！中！明儿早点儿走。"

金娜截住他，神情有点紧张："老木头，你也瞒我！你知道两个孩子的下落？还是……你有病了？"

大树爷烦躁地打断她："咳，俺也想知道他们在哪里，究竟在干什么，是不是碰到啥难事啦，还是有啥沟沟坎坎过不去啦。俺……也想知道呀！"

金娜不理解，非要打破砂锅问到底，她说："老木头，你不要拆东墙补西墙！我问你是不是不舒服，才去验血？你又拿孩子搪塞我！他们是不是住在医院里？"

大树爷不想多解释，老太太话说多了就掉板，便支吾道："我想对你说的只有一句话，他们不会有事的。我也没有病，就是想查查，担心有啥病。你该吃吃，该喝喝，有事甭往心里搁！俺困了，不想和你叨咕啦！"

金娜望着大树爷的背影，喃喃地说："老木头！野蛮粗暴的老酋长！你知道我心里焦急，为啥不陪陪我呢？上帝呀，求您保佑孩子们平安吧……"

第二天，村主任起了个大早，陪着大树爷去了县医院。

村主任问："叔，看病得先挂号，咱挂哪个科？"

大树爷说："俺没看过病，不懂规矩，问呗！"

村主任挤到挂号的窗户前，问："大夫，俺想验血，挂啥科呀？"

挂号室的女护士问："请问，你哪儿不舒服？"

村主任掉头问大树爷："叔，您哪儿不舒坦？"

大树爷拍拍胸口："俺心口堵得慌！"

村主任复述一遍："俺……俺心口堵得慌！"

护士从窗口传出声音："那你挂内科！"

村主任说："中，中！挂内科，多少钱？"

后边的人就起哄了："你这人咋不排队呀？真是不懂规矩！"

村主任赶忙堆上笑脸，朝后边的人说好话："对不起，对不起啦！俺陪个老人看病，实在等不及！下不为例，下不为例啊……"

村主任厚着脸皮挂了号，又带着大树爷找到内科诊断室，人不多，马上就挨上了。医生让大树爷坐在椅上，问："大爷，您哪儿不舒服呀？"

大树爷回答："俺哪儿都舒服，能吃能喝，活蹦乱跳的！"

医生笑着说："那您还看什么病呀？"

大树爷说："俺就是想验个血，看看到底是啥型号的。"

医生愕然，村主任也愕然了，说："您验血有什么用途呀？"

大树爷一本正经地说:"俺听说国家有个骨髓库,专门存放人的血样哩,碰到急事就派上用场了。俺也想让你验验,用得上俺的血,俺就捐!"

医生终于听明白了,说:"哦,大爷,您是想做捐献骨髓的志愿者吧?"

大树爷连连点头:"对,对,俺就是这意思!"

医生说:"老人家,首先我对您的精神表示感谢!另外,我还要向您说明,一般超过六十五岁的老年人,就不提倡捐献干细胞了。您如此高寿,我只好再次向您表示感谢了!"

大树爷却固执地坐在那里不肯起来,反倒把胳膊撸起来了,"大夫,你听我说句实话吧!我儿子是个志愿者,都捐了一回血,救过一条人命了!昨儿个呀,你们穿白大褂的又把他拉到县城验血,八成还得捐。我儿子是个优秀教师,又是校长,全靠他支撑俺村的希望小学哩!俺虽说年岁大了点,可俺身体健康呀,一辈子没打过针,没吃过药,俺的血准当管用!俺就是想验验,真到了那时候,俺就顶上去了!替儿子献一份爱心,尽一份义务!"

医生听了很感动,但看到他那么固执,便对村主任使个眼色,说:"这事呀我做不了主,你们先商量商量,意见一致了再说,中不中?"

村主任张发动这时恍然大悟,赶忙把大树爷搀起来,说:"叔,要是为这事,俺头一个反对!古水坡几百口子人,咋轮到您来献血呀!"

大树爷甩开村主任的胳膊,有点发急地说:"发动呀,你咋在这儿打横炮哩?本来不想把心里的老底掏出来,你得帮俺说话才是呀!实话实说吧,俺心里急呀!黑妖跟那洋妮子出门快俩月了,现在音讯全无,俺都快急疯了!前天若兰来电话,吞吞吐吐的,好像知道这俩小祖宗的下落。接着又是家信来验血,说是救人性命哩。这七事八事地缠成一堆乱麻,俺总算理出头绪来了!万一是那俩小祖宗出了事,俺这当爷爷的该不该挺身而出呀?"

村主任听了似懂非懂,奉承地说:"哎,叔呀,这东一头西一头的,怎咋都能连到一块哩?您呀,就是一只老母鸡,伸着爪子挠食儿,拍着翅膀护崽儿,哪只鸡崽儿迷了路,您就要咕咕咕叫三天!叔,您验血也是白验,我就不批准!要么抽我的血,我来验,真有啥事我来顶!"

医生听到二人的争执,很受感动,出了个主意说:"好啦,你们二位别争了。如果你们想做志愿者,我带你们去医疗办,填个表格,办一下手续吧!"

大树爷和村主任相视一笑,说:"中!中啊!"

杨若兰急匆匆从省人民医院住院部办公室走出来,她已经查到了司提芬的住院号和病区位置,初步掌握了她的病情和治疗状况。

她跑到大街上买了一束鲜花、一兜水果,还有几盒营养品,又急匆匆赶到住院部,找到那个病区,向护士站值班护士请求说:

"小姐,请把这束花和这些营养品,帮我转交 28 床那位病人。我是她的朋友,但我不想让她知道我来过。我只为表达心意,并无他求!"

护士接过鲜花,对她说:"你是说那位美国姑娘吧? 近来关心她的人越来越多。因为她男朋友是歌王,粉丝满天下!"

杨若兰听了,心头掠过一层浓浓的酸楚,却满脸堆笑地说:"哦,她太幸福啦……请问,她男朋友经常来陪她吗?"

护士热情地说出她所知道的所有细节:"有空就来,每天都来,匆匆忙忙的,但是风雨无阻! 他们之间的关系咱们说不清楚,有时像恋人,卿卿我我的;有时候又像兄妹,斗气斗嘴。本来人家洋妞有钱看病,那个歌王帮倒忙,金卡让人骗刷了! 歌王很仗义,搞义演,上网络点歌台,据说治疗费凑得差不多了!"

杨若兰试探着问:"那个洋学生病得很重吗? 不然,她男朋友那么兴师动众为她筹款?"

护士看着鲜花爱不释手,快人快语:"洋学生是肾衰竭,越来越严重,靠透析效果都不好啦,准备肾移植哩! 我们院长都出马了,到处为她找肾源!"

杨若兰听了猛然一惊,司提芬不久前还好好的,怎么突然就得了这么重的病呢? 黑妖不懂得这种病的厉害,万不能为了筹钱而忽视了寻找肾源的事! 想到这里,她赶忙对护士道谢,匆匆走向电梯,朝医院大门走去——她觉得自己对黑妖的看法一直处在儿女私情中,过分狭隘和偏激;此刻从他对待司提芬的言行看来,黑妖又是那么的豪侠仗义、敢于担当。无论他们的关系发展到哪一步,无论朋友还是恋人,他都是一个值得称赞的伟丈夫,一个值得信赖的爷们儿! 那么自己呢? 目前,可能是古水坡所有人中最洞察内情的人了。那么自己又该做点什么呢?

就在杨若兰离开病房护士站不久,黑妖提着一箱纯牛奶从电梯里走了出来。

护士手里捧着鲜花正往病房走去。刚刚从 ICU 回到普通病房的司提芬,看到了素洁高雅的百合花,苍白的面颊飞上苦涩的笑容,她礼貌地说:"谢谢你,护士小姐,多美的花呀!"

护士把插好花的花瓶放到窗台上,解释说:"美丽的司提芬,不用谢我。送花的是位小姐,她是你的朋友!"

司提芬惊讶地睁大眼窝深陷却依然碧蓝如洗的大眼睛:"我的朋友? 女的吗? 从美国来的,还是从古水坡来的?"

护士摇摇头说:"她没说,我也没问。你男朋友粉丝那么多,记都记不过来! 你就看花吧,看着花儿心情就会好起来的!"

这时,黑妖正好走进病房,看着窗台上的花儿,问:"鲜花? 谁送的呀?"

司提芬摇摇头:"你问护士……我没看见人。"

护士对黑妖说:"送花人刚刚离开,是位小姐。端庄秀丽,彬彬有礼,说是你们的朋友,不愿让你们知道她来过。我猜,反正是你的粉丝呗!"

"粉丝? 我的粉丝不会知道这么详细,还找到病房来送花……请问,她长相有什么特征?"

黑妖思索着,担心他编造的谎言被知情人揭破,心情有些惶惶不安。

护士极力回忆送花人的长相,说:"那位小姐很秀气,短发,圆脸,浓眉大眼的。对,眉心有颗美人痣,看样子心事挺重的……"

黑妖蓦然一愣:"莫非是她……杨若兰?"

司提芬惨淡地一笑,凄美而又不安地说:"我的伙伴,那样……我们就惨了! 全村人都会为我们担心了……"

黑妖沉默了一阵,摇头否定:"不会的,她在杭州办公司,怎么会突然跑回来呢? 即便是她,也不会乱说的。她是个很理性的人……"

第三十一章　捐肾风波

陈静顶替了梁素梅的角色,在学校里管后勤。她不满足于那些具体工作,主动提出在学校办个医疗所,为学生们治个小病小痛的。她是学医的,古水坡的乡亲有个头痛脑热的,她也热心为大家服务;对那些年岁大的长辈,她还送医送药到门上。大家背地里都夸她,大树爷对这个孙媳妇很满意。

陈静每天早上用轮椅推着婆婆,一起去学校上班,婆婆守在传达室里接电话,按时按点地摁响电铃,全校师生遵照她发的信号上课下课。工作虽然轻松,必须做到分秒不差,对志恒妈来说,也是一件需恪尽职守才能做好的差事。

陈静知道婆婆腿脚不利索,她忙完自己的工作,有点空闲就过来照看婆婆,或是帮她做点事情。老婆子很知足,有这么个儿媳妇守在身边,真是前世积下阴德了。

这天,她接到一个电话,是县卫生局打来的,她扣下话筒,正好陈静走过来,就说:"快去请校长,请你家信叔,县上有他电话!"

林家信立马快步走过来,朝老嫂子点头笑笑,拿起了听筒。志恒妈赶忙退出去,帮他掩上房门,她坐在轮椅上,守在走廊边。

林家信说话不紧不慢,打电话也是不慌不乱的,但是跟他讲课一样,每个字都送到学生的耳朵边,让你听得清清楚楚。

"对,对,我是林家信,哦,需要我去一趟,当面商谈?什么时间,很紧吗?我得排排课程。当然,我本人没问题,时刻服从需要。哦,求助方病情严重……主要是家庭,需要做做工作,好吧,明天上午吧。我等电话……"

陈静恰好走来,听到这些话,不由心头一沉。等到林家信打完电话走出门,她迎上去低声说:"家信叔,爷爷昨天跑到城里去验血,闹着要当志愿者,好容易才劝住了。我刚才无意听到你的电话,就算找到根源了。我说句不该说的话,这件事你不能自作主张,一定要三思而行,爷年岁大了,要重视他的感受!"

林家信点点头,沉思着说:"小静,放心吧,我会处理好的。"

那天吃过午饭,林家信回到宿舍,一眼看见谷老师坐在办公桌前发愣,便问:"翠琴,今天我吃饭去晚了,没看见你吃饭,怎么啦,不舒服?"

谷老师说:"我没心思吃饭,等着你找我谈话哩!"

家信干脆拉把椅子和她对面坐下,说:"我没想瞒你,也不能瞒你。今天上午卫生局来过电话,让我明天去一趟,协商为一个重症患者寻找肾源的事。我必须郑重严肃地和你商量,去还是不去?"

谷老师早已按捺不住,冲动地站起来,声音发抖地说:"林家信,你还要不要命啦?你已经捐过干细胞,救过人了,尽到责任和义务了。你不为自己想,也要为妻子女儿,为年迈的老父亲想想吧!器官移植是高风险,哪怕万分之一的失败,也会把美好的动机变成悲剧!你不但救不了别人,反倒会毁了自己,这些你都想过没有啊?"

林家信不喜不怒,耐心劝说着:"翠琴,别冲动,小声点,有话慢慢说⋯⋯"

谷老师面色冷峻,表现出一种难以妥协的样子:"不是我冲动,而是你冲动!你记得社会责任,忘记了家庭责任。你重视救助别人的健康,却忽视了可能会给自身健康造成损害!如果发生了不幸,你还怎么对这个学校负责?怎么对这个家庭负责?求生是人的本能,奉献要从实际出发。我是你妻子,我要对你负责,这一次,我不同意!"

林家信依然一副喜怒不形于色的神态,耐心相劝着:"我们要相信科学,相信现代技术。医院方面对待这件事也是十分谨慎的,在许多志愿者中选择最佳的匹配者,会兼顾双方的健康与安全。愿不愿参与是个态度问题,真正实施捐助,不是一句话的事,所以,还要协商,你千万要冷静⋯⋯"

谷老师不容分辩地拨着手机号码说:"我冷静不了!我不能眼看着你去赴汤蹈火,却不管不顾!你不是董存瑞,为了新中国去炸碉堡,粉身碎骨为了人民。你是为了一个陌生病人去牺牲自己,我不能不问!你听听女儿怎么说吧!"

她把手机放在办公桌上,打开扬声器。

手机里传出林志涵的声音:"爸爸,我听到你们的争论了,我的态度是拒绝。帮助别人要量力而行,在保障自身安全的情况下帮助别人,那是壮举。否则就是盲目,不符合人性,也违背科学。爸爸不是医生,更不是上帝,您没有拯救众生的能力。每个人都献出一点爱,我们这个社会就充满阳光。您已经奉献过了,您现在不是当年了,如果为了别人盲目献出自我,您就为我们家庭制造了痛苦。我只有一个爸爸,不同意爸爸去做无谓的牺牲！如果爸爸决然那样选择,那么,我愿意代替爸爸去完成这项任务！"

林家信一字一句认真听完女儿的电话,久久地沉默着……

房间里一家三口的谈话和争执,都被大树爷听了个仔细。老人家从城里回来,虽说没捐上血,但是知道了儿子不是去捐血,可能要从身上摘下个部件,安到别人身上去。一回来他就把陈静喊到身边,一问一答听了个明白,老人家彻底坐卧不宁、寝食难安了。他要求陈静紧密观察林家信的动向,一旦又有穿白大褂的人来找,赶紧告诉他。

陈静不敢违背老人的吩咐,她也不同意家信的选择。繁重的教学任务和学校管理使他又忙又累,如果他身体垮了,这所学校如同被抽去大梁。陈静深深懂得学校在爷爷和洋奶奶心中的分量。她不同意家信叔的任性选择。

今天中午,她还没去见爷爷,老人反倒颠颠跑了来,陈静只得把县里打电话的事告诉了老人家。没想到大树爷听完没说话,直冲冲就朝家信的宿舍走去。陈静赶忙上前搀住他,劝道:"爷呀,家信叔是校长,您得注意影响……"

大树爷气哼哼地说:"俺就是让他先把这学校一把火烧了,再进城去捐肾哩！"

陈静拦不住,只好搀着老人往前走,当他们听到屋里谷老师的高嗓门时,大树爷停住脚步,脑门沉重地垂落下来,身躯顺着墙出溜下来,蹲在地上一动不动了。

陈静见状惊叫起来:"爷爷！你怎么啦?"

房间里的争执顿时停下来,家信两口子慌忙跑出来,把老人搀起,问:"爹,您咋啦? 听见俺俩争论,惹您老人家生气啦?"

陈静急慌慌端来一杯水,递到嘴边让老人喝了两口,拍着老人后背,怕他呛着了。

谷老师赶忙搬把椅子,让大树爷顺势坐下。

大树爷喘喘气,静默半晌,缓缓说道:"俺这辈子为人豪爽,遇事果断,说话从来不会拐弯。可是这一回……俺是头一回犯犹豫了！捐肾,这是要命的事哪！儿子要用自己的肾去救别人的命,不就是拿自己的命去替别人换命嘛! 老汉我,犯难呀……"

谷老师抹着眼泪说:"爹,您说的……大概就是这回事……"

大树爷挥挥胳膊打断她:"俺家信排行老三,才四十出头,正在为村里培养后代扛大旗哩。万一,就是怕有个万一,那可咋办? 为了一个人,耽误了一村人,俺一直在想,值当吗?"

家信插话说:"爹,话不能这样讲……"

大树爷挥起旱烟袋打断他,继续说:"按常理,这事不应也不能做!但是拍拍胸口再想想,老祖宗咋说来?见死不救枉做人!老三,你救过一条人命了,够爷们儿!这一回咋啦?咱能做缩头乌龟吗?"

大树爷说完,缓缓站起身,背起双手朝学校大门走去。

大家追上去,搀他扶他挽留他,请他多坐一会儿消消气,被他一一拒绝。他说:"这事你们好好想想,俺也再想想……"

大树爷走出校门,走在山坡石板路上,此时他那佝偻的身影,显得孤独而凄切。

老人家没有回村。他喜欢独自在山坡上溜达,瞧瞧坡上的树,瞅瞅田里的庄稼,一转就是半晌,坐在地头上,亲近起来就没边没沿。

他此刻走到那片墓地里,只见芳草萋萋,野花簇簇,山风轻轻吹着,一股扑鼻的花香便飘过来,不由让他打了个喷嚏。

"哦,老伴呀,想我啦?俺这不是来了吗!"

大树爷嘟囔着,面朝李秀娟的坟冢坐下来,他就着土凛子盘起腿,摸出旱烟袋,装上烟末子,郑重其事地说道:"孩子他娘,你安安生生躺在这儿,啥事都不管了!你替俺养那一大群儿女,哪一个都没让俺省心哪!老大出事走了。大媳妇腿摔伤了,这事你知道。多亏有个好孙子,背着他娘天南地北去上学,当了军官带起兵啦!他还娶了个好媳妇儿,又贤惠又孝顺,俺是又壮脸又舒坦哪!老二在深圳打工,一年难见一回,他干得不瓤,出了名的民工头。你也甭操心,不就是成家的事还没定嘛,俺瞧那劲头,生米早煮成熟饭了,就差来给惩磕头啦……今儿咱不说这,老四老五的事也不说。俺今儿就想说说老三,他摊上事了,摊上大事啦!他要把自己的肾切下来捐给别人,去救人命哩!两口子吵架了,各说各有理,惩孙女也打电话了,也不赞成她爹去捐肾……

"为啥跟你说?俺心里翻江倒海的,公鸡头母鸡头,头一回碰到两难的事了!俺硬不起心肠,也不会定夺了,为啥?俺犯难了……

"你会说,见死不救枉为人,这是做人的根本。可是,老三如今在学校扛大梁,他不能有闪失呀!他还年轻,还没给咱生孙子哩,论公论私,他都不能倒下。孩儿他娘,惩说呢……

"你还会说,咱林家人不能当孬种,说话办事都得够个爷们儿!孩儿他娘,你说说俺该咋办?俺想了,老三这档事,俺得去顶!成了,当爹的护了崽。栽了,俺正好挖个坑,躺到你身边,给恁做个伴……"

大树爷念念叨叨,说得有板有眼,情真意切。仿佛李秀娟就坐在对面黄土堆上,听他唠叨,听他诉说,听他宣泄那些不宜对外人、不宜对晚辈诉说的隐情。

大树爷说得真切、动情,没有半句谎话。好多年了,秀娟没有走,永远满当当盛在他心里。她躺在这里是一时小憩,或者是倚在岸头上,守望着满坡成熟的庄稼和成片的果林。

所以每每遇到想不开的事,或解不开的疙瘩,他就会跑到这里,守着李秀娟唠叨一回。说一番心底话,掉两行相思泪,心头便会豁然开朗,所有的忧烦和心结都会迎刃而解……

他的这种习惯好像被金娜窥察到了,大树爷一连两天不见影踪,甚至跑到城里去验血的事,早已传到她的耳边。包括刚才发生的家庭争执,她也知道得清清楚楚。老太太是理智的,也是通情达理的。每当这种时候,她从来不参与,也从不多说一句话,即便大树爷言语冲动,她也会私下安慰和劝解。那时候,倔强执拗的老头子才会变成一只温驯的羔羊。

另外,她还窥察到老头子的情感机密。如果他心情烦躁或是遇到什么为难的事,便会跑到那个神秘的去处,和他的老伴一往情深地悄悄幽会——那里是他的精神归宿,也是她最为神往的伊甸园……

此刻,正当大树爷对着坟冢悄然倾诉的时候,金娜循着踪迹找了过来。她沿途采了大把的山菊花,还有几片艳丽的枫树叶,默然而又肃穆地献到李秀娟的坟冢前,而后双手合十,面对墓碑做着中国式的祈祷:"亲爱的李,多么思念你呀,我的朋友! 你听见林的话了吗? 他很为难,也很辛苦,他在代替你,做着应该由母亲来做的事情,说着只有母亲才好说出的语言。古水坡人都说,林像一只老母鸡,庇佑着一大群鸡崽儿,一个都不能少! 他很累,也很孤独,我很想代替你帮助他。可是我知道,我很难走进他的心里。那里有片圣地,永远供奉着你的圣像,圣母玛利亚一样不可冒犯! 亲爱的李,我没有奢望,请你帮我出个主意,让我为林分担一些忧愁吧……"

野风轻拂,草木不语……

墓碑巍峨,山石有情。

大树爷看见金娜找了来,不解释也不搭腔,心照不宣地各自倾诉,接着便是吧嗒他的旱烟袋,任由淡淡的烟雾把他们的身影萦绕起来……

金娜说:"老木头,我知道你心里很痛苦,很为难,担心儿子的健康,我非常理解。这种情况,在美国就不是大事,捐献器官很正常。器官移植技术很成熟,不会有太大风险。你不要心眼只有针鼻大,把锅盖当磨盘! 你知道不,你的情绪会让全校、全村人的心波动的。"

大树爷睁大眼睛,问:"洋校长,你是逗我开心哩? 还是说话当真? 把你的肾割了你还能活吗?"

金娜认真地回答:"骗你干吗? 我弟弟就是患了肾衰竭,我侄儿为他捐的肾,他活到七十岁。我侄儿只有一个肾,现在还很健康!"

大树爷的眉头舒展开来:"哦,你原来有亲身体会啊,不会有假吧?"

他又自言自语问了一句:"依你说,这种病还会遗传吗? 万一司……"

旋即,他赶忙打住,把后半句话咽回肚里。

金娜的脸色反倒阴沉起来,追问:"林,你刚才说什么? 你心里有事瞒我呀?"

大树爷连忙支吾着说:"哎,哎,我心里话都让你偷听去了! 俺心里……啥能瞒住你呀! 不就是惦记着俩孩子吗?"

就在这天,杨若兰走进了省人民医院的血液检测室。

她泰然自若地对值班医生说:"我是自愿为 28 号病床那位病人捐献器官来的,不知道需要办理哪些手续?"

值班医生非常热情地接待她:"谢谢你,请坐!"然后递过去一张表格,介绍说:"这是《中国人体器官捐献志愿书》,由捐献者自己或者直系亲属代为填写。另外,这里有一份国家制定的《人体器官移植条例》,请您认真阅读一下。如果有不理解的地方,我可以代为解释,也可以协商讨论。"

杨若兰拿着文件和表格,坐到另外一张桌子前面,专心致志地阅读起来。

突然,黑妖和"大漠飞狐"的一帮伙伴一边吆喝,一边问话,风风火火闯进门来。

医生站起来接待他们:"请问你们几位,有何贵干呀?"

黑妖高门大嗓,直言不讳:"我们几个都是自愿捐肾的,需要办什么手续,才能接受血型匹配检测,我们是来请教的!"

医生忙着把他们往沙发上让:"欢迎,欢迎! 请坐,请坐下来慢慢说!"

黑妖坐到医生对面,问:"大夫,我们几个都是为 28 号病床的病人自愿捐肾的,她不就需要一个肾吗? 为什么让我动员哥儿几个都来填表验血啊?"

医生解释说:"目前,我们骨髓数据库中的 HLA 分型数据,大多是低分辨率的,不能确保供者和患者的真正匹配。如果有条件在非注册志愿者中间进行筛选,可以发现最为合适的供体。28 号床病人,更有其特殊性,她是外国人,不可能有兄弟姐妹直系亲属作为供体,所以这样做,就是为了慎重和安全。"

黑妖说:"医生,我有个请求,28号床病号是我的朋友,捐肾的事由我们几个解决,不想惊动太多的人,影响不好!"

医生笑笑说:"科学不能意气用事。我们不仅动用了数据库中的志愿者,而且欢迎社会上有爱心的志愿者。那位女同志就是新来的!"

黑妖的目光随医生的指示看过去,顿时惊呆了,他霍然站起来,不知如何是好了……

杨若兰早就看见了黑妖和他的伙伴们,本想回避,又无法走开,索性大大方方站起来,招呼道:"咋啦? 就兴你瞒天过海,包打天下,把灾难扛到肩上,就不兴我分担一半,同甘共苦,助一臂之力呀? 别忘了我也是古水坡人,司提芬也是我的好朋友!"

黑妖抹着脑门上的冷汗,满肚子苦水,艰涩地做着解释:"其实……没想隐瞒,就是怕老人着急,没想到……咳,没法解释了,反正越瞒岔子越多,我急得头发都要冒烟了! 你既然知道了,就帮我照顾司提芬吧,捐肾不用你操心!"

杨若兰却固执地说:"你自作聪明,把事情闹大了! 你们俩玩失踪,爷爷都快急疯了! 全家都乱套了! 捐肾用我的,你赶紧回去救火吧!"

不知为什么,黑妖自打看到杨若兰的第一眼,突然感到肩头的担子卸下一半,有种说不出的轻松感。他拉起若兰走到门外,说:"若兰,我没想瞒你,也没想瞒任何人。这些天我守着司提芬,就像守着病西施,守又守不住,走又走不开。难哪……现在你出现了,如同冬天里的一把火,我心里暖洋洋的,不再恓惶了……"

杨若兰说:"黑妖,你敢于豁出命去追求理想,又敢于豁出命去担当危难和凶险,你是个敢作敢当的爷们儿! 相比你,我太狭隘了,太自私了。给我点机会吧,让我为司提芬做点什么,咱们一起共担风险。不然,我和你和大家真的站不到一块去啦!"

黑妖主动伸出手,挽住杨若兰的胳膊,说:"那就让我们手挽手往前走,同心协力去挽救司提芬的生命。为古水坡争口气,让爷爷和洋奶奶放心!"

杨若兰想挣脱他的手臂,却没有挣脱。

那群伙伴原本躲在墙角处,朝这边偷觑,此刻一窝蜂拥出来,欢呼跳跃:

"噢——! 老大和媳妇儿和好啦! 欢迎欢迎,祝贺祝贺!"

"老大老大,抱一个! 抱一个!"

"老大老大,亲一个! 亲一个!"

平原县城。卫生局血液检测中心。

大树爷一大早就风尘仆仆赶到这里,他没带村主任,独自一人,不想让任何人干预他的行动。他决意要办成捐肾救人这件事情。

他按照传达室老头的指点,找到办公室。

他对工作人员说:"前两天,我找错地方了,让县医院的大夫把俺蒙了!今儿俺问准了,办登记填表格的地方就在这儿。俺今儿想讨教讨教,人要是少了一个肾,还能不能活命?生活受不受影响?"

工作人员解释说:"大爷,人都有两个肾,如果因为疾病失去一个肾,应该不会影响生命,也不会影响生活的。"

"哦,这么说,人捐出一个肾,就能救活一条命,自己照样活得好好的?"

"大爷,你这样理解很朴实,简单明了。"

大树爷捋起袖子,伸出一只胳膊,说:"那就抽俺的血验验,看看能不能匹配?"

工作人员笑了:"老人家,您年岁大了,不能再当志愿者了。您有这种精神就让我们很感动了!谢谢您啦!"

大树爷拍着胸脯说:"俺年龄大不假,俺这辈子没害过病没吃过药,耳不聋眼不花。你们不能以貌取人,咱得实事求是讲科学!"

工作人员被他闹得无可奈何,便问:"老人家,您这样做究竟为什么呀?"

大树爷忍不住说了实话:"同志呀,我这回呀多少有点私心,你得照顾点。我儿子被你们验上了,要给一个人捐肾。我儿子是个优秀教师,又是校长,担任着俺村教育下一代的大任务哩,他应该属于重点保护对象!所以啊,我想顶替他,完成这个光荣任务!俺是他爹,遗传基因不会有错。你们验验,我准当样样合格!"

工作人员很感动,想着办法劝他:"老人家,您的心意我们领受了,您的要求我也记下了。您再留个联系电话,放心回去,安心等待,如果需要,我们会及时通知您的!"

古水渡码头上,黑压压挤满人,一双双焦灼的目光望着对岸。有人眼窝里湿漉漉地汪满泪水,稍稍一动便会滚落下来……

大树爷过河从来不走浮桥,他怕晃。宁肯撑着渡船,心里爽快,顺气儿。

村主任过河去接他,撑着船把他接回来。

他眼神呆呆地望着众人,惊问:"你们黑压压站在这儿,村里出啥大事啦?啊?"

林家信把大树爷搀下船来。家信情绪冲动地说:"爹呀,您如今是七老八十的人啦,还要跑到城里去捐肾救人,谁让你这样做的?古水坡谁同意您这样做啦?"

大树爷听了,哑默地一笑:"原来是这事呀!你们这是大惊小怪、小题大做啦!"

村主任气哼哼地跳上码头,终于忍不住用生硬的语气说:"叔,您可不能自作主张啦！人家血液中心把电话打过来,我脑仁都炸崩了！赶紧找家信、家勇商量,他们又给家旺、家豪去了电话,他们都骂我,你是村主任,如果不赶紧把老人家接回来,有个三长两短的,你就是古水坡的罪人！哎呀呀,老天爷！您不回来,古水坡塌天了！古水坡没魂了！哎……叔呀,您把俺吓死了呀,哎……"

村主任说着说着竟然冲动地干号起来……

大树爷反倒一脸平静,微微一笑说:"俺去县城请教事情,又不是去送死,俺是配合医生想为抢救病人做点贡献哩！一个人捐出一个肾,还能照样生活,又能救活一条人命,这种大仁大善的事为啥不做？俺已经承诺过了,只要有需要,俺随叫随到,绝不犹豫！"

林家信感动得热泪横流:"爹啊,我知道,您老人家是为我担心,才去捐肾的！您不该,真不该呀！如果您老人家代替了我,您养我这个儿子又有啥用呢?"

他扑通一声双膝跪倒在老人面前,悲怆地喊道:"爹,儿子求您啦!"

他这一跪,码头上黑压压跪倒一大片人,一个个泪眼模糊,呼声一片:"大树爷,为了古水坡,您不能那样做啊！大家求您啦……"

林家信双手搀住老人,说:"爹,俺二哥都说了,如果您老人家一定要去捐肾,俺弟兄几个齐上阵！都是您的儿子,都是您的基因,您想做的事就让儿子们去做吧!"

金娜从人群里挤上前来,搀起大树爷一只胳膊,满脸泪痕,激动地说:"林,你这老木头！六十年前你是个爷们儿,那时有秀娟陪你。今天你还是个爷们儿,有我来陪你！用你们的话,这就叫前仆后继……"

杨若兰的出现,不仅让司提芬有了陪护人,还有了谈心聊天的伙伴。

司提芬靠在病床上,望着窗台上的鲜花,苍白病态的脸上挂着甜甜的笑容。

杨若兰守在病床前,掰着橘子送到司提芬嘴边。洋美人发自内心地说:"亲爱的若兰,你的到来给我送来一阵春风,眼前闪耀着和煦的阳光！孤独和绝望比病毒更可怕,每到夜半时候,我都要崩溃了！你的黑妖就像个亲兄弟,为了挽救我的生命,他仿佛一刹那间有了宙斯般的勇力和智慧,成了守护我的关二爷！若兰,和我一起祈祷上帝吧,让我好起来,我陪你们一起去美国,在美丽的索梅尔庄园,给你们办一场盛大的婚礼!"

若兰很感动地坐到病床边,和司提芬紧紧地依偎着,安慰她说:"好啊,少说点话,养养精神,马上就要给你做手术了。我的洋姐姐,你很快就会好起来的!"

"你的歌王呢？这几天怎么见不到他了？你别嫉妒,我挺想念他的!"司提芬突然问。

杨若兰迟疑着,没有立即回答,假装生气说:"他呀,离了那群狐朋狗友,还能活吗? 他能陪你那么久,跟我在一起,屁股都坐不稳!"

其实,此时此刻,黑妖就住在附近的一间普通病房里。他斜靠在床上,胳膊上还挂着液体。"大漠飞狐"的全体人员都守在他身边,一起吹牛聊天。看见护士,赶紧躲了出去。

护士进来换液体。黑妖问:"我身体健康,能吃能喝的,打什么点滴呀?"

护士回答道:"你可能是器官移植的供体。消毒、消炎是必要的防范措施。你要保持心态平静,千万不要紧张和冲动,更不要吸烟喝酒!"

黑妖说:"取个肾不就鸡蛋大个口子吗,有什么好紧张的? 是你们小题大做吧?"

护士笑笑,没说话,走出去了。

小伙伴们的脑袋在玻璃窗上闪闪缩缩,护士一走,他们又狸猫般溜进屋子里来。

猴子调笑说:"老大,哥几个没你这艳福! 想给洋妞提供一个鲜活的肾脏,可是上帝看不上,过不了他那道关!"

蜘蛛侠说:"老大就是老大,血脉旺盛,基因优良。咱们望梅止渴吧!"

白狼说:"我是 O 型血,万能输血者,咋就匹配不上呢? 本来犯了错误,想让老大给个机会,立功赎罪,硬是不达标,机会难得呀!"

老五急匆匆推门走进来,说:"老大,这回咱得庆功了,公安局把那个骗子王冲给逮住了! 嘿,那是个组织严密、配合迅速的诈骗团伙,一共逮住二十八个作案的,他们分布在全国十几个省份,已经形成诈骗网络了!"

白狼抢着说:"我和二哥去了看守所,指认了那个王八蛋! 你猜他咋说,他是在医院住院部听到会计一句话,说有个病号的金卡都是美金,医院的 POS 机刷不了,这王八蛋就起了歹意! 这龟孙,当骗子的能耐比美国特工还老到!"

猴子说:"那天吃烩面都怨你多嘴! 那王八蛋替你付了一碗烩面钱,你就认贼作父了! 把一肚子机密都说了,不上当才怪哩!"

黑妖赶忙插话说:"好啦好啦,摔个跟头长点心眼,上当受骗长点经验! 老鼠会打洞,斗不过狸猫。多谢公安帮忙,让咱出了口恶气!"

老五凑上来说:"老大,骗子逮住了,追赃还得时间。BRL 网站通知咱去结账,知道咱急着用钱,还说先支给咱五六十万也没问题!"

黑妖摆摆手说:"老五,咱按合同办事,日清月结,清清楚楚,明明白白! 咱不会做生意,就得诚信厚道,不怕吃亏,也甭占别人便宜!"

老五点点头："老大说得有理,坚决按你说的办事! 不过有个人要来看你,你一定得见!"

"谁呀? 说得这么严肃!"黑妖问。

"潘总潘解放呀!"老五话刚出口,黑妖就把脸一黑,把手一挥,说:"谢谢他创业初期帮过咱。眼下风雨过去,晴空万里,谢谢他雨过送伞!"

"老大,你错怪他了! 自从他知道咱上当受骗,急于救人又缺钱,他就开始想办法帮咱们啦! 和 BRL 网站的合作就是潘总帮咱们谈妥的。当时,他担忧你心里窝火不肯接受,就一直躲在幕后,悄悄帮助咱们,关照咱们! 如今大功告成,听说你要捐肾救人,说啥都要来看看你,表示慰问!"

听老五说到这里,黑妖顿时哑默而又惊讶。静默一阵,他猛地拍了下大腿说:

"老五,你如果不讲明这些情况,我反倒把恩人当冤家了! 劳你转告潘总,我现在躺在医院,身上还挂着吊瓶,实在是形象丑陋,环境不雅。等我办好这件事,亲自和哥们儿一起到潘总府上负荆请罪,共商发展大计,如何?"

猴子跳起来说:"老大,这些事你就甭操心了。反正咱现在不缺钱了,你就安心静养几天,准备为美丽的事业献身吧!"

黑妖高兴得手舞足蹈,不小心把手背上的针头拔掉了,他哇哇大喊:"针脱了,快喊护士!"

半个月之后的一天上午。

河对岸停着一辆面包车。开车的是猴子,陪着杨若兰前来迎接大树爷和洋奶奶,请两位老人到郑州去转转。

大树爷和金娜被挽上渡船,撑船的是村主任,两位老人走不好铁索桥,还要靠坐船过河。

专程前来迎接他们的杨若兰,细心照拂着二位老人,不敢乱说一句话,赔着笑,敛着口,让人看来有几分神秘感。

大树爷一个劲问:"兰妮子,你让俺去郑州,到底唱的是哪一出呀? 你不说清楚,俺这心里老扑腾!"

金娜扯扯他的衣袖,劝说:"老木头,你别耍小孩子脾气。兰是馍馍不熟不揭锅,想给咱们惊喜哪! 你就忍耐点!"

大树爷叹息:"咳,喜从何来呀? 这些日子,俺遇到的尽是愁事……"

"做梦娶媳妇,多想点好事呀!"金娜逼着他。

"你这洋婆子,净是不懂装懂! 好话都让你说歪了。你才是洋鬼子读《论语》,

假充斯文哩！"

听着两位老人斗嘴，杨若兰不由得笑起来。

面包车在高速公路上疾驰，风驰电掣一般。

大树爷忍不住又问："兰妮子，你就透点消息中不中？甭让老汉我心里老扑腾。就是去见美国总统，也得让俺准备两句客套话吧？"

若兰说："爷呀，俺就是接你们二老出来透透气，看看城市的新变化。您要想猜，您就随便猜，猜中了有奖！"

大树爷摇头晃脑地说："兰妮子呀，你想蒙爷爷哩！你还嫩得很哩，今儿这阵势，一定跟啥大事有关。你怕爷爷受惊吓，瘫在地上爬不起来，对吧？妮呀，俺跟你洋奶奶都是从枪林弹雨中爬过来的，阎王小鬼都见过，还有啥经受不住啊！"

若兰咯咯笑起来："爷爷越说越远了，其实你们心中最想见的人，一会儿就能见到啦！"

大树爷用手拍拍金娜，二人相视一笑，低声说："难道……是他们俩从美国回来啦？"

省人民医院病房，安静的走廊通向重症监护室。

杨若兰请医生护士陪同着，搀扶大树爷和金娜走过来，大家在 ICU 门前停下。两位老人看到了躺在病床上的孙子、孙女，愕然睁大的眼睛里充满了惊讶慌乱的神色。

从隔音的玻璃窗口望进去，黑妖、司提芬躺在各自的病床上，戴着面罩，插着管子，平静地闭目养神。

大树爷神情紧张地问："兰妮子，这是咋的啦？你瞒了俺一路，就是想吓死你爷爷呀！"

若兰没说话。一旁主治医生解释说："老人家，就是为了减少你们的心理负担，我们让若兰暂时保密，请你们理解。他们做过肾移植手术已经三天啦，效果很好，病情也很稳定。请你们来呢，就是想让你们知道这里的真实情况，避免不必要的误会。请老人家放心，他们很快就会痊愈的！"

大树爷依然惊愕不止："哎呀呀，俺这一刻真让搞蒙了！兰妮子，这到底咋回事？他俩不是去美国了吗，咋都躺在这里啦？他俩到底谁病了？病得老厉害？"

若兰说："爷爷，他俩没去成美国，司提芬在山区病倒了，住进了医院。当时手忙脚乱的，怕你们知道了着急上火，黑妖就一个人扛着，谁也不让知道。我也是偶然在网上发现的……"

大树爷抢过话头说:"妮子,那你说,还要不要抽血换肾呀？俺可是表过态的志愿者,需要俺的就赶紧开刀拿去呀!"

医生说:"老人家,移植手术已经做过了,效果很好,您老就放心吧!"

"俺还是不明白,他俩谁把肾掏给谁啦?"

大树爷一半是喜一半是忧,想把所有的事情弄明白。

杨若兰抬高嗓门说:"病人是司提芬,捐肾的是黑妖,你外孙把肾捐给您洋孙女了!"

大树爷恍然大悟:"咳,俺这才弄明白了,恁四叔没捐成,俺也没捐成,机会让黑妖这小子抢走了!"

若兰知道老人性格好强,赶忙安慰说:"爷爷,自愿为司提芬捐肾的人好多哪!医院千挑万选的,才让黑妖有了机会。"

医生说:"老人家,若兰也是志愿者! 为了保证病人将来的生存质量,我们的选择是特别严格的,结果证明我们的选择是正确的!"

金娜眼里的泪水泉涌一般流泻不尽。她的头巾被打湿了,擦不干,止不住。她不停地在胸前画着十字,嘴里不停地祈祷着:"万能的上帝,宽恕你的儿女吧,死神把病魔降临到司提芬身上,要夺走她的生命。我可敬的中国小伙子把生存的器官献给她,她的灵魂已经属于孔夫子啦! 求仁慈的上帝不要怪罪,帮她赶走病魔,让她快快乐乐生活在人间吧!"

医生打开电视荧屏,上面出现了黑妖和司提芬的面影。司提芬看上去比较赢弱,湖水般碧蓝的眼眶里泪光晶莹,嘴唇苍白地嚅动着,想说什么却发不出声音;黑妖看上去恢复得不错,憨憨地笑着,向大家轻轻挥手……

大树爷抹了把脸,揉了揉眼圈,动情地说:"好孙子,你小子中啊! 办了件响当当的事,你小子够爷们儿! 好好养着,过几天俺来接你回家,俺还想听你唱歌哩!"

金娜对着荧屏哽咽:"亲爱的司提芬,你一定要好好活着。奶奶祈祷上帝,会保佑你平安的。黑妖是你的中国弟弟,他用灵与肉帮你重新获得了生命。我们都要感谢他,感谢古水坡的中国爷们儿!"

她突然转过身来,扑到大树爷怀里,忘情地紧紧拥抱着他,说:"林,我亲爱的老木头,孩子们的灵与肉都结合在一起了,我们还远吗?"

她的泪水喷涌而出,沉甸甸地洒落在大树爷的胸襟上……

第三十二章　我要当你的女人

九月的古水坡,秋意正浓。

坡上的秋庄稼一片金黄,一缕缕挂在山坡梯田里,如一幅幅飘舞的锦缎,在秋风中起起伏伏。那些长在山冈、崖头上的柿子树,向天空伸展着铜铸铁打般的躯干,滋生出盘根错节的虬枝,前几天还挂着满树红叶在艳阳下傲霜斗俏,转眼间红叶飘零,亮晶晶挂满一树的红灯笼,把小山村装点得如诗如画……

林家勇正式办完了转业退伍手续。上级把他的组织关系转到平原县人民武装部,并且安排了相应的职务。他再三辞谢,决意回到村里当一个普通农民。县委经过慎重考虑,从工作需要出发,并参照他个人的请求,安排他在乡政府担任党委副书记兼副乡长,并把古水坡作为他驻村蹲点的基地,以点带面,抓好全乡的旅游工作。

林家勇在乡里报了到,和一些主要领导见了面,一起吃了顿大锅烩菜,便匆匆忙忙回到村里来。当天下午,他就请了大树爷、村主任张发动、梁素梅和其他几个热心群众,召开了一次碰头会。

开会地点就在村头老槐树下。大碾盘上铺着一张大幅的规划草图,大伙围着碾盘或坐或蹲或站,不拘一格,呈现出农民式的特征。

林家勇手中拿根小棍子,在图纸上点来点去。

他对大伙报告着开发旅游的基本情况。

"咱们村开发古水渡风光文化旅游景区的报告,县旅游局批准了。咱们这个项目的创意得到县委领导的高度认可,并且给予了大力支持和帮助。有几处涉及文物修复的景点,由县文物局向上级申报并承担修复工作。咱们村在景区旅游线上的修建项目,交由县文化部门帮助设计或完善。上级要求既要符合旅游要求,又要保护环境。

"经过断断续续的调查、勘测、讨论、琢磨,我和素梅搞出一幅草图;根据具体地形和项目内容,做出一些初步规划。因为没有经验,也没搞过,很粗很简单,肯定存在很多问题。不过,打地基还得先画条石灰线哩!这张图纸就算画了一道石灰线,画得对不对,供大伙讨论、提意见、挑毛病、出主意!咱们村已经有建希望小学的成功经验,具体的施工和建设就有借鉴啦!我二哥在深圳招商引资进展顺利,形势逼人,从上到下都在推着咱们早开工、早建设、早完成、早开业!"

梁素梅补充说:"当初大树爷赶鸭子上架,逼着俺这一窍不通的人去搞旅游。我和家勇顶多算是打前站的,摸着石头过河吧!图纸主要是家勇画的。我只是个打杂的学徒,再往前就不知道该咋走了。"

大树爷笑着,脸上写满喜庆:"你们俩是尖刀班,侦察地形,提供图纸,任务完成得蛮好嘛!俺本来也只有个想法,没承想让你们折腾成一桩大项目了,县、乡两级都参与了,接下来就要打大仗啦!从今儿开始,俺就又成顾问了,家勇是总指挥,排兵布阵,咱大伙都得听他的啦!"

村主任讨好地说:"叔,您老是诸葛亮,未出茅庐,已定下三分天下的大计!搞旅游是您老人家制定的宏图,往后还得靠您摇羽毛扇哩!"

大树爷点着他说:"发动呀,你是村主任,心里得有个数,明年咱村的劳动力要计划安排了。咱要在家门口搞建设,不能一呼隆把人放跑了,再去招工可就难了!"

村主任连连点头:"清楚,这我清楚!咱把旅游项目搞好了,大伙就不用外出务工,在家门口就能经营自己的企业啦!"

林家勇说:"这话说得准确,村里搞起大旅游,家家户户开旅馆开饭店,还可以开渡船开观光车,都在家门口当老板了!所以呀,今年春节咱要把群众组织起来,鼓动起来,既是过大年,又是誓师会。"

村主任提议:"咱就请台大戏唱唱吧!"

大树爷一挥手说:"这台大戏咱自己唱!"

"自己唱?谁登场?唱啥哩?"村主任愣了神。

大树爷深深吸了口烟,说:"你这村主任呀,就知道撺在俺后头瞎忙活!俺想唱一出大戏,就叫'四喜大拜堂',俺数给你听,家旺和杨慧是一喜,家勇和素梅又一喜,志恒和陈静是三喜,黑妖和若兰再加一喜……"

村主任大悟,说:"哎呀!俺真晕,可不就是四喜嘛!四对新人大拜堂,那是一台热闹戏哪!"

家勇赶忙把素梅扯起来,说:"这事咱还好意思听吗?下面的会议,让爹安排好了!"

素梅顿时满脸通红,和家勇手拉手跑了……

村主任吆喝起来:"叔,您这叫卤水点豆腐,高哇!实在是高!"

大树爷吧嗒着旱烟袋,挤眯着眼,说:"俺这叫滚锅下饺子,一锅煮!"

村主任看大叔兴致蛮高,趁机问:"叔,说句打嘴的话,您跟洋奶奶的事咋办?老树丫上的柿子,总不能老悬在空中吧?干脆唱出'五喜大拜堂',那才够劲哇!"

大树爷挥了一下旱烟袋,骂道:"呸!你个乌鸦嘴,就会聒噪人!俺跟她啥关系?自己都说不清,你懂个球呀!"

村主任赶忙用手拍打自己的嘴巴:"哎呀,多嘴,我多嘴!打,打我个乌鸦嘴!"

深圳特区。中原农民劳务中介咨询服务公司的办公楼前,和往常一样人流如潮,出出进进的农民工熙熙攘攘,把办事大厅围得水泄不通。

迎着办事大厅的门楣上,挂着一幅醒目的标语,红底黄字写有一句响亮暖心的口号——

"要工作,找老林,他是咱们贴心人!"

再看大厅四壁墙头,挂满了锦旗和感谢信。内容自然是热气腾腾的溢美之词、肺腑之言,落款的都是某县某村某某农民工。

虽说元旦刚过,新年伊始,咨询或预约来年务工合同、草签培训协议的农民工,热闹喧天,把办事大厅烘托出一片浓浓春意来。

林家旺忽然出现在大厅里,他陪着身边平原县的陈县长,还有几位不熟悉的乡镇干部,边走边谈。

陈县长这次代表县委、县政府,专程赶到深圳看望林家旺,以及他直接或间接带领的农民工大军,送来一些慰问品,准备和林家旺联合召开一个实地座谈会,表彰一批优秀农民工,以期来年取得更大的成果。

陈县长亲眼看见了劳务中介公司的热闹景象,感叹不已,紧紧握着林家旺的手,说:"老林呀,咱们县劳务输出搞得好,你出大力了,立大功了!我到你这儿实地一看,你这个公司经理比我当县长的贡献大多啦!好家伙,你瞧瞧,农民工都把你这里当成自己家了。就咱们县来说吧,财政收入总共不过八九千万,你率领的这支打工大军,汇回去的人民币就有两个多亿!等于给县政府开了家银行哪!我这次代表县委、县政府来看望大家,还要表彰你们!听说你被深圳推选为人大代表了,咱们县委反映到省委,你又当选省人大代表了,我还要向你表示祝贺哩!"

林家旺谦虚地说:"多谢领导支持!多谢父母官亲临指导!我们一定再接再厉,把工作做得更好!"

陪同他们的当地干部操着浓重的广东普通话,帮腔点赞说:"你们公司很有胸怀,不仅为中原的乡亲服务,也为五湖四海的农民工提供服务。你们可以随便去问,大家都在赞扬林总的高风亮节啦!"

林家旺赶忙摆摆手,接过话茬说:"天下农民是一家,手心手背都是肉。共同建设大特区,一起奔向现代化嘛!有领导的鼓励,我们就努力干好工作呗!"

陈县长发现了在人群里忙碌的杨慧,用关心的口吻小声问:"林总,桃子早该熟了吧?我们大家都等着喝喜酒哩!"

林家旺笑道:"快了。两年没回家了,我们准备今年回家过春节,一块把婚事办了。俺爹性子急,一个劲儿催!"

陈县长风趣地说:"那就学习深圳速度,赶紧给大树爷抱个大胖孙子呀!"

众人哄一声笑起来……

南方的气候几乎没有冬天的迹象。树叶照样是绿的,四季常青,有的树上还会开花。当地人对春节的印象显然不同。他们艳羡北国风光的千里冰封,万里雪飘,对四季常青的生活司空见惯,悠闲地等待着春节的到来。他们对北方人回家过年的急迫和期盼,甚至充满了疑惑,还有些许的不解和叹喟。

特区的岁月,一年四季都是繁忙的。平常日夜都在奋战的北方人,一进腊月就开始计划回家过年的事。随着春节的日日逼近,他们有了一种丢魂落魄的慌乱。

每到这种时刻,林家旺和他的公司常常会有一种危机感。挥汗如雨忙碌了一年的农民工,最强烈的心愿就是顺利拿到应得的工钱,高高兴兴回家与父母妻儿团圆。然而拖欠农民工工资的现象屡有发生。林家旺和他的公司作为农民工的签约单位,或者工作介绍单位,就有责任帮助他们追讨工资,高高兴兴把他们送走。一旦遇到个把老赖,林家旺的辛劳不仅毫无成果,回家过年的美好愿望更会成为黄粱一梦……

去年,他们就碰到一个赖账的老板。为了帮助民工追讨拖欠的工资,不仅春节回不了家,这场官司还打了半年才算了结。

因此,林家旺就在心里默默祈祷,今年千万不要发生类似事件,他想回家和老人团聚几天,再和乡亲们筹划一番开发旅游的工作。

然而,世事难料,就在年终岁尾的时候,CD大厦工地爆发了民工和包工头对垒的事件。

几天前这里还是一片加班加点、轰轰烈烈的赶工场面：大吊车挥舞着巨大的长臂，在晴朗的天空划过来划过去；一层层楼宇都是赶活的民工，闪闪烁烁的电焊光如同在夜空中炸裂的礼花，璀璨夺目，彻夜不息……

该工程的承包商放出话来——提前完成大厦封顶，民工提前放假，每人多发三千元加班费！此言一出，迷惑了所有的农民工，各部门各工种通力合作，几乎是二十四小时连轴转，突击了七天七夜，果然将大厦的工期提前三个月完成了！正当这个时候，工人们发现承包商也在悄悄收拾行囊，提前转移了资金和贵重建筑器材，大有不辞而别、准备潜逃的迹象。

民工们为了防范受骗，迅速将情况报告了林家旺。他们也挑选精明强干的人组成"讨薪结算小组"，直接和承包商正面交锋；另外又组成一支精干的"工地巡逻队"，日夜在工地巡查，守住每一个可能潜逃的豁口。终于在一个夜黑风高的晚上，把准备开溜的承包商，牢牢围困在他住的板房之内。

愤怒的工人们如同奔腾咆哮的海浪，里三层外三层地把木板房围了个水泄不通，挥舞着拳头怒吼着，乱哄哄吵成一片。在探照灯耀眼的光照下，沸腾的人群海啸般鼓荡起一股股愤怒的旋涡，一旦失控，那座承包商藏身的木板房，就会被荡为平地！

"干个球！老子不干啦！咱们流血流汗苦干大半年，又没明没夜突击了七八天，一分钱不给，他就想溜，活坑人哪！决不能让他跑喽！"

"他不讲理，咱把他交到法院，找个说理的地方，按法律讨个公道！"

"他今天不结算工钱，甭想走出工地半步！他不让咱活命，他就甭想逍遥法外！"

"他不让咱回家过年，咱决不能让他好过！"

终于，木板房门缝闪开一半，挤出来一个肥头大耳的矮胖子，哭丧着一张猪脸，满口虚伪地央求工人们："乡亲们，工友们，叔叔大爷哥哥弟弟们，大家不要吵闹，也不要着急上火，听我说几句话好不好？"

工人中有人喊："兄弟们静一静，听听他咋说！胡说八道日哄咱们，咱再跟他不拉倒！"

工人们安静下来，听猪脸在诉苦："兄弟们呀，你们堵住门要账，合理合法。我黄亦年要是故意拖欠，天理难容，电打雷劈！这个工程我也是二包，自己掏腰包垫资三千万，活活栽坑里了！转包工程的人早就结了工程款，跑得无影无踪啦！我也成了倒霉蛋、穷光蛋！我没有屙金尿银的本事，去哪里弄钱给大伙发工资呀！你们恨我骂我糟践我，就是把我祖坟刨了，也是狗屎一堆、臭肉一块……"

黄亦年说完,往泥巴地上扑哧一屁股坐下,耍起赖,一副死猪不怕开水烫的架势。

工人们沉默一瞬,又如山火一般燃烧起来。

有人说:"听他胡扯!别人坑他,他不能坑咱哪!他打官司说他的理,咱们讨要工钱只能找他要,他甭想推卸责任!"

有人说:"他在城里住着洋楼吃海鲜,朝咱们打工的哭啥穷哩?咱流血流汗干了活,他就是卖楼房也得给咱发工钱!"

黄亦年赶紧解释:"我以前是有楼房,为了垫资揽工程,早就卖了!不信你们查去呀!"

有人说:"他今天跟咱耍赖哩,死猪不怕开水烫,跟咱们东扯葫芦西扯瓢!他不给咱工钱,咱就变卖工地的资产,卖吊车、卖管道、卖钢筋、卖电缆,把值钱的都卖了,卖钱抵债发工钱!"

黄亦年跟着煽风点火:"对,我也赞成!反正这些东西都是我垫钱买的,就是把大厦卖了,也合情合理!咱们是一条战壕的难友,卖了钱也有我一份!"

工人们要账心切,七嘴八舌争论起来,反倒放松了对黄亦年的防备,不知什么时候他早趁机溜走了。等到大家清醒过来,哪里还能找到他的踪影?

于是,愤怒的农民工又相互抱怨起来——

"咱们七嘴八舌乱嚷嚷,姓黄的跑了,咱找谁要账呀?"

"包工头几句话就哄住咱了,真是一头高粱花,处处受人欺!"

"咱们不能白干,包工头跑了,咱们到市政府集体请愿去呀!"

"对,对,中!集体请愿去,政府不能不管吧!"

那情势一呼百应,急红了眼珠的农民工好像一堆泼了油的干柴,一颗火星就能燃起燎原之势!成群结队的工人,浩浩荡荡走出工地,朝大路上拥去,人越走越多,队伍越走越长。

有人带头喊起口号,一呼众和——

"劳动光荣,讨薪有理!民工血汗,不能白流!"

"不法商人,携款潜逃,请求政府,主持正义!"

队伍正在行进着,突然被人拦住了。

林家旺和杨慧带一群人站在大路中央,制止浩浩荡荡的人流继续前行。

林家旺挥着手臂,放开嗓门大声喊道:"乡亲们,农民工兄弟们!咱们出门在外,靠双手干活,靠劳动吃饭,包工头想黑咱的工钱,喝咱的血汗,他的痴心妄想休想得逞！咱们上有政府撑腰，下有法律为咱们做主，决不会放过他！他跑了，跑了和尚跑不了庙！他就是跑到天边，咱也能把他抓回来！这个工程是我们公司为大家担保的，大家的上岗协议是我们公司签订的。大家辛辛苦苦干活，三天一层大楼，咱们为特区建设做出了贡献，咱们的血汗决不能打了水漂儿！我向大家保证，包工头拖欠大家的工资，由我们公司负责追讨，一分不少地发放到大家手中！希望大家相信我，不要因为一时冲动，影响社会的稳定！"

喧闹的民工队伍渐渐安静下来，大家相信林家旺从来不说妄语，却不相信他能在短时间内制服包工头，更疑惑他能让老奸巨猾的黄亦年乖乖认输，把妄图侵吞的钱财从他黑心烂肺的肚子里吐出来！

有人问："林总，我们大家信任你。但是现在工程完了，包工头也潜逃了，大家要不了工钱回不了家，就连待在这里都有困难！吃没吃的，喝没喝的，大家总不能守在工地等死吧？"

有人喊："姓黄的是条癞皮狗！他既然能跑掉，一时半会儿也逮不住他。工地没人管了，讨薪找不到庙门，大伙是有家不能回，总不能困在这里苦熬吧？"

有人起哄："还是那句话，他欠咱工资不给，咱就守住工地卖东西，卖吊车，卖大楼！要不一把火点了它，看看有人管没有！"

许多人回应："是呀！光吆喝不中，咱们就把工地一把火点了，看他姓黄的跑到哪儿，公安局也能把他逮住！咱这样干吆喝，不中呀！"

愚蠢的挑唆又打破了民工队伍短暂的安静，人群又一次骚动起来。吆喝声、口号声此起彼伏。愤怒的讨薪怒火，焦灼难耐的回家意愿，使得林家旺空泛的劝说苍白无力。他的吆喝声此时此刻既没有号召力，更没有诱惑力。可是林家旺出于责任和义务，他不能让乡亲们气势汹汹地闯到政府面前去示威，那样既解决不了问题，也会损坏特区的威信，甚至伤害中原农民的群体形象！

林家旺爬上路旁一辆卡车，振臂高呼："乡亲们！兄弟们！承包商吞食了咱们的工资，携款潜逃，他干的是缺德事，亏的是良心，触犯的是法律，坑害的是国家！他跑了，丢下个烂摊子，坑害的不是国家利益吗？咱们农民工跑到深圳干啥来了？千里迢迢，背井离乡，抛妻别老，表面上咱们是打工挣钱来了，实际上咱们是建设特区，搞现代化建设来了！咱干的是国家大事呀！乡亲们，大楼是咱一把泥一把汗盖起来的，咱们双手举起个大特区，光荣啊！光荣到全世界去了！现在就为了个不讲信义的癞皮狗，咱们就去卖物资卖家当，把好好的工地弄得千疮百孔，咱们忍心那么干吗？咱们和那个癞皮狗还有什么区别吗？"

农民工被触动了，渐渐平静下来。

林家旺接着说:"乡亲们,咱们都是河南人,高高大大的河南人,只能在人前挺起胸膛走路,不会在人后干一点污浊事!拍拍胸口说一声,咱都是堂堂正正的爷们儿!现在不就是碰到个癞皮狗,拖欠咱们工资,咱们不能按时回家过年嘛,我说了,如果大家相信我,我承担,我负责!保证让大伙能领到工资,过上年!"

农民工们响起一片呐喊:"相信林总!相信林总!相信林家旺!相信林家旺!"

林家旺继续说:"我还要给大家提个建议,包工头跑了,工地不能荒了,咱们组织个守护小组,把工地看护起来!防盗窃防破坏,保护工地的安全!在问题解决之前,守护小组的工资,由我负责支付!大家赞成不赞成啊?"

众人欢呼:"中!中!赞成!太赞成了!"

林家旺接下来以谈心的口吻,跟大家说:"乡亲们,包工头在年终岁尾潜逃,是他蓄谋已久的阴谋。认为咱们一时半会儿找不到他,把矛盾推给政府和社会,有意制造混乱,他好借机金蝉脱壳,远走高飞!咱们能上他的当吗?不能!大伙的工资没有落实之前,守在这里干耗也不是办法。我建议,不想留的,大家报名登记。我们公司借给路费,帮你们买好车票,送你们平安回到老家!"

众人欢呼:"感谢林总,想得周到!"

也有人表示质疑:"林总为了安慰咱们,可以说煞费苦心!可是,大家的工钱何时到手,总得有个期限吧?大家还指靠工钱过年哩!"

林家旺沉思了一刻,说:"这个提议最重要!承包商跑了,所有的工地财务报表、出勤登记等等文件,也销毁得不留痕迹,咱们连讨薪要账的凭据也没有了!我建议,各位兄弟把自己的出勤天数、欠薪数额、应得的数额,一一登记清楚。有一说一,实事求是,作为向上级有关部门汇报和追讨欠款的凭证。在年前这段时间,我帮大家全力追讨,力争早日成功!我给自己立个期限吧,在大年三十以前,我会把大家被拖欠的工钱,一分不差地送到各位手里!我在这里发个誓,即便天上下暴雪下石磙,我林家旺信守承诺,决不食言!"

众人听到这里,感动得热泪横流。农民工到特区打工,人地两生,无所依傍。他们顺利地找到工作,顺利地拿到工钱时,他们感谢林家旺,把他视为自己仰仗的靠山。当他们遇到挫折,尤其是遇到不应有的欺骗和讹诈时,因为势单力薄而无可奈何,更加期待林家旺挺身而出,替他们仗义执言,讨回公道,追回血汗钱。此刻,他们更把林家旺看成依赖的救星。

所以,他这番实实在在又承担风险的承诺,掷地有声地说出来后,立即获得所有民工,甚至许多旁观者雷鸣般的鼓掌和欢呼!

大家看到,林家旺绝非说说而已,而是当场开始了接下来的工作。

杨慧抱着厚厚的一摞表格,在民工群中穿梭,把表格分发下去,然后她也爬上那辆卡车,面对沸腾的人群,口齿清楚地说明具体要求。

她说:"乡亲们,大家拿到表格后,每个人都要认真地真实地按照要求填报表格。你干了几个月,多少天,什么工种,按照合同约定每月多少工资,应得多少工资,包括支借了多少钱,每一项都要经得住考查,该多少是多少,不多要一分,也不少要一分。再写上通信地址、联系电话。表格填好由你们原来的班组负责收齐、核实,交到我这里。大伙听清了吗?"

有个上年纪的民工担心地说:"杨总啊,人心隔肚皮,十根指头有长短。如果没个底册,没个依据,俺说多少就多少呀?"

杨慧说:"老大哥,咱们都是河南人。美不美家乡水,亲不亲近乡邻。咱们都是一家人,我相信大家不会说假话!"

老大哥颇受感动,眼角有点发潮:"哎,哎,杨总呀,你们劳务公司真是咱中原爷们儿!"

杨慧高声说道:"另外,需要重新找工作的,请大家列个单子报个名,我们好尽快安排。还有,谁想回老家需要买火车票的,尽快把身份证交给我,注明坐哪班车到哪个站,我会抓紧办理,尽量不耽误大家的行程!"

林家旺把道义和责任担于一身,利用广大农民工对他的信任,力挽狂澜地平息了一场威胁政府的风波。可是,如何帮助农民工讨回欠薪,并非如他所讲的那么轻松。

杨慧自始至终都在维护林家旺的威信,不计得失地和林家旺同甘苦共患难。其实,今天她对林家旺当着众人一诺千金的承诺,暗暗捏着一把汗!包工头溜了,农民工讨薪无着,集体到市政府上访,请求帮助,原本是天经地义的事,也是政府责无旁贷的工作。为了社会稳定,为了农民工的形象,林家旺有责任站出来,提出要求、把握分寸、平息事端。可是,他突然将工资兑现的责任揽于一身,并且还承诺了兑现的具体日期,岂不等于把自己绑在定时炸弹上,把自己逼到绝路上吗?

当然,她承认如果林家旺不讲那句话,很难说服愤怒的农民工,他们如同一堆熊熊燃烧的大火,家旺不将自己化作一场雷雨,那堆火是难以扑灭的。可是,这副重担揽下了,他能够担得起来吗?如果不能如期兑现,威信扫地还算其次,引火烧身的麻烦可就大了!

杨慧的担心和顾虑,林家旺不用问就心知肚明。多年的患难与共、相濡以沫,使得他们眼神一碰就能知晓对方的心如何跳动,对方的脑子在想什么。

为了集中力量统一思想,加快这项工作的落实进度,林家旺及时召开了公司主要成员的沟通会。他把自己的意图和思路,坦诚地告诉大家。

他说:"CD 工地的劳资风波,大家必须重视起来,抓紧向上级有关部门汇报,请求支援和帮助,从快从速解决问题,咱们公司绝不能失信于民!"

杨慧说出个人看法:"这个工地情况复杂,潜逃的承包商黄亦年的确是从别人手中转包的二手工程,其中就有纠缠不清的经济利益。上家欠他,他就拖欠工人,形成恶性循环。这件事发展到今天,我们公司有一定责任,缺乏对老黄的监控。如果做到日清月结,或者对他预谋跑路的企图有所警惕,也不至于造成严重后果!"

林家旺主动承担责任:"责任主要在我。眼前,我想先安抚好工人情绪,解决问题首先要向市委汇报,到公安局报案,想办法找到黄亦年,把问题查清楚,才能找到解决的办法!"

杨慧忧虑地说:"我觉得你把问题的严重性看轻了。这么大个工程,拖欠工资的面儿大,牵涉的人又多,你大包大揽的,万一做不到,咱们就不好收场了!"

林家旺语气坚定地说:"咱们公司就是为农民工服务的。既要帮他们当好开路先锋,找到合适的工作;又要当好他们的后盾,帮他们排忧解难,当好娘家人,让他们感到体贴和温暖,找到家的感觉。正因为 CD 工地错综复杂,靠民工自己去瞎打冒撞,鲁莽行事,变卖财产,制造混乱,那局面不仅难以收拾,他们甚至会做出触犯法律的事情。我们公司承受一些风险,就是为了让国家少受损失,担点风险还是值得的。希望你能理解我!"

杨慧终于点头说:"我没有你想得周到,也没有那么深刻。既然有了这份承诺,咱们就抓紧工作,争取早一点解决问题!"

林家旺放缓语调说:"杨总负责做好 CD 工地农民工的善后工作,要做到把他们平平安安送上车。留下来的,大家通力合作,尽快安排岗位,有活干了就容易平复情绪。我呢,抓紧向政府有关部门汇报,落实解决问题!"

从那一刻开始,林家旺把 CD 工地发生的骚乱情况,追根溯源地向市政府、公安局、城建部门、税务局、银行系统均做了详细汇报。提出的要求只有一个,找到承包商黄亦年,帮助农民工追讨所欠工资。

他的脚步匆匆忙忙在人群里奔走,走得步履坚定,毫不停歇。他的面孔被冬日的骄阳晒得灼铁般紫红明亮,南国充沛的紫外线从他的面孔反射出更加坚定、韧性的光泽。

CD 大厦工程发生的风波,得到特区政府的高度重视。韦市长召集各部门负责人,通报了这场风波,会议气氛非常严肃。

市长说:"同志们,今天把你们大家请来,目的是共同解决一个问题。我们特区的高楼大厦是如何建起来的?有人会说,明知故问。深圳是特区,时间就是金钱,效率就是生命,三天一层楼,谁不知道?但是,这样的回答,我说不合格!起码忽视了两条,党中央对深圳特区的支持,全国人民对特区所做的巨大贡献。没有这两条,我们一事无成!我们有些人就看到大楼一幢接一幢地拔地而起,看不到那些汗流浃背、日夜盖楼的农民工弟兄,更不会关心他们吃得怎样睡得怎样,拿没拿到工资,更不会想到,我们应该为这些人做点什么。"

市长说到这里,稍稍停顿了一下,用目光在会议室环视一周,特意在坐在人堆里的林家旺身上停留了一刹那,又继续讲下去:

"作为城市建设的管理者,关心他们的工作与生活,是我们的责任。正因为我们的疏忽和冷漠,让一些不法商人钻了空子,任意克扣、拖欠民工工资,玩空手套白狼的伎俩,层层转包,最后携款潜逃,人间蒸发,致使工程停摆,工地瘫痪!请问,造成这种严重后果,不是我们的失职吗?"

市长稍作停顿,犀利而又冷峻的目光环视全场,他又接着说:

"就在昨天,CD工程的承包商因为长期拖欠工人工资,引发工人讨薪风潮。接着承包商溜之大吉,逃之夭夭,把几百号工人扔在工地,没吃没喝没人管了。五六栋大楼撇在那里,不管不顾,没人过问了。我想说,工人们的血汗钱打水漂了,国家财产付之东流了,大家心疼不心疼呀?"

会场一片沉寂,与会人员愈发感到气氛沉重了。有人失声叹息,有人低头不语,更多的是望着市长,一副不知所措的愤怒和茫然……

市长突然抬高嗓门说:"我们的有关部门没有管,甚至对发生的情况一无所知!正当那些被骗的工人集体上访逼近市政府的时候,有人站出来和工人对话,把骚动的风波平息了!他不是我们政府部门的领导,而是一家民营公司的负责人,敢于挺身而出担当道义的林家旺同志,中原农民劳务中介咨询服务公司的总经理!"

市长说到这里,带头鼓掌,会场掌声雷动。

林家旺站起来,腼腆地向大家鞠躬致意。

市长挥挥手让他坐下,继续讲话:"林家旺同志把工作做得很好,很周到,很完美,很符合政策,又很有人情味!他号召工人组建了工地守护小组,保护瘫痪的工地和国家资产;他为愿意留下的民工重新安排工作,安抚了民心,化解了矛盾;还帮回乡的民工买了车票,让他们得到了一份难得的温暖!他是位河南人,是位非常值得我们尊敬的河南爷们儿!我代表大家,给林家旺同志鞠躬,并表示真诚的谢意!"

市长站起来,恭恭敬敬鞠了一躬。

林家旺感动得无以复加,双手抱拳连连还礼。他显得有些手足无措,说:"各位领导,我是河南人,在老家是普普通通的农民,现在是深圳特区的建设者。深圳人民选我做人大代表,我做了一点工作,尽了一点责任和义务。我对乡亲们承诺,一定要通缉逃犯,追回工钱,一分不少地把他们应得的血汗钱,交到他们手中!希望各部门领导支持我,帮助我兑现对父老乡亲的庄严承诺!"

市长重新站起来,面对大家说:"同志们,都听到了吧?林家旺同志的承诺,也是我们特区政府对中原人民的庄严承诺!各部门应该做什么,还需要讨论吗?"

会场上的与会人员异口同声:"向林家旺同志学习,向人民兑现承诺!"

CD 大厦建筑工地,一片寂静。

农民工组成的守护小组分成三班,二十四小时轮换在工地各处周密地巡视着。

林家旺陪同政府有关领导到工地视察,大家满意地说:"林总想得太周到了!我们再增派一些有经验的保安人员,参与到民工中一起工作,可能效果会更好一些!"

林家旺赞同,说:"那就更好了,边工作边训练,让农民工接触些保安工作的知识,为以后就业多开一个窗口!"

午夜时分。

一支训练有素的特警战士悄无声息地包围了一幢林木扶疏、湖水环绕的高档别墅。

他们犹如壁虎,飞快地摸上楼道,撬开门锁,撞开房门,但是人去楼空,了无人迹……

特警战士找到一个身材矮小的守门人,审问:"住在这里的人哪里去啦?"

守门人怯懦地闪着恓惶的眼睛,结结巴巴地说:"原来的房主……早就把房子卖了。我……是新房东雇来的,刚来……三天……"

公安局,经侦室,灯火通明。

办案人员对林家旺说:"林总,我们偷袭搜查了黄亦年的别墅,发现那栋房子早已变卖给了别人,他本人不知去向。我们已经在网上发布通缉,请求全国各地公安部门协查。您放心,他跑不掉的!"

林家旺提醒说:"如果新的房主和黄亦年串通一气,制造买卖假象呢?咱们千万别上当!"

办案人员说:"我们对新房主进行了审查,此人是个港商,买到别墅已经两个多月了,房产已经过户。他和黄亦年互不相识,也无交往,房产交易是通过中介进行的。"

林家旺无奈地叹息:"想不到黄亦年貌似平庸,竟然如此老奸巨猾……"

办案人员说:"放心吧林总,再狡猾的狐狸也逃不过猎手!"

林家旺又问:"银行那边怎么样?所有的银行账户都查了吗?同志啊,几百号人的工钱,几百号人的血汗,咱们不能让这些吸血鬼白吞啦!那是多少个农民家庭的活命钱哪!哪怕能查到一点蛛丝马迹,多替乡亲们追回一分损失,我们的心也能安宁一点哪!"

办案人员说:"林总,我们的心情和你一样。黄亦年是个老手,事先做了周密的准备,他具有一定的反侦察能力,潜逃前把所有的账户都清空了,甚至销户。我们没有找到一点赃款,也没找到转移赃款的线索。当然,我们的追查工作还在进行。同时,我们又在他可能隐藏的地方张贴了几十份缉查公告,并安排了暗哨,即便是泥牛入海,也会留下蛛丝马迹的。"

公安部门用了这么大的努力追踪黄亦年,林家旺不好再说什么,只是心中暗暗着急……

随着日子一天天朝着春节逼近,林家旺心头隐约有了一种担心和焦虑,如果找不到黄亦年的踪迹,该如何向自己承诺过的农民工交代呢?即便公安部门找到黄亦年,能一下子逼他拿出几百万现金吗?如果真到了这一步,又该如何应对?难道自己面对那一个个辛劳的乡亲父老,面对一双双充满希望和期盼的眼睛,忍心说出一句让他们失望和泄气的话吗?那样做伤害的不仅仅是人心,弄不好还会闹出人命来的!

因此,他想到必须有一套应对的准备,以防不测。于是,他回到公司后,立即赶到财务室,催促会计抓紧盘查公司的账目。他要求说:"你们财务室要抓紧工作,把今年的资金往来认真梳理一下。特别是那些别人欠咱的陈年旧账,甚至有些死账,抓紧追讨,想想办法尽量追讨回来。不要拖泥带水,也不要听任对方敷衍,公司急需筹集一笔现金。记住,是急用!"

杨慧匆匆忙忙从外面回来,招招手把林家旺喊到自己的办公室,把刚刚摸到的情况告诉他:"家旺,这个黄亦年太狡猾了,他把咱想到的突破口都提前封死了。他自称 CD 工程他是二包,说是上家坑了他,给自己拖欠工资制造理由。我们今天找到了上家,你猜是谁?是他妹夫!当时他妹夫在 CD 城招标部工作,利用职务之便把工程弄到手里,得了黄亦年一大笔钱,早在一年前就移民菲律宾了。最近他给公安局来电话,愿意回来自首。他说黄亦年把别墅折价两千万给了他,另外给了二百万现金,让他到菲律宾躲一阵,等风声平息了再回来。他带着老婆、女儿跑了。现在,那二百万早花完了,黄亦年答应每年供给的生活费也断了,他们一家三口眼看就要流落街头了!"

林家旺听了,面色变得黑铁一般,咬牙切齿地说:"王八蛋! 本以为他是个偷偷打洞的小老鼠,没想到是条吃人喝血的大灰狼! 用一幢别墅当鱼饵,引诱他妹夫拿下工程,盗取了国家几个亿。现在别墅也卖了,妹夫一家也不顾了,全都成了牺牲品,这个人真是黑心烂肺的恶狼!"

杨慧担心地说:"看来想抓住黄亦年,不是件容易事。家旺,你想把拖欠的工资扛起来,那可不是个小数目,一千多万哩! 咱们不能等待,不然就被动了!"

林家旺决然地说:"杨慧,我不是逞一时之勇,也不是打肿脸充胖子! 帮助民工讨薪是咱的责任,也是我对大伙的承诺,一份责无旁贷的承诺! 既然说了就得信守诺言,一诺千金!"

"我赞成你的作为,支持你的诺言。当时感觉你过于冲动,过于口满了。现在,我想通了,就是天塌下来,也要和你一起扛!"

杨慧说着,伸出手掌轻轻替男人抹去额角流下的一串汗珠,用少有的温柔贴在家旺焦躁的胸脯上,轻轻拍了两下,用充满温情和体贴的话语说:"家旺,我知道你把责任和信誉看得比天都大,即便自己吃亏,也不让别人受一点委屈。我早就服你了。只要你觉得应该做的事情,你只管去做,甭怕我有时想不开,影响了你的决定。"

女人的温情像伏天里的一剂泻火药。由于心理负担太重而引发的焦躁令林家旺寝食难安,他刚想闭上眼睛迷糊一阵,眼前就映现出千百双渴望的眼睛;他每每端起饭碗,飘在饭碗上面的热气就凝聚成一张张充满期盼的面孔……

几百号农民工没有拿到工钱,辛苦一年回到妻儿老人身边,如何开口说话? 在亲人殷切的目光下,那颗因为上当而丧失尊严的脑壳,还能抬得起来吗?

几百号上当受骗的工人和他有关系吗? 可以说没有。包工头跑了,没拿到工钱,自然是悲哀的、不幸的,他表示同情足矣! 这种事找当地政府和执法部门解决,也是天经地义的。打击犯罪,保护公民合法权益,不就是政府职责吗?

林家旺认为他对农民工上当受骗负有责任。他办的劳务中介公司和别的同类公司截然不同,不单单帮人找个工作,收取中介费而已;他的公司承担着对农民工的技术培训、职业培训,以及特殊的礼仪培训等等,以适应社会上日益提高的用工需求;另外,他的公司还帮助农民工承揽工程,介绍工作。那些初来乍到的农民,只要找上门来,公司管吃管住,进行岗前培训,等你找到工作有了工资后,再交付标准较低的中介费。所以,林家旺的公司在深圳劳务市场牢牢站稳了脚跟,农民工称他的公司是"河南人老家",政府部门表彰林家旺为信得过的河南人,他和公司多次被评为深圳特区的先进个人和先进单位,他本人被破格推选为深圳特区的人大代表。

黄亦年是如何拿到 CD 大厦工程项目的,林家旺并不知底细。因为政府部门介绍,点名由他们公司推荐一支技术优良、经验丰富的农民工队伍,确保 CD 大厦的工程质量,他才认识了黄亦年,并且签下推介技术人才、组织民工队伍的协议。

在和黄亦年打交道以来,这个老到的承包商深藏不露,说话唯唯诺诺,谈事情好说好商量。按照用工合同,对民工发工资必须做到日清月结,每月发一次,防范的就是拖欠工资。这个姓黄的总是以资金紧张,或是材料费负担太大等原因,甜言蜜语地骗取民工的好感,逐渐改为一月一结、一季度一结、半年一结,直至拖欠不结,携款潜逃……

林家旺感到深深内疚,一是粗心大意,监督不力;二是违背合同,丧失了法律意识。

所以,从事发那天起,他就将责任揽于一身,不推诿,不敷衍,一边依靠政府和司法部门追缉黄亦年;一边接受教训,做出最坏的打算,由自己公司的力量扛起这笔巨额债务,自己宁肯爬冰卧雪,也不能让父老乡亲们失望,以使他们拿到工钱,过一个温馨甜蜜的春节……

当他喊出这句话时,得到的是农民工热烈的欢呼和掌声,但是他的公司员工私下里议论纷纷,悄悄刮起一阵冷嘲热讽之风——

有人说,林总是人大代表嘛!这种时刻正是表现的机会,力挽狂澜,为政府分忧哪!

有人说,有多大荷叶,才能包多大的粽子!咱们那点家底,掏干净也填不起这个大坑!

有人说,我支持林总,为了特区的荣誉,也为了咱们公司的威信,就得做出贡献!林总的榜样是董存瑞,不怕粉身碎骨,为了新中国,冲啊——!

即便与他相濡以沫、心灵相通的副总经理、负责财务管理的杨慧忍不住也有几分怨气。一连几天沉默寡言,躲避着林家旺,默默抗议他当着众人振臂一呼的慷慨激昂,将会因为一时的冲动,而使辛勤经营起来的公司一败涂地!但是,当她听到员工们的风言风语时,却有一种警惕飞上脑际,来特区闯海的人,有几个不是为钱而来的?万不能因为这些议论危及公司的稳定!所以,她多长个心眼,提前和财务人员汇拢了公司的资金,另外存入一个专用账号,密码只有她一个人知道。

她和财务人员讲得很清楚,劳务公司多年的奋斗,就攒下这点家底,决不能任由林家旺去为政府掏腰包还债!保住家底就等于保住了公司,也等于保住了每个公司成员安身立命的老本！

此时此刻，杨慧听到了男子汉心脏"咚咚"擂鼓般的声响，那声音她能听得出来，不是为她跳的，他心中另外盛着人，盛着好多叫不出姓名的父老乡亲！既然擂鼓不息，就意味着他正在进行的战斗决不会停止。自从她追随林家旺到深圳闯海，他们哪一天平静地生活过呀？一次次地上当受骗，一回回地落入陷阱，一场场面临绝境的拼死一搏……他们俩的心是贴在一起的！他们无私无畏，同心协力，一次次走出险境、走出陷阱、走出困境，打出一片属于他们的新天地，从被人玩弄的流浪者，到成为建设特区这场大战役中，做出贡献又有话语权的企业家！

通过这一段时光的追赃、查找黄亦年，她渐渐感到林家旺的坦荡胸怀和博大的人格精神，正因为有了一大批林家旺这样的汉子，特区才能在一片泥淖坑洼的不毛之地上陡然耸立起一座现代化的新城！

过去，她和林家旺的并肩战斗，或许只是为了生存而战，为了发家致富而战。他们能够心往一处想，劲往一处使。可是，现在怎么和家旺敲不到一个鼓点上了呢？反思的结果，她掉队了！林家旺是为了建设特区而战，她还在原地徘徊，为发家致富而处心积虑；她自私了，变得目光短浅，过于计较了。林家旺不是为了个人出风头，他是在为国家大计算大账，在为父老乡亲排忧解难。她算的是公司细账，算的是公司利益和个人得失——这算自私吗？那要分情况看时间，平常日子，或许光明磊落，无可指责。但此时此刻，林家旺就是在为特区堵枪眼，牺牲自我，顾全大局。他的行为大义凛然，无可厚非……

林家旺对杨慧的特殊表现，稍显意外。此前的几天里，为了避免不必要的争论伤害情感，他一直在回避杨慧的目光，还有她的话题。尽管显得有点小心眼，如果处理不好，就会波及公司内部的稳定，发展成公开对立的矛盾。

随着年节的步步逼近，追缉黄亦年的希望日趋渺茫，林家旺不再顾及公司内部的责任分工，一竿子捅到底，我行我素地干起来了。

他担心固执的杨慧会与他爆发不可避免的争论，心里做好了应对的准备。可是听到杨慧的表白，他反而备受感动，甚至怪罪自己狭隘，低估了战友和亲人的心胸和觉悟。然而他又把感悟引发的兴奋全都投入到抵债上，忽视了女人的温情和默默投过来的丘比特之箭！

于是，招来杨慧一句很重的讥讽。她说："洋奶奶喊你爹叫老木头，意思是感情迟钝，不谙风情。我看你呀，也是一根老木头！"

林家旺反应极快，立刻反击道："我跟你早就血肉一体了，谙不谙风情那是酸文人的醋话，办不成实事空吆喝！我可是先下蛋后筑窝，接下来不就是欠你一场婚礼嘛,这几天只顾忙了,没空告诉你。爹打来电话了,交代过年一定得回去,他要给全村人唱台大戏,咱俩唱主角。我猜呀,肯定跟办喜事有关。咱俩生米都成熟饭了,再举办婚礼,真要脸红了!"

杨慧垂下脑门,脸颊霎时像抹了油彩,红彤彤、亮闪闪的。她羞涩地说:"有你这么直白的吗? 相比起来,你还得好好向爹学习。老人家不温不火、不卑不亢的,心里咋想的,任你们谁也猜不透! 相比起来,你连木头都不如!"

林家旺禁不住放大嗓门说:"嘿,你说我感情迟钝,是吗? 我自己感觉够热烈了,同舟共济,肝胆相照。没有经过炮火硝烟,也算从生死线上爬过来了。我是担心满腔烈火爆发出来,会把你和我一起烧成灰烬的!"

杨慧把嘴巴一噘,讥讽地说:"我一点也感觉不出来! 你我之间隔着一层窗户纸,到现在也没捅开! 林家旺,你爹都急了,今年要唱台大戏给咱办婚礼哩! 你要再不向我表白,到时候别怪我不给你们林家面子!"

林家旺脸上火辣辣的:"杨慧,这些年咱们俩朝夕相处,风风雨雨闯过来了,沟沟坎坎爬过来了。你搀着我,我扶着你,你难道还不懂我的心吗? 非要我说出那个字……"

杨慧却固执地坚持说:"你对我好,关心我,照顾我,体贴我,超乎常人地在意我,我都能感觉出来,也能体会得到。可是,你把我当成什么人看呢? 是姐妹? 是朋友? 是伙伴? 还是情人? 正因为你不愿意说出那个字,才造成了半生的误会,走了好大一段生命的弯路,在我心中烙下痛苦而又难忘的印痕! 所以,这个字我必须听你亲口对我说出来,否则,我宁肯不再嫁人……"

杨慧的话格外沉重、格外悲凉,话语中包含的意思,只有林家旺听得懂。正是担心碰触她那段不幸而又灰暗的记忆,他在她面前从来不提往事,从不回首当年。

他所做的或者说他们共同奋斗的都是为了那个字。但是,谁也没有说出口,谁也没有直言道破。杨慧要的就是那个字,林家旺偏偏忌讳那个字,一来是那个字太过沉重,他扛不动,像山一样压着他;二来是那个字太过圣洁,为了它,几乎付出了三个人的青春韶华,留下的只有血色的记忆,还有伤痕累累的心田……

二十多年前,林家旺、宋志刚和杨慧三个人都是未涉世事的懵懂少年,也是同村的孩娃。同班同窗,出来进去都是一路走,一起玩耍,一块淘气,一块玩抬花轿、娶媳妇、拜花堂。

宋志刚当年九岁,林家旺八岁,杨慧只有七岁。年岁不同,却是一个班的同学,连座位都排在一块。每天早上,三个人一块去码头上坐船上学,傍晚伴着夕阳又一块放学回家。那段路便是他们欢乐嬉戏的场地,他们最爱玩的就是抬花轿、娶媳妇。志刚和家旺当轿夫,两人伸开胳膊,两只手交叉,十指相扣。杨慧双腿插在两个男孩的臂弯里,屁股坐在两个男孩手掌叠交的肉垫子上,他们便一颠一颠地抬起娇小动人的女娃疯跑!

男孩一边抬着花轿疯颠颠跑疯笑,还疯唱着并不懂得含意的民谣,逗得杨慧咯咯地一路笑——

送亲的,抬花轿,一路唢呐哇哇叫,

新媳妇,偷偷笑,被窝里头更热闹……

新郎急得猴儿跳,搂住新娘啃仙桃……

花轿抬到了一棵大树或是巨石旁边,两个男孩停住脚步,女娃下轿,接着还要拜花堂。两个男孩分别扮作新郎,和新娘行三叩大礼:拜天地,拜神灵,再夫妻对拜。这个环节要重复两遍,两个男孩一个女娃,所以男孩分别要和女孩拜一次花堂。三人才兴致勃勃地往回走,到渡口乘船各回各家。

岁月就这么匆忙而又缓慢地往前走,他们的记忆里写满了儿时荒唐而又甜蜜的故事。

转眼间,三个人该上高中了,因为女娃榜上无名,两个考上县城高中的男孩不约而同地退了学,回到山村里陪着女娃当了庄稼汉。

十六七岁的男孩女孩在山村里都是大人了,他们不可能如同少时那样不分彼此地厮混疯张了。然而,山村男女的幽会自然有他们的约定:在村路上放一片树叶,就是晌午头到某棵大树下说悄悄话;在门台上放一颗石子,那是晚上到后山石头坡上聊天的信号……

又是两年过去,女娃到了谈婚论嫁的年龄了。女娃父母早逝,和兄长相依为命。哥哥娶不上媳妇,却逼着女娃出门嫁人,好要一份彩礼,拿来打点自己的婚事。

女娃被逼得没有办法应对,就和两个汉子商量。女娃表态:父母早逝,长兄为大。但是婚姻自主,自己宁肯终身不嫁。

两个男子汉相视苦笑,终于商量出一条协议:在近两年内,谁先当上干部,女娃就嫁给谁当妻子。因为女娃优秀,男人不能让她受一点委屈,当上干部就具有基本的生活条件了。

就在那年深秋,县里开展学大寨运动,志刚带着一支突击队上了水库工地。开山破石,劈山炸岭,修筑起石头大坝,蓄住洪水,让高峡出平湖。由于成绩突出,表现超人,志刚被发展为党员,接着又被提拔,当上工地副指挥长,在一线指挥几万农民大干苦干。紧接着被组织转为正式国家干部,享受科局级待遇。

那时的林家旺偏偏加入了大树爷组织的西征采棉大军,虽说也混成了村干部,毕竟还是头顶日头背朝天的农民。给不了女娃幸福,便主动退避三舍。

宋志刚毫无争议地把杨慧娶回家,女娃成了副指挥长的妻子。志刚抱得美人归,自然是意满志得。然而,女孩心头藏着一丝愧疚;庄稼汉林家旺更是满腔的懊悔和遗憾……

后来当了干部妻子的女娃,和庄稼汉在村路上相遇,男人赶忙回避。女人却追上去冷冷地说了一句话:"俺恨你!既然有意,咋不早些把那个字说出来呢?"

志刚真诚地想帮助家旺走出古水坡,到外面的世界摔打一番,得到改变身份的机会,跟自己一样,当干部领工资,成为真正的公家人。于是,他把林家旺抽到水库工地,顶替了当年自己干过的突击队长。

林家旺也是个拿得起放得下的拼命三郎,带领突击队样样工作走在前边,半年不到就被评为工地的标兵,到省里大讲学习毛主席著作的心得体会,大讲战天斗地学大寨的成功经验;还上过省委的办公楼,书记跟他握过手,省长陪他吃过饭……

正当林家旺的前程如日中天的时候,发生了一场意外。水库工程即将竣工,有个扫尾工作尚未完工。——那是一个山洞式的泄洪通道。因为地质结构复杂,泄洪道恰好要通过一段破碎带,反复塌方严重影响了工程的进度!

省长的电话直接打到工地指挥部宋志刚的办公桌上,催问进度,要求报告准确的竣工时间。省里要召开隆重的庆祝大会,北京还有位副总理亲临现场……

宋志刚被一日三遍的电话指示搞得焦头烂额,为了抢工期抢时间,他只好咬咬牙把屡建战功屡打硬仗又每仗必胜的林家旺突击队拿了上去,并且亲临一线,现场指挥。上级要求的竣工时限还有七天,他对家旺的要求是五天!

两个儿时的好友,如今是两条血气方刚的汉子,又是战斗在治水工程一线的冲锋者和指挥者,他们的心又贴在一处,手又握在一起。

塌方正好在泄洪道的工作面上。战塌方的场面悲壮惨烈,毫不亚于战争年代在炮火硝烟中攻城略地!几十条汉子除了一条裤衩遮羞,全都赤身裸体,扛着荆条编织的盾牌,前仆后继地连续不断地发动进攻!——塌方的泥沙里挟着风化的碎石,如洪水一般喧嚣而下,冲垮勇士们用荆片和木柱顶起的工作面,把大家夜以继日的劳作毁于一旦!

生命在大自然的肆虐面前如同草芥。在大自然的威力面前,悍勇和冒进不过是可笑的愚昧而已!

林家旺建议:"志刚,泄洪道必须重新选址,这种破碎带必须绕开!否则,塌方如同狮子大开口,咱们有多少人命往里填呀?"

宋志刚因为上级的压力变得固执而教条:"下定决心,不怕牺牲,排除万难去争取胜利!大坝竣工,近在眼前,哪能轻易改变图纸呢?家旺,你知道多少眼睛在盯着你呀!拿下这段工程,你就可以成为英雄!"

　　"志刚,咱们不必争论。你把技术员找来,开个战地会,听听大家怎么说。咱们目前一无经验,二无设备,万万不能拿人命当儿戏!"

　　林家旺义正词严,毫不让步,眼珠都红了。

　　宋志刚居高临下,求胜心切,脸都发青了!

　　他猛然抢上前去,扛起一张荆片,站在洞口,对年轻如牛犊的小伙子们喊道:"为有牺牲多壮志,敢教日月换新天!不怕死的都站出来,拼上性命战塌方呀!"

　　那一刻,宋志刚一呼百应,立即有十几条汉子挺身而出,顶着荆片如同高举盾牌的武士,扛着檩木如同扛着矛戈的勇夫,呼啦啦站在前边,一副视死如归的豪迈!

　　林家旺冲了上去,他站到志刚面前,如猛虎拦路一般,吼道:"你以为我怕死吗?我怕的是无谓的牺牲!要死,也要我去!我是突击队长!"

　　宋志刚把他推到身后,凶恶地吼道:"走开!我是工地指挥长,死也轮不到你!记住,你家里还有父母老人靠你赡养!"

　　林家旺眼珠血红,闪着泪花,夺命般吼叫:"志刚哥,你不能死,杨慧还需要你照顾哩……"

　　宋志刚猛然推倒林家旺,朝汉子们振臂一呼:"弟兄们,冲啊——"

　　塌方如同醒来的睡狮,刹那间咆哮起来。先是石块瀑布一般自空中倾泻,而后积聚成汹涌澎湃的滚石,浪涛一般奔泻而来!

　　跑在前边的一排小伙,如同虎口填食般被滚石巨浪吞噬得无影无踪,连呼救都没有喊出声来!

　　滚滚石流的呼啸,如闷雷划过长空!奔腾而来的滚石如浊浪排空,那种声势浩大的咆哮,如同死神灭绝人类般恐怖……

　　林家旺冲了上去,用手拼命地拽住志刚,一边声嘶力竭地呼唤着战友们撤退!赶紧撤退!

　　混乱之中,碎石飞舞,石浪迸溅……

　　宋志刚猛地哎哟一声,身子就软瘫下来。

　　林家旺顾不得许多,拦腰一抱,扛起他就往山洞外拼命奔跑!

　　宋志刚蜷缩在林家旺的怀里,双眼紧闭,不省人事,口鼻蹿血,半截身子被血水染红!

　　林家旺把他抱上拖拉机车斗里,对着司机吼叫:"开车!快点!一定要把他救活!"

十几里山路,他吼叫了一路,嗓子都喊哑了。志刚倒在他的怀里,大口大口喷着鲜血!他手托着志刚的脑壳,感到手心里黏糊糊的,注意一看,糨糊一般的脑浆,无声地聚满他的手窝……

工地急救站的结论是,一块碎石砸破安全帽,又砸破脑壳,致使脑干出血……

林家旺搂着志刚血淋淋的尸体,哭倒在匆匆赶来的杨慧面前,泪汪汪说出一句话:"嫂子,志刚哥走了,从今往后我就是你的亲兄弟了!只要我活着,就不能让你受苦受累受委屈……"

林家旺这番话把杨慧打动了,她热泪盈眶地说:"咱们和志刚都是从小长大的苦孩子,也是过命的亲兄妹。咱们一生一世不能忘了他,咱们得让他的灵魂得到安慰……"

宋志刚被县里追认为烈士,葬在陵园里。

那次,家旺陪着杨慧去扫墓,他又对着坟头说了类似的话:咱们仨从小一起长大,胜似兄妹。刚哥你放心,我作为兄弟,一定要把嫂子照顾好,决不让她受苦受累受委屈……

杨慧突然翻脸了,对他爆发般地吼起来:"林家旺,我在你心中永远是个嫂子?为了刚哥,你心中一直供着我。可我是个女人,活蹦乱跳的大活人!他比你大一岁,你喊哥。我比你小一岁,你把我当嫂子!你从来没有把我当妹妹,更没有把我当过心上人。我心里别扭、憋屈,再这样下去,我就要崩溃了!"

林家旺低低垂下脑门,脖子上如同坠着一盘磨。他说:"你骂得好,骂得痛快!我也恨自己窝囊,恨自己怯懦。我知道你心里孤独、苦闷。可是我说服不了自己,做不出来,始终迈不过那道坎……"

当初,他们二人相约到深圳闯海,就是为了忘记过去,翻过那道坎,走过那条沟。

应该说,他们俩在艰难的时候热吻过,将相互的气息呼作一气,战胜艰难的处境;在小有成就的时候,他们热烈地拥抱过,男人和女人把肉体化合一处,度过苦涩而凄美的岁月,迎接来日升起的彩虹;甚至,他们有过狂热而又痛快淋漓的肌肤之乐,赤条条地缠在一起,如世上所有的衣食男女那样,贪婪而又忘情地陶醉在上天赋予的人性情爱中。男人忘乎所以地欣赏这个从小和他一起拜过花堂的女人,那副柔滑如玉的躯体让他灵魂出窍,迷恋至死;女人则赞叹男子汉伟岸如山岩的体魄,蕴藏着鬼斧神工的生命力量,可以给予她一生的满足,甚至还有来世的迷恋……

然而，男人的心灵深处有个解不开的死结。因此每到激情迸发，肌肤之乐快到了巅峰的时刻，他就会戛然而止，使暴烈的狂欢迅速落至谷底。男人泄气，女人更是悲戚，常常偷偷落泪……

所以，林家旺欠杨慧一个婚礼。女人希望光明磊落地嫁入林家，那是她的归宿，她的彼岸。

林家旺却心怀死结，担心走远了的志刚哥蓦然回首，轻声骂他不仁不义，他将有口难辩！

在常人和员工的心目中，他们是一对亲密的伴侣，一对和谐的搭档。他们二人私下相处的时候，杨慧便会用火辣辣的目光看着林家旺，娇嗔地责怪着："家旺，他都走了十来年了，骨头都成灰了。我心里记着他，你总不能让我永远活在他的阴影里，守他一辈子吧？你就是铁打的心肠，也该替我想想，甭再把我当嫂子，我要当你的女人，让我好好陪你活一场！"

林家旺面对杨慧炽热的情感、大胆的表白，再也控制不住男子汉坚强而又苦涩的隐忍，终于伸开双臂，敞开胸怀说："杨慧呀杨慧，你非要逼着我说出那句话，我嘴笨，说不出，也不好说……我赌个咒吧，这些年我林家旺每时每刻都把你放在心口上。事实上你早就是我的女人了，谁说假话……"

杨慧扑过来，偎在他怀里，踮起脚，噘起红唇慌忙堵住他的嘴，不让他吐出下面的话。

林家旺顺手关上灯。屋子里光线昏暗下来。

第三十三章　人死债不死

临近春节时分,古水坡村里村外都在进行一场大扫除,干干净净迎接新春的到来。

村主任张发动动员村里所有的留守人员,打扫村路,清洁院落,掩埋树叶和垃圾,四处不留死角,目光到处,清清爽爽,不落尘埃。

张发动亲自兑了石灰水,领着几个壮劳力把村路沿线的墙壁刷上一层,并且按照统一的高度,整整齐齐画了一道红线。就连石板路沿线的树木,也刷上白灰,树身上画有统一的红线,齐齐整整的,有了一派喜庆的色彩。

大树爷抽着旱烟袋,一路巡视着,眯缝着老花眼,脸上布满了满意的笑纹。

他对旁边的村主任说:"发动啊,到县城买些红灯笼,多买几盏,甭小气,从渡口到村里,亮闪闪一大串。村头挂四个大的,气派点!"

村主任连声附和,问:"四个大的?多大个呀,水缸那样的?"

大树爷重重地说:"那叫大吗?俺想要磨扇那样大的!"

"中,中,老中!只要您发话,我立马就去落实,保证让您满意!"村主任回话如流。

大树爷又说:"还有,提醒我,常去医院瞅瞅,让黑妖跟洋妮子多在医院养养,那里有暖气,对养病有利!"

村主任笑着说:"叔,这事轮不到我管,您说要亲自过问,不让别人参与。不过我听说了,他俩早就康复出院,又沿着路线采风去了!"

大树爷吃了一惊,说:"啥时候的事呀,俺为啥不知道哩?你这村主任,咋就不通情报,让村民自作主张哩?"

村主任笑道："叔,我是村主任,是个演皮影的,线绳在你手里,您不让问的事,我哪敢管呀!"

大树爷正色道："那就对啦!我不管,村里就乱套了!你记住啊,再给家旺打个电话,今年春节,就是天上下石磙,他们也得赶回老家过年!"

远在深圳特区的林家旺,感觉日子过得飞快。他从睁开眼开始,一直忙到半夜合上双眼,一天二十四个小时,他的脚步如同鼓点一样,四处奔忙——他也是在赶那个鼓点,腊月三十就是年。都说年关难过,他闯的就是年关!

今天,他找到市长办公室,汇报了追缉黄亦年的不易和给农民工兑现工资的困难;并且向市长检讨当时表态过于草率,因此给各级领导造成了被动的局面。

他还说："市长啊,时间过得真快,离年关没有几天了。北方人把春节当大事,女人要花儿要炮,老大爷要顶新毡帽。好多农民工都急着回家,工作不安心了,催着讨要工钱哩!这是情理中的事,应该理解。请求市长帮助我们排忧解难,想想办法,咱不能失信于民哪!"

市长充满歉意地说："林总,你是在帮助市政府做工作,我这个市长应该向你表示歉意!CD工程拖欠民工工资的事,社会影响极其恶劣,处理不好,会影响特区形象和明年的发展。市委、市政府高度重视,各部门全力以赴齐抓共管,的确下力气啦!问题的关键是承包商携款潜逃,公安机关多方布控,目前找不到一点踪迹,整个案件就无法向前推进。法律也有窘迫的时候呀!"

市长的话说得贴切而又真实,对事件了解得十分透彻。接着又说："根据实际情况,我们想出个应急措施,筹集了五百万元,你先拿去救燃眉之急。这钱虽然不过是杯水车薪,但对我来说,政府可是从未有过了!家旺同志,还靠你多做工作,多解释,协助政府渡过难关!另外,请你转告乡亲们,黄亦年就是跑到天边,也要把他揪出来。只是个时间问题,大家不要着急!"

林家旺无可奈何地叹了口气,默默站了起来,默默走出市长办公室……

他走出市政府大门,脚步习惯性地拐了弯,走进一个街心公园,绕着一坑湖水走了半圈,便挑把椅子坐下来。

火车在不远处轰鸣着,响着汽笛奔向远方。他的心神仿佛跟着车轮疾驰。他突然想到当时的承诺,脸皮火烧火燎般疼痛——

"我向大家发誓,大年三十以前,就是天上下暴雪下石磙,我也会把工钱一分不少地送到你们手中……"

他想起刚才市长的话,是那般无奈和一筹莫展,他的脊梁沟一阵冰凉,冷汗一股股打湿了后背,心口刀割一般刺疼——

"……家旺同志,公安机关多方布控,找不到一点踪迹。关键人物抓不到,整个案件就无法推进,法律也有窘迫的时候……还靠你多做工作,多解释……"

他天马行空地胡思乱想,看着投注到地上的光影,突然感到无助和凄凉……

杨慧突然脚步匆匆找到他,诧异地问:"你怎么一个人跑到这里发呆来啦?"

林家旺猛然醒悟,神经兮兮地看看杨慧,又看看自己,反问:"我……怎么一个人坐在这里呀? 你……怎么会知道我在这里?"

杨慧朝四周环视了一圈说:"这个小公园,当年是个臭水坑。咱们来深圳打工,头一份工作就是在这里挖淤泥! 后来这里变美了,一有空闲,你就拉我来忆苦思甜。这里可能就是你的活动基地!"

林家旺苦苦一笑:"今天不是忆苦思甜来了,而是背水一战……"

"市长咋说? 市政府不会不管吧?"杨慧问。

林家旺低沉地说:"态度坚决,全力配合。但是包工头抓不到,案子无法结,法律无能为力。政府支持有限,帮咱筹到五百万,其余的靠咱们去摆平!"

杨慧愤愤不平:"黄亦年拖欠工人工资,实际上是从政府套走的,跟咱公司没有财务关系。姓黄的拖欠一千四百多万,政府筹的不过是零头,剩个屎盆子扣咱头上了? 咱们公司也不过筹到几百万,还差几百万去哪儿弄呀?"

"做人讲良心,做事讲信誉。咱们说出去的话,落地就得砸个坑,不能说了不算! 就是砸锅卖铁,也得让乡亲们有钱过年!"

乡村谚语说:吃了腊八饭,就把年来盼。

那天刚刚过了腊月初八,村主任撑船载着大树爷在渡口附近的河面上游荡。按照大树爷说的,腊月里赶集的人多,买了东西走铁索桥回村蛮费力气的,让渡船送过来省好大力气。

村主任猜想是,老人心慌了,儿子们没有回家过年的准信儿,便在家里坐不住,想到河上散散心。说不定能碰上某个归巢的燕子,也是一番惊喜! 为了讨老人喜欢,他把想法闷在肚里,自顾撑着船在河面上毫无目的地漂着……

倏忽间,公交车停在对岸码头上,呼啦啦走下来一群人,多是青壮汉子。黑压压地聚在铁索桥头,交头接耳商量着,有过桥进村的意思。

大树爷坐在船头上,眯缝着眼看了一阵,说:"发动,那群人不像咱村的人,又像是想进咱们村。把船划过去,问问咋回事。"

村主任撑起船,转眼工夫便靠近对岸。他说:"叔,那群人很面生,不像咱村的。

俺瞅着个个面带怒色,看样子来者不善呀!"

大树爷思忖着,说:"大腊月的,一大群人找上门来,准当有事。发动,把船撑过去!"

渡船抵达码头时,岸上有人问:"大爷,俺想去古水坡,是坐船还是过桥啊?"

村主任反问:"你们一大拨人,这时候去古水坡,有点蹊跷啊!拜年吧太早,找活儿吧不巧,找人吧来得太多。到底有啥事,朝俺说中不中?"

人群中有个年长的说:"兄弟呀,有句话俺开不了口哇!俺本来不想这时候来,可是过罢腊八了,不见一点消息,大伙心急,想来问问……"

村主任说:"老哥,你甭吞吞吐吐的,有话就直说。你是找人还是问事?我是村主任!"

那位大哥鼓足勇气说:"哦,您是村主任呀!这件事俺实在没脸说呀,人家可管可不管,凭啥赖人家呀?俺上当受骗,咋能找人家……要账哩?其实,是八竿子打不着的事……"

那位大哥吞吞吐吐说不清,有人拖开他,直冲冲说:"俺找的人是古水坡的林家旺!俺在深圳打工,是他揽的工程,帮俺签的劳务合同。一个月前,包工头跑了,俺白干一场没拿到工钱,集体去市政府请愿。林家旺出面调停,他负责追讨债务。承诺大年三十前把工钱交到众人手里,不误过年。大伙不得信儿,心里没底,就结伙成群来问问!"

事情讲清楚了,大树爷也听明白了。

村主任讪讪地问:"叔,这事该咋办?"

大树爷忽然站起身,夺过长篙把船靠近岸头,朗声对着那群人说道:

"乡亲们,俺听明白了。你们都是在深圳打工的农民工,找林家旺讨薪来了!家旺还没回来,俺是他爹。常言说父债子还,天经地义。他的事就是俺的事,既然找到门前来了,你们就是俺古水坡的客人!进了腊月就是年,请大家伙到俺村里住两天。俺给家旺打电话,让他一五一十说清楚,好歹对大家有个交代!"

岸上的那群人推推让让,谁也没有进村的意思,更不像一般讨债人那般理直气壮。

那位大哥又说:"大爷,您老甭误会,林总经理是个大好人!他的公司专门为咱农民工找活儿干,揽工程,教俺学技术,安排俺上岗,帮俺买车票,送俺回老家。包工头跑了,林总出面担责任,帮俺打官司讨薪哩!俺心急,才来问问。林总没回来,俺就回了……"

大树爷安慰说:"天下农民是一家,河南人都是亲戚。天寒地冻的不容易,大伙进村住两天,等家旺回来,拿了工钱再回去,岂不皆大欢喜呀!如果大家嫌村里不方便,前边有旅店,劳村主任去安排,俺管吃管住,中不中啊?"

岸上那群人交口称赞,说不出的感动。

那位大哥说:"大爷,您不愧跟林总是一家人哪!说话暖心,办事在理。俺原本不该来的,再麻烦您,俺这脸就没处放了!"

那群人又在岸上嘀咕了一阵,终于商定了同意住下来。村主任就上了岸,带着他们走了。

大树爷坐在船头上,吸着旱烟袋,心里焦虑地寻思起来:看来家旺这回是摊上事啦!包工头跑了,欠下工人一屁股债。他把债务揽到自己头上,情愿去填黑窟窿,也要让乡亲们有钱过年!家旺有种,够爷们儿!好几天了不打电话报信儿,一准还在为筹钱作难哩!唉——一边是眼巴巴等钱过年的乡亲,一边是四处奔走的儿子,大树爷瞅着哪头都心疼哪……

年关难过。

自从创办企业以来,林家旺每年都要经历一次灵与肉的艰苦磨难。

公司既要讨债又要还债,还要给员工发工资发奖金送红包,将其高高兴兴一个个打发走,留下一片孤寂和落寞,还有一肚子无法倾吐的苦涩。

借债还钱,本是天经地义的常理。好借好还,再借不难。当下这些是非全都颠倒了,借钱的是爷,讨债的成了孙子。

林家旺人缘好,只要你开口,决不会把面子掉地上,谁没个难处呀。另外,随着特区建设的日臻完善,用工单位对劳动力的选择条件高了,不像当初年年开春都闹"人工荒"。劳务市场发生了历史性的变化。因此,他更要做事周到,才能八面来风。

他曾经有过这样的体会,企业公司的老板必须是特殊材料做成的。要有一张牛皮做成的面孔,不怕讥讽不怕嘲弄,尖刀捅不破,匕首刺不烂;更要有一颗钢铁铸成的心脏,经得住研磨,把失败磨成美丽的彩虹,把挫折磨成鲜艳的花朵,还能把泪水研磨成香醇的美酒……

他和杨慧经历过这种艰难苦涩的过程。后来,他们把工作看成享受,把成绩看作成熟,得心应手地干了几年。没想到一时的疏忽,忽视了对奸诈商人的日常监督,终于铸成这个不该发生的事件。

林家旺在心中深刻反思这场教训,一边努力地进行补救,希望尽一切努力把拖欠农民工的工钱补发了。哪怕自己背上债,甚至塌了台,还可以从头再来!

他这样做的目的,不是出风头,也不是充大牌。他希望得到的只有一样,就是诚信。换句话说,他要对得起乡亲们,要对得起良心!

他一次次怀着焦灼的心情走进财务室,对会计说:"把咱们的家底都拿出来,咱们没有退路可走了,只有破釜沉舟!"

会计说:"林总,我这里只有咱公司的应急基金,都拿出来也不过一百多万,差得远哩!"

"所有的钱都搜寻完了?"

"杨总把存款都拿出来了,今年工资也没领!"

"我也不领工资,都凑上!"

会计不解:"林总,你们俩都不拿工资,不合适吧?听说老人家等着你们回去过年,听说要给你们办喜事哩!你们空着手回家,说不过去吧?"

"谢谢你的提醒和关照,我知道家里老人热乎乎想过个团圆年。可是,跟那些等着拿到工钱才能过年的乡亲比起来,就成小事了。你们财务室多费点心,帮我找钱,多找一点就能多帮助一个穷乡亲!"林家旺此刻的情状,犹如秦琼卖马、杨志卖刀般窘迫。

正当此刻,杨慧急慌慌找了来,说:"家旺,刚才村主任来电话,说你关机。他说很多讨薪的农民工都找到村里去了!想瞒不可能了,爹啥情况都知道了。老人家把那些讨薪者安排住下了,等咱回去送钱哩!你说咋办?"

林家旺听到这消息,头发梢都竖了起来!

他说:"咳,爹呀!儿子本来是火烧眉毛,现在闹成火烧房檐了!咱这头还没办妥,老家那头又冒烟了。万不能让老人家着急上火呀!"

会计抱怨说:"那些人也真不懂事!咱们是帮他们讨债,现在反倒成了欠债的了!早知道他们不通情理,这闲事当初就不该管!"

林家旺挥挥手说:"这话不对,咋能说咱是管闲事呢?咱们公司的宗旨就是为农民工服务,是咱没把工作做好,没有尽到责任。农民工找到村里去讨薪,说明对咱信得过!放心吧,俺爹会处理好这件事,决不会激化矛盾的。"

杨慧突然说:"家旺,你把我提醒了,咱不是拉了一家搞乡村旅游的合作者嘛,人家打来一笔投资预付款,你让暂时存放银行,等咱回去听听情况再说。这笔钱咱能不能暂时借用一下?"

林家旺猛然一拍脑门,说:"对呀!昏头了,急昏头了!那是一笔项目预付金,没和村里讨论,存在那里暂时没动。我咋就忘了?那是一张五百万元的汇票!"

会计说:"那笔钱是汇给你们村的,不能随便挪用。咱们公司是担保单位,应该说无权挪用!"

林家旺说:"在村里我是支部书记,在公司我是法人代表,我就动用一次权力,把这笔钱挪用一次,拆东墙补西墙,先解燃眉之急!我回去向村民做解释,做检讨!"

杨慧焦急地催促:"那就赶紧打个电话,别让老人家着急,咱们抓紧赶回家送钱!"

林家旺点头说:"那是必须的!其实动用这笔钱应该得到爹的同意,他是旅游项目的实际操作人。现在情况紧急,顾不上了!"

他打开手机想拨电话,蓦地哑然一笑说:"咳,手机没电了……"

林家旺当即决定,赶回老家,兑现承诺。

坐火车、乘飞机,根本买不到票,而且携带巨额现金,无法保证安全。于是,他决定动用公司那辆面包车,连夜出发。

那辆面包车用了好几年了,买的就是二手车,平常就在市区跑一跑,真要用它跑长途,还是头一回。

司机小朱有点顾虑,说:"不是我讨价还价讲条件哩,咱的车况太差了,早该送去大修,二位老总不开口,平常就当瘸驴驽马用着。现在让它跑两千多公里的长途,我可是没有一点把握!"

林家旺倒吸一口凉气,皱皱眉头说:"咱现在事情紧急,赶时间嘛,跑到哪里算哪里,咱就冒一次险吧!"

老板定了调子,司机不好再说什么,面包车就在黄昏时分加满了汽油,装好了行囊,跌跌撞撞上了路。到达广州时,已是华灯遍地,星辰满天的时候了。

小朱小心谨慎地开车行驶,进入107国道,不敢放开速度飞驰,只有别人超他,他不敢超任何人,就以60迈的速度不紧不慢地行驶着。林家旺算了算,基本上要40个小时才能到达老家。于是满意地说:"小朱,辛苦点,就这样的速度,咱们就能解决问题!"

小朱苦笑着:"但愿面包车争口气,让咱平安进入河南界,咱就有办法了!林总,累了你们迷糊一阵,后半夜陪我说说话,别让我瞌睡!"

林家旺说:"我是个夜猫子,每天只睡四小时。我陪你说说笑话,撵走瞌睡虫!"

林家旺说归说,其实没走几十公里他就睡着了。多亏杨慧一路清醒地陪着小朱唠嗑。等到他一觉醒来,已经进入湖南地界了。

他们由南国奔向北方,沿途风景变换着不同的色彩,显示着季节的差异。广东的山头和原野,还是郁郁葱葱,出了广东往北走,渐渐地就显得凋零和衰败了,绿色的山脉被染得枯黄,大地上的苍翠被赤褐涂抹出东一块西一片,生机勃勃的大地变得渐渐苍老起来……

小朱的眼睛一眨不眨地望着前方,不时读出公路上的路标,上面写有醒目的地名和里程。

小朱不吸烟,杨慧从身上摸出一盒风油精给他,让他不时抹抹鬓角和鼻孔,提提精神。他还一路放着磁带,听着流行音乐。

林家旺原本是不唱歌的,为了逗小朱开心,帮他提神,不会唱便跟着哼甚至跟着吼,果然逗得小朱笑得掉泪,杨慧也跟着哈哈大笑,鼻涕眼泪都笑出来了。

杨慧坐在后排位置,怀里搂着个大皮包,一路上都不肯轻易松开一会儿。她困了就伏在皮包上假寐一阵,更多时间是保持清醒,不敢在路上发生一丝一毫的大意。上车出发之前,她匆匆忙忙到伙房拿了几个馒头,还有几根鲜黄瓜,想不到竟然成了路途中仅有的干粮!

杨慧舍不得吃。林家旺硬撑着,咬牙忍耐着一路饥渴。直到过了湖南界,才在路边服务区草草吃了顿饭,买了一些面包、水果、矿泉水,接着继续赶路。

沿途的风景渐渐变得萧索起来,如同舞台上的演员换装,穿着花花绿绿的,便像丫头;穿得色彩端庄点,便是姑娘或少妇;一旦换上青紫短打,头上戴了花白发套,便成了十足的老婆婆了——他们这一路的色彩就是由绿变黄,渐渐转换成一片苍茫的灰色……

一路上,不时会接到大树爷打来的问询电话,他们也不时同过电话去,尽说些到了何处,路好不好走之类的话,还有注意安全之类的叮嘱。这时,大树爷的电话又来了,林家旺说:"爹呀,我们已经走了一多半了,进到湖北地界了!估计明天上午能到家,您老歇吧,甭操心了!哦,河南下雪了?好,好,好,我们一定注意安全!"

其实,大树爷这个电话不是从家里打来的。他守在屋里坐不住,独自跑到渡口上,冒着飘飘洒洒的飞雪,面对静静流淌的河水,守望着远方无法触及的公路,发出一个老人对儿女们殷切而又朴实的嘱咐:"家旺,下雪了,路上滑。千万别开快车,注意安全哪……"

面包车一路疾驰,天亮前终于驶入河南境内。果然遇到了风雪。大别山在这里挡住了呼啸的寒风,留给了南方温润,北方被东北风搅得周天寒彻,千里冰封,万里雪飘,好一番银装素裹的北国风光哪!

风越刮越大,雪花越飘越紧……

前方的路被雪染白了,又被车轮碾碎了,结成冰碴儿。后边的车轮碾上去,一片吱吱嘎嘎的声响。

司机小朱说："林总,雪大路滑,面包车开不动。是否找个旅店喘口气,等天亮再走?……"

林家旺表示赞同,说："无论如何,咱们安全第一。反正快到家了,不差一时半会儿的!"

小朱开车缓缓行进,想找合适的地方停下来,稍事休整。突然,公路上堵满车,黑黝黝排成长龙,静静卧伏在银色的公路上,僵尸一般阴森恐怖……

小朱熄了火,下车跑到前边去问询,又急急跑回来说："林总,前边雪大,国道封了!如果雪不停,咱们就搁这儿了!"

林家旺有点着急,紧赶慢赶地抢时间,眼看到了家门口,却被大雪堵住了,岂不让人心急如焚呀!他说："小朱,想想办法。咱不能搁在这里,乡亲们可是望眼欲穿哪!"

小朱无可奈何地搔着脑门,"林总,咱们走的是 107 国道,前前后后被车辆卡死了。现在咱们前进不得,后退不能,插翅难飞呀!"

林家旺推开车门走下车。他望着飞雪察看情况,上前和一位司机交谈起来。他问:"师傅,请问您啦!我们去平原县,请问师傅,附近有没有别的路能走啊?"

他从身上摸出香烟,随手递过去一支。

师傅点上烟,抽了一口说:"按说想绕道可是不容易!我开的是大卡车,门儿都没有!你们是面包车,还能凑合。往前几里路有个岔路口,能走县乡公路,虽说路况不好,也比耗在这儿强啊!跟前边的司机说说好话,大家把车靠边儿挪一点,你们就过去了!"

林家旺拱手感谢,然后跑到前边求人让道。小朱紧随其后,一点点往前挪动。费了一大车的口舌,说了两卡车好话,终于走上那个岔路口,开上了县乡公路。

林家旺上到车上来,手脚都冻僵了。杨慧赶紧解开棉衣扣子,把他的手放到胸口暖着,心疼地说:"雪啊,早不下,晚不下,俺在路上了你偏偏要下。老天爷啊,故意考验咱们哩!"

林家旺却让大雪冻出了激情,说:"瑞雪兆丰年,这场雪来得及时,欢迎咱们回家哩!"

司机小朱说:"咱被堵了两个小时了!林总,还是赶赶夜路吧,不然雪越下越大,咱们还会搁在家门口的!"

林家旺略微沉默一会儿,说:"路况不太好,又是雪天赶夜路,慢点开,千万注意安全!小朱,你已经是疲劳驾驶了……"

面包车在沙石路面上行驶,路况比起京广大道差多了。飞速旋转的车轱辘,在凹凸不平的路面上行驶,发出哐当哐当的颠簸声,车身就像喝了酒的醉汉,摇摇晃晃往前闯。

司机小朱说:"林总,你们撑不住就睡一会儿吧,天快亮了!路不好走,我反倒有精神了!"

林家旺硬撑着,说睡不着,坚持着陪小朱度过黎明前最难熬的时段。

杨慧却坚持不住,依偎在林家旺怀里,昏昏沉沉进入梦乡,提前回到古水坡——

码头上,人流如潮,欢声雷动……

全村人都挤到河岸上,提着一串红灯笼,载歌载舞地把他们迎进村里。

鞭炮震耳,礼花轰鸣,把天空装点得绚丽多彩……

石板路上,学生们挥着彩绸,跳着秧歌,映出一张张笑脸,道来一声声祝福……

村口上,婶子大娘们端着小笸箩,往她身上抛着草料、花瓣和五彩纸屑……

金娜、司提芬迎上来,把两朵大红花戴在她和家旺胸前,并且热烈地拥抱了她。金娜祝福道,亲爱的慧,我可爱的孩子,你今天要和心爱的男人成亲了!祝福你们幸福美满!谢谢你,给我一个漫长期待后完美的答案。可爱的孩子,你们应该热烈地拥抱和亲吻啊……

杨慧羞涩地笑着,被乡亲们推拥着,和林家旺紧紧拥抱在一起,两张饥渴的唇贴在了一起,周围是一片欢笑和喧闹……

大树爷猛然出现在村头,哈哈大笑地喊道:"成了!成了!俺的心事了结啦……"

"轰隆隆——"一声巨响,面包车顿时发出一声震耳的巨响,旋即火光冲天,把雪夜的黎明照射得火红而明亮!

一辆迎面驶来的大卡车刹车失灵,控制不住雪路上的车轮。面包车躲闪不及,被卡车撞个正着,就地被掀翻侧翻在路边壕沟里,霎时便腾起冲天的火焰,火焰裹挟在浓浓的烟雾里……

司机小朱挣扎着从车窗里拱了出来,他浑身是血,夺命般嘶叫着,想扒开扭曲了的车门。他没有成功,晕倒在熊熊燃烧的车身旁边……

车祸就这样在眨眼之间发生了!

半小时后,附近的巡警开着警车迅速赶来。他们撬开车门,抢救出奄奄一息的伤者,以十万火急的速度送往当地医院抢救……

这里是与平原县交界的古城县,距离老家不过百十里路程。

大树爷得到消息时,天已经大亮了。

他喊起村主任,一起过了河,在公路旁截了辆出租车,心急火燎地赶到古城县医院。

林家旺和杨慧早已被送进了抢救室。医院走廊里一片紧张气氛,医生护士忙碌地走动着。

两个重伤病人周身缠满绷带,插着各种急救的管子……

据医生透露,病人肢体大面积烧伤,又经过长时间烟雾熏烤,从送进抢救室就没有睁开眼,也没有说过一句话,伤势非常严重,时刻面临生命危险……

大树爷铁塔一般守候在急救室门前,黑煞着面孔,一言不发。

午后时分,家信、家勇、家豪以及林家所有的直系亲属,陆陆续续都赶到了古城县医院。大家挤在狭窄的病房过道里,气氛沉痛、压抑,几乎让人喘不过气来。

大树爷不说话,谁也不敢多说一句。

大树爷蹲在地上铁塔一般,大家也都如同一块块沉默的山岩。

金娜悄悄推了大树爷一把,放低声音说:"林,你守了很久了,需要休息……"

大树爷没理会,突然问:"今儿腊月几啦?"

林家勇贴近他身边说:"爹,腊月二十六啦!"

大树爷猛然站起身来,低沉而又清醒地说:

"这里是医院,有医生有护士,大家守在这里没用,你们哥儿几个赶紧筹钱去!常言说人死债不死,咱得帮家旺把钱送到那些讨薪的农民工手里,让人家回去过年。老二的承诺够爷们儿,他躺下了,动弹不了啦,咱林家人更得把事做得够爷们儿!"

他停住话头,喘了口气又说:"据警察查验,装钱的皮包烧化了,账单也烧没了。那个司机醒了,你们去问问,听说剩下的钱不足一半,包工头拖欠的工钱大约是一千四百万,你们就按这个数去凑。一句话,古水坡这张脸,咱得在人前壮起来,脊梁骨也得挺起来!"

不一刻,陈静抱了个纸箱走过来。

大树爷依旧蹲在过道里,阴沉着脸不说话。

陈静站在他身边,后边跟了一大群,都是林家的老老少少、男男女女。

陈静把沉甸甸的纸箱放到大树爷面前。

"凑齐了?"大树爷问。

"凑齐了。"陈静回答。

"把单子给俺念念,让俺听听!"他又说。

陈静从纸箱里抽出一张纸,上面列有数字,她轻声念道:"俺三叔家信拿出八十万,俺四叔家豪出三百万,俺五叔家勇一百万,俺娘十万,黑妖和若兰一百万,俺洋奶奶三百万,志恒电话里说拿五十万,还有杨风利八万……"

大树爷听着,突然打断,说:"你娘的钱不能要! 退掉! 杨风利……咋会凑钱哩?"

陈静说:"是俺素梅婶拿的,她说这是杨风利留给她的钱。"

大树爷满意地"哦"了一声说:"好! 收下吧,林家人都是爷们儿!"

大树爷缓缓站起身,朝儿子们望了一眼,说:"咱林家就是这规矩,老大没了,老二顶上去;老二躺下了,老三顶上去! 家豪你挑头,把钱带上,老四、老五、黑妖,你们爷儿几个赶紧去见那些乡亲,给人家发钱去! 人家报多少,咱一分不少交到人家手里。没到场的,只要有人代领,咱也照发。咱掏良心待人,人家也会捧出心对咱! 你们快去吧!"

北风嗖嗖,雪依旧下得很紧。广袤的田野被皑皑白雪覆盖了,放眼看去,白茫茫一片无边无际的雪原。

家豪驾着车,林家爷儿几个无言地坐在车上,冒着纷飞的大雪,朝着雪原上飞驰。

那家旅店名叫顺丰客栈,就开在离古水渡不到一公里的地方。平常只是接待几个过路临时歇脚的司机,或是在城郊贩卖山货的小贩,其余时间很少有人光临。旅店不大,五间平房放有十几张板床,倒也干净整洁。后院还有三间矮屋,烧锅做饭,供应住店的吃饭喝水。

开店的是一对中年夫妻,男人是个退伍的伤残军人,只有一只胳膊;女人泼辣豪爽,走路刮风一般,干活手脚麻利。平日生意清淡,日子过得消停。自打村主任领来一拨客人之后,相继不断地又来了两三拨,大约住了七八十人,小店没恁多床铺,他们就两三个人挤一张床,后来就在地上铺了麦秸和稻草,囫囵个躺下。

店家人手少,单就烧水做饭这一项就跟不上趟,后来就把媳妇的妹妹、妹夫请过来帮忙,勉强能支应过来。店家说了,若不是大树爷的客人,大腊月的早就关门打烊了!

住在顺丰客栈的农民工,本来是成群结伙来探听消息的,并没有把讨薪过年看得那么容易,只想探个究竟便打道回府。他们压根儿没有想到,到了古水坡不仅能等上领工钱,还能住不掏钱的店,吃不掏钱的饭。于是,一传十十传百,除去八九个临时走不开或是染了感冒的,七十七个讨薪的农民工悉数到齐。

遇事一窝蜂而上是农民的纯朴可爱之处;碰到挫折一窝蜂退去,又是农民自私、怯懦的地方。

在那个落雪的早晨,客店老板在渡口上听闻林家老二出了车祸的消息,立即在七十七个农民工人群里引起天塌地陷般的影响和震惊!原本在草窝地铺上滚了几夜,周身禁不住苦寒不已,猛不丁传来个噩耗,人们如同被劈头浇下一桶冰水,从脑仁一下子凉到了脚心!原本闪耀在眼前的一线希望之光,萤火般在黎明前的黑暗中消失了……

在经过一段死寂般的沉默之后,人群分裂成两派:一派准备打道回府,人家出了恁大灾祸,帮不上忙,决不能耗在这里火上浇油;另一派意见是等着弄个明白,既然几天几夜都熬过去了,还在乎这一阵儿吗?万一车祸并不严重,此刻走了,岂不白等几天?然而,无论哪种态度,对林家旺发生车祸所表现的叹息和揪心却是一致的。

风依旧呼啸着,雪花越落越猛。地面上踩过的地方结了冰碴子,房檐上挂起一溜亮晶晶的冰溜子,真是天寒地冻呀……

农民工们袖着手,缩着背,跺着脚,叹着气,焦急地等待着寒风送来喜讯或者不幸……

突然,有人惊叫起来:"来了!来了!有辆小轿车朝这儿奔来了!"

转眼,小轿车在雪地上碾出两行深深的车辙,停在白雪皑皑的雪原上。

林家豪拉开车门走下车,林家的人一个接一个从车上走下来。屋门口挤满了心急火燎的农民工,林家人就一拉溜站在雪地上。

有些民工看着面前的人一个也不认识,渐渐露出失望之色,往后退去,继续望眼欲穿地看着远方,探寻着可能出现的奇迹。

林家豪说话了,开宗明义,清清楚楚:"乡亲们,我们几个都姓林,都是林家旺的兄弟。我们代表他给大家送钱来了!"

农民工们猛然一愣,愕然的目光飞快交接,顿时惊喜、兴奋起来,你一句我一句发出焦虑的问候:"林总哩?听说林总受伤了,伤哪儿啦?重不重哪?……"

屋里屋外填满了人。林家豪看到挤进屋里也站不稳脚,他便和兄弟们站在雪地里,强忍悲痛对大家说:

"乡亲们,我们来晚了,耽误大家过年了,实在对不起啊……"

等到人们从屋子里全都拥出来,在雪地上黑压压站了一片时,他又说:"我想告诉大家,因为包工头携款潜逃,我二哥在深圳费了很多周折,尽了最大的努力,才凑够了大家的工钱,已经是腊月二十三了。为了尽快把钱送到大家手里,不耽误大家过年,他们日夜兼程往回赶。不幸的是,就在昨天深夜,大雪纷飞中出了车祸。你们的林总、杨总都受了重伤,现在还躺在一百华里以外的医院抢救!我二哥承诺过你们,我父亲也答应过你们,一定要把钱送到你们手上!所以,我们兄弟叔侄几个,代表俺二哥兑现承诺来了,晚了点,请大家多多包涵!"

乡村客店一片沉寂,人们站在雪花纷飞的雪地里,朝着迷离遥远的方向,默默地眺望着。转眼之间,他们的情绪从沉默哑然变得躁动不安起来——

有人说:"为了给咱送钱,让林总遇到车祸,咱们花钱也亏心哪!"

有人哀叹:"伤得重不重啊?让俺去瞅瞅林总吧!多好的人哪,为了咱,都是为了咱……"

林家信朝众人挥挥手,继续说:"乡亲们,大家安静点!按照二哥的嘱咐,我们还是及时把钱发了吧!我想说明一点,因为车祸,账单烧没了,没有任何数字依据了。俺爹说了,请大家自觉报数,干了多少天,该领多少钱,大家各自心里有数,就请大家自报数字吧!大家在车门那里排好队,一个一个来,你报多少,我们就发多少,开始吧!"

民工们相视无语,悲痛和感动、庆幸和愧疚搅和在一起,变成一种极为复杂的情绪。他们一个个热泪盈眶,相互推搡着,谁也不好意思第一个去领钱。

有人说:做人都得讲良心,林总为了咱,把命都搭上了!谁敢虚报冒领一分钱,那就猪狗不如了!

有人呜呼:兄弟们哪,为了帮咱讨薪,为了让咱过年,林总躺在医院里生死未卜!你们说咱忍心领这钱吗?咱得用钱去救人哪!

众人呼应:说得对!说得对!人命关天,咱哪有脸领钱哪!还是救人要紧哪……

林家勇站到车门前劝说:"乡亲们,俺二哥在深圳是公司领导,他为大家讨薪是应尽的责任!大家还是顺顺当当把钱领走,我二哥躺在医院才能安心!大家都能过个好年,他的努力才有意义……"

林家豪带头,和自家兄弟几个站成一行,迎着风雪给民工们鞠躬,异口同声一句话:

"请各位父老乡亲报数领钱吧!"

有位上了年岁的民工走上前去,咽泣着说:"乡亲们,诸位就领受林总的心意吧!咱们耗在这里,让林家爷们儿陪咱受罪,不忍心哪!"

他挑头站到第一个,随即才有人排在后边,缓缓排起一支长长的队列,从屋里排到屋外,在雪地上绕了几道弯……

林家信站在车门前登记姓名和钱数;家豪、家勇在另侧车门点钱、发钱,黑妖负责在登记册上让领钱人按上红手印。爷儿几个庄重严肃地做着这件事,那片沉默安静如同某种仪式般庄严肃穆,那么多人的场合,只能听到刷刷的落雪声……

报数、领钱、摁手印……一个个民工领到工钱都要站在雪地里朝林家人鞠个躬才肯告别。

最后一拨人领罢工钱,齐刷刷站在雪地里,对林家人说:"林家兄弟们,俺几个都是工地上的班组长。俺们留到最后就是想问一句话,大伙自报的工钱有没有太大出入。"

林家信看着登记册最后的数字,说:"根据受伤司机记忆的数字,大账基本相符。你们放心回去吧,相信大家,每人心中都有一杆秤,不会虚报冒领的!"

几个班组长挥手告别,走了几步突然转身在风雪中站定,齐刷刷鞠了深深一躬……

林家豪长长舒了口气,对着漫天风雪叹道:

"二哥呀,你办事真够爷们儿!你用真心换来了真心,民工们没有多领一分昧心钱,这就是你赢得的民心哪……"

他突然哇的一声哭起来,哭得痛快淋漓,哭得摇天撼地,迸溅出来的泪珠在雪地上砸出一个个深坑……

黑妖不解地问:"四叔,你咋啦?"

林家豪说:"你二叔二婶伤成那样,我早就憋不住了,趁你爷爷不在,让我痛痛快快哭一场吧!"

第三十四章　维和——我们代表中国

好大一场雪,整整下了三天三夜。

大雪抹平了沟壑,处处银装素裹。

古水坡宁静地卧伏在冰雪里,满村鲜艳的红灯笼装点着节日气氛。但是,人们一点过年的心境也没有了……

铁索桥上结了冰,暂时不能供人行走了,为了安全,村民出入又用上了渡船。

大树爷守在百里外的医院里,任谁也劝不回来。家旺和杨慧伤势严重,一直躺在重症监护室。医生、护士在年节里也不敢掉以轻心,排好值班顺序,随时应付突发的变化。

医生也劝大树爷回家:"大过年的甭耗在这里了,病人不用你照应,您老啥忙也帮不上,还是回家过年吧!您儿孙满堂,难得团聚一回,您待在这里干着急,儿孙们也扫兴哪!"

大树爷固执地说:"大夫呀,你说的道理俺都懂,就是心里放不下呀!俺回家看不到他两口,心里更急,还会寝食难安的。守在这儿,也是干急,好歹眼瞅着他还会喘气,心里就多一份安慰。天下父母都一样,老不歇心哪!"

陈县长闻讯赶来医院探望,还出面从省里请了有名的烧伤科大夫来会诊,医生说病人伤势严重,不宜移动,就在此地治疗。等待病情度过危险期,再采取后续治疗措施。

林家旺的故事不胫而走,医院里从医生到护士都很受感动,在当地群众中也传为佳话。不时有人送来鲜花,悄然放下,又悄然离去……

院长亲自给大树爷安排了一间病房,一是过年期间,病房宽裕;二是老人的耿直和豪爽感动了院长。由此,大树爷结束了蹲走廊守护儿子的日子,有了一处靠靠被摞的休息场。

然而,他一天不回村,全村人的心里就不踏实,林家人更像丢了魂魄那样恓惶。

大年初一是乡村相互串门、走亲访友的日子,古水坡却一点生气都不见。

林家勇守在屋里坐卧不宁,便独自来到码头上,守着船头,拄着长篙,随时等待过河的村民。

村主任匆匆跑了来,招呼说:"家勇,今天该我值班。你甭待这儿,还是去医院陪陪你爹吧!"

家勇叹口气说:"发动叔,俺爹守在医院,咋劝也不回来。我去过三趟了,都让他撵回来了!"

村主任说:"老五你呀,就不知道你爹心里想的啥!他心里憋屈,没处说呀!本来他想趁着过大年,给你们办一场集体婚礼,一场车祸把喜事冲了。你想想,他心里啥滋味? 说句不该说的,如果你二哥有个好歹,那得要了他的命呀! 这两天你二哥病情稍有好转,我建议你们几个把自己的对象都带上,成双成对给老人拜年去,他一准高兴!"

家勇说:"发动叔,你这主意不赖,给他们几个说过没有?"

村主任摇摇头:"给老人拜年是你们小字辈应尽的礼数,还用我说? 你们哪个文化不比我高呀?"

"俺爹心里就像揣了个炸药包,大家都不敢乱说话,就怕他发火。"家勇说。

"不对! 你爹心里就像一盆火,恨不能把自己燃尽了,让每个人得到一份温暖。咱们大家都添把柴,让他也暖和暖和!"

村主任的话让家勇听了恍然大悟,他跳起来,先给村主任鞠个躬,说:"村主任叔,我先给你拜年了!"

村主任乐得合不拢嘴:"谢谢你了! 新年大吉! 记住,长辈其实就想吃个顺心丸!"

林家勇依照村主任出的主意,动员家里所有的人,到码头上乘船,去古城县医院拜年。

村主任把他们送到对岸,又贴耳交代家勇说:"记住,你们一对儿接一对儿地进去,千万不要大群拥!"

此刻的古城县医院冷冷清清的,住院部除了几个重病号,能动弹的都回家过年去了。

林家旺、杨慧住在重症监护室,有护士和医生轮流值班守护着,一般情况不准探视。

林家勇带着大家轻轻走进病房,蹑手蹑脚地走进监护室那段走廊。护士和他们都相熟了,便让他们隔着监视屏探视。看到两位亲人戴着氧气面罩,身上插了许多管子的情景,大家很是恓惶……

护士指着监视器上跳动的各种标志,给他们解释说:"这两天情况好多了,血压上去了,心率也正常了,不要着急,病情在慢慢好转。"

看完病人,大家退到大厅里,听任家勇安排。只听他说:"为了让咱爹高兴,咱们分开批次,进去给老人拜年!我看志恒和陈静先进去,然后黑妖和若兰,接着我和三哥、四哥,挨着来,只要老人高兴,啥法儿都中。"

志恒说:"中,我昨天半夜才回来,爷还没见我哩,我和陈静先去火力侦察!"

大树爷盘腿坐在一张木板床上,吸着旱烟袋,满屋子烟雾弥漫的,呛得人直打喷嚏。

老人望着窗外一片洁白的风雪世界,任由一股股烟雾散发出满腔的忧思,把这间小屋填得满当当的。

老人孤单地坐在床头,像一块山岩,一动不动,只有旱烟袋里的火珠明明灭灭,伴随窗外东一阵西一阵的鞭炮声,更显得孤寂、落寞……

志恒拉着陈静推门进来,大声说:"爷,新年好!俺给您老人家拜年来了!"

大树爷猛然一激灵,转脸看人,双腿赶紧从床上挪下来,失声说道:

"啊呀!恁大雪,恁俩咋来了?"

志恒和陈静双双跪到地上磕头,嘴里念念有词:"孙儿林志恒、孙媳陈静,祝您老人家福如东海,寿比南山!"

大树爷赶紧伸出胳膊拉起志恒,说:"起来,起来,赶紧起来!如今不兴磕头了!"

志恒说:"爷,我在外面工作,常年回不来,难得见爷爷一面,也尽不了孝心。在外面行军礼,回家行大礼,理所当然呀!"

大树爷老泪纵横,抓住志恒的手说:"志恒哪,恁二叔出了事,爷爷就对不住你了!说出的话兑不了现,给你们办不成婚礼了……甭怪爷爷,咱找个好日子,爷一定给你们补上!"

志恒说:"爷爷,您就是操心太多!婚礼办不办,咱跟陈静都是一家人了,还要讲那套形式干啥?"

大树爷固执地说："咦,这心俺得操,这形式不能少,这是爷爷的责任!俺要是办不周全,恁奶奶会在黄土堆里骂俺哩!"

这时,黑妖拉着若兰推门闯进来,趴地上磕了仨响头。

黑妖扯起嗓门吆喝："姥爷在上,外孙林志新、孙女杨若兰给您磕头拜年了!愿您老人家添福添寿,长命百岁!"

大树爷喜出望外,一把扯住俩人的手,连声说："起来,起来!你个龟孙子快想死俺了!你身板好利索没有?洋妮子咋样了?看见你活蹦乱跳的,俺想吆喝两嗓子哩!"

黑妖告诉他："俺身体早好了,洋妮子回美国送论文,这几天就回来。我跟她还要继续去采风哩!"他话锋一转,一把扯住大树爷,不依不饶地说："姥爷,您就吆喝两声让俺听听!早就听说您会唱,今儿过年哩,您就喊两声!"

大树爷用烟袋杆点着他脑门,说："你小子甭逞能!返回二十年,俺敢跟你 PK(比赛)!"

黑妖趁机把病房的门哗啦一下拉开,朝着走廊里吆喝起来："舅舅、妗子们听着,俺姥爷刚才说了,要跟我 PK 唱歌哩!我请大家当裁判,当证人,大家说中不中啊?"

听到黑妖这一声召唤,在走廊里等候的家信、家豪、家勇、谷翠芬、梁素梅齐声响应,蜂拥而至。大家满当当挤了一屋子,关上房门,把窗户打开,让挟带雪花的清新空气飘进来,将挟着浓浓旱烟味的气息飘散出去。

黑妖看看众人到齐了,笑着对大树爷说:

"姥爷不服气,今天咱就吼两句,您先来,中不中?"

大树爷把旱烟袋插到腰里,干咳了两声说："吼就吼,就吼你那段《爷们儿歌》!"

黑妖欲擒故纵,故意泄气说："姥爷,那一段可是高腔!您的牙都掉了,满嘴跑风,您能吼起来吗?"

大树爷果然中了圈套,说："你小子甭吹!俺要是吼开,你可得把耳朵捂上,当心把耳朵震聋喽!"

黑妖继续引逗说："姥爷,医院的病号都回家过年了,病房冷冷清清的,人少,没观众,唱起来没情绪!"

大树爷来了精神,说："你小子不准下软蛋!没有乐器托着就不会唱曲了?咱今儿就干唱,谁也甭耍滑!"

黑妖说："姥爷敢唱,我怕啥?都是自家人,又不上舞台,还怕丢丑吗?"

大树爷点头说:"就是嘛! 过年哩,吼两声痛快!"

黑妖朝大家使个眼色,众人啪啪啪鼓掌。

只见大树爷站到窗户前,挺起胸脯,猛地运了口气,连脚尖儿都踮了起来。但听一声高腔从他黑洞洞的口腔里吼出来,如山洼里卷起的一阵野风,在屋里打了个旋儿,而后随着嘶哑而又高亢的拖腔,飞出窗户,在白雪覆盖的大场院里久久回荡,又在低沉的彤云间余音袅袅⋯⋯

他吼道:"咱爷们儿,黄土里生,命根子扎在泥土中⋯⋯"

这一腔还在云天里回旋,接着老人又吼出一嗓子,如同山崩地坼,把黑妖都震慑了——

> 一个中字吐出口,
>
> 踩一个脚印一个坑⋯⋯

大树爷越吼越来劲,嘶哑的嗓子越吼越高,竟如金蛇狂舞,霹雳当空——

> 山垮下来咱扛得起,
>
> 地陷了咱双手擎⋯⋯

黑妖再也忍不住,伴随着老人的音调吼了起来。他使尽丹田之气,才和老人吼在一个调门上——

> 做人做事不掺假,
>
> 良心二字千斤重。
>
> 一条黄河九道弯,
>
> 张王李赵伙着一个老祖宗⋯⋯

大树爷越吼越来精神,不仅吼声雄壮,而且神采飞扬。听着他高亢而又嘶哑的吼喝,林家的男男女女,眼眶里亮晶晶地溢满了泪水,随着他一声悲怆的拖腔,一个个哽咽着哭成了泪人儿⋯⋯

大年初五,古水坡还像个贪睡的孩子,拱在瑞雪缝制的被窝里呼呼酣睡。

林志恒早早就醒了,靠在床头,没有马上离开充满夫妻气息的热被窝,任凭陈静依偎在他那温暖而又结实的胸前,缠绵悱恻,耳鬓厮磨。他伸手抚摸她的头发,千丝万缕间藏有说不完道不尽的相思情话。他用手轻轻捧掬起女人温润的面庞,看着那双燃烧着欲望的眼睛,便猛然伸长脖子噘起嘴唇,如饥似渴般贴在女人红润如草莓般的唇上⋯⋯

昨天夜里接到部队的命令,他今天必须归队了。他感到一种沉重的负疚,所以后半夜基本没睡。和爷爷、母亲聊了很多很多话,总也聊不够,好似此一去山阔水遥,再相逢万里云天。他和两位老人依依不舍……

然后就是他的妻子,这个高雅不俗、卓尔不群的大学生,自打千里寻亲,进到林家门之后,先当女儿后当媳妇,她的所作所为古今少有,实属罕见。自打他们两个各自在生死场上走过一遭,重新相逢,又将两颗劫后重生的心贴合一处时,各自越发珍惜对方。然而,他感到愧对以身相许的女人,自己把年迈的爷爷和多病的母亲一股脑扔给女人,让她守在老家替自己尽孝,他才能得以脱身,全心全意为国尽忠……

他曾经计算过,他和自己的女人一起相处的日月屈指可数。他没有时间陪她,更没有时间去爱她疼她滋润她。他是丈夫,但只是在有限的时间内属于她。他是战士,他的时间、生命,包括一切都属于部队,属于国家!

相互之间,他们谁都没有怨言。

当他接到命令的时候,正是这个家族最需要他的时候。如今,爷爷视为顶梁柱的二叔在抢救室里,虽说度过了让人绝望的危险期,但是结果会是什么样子,谁也说不准。

爷爷已经有过中年丧子的沉痛经历,还能经受白发人送黑发人的悲惨遭遇吗?此时此刻,老人需要的是陪伴、守候和慰藉。他大年三十赶回老家,让老人脸上闪出一丝少有的微笑,并且听从他的建议,从医院搬回了家里。

欢乐的团聚刚开了个头,归队的命令接踵而来。他鼓足勇气在夜半时分站到爷爷炕前。

苦难重重的老人依旧那么警惕和机敏,一骨碌爬起身来,听完孙子吞吞吐吐的汇报,把手轻轻一挥说:"身为军人,命令如山!啥都甭说了,赶紧回去眯一会儿,俺明儿一早送你过河归队!"

志恒别了母亲,没有再惊动任何人,只有陈静相跟着,一直送到码头上。

大树爷早就上了船头,撑起了长篙,等候在渡口上。志恒来时没带什么行装,走时却大包小包的带有许多老家的土特产,都是母亲准备的,让他带回去招待战友们。

志恒从大树爷手中接过篙,说:"爷爷,让我撑船吧,今后再回来,可能就撑不上了!"

大树爷让位说:"中啊!从看见你生下来像只小猫,到如今长成生龙活虎一条汉子,爷爷是又高兴又心酸哪!志恒,不该俺问的,可又憋不住,这回要走多远?啥时候才能回来呀?"

志恒劝慰道:"爷爷,命令就是即时归队,军事机密我也不清楚。您放心,如今能打手机多方便哪！我保证完成任务就回来看您！"

大树爷说："甭光想着看俺，还得记住你娘跟你媳妇儿！陈静身子沉了，记住经常打个电话回来问问，啊？"

陈静插话说："爷爷，您少操点心吧，我是学医的，懂得如何照顾自己。我倒是有个建议，您呀多关心关心洋奶奶，人家不远万里来找您，您老人家总是不冷不热的，我心里就不是滋味！还有点愤愤不平！"

志恒也帮着说："爷爷，这件事陈静念叨好多次了，我一直不好意思和您说。洋奶奶对您一往情深，对咱古水坡一片真诚，把这里都当成自己家了。爷呀，您不能把人家拒之门外啦！"

大树爷淡淡一笑说："你们年轻，思想新，撵潮流。我呀，啥都明白，啥都清楚。可是，俺心里还背着包袱，不能想这事！"

志恒说："您都有啥包袱，让大家帮你背！爷爷，您得解放出来，轻轻松松享受人生啦！"

大树爷摇摇头："这事，俺得跟恁奶奶商量。恁奶奶把一群儿女交给我，她走了，我就得负责任！恁二叔二婶躺在医院，伤情一直不稳定。恁四叔现在还打着光棍，就是不成家，俺心里不落地，对恁奶奶咋交代？俺咋能再去分心想别的呀？"

陈静叹息："爷爷，难怪大伙都喊您大树爷！您就像棵大树，抽枝长丫，给人遮风挡雨哩！您又像只老母鸡，张开翅膀护着你的鸡崽，一个不能少！啥时候您才为自己想想呀？"

大树爷淡然一笑说："静呀，爷爷就是这命。一辈子啦，改不掉啦！"

渡船离开港湾，朝对岸缓缓驶去。

河上宽阔的水面，荡起微微涟漪，如同老人的胸怀……

陈静望着老人，眼角湿漉漉的……

林志恒当天回到部队，就接到紧急集合的命令，到××基地换装，组建一支特殊的部队，将去执行一项特殊的任务。

他明白自己将会又一次失约，无法向亲人们告知他的行踪了。

他们这支特殊的部队，来自四面八方，均是优中选优选拔出来的军中骄子，擒拿格斗门门精通的部队骨干。

经过短暂的训练、学习和交流，他们换上具有特殊标志的军装和贝雷帽，站在威风凛凛的队列里，听首长讲话，林志恒才依稀知道他们这支部队的去向，以及将要负载的使命。首长讲话说——

"同志们，你们是参加联合国维和行动的中国军人。你们是经过层层选拔出来的部队精英，你们代表的是中国军人的形象，乃至中华人民共和国的国家形象！经过国务院和中央军委的批准，应联合国邀请，你们代表中国军人，肩负维护世界和平、打击暴乱分子、保护难民、实施人道主义行为、捍卫祖国尊严的神圣使命！无论何时何地，都要彰显出和平之师、威武之师的中国军人形象！"

通过首长这段简短而又铿锵有力的讲话，林志恒清楚了自己的任务和使命。并且猜测到将要离开祖国，奔赴遥远的战乱颇发的国度，帮助那里饱受战火蹂躏的平民百姓……

部队乘上专车，被送往军用机场。

中国维和部队告别祖国的时候，在军营里举行了庄严的升旗仪式，他们豪迈雄壮地高唱了一次国歌，为自己壮行，为自己的使命加油鼓劲。

此刻，他们在等待登机前，又唱起嘹亮的军歌，抒发告别祖国前夕的浓浓深情——

> 我们头上的红星，
>
> 是点燃生命的火种。
>
> 我们勇敢地出征，
>
> 祖国召唤着英雄……

这时，有军报的记者在军人队列中寻觅采访对象。他对站在队列前边的林志恒问道："能用最简洁的语言表达此时此刻的心情吗？"

林志恒毫不迟疑地回答："使命光荣，责任重大，国家需要，义无反顾！"

记者又说："对家人对妻子有什么话要说吗？"

林志恒说："爷爷保重身体，母亲不要劳累，妻子照顾好自己，等我平安归来！"

部队传来登机的命令，战士们肃然列队，朝停机坪走去。即将登上舷梯的一刻，战士们戛然立正，朝着祖国的大地蓝天行了最后一个军礼……

林志恒出发一个多月了，他去了哪里？那里情况怎么样？没有电话，也没有信件，古水坡的亲人们为他的安全提着心！

大树爷每天上午都要到码头上等一阵，守候半天。每天九点到十点，是邮差送信送报的时间。他每天盼着邮差给他送来志恒的信件，哪怕只有一句话，他那颗悬在半空的心也算落地了。

邮差每天按时经过码头，送来学校的报纸和信件，都会歉意地对他笑着："大树爷呀，您老人家不用着急，也不用在这风天野地等候，一旦有您的信件或是电报，我会第一时间送到家里去的！再说了，如今通信这么发达，如果部队能通信，早就用手机直接给您通话了！"

大树爷摆摆手摇摇头说："你不知道，听说他们去了外国，国际电话多贵呀？俺那孙子一准会写信的！"

一次次失望，一天天空手而归，老人依然坚守着信念，每天按时按点去等候邮差。

终于，那天他还没有出发，邮差就气喘吁吁地跑进村里，直扑他的石头院，高门大嗓地吆喝着："信来了！大树爷！您的信……"

这一声喊，大树爷手中的烟袋啪嗒一声摔在地上，他顾不上弯腰捡起，便大步向前，迎住跑过来的邮差，双手抖索着接过那封千里万里漂洋过海寄来的信函，仿佛千斤万斤重！几乎是同时，两行老泪流下，顺着脸上的沟壑滚落，扑嗒嗒打在信封上，溅出两朵滚烫的泪花……

旋即，他手捧信件，脚步踉跄地走出石头院，朝着墙那边嘶声高喊："静！静——！陈静哪——！志恒，志恒他来信了——！"

陈静的肚子已经挺起来了，不方便再去学校上班了，守在家里做点家务，替爷爷做饭、洗洗涮涮的。中午再把午饭给婆婆送到学校去。

志恒离开家一个多月没消息，她心里也急心里也盼。她看到爷爷每天都要跑到码头等消息的情状，很感动。自己心里再想再盼再着急，也不好再露在外面了，转过脸还得宽慰大树爷："爷爷，志恒不来信，要么是部队有纪律，要么是工作太忙顾不上。咱们都别急，该来信的时候，一定会来！"

此刻，她看着大树爷举着信封匆匆跑来的情状，简直就像个老小孩。便迎上前来，搀住老人的胳膊："爷呀，您慢点走！您要是摔一跤，您孙子可是不依我啦！"

大树爷把信件递给陈静，说："俺再去学校一趟，把你婆婆推回来，咱们一起听你念信！"

陈静还没顾上回话，大树爷就没影了。

陈静把沾有志恒气息的信封贴在自己鼓鼓的肚皮上，和藏在体内的生命对话。她的心里充满幸福，温柔的情话里充满甜蜜。她说："心爱的小宝贝啊，你听见了吗？爸爸来信了。他走的时候说过，等他回来给你起个好听的名字！你说好吗？咱们就耐心等他吧……志恒呀，你再忙也能抽空写封信啊！哪怕只有一句话，我们大家就放心了！你没看见，为了等你的信，爷爷每天都去码头上等邮差，可怜天下父母心哪……我当然急，但不能表露出来，那样别人会笑我没出息……我心里想的就是没疼够你，你也没有宠够我，那就等着吧！记住，给孩子起个好名字，山里孩子的名字多好呀,牛呀狗呀,石头啦土蛋啦,什么难听就叫什么,名字难听好活人哪!哦,你说随意点,太重视就不自然了。我赞成,那就随意点,这孩子就叫树苗吧!有苗不愁长,长成棵大树,长成个爷们儿……"

大树爷急慌慌推着轮椅,把志恒妈推回了石头院。志恒妈倒是一副泰然自若的模样,说:"你们都急得头上长草,俺就不着急。志恒是个稳当人,不把工作安顿住,不会急着来信的,我猜的咋样?该来的就来了!"

大树爷装上旱烟袋,蹲在石磴上,催促:"静,念信,快念!俺急着听哩!"

陈静当着大家拆开信封,抽出信笺,念道:"亲爱的爷爷、母亲、洋奶奶,还有我!呃,问候得挺全,该问的都问到了,省略!下面是正文——

"我们这支中国维和部队离开祖国万里之遥,到了加勒比海的一个海岛国家,执行维和任务。主要任务就是防止冲突,恢复和平。

"这个国家名叫海地共和国,意思就是多山的国家……

"这个国家政治动荡,人民生活困苦不堪……

"这里原本是美丽的旅游胜地,现在却是一片充满战乱、危险和血腥的土地。

"蓝色的海岸线、洁白如雪的沙滩和倒塌的房屋、堆砌的路障、杂乱的人群,形成一个个极不协调的画面。

"我和战友们一踏上这片土地,就感到沉重的压力和肩负的重大使命。

"中国维和部队的驻地是个旧仓库。我们自己动手改造环境、清理垃圾、冲洗地板,争取把生活条件改善得好一点。

"我们这支部队最少要在这里生活八个月。大家把仓库切割成住宿的营房、阅览室、棋牌室,还为六位女兵布置了一间简易的卫生室。我们把食堂和冲凉房、球场都布置在户外,充分利用了这里的绿荫和气候,在没有条件的地方创造出条件来。

"我们刚刚住下来,就接到命令,赶往肯尼亚换岗……

"沿途看不到完好无损的房屋,也看不到行人。房屋村舍看上去千疮百孔,每一处废墟里都可能潜伏着非法武装分子,每一个残颓的窗孔里都会射出子弹。由于粮食紧张,物价飞涨,到处都有可能遇到骚乱的人群……

"非法武装分子常常挑动民众,袭击联合国工作人员。甚至绑架、扣留联合国人员,提出许多高昂、非法的条件,引发新的骚乱……"

陈静读到这里,停下来看看大家。她发现爷爷和婆婆紧锁眉头,脸上布满深深的担忧,便立即中断了念信,说:"爷爷,妈,听了这些,你们又担心了吧?"

"那可不!那地方乱糟糟的,志恒他们能管得住吗?"志恒妈忧心忡忡,皱起眉头来。

"静呀，咱的人不就是治乱去了吗？那地方出海盗，人性子野，当心放冷枪哪！"

大树爷忘记了抽旱烟，满肚子的焦虑都写到了脸上。

陈静笑着说："你们林家人真是心有灵犀一点通啊！志恒猜到你们会着急，下面就写到了。亲爱的爷爷、妈妈，听了我介绍的情况，你们一定着急了吧？请你们放心，我们维和部队保持中立，不参与任何派别的纷争。执行任务都是坐车行动，不允许随便外出，或者单独行动。一切工作必须在保证安全的情况下进行。"

"怎么样？爷爷，您孙子把您的脉搏都号准了！您老人家今儿该睡个安稳觉啦！"

陈静小心地收起信件，把大树爷逗笑了。

他说："妥了！听到句安稳话，俺该睡个安生觉了！"停停又交代，"静，你赶紧给志恒回信，写好了明个邮走，千万甭让他再记挂咱！啊？"

自从收到第一封来信，大树爷就动了心，非要打破砂锅问到底，弄清那个叫海地的海岛在哪里，长个什么样，在中国的东边还是西边。

他先跑到学校问家信，一问就是一大堆的问题。家信就找来地图指给他看，找来资料念给他听。尽管他频频点头，听来听去还是一头雾水。只是弄清楚了，那地方很远很远。

司提芬大病痊愈后回了一趟美国，到医院做了一次病情复查，受到美国医生的高度赞扬。说中国医生不仅手术做得漂亮，而且血型匹配的选择极其准确，尤其是预防排异做了许多应对措施，让美国同行深深佩服。

另外，她回到学校向布莱尔教授汇报了自己在"诗经新唱"方面所做的探索和研究，发现了诸多有价值及鲜活的民间资料；有些观点不仅对诗本身的意境有不同解释，有些对诗的来历也有不同看法。因为一场大病中断了工作，她会在身体康复后继续探索下去……

布莱尔听完她的叙述，瞪大了一双浅灰色的眼睛，几乎是从沙发上跳起来的，用少见的冲动面对司提芬说："我的上帝，你太幸运了！你是得到缪斯的点化，还是受到孔夫子的真传，短短的时间，竟然有了如此丰厚的收获！我说过，哪怕对伟大的《诗经》有万分之一的领悟，就是圣哲的恩惠！你收获如此之大，太不可思议啦！可爱的司提芬，走下去！你会与缪斯一起，受到太阳神的恩宠的！"

司提芬从美国回到古水坡，错过了和林志恒的相遇。她得知大树爷到处打听海地的情况，就去城里跑了一趟，帮老人买了一个地球仪，还有一个放大镜回来。

她抱着地球仪来到石头院,把地球仪放到石头桌上,耐心地说:"亲爱的爷爷,我把地球给您抱来了,还带来了放大镜。我来告诉您,您的宝贝孙子在哪里!"

大树爷趴在石头桌上,乐呵呵地:"哟,老师来了! 俺其实就是想瞅瞅海地啥模样,哪些人在那里兴风作浪哩!"

司提芬的脸蛋粉粉地笑成一朵牡丹花,说:"明白! 志恒去海地维和了,爷爷挂念孙子,想知道海地在哪里,我来帮您找吧!"

她把地球仪转了一圈,轻轻用手指一点,说:

"喏! 爷爷,这一溜海岛叫海地岛,海地共和国在这一半,多米尼加在这一半。志恒就在这儿,海地的首都太子港!"

大树爷不会看地球仪,问:"妮子,咱们古水坡在哪里?"

司提芬把地球仪转了一圈,指着一片粉红色块说:"这里是中国! 古水坡连米粒大都没有。"

大树爷眯缝着老花眼看了半晌,才说:"这个海地,也没指甲大呀,有啥好乱的? 有咱中国军队在,暴乱分子还能掀起大浪吗? 妮子,你给爷爷讲讲,这维和到底啥意思?"

司提芬闪着明亮的蓝眼珠说:"当然是维护和平了! 那个国家有非法武装,和政府作对,甚至煽动民众反对政府,那个国家的政府就向联合国求援。于是中国政府就派部队去帮忙,打击非法武装,维护社会治安,保护民众安全。大概就是这个意思。"

"维和部队打不打仗呀?"

"不主动打仗,当然也不回避自卫。"

大树爷沉默了,半日无语。

司提芬宽慰着说:"亲爱的爷爷,维和部队是好多国家的军队组合起来的,不是单打独斗。林志恒是军官,不会有问题的,你就放心吧!"

大树爷喃喃着说:"孙子,好好干,甭丢脸。咱可是个爷们儿……"

志恒妈摇着轮椅进来,喊道:"爹,志恒又来信了,俺听陈静念了几句,说是给孩子起名的事,要等志恒回来起个好听的……"

大树爷说:"他大嫂呀,陈静快要生了,你甭去学校忙乎了。待在家里守着,有啥动静赶紧吆喝! 志恒不在家,全凭咱操心了! 啊?"

"俺知道,俺知道,这几天夜里俺都睡不踏实了!"志恒妈一脸的忐忑不安。

大树爷惬意地笑道:"他大嫂,你以为奶奶是好当的呀? 回去吧,看陈静想吃啥,给她做碗可口饭!"

志恒妈摇着轮椅走了。

司提芬说:"爷爷,您有兴趣听我汇报工作吗?"

大树爷伸手拍拍她的肩胛,说:"你这个调皮鬼,拿我开心哩!我啥时候成你上级了?我是你爷爷,就关心我的洋孙女,把身体养好,不能再生病了!"

司提芬满肚子疑问:"爷爷,古水坡有村主任,还有支书,但是他们都听您的。您就是无冕之王!"

大树爷哈哈大笑:"洋妮子,你太高看我了!咋不说俺是克林顿哩?你有啥工作?你就说吧,让俺听听中不中!"

司提芬把一张图纸摊到石桌上,指指点点说:"家勇叔叔让我帮他出点主意,做点有趣的事情。我想了好久,头都大了!咱们这里历史文化深厚,不是有楚河汉界嘛,我就想出个大家都愿参与的,费脑子的,有趣味的,还得费点力气的娱乐活动——下棋!"

大树爷指着图纸上的圈圈点点,说:"妮子,下棋就两个人对阵,一群人看热闹,有啥稀罕呀?"

司提芬跳了起来,说"爷爷,我想让游客一起下棋!这里不是叫鸿沟吗?楚霸王不是和刘邦以鸿沟划界,分出楚河汉界,双方对峙,寻找战机,打败对方,中国的象棋不是由此而来的吗?"

大树爷兴味顿起:"吔!妮子,这个你也懂啊?"

司提芬指着图纸:"我是想让游客一起下棋!在这里修一个很大的棋盘,好大好大,分出楚河汉界,再布上棋子。棋子比战鼓还大。让游客共同参与一块下棋,这里就形成一个很好玩的游乐场,够刺激吧?"

大树爷一拍大腿:"好哇!这比踢球还好玩!一个棋子几十斤,两三个人才能挪动,又下力气又动脑子,下一盘棋出一身汗。中,好项目!"

司提芬说:"我还建议,利用山上的石头,挑选石质精良颜色好看的,加工成棋子。也很简单,几台研磨机就能完成。组建一个加工厂,生产象棋,打上商标,注明产地。产地独一无二,产品独一无二,古水坡不就堂而皇之成为中国象棋艺术的发源地了?"

大树爷眯起眼,若有所思:"咱有了名牌产品,又能安排农民就业。洋妮子,你这个锦囊妙计可是千金难买呀,俺得奖励你!"

司提芬笑笑:"奖励不需要,我有个要求。"

"你说!俺能答应的决不推诿!"大树爷说。

"我请求做古水坡的正式村民!"

大树爷一听,仰面大笑,说:"这个要求好说! 俺双手赞成,俺批准!"

陈静陶醉在林志恒寄来的信件中。

志恒的工作就绪了,信也来得勤了,每隔三天五日的,就寄回一封信来。信封里每次都是鼓囊囊的,好似写了许许多多的私房话。大树爷也不好意思要求听陈静念信了,只要说一声,志恒那里平安无事,老人就心满意足了。

其实,志恒寄回来的家书,没有几句绵绵的枕边情话,大多是抄录了每天的工作日志,让陈静知道他的生活状态。陈静体味着想象着异国他乡的生活场景,如同和志恒一起,每天都和维和部队一起,共同战斗着……

5月31日。维和部队举办"勇士征途"长途行军比赛。参赛者负重10公斤,完成24公里徒步行军。当地气温高达40℃,烈日晒得人头昏脑涨。……我是防暴队队长,突然感到小腿痉挛,保障人员劝我退赛。我拖着双腿坚持下来,一瘸一拐冲到终点,很多国家的维和军人向我鼓掌、呐喊。我们部队荣获了"特别奖",我感到无比的光荣……

6月3日。军人的血性表现在强烈的使命感和荣誉感上。今天处置了一起难民斗殴事件。难民互相扔石头,挑衅对方。一个小女孩夹在中间吓得哇哇大哭。连长奋不顾身地冲进去把小女孩抱出来,自己却被飞来的石头砸伤了。难民们见此情况,纷纷放下石块离去。连长忍着疼痛不让大家追击那些难民……

中国军人友善、担当、坚强、血性的形象,很快得到当地民众认可。我们的战士出来执行任务,很多民众用生硬的汉语说"你好! 谢谢!",我们感到非常亲切,特别骄傲。

6月10日。任务区发生了大规模的械斗事件,我带领防暴队紧急赶赴难民营。数百名难民纠缠在一起,手持棍棒、砍刀,乱砸乱砍,很多人血肉模糊地倒在地上……

我把队伍组成楔形队列,然后大喊一声"跟我来"! 战士们举着盾牌,高喊"停下! 放下武器!"冲了上去。战士们在相互斗殴的人群中间组成一道人墙,成功将相互仇恨的人群分割开来,并驱散人群,有效地控制了局面……

6月15日。作为联合国维和部队,我们恪守"无作战之地,无针对之敌"的原则,维护着任务区内的和平与治安。但是,我们耳边时刻可以听到枪声,时刻面临暴力血腥的场面。我们防暴队无时无刻不在观察可能爆发的战争,随时准备着流血牺牲。

7月3日。今天,中国防暴队奉命前去解救被非法武装劫持的联合国工作人员。他居住在一个危险地带,要通过一条狭长的街道,装甲车开不进去。战士们冒着和暴乱分子交战的危险,把他夫妻俩和三个孩子,护送到我们的装甲车上。

刚刚松了口气,司机突然发现装甲车没油了! 这是非常危险的,非法武装会对我们发动袭击的。我断然命令,把车灯灭了,然后鸣枪示警,威慑敌人,抓紧抢修!

在宝贵的两分钟内,装甲车抢修完毕,我们以最快的速度突出那片危险地段,把营救出来的联合国人员送到安全地方……

这是一场惊险而又紧张的战斗。在不发生正面冲突的情况下,维护治安、保护民众生命安全,就是我们维和部队的任务……

……

陈静,我亲爱的妻子,时刻温暖着我心口的亲人! 我就是生活在时刻处于战斗状态的环境里,时时刻刻都面临难以预测的危险和突发事件。但是,请你放心,我们有一个坚强而又温馨的团队,每天都感到充实、光荣,又有成就感,因为我们代表的是中国!

孩子快要出生了,我不能在身边照顾你,请你原谅! 等我完成任务回到祖国,再加倍补偿你吧……

我每天都很紧张,顾不上安静地思考,还没有为我们的宝宝取个好听的名字。这些,等我回去再说吧……

陈静反复读着林志恒寄回来的家书,已经积攒下厚厚的一沓了。她用手轻柔地抚摸着那些来自大洋彼岸的信札,望着山外的世界默默猜想:此刻,志恒或许也在凝视着远方的海洋,思念着遥远的故乡吧……

第三十五章　那是一个美丽的童话

哇——哇——哇——!

几声清脆、震耳的婴啼,惊动了古水坡的沟沟坎坎、家家户户。

金娜撩开帘子从石头屋里跑出来。她冲到大树爷面前,扯住他的双手,不住地抖动着,说话都兴奋得结结巴巴。

"林,亲爱的老木头,听见了吗? 你重孙子哭得多么响亮,我都惊呆了! 亲爱的林,你当上太爷爷了,我好激动……我不知应该、应该如何向你祝福,你应该接受我的亲吻吧?"

她搂住大树爷的脖子,猛不丁在他脸颊上喂了一口。

大树爷又羞又高兴,笑得合不拢嘴,说:"你这洋婆子,拿俺疯张个啥? 你该去亲你重孙子的嫩脸蛋。俺这张老树皮,就是啃两口,也是满嘴汗腥味呀!"

金娜喜悦地问:"林,你刚才说,新生的娃娃应该喊我什么?"

大树爷说:"明知故问! 我是太爷爷,你当然是太奶奶了!"

"哎呀! 我今天太幸福了!"金娜兴奋得两眼冒光,抱住大树爷,又是用力地深深一吻。

谷老师、梁素梅等一群女人陪着接生的护士走出来,互相道着喜。

谷老师说:"爹呀,您得了重孙子了! 又白又胖,七斤八两!"

素梅说:"爹,您该给重孙子起个名字了!"

大树爷说:"志恒说了,娃的名字等他回来起! 他当爹了,该叫啥由他说嘛!"

谷老师说:"现在叫啥呀? 总得有个名吧!"

大树爷乐滋滋地说:"咱给志恒去个电话,一是报喜,二是问问名字!"

素梅说："写信太慢,电话又打不通,咋报喜呀?"

大树爷说："我知道他们团长的电话,打通了劳他转告一声呗!"

大家都说："这事只有您老人家问喽,俺们都跟团长搭不上话!"

大树爷的电话拨通了,团长向大树爷道了喜,并且立即把喜讯转告给了林志恒。团长用报话机告诉他："参谋长,刚才接到你爷爷的电话,报告了一个大喜讯!你老婆生了,是个胖小子!你们一大家人争着向你道喜,还等着你给孩子起名字哩!"

志恒听了兴奋不已,激动地说："啊,生了个儿子,太好了!我当爸爸了!可是,团长啊,名字我还没想好,就让爷爷做主吧!"

团长说："参谋长,你是否回团部一趟,亲自跟老人家解释一下?"

志恒说："团长,我们防暴队今天有任务,马上出发,来不及了!"

团长说："那好吧,你的话,我保证转达,完成任务再通话吧!"

林志恒率领的防暴队全副武装,在装甲车的护卫下,向事发地段前进。

坎坷不平的公路上,不时出现堆砌的路障,需要排除才能行进,他们行进的速度很慢。

公路上非常冷清,不见有车辆行驶,也没有活动的人迹。公路两侧净是战火下残存的废墟……

林志恒坐在指挥车上,不时用报话机喊话："请大家注意警戒,防止暴乱分子打冷枪!"

公路上又是一道路障,堆着石块、油桶和熊熊燃烧的旧轮胎,冒着呛人的滚滚浓烟……

四周寂然,无处不隐藏着危险……

林志恒和战友们停下车辆,小心翼翼地处理着公路上堆积的路障,警惕地排除着隐藏在堆积物中的爆炸品,以防伤及无辜。

路边的废墟中突然传出一阵凶恶的吼叫声,接着便冒出一群难民,被非法武装分子驱赶着,用枪逼迫着,羊群一般朝维和部队发动袭击。他们投掷着石块、砖头,还射出涂了毒液的竹箭,一窝蜂朝清理路障的军人们冲过来……

林志恒命令撤退,避免与民众发生冲突。

未拆除的路障里藏有炸弹,必须立即拆除,否则一旦爆炸,便会引发一场惨烈的悲剧。冲过来的那群难民,极有可能是非法武装分子蓄意制造混乱的人肉炸弹!

非法武装分子驱赶着难民愈靠愈近,一场生命的大屠杀近在眼前……

林志恒命令战士们后撤,他自己却独自冲上前去。他用当地土话高喊着："停止前进！这里有炸弹！危险！危险！停止前进！"

林志恒扑上那片路障，扒出来藏在中间的一枚定时炸弹！他不顾生死地扑下身体，旁若无人地开始拆弹……

许多民众听清楚他的呼喊，也明白了他的行动目的，顿时四散奔逃，乱成一片……

那些非法武装人员向奔逃的难民开枪、射击，重新把逃散的人群又聚拢过来，如驱赶羊群一般把难民朝着路障的方向驱赶！

林志恒的拆弹工作还在紧张进行，非法武装分子用土话向他恐吓，想阻止他的行动。甚至朝他投掷石块，射来一支支冷箭！

密集的箭矢飞蝗一般射来，林志恒身中数箭，他已经没有力气完成拆弹任务了。他突然挣扎起来，抱起那颗炸弹，朝一片空地跑去……

轰然一声，炸弹爆炸了！滚滚浓烟弥漫了视野……

非法武装分子被眼前的景象吓呆了，不知所措地四散奔逃……

难民们纷纷跑向装甲车，向中国军人求援……

林志恒被战友们用担架抬起，送上救护车，赶往医院抢救……

报纸上赫然登载着醒目的标题——"海地发生强震引发海啸，我维和人员八人失踪"。

林家信翻阅着报纸，不觉悄然皱起眉头。

他对谷翠琴说："海地政局不稳，内战频发，如今地震又引发海啸，志恒他们不会有安全问题吧？"

谷翠琴接过报纸翻了翻："他们住在军营里，警惕性比平常百姓要高，不会有事的！"

家信有点踌躇："还是打个电话问问好。咱们不方便，还是让爹出面问问吧！"

好似有了某种心灵感应，大家对海地发生地震、海啸的新闻，特别敏感。

金娜看到了电视上的报道，慌忙站起来，去找司提芬，想和她讨论点什么。

司提芬正在专心致志画图。她的创意得到大树爷的赞赏之后，心气儿更高了，认认真真思考了一番，想画出一张既可以操作又让人一目了然的工程示意图，把自己言所未及的东西——展示出来，以期得到更多人士的支持或赞同，也好听到更多的建议和批评。

因为过于投入，她并未听明白金娜说了些什么，于是从桌案上抬起头来，问道："哦，亲爱的索梅尔奶奶，您刚才说了些什么？很抱歉，您能再说一遍吗？"

金娜的神情莫名其妙地布满少有的颓丧和紧张。她说："亲爱的司提芬,上帝又在海地惩罚暴乱分子了,地震海啸一起来了!可是,我有些担心,那里的平民会不会遭殃?还有……还有可爱的志恒就在那里执行任务,愿上帝保佑他平安回来,他还没见到小宝宝呢!"

司提芬放下手中的铅笔,双手抱住老人的肩胛说："亲爱的奶奶,您的担心我明白了,希望这件事到此为止!如果让爷爷听到了,他会跳起来跑到海地去的!"

金娜耸耸肩,摇摇头,双手在胸前画着十字……

大树爷蹲在老槐树下惬意地靠着墙晒暖。

他悠闲地吸着旱烟袋,脸上挂着慈祥的笑。

陈静抱着婴儿,守在爷爷身边,逗着儿子有意让太爷爷开心："笑一个!给太爷爷笑一个!喔,对了,对了!爷爷您看,您快看,小树苗给您笑了!笑得可甜了!"

大树爷凑上来,瞅着婴儿,咧开缺牙的嘴巴:"哟!就是笑了,笑出声儿来了!小树苗,你妈喊的,先叫着。等你爹回来了,咱起个新名字!不过呀,这名儿就不赖,小树苗将来长成大树嘛!小树苗长大了也是个爷们儿!"

这时,金娜气喘吁吁地跑了来。还没开口说话,大树爷就喊她:"哎哟哟,洋奶奶来了!来得正是时候呀,快来瞅瞅你重孙子,让他给你笑一个!"

金娜只好憋住想说的话,俯下身子逗婴儿:

"哦……宝宝太可爱了!笑一笑让我看!太奶奶替你祈祷,让上帝保佑……保佑宝宝长命百岁!保佑你爸爸平安归来……"

大树爷听了调侃道:"我说他洋奶奶,你咋见谁都祷告,想让俺们都跟你信上帝呀?上帝真有恁大本事,就把那些杀人放火的极端分子统统打入地狱!天下太平了,俺志恒还用万里迢迢去维和呀?"

他的话逗得大家笑起来。

金娜耸耸肩,很无奈地说:"上帝老了,说话不灵了,妖魔都从潘多拉盒子里跑出来祸害人间了……中国的老天爷睡醒了,开始对世界发威了,世界就会和平了!"

老太太一边说话,一副言不由衷的神态,终于隐忍不住,说:"林,听听你的小喇叭,海地那边地震了,我担心……"

大树爷没等她把话说完,就从怀里掏出袖珍收音机,拨动旋钮,寻找着波段。不一刻,小盒子里清晰地传出播音员明快的声音——

……据海地官方报道,此次地震为里氏 7.0 级,震源距离太子港 16 公里,深度 8 公里;由于靠近震源,太子港在更大程度上遭受破坏性冲击。截至目前,地震已造成 22.25 万人死亡,19.6 万人受伤。此次地震中遇难者有联合国驻海地维和部队人员……中国驻海地维和警察防暴队员和国际救援队员向遗体默哀,并致以三鞠躬。据了解,遇难烈士的遗体将被尽快护送回到祖国……

大树爷听着广播,惊得目瞪口呆,双手哆嗦着,话说得语无伦次:"这是咋的啦?盒子里说的……可是那地方?咱中国人去帮忙,维护和平……咋就地震死人了哩?啊……"

金娜不敢让他听下去,赶忙关了收音机,安慰着他:"林,你不用担心,志恒会平安回来的!你不用担心,上帝会保佑他的……"

这时,村主任满头大汗跑了过来,一手拽住大树爷,一手拉住陈静,紧张地说:"叔,咱家……咱家可能出大事啦!陈县长亲自打电话,让您和志恒妈,还有陈静……去北京参加紧急会议,现在就走,马上就走!陈县长在河对岸等着,他陪你们坐飞机……"

陈静顿时满脸苍白,周身好似结了冰似的麻木和僵硬。她屏住呼吸听着村主任的话,双眼早已涌满泪水,一对眼珠好似呆滞了……

大树爷立刻镇静下来,跺跺脚恢复了常态。他双手从陈静怀里接过婴儿,紧紧搂在自己怀里,泰然自若地说:"静呀,赶紧收拾收拾,把小树苗的东西带全喽,咱们走!"

大树爷搂着重孙子,脚步结结实实走在石板路上,好似带着一家四代去出征,不见了那瞬间的失态,周身又拂荡出惊人的豪气和悲壮。

陈静掂了个小包袱,装着婴儿的用品,她满脸恓惶地走在大树爷身边,仿佛没有了这份依仗,便会倒在路上,再无爬起来的勇气和力量。

全村人都闻讯赶过来。家勇背着大嫂,家信和村主任抬着轮椅,乡亲们一路护送着,过了铁索桥,送到大路上。

大树爷不说话,全村人都不说话。每双眼睛都是湿漉漉的,闪烁着悲凉的幽光……

陈县长拉开车门,先帮着大家把志恒妈送上面包车,又把陈静扶上车。大树爷这才把怀里紧搂着的重孙子递给了陈静。

陈县长搀着大树爷往车上让。大树爷站在车门口,高傲地昂起头,对送行的乡亲们挥挥手,说:"回吧,都回吧!大家身上都有一摊事哩,甭耽搁了!中央领导请俺去北京,是咱古水坡的光荣哪!俺和你大嫂、陈静,还有小树苗,代表林家四辈人,向中央首长作汇报。大伙放心,俺肯定挣一张脸回来!发动,把大伙招呼好……"

报刊上、荧屏上、电子广告屏上,处处映现着英雄的照片,其中林志恒英俊纯朴的笑脸格外醒目……

长安街、天安门广场——首都机场,鲜艳的五星红旗下半旗志哀……

首都机场,庄严肃穆,解放军仪仗队森然列阵,人们佩戴白花,静候英雄回家……

英雄的灵柩覆盖着国旗,被礼宾抬下飞机,整齐排列在停机坪上,掩映在百花丛中……

八宝山革命公墓举行庄严的追悼大会。

中国政府高规格礼遇,公祭在海地牺牲的英雄儿女。

庄严的仪式,一片神圣、肃穆。

领导神情哀痛,向英雄儿女们三鞠躬。

大树爷怀里紧紧搂着小树苗,老泪纵横地目视着林志恒的遗像……

领导向家属们走过来,握手,问候。

志恒妈坐在轮椅上,陈静推着扶手。娘儿俩早已哭成了一对泪人儿,腰都哭软了……

领导握着志恒妈的手,亲切而又感动地说:"老人家,谢谢您! 您养了个好儿子,为祖国为人民争了光!"

志恒妈只会啜泣、流泪,说不出一个字。

领导握住大树爷的手说:"老爷爷,您应该是英雄的爷爷啦! 您要好好保重身体哪,全国人民都为您的孙子感到骄傲! 您老人家还有什么要求啊?"

大树爷把怀里的婴儿让首长看看,说:"首长啊,俺不愁吃不愁喝,耳不聋眼不花,干起活儿来使不完的劲哪! 首长甭担心,俺身子骨壮着哩! 要说要求嘛,就有一条。俺孙子光荣了,俺重孙子刚三个月,就是想把孙媳妇留住,帮俺把重孙子养大,高高大大长成个爷们儿!"

领导说:"老人家,您这个想法我支持。决定权在您孙媳妇手里,您要问她!"

陈静抹把眼泪,甩甩头发说:"爷,娘,还有中央领导,你们就放心吧,自从我走进古水坡,这辈子就是林家的人了! 您孙子是个英雄,我们这个娃娃呀,跟他爹一样,将来也是个英雄!"

中央领导紧紧握住陈静的手,说:"谢谢你,好媳妇儿! 爷爷和婆婆都听见了吧? 满意了吗?"

大树爷把婴儿高高托起,高声朗语地说:"小树苗,你好好瞅瞅,你爹有种,够爷们儿! 你娘也不瓤,呱呱叫! 请中央首长放心,俺这重孙子将来也是个英雄!"

领导感叹地说:"老人家,感谢您啊!祝你们家代代出英雄!"

大树爷感动地笑起来,满脸热泪哗哗流……

电视里转播了这些场景。

古水坡人挤在村头上,围着电视荧屏,哽咽一片,唏嘘一片,哀泣一片,悲声一片……

金娜守在电视机旁,看到这些场面,她感奋不已,跑到学校露台上,朝着远方喊道:"林,亲爱的老木头,你才是个真正的爷们儿!love you(爱你)!"

古水坡,那片朝阳的山坡墓地,金黄色的迎春花在朔风中盛开,开得浓烈,开得耀眼,开得如火如荼,开得惊心动魄……

主墓依然是李秀娟高大的坟冢,青石镌刻的墓碑赫然醒目。她的身边有爱女做伴,有长子相守。如今大树爷又把孙子林志恒的骨灰带了些回来,做了个灵柩,里面还安放了志恒生前的衣物用品。他把志恒安放在奶奶李秀娟的左下方,他爹林家福的脚头。

大树爷在李秀娟坟前点了香烛,燃了黄表纸。

他身后站满了林家的子孙,还有古水坡的父老乡亲。当志恒的灵柩入土之后,他站在李秀娟墓冢前,郑重其事地说:"秀娟啊,今天给你说件事,你先甭生气也甭上火。这是咱林家一桩伤心事,也是一桩光荣事!你记得志恒吧?就是老大家那小子,出息大了,当上军官,去外国维护和平了,为了救当地百姓,他身中毒箭,抱着炸弹光荣了……他成英雄了!不仅外国人敬重他,中央首长还替他开追悼会哩!俺没能把他带回来,把他魂给你领回来了,就躺在你身边,他爹的脚头。这孩子实诚,靠得住。闷了,让他给你讲讲故事;冷了,让他给你暖暖脚头;想俺了,让他跑腿招呼俺一声,啊?"

他顿了顿,喘口气又说:"秀娟,你甭怨俺,俺替你守着一大群儿女,俺尽力了。你也甭埋怨志恒,他不仅替咱中国争了份光荣回来,还有……还有……"

他在人堆里瞅了老半天,才从守在身边的陈静怀里抱过小树苗来,又说:"秀娟哪,你都当上太奶奶了!你瞅瞅,你重孙子虎头虎脑的,将来准当也是个爷们儿!中央首长都夸了,说咱林家辈辈出英雄!老婆子,你说是吧……"

新穴边,人们捧起一掬掬黄土,投入墓穴。

陈静抱着小树苗,跪倒在新墓前边……

陈县长从北京回来之后,召开了一次电视报告会。他在电视里从维和英雄林志恒的事迹讲起,控制不住澎湃的激情,一口气讲了许许多多古水坡人在外地在国外做出的不为人知的大事小事平凡事。

他的讲述如同拉开一扇天窗,人们看到一片令人向往的地方。那里的人们平凡又不平凡,那里的故事充满传奇又催人泪下……

接着,四面八方的访客纷至沓来,外村的,城里的,还有国外的。拜访大树爷,寻访那些血肉丰满的衣食男女们的芳踪和足迹,一拨接一拨,络绎不绝……

大树爷依然那般忙碌,一刻不停地奔走在古水坡的山岩溪水间,忙碌着古水坡文化观光旅游区的那些事。尽管他不是村主任,也不是支书,在新组建的旅游公司领导班子里,他不是董事长,不是总经理,连最普通的经理啦理事啦也没挂,但是,整个旅游项目的总体规划在他心里装着,整个项目的进度安排在他的掌握之中;甚至谁最适宜干哪样工作,谁的岗位必须调换这样的琐事,他也心如明镜,了如指掌……

一句话,没有大树爷,就转不动古水坡这盘磨。有了大树爷,古水坡家家户户大河涨水小河满……

他就像村头那棵老槐树,不声不响地抽枝发芽,不经意间就撑起老大老大一片荫凉……

然而,大树爷也有难以排遣的苦恼,也有处理不好的个人私事,就是他和金娜·索梅尔女士的关系,这成了他最难解决也最为棘手的一桩大事。

一年前,林家旺在深圳召集了一批商道高手、投资大亨,举办了几次恳谈会,对社会公布了古水坡准备开发旅游的消息;并且宣布了开发旅游的宗旨是共商、共建、共管、共赢。目的自然是招商引资,寻求志同道合的合作伙伴。

其中有位自称是美华文化投资公司的向东林先生,三次到会,均未发一言,然而对这个项目情有独钟,且对该项目的某些细节了解得比林家旺的介绍还要清晰。

林家旺对此人怀有浓厚兴趣,便约他长谈了一次。据向东林所言,他仅仅是美华投资公司的代理人,职责就是帮助公司寻求具有潜质又有前途的文化项目。一旦找到目标并征得公司同意,即负责签订合作协议。他的工作仅为前期筹备,具体操作或许就另易他人了。

向东林透露,美华公司的董事长对古水坡的旅游项目持有高度热情,对其前程亦抱有很高的期望。为了对项目具有较大的话语权、主动权,除却古水坡作为地主方、发起方之外,美华公司的要求是做该项目最大的股东,并且担任董事长职务。

林家旺没有探听到幕后那个决策人物更多的细节,却隐约感到这个人来历神秘,气度不凡,很有一副利用这个项目做篇大文章的宏图壮志。他没有理由推辞这种既有想法又有实力的合作者,便与美华投资公司的项目代理人向东林草签了合作协议。

在草签协议的第二天,向东林就将一张五百万人民币的现金支票,作为信用金交付给了林家旺,足以表达他们对该项目的合作诚意。

可是,此后不久,林家旺就陷入帮助民工追赃讨薪的忙碌之中,紧接着又出了车祸。签订合作协议以及五百万信用金的事情,就藏在伤痕累累、刚刚脱离生命危险的林家旺心里。别人对这桩事不知详情,也说不清楚。

然而在初春一个阳光明媚的上午,金娜·索梅尔女士在孙女司提芬陪同下,充满自信地走进了大树爷的石头院。

大树爷刚吃过早饭,正蹲在当院石凳上吸旱烟。瞅见一老一少走进来,如同平常那般礼貌地问道:"你们吃了没?"

他没听见回答,便也没起身让座,依旧美滋滋地抽他的旱烟袋。

倒是林家勇听见动静,赶忙从屋里迎出来,一边喊着金校长一边谦让着:"金校长,司提芬,你们屋里坐?还是当院坐?"

司提芬怀里揣着个黑皮公文包,用例行公事那种神态,郑重地点点头。说:"今天,金娜·索梅尔女士是来谈旅游项目的合作事宜的。无论在哪儿谈,我认为您对她的身份应该有个准确认定!"

金娜也有意绷着脸,接着说:"今天我们来谈的是公事,应该在村委会谈的。那里的条件还不如这里,所以,只有在这里谈了!"

这时,素梅手里端了两杯茶水走出屋门,听到这话,怔住了,问:"爹呀,我刚给金校长沏好蜂蜜茶,你们究竟在屋里谈还是当院谈呀?"

大树爷诧异地站起身来,说:"洋婆子今儿神神道道的,一身邪气,还不知道她唱哪一出哩!"

金娜这才一屁股坐在石磴上,对司提芬使个眼色,用手拍拍石桌子说:"开始吧!"

司提芬把公文包放在石桌子上,拿出一份协议文本,一本正经地说:"我这里有一份古水坡村支书林家旺和美华公司签订的合作开发古水坡旅游项目的协议书。因为甲方当事人不能履约,我方只好出示协议文本,请你们确认,我方即可履行应该承担的责任和义务,推动该项目高效、顺利地向前进行,早日产生社会效益!"

司提芬口齿清晰、条理分明、中规中矩地说完这段商场上的外交辞令,而后捧起那份文本递到大树爷面前,说:"您看?还是请人看?"

大树爷瞪大一双愕然的眼睛,惊讶地看着司提芬,又看看金娜,大惑不解地说:

"老天爷，这是咋的啦？眨眼就变了个人啦？咋就拿着合同跟俺做起生意来啦？"

林家勇接过协议文本认真看了一遍，心存疑虑地问："司提芬小姐，正如你所说，林家旺暂时不能履约。但我方需要咨询一下当事人，对协议进行一番确认，方好往下进行！"

金娜·索梅尔插了一句话说："林先生，中国的旅游产业风起云涌，形势大好，时不我待，投资方等不及了！"

林家勇越发疑惑重重地看看金娜，又翻翻文本，说："这件事……难道投资人……与金校长有关系？或者，投资人是您推荐的？"

司提芬又拿出一份投资方支付五百万信用金的资金证明。两份文本的签字人均为林家旺，担保单位为"中原农民劳务中介咨询服务公司"，并盖有公章。

林家勇看到这份资金证明，脑门轰的一声炸了！关于这笔资金的事，他听司机小朱讲过，如果没有这笔资金撑腰，当初林总和杨总还要在深圳奔走几天……

林家勇突然清醒了许多，明白了许多，他用抑制不住的冲动问："那么请问，你们二位代表谁？这些文本怎么会在你们手中？"

司提芬闪了闪美丽的蓝眼睛，用充满了神秘色彩的口吻说：

"尊敬的林先生，我可以告诉您，这位投资人和古水坡有缘。她为了这块宝地，寻找了大半生，终于找到了。她想把这里作为灵魂的归宿。所以，她把所有的财产、土地和庄园，在银行作了抵押，并以投资人的身份介入这里的旅游开发。她不是为了卖弄自己的高贵，也不是炫耀她拥有的财富。她想的是只有把这里建设得美如天堂，成为人们向往的地方，她才有资格理直气壮地成为这里的村民！"

林家勇完全明白了司提芬这番叙述里隐藏的全部玄机。他非常感动，却抑制着兴奋，用非常配合的语调说："可爱的司提芬小姐，如果需要为投资人守住这份机密，我可以保持沉默。如果需要掀开红盖头，我现在就想拥抱这位值得尊敬的投资人！"

司提芬对这场有失严谨的演出，渐渐露出马脚而失去继续演下去的信心，一语双关地说："尊敬的林先生，您对演出缺乏了解，所以对剧情的推进稍失掌控，进度快了点。我这个角色就要演不下去啦……"

林家勇稍显尴尬地红了面孔，搪塞了一句："这种演出适可而止。作为军人在军营里生活惯了，对社会上的语言有隔膜感。正常的话都说不好，哪里还会演戏？"

大树爷依然没有听出头绪，素梅端着两杯水不知如何是好，也在发愣。

大树爷吼起来，大惑不解地质问林家勇："老五，到底咋的啦？你和他们斗了半天闷子，葫芦里到底装的什么药呀？"

金娜再也忍不住了,也从石凳上站了起来,说:"老木头呀老木头,连家勇都能解开的谜底,你还在装糊涂!告诉你,你偷了我的水晶鞋,我是向你讨要来了!你什么时候把水晶鞋还给我,我就把旅游公司董事长的职位交给你,开发旅游的工程,正式开工!"

大树爷这一刻真让这场假戏真唱的场面弄糊涂了,他手里挥着旱烟袋,脚下咚咚跺着石板地,哇哇大叫:"洋婆子,你今儿真是犯浑了!一会儿气势汹汹地出示合同书,一会儿又栽赃陷害我偷了你的蹚水鞋,不就是一双靴子嘛,俺偷那干啥?你拿着合同书又能干啥?吓唬人哩!"

金娜平静地看着他说:"吼完了吗?我以古水坡文化观光旅游发展公司董事长的名义通知你林大树先生,立即通知与本项目有关的人员,明天上午八点,到学校会议室集合,由林家勇先生向大家汇报项目的具体筹备情况!"

大树爷静静听完这段话,突然睃起眼睛说:"听清是听清了,可……可是……谁是董事长呀?你……谁封你当上董事长啦……"

金娜平静地看了林家勇一眼,说:"林家勇先生,他这位老先生还在装糊涂,请你告诉他!"

林家勇苦笑着,摇摇头说:"你们俩的关系,我……没法开口,还是你们自己谈吧!"

金娜点点头:"好,我再对你重申一遍!林大树先生,按照合作协议上的条款,我,金娜·索梅尔目前是开发旅游项目的董事长!请记住,我仅仅是暂时的。我说了,等你把水晶鞋还给我,我立即让位,把董事长让给你!现在,你听明白了吧?"

大树爷没有立即回答,双手抱着落雪似的脑壳圪蹴下来,嘴里咕哝着:这洋婆子真鬼,非把俺逼到墙角呀……

司提芬轻轻依偎到金娜怀里,兴奋地说:"亲爱的索梅尔奶奶,祝福您!您成功了!"

金娜用双手圈着司提芬,充满自信地说:"可爱的司提芬,不要着急。用中国人的话说,馒头不熟不揭锅。他……他还没有拥抱我呢!"

素梅也听出了门道,脸上泛起一层幸福的红晕,兴奋地说:"家勇,谢谢老天爷,安排得太好了!咱爹……夜里有人陪他说话了!"

家勇笑着没搭腔。素梅小声问:"洋大娘说咱爹偷了她的鞋,哪有这回事呀!"

家勇满脸堆笑地看着她,接过一杯水递给金娜,又接过一杯递给司提芬,礼貌周到地说:"尊敬的索梅尔大妈,可爱的司提芬小姐,感谢你们的真诚、善良和执着。索梅尔大妈,我会帮助您,早一天让您穿上您所期待的水晶鞋!"

素梅拉了家勇一把,轻声说:"咱爹哪有什么水晶鞋呀?"

家勇牵着素梅的手,悄声在她耳畔说:"回头我会讲给你听,那是一个美丽的童话!"

2016.6.10—7.7 初稿于北京

2017.9.2—2018.6.21 重写于北京、辉县、郑州

图书在版编目（CIP）数据

好大一棵树/侯钰鑫著. —郑州:河南文艺出版社,2019.10

ISBN 978-7-5559-0868-5

Ⅰ.①好…　Ⅱ.①侯…　Ⅲ.①长篇小说-中国-当代　Ⅳ.①I247.5

中国版本图书馆 CIP 数据核字（2019）第 181287 号

好大一棵树

选题策划　陈　杰　张　丽
责任编辑　张　丽
责任校对　殷赵梁
装帧设计　张　萌

出版发行　河南文艺出版社
本社地址　郑州市郑东新区祥盛街 27 号 C 座 5 楼
邮政编码　450018
承印单位　河南瑞之光印刷股份有限公司
经销单位　新华书店
纸张规格　700 毫米×1000 毫米　1/16
印　　张　34.75
字　　数　635 000
版　　次　2019 年 10 月第 1 版
印　　次　2019 年 10 月第 1 次印刷
定　　价　56.00 元

版权所有　盗版必究
图书如有印装错误，请寄回印厂调换。
印厂地址　河南省武陟县产业集聚区东区（詹店镇）泰安路
邮政编码　454950　　电话　0391-2527860